万葉語誌

多田一臣 編

Tada Kazuomi

筑摩選書

万葉語誌　目次

【カ行】

【サ行】

【タ行】

【ナ行】

【ハ行】

【ヤ行】

【ワ行】

【執筆協力者】

大浦誠士（おおうら・せいじ）
……一九六三年生まれ　専修大学教授

兼岡理恵（かねおか・りえ）
……一九七五年生まれ　千葉大学准教授

塩沢一平（しおざわ・いっぺい）
……一九六一年生まれ　山梨学院大学教授

新谷正雄（しんたに・まさお）
……一九四五年生まれ　調布市アカデミー愛とぴあ講師

高桑枝実子（たかくわ・えみこ）
……一九七二年生まれ　聖心女子大学非常勤講師

中嶋真也（なかじま・しんや）
……一九七三年生まれ　駒澤大学教授

万葉語誌

凡例

一　『万葉集』に現れる重要な語彙を百五十語選んで採録し、その語義を解説した。とりわけ、各語に内在する古代的な論理や世界観を掘り起こすべく意を用いた。

一　採録に際しては、多田一臣が語彙を選定し、多田のほか大浦誠士、兼岡理恵、塩沢一平、新谷正雄、高桑枝実子、中嶋真也が執筆に当たった。執筆者名は、各項目の末尾に記した。

一　『万葉集』からの引用は、原則として多田一臣訳注『万葉集全解』全七巻（二〇〇九―一〇年、筑摩書房）に拠った。

一　歌の引用にあたっては、『万葉集』の巻数と旧国歌大観番号を付した。

一　参照した文献は、［　］に入れて略号で示した。略号は、以下のとおりである。

［全解］『万葉集全解』（筑摩書房）

［岩波古語］『岩波古語辞典』（岩波書店）

［基礎語］『古典基礎語辞典』（角川学芸出版）

［全注］『万葉集全注』（有斐閣）

〔講談社文庫〕　中西進『万葉集全訳注原文付』（講談社）
〔時代別〕『時代別国語大辞典　上代編』（三省堂）
〔新編全集〕『新日本古典文学全集』（小学館）
〔大系〕『日本古典文学大系』（岩波書店）
〔日国大〕『日本国語大辞典』（小学館）

新しい研究の成果を利用したときには、本文のしかるべき箇所で言及するか、あるいは各項目の末尾に《参考文献》として掲げた。

一　立項した語彙は、本文中では原則としてカタカナで示した。
一　他の語彙への参照は、本文中に➡を付し、ゴシック体で示した。

【ア行】

あか【赤】

アカ（赤）は色の名だが、もともとは光の明るさを意味したらしい。反対に光のない真っ暗な状態が黒として意識されたという。光の明―暗が、赤―黒の対比として捉えられていたことになる。古代の人びとは、色と光とを未分化なままに感覚として受けとめていたらしい。

アカは、色の範疇としては、赤だけを指すのではなく、丹、紅、朱、黄から紫までをも含んでいた。「赤駒」は馬の毛色による名だが、栗毛や鹿《か》毛《げ》の馬をもいうから、アカの範囲は相当に広い。

アカの本質は、しかし、もっと別のところにある。赤は、霊的なものの憑依したことを示す色、あるいはその霊威の発動している状態を示す色としても理解されていた。それを示すのが、木々の紅葉である。紅葉の原理は、いまでは科学的に解明されているが、古代の人びとは、秋が深まるとともに季節の霊威が木々の葉に宿り、それを色づかせると考えた。紅葉は、季節の霊威が憑依したしるしとして意識されたのである。もっとも、『万葉集』では、紅葉は「黄葉」と表記されるのが通例であり、「赤葉」「紅葉」とするのはごくわずかに過ぎない。とはいえ、すでに述べたように、黄も赤の範疇に入るから、「赤葉」「紅葉」の色を黄によって表記したと見るのがよい。稲荷社の鳥居が赤く塗られていたり、稚児の額に赤い紅《べに》を点《さ》したりするのも、赤のこうした意味が意識されているからに違いない。

船体を赤く塗るのも、同様の意味があったらしい。高市黒人《たけちのくろひと》に、

旅にしてもの恋しきに山下《やました》の赤《あけ》のそほ船沖《ふねおき》に
漕《こ》ぐ見ゆ（③二七〇）

という歌がある。この「赤のそほ船」は、船体を赤丹（赭土《しゃど》）で塗った船をいう。船材の保護が目的とされるが、あきらかに魔除けの意味がある。赤につよい厭勝性を見たからこそ、船体を赤く塗

ったのだろう。赤く塗った船は官船のしるしともいうが、それに限らない。七夕歌だが、「さ丹塗《にぬ》りの小舟《をぶね》」（⑧一五二〇）と表現した例もある。次の例は、かなり特殊だが、右の問題とも深くかかわる。

沖つ国領《うしは》く君の塗《ぬ》り屋形《やかた》丹《に》塗りの屋形神が門《と》渡る（⑯三八八八）

「怕《おそろ》しき物の歌」と題する中の一首で、死者をあの世に運ぶ船を幻視している。「沖のかなたの国を支配している君の乗る塗り屋形の船、その丹塗りの屋形船が神の世界の海峡を渡って行く」というほどの意。この「丹《に》塗りの屋形」は、冥府の支配者の乗る屋形船を指す。原文「黄柒屋形」とあるが、「黄」は赤の範疇に入るから、ニ（丹）と訓んでよい。ここからも、異界につながるつよい霊性が赤に感じ取られていたことがわかる。

神は巫女のもとに通って来る。巫女は神の妻（神女）でもあるから、通って来た神との間に神婚が行われる。神婚は神が巫女に憑依することでもあるから、巫女の神性は赤によってシンボライズされることになる。

古代の宮廷は、地上における神の世界だから、官女は神＝天皇に仕える巫女（神女）としても意味づけられた。そうした官女のありかたを示すのが「赤裳《あかも》」である。「裳」は女性の下半身を覆うスカート状の衣服で、「衣服令」によればその色は身分に応じてとりどりであったらしいが、『万葉集』ではもっぱら「赤裳」が歌われる。官女を、巫女性を帯びた存在として捉えたがゆえに「赤裳」によって印象づけていたのだろう。

嗚呼見《あみ》の浦《うら》に舟乗《ふなの》りすらむ娘子《をとめ》らが玉裳《たまも》の裾《すそ》に潮《しほ》満つらむか（①四〇）

柿本人麻呂《かきのもとのひとまろ》の「留京三首」の中の一首。この歌には異伝（⑮三六一〇）があり、そこでは「玉裳」が「赤裳」になっている。行幸先で浜遊びする官女を歌っており、潮に濡れた裳裾を下半身にまとわりつかせているところに、つよいエロティシズムを感じ取ったらしい。しかし、「潮」は海の霊威の現れでもあるから、それが巫女としての官女に依り憑いているとも見られる。「玉裳（赤裳)」には、その霊威を示す意味もあっただろう。神社の巫女がいまも緋の袴を着用するのも、こうした赤の意味がどこかに意識されているからに違いない。→モ。

神の妻としての巫女は理想の女でなければならないから、美女とされる女も赤によって特徴づけられる。「ほつもり　赤《あか》ら嬢子《をとめ》を」(記四三)、「赤《あか》らひく色《いろ》ぐはし子」(⑩一九九九)などはその例になる。「赤らひく」は、赤色に一面に照り輝く意で、赤みを帯びた肌を讃めたもの。それが美女の形容になった。漢語「紅顔」と結びつける理解もあるが、和語としての固有の意味を重視すべきである。雄略《ゆうりやく》天皇の求婚を承知したものの、一向に宮中からの迎えが来ず、そのまま年老いてしまった美女の名が「赤猪子《あかゐこ》」であるのも、その素姓がもともとは巫女であったことを示している(「雄略記」)。

恋はその原型を神婚に置く。通って来る男を神に、待ち迎える女を巫女に取りなすのである。そこで、赤は恋を象徴する色になった。「色に出づ」は恋の露見を示す言葉だが、用例を見るかぎり、この「色」はすべて赤系統に属する。→イロ。

男女が別れに際して、互いの紐を結び合うことがあった。これを紐結びの呪術という。無事な再会を祈るため、互いの魂をそこに結び込めたらしいが、その紐に赤紐を用いた例がある。

旅の夜《よ》の久しくなればさ丹《に》つらふ紐解《ひもと》き放《さ》けず恋ふるこのころ(⑫三一四四)

旅に出た男の歌。「さ丹つらふ紐」は赤紐である。「紐解き放けず」とあるように、再会するまでは紐を解いてはならなかった。赤紐は、そこに呪力が宿っていることを示す。出征兵士の無事を祈るため、女たちが一針ずつ糸目を縫い通したという戦時中の「千人針」も赤糸を用いた。それもまた、その糸目に女の魂が宿ると信じられていたからに違いない。赤のシンボリズムはずっと保持されていたことになる。

《参考文献》佐竹昭広『萬葉集抜書』、森朝男『古代和歌と祝祭』。

(多田一臣)

あかとき【暁】

アカトキとは、一日の中の、日が変わる前後の時間帯である「夜中《よなか》」より後、空が明るくなる「朝《あさ》」より以前の、まだ未明の時間帯を指す言葉である。**↓アサ・アシタ**。現代語「あかつき」の古形だが、それとでは実際に指し示す時間に微妙なずれがある。現代語の方は、夜明け前だが、やや明るくなった時間も含んでいる。

アカトキの原文表記が示す、その具体的な時間について触れておく。

我《わ》が背子《せこ》を大和《やまと》へ遣《や》るとさ夜更《よふ》けて暁露《あかときつゆ》に我《あ》が立ち濡《ぬ》れし（②一〇五）

一首は、「我が弟を大和へ遣るとて、夜が更け暁に置く露に、私は立ち続けて濡れてしまった」といった意味。この「暁露」の原文は「鶏鳴露」とある。時の異名《いみよう》としての「鶏鳴」は、丑の刻、即ち午前二時前後を指し、古代語アカトキの時間帯、夜明け直前とはややずれがある。ただし、「推古紀」十九年条にも、「鶏鳴時」の表記があり、その古訓に「あかつき」とあるから、この歌の場合も先の訓みで問題はない。

一方、アカトキの表記に、「五更《ごかう》」の文字をあてた例がある（歌は後掲）。「五更」とは、夜を五つに分けた時の最後の時間帯を指す言葉である。季節によって異なるが、およそ現代の午前三時から五時の間を指している。これは古代語のアカトキと重なっている。

冒頭、アカトキは未明の時間帯としたが、「暁《あかとき》闇《やみ》」という言葉もある。

夕月夜《ゆふづくよ》　暁闇《あかときやみ》のおほほしく見し人ゆゑに恋ひ渡るかも（⑫三〇〇三）

一首は、初・二句が序詞で、「夕方に月のかかる頃の暁闇のように、ぼんやりと見た人のために、恋い続けることよ」といった意味。太陰暦では、月の前半は夕方に月が空にかかる夕月夜であり、逆にアカトキの時間帯には、空に月がなく、その明るさがないため、暗さが一段と増すことになる。これが暁闇である。暁闇の、あたりがおぼつかなく、はっきりしない状況を、異性を見た際の比喩としている。なお原文では、このアカトキが「五更」の文字で表記された例になる。

　右の歌の夕月夜とは逆に、月の後半に月が空にかかる（月が遅く出る）場合は、次のように「暁月《あかときつき》（暁月夜《あかときつくよ》）」と表現される。

　さ夜《よ》更《ふ》けて暁月《あかときつき》に影《かげ》見えて鳴く霍公鳥《ほととぎす》聞けば
　懐《なつ》かし（⑲四一八一）

「夜が更け、暁の月の光のもとに姿を見せて鳴くホトトギス。その声を聞くと心が引かれる」という意味の歌。

　それでは、アカトキとは、どのような観念を負った時間であったのか。アカトキは、夜と昼との境界の時間帯である。夜は、神あるいは異界に属するものの時間・空間であり、昼は人の時間・空間であるところから、アカトキは異界のもの（神）と人とが交錯する時空であったことになる。

　時を示す言葉に「黄昏《たそがれ》」がある。薄暗くなり、周囲が見分けにくくなった夕方、出逢った対象が誰かと問いただす言葉「誰《た》そ彼《かれ》」から出て、夕方を示す異称となった。同様に、アカトキには、同じく対象を確かめる言葉「あれは誰か」から出た「彼《か》は誰《たれ》（時《どき》）」という言葉もかつてはあった。

　暁《あかとき》のかはたれ時《どき》に島陰《しまかぎ》を漕《こ》ぎにし船のたづ
　き知らずも（⑳四三八四）

「暁の暗い時分、島陰を漕いで行った船は、今頃どうしているか知らないことよ」というほどの意。

夜の時間・空間と、昼の時間・空間とが接する時空は、夜の世界に跋扈《ばっこ》する異界のものと、昼の世界の人びととが不意に出逢ってしまう時空であった。そのため不審な者を見かけた際には、それが何者か、誰何《すいか》して確かめる必要があった。「たそかれ」「かはたれ」は、そうしたところから生まれた言葉である。なお、夕方の時間「夕」（ゆふ・ゆふへ）も、昼と夜の境界の時間であり、神や異界のものと人とが交錯する時間帯であった。

→アサ・アシタ。

　一方、夜は男が女の許《もと》を訪れる時間帯であった。

それは夜が神の時空であり、男は神に身をとりなして行動していたためである。そして明るくなる以前に神がこの世界から退場するように、男も明るくなる以前に女の許を去る必要があった。そのような中で男女は、鳥の鳴き声を朝の訪れの徴《しるし》と観念していた。鳥が鳴き始めると、男は女の許を去らなければならなかったのである。↓ヨル。

　暁《あかとき》と夜烏《よがらす》鳴けどこの山の木末《こぬれ》の上はいまだ
　静けし（⑦一二六三）

　鳥の鳴き声を聞き、帰ろうとする男を引き止める女の歌。女は男に「暁になったと鳴くのは夜鳴き烏。山の梢で鳴く鳥はまだ鳴いていない。暁までにはまだ時間がある。だからすぐに帰らなくてもいい」と訴えている。

　時を告げ、男女の別れを促す鳥は鶏であることが多い。

　暁《あかとき》と鶏《かけ》は鳴くなりよしゑやし独《ひと》り寝《ぬ》る夜《よ》は
　明けば明けぬとも（⑪二八〇〇）

「かけ」は鶏の古称。「暁となったと鶏は鳴く。ええままよ、独りで寝ている夜は、明けてしまっても構わない」というほどの意。独り寝ゆえのやや捨て鉢な気分が歌われている。

　鶏が時を告げる例は、「神代記」にも見える。越《こし》の国の沼河比売《ぬなかわひめ》の許に出掛け、求婚した八千矛《やちほこの》神《かみ》の歌である。「…庭《には》つ鳥《とり》　鶏《かけ》は鳴く…」（記三）と、朝の訪れの近いことを、鶏の鳴き声によって表現している。

　男の訪れを直接表現したものではないが、新羅《しらぎ》に派遣された使者の次のような歌がある。

　暁《あかとき》の家恋《いへごひ》しきに浦廻《うらま》より楫《かぢ》の音《おと》するは海人《あま》
　娘子《をとめ》かも（⑮三六四一）

「暁の、家が恋しく思われる時分、浦のめぐりから櫂《かい》の音がするのは、海人の娘子か」というほどの意。旅にあって家郷に残した妻を思い出すのは、アカトキが男が女の許を立ち去る時間だったからである。それゆえ、アカトキは妻への思いが増す時間として観念され、歌に詠み込まれることになったのだろう。

（新谷正雄）

あき【秋】

季節の秋のこと。陰暦七月から九月までを指す。『万葉集』では「秋」の他に「金」「白」「冷」の表記があてられる。「金」「白」は、陰陽五行説で春・夏・土用・秋・冬が木・火・土・金・水、また青・赤・黄・白・黒に配されることから、秋を示す表記。「冷」は、秋が冷涼なことによる義訓。

アキの原義は食物に飽き飽きする意の「飽き」であり、本来は豊かな実りを意味する。→アク。記紀に見える日本国の美称「豊葦原千秋長五百《とよあしはらのちあきのながいほ》秋《あき》之瑞穂国《のみづほのくに》」の「秋」にも、実り豊かな国土を誉める意味がある。古く、トンボを「蜻蛉《あきづ》」といった。秋に黄金色の稲穂を実らせた田の上を飛び回ることから、豊作を予祝する秋の精霊であり、田の神の使者と考えられたことに由来する名称である。その「蜻蛉」を「島」に冠した「蜻蛉島《あきづしま》」は、「大和《やまと》」に接続する枕詞。「神武《じんむ》紀」三十一年条に、神武天皇が国見《くにみ》（高所に登り、眼下の国土を望見してその繁栄を祝福する儀礼）をして「蜻蛉《あきづ》の臀《と》呫《なめ》せるが如《ごと》もあるかも（トンボが互いに臀《しり》を舐《な》めて輪になり交尾している形のようでもあるよ）」と言ったので、「秋津洲《あきづしま》」の国号が生まれたとする記事がある。「秋津洲」は、即ち「蜻蛉島《あきづしま》」であり、秋の精霊のトンボが飛ぶ五穀豊穣の秋の島であることを示す「大和《やまと》（日本国）」の美称である。『万葉集』では、舒明《じよめい》天皇が香具山に登って国見をした時の御製歌に、

…うまし国そ　蜻蛉島《あきづしま》　大和《やまと》の国は（①二）

と見える。「うまし」は、満ち足りた理想の状態を讃美する言葉であり、天皇がこのように歌うことには、国土の繁栄を予祝する意味がある。

秋は春と対になって歌われることが多く、漢詩文に例の多い春秋優劣の争いを題材にした歌も見える。→ハル。例えば、額田王《ぬかたのおおきみ》が「春山《はるやま》の万花《ばんくわ》の艶《にほ》ひ」と「秋山《あきやま》の千葉《せんえふ》の彩《いろど》り」の優劣を歌で判定した一首で「秋山我《われ》は（私は、秋山がよい）」

（①一六）と詠じたように、古来、実りの秋、紅葉の秋は、日本人が最も愛好する季節であった。『万葉集』の季節歌でも、秋の歌が最も多い。

秋が到来することを「秋立つ」、または「秋さる」という。タツは、異界の霊威が目に見える形で現れることを示す語であり、秋の到来の背後に異界の不思議な力のはたらきを感受している。具体的には、花が咲いたり、青葉が赤や黄に色づいたりすることが、異界の力のはたらきと観想されたのである。このことは、タツが四季の中で春と秋にのみ用いられることと関わる。→タツ。

…たたなはる　青垣山《あをかきやま》　山神《やまつみ》の　奉《まつ》る御調《みつき》と
春へは　花かざし持ち　秋立てば　黄葉《もみち》かざ
せり…（①三八）

右は、柿本人麻呂《かきのもとのひとまろ》が持統《じとう》天皇の吉野行幸の折に作った「吉野讃歌」。幾重にも重なる青い垣根のような山々の神は、天皇に奉る貢《みつ》ぎ物として、春には桜の花を髪飾りとして着け持ち、秋になると黄葉を髪に飾って、天皇を祝福すると歌っている。

ただし、タツを二十四節気の「立春」「立秋」の訳語とする説もある。

一方、「秋さる」のサルは、こちら側（人間）の意志にかかわらず移動したりやって来たりする意であり、季節の到来を神の意志によるものとする観念に基づく。やはり春と秋にのみ用いられる。

秋めくこと、秋らしくなることを「秋づく」という。秋の霊威が自然物に依《よ》り憑《つ》いて、作用を示すのが原義である。例えば、「庭草《にはくさ》に村雨《むらさめ》降《ふ》りて蟋蟀《こほろぎ》の鳴く声聞けば秋づきにけり」（⑩二一六〇）は、秋の通り雨とコオロギの鳴き声によって秋の気配が及んできたことに気付いたと歌っている。

日本では実り豊かな季節として「我《あ》が待ちし秋は来《きた》りぬ」（⑩二一二三）と愛好された秋も、古代中国においては、寂寥感を抱かせる凋落の季節であった。そのため、漢籍の影響を受けた万葉歌の中には、寂寥感や死を歌った作が見受けられる。

君待つと我《あ》が恋ひ居《を》れば我《わ》が屋戸《やど》の簾《すだれ》動かし
秋の風吹く（④四八八）

右は、額田王が天智《てんち》天皇を思って作った恋歌。「秋の風」による「簾」の微かな動きを恋人の来訪と見まがえたことを詠じており、人を待っても来ない寂寥感が歌われている。中国六朝の閨怨詩《けいえんし》(恋人・夫の訪れを独り待つ女の嘆きを題材とした詩)の影響を受けた作と見られる。

去年《こぞ》見てし秋の月夜《つくよ》は照らせども相見《あひみ》し妹《いも》は
いや年離《としさか》る(②二一一)

右は、柿本人麻呂が妻の死を悲しんだ「泣血《きゆうけつ》哀慟歌《あいどう》」の反歌で、悼亡詩《とうぼう》(妻の死を悼む詩)の影響を受けた作とされる。一首は、「去年見た秋の月は今年も照らしているが、共に月を見た妻は年とともにますます遠ざかっていく」というほどの意。凋落の秋と妻の死とが重ねられている。

秋の代表的な景物として多く詠み込まれるものには、「黄葉《もみち》」「萩《はぎ》(秋萩)」「雁」「露」「時雨《しぐれ》」「月」などがある。→**ツキ**、**モミチ**。秋らしい景として「秋山」「秋の野」「秋の田」を詠じた作も多い。→**ノ**、**ヤマ**。特に、「萩(秋萩)」は秋の歌に好んで歌われ、「鹿」の花妻と観想されたことから、「秋萩《あきはぎ》の咲きたる野辺《のへ》にさを鹿《しか》は散らまく惜《を》しみ鳴き行《ゆ》くものを」(⑩二一五五)のように、鳴く「鹿」と共に詠まれることもある。→**ツマ**。

その他、山上憶良《やまのうえのおくら》が「秋の野」に咲く「七種《ななくさ》の花」を詠じた旋頭歌《せどうか》「萩《はぎ》の花尾花《をばな》葛花《くずばな》撫子《なでしこ》の花女郎花《をみなへし》また藤袴《ふぢばかま》朝顔《あさがほ》の花」(⑧一五三八)に見えるのが代表的な秋の花である。この「朝顔」は、今日のキキョウらしい。また、「秋の夜《よ》を長しと言へど積もりにし恋を尽《つ》くせば短くありけり」(⑩二三〇三)のように、秋の夜長を詠じた作も多い。

万葉後期(平城京遷都以後)には、暦の普及に伴い節気意識が高まり、特に「立秋」が意識されるようになる。さらに漢籍の受容も進み、「立秋」の景物として、漢詩文を典拠とする「秋風」「七夕」「晩蟬《ひぐらし》」「蟋蟀《こほろぎ》」などが好んで詠まれた。

秋風の吹きにし日より天《あま》の川瀬《がはせ》に出《い》で立ちて
待つと告《つ》げこそ(⑩二〇八三)

右は七夕歌で、織女の立場での詠。「秋風」が吹いた日から、天の川の渡り瀬で待っていると牽牛に告げて欲しいという。七月一日の「立秋」になると「秋風」が吹き、七日の「七夕」の夜が待たれるという七夕詩の発想による。(高桑枝実子)

あく【飽く】

対象となる土地や景物などの本質を十分に吸収し、充足することを意味する語である。『常陸国風土記《ひたちのくにふどき》』の多珂郡《たかのこほり》「飽田村《あきたむら》」の地名起源説話のなかには「尽《ことごと》に飽き喫《くら》ひつ」という記述が見られ、「秋」の語源を、「十分に食する季節」として「飽き」に求める説もある。↓アキ。

アクは『万葉集』の中に九十五例ほど見られるが、その約九割が「飽《あ》かざる君」（④四九五）、「見とも飽《あ》かめや」（⑥九二二）のように、打消や反語を伴って讃美の表現となっている。充足を意味するはずのアクが打ち消されることによって讃美の表現となるのは一見すると不思議だが、アクの多くは、動詞「見る」とともに用いられており、「見る」こととの関わりにおいて讃美の論理を捉えることが求められる。↓ミル。

「見る」とアクの複合による讃美表現の多くを占めるのは「見れど飽かぬ」系列の常套句である。

朝月《あさづき》の日向《ひむか》黄楊《つげ》櫛《くし》古りぬれど何しか君が見るに飽かざらむ（⑪二五〇〇）

柿本人麻呂《かきのもとのひとまろ》歌集から採られた相聞歌であり、『万葉集』中でもかなり早い時期の用例である。「黄楊の櫛は使い込むことで良くなってゆくが、どうしてあの方も長い時を経て、いくら見ても見飽きないのでしょう」と恋の相手を讃美する。「見れど飽かぬ」が讃美の常套的表現として確固たる地位を占めるに至ったのは、持統《じとう》天皇の時代に柿本人麻呂が歌った「吉野讃歌」による。

…この川の　絶ゆることなく　この山の　いや高知《たかし》らす　水激《たぎ》つ　滝《たぎ》の都《みやこ》は　見れど飽《あ》かぬかも（①三六）

見れど飽《あ》かぬ吉野の川の常滑《とこなめ》の絶ゆることなくまた還《かへ》り見む（①三七）

長歌の末尾では、吉野川の激流の側に設けられた吉野離宮（「水激つ　滝の都」）を「見れど飽かぬ」と歌い、それを受けて反歌においても、吉野川を「見れど飽かぬ」ものとして、くり返し帰って来て見る決意（「絶ゆることなくまた還り見む」）が歌われている。持統朝に三十一回にものぼる吉野行幸が行われたのは、必ずしも安定的とは言えない政権を、天武《てんむ》天皇の権威によって確かなものとする意図によるが、そのいずれかの折、人麻呂が吉野宮を讃美することを通して、持統天皇を神として讃美する意図によって歌った歌である。その先蹤《せんしょう》と見られるのが、人麻呂歌集の、

古《いにしへ》の賢《さか》しき人の遊びけむ吉野《よしの》の河原《かはら》見れど飽《あ》かぬかも（⑨一七二五）

である。天武・持統朝頃の作と見られるが、吉野川の聖性を讃美する表現として「見れど飽かぬかも」が生まれた様子を示している。この歌で吉野に遊んだと歌われる「古の賢しき人」は、天武天皇の御製歌とされる次の歌の「よき人」を意識して歌われたものであろう。→**サカシ**。

よき人のよしとよく見てよしと言ひし吉野よく見よよき人よく見つ（①二七）

『日本書紀』によれば、天武天皇の吉野行幸は、天武八年（六七九）の行幸のみであり、天皇は皇后（後の持統）や皇子たちを伴って忠誠を確認し、皇嗣を定め、皇子たちの序列を確認した。いわゆる「吉野の盟約」である。その折の御製として伝えられる右の歌において吉野を「見る」ことが繰り返し強調されるのは、古の「よき人」が見た吉野を「見る」ことによって、今吉野に集う人々が「よき人」となれるという認識による。そして、この歌によって、吉野が「見る」べき場所として人々に意識されたことも重要である。

「見る」ことによる祝福から、「見れど飽かぬ」ことへの橋渡しとなるのが国見歌である。国見は、古代の為政者が高所に登り支配地を望み見る儀礼であり、支配権を確認するとともに、支配地の豊穣を予祝する意味を持つ。その際に歌われるのが国見歌であり、『古事記』において、応神《おうじん》天皇が近江国に行幸した際、宇遅野《うじの》に立って葛野《かずの》を望み見て歌ったとされる歌謡、「千葉《ちば》の　葛野《かづの》を見れば　百千足《ももちだ》る　家庭《やには》も見ゆ　国の秀《ほ》も見ゆ」（記四一）などは、その痕跡を残すものとされる。

そこに見られているのは、現実の景ではなく、「百千足る家庭（充足した家群）」、「国の秀《ほ》（国のすばらしさ）」というその土地の理想的な本質である。この国見歌の「…見れば…見ゆ」という形式は、支配者が支配地を「見る」ことによって、その地に潜在する本質的なものを所有し、充足するという論理を持つが、それは「見る」ことによる充足という意味で「…見れば…飽く」につながる論理と言える。その国見歌の論理を利用しつつ、臣下の立場から生み出されたのが「見れど飽かぬ」という讃美表現であった。天皇（為政者）は「見る」力によって吉野の聖性を十全に所有できるが、臣下の「見る」力によっては十分に汲み尽くせないほど、吉野の聖性が偉大である、あるいはとめどなく湧き出していることを表現したのが「見れど飽かぬ」という讃美表現である。

　吉野讃美と密接に結びついて生まれた「見れど飽かぬ」という讃美表現は、やがて吉野讃美という文脈を超え、様々な讃美の表現として広がりを見せるようになる。

　真《ま》楫《かぢ》貫《ぬ》き船し行《ゆ》かずは見れど飽《あ》かぬ麻里布《まりふ》の浦に宿りせましを（⑮三六三〇）

　玉梓《たまづさ》の君が使ひの手折《たを》りけるこの秋萩《あきはぎ》は見れど飽《あ》かぬかも（⑩二一一一）

　真澄鏡《まそかがみ》手に取り持ちて見れど飽《あ》かぬ君に後《おく》れて生《い》けりともなし（⑫三一八五）

　一首目は天平八年に朝鮮半島の新羅《しらぎ》に派遣された遣新羅使人が、周《す》防《おう》国（山口県）の麻里布の浦に宿りたい思いを歌ったものであり、旅先の美しい風景を「見れど飽かぬ」と讃美する例である。→**タビ**。二首目は知人の使者が手折って持ってきた「秋萩」を「見れど飽かぬかも」と讃美する、季節の景物讃美の例である。→**ツカヒ**。三首目は「見れど飽かぬ」恋の相手に逢えないために生きている心地もしないと歌われている。恋の相手を讃美する表現となった例である。これらの例は、「見れど飽かぬ」が、讃美表現として普遍性を持つようになる様子を示している。

（大浦誠士）

あさ・あした【朝】

アサとは、一日のなかの「夜《よ》」「夜《よる》」に接し、その後の「昼」に属する時間帯を指す。夜と昼との境界の時間帯がアサになる。アシタはアサと実質的に同じ時間帯を指すが、こちらは夜に属している。

なお、夜と昼との境界の時間帯は、アシタ、アサの外にもう一つある。それは昼から夜に移行する時間帯、「夕《ゆふ》」また「夕《ゆふへ》」である。

一日の時間帯は、一般には次のように区分される。まず一日は、大きく昼と夜とに分けられる。次に昼は、「朝《あさ》、昼《ひる》、夕《ゆふ》」に区分される。夜は、「夕《ゆふへ》、宵《よひ》、夜《よ》中《なか》、暁《あかとき》、朝《あした》」に区分される。

夜の五つの時間帯のおおよそは、「夕《ゆふへ》」は日の暮れ方、「宵」は日が暮れ暗くなってから「夜《よ》中《なか》」までの時間、「夜中」は日の変わる前後の時間、「暁《あかとき》」は「夜中」の後、夜明け前のまだ暗い時間を指し、「朝《あした》」は明るくなる時間である。

→アカトキ。

昼のアサと夜のアシタ、昼のユフと夜のユフへとは実質的に同じ時間帯を指している。また、アサとアシタは類義語の関係にある。さらにアサとユフ、アシタとユフへは対の形で用いられる。もっとも、アシタは、「ある事のあった、その翌朝」の意味で用いられることもある。

妹《いも》に恋ひ寝《い》ねぬ朝《あした》に吹く風は妹に触《ふ》れなば我《わ》が共《むた》は触れ（⑫二八五八）

恋人に触れた風に向かって、私にも一緒に触れてくれと願った歌。この「朝」には、「恋人に恋い焦がれて寝られなかった翌朝」の意味がある。

万葉の時代、昼と夜とは異なった世界と見られていた。「神代記」では、伊耶那岐命《いざなきのみこと》が、天照大御神《あまてらすおおみかみ》に高天原《たかあまのはら》を、須佐之男命《すさのおのみこと》に海原を治めることを命ずるが、月読命《つくよみのみこと》に対しては「夜之食国《よるのをすくに》（夜の世界）」を治めるよう言い渡す。ここに「食国」とあるように、夜は時間ではなく、空間性をもあわせ持つ世界としてあった。**↓ヨル**。
また、「崇《す》神《じん》紀」十年九月条には、箸墓《はしはか》（奈良県桜井市）築造に際し、人びとが「（この墓は）日《ひる》は人作り、夜は神作る」と言ったとある。昼は人が活動する日常の世界であり、夜は神が活動し、人が家の中に隠《こも》り慎んでいる非日常の世界、と観念されていたことがわかる。そこでアサ・アシタは、神の世界から人の世界に変わる時間帯を意味していたことになる。

境界の時間帯とは、神の世界と人の世界とが接する時間帯ということだが、実際には両者が行き交《か》う、あるいは混在する時間帯ということでもある。神と人との接触はこの時間に行われる。先に夜は神の世界としたが、この神を人とは異なるもの、人知を超えた異界に根拠を置くものの総称と見るならば、いわゆる自然もまた、神の側のものとして捉えることができる。ならば、人と自然とが接触する時空も、境界の時空、すなわち「朝（あさ・あした）」と「夕（ゆふ・ゆふへ）」として幻想されることになる。

それを示すのが、「朝霞《あさがすみ》」「朝凪《あさなぎ》」「夕潮《ゆふしほ》」「夕《ゆふ》露《つゆ》」など、「朝《あさ》（あるいは「夕《ゆふ》」）＋自然現象」の形で現れる複合語の存在である。

人と自然との接触は、人の営みを通じても行われた。これも複合語で示せば、「朝戸《あさと》」、「朝びらき」、「夕占（ゆふけ・ゆふうら）」、「朝猟《あさか》り・夕《ゆふ》猟《か》り」などの例を挙げることができる。

「朝戸」は、朝、開ける家の戸のことだが、一日の最初の自然との接触を意味する。「朝びらき」は、朝、港からその外に船を漕ぎ出すことである。「夕占」は、夕方、四方から道の集まる衢《ちまた》に立ち、あるいは家の門前に立ち、道行く人の言葉を聞いて吉凶を判断する占いである。これは自然と人との接触とするよりも、異界と人との接触と言った方がよいであろう。衢も門前も、人の世界と異界とが接する場所であった。**↓ウラ、チマタ**。

　言霊《ことだま》の八十《やそ》の衢《ちまた》に夕占《ゆふけ》問《と》ふ占《うら》まさに告《の》る妹《いも》は
　相寄《あひよ》らむ（⑪二五〇六）

一首は、「言葉の霊力が発揮される、多くの道の集まる衢で夕占を尋ねた。占《うらな》いははっきり告げた。『あの娘は寄るだろう』と」といった意味。夕方の衢は、異界の霊威が活発な時空であった。

次は、狩りを歌った「宇智野《うちの》遊猟歌」の一節。

…朝猟《あさか》りに　今立たすらし　夕猟《ゆふか》りに　今立たすらし…（①三）

「朝の猟りに、いまご出立《しゅったつ》なされるらしい、夕の猟りに、いまご出立なされるらしい」というほどの意味。ここに「朝猟《あさか》り・夕猟《ゆふか》り」という言葉が見える。これを文飾とし、この二つで一日の狩りを表現しているとする見方がある。だが、それは誤っている。動物という自然、異界に属するものとの出会いは、「朝」「夕」の境界の時間帯に幻想されるとする観念から来る表現と見るべきである。

一首のなかで、「朝」「夕」が対の形を取る複合語は、他に「朝川・夕川（朝夕の川での遊び）」（①三六）、また「朝庭・夕庭（朝夕の庭に出ること）」（⑰三九五七）などがある。

以下、男の妻問いと夜との関係についても触れておく。先に、夜は人が家に隠《こも》る時間帯であるとしたが、女の許《もと》を訪れる男は、どうして夜に訪れるのか。男は「夕」の境界の時間帯に訪れ、また「朝」の境界の時間帯に女の許を去る。

朝《あした》行きて夕《ゆふへ》は来《き》ます君ゆゑにゆゆしくも我《あ》は嘆《なげ》きつるかも（⑫二八九三）

「朝には帰って行き、夕べになるとお出でになるあなたゆえに、不吉なことに私は嘆いてしまったことよ」というほどの意。男が夜、女の許を訪れる理由は、男が神を装っているからである。恋は非日常的な行為とされた。それゆえ、男はわが身を神になぞらえ、神の時空である夜に行動することが求められたのである。一方、訪れる男を迎える女は、神を迎える巫女（神の妻）の位置に立つ。そこで男は「夕」に女の許を訪れ、「朝」にはそこを去らなければならなかったのである。↓ヨル。

（新谷正雄）

あそび【遊び】

アソビは、もともと神の振る舞いを意味した。日常の俗事の対極にある行為がアソビとされた。その内容はきわめて多岐にわたる。辞書を見ても、歌舞音曲、宴会・遊宴、行楽・逍遥、狩猟、遊技・遊興、遊女などがアソビと呼ばれたことが確かめられる。

　この世の秩序は、外部の世界（異世界）を作り出し、それを絶対化することで維持されたが、その外部の世界を象徴する存在が神だった。そうした神の世界を地上に移設したのが古代の宮廷であり、天皇を中心とする貴族たちは、いわば地上の神、あるいはそうした神のありかたを模倣する存在とされた。日常の俗事は、神にとってはケガレとされたから、地上の神である貴族たちは、そうした俗事にかかわってはならず、その対極にあるアソビを自らの振る舞いとした。もとより理念の問題ではあるが、そのことをよく示す例が『万葉集』にある。

　食《を》す国の　遠《とほ》の朝廷《みかど》に　汝《いまし》らが　かく罷《まか》り
なば　平《たひ》らけく　我《われ》は遊ばむ　手抱《たむだ》きて　我《われ》
はいまさむ　天皇我《すめらわれ》　うづの御手《みて》もち　かき
撫《な》でそ　ねぎたまふ（⑥九七三）

　地方に派遣される節度使たちに、聖武《しょうむ》天皇が酒を賜った際の歌である。天皇は、節度使たちに「お前たちが地方に下《くだ》って職務に忠実に励むなら、私は何もせず遊んでいよう」と歌っている。「平らけく　我は遊ばむ　手抱きて　我はいまさむ」が、その言葉。「手抱きて」は「垂拱無為《すいこうむい》」で、文字通り懐手《ふところで》をしていることをいう。「いまさむ」は自敬語である。地上の神である天皇の役割が、アソビにあることが、ここから見て取れる。天皇が遊んでいられることが、この世が理想的に治まっていることの証しであった。

　宴会・遊宴もアソビだが、もともとは神祭りに起源をもつ。この世をハレの空間とすることで、そこに神を招き迎えるのが祭りである。祭りは神の時間である夜に行われるものとされた。祭りの場に迎えた神の心を慰めるため、酒宴が行われ、さまざまな歌舞音曲が演じられた。その酒宴が、宴会・遊宴の起源になる。それゆえ、宴会・遊宴は夜通し行われ、そこでは同様に歌舞音曲が演じられた。宴会・遊宴、歌舞音曲、さらにはその担い手である遊女がアソビと呼ばれるのは、そこに理由がある。

　祭りの場の歌舞音曲がアソビであることは、神事の面影をつよく残す「神楽歌」を見ることでも確かめられる。

「篠《ささ》の葉に　雪降り積もる　冬の夜に　豊《とよ》の遊びを　するが楽しさ」（「篠」）。

　採物《とりもの》の「篠《ささ》」を歌っている。採物は神事の際、手に持って神を招《お》ぎ降ろす呪具である。「豊の遊び」とあるように、神を迎えての酒宴やその場の歌舞音曲をアソビと称したことがここからも確かめられる。「楽しさ」とあるが、「楽し」とは、心身が解放され、満ち足りた状態になることを意味するから、アソビはそうした「楽しさ」をその場にもたらすことでもあった。→タノシ。『万葉集』の「ももしきの大宮人《おほみやひと》の罷《まか》り出て遊ぶ今夜《こよひ》の月のさやけさ」（⑦一〇七六）も、官人たちの宴をアソビと歌っている。「今夜」とあるのは、宴の夜をハレの夜として他と区別する表現。ここからも、宴が本来神の行為としてあったことが確かめられる。

　狩猟もアソビとされた。『万葉集』の「刺《さ》し柳《やなぎ》　根《ね》張《は》り梓《あづさ》を　大御手《おほみて》に　取らしたまひて　遊ばしし　我《わ》ご大君《おほきみ》を」（⑬三三二四）は、梓弓を手に取り持って狩りの場に臨む皇子《みこ》の姿を歌っている。そこにアソブが用いられている。狩猟がもともと神の行為とされていたことは、大己貴神《おおあなむちのかみ》の「吾《あ》が児《こ》事代主《ことしろぬし》、射鳥遨遊《とりのあそび》して三津碕《みつのさき》に在り」（「神代紀下」第九段一書第二）とある言葉からもあきらかである。「射鳥遨遊《とりのあそび》」は、鳥を射る行為を指す。狩猟もまた、日常の秩序から逸脱した行為だった。

（多田一臣）

あめ・あま【天・雨・海人】

アメには、「天」「雨」の字があてられる。両者は、母音交替形がアマとなることでも共通しており、語源を一つにする語であることが分かる。

「天《あめ》」は、神話的世界観において神々の住む天上世界をいうのが原義。後に、自然的存在としての天空をも意味するようになるが、その場合にも背後に天上世界の存在が意識されている。天空を意味する「天《あめ》」は、「地《つち》（大地）」の対として「天《あめ》地《つち》」の形で用いられることが多い。一方、神話的世界観においては、「天《あま》つ神（天上世界に属する神）」に対して「国《くに》つ神（地上世界に属する神）」の呼称が見えており、「天《あめ》」と「国《くに》」が対の関係に置かれている。例えば、「神代記」では、「天つ神」の住む天上世界「高天原《たかあまのはら》」から地上世界に降《くだ》った須佐之男命《すさのおのみこと》が、「国つ神」の誰何《すいか》に対し「吾は、天照大御神《あまてらすおほみかみ》のいろせ（同母の弟）ぞ。故《かれ》、今天《あめ》より降《くだ》り坐《いま》しぬ」と答える。ここからも、「高天原」が即ち「天《あめ》」であり、「天」と「国」とが対の関係にあることが見て取れる。↓クニ。

「天《あめ》」は、「天《あま》」「天《あま》の」「天《あま》つ」「天《あめ》の」などの形で様々な語に冠し、神聖な天上界のものであることを表す複合語を作る。例えば、「天《あま》の原《はら》」は天空の広がりをいう語で、『万葉集』では多く「天の原振《ふ》り放《さ》け見れば」と歌われる。「振り放け見る」は遠く振り仰いで見やる意で、本来、霊的な対象と交流し招迎するための呪術であった。↓ミル。よって、「天の原」の語にも「高天原」の神聖さへの讃美の意識があることが分かる。

また、「天《あめ》の下」は、都を中心として天皇が統治する秩序ある世界のことで、「天」の秩序を負い持って存在するものと考えられた。例えば、「やすみしし　我《わ》ご大君《おほきみ》の　きこしをす　天《あめ》の下に（あまねく国土を支配なさるわが大君がお治めになる天下に）」（①三六）のような、天皇による国土統治をいう定型表現に詠み込まれる。これに対して「天離《あまざか》る鄙《ひな》」という慣用的な言い回しがある。「鄙」は都を遠く離れた田舎をいう語であり、都を中心とする「天《あめ》の下」に秩序を及ぼす「天《あめ》」が、「鄙」の地には存在し得ないものと考えられたために生まれた言い回しとされる。

「天《あめ》」の強い呪力を宿して「天」から降るものが、「雨《あめ》」である。「雨」に「天」の意識があることは、「ひさかたの天《あめ》の時雨《しぐれ》」（①八二）という表現にも表れている。「ひさかたの」は「天」に接続する枕詞で、悠久の天の彼方の意。「時雨」は、九月から十月頃に降る冷たい通り雨だが、「ひさかたの天の」が冠されることで、遠い空の果ての世界から降って来ることが強調されている。

み吉野《よしの》の　耳我《みみが》の嶺《みね》に　時なくそ　雪は降《ふ》りける　間《ま》なくそ　雨は降りける…（①二五）

右は、天武《てんむ》天皇の御製歌で、壬申《じんしん》の乱直前の吉野隠棲の体験を踏まえた作とされる。吉野は天武王権の起源の聖地とされたため、本来神のものであることを示す讃美の接頭辞ミが付され「み吉野」と呼ばれる。「天」という異界の強い呪力を宿す「雪」や「雨」が絶えず降っていると歌われることで、その呪力に常に接する聖なる嶺であることが讃美されている。

「雨」には「天」の強い呪力が宿るため、濡れることは禁忌とされた。よって、男女の恋愛生活において、「雨」の降る夜に男が女のもとを訪れることは基本的に避けられた。

心なき雨にもあるか人目《ひとめ》守《も》り羨《とも》しき妹《いも》に今日《けふ》だに逢《あ》はむを（⑫三一二二）

右は男の恋歌。「無情な雨であるなあ。人目をはばかって逢うことができず心惹かれるあの子に、せめて今日だけでも逢おうと思うのに」と、降り来る雨により逢会《ほうかい》がかなわないことを嘆いている。ただし、「巻向《まきむく》の穴師《あなし》の山に雲居《くもゐ》つつ雨は降《ふ》れども濡《ぬ》れつつそ来《こ》し」（⑫三一二六）のように、「雨」に濡れる禁忌を冒してまでやって来たと歌うことで、女への思いの深さを訴えた歌もある。

「雨」を避けて家に閉じこもることを、「雨障《あまつつ》み」または「雨隠《あまごも》り」という。恋歌では、なかなか恋人と逢えない憂鬱な気分が表現されることが多い。

↓コモル・コモリ、ツツム・ツツミ、ナガメ。

雨障《あまつつ》み常《つね》する君はひさかたの昨夜《きぞのよ》の雨に懲《こ》りにけむかも（④五一九）

女の恋歌で、「雨に濡れるのを嫌っていつも家にこもっているあなたは、昨夜の雨に降られてすっかり懲り果ててしまったのだろうか」というほどの意。昨夜の雨に濡れた男が、今夜はもうやって来ないかもしれないという不安を歌っている。

雨隠《あまごも》り心いぶせみ出《い》で見れば春日《かすが》の山は色づきにけり（⑧一五六八）

右は秋の雑歌で、「秋の長雨の間、忌みごもりをして心も鬱々としていたので、外に出てみると、春日の山は美しく色づいていたことだ」というほどの意。雨間が訪れたので久しぶりに外に出たところ、青かった山がすっかり紅葉していたのである。樹木の葉を色付かせるところにも、「雨」の呪力が感じ取られている。↓モミチ。

折口信夫《おりくちしのぶ》によれば、古代日本において「天《あめ》」と「海《うみ》」は同一視されていたという。漁撈民《ぎょろう》をいう「海人《あま》」や「海部《あまべ》」のアマと、「天」の母音交替形である「天《あま》」が同じアマの音を持つことが、その証左とされる。古代の神話的世界観では「天」と「海」が共に「国」の対とされることからも、「天」と「海」との共通性が見て取れる。↓クニ。

古代の世界観の論理によると、「海」は遠い沖の果てで「天」の壁のそびえ立つ場所と接している（祝詞《のりと》「祈年祭」）。ここに、「天」と「海」とが同一視される理由があるらしい。それは、逸文『丹《たん》後国風土記《ごのくにふどき》』で、浦島太郎の先蹤《せんしょう》にあたる「水《みづの》江浦嶼子《えのうらのしまこ》」が「海中《わたなか》」の島で「昴星《すばる》」や「畢星《あめふり》」に出会うという記述にも表れている。

打ち麻《そ》を麻続王《をみのおほきみ》海人《あま》なれや伊良虞《いらご》の島の玉《たま》藻《も》刈ります（①二三）

右は、麻続王が愛知県渥美半島の伊良湖《いらご》岬に配流された時の伝承歌で、「〔打ち麻を〕麻続王は海《あ》人《ま》なのか。そうではないのに、伊良虞の島の玉藻を刈っていらっしゃる」というほどの意。このように、「海人」を詠じた歌では、都から地方へ下った際に感じられる悲哀やもの珍しい気持ちが歌われることが多い。

（高桑枝実子）

あら【荒・現・新】

アラは多く「荒」の文字で表記される。その「荒」は、通常、接頭辞的な語素として他の名詞と複合する。「荒野」「荒海」「荒磯」などがその例になる。「荒野」のアラには、荒涼とした、荒れ果てた野の印象がうかがえるが、「荒海」「荒磯」などのアラには、むしろ勢いの激しさが感じられる。古橋信孝は、このようなアラを「本来は始原的な、霊力が強く発動している状態をあらわす言葉」であるとする。「荒野」は、開墾されていない野だが、そこはむしろ「霊威が強くて近づいてはいけない野」であり、「荒磯」についても、岩に勢い激しく打ち寄せる白波が、海の神の霊威を強く現すような場であるとする。

古橋はさらに、「荒野」について、神が霊威を発動している野だから、人間が近づくことができず、それゆえ人間から見れば荒涼とした、荒れ地として捉えられることになるのだとする（古橋信孝『古代和歌の発生』）。この理解がよい。

ま草刈る荒野《あらの》にはあれど黄葉《もみちば》の過ぎにし君が
形見《かたみ》とそ来《こ》し（①四七）

柿本人麻呂《かきのもとのひとまろ》の「安騎野《あきの》遊猟歌」の反歌の一首。「神の草を刈る聖なる荒野ではあるが、黄葉《もみじば》のように散り過ぎていった君の形見の地としてやって来たことだ」というほどの意。「ま草」はススキやカヤの類というが、マは接頭辞で、神の世界の草の意。「荒野」には人工的な秩序の対極にある神の世界が意識されている。「荒野」への立ち入りは、ススキやカヤの刈り取りのためでも神の許しが必要だった。「荒野」への畏怖感がここにはつよく表れている。

大君《おほきみ》は神にしませば真木《まき》の立つ荒山中《あらやまなか》に海を
なすかも（③二四一）

これも柿本人麻呂の「長皇子《ながのみこ》の猟路《かりぢ》の池の遊猟歌」の反歌の異伝。「真木」も「ま草」がそうであるように、神の世界の木をいう。「猟路の池」

は人工池であったらしい。ここは、そうした「真木」の生い茂る「荒山中」に「海（猟路の池のこと）」を作ったとして、長皇子の超越的な力を讃美している。「荒山中」は、ここでも人間の立ち入りを許さぬ神の世界を意味している。

アラの動詞形「荒《あ》る」にも注意すべき例がある。

楽浪《ささなみ》の国つ御神《みかみ》のうらさびて荒れたる都《みやこ》見れば悲しも（①三三）

高市古人《たけちのふるひと》（黒人《くろひと》か？）が、壬申《じんしん》の乱で廃墟と化した近江《おうみ》の旧都を悲しんで作った歌。「楽浪」は、琵琶湖西南部一帯の古称。「国つ御神」は、その地の地霊を指す。「うらさびて」のウラは、神の心、神意。サブは、始原の状態のままにあることを讃めつつ、始原と現実の落差を現実の側から嘆く表現である。そこに喪失感が生まれ、現代語の寂しいという意味が生じる。人工的に造られた華麗な都が廃墟と化し、草木の繁茂する本来の自然に戻ってしまったことを、始原の神意の現れと考え、その荒廃につよい喪失感を意識している。「荒れたる都」の「荒る」は、それゆえに荒廃のさまを表現してはいるものの、その裏側では始原の世界の立ち現れるさまも意識されている。

挽歌の「荒る」にも、こうした表現性が見られる。ここは類似の「荒《あら》ぶ」の例を示す。

島の宮上《うへ》の池なる放《はな》ち鳥荒《あら》びな行《ゆ》きそ君座《いま》さずとも（②一七二）

草壁皇子《くさかべのみこ》の死を悼んで、皇子に仕えた舎人《とねり》が詠んだ歌。「島の宮」は、皇子の住んだ宮をいう。島の宮には池があり、水鳥が放し飼いにされていた。この歌は、その水鳥に「荒びな行きそ」と歌い掛けている。この「荒ぶ」も「荒る」と同様、人間の世界（人間の秩序）に属していたものが、自然の手に戻ってしまったことを意味している。ここは、人に飼い慣らされていた「放ち鳥」が野生化してしまったことを指す。「放《はな》ち駒荒《ごまあら》びにけらし」（⑪二六五二）も、放し飼いにしている馬が野生化して、荒れすさぶようになることをいう。

アラシ（嵐）はアラ（荒）の形容詞形だが、もっぱら名詞として、風が激しく吹きすさぶさまを表す。

ぬばたまの夜《よる》さり来《く》れば巻向《まきむく》の川音《かはおと》高しも嵐《あらし》かも疾《と》き（⑦一一〇一）

「ぬばたまの夜がやって来ると、巻向川の川音が高く響くことだ。山おろしの風が激しいのだろうか」というほどの意。「嵐」の原文は「荒足」とある。強い霊威の顕現という意味がここにも感じ取られている。

アラの本来の意味は、右によってもあきらかだが、アラにはまた「粗」の意味もある。人工の秩序だった精密さに対して、自然のままの粗野なありかたが意識されているから、この場合も本質的な違いはない。

荒栲《あらたへ》の藤江《ふぢえ》の浦《うら》に鱸《すずき》釣る海人《あま》とか見らむ旅行《ゆ》く我《われ》を（③二五二）

人麻呂の「羈旅歌八首」のなかの一首。「荒栲」のタへは樹皮の繊維で織った布をいう。藤蔓の繊維で製した布は目が粗いので「荒栲の—藤江」と接続させた。「荒い布を織る藤江の浦に鱸を釣る漁師と見るだろうか、こうして旅行く私を」というほどの意。

アラの動詞形は見てきたように、「荒《あ》る」だが、一方で「生《あ》る」という動詞もあり、これも同根の語と見てよい。この「生る」は「顕《あら》」「現《あら》」「新《あら》」とも深くつながっている。「生《あ》る」は、「生《あ》れまさむ　御子《みこ》の継《つ》ぎ継ぎ（お生まれになる御子が、ずっと受け継いで）」（⑥一〇四七）のように、生まれ出る意を示す。その本来的な意義は、霊的な存在がこの世界に出現するところにある。上賀茂《かみがも》神社の御阿礼《みあれ》神事は、阿礼《あれ》と称する榊《さかき》の枝に神霊を迎える祭儀だが、ミアレは別雷《わけいかずち》神の再生・再誕を意味する言葉とされる。

『万葉集』に「現人神《あらひとがみ》」の語が見える。石上乙麻呂《いそのかみのおとまろ》が土佐に配流された際、無事な帰還を願って、その妻が詠んだとされる歌の一節に、舳先《へさき》に祀った「住吉《すみのえ》の　現人神《あらひとがみ》」（⑥一〇二〇〔一〇二一〕）の加護を求めた言葉が見える。住吉《すみよし》の神は、しばしば人の姿で示現する。それが「現人神」である。『住吉大社神代記』や『伊勢物語』にもその例が見える。原文には「荒人神」とあり、ここからも「荒」と「現」の重なりが確かめられる。「荒」は

「顕《あら》（現）」に通じており、「荒人神」はそうして現れた神の霊威の著しさを讃美する文字表記であろう。

「新《あら》」も同様に霊威の顕現と結びつく。「新」の形容詞はアラタシだが、そこには霊力（生命力）の更新されるさまがつよく意識されている。

　新《あらた》しき年《とし》の初めの初春《はつはる》の今日《けふ》降る雪のいや重《し》け吉事《よごと》（⑳四五一六）

「新しい年の初めである初春の今日降る雪のように、善いことがいよいよ重なるように」というほどの意。因幡《いなば》国守大伴家持《おおとものやかもち》が、新年の賀宴で披露した祝福の歌。新年を迎えるごとに、生命力の更新がはかられると考えた。この考えは今日にも及んでいる。

新年に限らず、一つの完結した時空には、その区切り目ごとに生命力の切り替わりがあるものとされた。「代（世）」の区切り目が「新《あら》た代《よ》（世）」（①五〇）であり、夜の区切り目が「新《あら》た夜《よ》」である。→ヨ。

　今さらに寝《ね》めや我《わ》が背子《せこ》新《あら》た夜《よ》の一夜《ひとよ》も落ちず夢《いめ》に見えこそ（⑫三一二〇）

女の歌。今さら共寝が期待できないのなら、毎夜欠かすことなく夢に見えてほしいと男に歌い掛けている。夜は、毎夜向こう側の世界からやって来るものとされた。そこで「新夜」といった。夜の訪れは、異界の霊威の顕現でもあるから、「新」もまたアラの根本とつながっていることが確かめられる。

そうした観念をさらに明確にしたのが、「年」「月」などに冠される枕詞「あらたまの」である。

　かくのみや息《いき》づき居《を》らむあらたまの来経行《きへゆ》く年の限《かぎ》り知らずて（⑤八八一）

山上憶良《やまのうえのおくら》の歌。「来経行く」とあるように、「年」もまたやって来ては去るものだった。その「年」に「あらたまの」が冠せられている。タマは「魂」であり、外側の世界からやって来る霊威が具体的な像として捉えられている。アラタマの表記がしばしば「荒玉（荒珠）」であるのも、アラの根源的な意義がどこかに意識されているからであろう。

（多田一臣）

あを【青】

アヲ（青）は色の名だが、もともとは漠とした光のさまを意味したらしい。反対にはっきりとした光のさまが「白」として意識されたという。つまり、光の顕―漠が、白―青の対比として捉えられたことになる。古代の人びとは、色と光とを未分化のままに感覚として受けとめていたらしい（佐竹昭広『萬葉集抜書』）。

アヲが光と色の漠とした未分化のさまを指していたことは、沖縄の「青《おー》の島」を見ることで確かめられる。古代の沖縄人は、死者の世界を「青の世界」として意識していたという。沖縄では、地先の小島を「青の島（奥武《おーの》島《しま》）」と呼び、葬所とする例が見られるというが、それは、死者の世界が「真っ黒でもなく、赤や白のように明るくもなく、その中間のぼんやりとした明るさを示す」世界であったことによるという（谷川健一『南島文学発生論』）。

本土に点在する「青島」も、かつては禁足地とされる例が多く見られた。「青の島」と同様、そこが聖なる世界、死者の世界として幻視されていたからだろう。

アヲは、色としては黒と白の中間色を漠然と指していたらしい。緑、藍から灰色までをも含む色だった。それを示すのが「青馬」である。

水鳥《みづとり》の鴨《かも》の羽《は》色《いろ》の青馬《あをうま》を今日《けふ》見る人は限《かぎ》りなしといふ（⑳四四九四）

正月七日の「白馬《あをうま》の節会《せちえ》」を歌ったもの。左右馬寮の「白馬」を庭前に引き出し、それを天皇がご覧になる宮廷儀礼で、陽月陽日に陽獣を見ると長寿が得られるとする中国伝来の俗信にもとづく行事である。歌では「青馬」（原文）だが、それは灰色がかった毛足が「青」と捉えられたからである。「水鳥の鴨の羽色」とあるように、鴨の毛色を比喩としていることからも、それを確かめることができる。一方、行事そのものは「白馬の節会」と呼ばれたが、これは毛足を白に近いものとして意識したからだろう。

薄くたなびく灰色がかった雲を「青雲」と呼んだ例もある。

弥彦《いやひこ》おのれ神《かむ》さび青雲《あをくも》のたなびく日すら小雨《こさめ》
そほ降《ふ》る（⑯三八八三）

「弥彦」は、新潟県の弥彦《やひこ》山のこと。山全体が神山とされた。この「青雲」は雨雲ではない。「青雲」が薄くたなびくような晴れの日でも、聖なる山には小雨が降ることを歌っている。雨は文字どおりの天《あま》つ水だから天の呪力を宿している。その雨に絶えず接していることが、聖なる山の神々しさを保証した。ならば、この「青雲」の「青」にも、先の「青の島」と同様、異界の聖性が意識されていただろう。「大君《おほきみ》の命畏《みことかしこ》み青雲《あをくも》のとの引《び》く山を越《こ》よて来《き》ぬかむ」（⑳四四〇三）は防人歌《さきもりうた》で、東国方言が混《ま》じるが、やはり「青雲」を歌っている。この「青雲」の「青」も異界の霊威にかかわる色として把握されているから、「青雲」のたなびく山は、足を踏み入れることの許されぬ聖なる山として意識されたことになる。ここでは、「大君の命」を奉ずるがゆえに、そうした山を越えることが可能になったことを歌っている。

山を「青山」「青垣山」と表現するのも、樹木がそこに青々と繁っているさまの形容であるとともに、「青」には異界の霊威の発現を讃美する意味もあったに違いない。

先に、古代の沖縄人が死者の世界を「青の世界」と捉えていたことを指摘したが、万葉人もまた、死者の姿を「青」と認識したらしい。

人魂《ひとだま》のさ青《を》なる君がただ一人逢《ひとりあ》へりし雨夜《あまよ》の
葉非左し思《おも》ほゆ（⑯三八八九）

は「怕《おそろ》しき物の歌」と題する中の一首で、死者との遭遇を歌っている。「葉非左」は不明だが、死者との出逢いの場を指すらしい。「人魂のまっ青な君がただ一人、それに出逢ってしまった雨夜の葉非佐が思われてならない」というほどの意。「人魂」のぼんやりとした姿が「さ青なる君」と表現されている。「青」の霊性は、こうしたところからも明らかである。

（多田一臣）

いき【息】

イキは魂の具体的なあらわれを意味する語。「息」「生」「気」と表記される。「神代記」で、アマテラスとスサノヲが高天原《たかあまのはら》の天真名井《あめのまない》で誓約《うけい》を行い、それぞれの物実《ものざね》をかみ砕いて吐き出した「吹き棄《う》つる気吹《いふき》の狭霧《さぎり》」から神々が生まれるのは、魂の発動というイキの性質をよく示す例である。

イキ（息）はイク（生く）と同根であり、「息さへ絶えて　後《のち》つひに　命《いのち》死にける」（⑨一七四〇）のように、イキ（息）の有無が生死を分ける。「生けり」という表現も、イキ（息・生）＋アリの略である。

イキホヒ（勢）という語も、イキ＋ハフ（這《は》ふ）の変化したもので、イキがあたり一面を覆う、活力ある様をいう。山上憶良《やまのうえのおくら》の沈痾自哀文《ちんあじあいぶん》には「王侯なりと雖《いへど》も、一日気《いき》を絶たば、金《くがね》を積むこと山の如くありとも、誰《だれ》か富めりと為《な》さむ。威勢《いきほひ》海の如くなりとも、誰か貴《たふと》しとなさむ」という記述が見られる。「王侯の身も一たび息が絶えてしまえば、たとえ黄金を山のように積んでも誰が富裕と言おうか。海のように大きな権勢があっても誰が貴いと思うだろう」と、王侯のような富者の権勢をイキホヒと捉えつつ、そのイキが一度絶えると何にもならないことが述べられている。

イキは、『万葉集』では相聞歌に多く見られる語である。現代では恋人や好きな芸能人を「〇〇命《いのち》」として、「自分の命ほど大切な人」「自分の命の限り思う人」の意で用いることがあるが、『万葉集』ではそれを「息《いき》にす」「息《いき》の緒《を》にす（思ふ）」と表現した。

崩崖《あず》の上《うへ》に駒《こま》を繋《つな》ぎて危《あや》ほかど人妻《ひとづま》子ろを息《いき》に我《わ》がする（⑭三五三九）

右は東歌《あずまうた》で、「崩れそうな崖の上に馬を繋ぐようにうに危ういことだが、人妻であるあの子を我が命と思うよ」という意。許されぬ人妻への恋心の危うさを、崩壊寸前の崖に馬を繋ぐことに喩《たと》え、女への思いの深さを「息に我がする」と詠んでいる。

次は、大伴家持《おおとものやかもち》が友と別れる際、女の立場になって詠んだ歌。


なかなかに絶《た》ゆとし言はばかくばかり息《いき》の緒《を》にして我《あれ》恋ひめやも（④六八二）

「いっそのこと二人の仲もこれで終わりならば、命の限りに私が恋い慕うことなどあろうか」という意。「息の緒」とは、息が緒のように長く続くことから、命が継続することを意味する。そこから「命が続く限り」という意味になる。→ヲ。

『万葉集』では「息の緒に」と、格助詞「に」を伴う形で「命をかけて」という意味になる。次は、慕る恋心を詠んだ歌。


息《いき》の緒《を》に思へば苦し玉の緒の絶えて乱《みだ》れな知らば知るとも（⑪二七八八）

「玉の緒が絶えるように、命の限り思うあなたへの気持ちも断ち切れたらどれほど楽か」と、恋の苦しさを嘆く。「息の緒に」は、「思ふ」「恋ふ」「嘆く」という動詞に接続することが多い。これらは、いずれも恋愛における魂の揺れ動きを示す動詞であり、魂の発動であるイキと深く結びつく語となっている。

イキは吸ったり吐いたりするものだが、万葉歌のイキは、吸うことよりも吐く行為を詠んだものが多い。特に、恋の苦しさによって吐く溜息は、相手を恋い慕う魂の具体的な発動として考えられ、「息づく」と表現された。次は、秘めた恋に思い悩む様を、繭《まゆ》に籠《こ》もる蚕《かいこ》に喩えて詠んだ歌。

たらちねの　母が飼《か》ふ蚕《こ》の　繭隠《まよごも》り　息づき渡り　我《あ》が恋ふる　心のうちを　人に言ふものにしあらねば…（⑬三二五八）

「たらちねの母が飼う蚕が繭に隠るように、ひそかにじっと溜息を吐き続け、私が恋する心の内を、人に言うものでもないので」という意。養蚕は女性の仕事であり、その蚕が繭に籠もる姿を「息づき渡り」と、ひたすら溜息をつき、鬱々と恋の思いに悩む様子に重ねて表現している。

次の歌では、「息の緒に」恋した相手が、人妻であったことを知り、嘆く様が詠まれている。

息《いき》の緒《を》に我《あ》が息づきし妹《いも》すらを人妻《ひとづま》なりと聞けば悲しも（⑫三一一五）

「命のほど思い、恋の嘆きにくれていた愛しいあの子が人妻だったとは」というほどの意で、「悲しも」という結句から、思い人が人妻と知った絶望感と、深く嘆息する男の様子が窺える。

恋する者の溜息は、人一倍深く長いものと捉えられ、「八尺鳥《やさかどり》」という枕詞が冠せられた。

沖《おき》に棲《す》も小鴨《をかも》のもころ八尺鳥《やさかどり》息づく妹《いも》を置きて来《き》のかも（⑭三五二七）

「沖に棲む小鴨さながら長い息をつく八尺鳥のように長い溜息をつく妻を、後に置き残して来たことだ」という意。「八尺《やさか》」は長大さの形容で、「八尺鳥」は息の長い水鳥を示す。旅路の男が、家で待つ女を思って詠んだ歌である。

嘆きの息は、霧になるとも詠まれた。次は、遣《けん》新羅使人《しらぎしじん》の妻が詠んだ歌。

君が行《ゆ》く海辺《うみへ》の宿《やど》に霧《きり》立たば我《あ》が立ち嘆《なげ》く息と知りませ（⑮三五八〇）

「あなたが船を進めて行く海辺の宿りに霧が立ちこめたなら、私が嘆く嘆きの息だと知ってください」と、新羅に向かう海上に立つ霧を、家郷で夫を思い嘆く自らの思いに重ねて表現している。

次は、悲しみのイキが山に立つ霧となることを詠んだ例である。

大野《おほの》山霧《やまきり》立ち渡る我《わ》が嘆《なげ》く息嘯《おきそ》の風に霧立ち渡る（⑤七九九）

大伴旅人《おおとものたびと》の妻の死に際し、山上憶良《やまのうえのおくら》が旅人の心になって詠んだ歌である。「大野山に霧がたちこめている。私の嘆きの息の風で霧がたちこめている」という意。「大野山」は大宰府《だざいふ》の背後にあった大城山《おおきやま》。「息嘯《おきそ》」はオキ（息）＋ウソ（嘯）の約で、嘆きの息をいう。妻の死を嘆く息が霧になり、大野山に立つのである。

霧は視界を遮るものでもあるが、霧と類似の現象である雲・霞が自分とは距離を隔てた所にあるのに対し、霧は自らも包み込んでしまうものと把握されていたという（［時代別］）。嘆きのイキである霧は、相手を偲ぶ縁《よすが》であると同時に、その思いに包まれるものでもあった。

（兼岡理恵）

いのち【命】

イノチとは、生命力、またその生命力のある期間、すなわち寿命の意である。

真《ま》葛《くずは》延ふ夏野《なつの》の繁《しげ》くかく恋ひばまこと我《わ》が命《いのち》常《つね》ならめやも（⑩一九八五）

栲縄《たくなは》の長き命《いのち》を欲《ほ》りしくは絶《た》えずて人を見まく欲《ほ》りこそ（④七〇四）

前者は、「真葛の伸びる夏の野は茂るが、そのようにしきりに恋い焦がれたならば、本当に私の命は正常な状態でいられるであろうか」の意。このイノチは生命力の意である。後者は、「栲縄のように長い命を求めるのは、絶え間なくあなたに逢いたいと思うからだ」といった意味。このイノチは寿命の意を示す。ただし、実際にはどちらの意味かを確定させるのが難しい例もある。

「景行《けいこう》記」には、病に倒れた倭建命《やまとたけるのみこと》が死の間際に歌った望郷歌とされる「命《いのち》の　全《また》けむ人は　畳薦《たたみこも》　平群《へぐり》の山の　熊白檮《くまかし》が葉を　髻華《うず》に挿《さ》せ　その子」（記三一）という歌謡が見える。「命の全けむ人」とは、生命力が完全な人の意で、命終わろうとする自分に対して未来のある若者を指す祝福の言葉。「熊白檮《くまかし》」は大きな樫の木のことで、「髻華《うず》に挿す」とは、かんざしとして髪に挿す意。常緑樹である樫の葉を髪に挿すのは、その生命力を体に取り込んで長寿と豊饒《ほうじょう》を願う感染呪術である。→カザシ。

生命力が完全で未来のある人は、樫の葉を髪に挿して、ますます強い生命力を得て長寿でいるようにと、生ある人々を祝福した歌である。

ここで歌われたイノチからは、生命力の充足すなわち長い寿命という関係が見て取れる。イノチが生命力と寿命、両方の意を示すのは、そのためである。

イノチの語源だが、イは「生《い》き」のイであり、また吐く「息《いき》」のイでもある。→イキ。「神代記」では、天照大御神《あまてらすおおみかみ》と須佐之男命《すさのおのみこと》が霧のように吐き出す息の中から八柱の神々が生まれている。

『万葉集』「水江《みづのえ》の浦島《うらしま》の子を詠める」歌には、次のような一節がある。

…髪《かみ》も白《しら》けぬ　ゆなゆなは　息《いき》さへ絶えて
後《のち》つひに　命《いのち》死にける…（⑨一七四〇）

ここは、「髪も白くなってしまった。後には息さえも絶え、最後にはついに死んでしまった」の意。「息」が絶えて「命」が死ぬ。これらの例は、イキとイノチの関係をよく示している。

イノチのチだが、その類例にノツチ（野の霊）、ククノチ（木の霊）などのチがある。→チ。これらは、野や木に存在すると考えられた霊的なもの、あるいはその霊力をいう。それゆえイノチもまた、生命を支配する霊的なもの、また命を支える力、すなわち生命力の意になる。

イノチは、自分の命であっても、自分の力では自由にできない。

我が命《いのち》も常《つね》にあらぬか昔見し象《きさ》の小川《をがは》を行《ゆ》き
て見むため（③三三二）

大宰帥《だざいのそち》大伴旅人《おおとものたびと》の歌。「私の命も変わらずにあってほしい。昔見た象の小川（奈良県吉野）を、行って見るために」というほどの意。老齢で大宰府に赴任した旅人は、大宰府での死を覚悟していたのであろうか。イノチの統御が不可能であることが、ここからも理解される。

次も、自由にならないイノチを歌った例。

高麗錦紐解《こまにしきひもと》き開《あ》けて夕《ゆふへ》だに知らざる命《いのち》恋ひつ
つやあらむ（⑪二四〇六）

「高麗錦の紐を解き開け、今夕までだってわからないこの命で、あの人を恋い続けているのであろうか」くらいの意味。「知る」とは支配する意味の「領《し》る」とも同義だから、その否定「知らざる」は支配の不可能を意味する。→シル。

イノチの統御が不可能であるなら、イノチは神の支配の下にあるともいえる。→カミ。

ちはやぶる神の持たせる命《いのち》をば誰《た》がためにか
も長く欲《ほ》りせむ（⑪二四一六）

「神の持たせる」とは、神がイノチを支配している意。ここは、そのような命であっても、あなたのためにこそ長くありたいものだと歌っている。

イノチを支配するのが神であるなら、その無事をあらためて神に祈ることにもなる。

時つ風吹飯《ふけひ》の浜《はま》に出《い》で居《ゐ》つつ贖《あか》ふ命《いのち》は妹《いも》がためこそ（⑫三二〇一）

旅の歌である。家郷に残る妻のため、歌い手は、わが身の無事を神に祈っている。それを「贖ふ命」と歌っている。アカフは、神に幣帛《へいはく》などを捧げて祈願する意。**↓タビ**。

霊威に満ちたものに触れることで、イノチの長久をはかろうとした例もある。

命幸《いのちさき》く久《ひさ》によけむと石走《いはばし》る垂水《たるみ》の水をむすびて飲みつ（⑦一一四二）

「命が無事で、長く久しくよくあってほしいと、石走る滝の水を手ですくって飲んだことだ」というほどの意。「石走る」は、「垂水」の枕詞。滝の水が、岩の上をほとばしり流れる意で、その霊威の強さを示している。霊力の満ちたその水を飲むことで、イノチの無事を願おうというのである。

イノチのはかなさは、仏教の説く無常観とも結びついていく。

水の上《うへ》に数《かず》書くごとき我《わ》が命《いのち》妹《いも》に逢《あ》はむと祈《うけ》ひつるかも（⑪二四三三）

「水の上に数を書くようにはかなく消えるわが命だが、あの子に逢おうと神に長久を祈ったことだ」というほどの意。この初・二句には、仏典『涅槃経《ねはんぎよう》』の一節が踏まえられている。

命をはかないものとしてとらえる「世間虚仮《せけんこけ》（この俗世間は虚《むな》しく仮のものに過ぎない）」の思想は、大伴家持《おおとものやかもち》が詠じた「寿《いのち》を願ひて作れる歌」（⑳四四七〇）の、「水泡《みつぼ》なす仮《か》れる身（水の泡のようなはかない命）」といった言葉にもよく表れている。

（新谷正雄）

いはふ【斎ふ・祝ふ】／いつく【斎く】

イハフは、願いの実現を意図して行う呪的行為（呪術、おまじない）をいう。ただし他に危害を与えるなど、好ましくない願いは見られない。語源的には、神聖・禁忌を意味する接頭語イにハフが付いたものと考えられる。

同じくイに関わる動詞にイム（忌む）があるが、イハフが願いの実現を意図して何かを行うのに対して、イムは逆に凶事を恐れて何かを行わないことを意味する点が異なる。ただし、次の歌を見ると、イムとイハフが重なり合う語であることもわかる。

　櫛《くし》も見じ屋内《やぬち》も掃《は》かじ草枕《くさまくら》旅行《ゆ》く君を斎《いは》ふと
　　思《も》ひて（⑲四二六三）

妻の立場から入唐使へ贈った壮行歌。「櫛を見ることもしない、家の中も掃かない。〔草枕〕旅行くあなたを『いはふ』と思って」くらいの意である。この歌では髪を梳《と》かさない、家の中を掃かないことが旅人の無事をイハフこととされている。旅立ちの時の状態をそのまま保つことで旅人の無事の帰還を願うのだが、それが状態を変えることを禁忌とする意識と裏腹である点が注目される。

右は不行為によってイハフ例であるが、様々な行為を行うことでイハフ例も見られる。

イハフという語を負う呪具に「斎瓮《いはひへ》」がある。

　草枕《くさまくら》旅行《ゆ》く君を幸《さき》くあれと斎瓮《いはひへ》据《す》ゑつ我《あ》が
　　床《とこ》の辺《へ》に（⑰三九二七）

「斎瓮」は神聖な甕《かめ》で、神を動かすために奉った。右の歌は「〔草枕〕旅を行くあなたがご無事であれ、と斎瓮を据えた。私の寝床の傍らに」というほどの意。床の辺に据えるのは、寝床が夫婦の結びつきの象徴であり、夫婦の共感関係によって旅人の無事を図るためであろう。→タビ。

後世の紀行文にも海の神を鎮めるために「幣《ぬさ》」を捧げる場面がしばしば見られるが、次の歌も海に「幣」を捧げて旅人の安全を祈っている。

荒津《あらつ》の海《うみ》我《われ》幣《ぬさ》奉《まつ》り斎《いは》ひてむ早《はや》帰りませ面変《おもが》はりせず（⑫三二一七）

歌は「私は荒津の海に捧げ物をして無事を祈りましょう。早く御無事でお戻りください。面やつれなどせず」くらいの意。荒津は大宰府の外港だが、その名の通り荒々しい海だったのだろう。その海に「幣」を捧げてイハヒを行い、海の神を鎮めようというのである。作者も作歌状況も不明だが、政務報告などのために一時帰京する官人を見送る女の歌のようである。

ここまで見てきた歌はすべて旅に関わって旅人の無事をイハフ例であったが、そうしたイハヒが十分に行われない場合には重大な結果を引き起こすと考えられていたようである。

…韓国《からくに》に　渡る我《わ》が背《せ》は　家人《いへびと》の　斎《いは》ひ待たねか　正身《ただみ》かも　過《あやま》ちしけむ…（⑮三六八八）

右は新羅《しらぎ》に向かう旅の途中で亡くなった人を悼んだ挽歌の一節で、「新羅に渡る我が夫は、家人が『いはひ』待たなかったためか、それとも本人が過ちを犯したためなのか（亡くなった）」という意。旅人が亡くなった場合、家人のイハヒの不足をその一因と捉える観念が当時の人々にはあったようである。

旅という状況以外でも、願いの実現を意図してイハフことは行われた。

玉久世《たまくせ》の清き河原《かはら》に禊《みそ》ぎして斎《いは》ふ命《いのち》は妹《いも》がためこそ（⑪二四〇三）

「玉久世の清らかな河原で禊ぎして、『いはふ』命は、妻のためなのだ」といった意味。「久世」は山背《やましろ》国の地名。穢れを除去し、生命力を復活させる「禊ぎ」によって命をイハフ、つまり長寿を願うのだが、それも妻のためだと歌うことで、妻への情愛が表されている。

右の歌の「禊ぎして斎ふ」は神聖・清浄を保つための行為であるが、神社などの神聖・清浄を保つことをイハフと言った例も見られる。

祝《はふり》らが斎《いは》ふ社《やしろ》の黄葉《もみちば》も標縄《しめなは》越えて散るといふものを（⑩二三〇九）

「神官たちが、清浄さを保っている神社の黄葉《もみじ》の葉も、注連縄《しめなわ》を越えて散ると人が言っているのに」といった意味。右の歌は「譬喩《ひゆ》歌」と題されており、神官によって清浄に保たれている神社の黄葉に、親に守られて逢いがたい女性を喩え、それでも逢う機会がないわけではない、という恋の思いが歌われている。

次は少し風変わりなイハフの例である。

…韓国《からくに》を　向《む》け平《たひ》らげて　御心《みこころ》を　鎮《しづ》めたまふと　い取らして　斎《いは》ひたまひし　真《ま》玉《たま》なす　二つの石を…（⑤八一三）

妊娠中の神功《じんぐう》皇后は、新羅征討を行おうとしたが、渡海を前に胎動が激しくなっていた。そこで皇后は二つの石を取り上げ、鎮まる石の性質を胎児に転移させ、その動きを鎮めようとした。右はその事績を歌う一節で、「新羅を平定し、御心を落ち着かせなさろうと、手に取られて『いはひ』なされた、美しい玉のような二つの石を」といった意味。石は胎児に似たものであるため選ばれている。帰国後、皇后は応神《おうじん》天皇を出産した。

イハフに近い言葉にイツクがある。この言葉は本来、次の例のように神に奉仕する、神を祭る意である。そして、そこから比喩的に「大切にする」などの意味として用いられた。

住吉《すみのえ》に斎《いつ》く祝《はふり》が神言《かむごと》と行《ゆ》くとも来《く》とも船は速けむ（⑲四二四三）

一首は、「住吉大社に奉仕する神官の神の託宣として、船は無事に早く帰って来るであろう」といった意味。それは、願いの実現というイハフの意味とは違いがある。

冒頭にも触れたイムは、禁忌を侵さず、穢れを避け、身を慎むことをいう。望ましくないことが生じないようにするための行為は、イハフが主として積極的行動であることとは異なる。

思ふにし余《あま》りにしかばすべをなみ我《われ》は言ひてき忌《い》むべきものを（⑫二九四七）

右は「思い余り、どうしようもなく、私は言ってしまった、忌み慎まなければならないのに」といった意味。関係を持つ異性の名を他人に言ってはいけない。それなのにあまりの思いのために禁忌を破ってしまった、という歌である。（新谷正雄）

→ナ、ヒト。

いぶせし

鬱々とした思いで心が晴れない状態をあらわす形容詞。イブセシのイブはイブカシのイブと同根、セシは「狭《せ》し」であろう。もともとは、古代の物忌みの際に味わう性的な欲求不満をともなう心の状態をあらわす言葉とされる（山本健吉『大伴家持』）。物忌みの期間中は、一切の男女関係は禁じられたから、そうした際に生ずる鬱積した気分をイブセシと呼んだ。イブセシ、またそのミ語法であるイブセミの用例は『万葉集』中に十例見られるが、その半数は大伴家持《おおとものやかもち》の作であり、とりわけ家持が好んだ言葉であることがわかる。次の家持の歌は、イブセシの意味のよく表れた例である。

雨隠《あまごも》り心いぶせみ出《い》で見れば春日《かすが》の山は色づきにけり（⑧一五六八）

「秋歌四首」と題された中の一首。「雨隠り」は、長雨で家に隠っていることをいう。長雨の月は五月と九月だが、どちらも稲作にとって大切な、神の来臨を迎える聖なる月とされた。男女は物忌みのため家に隠《こも》り、互いに逢わないのを原則とした。それを、古来「雨隠り」と呼んだ。この歌のイブセシにも、性の不満足に起因する鬱積した思いがこめられている。家持は、待ち望んだ雨間《あまま》が訪れたので、ちょっと外に出てみたのだろう。すると春日の山がすっかり色づいていた。その感動を歌ったのがこの一首になる。**→コモル・コモリ**。

このイブセミは、原文には「鬱悒」とある。この文字を用いたイブセシの例が、他に四例ある。「鬱悒」は漢語で、字書によれば、「鬱」は、木々が一定の場所に閉じこめられてこんもり茂り、中に空気などがこもる意という。そこで、気分がふさがる意を示すようになったらしい。『名義抄』には、イキドホル、イフカシ、フサグなどの訓が見える。

一方、「悒」は、『名義抄』に、イキドホル、ツツムの訓があり、これも字書によれば、心が狭い枠の中に押しこめられて伸びない意を示すという。「鬱悒」は、漢語においても、心がむすぼおれて、気持ちの晴れぬ状態を意味していたことになる。

ここで、『名義抄』の「鬱」「悒」に、イキドホルの訓があることが注意される。イキドホルは、現代では、もっぱら怒り、腹立つことを意味するが、上代では、心中に不満や憂悶を鬱屈させている状態を意味した。イブセシとも重なる言葉である。このことは、同じ家持の「八日に、白き大鷹《おほたか》を詠《よ》める歌」（⑲四一五四）を見ることで確かめられる。そこでは、鷹狩りが「いきどほる　心の内を　思ひ延べ」る行為であることが歌われている。「思ひ延べ」は、思いを伸ばし、晴らす意だから、イキドホルは、鬱屈した心の状態の形容になる。『新撰字鏡』のイキドホルの説明にも「意不二舒泄一也」とあるから、ここでもイブセシとの重なりを認めることができる。

『万葉集』には、「鬱悒」をオホホシと訓んだ例もある。オホはオボロ（朧）、オボメクなどのオホ（オボ）と同根で、ぼんやりとしたさまを示す言葉だが、そこから心の晴れぬ不安な状態を表したりもする。その意味で、オホホシもイブセシと重なるところがある。そうしたオホホシは、雲・霧・霞などによって視覚の閉ざされたさまを示し、それを心の状態の比喩とすることがしばしばあるが、同様な例はイブセシにも見られる。↓オホ。

　九月《ながつき》の時雨《しぐれ》の雨の山霧《やまぎり》のいぶせき我《あ》が胸《むね》誰《た》を
　見ば止《や》まむ（⑩二二六三）

「九月の時雨の雨が山霧となって煙るように、鬱陶しく晴れやらぬわが胸は、誰を見たら収まるのだろう」というほどの意。時雨が山霧のように煙っているさまを、恋人に逢えない心の状態の比喩にしている。ただし、類似の比喩を用いてはいても、オホホシが対象に向けられた視覚の不分明さに力点を置くのに対して、イブセシは主体の心の状態の鬱屈に意識が向けられており、そこに二つの言葉の差異が現れている。

（多田一臣）

いへ【家】／や【屋】

イヘとは、建物そのものを指すヤ（屋）とは異なり、住むところ、さらには家庭・家族・家柄といった内実をも示す言葉であった。『万葉集』では「旅」との対比で示されることが少なくない。↓タビ。心を安穏とさせる場がイヘでもあった。次の一首は、『万葉集』の冒頭を飾る雄略《ゆうりやく》天皇の御製歌である。

籠《こ》もよ　み籠《こ》持ち　掘串《ふくし》もよ　み掘串《ぶくし》持ち　この岡《をか》に　菜摘《なつ》ます子　家告《の》らせ　名告らさね　そらみつ　大和《やまと》の国は　押しなべて　我《われ》こそ居《を》れ　しきなべて　我《われ》こそ座《ま》せ　我《われ》こそば　告《の》らめ　家をも名をも（①一）

この歌では、天皇が岡で若菜摘みをする女性にイヘとナ（名）を口にするよう望み、最後は天皇自らそれを告げようと宣言する。ここでのイヘは、ナと対にされることから、家柄・氏族と解される。「古代では、家柄や名を問うことが求婚の意味をもった」（［全解］）とされ、イヘとナには不可分な関係があった。↓ナ。また、

松浦《まつら》なる玉島川《たましまがは》に鮎《あゆ》釣ると立たせる子らが家《いへ》路《ぢ》知らずも（⑤八五六）

のように、イヘを知らないことは、相手との交際がうまくいかないことを暗示する。それはイヘに通うことが、婚姻を意味するからに他ならない。『万葉集』で、よく詠まれるのは、旅に出て愛する女性や家族と離れ離れになった男性が、故郷のイヘに思いを馳《は》せる歌である。この場合のイヘは、旅に対して、安穏な生活や家族を表象する。

山越しの風を時じみ寝《ぬ》る夜《よ》落ちず家《いへ》なる妹《いも》を懸《か》けて偲《しの》ひつ（①六）

右は、舒明《じよめい》天皇が讃岐国安益《あや》郡に行幸した際に軍　王《いくさのおおきみ》が山を見て作った歌。「山越しの風が絶えず吹いてくるので、毎夜寝るたびに家に残して来た妻の名を口にしては、思いを馳《は》せていることだ」というほどの意。遠い家郷で自分の無事を祈

りつつ待っている妻に、毎夜毎夜、心が引き寄せられてしまうというのである。↓シノフ。

「景行記」において、東国を平定した倭建命《やまとたけるのみこと》が、死の間際、故郷に思いを馳せて詠んだ、「愛《は》しけやし　我家《わぎへ》の方《かた》へ　雲居《くもゐ》立《た》ち来《く》も」（記三二）では、イヘの方角から立ち起こる雲が、故郷の家族が待つ思いを表象している。それは倭建命自身の、イヘに回帰したいという思いでもある。

旅の対となるイヘは、まさにそのイヘでの生活を実感させる。

家《いへ》にあれば笥《け》に盛《も》る飯《いひ》を草枕《くさまくら》旅にしあれば椎《しひ》の葉に盛る（②一四二）

この歌は、有間皇子《ありまのみこ》が斉明四年（六五八）謀反の罪で絞首に至る際に、「自《みづか》ら傷《いた》みて」詠んだ挽歌である。「家にいると食器に持って食べる飯を、草を枕にする旅にいるので椎の葉に盛る」というほどの意。一見、イヘと旅の対比を詠じただけのようだが、死を間近にした挽歌と受け止められたのは、『万葉集』でイヘを離れることは死を暗示することがあったからであろう。例えば、大伴家持《おおとものやかもち》が妻の死を悲しんで作った一連の挽歌のうち、

家離《いへざか》りいます我妹《わぎも》を留《とど》めかね山隠《やまがく》しつれ心神《こころど》もなし（③四七一）

では、妻の死を、妻の魂がイヘを離れて山中に迷い込んだものと表現している。↓ヤマ。

旅との対比で安穏な生活や家族を表象するイヘによって、悲しみが表現される場合もあった。

人もなき空《むな》しき家は草枕《くさまくら》旅にまさりて苦しかりけり（③四五一）

この歌は、大宰帥《だざいのそち》であった大伴旅人《おおとものたびと》が、赴任先の大宰府で妻を亡くした後、大納言となり帰京した折に詠じた挽歌。「人もいない空っぽな家は、草を枕とする旅にまさって苦しいものであることよ」というほどの意。数年空けたイヘは、かつての幸せをそのままに残す空間だったのであろう。イヘに帰って妻のいない虚無感に襲われ、イヘが旅よりも苦しく感じられてしまったのである。

一方、新しい都を造営する際には、故郷のイヘは忘れるもののように表現された。藤原宮造営を詠じた歌では、造営に従事した人々が川に流した

材木を「家忘れ　身もたな知らず」（①五〇）と、大切なイヘや我が身を擲《なげう》って受け取ることが詠まれ、平城宮造営を詠じた歌では、「大君《おほきみ》の　命畏《みことかしこ》み　柔《にき》びにし　家を置き」（①七九）と、慣れ親しんだイヘを置いて人々が仕事に赴くことが詠まれる。新都の造営は、故郷のイヘを顧みないほどの事業であると伝えているのであろう。→ミヤコ。

旅に限らず、愛する女性と離れ離れになった男性が、遠くにいて逢えない女性への思いを、イヘを見たいと表現することもあった。

妹《いも》が家《いへ》も継《つ》ぎて見ましを大和《やまと》なる大島《おほしま》の嶺《ね》に家《いへ》もあらましを（②九一）

右は、天智《てんち》天皇が鏡王女《かがみのおおきみ》に贈った恋歌で、「あなたの家だけでもずっと見つづけていたいのに、大和の大島の山にせめて家があればよいものを」というほどの意。イヘを見ることは、思いを寄せる人との精神的なつながりを実感する一つの手段であったのだろう。

「家人《いへびと》」は、律令では、社会の最下層に置かれた賤民の一種を意味する用語。諸家で召使いなどとして従事した。一方、『万葉集』における「家《いへ》人《ひと》」は、賤民・召使いの意で用いられた例（⑪二五二九）もあるが、多くは家族を意味する。

家人《いへびと》に恋ひ過ぎめやもかはづ鳴く泉《いづみ》の里に年の経《へ》ぬれば（④六九六）

右は男性の歌で、「家に残した妻への恋しさが消え去ることなどあろうか。かわずの鳴くこの泉の里に年を経《へ》てしまったので」というほどの意。「泉の里」は、久邇《くに》京のある泉川（木津川）沿いの地。作者は官人で、久邇遷都によってイヘのある奈良を離れたらしい。この「家人」は、特に妻を指すと考えられ、ここからもイヘと妻との一体感を見届けられよう。

なお、賤民・召使いの意の「家人」に近い言葉に「奴《やっこ》」がある。「奴」は、「屋」つ「子」であり、イヘではなく建物そのものに従属する存在である。諸家や寺、官などに属する下僕をいうが、そこから転じて、「恋の奴《やっこ》（恋という奴《やつ》め）」（⑫二九〇七）のように、人や物を侮蔑し罵《ののし》る言葉として用いられることもあった。

（中嶋真也）

いめ【夢】

ユメの古形。「現《うつつ》」の対概念で、「寐目《いめ》」の意とされる。ここには、夜寝ている間に見る夢は、現実に見る行為に匹敵するとの意識が働いている。

イメは、神との交流の手段と考えられたようだ。そのことを示す話が、「崇神《すじん》記」に載る。疫病の流行を愁《うれ》え嘆いた天皇が、夜に潔斎して「神牀《かむどこ》」に休むと、天皇のイメに大物主《おおものぬし》神が顕れて神託を授けたという。天皇は神託を受けるために、意図的にイメを見ようとしたことが分かる。古代人にとってイメは神意の現れと捉えられたのであり、そのため、政変や皇位継承など重大な出来事への対応を決める際に、イメが判断の拠り所とされたのである。このような観念は、イメを来《きた》るべき事態を告げ知らせる前兆とする考え方に繋がり、イメの内容を解釈して未来の出来事を占う夢合わせ（夢解《と》き）も行われた。例えば、『日本霊異記』の作者景戒《きょうかい》は、「表相《へうそう》（前兆）」を知るためにイメに強い関心を持ち、自身が見たイメの内容とその解釈を詳細に記している（下三八縁）。『万葉集』にも、次のような相聞歌が見られる。

剣太刀《つるぎたち》身に取り添《そ》ふと夢《いめ》に見ついかなる怪《け》そも君に逢《あ》はむため（④六〇四）

作者は女性。「怪《け》」は、物事の前兆を指す。「剣太刀」は男の象徴なので、それを身に添え持つとは男に逢う前兆だと夢合わせをした歌である。

このように神意や物事の前兆に通じるイメは受動的なものと考えられたため、『万葉集』では「夢に見ゆ（夢に見えた）」と歌う例が圧倒的に多い。一方で、イメを自分の主体的な行為と捉え、「夢に見る」と歌う例も散見される。→ミル。

万葉前期（平城京遷都以前）のイメの例はそれほど多くないが、挽歌に偏って見られる傾向が認められる。それは、イメが神に近い存在である死者との交流の手段とも考えられたためと思われる。例えば、初期万葉の「天智《てんぢ》挽歌群」の、「天皇崩時」に姓氏未詳婦人が詠んだ作では「…我《あ》が恋ふる　君そ昨《きぞ》の夜《よ》　夢《いめ》に見えつる」（②一五〇）と歌われる。これは、イメによって死者との交流が果たされた喜びの表現である。ただし、「夢に見えつる」という表現には、夢に見たことを意想外とする驚きのニュアンスも込められる。

万葉後期（平城京遷都以降）になると、夢は専ら相聞歌に詠み込まれるようになる。

間《あひだ》なく恋ふれにかあらむ草枕《くさまくら》旅なる君が夢《いめ》にし見ゆる（④六二一）

右は旅に出た夫を思う妻の歌で、「私が絶え間なく恋しく思っているからなのか、草を枕の旅にあるあなたが夢に見えることだ」というほどの意。この夫婦のように直接の出逢いが妨げられた時、相手の魂との逢会《ほうかい》（魂逢《たまあ》い）を求めて魂が体から遊離する状態が「恋」である。↓コフ。魂逢いが実現すると、お互い同時にイメを見ると考えられたようだ。右の妻の歌のように、自分の「恋」の強さによって、相手をイメに見るという俗信があった。一方で、相手の「恋」の強さによって、相手が自分のイメに現れたと歌う例もある。

朝髪《あさかみ》の思ひ乱《みだ》れてかくばかり汝《な》ねが恋ふれそ夢《いめ》に見えける（④七二四）

「朝寝髪の乱れのように思い乱れて、こんなにもあなたが恋うるからこそ、あなたが私の夢に現れたことだ」というほどの意。『万葉集』全体で見ると、後者の俗信を歌う例の方が多い。それは、相手が意識せずにイメに現れる不思議さがより強く意識されたためと思われる。ただ、イメを、わが思いのためと見るか、相手の思いの強さのためと見るかは、置かれた状況にもよるらしい。

恋しい相手との共寝が叶わない夜には、相手を夢に見ることが望まれた。夢は、現実の逢会に準ずる、相手の魂との逢会だからである。↓ヌ。

里遠《とほ》み恋ひうらぶれぬ真澄鏡《まそかがみ》床の辺去《へさ》らず夢《いめ》に見えこそ（⑪二五〇一）

右は女の歌で、「あなたの里が遠いので、恋うるあまり悄然となってしまった。真澄《ますみ》の鏡のように寝床の辺りを離れることなく、いつも夢に現れてほしい」というほどの意。相手を夢に見たいために、「誓約《うけひ》」や「袖返す」等の呪術を行って寝ることもあるようだ。→ウケヒ・ウケフ、ソデ。

ただし、このような万葉後期の相聞歌に見えるイメと魂の関わりに対する俗信は、全面的に信じられているわけではなく、文芸的手法として用いられたに過ぎないとする見方もある。

イメを、対概念の「現《うつつ》」と共に詠む歌も多い。

現《うつつ》にか妹《いも》が来《き》ませる夢《いめ》にかも我《あれ》か惑《まと》へる恋の繁《しげ》きに（⑫二九一七）

右はイメの中での逢会《ほうかい》を、惑乱する心で「現」か「夢」かと自問した歌。主体の意志の統御を超えてあくがれ出た魂が魂逢いを行い、相手との出逢いをイメに見たことになる。ここから、実感を伴う夢が、もう一つの現実として捉えられていることが読み取れる。その一方で、イメを「現」に対する非現実として歌った例もある。

夢《いめ》かとも心惑《まと》ひぬ月数《まね》多く離《か》れにし君が言《こと》の通へば（⑫二九五五）

右は女の歌で、何カ月も離れていた男からの便りが届き、「夢であるのか」と心が乱れたと歌っている。眼前の事態を、俄かには信じられない、あり得ないもののように感じる、という驚きがイメの語に込められている。

万葉後期に詠まれた歌のなかには、中国唐代の伝奇小説『遊仙窟』の影響を受けた作も多い。

夢《いめ》の逢《あ》ひは苦しくありけりおどろきて掻《か》き探れども手にも触れねば（④七四一）

右は大伴家持《おおとものやかもち》の相聞歌で、「夢での出逢いはつらいことだった。目を覚まして手探りしても、あなたが手にも触れないので」というほどの意。この歌は、『遊仙窟』の「夢ニ十娘ヲ見ル。驚キ覚《さ》メテ之ヲ攬《かいさぐ》ルニ、忽然《たちまち》手ヲ空シウセリ」の文章に拠る。この他にも、「今宵《こよひ》戸ヲ閉《とざ》スコト莫《な》カレ、夢ノ裏《うち》ニ渠《かれ》ガ辺《あたり》ニ向カハム」の文章を受けた、「人の見て言咎《こととが》めせぬ夢《いめ》に我《われ》今夜《こよひ》至《いた》らむ屋戸《やど》閉《さ》すなゆめ」（⑫二九一二）などの作が見える。夢を実態的に描く『遊仙窟』の斬新な表現は、夢の俗信を歌に好んで詠んだ万葉後期の人々にとって受け入れやすいものだったのであろう。（高桑枝実子）

いも【妹】

『万葉集』の歌においては、概ね男性から親愛の情をこめて女性を呼ぶ呼称として用いられる。セ（背・兄）と一対をなし、古代の兄妹の濃密な関係を、恋愛関係にある男女の関係に持ち込む呼称と見られている。

『万葉集』には相聞歌を中心に約六百七十例見られ、恋歌においては一般化している呼称に見えるが、次の歌を見ると、やはり男性が女性をイモと呼ぶことには、特別な意味合いが込められているようである。

　妹《いも》と言はばなめし恐《かしこ》ししかすがに懸《か》けまく欲《ほ》
　しき言《こと》にあるかも（⑫二九一五）

イモなどと呼ぶと無礼で畏れ多いけれども、それでも相手の女性をイモと呼びたいという衝動が歌われており、女性をイモと呼ぶことが男女の特別な関係を前提とすることを示している。

元来イモは、男性から女性の姉妹を指す親族名称であり、歌においてもイモの原義で用いられた用法も見られる。

　言問《ことと》はぬ木すら妹《いも》と兄《せ》とありといふをただ独
　り子にあるが苦しさ（⑥一〇〇七）

市原王《いちはらのおおきみ》の歌で、「物言わぬ木でさえ兄妹があるというのに、自分が独りっ子であることが苦しい」というほどの意である。このイモは親族名称としてのイモの意で用いられている。→ヒトリ。

次の歌は、大伴田村大嬢《おおとものたむらのおおおとめ》が異母妹の大伴坂《おおとものさかの》上大嬢《うえのおおおとめ》に会いたい思いを伝えた歌である。

　沫雪《あわゆき》の消《け》ぬべきものを今までに流らへぬるは
　妹《いも》に逢はむとぞ（⑧一六六二）

「沫雪のように消えてしまいそうな我が命を今まで長らえて来たのは妹であるあなたに会いたいがためです」くらいの意。歌は相聞歌の型をふまえる歌い方であるものの、このイモは親族名称としてのイモの用法と見ることができる。

ただし、万葉歌の用法では、圧倒的に相聞歌において男性から親愛の情をこめて女性を呼ぶ呼称として用いられることが多い。

むし衾《ぶすま》和《なご》やが下《した》に臥《ふ》せれども妹《いも》とし寝《ね》ねば肌《はだ》し寒しも（④五二四）

藤原麻呂《ふじわらのまろ》が大伴坂上郎女《おおとものさかのうえのいらつめ》に送った三首のうちの一首。「綿の柔らかな夜具の下に横になってはいるが、あなたとの共寝ではないので、肌寒く感じられる」くらいの意である。どんなに贅沢な夜具に寝ても、イモのいない独り寝は肌寒いのである。相聞歌には他に共寝ゆえの温かさを歌う歌も見られ、イモとの共寝が身も心も温かな眠りであったことが知られる。→ウマシ、ヌ。

イモは、ワレと複合してワギモ（我妹）、さらに親愛の情を添えるコが付いてワギモコ（我妹子）という複合形をとる場合も多く、イモが親愛の情を強く持つ呼称であることを示している。

我妹子《わぎもこ》が植《う》ゑし梅の木見るごとに心咽《む》せつつ涙《なみた》し流る（③四五三）

妻を喪った大伴旅人《おおとものたびと》が都の家に帰り着いて作った歌。「我が妻が植えた松の木を見るたびに、心もむせかえり涙が流れることだ」くらいの意であり、旅人の亡き妻への強い情愛が感じられる。

『古事記』の冒頭には、天之《あめの》御《み》中主《なかぬし》神をはじめとして、七柱の「独神《ひとりがみ》」が成り、それに続いて「宇《う》比地邇《ひぢに》神・妹須比智邇《すひぢに》神」以下、二柱一組の神が五組成り、最後に成った「伊耶那岐神《いざなきのかみ》・妹伊耶那《いざな》美神《みのかみ》」が国生み・神生みを行う記述がある。二柱一組の神に至ると、「妹」が女性神を示するしとして用いられるのだが、これが万葉相聞歌と同じく男女一対を示すのか、それとも原義の兄妹関係を示すのかが問題とされている。『古事記』においては、「妹」の字は基本的に兄妹の関係を指すために用いられていることを重視すれば、イザナキとイザナミは兄妹の関係にあったこととなり、イザナキ・イザナミによる国生み・神生みの神話は、南太平洋・ポリネシア地域などに見られる、島に流れ着いた（洪水を生き延びた）兄妹が結婚して始祖となる神話などと同じ類型となる。

（大浦誠士）

いろ【色】

イロは、漢語の「色」に対応する言葉だが、そこには多様な意味があり、なかなか奥の深い言葉といえる。手もとの辞書によれば、漢語の「色」には、①色彩、②顔の表情（顔色）、③色欲などのさまざまな意味が列挙されている。ただし、イロはあくまでも和語であり、漢語の「色」との重なりはあるにしても、まずは和語それ自体の意味が問われなければならない。和語のイロについて、もっとも深い理解を示しているのは森朝男「いろ」（『古代語を読む』）である。以下、森の論に導かれつつ述べていくことにする。

『万葉集』のイロの意義は、「色に出《い》づ」という言葉にもっとも端的に表れている。「色に出づ」とは、秘めていた恋の思いが周囲に知られてしまうことを意味する慣用句である。一般には、顔色を意味する漢語の「色」と同様に捉えて、恋の思いが思わず顔に出てしまうことと解されている。

岩《いは》が根《ね》のこごしき山を越えかねて哭《ね》には泣くとも色に出《い》でめやも（③三〇一）

長屋王《ながやのおおきみ》が奈良山を越える際に歌った歌である。「岩がごつごつとした山を越えられずに声を出して泣くようなことがあっても、あの人への思いはけっして表にするようなことはしない」というほどの意。恋の思いが同行者に知られてしまうことを「色に出づ」と言っている。なるほど、思いが顔に表れることを言ったと見てもよい。

しかし、右の歌も含めて、その例の多くは恋の露見を顔色だけに結びつけているわけではない。むしろ、態度やそぶりに出すこと、恋心を口に出すことと捉えるのがより適切なのかもしれない。

これらの例には、大きな特徴がある。「色に出づ」の「色」が具体的な色、直接には赤系統の色を比喩とすることで表現されていることである。

恋ふる日の日長《け》くあればみ園生《そのふ》の韓藍《からあゐ》の花の色に出《い》でにけり（⑩二二七八）

真金《まかね》吹く丹生《にふ》の真朱《まそほ》の色に出《で》て言はなくのみ
　そ我《あ》が恋ふらくは（⑭三五六〇）

前者は「恋うている日数も長く続くので、御苑の韓藍の花ではないが思いがそぶりに現れ出てしまったことだ」、後者は「真金吹く丹生で産する赤土のように、はっきりと表に出しては言わないだけだ。私の恋しく思うことは」というほどの意。「韓藍」は鶏頭《けいとう》で、その花は赤い。「真朱《まそほ》」の「朱《そほ》」は、辰砂《しんしゃ》（硫化水銀）を含む赤土（赭土《しゃど》）で、朱色の顔料に用いた。どちらも赤系統の色を、恋の露見を示す「色」の比喩に用いている。他には「末摘花《すゑつむはな》（ベニバナ）」（⑩一九九三）、「山橘《やまたちばな》（ヤブコウジ、実が赤い）」（④六六九）、「うけらが花（オケラ、花は淡紅色）」（⑭三三七六）などを比喩にした例がある。「朝顔（キキョウ）」（⑩二二七四）、「紫草《むらさき》」（③三九五）の例もあるが、紫も赤の範疇に含まれるから、同様に見てよい。

ここでなぜ赤系統の色が、恋の露見にかかわる「色」とされたのかを考えると、森も指摘するように、赤が神威や霊威の宿る徴表としての色とされていたことに思い到る。恋は神婚に擬せられ、女のもとを訪れる男は神に、待ち迎える女は巫女に重ね合わされた。そこには日常を離脱した不思議な霊威が作用していると考えられた。神に憑依される巫女はしばしば赤色によってシンボライズされる。雄略《ゆうりやく》天皇から求婚され、その召しを待ち続けてついに老女になってしまった女の名が「赤《あか》猪子《ゐこ》」であるのは、もともとは彼女が巫女としての属性をもっていたからに違いない（「雄略記」）。赤猪子の原像は三輪山の神に仕える巫女だったとされる。そうした赤色のシンボリズムは、官女の赤裳や巫女の緋の袴にも見ることができる。官女は、地上における神の世界である宮廷において、その神＝天皇に仕える神女でもあった。その意味では、官女はすべて天皇の妻であったと見てもよい。→**アカ**。

そこで、男を待ち迎える女は巫女に重ねられ、赤色によって捉えられることになった。『万葉集』でも、恋の対象である理想の美女は、「赤《あか》らひく色《いろ》ぐはし子」（⑩一九九九）、「赤らひく肌《はだ》」

（⑪二三九九）などと形容されている。日向《ひゅうが》の美女髪長比売《かみながひめ》を「ほつもり　赤ら娘子《をとめ》」と讃美した歌謡（記四三）もある。ここから「色ぐはし子」の「色」もまた赤色を示していることがわかる。

恋の状態を赤色で示した例もある。

紅《くれなゐ》の濃染《こそ》めの衣色深《ころもいろぶか》く染《し》みにしかばか忘れかねつる（⑪二六二四）

「紅の色濃く染めた衣のように、心に深く染みてしまったからか、あの人が忘れられないことよ」というほどの意。恋の思いに捉われた状態にあることを、「色深く染みにし」と表現している。防《さき》人《もり》の妻の歌に、夫の衣を「色深く」染めてやれば、峠を越える際に、その姿をはっきり見ることができただろうにと歌った例（⑳四四二四）があるが、この「色」にも紅《くれない》染めが意識されているだろう。

恋とは無関係だが、植物の黄葉・紅葉を「色づく」と表現した例も数多く見られる。「春日《かすが》の山は色づきにけり」（⑧一五六八）、「野辺《のへ》の浅茅《あさぢ》そ色づきにける」（⑧一五四〇）などがその例。黄葉・紅葉も、季節の霊威が葉に依り憑いたために生ずる現象と考えられていたから、ここにも赤色のシンボリズムの表れを見ることができる。なお黄も赤色の範疇に含まれる。

『万葉集』には、赤系統以外の「色」を示す例も、少数だが見られる。「雪の色を奪ひて咲ける梅の花…」（⑤八五〇）は、梅の花の白さを「雪の色」と比較している。この「色」は漢語の色彩の意に応じている。「水鳥《みづどり》の鴨《かも》の羽色《はいろ》」（⑧一四五一）も同様の例。灰色がかった鴨の羽の色をいう。露草《つゆくさ》で衣を藍色に摺り染めすることを「色どり摺《す》らめども」（⑦一三三九）と歌った例もあるが、これも色彩の意の「色」だろう。

『万葉集』には見えないが、「色好み」という言葉がある。一般には漢語「好色」の翻訳語と説明されることが多い。ただし、「色好み」の「色」には、神婚の神威・霊威に起源する恋の非日常的なありかたが感じ取られている。否定的な意味合いをもつ「好色」に対して、「色好み」はしばしば貴人の美徳を示す行動として捉えられている。彼我の違いは相当に大きい。

（多田一臣）

うけひ【誓約】・うけふ【誓ふ】

ウケヒは、本来、神意を判断する呪術・占いをいう。その動詞形がウケフ。あらかじめ「Aという事態が生ずれば、神意はaにある。Bが生ずれば、神意はbにある」というように生ずる事態とその判断を条件として定め、得られた結果を神意と見なして、物事の真偽や吉凶、禍福などを占うものである。条件を口に出してから行うため、言葉の力を発揮させる言語呪術と認められる。狩猟を行い、獲物が得られるかどうかで神意を判断する「うけひ狩り」の例も見える。しかし、次第に意味が広く派生して行き、神にかけて誓いを行うことや、神に祈り願うことも表すようになる。

　本来の意味の例が、「神代紀」第六段正文に見える。姉の天照大御神《あまてらすおおみかみ》に忠誠心の有無を問われた素戔嗚尊《すさのおのみこと》が、「請《こ》はくは姉《なねのみこと》と共に誓《うけ》はむ。夫《そ》れ誓約《うけひ》の中《みなか》に、必ず子《みこ》を生《う》むべし。如《も》し吾《あ》が生まむ、是女《これをみな》ならば、濁心《きたなきこころ》有りと以為《おも》ほすべし。若《も》し是《これ》男《をのこ》ならば、清心《きよきこころ》有りと以為《おも》ほすべし」と答え、共に子を生んだという記述である。この素戔嗚尊の発言の内容は、姉と共にウケヒをして子を生み、もし自分の生む子が女ならば、自分に邪心があると判断し、もし男ならば、潔白な心があると判断せよ、というものである。つまり、生まれた子の性別によって、心の正邪が判断されることになる。ウケヒ本来の意味の典型例といえる。

　言葉の力を直接発揮する意の強いウケヒの例が「神代記」に見える。皇祖神である邇々芸命《ににぎのみこと》の結婚にあたり、結婚相手の父親大山津見神《おおやまつみのかみ》は、姉の石長比売《いわながひめ》を娶《めと》れば永遠の命を獲得し、妹の木花之《このはなの》佐久夜比売《さくやびめ》を娶れば繁栄を獲得するとウケヒをし、娘二人を奉る。しかし、邇々芸命は妹だけと結婚し、姉を父のもとに返してしまう。その結果、天皇は繁栄を得たものの、永遠の命を失ってしまったという話である。ここでのウケヒは、繁栄を与えたことについては予祝であり、永遠の命を奪ったことについては呪詛として機能している。

次は、神にかけて誓う意のウケヒの例。やや時代が下るが、『日本霊異記』下三十八縁に見られる。聖武《しょうむ》天皇が藤原仲麻呂《ふじわらのなかまろ》に「祈《うけひ》の神酒《みき》」を飲ませ、「若《も》し我が後《のち》の世に、勅詔《みことのり》に違《たが》はば、天神《あまつかみ》・地祇《くにつかみ》憾《にく》み嗔《いか》りたまひて、太《おほ》きなる災《わざはひ》を被《かがふ》り、身を破り、命を殲《ほろぼ》さむ」と神に誓わせる「禱《うけひ》」をしたという話である。今後、天皇の勅命を違《たが》えることがあれば、天地の神の怒りにより、大きな災いを受けて命を落とすことになってもよいと、神の前で誓約させたのである。「祈の神酒」は、ウケヒの際に誓約のしるしとして飲む酒のことをいう。ここでのウケヒの意味は、神にかけての誓いだが、それに背いた場合に生ずる災いに関して見れば、発言者自身に向けられる呪詛と受け取れる。

『万葉集』には、動詞ウケフが四例見られ、そのうち三例が夢と関わる形で詠まれている。全ての例が、神に祈り願う意である。

都道《みやこぢ》を遠《とほ》みか妹《いも》がこのころは祈《うけ》ひて寝《ぬ》れど夢《いめ》に見え来《こ》ぬ（④七六七）

大伴家持《おおとものやかもち》が久邇《くに》京から奈良の自宅にいる妻坂《さかの》上大嬢《うえのおおおとめ》に贈った歌。「この久邇の都への道が遠いからか、夢に見えてほしいと祈って寝るのだが、この頃はあなたの姿が夢に見えて来ないことだ」というほどの意。恋しい相手との逢会《ほうかい》が叶わない夜は、魂の逢会を求め夢を見ようとした。そこで、妻の夢を見るよう祈誓して寝たが、効験もなく、夢を見られなかったと嘆いている。↓イメ。

水の上《うへ》に数《かず》書くごとき我《わ》が命《いのち》妹《いも》に逢《あ》はむと祈《うけ》ひつるかも（⑪二四三三）

右は男の恋歌で、「水の上に数を書くようにはかなく消えるわが命だが、あの子に逢おうと、その長からんことを祈ったことだ」というほどの意。このウケフは、神に命の長久を祈る意である。

上代には、このように幅広い意味で用いられたウケフは、平安時代以降、「つみもなき人をうけへば忘れ草おのが上にぞ生《お》ふといふなる」（『伊勢物語』三一段）のように、人を呪詛する意に限定されて用いられるようになる。

（新谷正雄）

うし【憂し】

心にわだかまりがあって晴れやらぬ状態や、物事が意のままに運ばず厭わしい気持ちをいう語である。類義語のツラシが相手の冷淡・薄情な行為による辛苦や懊悩《おうのう》を表す外因的な心情であるのに対して、ウシは、過酷な状況に対処しきれない自分自身の挫折や断念を表す内因的な心情をいう語と見られる。『万葉集』での文字表記としては「厭」「懈」「倦」などの字があてられている。

『万葉集』中の用例では、山上憶良《やまのうえのおくら》の「貧窮《びんぐう》問答歌」の反歌が最も有名な例であろう。

　世間《よのなか》を憂《う》しと恥《やさ》しと思へども飛び立ちかねつ
　　鳥にしあらねば（⑤八九三）

貧しさの極みにあって、「この世の中をつらい身も細るほど恥ずかしいと思うけれども、鳥ではないから逃れることはできない」と歌われている。→ヤサシ。

　世間《よのなか》を憂《う》しと思ひて家出《いへで》せし我《われ》や何にか還《かへ》り
　　てならむ（⑬三二六五）

この歌は『古事記』に載る軽太子《かるのひつぎのみこ》と軽大郎女《かるのおおいらつめ》との同母兄妹の密通事件を素材とする長歌に添えられた反歌の別伝で、「世の中を厭って出家をした私が今さら還俗して何になるというのか」という厭世的な内容の歌である。仏教語「世間」「出世間」「還俗」を、「世中《よのなか》」「家出」「還りて」と翻訳して歌っているような歌いぶりは、一首が本来は仏教的な場面にあった歌であることを示している。また、大伴家持《おおとものやかもち》が婿である藤原二郎《ふじわらのじろう》の母の死を悼んで作った歌の「…世中《よのなか》の　憂《う》けく辛《つら》けく　咲く花も　時にうつろふ　うつせみも　常《つね》なくありけり…」（⑲四二一四）でも、世の中をウシと歌い、咲く花の移ろいや「うつせみ（この世に形を持ってある命）」の無常が歌われており、仏教的な色合いを強く帯びている。いずれも仏教語「世間」の翻訳語としての「世中《よのなか》」に生きる厭わしさをウシと言う例である。

このようなウシについては、山上憶良「貧窮問答歌」の例を中心に、『涅槃経《ねはんぎょう》』等に見られる「慚愧《ざんき》」との関連において、「煩悩世間を厭い、恥ずかしいものとして内に反省し、外に懺悔《ざんげ》する心を言う」(『全注』)という解釈も示されている。「貧窮問答歌」は、山上憶良が天平期の早い時期に詠んだものであり、巻十三の例の成立年代には問題を残すものの、仏教的な文脈を背負って「世《よの》中《なか》」をウシと歌う用法は、山上憶良が歌世界に持ち込んだものと見ても大きく誤らないだろう。

その他のウシの用例では、相聞歌において、恋愛における不満や不快の心情としてウシが用いられている。

逢《あ》はなくも憂《う》しと思へばいや益《ま》しに人言繁《ひとごとしげ》く聞こえ来《く》るかも (⑫二八七二)

右は「人言(人の噂)」のために恋人に会えないつらさをウシと歌う例である。→ヒト。

霍公鳥《ほととぎす》鳴く峰《を》の上《うへ》の卯《う》の花の憂《う》きことあれや君が来《き》まさぬ (⑧一五〇一)

鶯《うぐひす》の通ふ垣根《かきね》の卯《う》の花の憂《う》きことあれや君が来《き》まさぬ (⑩一九八八)

右の二首は、いずれも夏の代表的景物である「卯の花」を序詞に用いて、同音ウの繰り返しによって「憂き」が導かれる形式を持っている。しかも「憂きことあれや君が来まさぬ(何かいやなことがあって、あの方は私の所に来てくださらないのかしら)」という下の句も共通しており、こうした歌い方が、夏の相聞歌の一つの形式として広がりを持っていたことを示している。

天平《てんぴょう》勝宝《しょうほう》二年(七五〇)に、越中国守《かみ》(国司の長官)であった大伴家持が越中国掾《じょう》(判官)久米広縄《くめのひろなわ》に贈った「霍公鳥の怨恨《うらみ》の歌」において、谷合いに館があってホトトギスの声を聞いていながら、それを教えてくれない広縄に対して、

…しかれども　谷片《かた》づきて　家居《いへゐ》せる　君が聞きつつ　告《つ》げなくも憂《う》し (⑲四二〇七)

と恨み言を言っているのは、広縄との信頼関係の上に立って、家持のホトトギスへの愛着の強さを歌ったものである。

(大浦誠士)

うつくし

ウツクシは、親子・夫婦・恋人どうしの間で、相手を慈しみたい、いたわってやりたい、大切にしてやりたいとする感情。用字が「愛」である場合、ウルハシとも訓めるが、こちらは立派に整った理想の状態への讃め言葉で区別される。↓ウルハシ。

右の原意にもっとも近いのは、山上憶良《やまのうえのおくら》の「惑《まと》へる情《こころ》を反《かへ》さしむる歌」である。

父母《ちちはは》を　見れば尊《たふと》し　妻子《めこ》見れば　めぐし愛《うつく》し　世間《よのなか》は　かくぞ道理《ことわり》…（⑤八〇〇）

家族倫理の大切さを説いた歌で、父母や妻子をいとしく思う感情を、世の中の道理として説いている。「めぐし愛し」とあるが、このメグシは、別の歌の原文表記に「目串」（⑨一七五九）とあるように、対象を視覚的に捉えた時、こちら側に突き刺さるような感じを抱かせるさまを言うらしい。たえず気がかりを覚えさせる対象への形容になる。「めぐし愛し」とは、その意味で、妻子への愛の本質を突いた表現といえる。

月見れば国は同《おな》じぞ山隔《へな》り愛《うつく》し妹《いも》は隔《へな》りたるかも（⑪二四二〇）

は、恋人をウツクシと表現した例。国を区別することなく月は照っているが、山が間を隔ててなかなか逢えないことを嘆いている男の歌。この用字も「愛」だが、ウツクシと訓んでよい。

母をウツクシと歌った例もある。防人歌《さきもりうた》である。

天地《あめつし》のいづれの神を祈《いの》らばか愛《うつく》し母《はは》にまた言《こと》問《と》はむ（⑳四三九二）

「天地のどの神に祈ったなら、いとしい母にまた言葉を掛けてやれるのだろう」というほどの意。母との別れがたい思いが「愛し母」の表現によく現れている。年老いた母ででもあろうか。

ウツクシは、冒頭に記した原義からも明らかなように、庇護すべき対象に向かう時に生起する感情である。とりわけ子供に対してウツクシと表現する場合、そうした意味あいがつよく現れる。

夕星《ゆふつつ》の　夕《ゆふへ》になれば　いざ寝《ね》よと　手を携《たづさ》はり　父母《ちちはは》も　上《うへ》はな下《さ》がり　三枝《さきくさ》の　中にを寝むと　愛《うつく》しく　其《し》が語らへば…（⑤九〇四）

古日《ふるひ》という名の幼児が急死したことを悲しんだ歌の一部である。山上憶良の作とする説がある。ここは「宵の明星が輝く夕べになると、『さあ寝よう』と手を取り合って、『お父さんもお母さんも、上の部屋には下がらないで。三枝《さきくさ》（三椏《みつまた》の枝）のように真ん中に寝よう』と、かわいらしくその子が言い言いするので」というほどの意。二親に甘える生前の幼児の姿が、具体的な言葉とともに描き出されている。それをここでは「愛《うつく》しく　其《し》が語らへば」と、ウツクシを用いて表現している。

次の例は、少女を歌ったもの。東歌である。

橘《たちばな》の古婆《こば》の放髪《はなり》が思ふなむ心愛《うつく》しいで我《あれ》は行《い》かな（⑭三四九六）

「橘の古婆の垂れ髪の少女が私を思ってくれている心がいじらしい。さあ、私は逢いに行こうよ」というほどの意。「放髪」は垂れ髪で、成女前の少女の髪を言う。ウツクシは、歌い手を思う少女の心のいじらしさを表現している。

その後、ウツクシは次第に小さなもの、可憐なもの、そこに生ずるかわいらしさを表現するようになっていく。『竹取物語』で、竹筒の中から発見されたかぐや姫が「三寸ばかりなる人、いとうつくしうてゐたり」と描かれているのは、その例。『枕草子』では「うつくしきもの」として、「瓜《うり》にかきたるちごの顔。雀の子のねず鳴きするにをどり来る。…雛《ひひな》の調度。…葵《あふひ》のいと小さき」などを挙げ、「何も何も、小さきものは、みなうつくし」とまとめている。

ウツクシが美一般を表す現代語の「美しい」に対応するような例が現れるのは、どうやら中世に入ってからのようである。

（多田一臣）

うつせみ

この世の人、現世の人、現世を意味する語。その語源は、ウツシオミ（現し臣）とされる。ウツシオミのウツシ（現し）は神の世界に対する人間世界の形容、オミ（臣）はキミ（君）に対する語で、神に従う存在をいう。このウツシオミがウツソミと縮まり、さらにウツセミに転じたものである。かつては「現身《うつしみ》」が語源と考えられたが、ウツセミの「ミ」は上代特殊仮名遣の甲類であり、乙類の「身《み》」とは合わないため認められない。

ウツセミは、現世において、人間を神に仕える存在と捉える観念に基づく語である。そのことは、「雄略《ゆうりやく》記」に載る、語源となったウツシオミの語から確認できる。天皇が葛城《かつらぎ》山に百官を引き連れて登ると、向かいの山に自分たちと全く同じ装いで同じ行動をとる一行が現れた。立腹した天皇が誰何《すいか》すると、相手は葛城の一言主大神《ひとことぬしのおおかみ》だと名乗る。恐れ畏《かしこ》まった天皇が神に述べた一言が「恐《かしこ》し。我が大神。うつしおみに有れば、覚《さと》らず」である。これは天皇が神に不覚を詫びる発言であり、ウツシオミは幽界の神に対して、自らを顕界の臣下である人間と卑下した言葉となっている。

ウツシオミが変化したウツセミは、『万葉集』でも、神に対する現世の人間の意で用いられる。

香具山《かぐやま》は　畝傍《うねび》を愛《を》しと　耳成《みみなし》と　相争《あひあらそ》ひき
神代《かみよ》より　かくにあるらし　古《いにしへ》も　しかにあれこそ　うつせみも　妻を　争ふらしき（①一三）

ウツセミの初出例にあたる中大兄皇子《なかのおおえのみこ》の「三山歌」で、畝傍山をめぐって香具山と耳成山が妻争いをしたという古い伝承に基づく。「神代だって大和三山が妻争いをしたのだから、現世の人間たちも妻を争うのだ」と、「神代」の絶対的な存在と比較することで現世の人間の行為を諦観する。

ここから転じて、ウツセミ（ウツソミ）は、神に近い存在である死者に対する、限りある生命を持つ人間の意で、挽歌に歌われることも多い。

うつそみの人にある我《われ》や明日《あす》よりは二上山《ふたかみやま》を
弟背《いろせ》と我《あ》が見む（②一六五）

大津皇子《おおつのみこ》の屍を葛城の二上山に移葬する際、姉である大伯皇女《おおくのひめみこ》が哀傷して詠んだ挽歌で、「この世の人である私は、明日からは弟が葬られた二上山を我が弟として見ることであろうか」というほどの意。幽冥界へ去ってしまった弟に対し、現世に留まる自分の無力さや深い喪失感が「うつそみの人にある我や」の言葉に込められる。

特に柿本人麻呂《かきのもとのひとまろ》の挽歌に見えるウツセミ（ウツソミ）の語からは、神や死者など絶対的な存在に対し、この世の生を仮のものとする意識が見て取れる。人麻呂が妻の死を悲傷した挽歌「泣血哀《きゅうけつあい》慟《どう》歌」では、亡き妻の生前時を「うつせみと思ひし時」と歌う（②二一〇）。「もともと（妻を）この世の人と思っていた時」というほどの意になるが、「思ひし時」という表現には古代独特の観念が潜む。「思ふ」は、神霊を顕在せしめることを表す語であり、「うつせみと思ひし時」は厳密には、「もともと異界の女であった妻が、仮にこの世に現れ自分と夫婦になって共に暮らしていた時」というほどの意になる。↓オモフ。亡き妻が棲む幽冥界の方こそ絶対的な根拠ある世界であり、自分たち人間が棲むこの世は仮の世界だという観念を、ウツセミの語は含み持つのである。

また、ウツセミは枕詞「うつせみの」の形で「世」「人」「身」「命」などに掛かる。その場合、現実の世の中に生きる人間が持つ宿命として、人生の苦悩が歌われる傾向にある。万葉前期（平城京遷都以前）には名詞ウツセミ（ウツソミ）の例の方が多いが、万葉後期に入ると、この枕詞「うつせみの」の例が圧倒的に多くなる。これは、ウツセミが本来持つ神の臣下という意味がやや薄らぎ、絶対的な力に屈せざるを得ない宿命を持つ人間という意識が生じてきたためと思われる。

…うつせみの　世の人なれば　大君《おほきみ》の　命《みこと》
畏《かしこ》み　天離《あまざか》る　鄙《ひな》治めにと　朝鳥《あさとり》の　朝立《あさだ》ち
しつつ　群鳥《むらとり》の　群《む》ら立《だ》ち行《ゆ》かば…（⑨一七
八五）

心には燃《も》えて思へどうつせみの人目《ひとめ》を繁《しげ》み妹《いも》に逢《あ》はぬかも（⑫二九三二）

前者は、都に残る妻から遠隔地へ赴任する夫に向けた詠という趣向で詠まれた笠金村《かさのかなむら》の歌で、「現実の世の人なので、大君のご命令を恐れ畏んで、天道《あまじ》遥かな鄙の地を治めにと、鳥のように行ってしまったならば」というほどの意。承詔必謹という官人の定めを歌う。後者は男の恋歌で、「心には燃えるほどに思っているが、この現世の人目が多いので、あの子に逢わないことよ」という嘆きを歌う。恋の障害である「人目」の「人」は第三者の意だが、「神」の対という原義が意識されたために、枕詞「うつせみの」が冠される。**→ヒト**。これらの歌の根本には、人間の意志や努力を超えた絶対的な定めに対する諦観がある。

万葉後期に浸透した仏教の影響により、ウツセミは「うつせみの世」の形で、仏教的な無常観を象徴的に表す言葉としても用いられるようになる。

高山《たかやま》と　海とこそは　山ながら　かくも現《うつ》しく　海ながら　しかまことならめ　人は花ものそ　うつせみ世人《よひと》（⑬三三三二）

右は、厳然と存在する山や海と対比して、現実世界の人間は花のようにはかない存在であることを歌っている。特に、仏教的無常観を表すウツセミの語を好んで用いた大伴家持《おおとものやかもち》は、「虚蝉」「空蝉」の表記を意識的にあてている。そこには、この世は有限で常ならざる仮そめの世界であり、人間は所詮はかない存在だという思いが込められる。

うつせみの世は常《つね》なしと知るものを秋風寒《あきかぜさむ》み偲《しの》ひつるかも（③四六五）

右は、家持が亡き妻を哀慕した挽歌。「この現実の世は常なきものと知ってはいるものの、秋風が寒いので亡き妻のことが思われることだ」と嘆く。この「うつせみの世」は有限無常の人間世界を指し、その対極に、永遠・無時間の理想世界である「常世《とこよ》」が仮想されている。**→トコ**。

「虚蝉」「空蝉」という表記の影響で、平安時代に入ると、ウツセミは蝉《せみ》の抜け殻や蝉そのものと解されるようになり、枕詞「うつせみの」が「空《むな》し」に掛かる例も現れてくる。　（高桑枝実子）

うまし

満ち足りた理想の状態を讃美する語。「美」「味」「伶」と表記される。形容詞で、活用にはク活用とシク活用があり、上代には、シク活用の語幹ウマシが直接体言を修飾する用法もみられる。たとえば、舒明《じょめい》天皇が天《あめ》の香具山《かぐやま》で「望国《くにみ》（国見）」をした際の歌は、その一例である。

……国原《くにはら》は　煙《けぶり》立ち立つ　海原《うなはら》は　鷗《かまめ》立ち立つ
うまし国そ　蜻蛉島《あきづしま》　大和《やまと》の国は　（①二）

「国原には炊煙《すいえん》がしきりに立ち、海原には鷗《かもめ》がさかんに飛び翔《かけ》っている。ああ、満ち足りたよい国だ、蜻蛉島大和の国は」という意。「国見《くにみ》」とは、高所に登り、眼下の国土を望見してその繁栄を祝福すること。農耕儀礼と説明されるが、その本質はある土地に巡行・来臨した神による土地讃めの行為とされる。→**クニ**。国原《くにはら》に立つ「煙《けぶり》」は国土の繁栄を象徴するもの。→**タツ**。「海原《うなはら》」は埴安《はにやすの》池《いけ》とする説もあるが、実景ではなく、神たる天皇の眼差しに捉えられた理想の水・陸の景であり、この満ち足りた状態にあるのが「うまし」国、「蜻蛉島　大和の国」と詠われる。「蜻蛉《あきづ》」はトンボのことで豊作を予祝《よしゅく》する虫という。大和というクニを言祝ぐ表現となっている。

ク活用のウマシも、その語幹ウマが様々な物を修飾して、その理想的な状態をいう語となる。男女一対の理想的な就寝はウマイと言われた。

白栲《しろたへ》の手本《たもと》ゆたけく人の寝《ぬ》る甘寝《うまい》は寝《ね》ずや恋ひ渡りなむ　（⑫二九六三）

右は「白栲の手枕《たまくら》を交わす腕の衣もゆったりと、世間の人が寝る満ち足りた眠りもできずに、ずっと恋い続けるのだろうか」という意。「白栲の手本ゆたけく」は、お互いの衣の袖をゆったりと交わす様子で、恋人との共寝を示す表現である。「人の寝る甘寝」とは、他の人々が行っている男女の共寝の充足した眠りを、自分はすることができない、という独り寝の孤独を歌うものである。

一方、男女の共寝とは関わらない、安眠を意味する語にヤスイがある。山上憶良《やまのうえのおくら》の「子らを思《おも》ふ歌」では、「…眼交《まなかひ》に　もとな懸《か》かりて　安眠《やすい》し寝《な》さぬ（子供の姿が眼の前にちらついて、熟睡できない）」（⑤八〇二）と、子供が気がかりで寝られない様が「安眠し寝さぬ」と表現される。→ヌ。

ウマサケ（味酒）も、ウマシの語幹ウマを冠した語である。素晴らしい酒の意味で、神に供える酒を「ミワ」と称したことにより、「味酒《うまさけ》　三輪《みわ》の山…」（①一七）のように、地名「三輪」に接続する枕詞になる。また三輪山と同じく神の宿る山を指す三諸山《みもろやま》、三室山《みむろやま》、神名火山《かむなびやま》にも「味酒の三諸《みもろ》の山に立つ月の」（⑪二五一二）、「味酒三室《みむろ》の山は黄葉《もみち》しにけり」（⑦一〇九四）のように、枕詞として用いられる。この枕詞の通り、現代でも新酒の時期には、奈良の三輪神社に全国各地の酒蔵から酒が奉納されている。

酒を作る主原料は米である。酒作りの米はウマイヒ（味飯）と表現された。イヒ（飯）は、蒸した米の意。次は、長い間訪れがなく、土産《みやげ》の品だけ贈って来た夫に対する妻の恨みの歌である。

味飯《うまいひ》を水に醸《か》みなし我《あ》が待ちし効《かひ》はさねなし
直《ただ》にしあらねば（⑯三八一〇）

「美味しいお米を酒に醸《かも》して、私が待っていた代償にも少しもならないわ。直接の訪れではないのですから」という意。酒造りは、伝統的に女性の仕事だった。「我が待ちし」とは、酒を醸して、旅人《たびびと》の無事の帰宅を待ち迎える「待酒《まちざけ》」という風習のこと。その発酵の具合で旅人の無事を占う意味があったとされる。

ウマシの語幹ウマ＋ヒトで、ウマヒト（貴人・美人）という表現もある。高貴さ、上品さの備わった人という意味を示す。

漁《あさ》りする漁夫《あま》の子どもと人は言へど見るに知
らえぬ貴人《うまひと》の子と（⑤八五三）

右は、大伴旅人《おおとものたびと》が松浦川《まつらがわ》（佐賀県玉島川）に遊んだ折に出会った「魚釣る女子《をとめ》ら」に対して詠みかけた歌で、「魚を獲《と》る漁民の子だとあなたたちは言うが、一目見て知れてしまったことだ、貴い人の子であると」という意。女たちは自らを賤しい漁夫の子だと言うが、旅人が一目見て仙女に違いないと見破ったことを歌っている。

ウマヒトが詠まれた歌には、次のようなものもある。

　　み薦《こも》刈る信濃《しなの》の真弓《まゆみ》我《わ》が引かば貴人《うまひと》さびてい
　　なと言はむかも（②九六）

「信濃の梓弓《あずさゆみ》を引くように私があなたの気持ちを引いたなら、貴人ぶってあなたは嫌と言うだろうか」という意。久米禅師《くめのぜんじ》と石川郎女《いしかわのいらつめ》の贈答歌群五首の冒頭、久米禅師からの誘い歌である。「貴人さびて」の「…さぶ」は、そのもののもつ本来の状態や性質を示す語で、「高貴な身分の人らしく振る舞う」という意になる。↓サブ。男の誘いに対し、女が拒否するという恋の駆け引きを、「貴人さぶ」と戯れて表現しているのである。

巻十六の戯笑的な歌の中に、「児部女王《こべのおほきみ》の嗤《わら》へる歌」という題詞をもつ歌がある（⑯三八二一）。児部女王が尺度《さかと》氏《し》の娘子《おとめ》を評したもので、その行動は左注に「高き姓《かばね》の美人《うまひと》の誂《あとら》ふる所を聴《ゆる》さず、下《ひく》き姓の媿士《しこを》の誂ふる所を応許《ゆる》しき」と記されている。家柄の高い貴人の求婚を受け入れずに、家柄の低い醜男の求婚に応じた娘子の振る舞いに対し、児部女王は歌を作って、その愚かさを嘲笑したのである。ここでは「高き姓」＝ウマヒト（美人）、「下き姓」＝シコヲ（醜男）が対となっており、身分の高低と容姿の美醜が関連したものと見なされていたことが知れる。

現代でも用いる「食物が美味《おい》しい」という意でウマシが用いられた歌も見られる。「夫《せ》の君に恋《こ》ひたる」という題詞をもつ歌には、「飯食《いひは》めど　甘《うま》くもあらず　寝《い》ぬれども　安くもあらず…（あなたを思うとご飯を食べても美味しくない、寝ようとしてもよく眠れない）」（⑯三八五七）と、恋に悩む女の様が詠われている。ただ、この歌の「寝ぬれども　安くもあらず」は、先述したウマイができないことを歌っているので、「飯食めど　甘くもあらず」も男女一対の理想的な状態でないことを示す表現と見るべきであろう。（兼岡理恵）

うら【裏・浦・占】

オモテ（表）の対。表面から隠れて見えないものがウラであり、それをオモテに現すこともウラといった。

ウラには、「裏」「浦」「占」などの文字が宛てられるが、基本は右に示した原意に収まる。裏は表の反対だから、もっともわかりやすい。浦は、湾曲した海岸線、すなわち入江を意味する。

風吹けば波か立たむとさもらひに都太《つだ》の細江《ほそえ》に浦隠《うらがく》り居《を》り（⑥九四五）

は、波を避けて飾磨《しかま》川の河口の入江の奥に停泊する船を歌う。海上からは隠れて見えない場所が「浦」であることがわかる。

隠れた神意を表に現すのが「占」である。この「占」を「浦」に重ねた例がある。

百積《ももさか》の船隠《かく》り入《い》る八占《やうら》さし母は問ふともその名は告《の》らじ（⑪二四〇七）

「多くの荷を積む船が隠れて入る浦々、そのたくさんの占を立てて母は尋ねたとしても、その人の名は言うまい」というほどの意。上二句は序で、船が隠れて入る「浦」と同音の掛詞によって、「八占」を導いている。「八占」の「八」は、多数を示し、さまざまな占をいう。母は娘の性的な管理者だから、占によって、娘の相手の男の名を探り出そうとしたのだろう。

『万葉集』には、当時のさまざまな占が見えている。「夕占（ゆふうら・ゆふけ）」（③四二〇、⑪二六一三）、「足占（あしうら・あうら）」（④七三六、⑫三〇〇六）、「道行き占」（⑪二五〇七）、「水占《みなうら》」（⑰四〇二八）などである。

夕占は、吉凶を知りたい者が衢《ちまた》（辻）に立ち、そこに行き交う人びとの何気ない言葉を記憶して、それを占い者に判断してもらう占のこと。道行き占も同様である。夕べに行うので夕占と言った。道行きの果ては異界に通じていると信じられたから、そこを通行する者の中には、悪霊や魑魅魍魎《ちみもうりょう》の類も混じっていると考えられた。他方、その中には、人知を超える呪能をもつ者もいるとされた。しかも、衢は道の集まるところだから、そこにはさまざまな神秘が生ずる。そこで、衢を行き交う人の言葉には、未来の吉凶を予言する不思議な力が宿るとされた。夕べは、神の時間と人の時間の接点だから、異界の神秘と触れあうことのできる特別な時間とされた。→アサ・アシタ。

足占は、左右の足に予め吉凶を定め、どちらの足で目標に着いたかで判断する占、水占は、水面に縄のようなものを浮かべ、それにかかる物で判断する占というが、どちらも実態は不明である。鹿の肩胛骨に焼いた錐《きり》を突き通し、その通り具合や周囲に生じたひびの形状で吉凶を判断する占もあった。「武蔵野《むざしの》に占《うら》へ象焼《かたや》き」(⑭三三七四)と歌われた占がそれで、鹿占《しかうら》という。大陸伝来の亀甲を用いた占(亀卜《きぼく》)もあった。いずれにしても隠れた神意を明らかにするところに、それらの占の目的がある。

人の内面もウラと呼ばれた。心と言い換えてもよいが、表面からは窺知できない、そのありようが問題とされる時にウラと呼ばれた。この場合は、ウラナシという否定形の例がわかりやすい。

　橡《つるばみ》の一重《ひとへ》の衣裏《ころもうら》もなくあるらむ子ゆゑ恋ひ
　渡るかも(⑫二九六八)

ツルバミ色に染めた一重の衣には裏地がないので、それに「うらもなく」を掛けている。ここは、女が歌い手の抱く恋心に気づかず、何の屈託もなく、無心の状態であることを表現している。

このようなウラを、内在する生命力の本質と結びつけた例がある。おなじウラナシの例だが、海辺に行き倒れた死者を、「鯨魚《いさな》取り　海の浜辺《はまへ》にうらもなく　宿れる人は」(⑬三三三六)と表現している。このウラナシは、生者のもつ感情や意識を喪失した状態を形容する。

ウラが生命力の本質であることを、さらに明瞭に示すのが、ウラブレという言葉である。ウラアブレの約がウラブレである。アブレとは、ウラが身体から遊離した状態をいう。このようなウラは、魂とも重なっている。

君に恋ひしなえうらぶれ我《あ》が居《を》れば秋風吹き
て月傾《かたぶ》きぬ（⑩二二九八）

恋の思いに悄然となっていることを歌った歌である。恋は、魂逢《たまあ》いを求めて相手のもとに魂が遊離した状態を意味するから、この「うらぶれ」は、その魂が抜け、生気を失ってぼんやりとした状態になったことの形容になる。**↓コフ・コヒ**。一方、魂が完全に身体から離れ去った状態が人の死だから、ウラブレが、死者の描写に用いられる場合もある。「秋山の黄葉《もみち》あはれびうらぶれて入《い》りにし妹《いも》は待てど来《き》まさず」（⑦一四〇九）は、山中他界観を背景にした挽歌。「妹」の魂が、山一面の黄葉《もみじ》の魅力に依り憑かれ、身体から遊離して山中（死者の世界）に引き寄せられたことを歌っている。**↓ヤマ**。

ウラ＝魂の活性化を意味する言葉もある。ウラカスである。『出雲国風土記《いずものくにふどき》』仁多《にた》郡三沢《みさわ》郷条には、鬚《ひげ》が胸先まで伸びるようになっても泣きやまないアヂスキタカヒコを、父神の大穴持命《おおなもちのみこと》が、船に乗せて「宇良加志《うらかし》」たとある。泣きやまないのは、魂が不安定な状態にあるためと考えられていたから、船に乗せることでその魂に刺激を与え、鎮めようとしたらしい。いわゆるタマフリである。ここでは、それをウラカスと呼んでいる。このウラはあきらかに魂と重なる。「垂仁記《すいにんき》」のホムチワケの記事にも、これとよく似た例が見える。**↓タマ**。

木々の枝先をウレ（末）と呼ぶ。ウレはウラの交替形。枝先は成長点だから、盛んに伸びる。そこで、ウレは、植物の内部に宿る生命力が発現する場と考えられた。「うち靡《なび》く春立ちぬらし我《わ》が門《かど》の柳《やなぎ》の末《うれ》に鶯《うぐひす》鳴きつ」（⑩一八一九）が、その例。先端の葉も成長が著しいので、「末葉《うらば》」と呼ばれた。

人の成長の段階を示す際にもウラが用いられることがある。「葉根蘰《はねかづら》今する妹《いも》をうら若みいざ率《いざ》川《かは》の音《おと》のさやけさ」（⑦一一一二）の「葉根蘰」は、成女になったしるしの冠り物。「その冠り物を今つけるあの子が初々しいので、いざ（さあ）と誘おうとする、その率川《いざかわ》の音の何とさやかなことよ」の意。「うら若み」で、女の内面がまだ未成熟の状態であることが示される。

　ウラグハシは複合語の形容詞で、クハシには精妙さ、細部まで完全・完璧であることを讃める意がある。このウラも、物の内部に宿る霊威をいう。ウラグハシ全体で、対象に向けた最高の讃辞になる。→クハシ。

三緒《みもろ》は　人の守《も》る山　本辺《もとへ》は　馬酔木《あしび》花咲き
末辺《すゑへ》は　椿《つばき》花咲く　うらぐはし　山そ　泣く
子守《も》る山（⑬三二二二）

明日香《あすか》の神なび山を讃美した歌である。「うらぐはし」は、語幹の連体格で「山」に接続している。

　人の内面を示すウラは、しばしば心情を示す形容詞や動詞と複合語を作る。「うら泣く」は、表には出さずにひそかに泣く意、「うら悲《がな》し」は、心の奥底で悲しみを感じる意である。大伴家持《おおとものやかもち》の「春愁三首」の中の一首、

春の野に霞《かすみ》たなびきうら悲《がな》しこの夕影《ゆふかげ》に　鶯《うぐひす》
鳴くも（⑲四二九〇）

は、名歌として知られるが、悲しみの立ち現れる具体的な理由が明示されず、内面の悲しさだけが気分として提示されているところに特徴がある。「うら恋ひ」も、心の中で恋うている意。また、「うら待つ」「うら設《ま》け」は、それぞれ心待ちにする意、あらかじめ心に思い設ける意を示す。

　注意したいのはウラサブである。

楽浪《ささなみ》の国つ御神《みかみ》のうらさびて荒れたる都《みやこ》見れ
ば悲しも（①三三）

　近江の旧都（大津京）の荒廃を惜しんだ歌である。「うらさびて」のサブは、始原の状態のままにあることを讃めつつ、始原と現実の落差を現実の側から嘆く表現である。そこから寂しさにつながるような喪失感が生まれる。ウラは、この場合、土地の神の心、神意を意味する。華麗な都が、草木の繁茂する本来の自然に戻ってしまったことを、神意の現れと考え、一方でそこに生じた荒廃につよい喪失感を感じ取っている。このようなウラサブには、きわめて複雑な奥行きがある。→サブ。

（多田一臣）

うるはし

ウルハシの原意は、細部まで完璧に整った理想の状態を讃めるところにある。基本的には神の属性であり、そこから光輝くような美を意味した。それゆえ、神はしばしばウルハシと形容された。

↓カミ。「神代紀下」で、アヂスキタカヒコネ神が、「光儀《よそほひ》華艶《うるは》しく、二丘《ふたを》二谷《ふたたに》の間に映《てりかかや》く」と描かれていることが、その例証となる。「華艶」をウルハシと訓むのは、古訓による。「神代記」で、大火傷を負って死んだオホアナムヂが、貝の女神から「母《おも》の乳《ち》汁《しる》」を塗ってもらい、「麗《うるは》しき壮夫《をとこ》」となって甦ったというのも、神としての理想の姿を取り戻したということだろう。ウルハシが光輝く意であることは、『名儀抄』に「睟・曄・光・炯・艶・煒」などの文字にウルハシの付訓があることによっても明らかである。

ただし、『名義抄』では、「儼・治・端」にもウルハシの付訓があるように、きちんと整った端正なさまも、ウルハシと表現された。しかし、それが光輝く美しさと無縁でないことは、巫女＝神女の原像をもつ上総《かずさ》の周淮《すゑ》の珠名娘子《たまなのおとめ》が「腰細《こしぼそ》のすがる娘子《をとめ》の　その姿《かほ》の　きらきらしきに」（⑨一七三八）と歌われていることからも明らかである。「きらきらし」の原文「端正」をそう訓んでよいことは、『日本霊異記』中三一縁の訓釈からも確かめられるが、そこからも整った理想の美は、光輝く美とも重なっていたことがわかる。

『万葉集』のウルハシは、多くは人に対して用いられるが、その場合も整った理想の姿の形容であることが多い。

うるはしと我《あ》が思《も》ふ妹《いも》を思ひつつ行《ゆ》けばかも
とな行《ゆ》き悪《あ》しかるらむ（⑮三七二九）

中臣宅守《なかとみのやかもり》の歌。「すばらしいと私が思うあなたを思いながら歩いて行くので、こんなにむやみと歩きにくいのだろうか」というほどの意。越前への配流の旅の途中、配流の原因を作った都の恋人のもとへ送った歌。恋人をウルハシと形容することで、そのすばらしさを最高に讃美している。

互いの厚い交情を、ウルハシの動詞化であるウルハシミスを用いて表現した例もある。「さ百合《ゆり》花後《ばなゆり》も逢《あ》はむと思へこそ今のまさかも（今のこの時も）うるはしみすれ」（⑱四〇八八）は、男同士のやりとりの歌。ウルハシミスで、互いに理想の交情を尽くすことが歌われる。

ウルハシは、土地への讃美に用いられることもある。よく知られた、ヤマトタケルの望郷歌の「倭《やまと》は　国のまほろば　たたなづく　青垣《あをかき》　山隠《やまごも》れる　倭しうるはし」（記三〇）も、重畳する青垣山に囲まれた大和を、ウルハシと讃め、すみずみまで完璧に整った理想の聖地と称《たた》えている。

恋人の言葉をウルハシと讃めた例もある。

　　恋ひ恋ひて逢《あ》へる時だに愛《うるは》しき言尽《ことつ》くしてよ
　　長くと思《おも》はば（④六六一）

女の歌。男に対して「ずっと恋い慕ってやっと逢えたこの時だけでも、ちゃんとしたやさしい言葉を尽くしてほしい。この恋を長くと思うのならば」と歌う。この「愛しき言」は原文「愛寸言」とある。この「愛」をウルハシと訓むかウツクシと訓むかで説が分かれる。ウツクシは、相手を慈しみたい、いたわってやりたいとする感情で、家族・夫婦・恋人など互いの親密な関係を前提とする。ここは、うわべだけの綺麗言でない、つじつまの合うきちんとした愛の言葉と見てウルハシと訓むのがよい。この「愛」や「恵」など、ウツクシとも訓みうる用字の場合は、内容からの吟味が必要になる。→ウツクシ。

ウルハシは、神の属性であり、いささかの欠点もなく完璧に整った状態を示すから、人間の行動に対して用いられた場合、その几帳面《きちようめん》さを強調することにもなり、融通の利かない四角四面さをむしろ否定的に捉えるような例も、時代が下ると出てくる。

『源氏物語』で、あまりにも古風な生活を墨守する末摘花《すえつむはな》が「かやうにうるはしくぞものしたまひける」（「蓬生《よもぎう》」）と評されているのはその一例になる。

（多田一臣）

おく・おき【奥・沖】

人の世界から最も遠く隔てられた場所を示す語である。オク（奥）とオキ（沖）は語源を同じくし、『万葉集』中にはオキを「奥」字で表記した例も多い。

海・湖・川・池などの岸や陸地から離れたところを指すオキ（沖）に対し、近いところはへ（辺）と言い、「…沖辺《おきへ》には　鴨妻呼《かもつまよ》ばひ　辺《へ》つ方《へ》に　あぢ群騒《むらさわ》き…」（③二五七）のように、オキとへが対句として詠まれることも多い。

オキは遠く離れた所ゆえ、目にはっきり見えない。しかし耳から入る音によって、オキの景を想像できることもある。

我《われ》のみや夜船《よふね》は漕《こ》ぐと思へれば沖辺《おきへ》の方《かた》に楫《かぢ》
の音《おと》すなり（⑮三六二四）

「我々だけが夜船を漕いでいると思っていると、沖の方のあたりで楫の音が聞こえるようだ」という意。『万葉集』中、夜の航海が詠まれることは時々あるが、この歌では沖の闇の中から聞こえてきた「楫の音」で船の存在に気づいたことが詠まれている。「音すなり」の「なり」という伝聞推定の助動詞が、その驚きを示している。

次も、遠いオキに立つ白波を想像する歌である。

わたつみの沖《おき》つ白波《しらなみ》立ち来《く》らし海人娘子《あまをとめ》ども
島隠《がく》る見ゆ（⑮三五九七）

「海神のいます沖の白波が立って来るらしい。海人娘子たちが島陰に漕ぎ隠れるのが見える」という意で、「わたつみの」はオキの枕詞。オキは海神ワタツミが支配するところであった。↓ワタツミ。「浦廻《うらま》より漕《こ》ぎ来《こ》し船を風早《はや》み沖《おき》つみ浦《うら》に宿りするかも（浦のめぐり伝いに漕いで来た船なのに、風が激しいので沖のみ浦で船宿りをすることよ）」（⑮三六四六）の中で、「沖つみ浦」と、聖性を示す接頭辞「み」が冠されるのは、オキが聖なる世界であることを示している。

海が「沖つ国」と称された例もある。次は

「怕《おそろ》しき物の歌」と題された一首。

沖《おき》つ国領《うしは》く君の塗《ぬ》り屋形《やかた》丹塗りの屋形神が門《と》渡る（⑯三八八八）

「沖つ国を支配する君が乗る丹塗りの屋形の船。その船が神の世界へ行く境界を渡って行く」という意。丹塗りの船は強い霊威を宿すもので、『播磨国風土記』逸文《いつぶん》に、神功《じんぐう》皇后の新羅《しらぎ》征伐の折、尓保都比売《にほつひめ》の「苫枕有 宝《こもまくらたからある》国、白衾新羅《たくぶすましらぎ》の国を、丹《に》の浪以《も》ちて平伏《ことむ》け賜はむ」という託宣《たくせん》に従い、「赤土《まはに》」を天《あめ》の逆桙《さかほこ》に塗って船の艫《とも》・舳《へ》に立て、船や軍人たちの鎧《よろい》を丹で染めたという記事がある。「神が門《と》」は、異界へと通じる「海界《うなさか》」とされる。それは死者の世界に繋がる境界ともいう。

　オキ・オクが死に関連する語であることは、「墓」を「奥津城《おくつき》」と称する点からも窺える。オク＋ツ（助詞）＋キ（城・垣）で、この世から遠く離れた、キで囲まれた空間という意味である。

　相聞歌に見られるオキ・オクには、「奥《おき》を深めて」という表現がある。「心の奥底から深く」という意で、たとえば次の歌。

海《わた》の底奥《そこおき》を深めて我《あ》が思《も》へる君には逢《あ》はむ年は経《へ》ぬとも（④六七六）

中臣女郎《なかとみのいらつめ》が大伴家持《おおとものやかもち》に贈った歌で「海の底のように心の奥底から深く私が思っているあなたにはきっと逢おう。どんなに年が経《た》とうとも」というほどの意である。

　また「奥《おき》に思ふ」という形で「心の奥底から大切に思う」ことをいう表現もある。次は湯原王《ゆはらのおおきみ》が、自分が主催する宴席で詠んだ歌。

蜻蛉羽《あきづは》の袖《そで》振る妹《いも》を玉櫛笥《たまくしげ》奥《おく》に思ふを見たまへ我《あ》が君（③三七六）

「蜻蛉《とんぼ》の羽のような薄物の袖を振り、舞うこの子を、櫛箱《くしばこ》の奥に秘蔵するように心の奥で大切に思っているものを。さあご覧なさい、わが君よ」くらいの意。「玉櫛笥」は大切なものを入れる箱で、玉櫛笥を「置く」意で「奥《おく》」を導く枕詞である。湯原王秘蔵の舞姫を、宴の主賓に与えようとした歌だという。

　「奥《おく》の手」は、現代では「とっておきの方法、秘技」などの意だが、『万葉集』では「奥に秘める聖なる手」として、「左手」の意で用いられる。

我妹子《わぎもこ》は釧《くしろ》にあらなむ左手の我《あ》が奥《おく》の手に巻《ま》きて去《い》なましを（⑨一七六六）

「わが妻は腕輪であってほしい。左手という私の大切な奥の手に巻いて行こうものを」という意。左手は日常的には使用しない手であるために、神聖な秘めたる手とされるのである。

オキ・オクには、時間的に遠く離れたものである「将来・未来」の意味もある。

伊香保《いかほ》ろの沿《そ》ひの榛原《はりはら》ねもころに奥《おく》をな兼《か》ねそまさかしよかば（⑭三四一〇）

「伊香保の山沿いの榛原、その榛の根のように、ただひたすら将来のことまで心配するな。今さえ良ければいいではないか」という意。「まさか」は、「現在」の意で「奥」の対義語。二人の将来を案じる恋人を慰める東歌《あずまうた》である。

「将来のことを考えて」という意の表現には、「奥《おく》まけて（まへて）」という語句もある。

近江《あふみ》の海沖《うみおき》つ島山奥《しまやまおく》まけて我《あ》が思《も》ふ妹《いも》が言《こと》の繁《しげ》けく（⑪二四三九）

「近江の海の沖の島山ではないが、遠い将来を見越して私が思う妹に対する噂がうるさいことだ」というほどの意。「まく」は「設く」で、予期して待ち受ける意。類似表現である「まへて」を用いた「奥まへて」は、恋人間のみならず、宴席の挨拶歌でも用いられた。次は、橘諸兄《たちばなのもろえ》が主催した宴における、巨曽倍対馬《こそべのつしま》と諸兄の贈答歌である。

長門《ながと》なる沖《おき》つ借島奥《かりしまおく》まへて我《あ》が思《も》ふ君は千歳《ちとせ》にもがも（⑥一〇二四）

奥《おく》まへて我《われ》を思《おも》へる我《わ》が背子《せこ》は千歳五百歳《ちとせいほとせ》ありこせぬかも（⑥一〇二五）

前歌で「わが任国、長門の借島が沖遠くにあるように、将来を深めて私が思うあなたは千歳の齢《よわい》を重ねてほしい」と、対馬が諸兄の長寿を言祝《ことほ》いだのに対し、後者では「将来を深め私を思ってくれるあなたこそ、千年、五百年と生きて欲しい」と諸兄が返歌している。典型的な主人賞めと応答の歌である。

（兼岡理恵）

おほ

オホは、オボロ（朧）、オボメクのオボと同根で、明瞭でない状態、ぼんやりとした様を示す形状言。霞や霧などを比喩として、視覚の不確かさ、不分明さを示すことが多い。

　朝霧《あさぎり》のおほに相見《あひみ》し人ゆゑに命《いのち》死ぬべく恋ひ
　わたるかも（④五九九）

笠女郎《かさのいらつめ》が大伴家持《おおとものやかもち》に贈った歌群の中の一首。「朝霧のようにぼんやりとしか逢っていないあの人のために、命も絶えそうなほど恋い続けることよ」というほどの意。「朝霧」を「おほ」の比喩にしている。

オホは、不確かな状態、おぼろげな状態を表現するところから、いい加減なさま、通り一遍なさま、なおざりなさまを示すこともある。

　巻向《まきむく》の檜原《ひばら》に立てる春霞《はるかすみ》おほにし思《おも》はばなづ
　み来《こ》めやも（⑩一八一三）

立ちこめる「春霞」を比喩に、気持ちのはっきりしないこと、心のいい加減さを表現している。「なづみ来めやも」は、反語で「どうしてこれほど苦労してまでやって来ようか」の意。

次の二首も、通り一遍なさまを表す例である。

　我《わ》ご大君《おほきみ》天知《あめし》らさむと思はねばおほにそ見け
　る和《わ》束杣山《づかそまやま》（③四七六）

　己《おの》が命《を》をおほにな思《おも》ひそ庭に立ち笑《ゑ》ますがか
　らに駒《こま》に逢《あ》ふものを（⑭三五三五）

一首目は、大伴家持の「安《あ》積皇子《さかのみこ》挽歌」の反歌。「和束山が皇子の墓所となるとは思わなかったので、いままではなおざりにしか見ていなかった」という意。二首目は東歌《あずまうた》で、「自分の命をおろそかに思ってはならない」と女に歌いかけている。「庭に立って微笑んでいたなら、誰かいい人が馬に乗ってやってくるかもしれないから」というのがその理由になる。

オホホシは、オホから派生した形容詞で、不分明な状態を表すとともに、それを歌い手の不安定な心情、晴れやらぬ思いに結びつける。ここでも霞や霧が比喩に用いられることが多い。

「ぬばたまの夜霧《よぎり》の立ちておほほしく照《て》れる月夜《つくよ》の見れば悲しさ」（⑥九八二）は、夜霧がたちこめる中、ぼんやりと照らす月を「おほほしく」と表現する。「香具山《かぐやま》に雲居《くもゐ》たなびきおほほしく相《あひ》見《み》し子らを後《のち》恋ひむかも」（⑪二四四九）は、恋人とのほのかな逢瀬を「おほほしく」と表現した例。この「おほほしく」も、恋の行末への不安と結びついている。

「夢《いめ》にだに見ざりしものをおほほしく宮出《みやで》もするかさ檜《ひ》の隈廻《くまみ》を」（②一七五）は、草壁皇子《くさかべのみこ》の薨去を悼んで、皇子に仕えていた舎人《とねり》たちが作った歌の中の一首。晴れやらぬ心のまま、皇子の殯《ひん》宮《きゅう》に出仕をするさまを「おほほしく」と表現している。この「おほほしく」は、原文「鬱悒」とある。心がむすぼおれて、気持ちの晴れぬ状態を意味する漢語である。この「鬱悒」は、イブセシの用字でもあるから、オホホシとイブセシとは、語義に重なりのあることがわかる。**↓イブセシ**。

オホツカナシも、オホから派生した形容詞だが、やはり対象のぼんやりしたありかたから生ずる不安や頼りなさを示す。

水鳥《みづとり》の鴨《かも》の羽色《はいろ》の春山のおほつかなくも思ほゆるかも（⑧一四五一）

これも笠女郎が大伴家持に贈った歌。鴨の羽の色のような春の山の、霞みこめてぼんやりした様子を比喩に、煮え切らない家持の態度から生ずる不安を「おほつかなくも」と表現している。

オホロカも、やはりオホから派生した形容動詞だが、この場合は、いい加減なさま、通り一遍なさまを示すところに意味は限定される。「おほろかに我《あれ》し思はば人妻《ひとづま》にありといふ妹《いも》に恋ひつつあらめや」（⑫二九〇九）は、「いい加減な気持で私が思うのなら、人妻であるというあなたに、どうして恋い続けていよう」というほどの意。「大夫《ますらを》の行《ゆ》くといふ道そおほろかに思ひて行《ゆ》くな大夫の伴《とも》」（⑥九七四）は、節度使に酒を賜った際の聖《しょう》武《む》天皇の御製。なまじな覚悟で任地には赴くなと、その前途を戒めている。

（多田一臣）

おみな【嫗・老女】

　年老いた女、老婆の意。音便化してオウナとなるが、『万葉集』中にオウナの例はない。対義語はオキナ（翁）。オキナ・オミナはそれぞれ男・女を表し、ナは人の意である。記紀の神話で国生みを行った神イザナキ・イザナミのキ・ミが男女を示すのと同様である。

　オミナは、『万葉集』では相聞歌に詠まれる。年老いた我が身なのに恋に思い悩むとは、というオミナの姿で、いわば「老いらくの恋」をテーマにした歌が多い。これは、老人と恋愛は相容れないという社会通念を逆手にとったもので、『源氏物語』で源典侍《げんのないしのすけ》が好色の老女として描かれるのと同様である。たとえば次は、石川郎女《いしかわのいらつめ》が大伴《おおとも》宿奈麻呂《のすくなまろ》に贈った歌。

　古《ふ》りにし嫗《おみな》にしてやかくばかり恋に沈まむ手《た》童児《わらは》のごと（②一二九）

「この年を経た老女にしてこれほどまでに恋に沈むのか、まるで幼子《おさなご》のように」というほどの意。郎女はかつて、大津皇子《おおつのみこ》や草壁皇子《くさかべのみこ》に仕え、寵《ちょ》愛《うあい》を受けたとされる女性である。しかし往時より数十年を経て「古りにし嫗」となった今、再び子供のようにあなたに恋してしまったと歌う。「恋に沈む」という表現は、『万葉集』中この一例のみ。理性では抑えきれない恋情の深い淵を表す、絶妙の表現といえる。

　老人と恋愛は無縁なものという通念を利用して、「賤《いや》しき嫗《おみな》」に扮して恋する男の家を訪ねた女性もいた（②一二六）。左注の解説によれば、石川《いしかわの》郎女《いらつめ》（先述の石川郎女とは別人）は、容姿佳艶で風流の道に秀でた「遊士《みやびを》」である大伴田主《おおとものたぬし》に、思いを寄せていた。田主と通じたい郎女は一計を案じ、「賤しき嫗」に扮して、田主の家の戸を叩き「東隣の貧女、火を取らむとして来《きた》る（東隣の貧しい女が、火種をいただこうとやって来ました）」と言い、家に入ろうとする。しかし田主は郎女と気づかず、戸口で火を貸してそのまま郎女を返してしまう。この田主の対応を郎女は、「おその風流士《みやびを》（鈍い風流人）」と揶揄するという趣向である。

　オミナが恋愛に関する歌に登場するのに対し、オキナは相聞歌にほとんど見られず、嘲笑の対象として詠まれている。たとえば「竹取翁《たけとりのおきな》」（⑯三七九一～三八〇二）は、ある春の日、丘で美しい九人の仙女に出逢う。「叔父《をぢ》来《き》たれ。この燭火《ともしび》を吹け（おじいさん、来なさい。この焚火を吹きなさい）」と、仙女たちに呼びかけられた翁がその間に入ると、今度は「阿誰《たれ》かこの翁《おきな》を呼べる（誰がこんなおじいさんを呼んだの）」と彼女たちは笑いながら言い合い、翁をからかうのである。

　また、大伴家持《おおとものやかもち》が愛育していた鷹を、飼育係の山田史君麻呂《やまだのふひときみまろ》が不注意から逃がしてしまった逸話が巻十七に載せられている。家持は君麻呂を「狂《たぶ》れたる　醜《しこ》つ翁《おきな》（何とたわけた無様な爺《じじい》め）」（⑰四〇一一）と罵倒し、「松反《まつがへ》りしひにてあれかもさ山田の翁《をぢ》がその日に求め逢《あ》はずけむ（松反りというが、呆《ぼ》けてでもいたから、さ山田の爺《じい》が逃げたその日に探し求められなかったのだろう）」（⑰四〇一四）と詠んでいる。

　オキナは、自己を卑下していう場合にも用いられる。『出雲国風土記《いずものくにふどき》』総記では、編者が自らを「老《おきな》、枝葉《ことのすゑ》を細《くは》しく思《おも》ひ、詞源《ことのもと》を裁《た》ち定《さだ》む…」と称している。また、越前掾《じょう》だった大伴池主《おおとものいけぬし》が、旅の必需品である「針袋《はりぶくろ》」を贈ってくれた家持に送った歌では、「草枕《くさまくら》旅の翁《おきな》と思ほして…（草を枕の旅にある老人とお思いになってか）」（⑱四一二八）と、自らを「旅の翁」と称している。

　オキナ特有の持ち物を詠んだ歌もある。次は、前歌と同じ時に池主が詠んだ歌。

　針袋《はりぶくろ》これは賜《たば》りぬすり袋《ぶくろ》今は得てしか翁《おきな》さびせむ（⑱四一三三）

「針袋は、これは頂戴しました。すり袋を今度はいただきたいもの。それを身に付けて老人らしく振る舞おう」くらいの意。「すり袋」は未詳だが、「翁さびせむ（老人らしくふるまおう）」という表現から、それを持つと老人のように見える老人特有の持ち物であることが窺える。

『万葉集』のオキナは、老いを揶揄される存在だが、記紀や『風土記』の「古老」は、智恵ある者として描かれている。たとえばヒコホホデミノミコトを海宮に導く手助けをしたのは「塩土《しほつち》の老《を》翁《ぢ》」であり（「神代紀」第十段）、『風土記』編纂で要求されたのは「古老が相伝《あひつた》ふる旧聞異事」であった（『続日本紀』和銅六年五月条）。「景行記《けいこう》」では、東征に赴いたヤマトタケルが、甲斐の酒折《さかおり》宮《のみや》で「新治《にひばり》　筑波《つくは》を過ぎて　幾夜《いくよ》か寝《ね》つる（新治、筑波の地を過ぎて、幾夜寝ただろうか）」（記二五）と問いかけたのに対し、「かかなべて　夜《よ》には九夜《ここのよ》　日《ひ》には十日《とおか》を（その日々は、夜は九夜、昼は十日でございます）」（記二六）と答えた御火《みひ》焼老人《たきのおきな》は、その返歌の功績によって「東　国《あづまのくにの》造《みやつこ》」を賜っている。

智者としてのオキナとは趣が異なるが、『万葉集』には「志斐嫗《しひのおみな》」というオミナが登場する。

否《いな》と言へど強《し》ふる志斐《しひ》のが強語《しひかたり》このころ聞かずて我《あれ》恋ひにけり（③二三六）

「もう聞きたくないというのに無理強《むりじ》いする志斐の強語《しいがたり》だが、この頃聞かずにいて私は恋しく思っていることだった」というほどの意で、題詞には「天皇の志斐嫗《しひのおみな》に賜《たま》へる御歌」とある。この天皇とは持統《じとう》天皇のこと。志斐嫗は伝未詳だが、阿倍《あべの》志斐連《しいのむらじ》か中臣志斐連《なかとみのしいのむらじ》を出自とする女性で、持統天皇に対して、宮廷の伝承などを語り聞かせる教育係的役割を担った人物かという。次は、持統の歌に対する志斐嫗の返歌。

否《いな》と言へど語れ語れと詔《の》らせこそ志斐《しひ》いは申《まを》せ強語《しひかたり》と言ふ（③二三七）

「もうお話はしませんというのに語れ語れとおっしゃるからこそ、この志斐めは申し上げるのです。それを強語というなんて」という意。持統天皇と志斐嫗の応酬は、女性同士の気の置けないやりとりであり、二人の親密な関係が窺える。

『万葉集』のオキナは、仙女にあしらわれたり、うっかり鷹を逃がしたり、どうもうだつが上がらないが、オミナは恋に舌戦に元気である。今も昔も変わらぬ女性パワーである。

（兼岡理恵）

おもふ【思ふ】

胸のうちに、様々な感情を抱き、表に出さず、じっとたくわえていること表す語。その感情は、願望、愛情、悩み、心配、予想など多様である。ただ、現在でも「思いが通ずる」という言い方があるように、外側へ向かう能動的な心の働きを示す言葉でもある。むしろ、古代には、このように解釈できる例の方が多い。そのため、オモフの始原的な意義は、神の世界に働きかけ、その威力を現前させるところにあったとも説明される（多田一臣「おもひ」『古代語を読む』）。オモフの名詞形がオモヒ。また、自発形がオモホユ。自ずと想起されてしまうという受動的な状態を表す。

オモフは、しばしば「心」と共に詠み込まれる。

心には千重《ちへ》に思へど人に言はぬ我《あ》が恋妻《こひづま》を見むよしもがも（⑪二三七一）

右は男の恋歌で、「心では幾重にも繰り返し思うが、人には言わない私の恋妻を見る手立てがほしいものだ」というほどの意。ここでのオモフは、恋ゆえに強く思慕することを指している。この一首では、わざわざ「心には千重に思へど」と詠まれるように、「心」でオモフことが自覚されている。この他にも、「思ふ心を」（⑦一三三四）、「心には　思ふものから」（⑲四一五四）、「心ゆも　思はぬ間《あひだ》に（心にも思いかけぬうちに）」（⑤七九四）など、オモフを「心」と結び付けて詠む歌は多い。ここから、オモフは「心」の作用と理解されていたことが分かる。→ココロ。

真野《まの》の浦《うら》の淀《よど》の継橋《つぎはし》心ゆも思へか妹《いも》が夢《いめ》にし見ゆる（④四九〇）

右は「真野の浦の淀にかかる継橋のように、絶え間なく心の底で思うからなのか、あなたが夢に現れることだ」というほどの意。夢は、相手との直接の出逢いが妨げられた時、相手を求めて体から遊離した魂の逢会《ほうかい》と考えられた。→イメ。この一首では、こちらのオモヒが「妹」の魂に作用し、

「妹」が夢に現れたことになる。後代の例になるが、「思ひつつ寝《ぬ》ればや人の見えつらむ夢と知りせば覚《さ》めざらましを」（『古今集』五五二・小野小町）も同様に解釈できる。ここから、オモフが対象に向かう能動的な心の働きであることが分かる。

　こうしたオモフのあり方は、類語のコフ（恋ふ）が、己の魂が相手に奪い去られ支配される受動的状態と理解されたのと対照的である。コフが、「…に恋ふ」と主体を対象の側に置くニ格で受けるのに対し、オモフは「…を思ふ」の形を取ることにも、コフの受動性に対するオモフの能動的性質が表れている。↓コフ・コヒ。

　人への思慕を表すオモフの例では、特定の相手に向けて「思ふ君」「思ふ妹」などと呼び掛ける表現がある。理想的に整った美しさを表すウルハシを伴って歌われる場合が少なくない。↓ウルハシ。

　うるはしみ我《あ》が思《も》ふ君は撫子《なでしこ》が花になそへて
　見れど飽《あ》かぬかも（⑳四四五二）

橘奈良《たちばなのなら》麻呂《まろ》宅で宴が催された折、大伴家持《おおとものやかもち》が、宴の主人である奈良麻呂を讃美した詠。「すばらしいと私が思うあなたは、撫子の花になぞらえて見ても、飽きることがないよ」というほどの意。奈良麻呂への思慕と讃美がオモフに込められる。「思ふ君」「思ふ妹」のオモフが、恋ゆえの強い思慕の情を表す場合も多い。

　天地《あめつち》の神の理《ことわり》なくはこそ我《あ》が思《も》ふ君に逢《あ》はず
　死《し》にせめ（④六〇五）

右は、笠女郎《かさのいらつめ》が大伴家持に贈った恋歌二十四首のうちの一首。「天地の神の正しい道理がないというのなら、私の思うあなたに逢うことなく恋い死にすることにもなろうが」というほどの意。女の側からの一途な思いを歌っている。

　仲間意識を反映させる「思ふどち」という表現がある。この場合のオモフも人への思慕を表し、「どち」は接尾語的に用い、互いに共通点を有する人のことを指す。

　酒坏《さかづき》に梅の花浮かべ思ふどち飲みての後《のち》は散
　りぬともよし（⑧一六五六）

右は宴席歌で、「酒杯に梅の花を浮かべて、親しい仲間同士で飲んだ後は、散ってしまっても構わない」というほどの意。親しく気の合う仲間への呼び掛けが「思ふどち」である。

安騎《あき》の野に宿る旅人《たびびと》うち靡《なび》き寝《い》も寝《ぬ》らめやも
古《いにしへ》思《おも》ふに（①四六）

軽皇子《かるのみこ》（後の文武《もんむ》天皇）が安騎野《あきの》（今の奈良県宇陀《うだ》市）に狩りに出かけた時に、柿本人麻呂《かきのもとのひとまろ》が詠んだ歌である。「安騎の野に宿る旅人は心をくつろげて寝入るだろうか。いやそんなことはない。昔のことを思うと」というほどの意。この「古」は、軽皇子の父親、亡き草壁皇子《くさかべのみこ》が同じ場で狩りをしたことを指す。「古」の想起は、亡き皇子への思慕の現れでもある。→イニシへ。

同じ「古」の想起でも、受動的状態を示すオモホユが用いられた例もある。

近江《あふみ》の海《うみ》夕波《ゆふなみ》千鳥《ちどり》汝《な》が鳴けば心もしのに　古《いにしへ》
思ほゆ（③二六六）

先の歌と同様、柿本人麻呂の詠。「近江の海」は琵琶《びわ》湖のことであり、この「古」は、かつて天《てん》智《ち》天皇が都を置いた近江大津宮《おうみおおつのみや》の繁栄の過去を指す。千鳥の鳴き声が「心」に作用し、自ずと「古」を思わされてしまうのである。オモホユの対象は、このように、過ぎ去った時間や離れた土地など人間以外のものである場合が少なくない。

これまで、対象への思慕を表すオモフを中心に見たが、悩みや心配を表すオモフもある。

我《わ》がゆゑに思ひな痩《や》せそ秋風の吹かむその月
逢《あ》はむものゆゑ（⑮三五八六）

遣新羅使《けんしらぎし》の歌で、「私のために思いつめて痩せてはいけない。秋風の吹く、その月には逢えるだろうはずなのに」というほどの意。一行の帰国は秋と予定されていたらしい。秋には再会できるのだから心配するなと、都で待つ妻に贈った一首。

思ひ遣《や》るたどきも我《われ》は今はなし妹《いも》に逢《あ》はずて
年の経行《へゆ》けば（⑫二九四二）

「思いを晴らす手立ても私には今はない。あの子に逢わないままに年が経過して行くので」というほどの意。このオモヒは、恋の物思いを意味する。現代語では、相手へ配慮することが「思い遣る」であるが、古代では、悲しいオモヒを遠くに行かせることがオモヒヤルである。
『万葉集』全体で見ると、単にオモヒという場合は、物思いのようなネガティブな感情を表すことが多いようだ。そして、その苦しい思いは、実態を伴うように捉えられていたらしい。

明日香《あすか》川川淀《かはかはよど》さらず立つ霧《きり》の思ひ過ぐべき恋にあらなくに（③三二五）

「明日香川の川淀を離れずずっと立ちこめている霧のように、たやすく思いを消し去れるような恋情ではないことよ」というほどの意。苦しいオモヒを対象化し、川淀に立ちこめる霧に喩えている。オモヒスグの「過ぐ」は、こちらの意志とは無関係に事態が進行する意を示す。**↓スグ**。
次は、願望や意思を表すオモフの例。

我《わ》が背子《せこ》に見せむと思《おも》ひし梅の花それとも見えず雪の降《ふ》れれば（⑧一四二六）

右は、山部赤人《やまべのあかひと》の春の歌。女性の立場で歌われている。「わが背の君に見せようと思っていた梅の花は、どれが花とも見分けがつかない。雪が降っているので」というほどの意。このような願望を表すオモフは、多く「…むと思ふ」の形を取る。しかし、…しようと思っていたが、何らかの事情でそれが叶わなかったことを詠む例が多い。

我《わ》が御門《みかど》千代《よ》永久《とことば》に栄《さか》えむと思ひてありし我《われ》し悲しも（②一八三）

右は、草壁皇子が薨去した折、皇子の宮に仕えた舎人《とねり》等が悲しんで作った挽歌のうちの一首。「わが皇子の宮殿は千代に常盤《ときわ》に栄えるであろうと思っていた私は悲しいことだ」というほどの意。皇子の薨去《こうきよ》によって、永遠に栄えると思っていた宮が荒廃してゆくさまを悲傷している。
予想を示すオモフもある。

思はぬに至《いた》らば妹《いも》がうれしみと笑《ゑ》まむ眉引《まよび》き思ほゆるかも（⑪二五四六）

男の恋歌で、「あの子が予期していない時に訪ねたら、嬉しいと微笑《ほほえ》むであろう引き眉をした表情が思われることよ」というほどの意。予想外の男の訪れを歌っている。結句のオモホユは、「妹」の表情が自ずと想起されてしまう様相を表す。

《参考文献》多田一臣『万葉歌の表現』。（中嶋真也）

#【カ行】

か【香】

『万葉集』には嗅覚表現が乏しいとされるが、その嗅覚表現にかかわる言葉にカ（香）がある。

　梅の花香《か》をかぐはしみ遠けども心もしのに君をしそ思《おも》ふ（⑳四五〇〇）

「梅の花の香りがすばらしいので、遠く離れてはいても、心もひたすらにあなたのことを思うことだ」というほどの意。「梅の花」が漂わせる芳香のすばらしさを、主人の徳に重ねて表現したもの。なるほど、このカは嗅覚によって捉えられたものに違いない。

　ここでのカとは、梅の花から漂い出て、周囲に浸透していくような霊力・霊質を意味している。香りには違いないが、より呪的な作用が感じ取られている。それを示すのがカグハシである。カグハシはカ＋クハシの語構成をもつ。クハシは精細・精妙な美を強調する言葉だから、梅の花から漂い出るカの霊力・霊質が隅々にまで及ぶその霊妙さを讃美したことになる。「かぐはしき花橘《はなたちばな》を玉に貫《ぬ》き贈《おく》らむ妹《いも》はみつれてもあるか」（⑩一九六七）のような例もある。このカグハシも漂い出る橘の芳香のすばらしさを讃美している。→クハシ。「みつれて」は、恋に窶《やつ》れたさまの形容。私への恋ゆえに窶れているのではないかと想像している。

『万葉集』にはもう一首、嗅覚表現にかかわるカの例がある。

　高円《たかまと》のこの峰《みね》も狭《せ》に笠《かさ》立てて満《み》ち盛《さか》りたる秋の香《か》のよさ（⑩二二三三）

「芳を詠《か》める」という表題をもつ歌。「芳」は芳香の意である。この歌は、松茸の芳香を讃めている。「高円」は平城京の東郊で、春日山の南に続く丘陵地帯。この「香」もまた、こちらを包み込み、あるいはこちらに浸透する神秘な力を意味している。山全体を包み込むような松茸のつよい香りを、そうした力の現れとして歌ったのが、この一首になる。ここにも、周囲に浸透するようなカの霊力・霊質を認めることができる。

このようなカのありかたを見てくると、ニホフ（匂ふ）のニとの違いが問題となる。ニもまた周囲に浸透する霊威・霊力を意味するからである。**→ニホフ**。土橋寛によれば、カとニは重なるところが大きいが、カは神名などの核になることはなく、それがニとの違いであるという（土橋寛『日本語に探る古代信仰』）。なるほど、ニはウヒヂニなどの神名の核になってはいるが、カにそうした例は見えない。

しかし、カとニにはさらに微妙な違いがある。それは「正香《ただか》（直香）」という表現を見ることで明らかになる。「正香（直香）」は、恋人あるいは理想とすべき対象を指す言葉である。「その人自身、またはその様子」（『岩波古語』）などと説明される。カは場所を表す接尾語とされるようだが、おそらく誤っている。右に述べて来たカと同義である。まずは「香」の表記に注意を向けるべきだろう。このカは、その対象に本質として内在し、しかも外部に向かって発散される霊力を指す。タダはそれしかないそのものの意。それゆえタダカとは対象から漂い出る魅力と言い換えることもできる。受け手の心を惹きつけてやまない魅力、さらにはそれを発散するその人自身を「正香（直香）」と表現したのである。ニとはたしかに重なるが、ニの場合は、受け手の目に映ずる感覚が重要であるのに対して、カはより内在的であり、そこから漂い出て、こちら側に浸透するような霊力を意味しているように思われる。

この微妙な違いは、『源氏物語』宇治十帖の二人の男主人公、薫《かおる》と匂宮《におうのみや》の名に特徴的に現れている。どちらもその身体から漂う香りが特徴とされるが、薫の場合は体質によっておのずと芳香が現れ出るのに対して、匂宮の場合は衣服に薫《た》き染《し》めた香の香りであるという。ならば、薫の場合はその香りはより内在的であり、匂宮の場合はより外在的であることになる。そこに視覚の問題を重ね合わせれば、カとニの微妙な差異は、より明らかになるように思われる。

（多田一臣）

かげ【光・影・陰】

カゲは、太陽や月や灯火のような光そのものを表すとともに、その光によって照らし出される像、さらにはその背後にできる闇の部分をも意味する。カゲには、光と闇という、相互に対立する意義が備えられているが、そのようなカゲのありかたは、古代人の心性の奥行きの深さをよく示している。

光としてのカゲは、もともとはキラキラとした輝き、明滅したり揺らめいたりする光を意味した。星の瞬きを「星影」と呼び、灯火の揺らめきを「火影《ほかげ》」と呼ぶのはそのためである。「朝影」「夕影」も、朝夕の陽光を意味した。そこにも光の微妙な移ろいが意識されている。『万葉集』の、

我《わ》が屋戸《やど》の夕影草《ゆふかげくさ》の白露《しらつゆ》の消《け》ぬがにもとな思ほゆるかも（④五九四）

に見える「夕影草」は、美しい歌語だが、あえかな夕光に照らされた草の姿を実に見事に表現している。下句は「（白露のように）消えてしまいそうなほどにあの人が思われることだ」というほどの意。

カゲのもつ意義の複雑さをよく見せているのが、『竹取物語』である。主人公かぐや姫の名は、カギル、カガヨフ、カギロフなどの語根カグに通じて、照り輝く光を意味する。事実、かぐや姫は光輝いていたのであり、それは姫を迎えた竹取翁《たけとりのおきな》の家が「光満ちたり」と形容されるところからも明らかである。そのかぐや姫が、帝の求婚を遁《のが》れられないと知った時、「きと影に」なったという。光を失った、文字どおりの影に身を転じたのである。そこに、カゲに宿る光と闇の対立がよく示されている。しかし、大切なのは「きと影に」なったかぐや姫が、人間の力ではとらえられない存在になってしまったことである。そこにカゲの本質がよく現れている。カゲは、存在そのものでありながら、実体として摑みとることのできない何物かを意味した。かぐや姫のように、人間の支配の

及びえない存在、それがカゲだった。このことは、水や鏡に映る物の姿、心に思い浮かぶ懐かしい人の姿が「影（面影）」と呼ばれることからも理解される。

かぐや姫がそうであるように、カゲはこちら側の存在ではない。カゲは、物や人の存在の根源、生命力の本質が外側に現れ出た状態を意味した。魂そのものの姿であったと言ってもよい。『万葉集』の天智《てんち》天皇の崩御直後の挽歌、

人はよし思ひ止《や》むとも玉蘰《たまかづら》影に見えつつ忘らえぬかも（②一四九）

は、「玉蘰影に見えつつ」とあるように、歌い手は、いまは亡き天智の姿をありありと知覚している。その「影」とは魂の姿にほかならない。

カゲが生命力の本質であるなら、「影が薄い」ことを人の死と結びつけるような理解が生まれても不思議ではない。『万葉集』に、

朝影《あさかげ》に我《あ》が身はなりぬ玉かきるほのかに見えて去《い》にし子ゆゑに（⑪二三九四）

という歌がある。この「朝影」は、朝のぼんやりとした陽光によってできる細長い影法師のことだが、恋の焦燥に痩せてしまった我が身をそこに重ねている。恋とは、魂逢《たまあ》いを求めて魂が遊離した状態のことだから、魂の姿であるカゲはやはり薄くなる。→コフ・コヒ。水に棲む「影取り」という妖怪が、往来の人の影を取ると、その人はやがて死ぬとする伝説が各地に残るが（柳田国男『妹の力』）、それも同様に理解しうるだろう。カゲに向けられたこのような心意は、子供の遊びである「影踏み」にまで残されている。『和名抄』が「霊」をミタマ、ミカゲと訓じていることも参考になる。

カゲに生命力の本質が宿されているとすれば、確かな実在であるはずの物や人は、反対にそれらの仮の姿を現していることになる。絵像もカゲと呼ばれるが、実相がかえってその中に示されるというのも、そこに映ずる対象の本質がカゲに抱え込まれているからである。寺で役使されている牛の前生が、過去にその寺の薪を他人に無断で与えた寺僧であることを見抜いた行路の僧の姿を、数

人の絵師に描かせたところ、どれもみな観音像となった、という話（『日本霊異記』上二〇縁）などは、そうしたカゲの意味をよく示している。

鏡に映る物や人の姿もカゲだが、それもまた実相を照らし出すものと考えられていた。『常陸国《ひたちのくに》風土記《ふどき》』久慈《くじ》郡条には、「石の鏡」を見た大勢の鬼がたちどころに姿を消したという伝説が記されている。そこに「疾《と》き鬼も鏡に面《むか》へば自ら滅ぶ」という諺《ことわざ》が記されているように、鏡には妖怪の本性をあらわす呪能があると信じられていた。地獄の「浄玻璃《じょうはり》の鏡」が、罪人の前業を照らし出すというのも、鏡に映るカゲの意味を窺わせる。『更《さら》級日記《しな》』に、初瀬に代参した僧が持参した鏡に、作者の未来が映し出されたことを記す場面がある。「ただ悲しげなりと見し鏡の影のみたがはぬ、あはれに心憂し」という記述から、作者が、その「鏡の影」の記憶を晩年まで持ち続けていたことがわかる。ここでも「鏡の影」は、作者の実相を明らかにする意味を持った。


鏡の霊性については、さまざまに説かれているが、記紀の神話で、地上世界に降臨するニニギに、アマテラスが「これの鏡は、もはらあが御魂《みたま》として、あが前を拝《いは》ふがごとくいつきまつれ」（「神代記」）と述べて神鏡を授けたように、鏡そのものが神の魂を宿すものとされた。魂こそがカゲなのであり、それはまた鏡が神の姿を映すものであることにも通ずる。

『新古今集』の、「鏡にも影みたらしの水の面《おも》にうつるばかりの心とを知れ」（神祇・一八六二）は、賀茂《かも》明神の神詠だが、鏡と同様、御手洗《みたらし》川の水の面（水鏡）に宿る影も神の姿であることを歌っている。『万葉集』でも、水の面に映るのは、花・月・山・雲など、霊威に満ちた自然の姿であることが多いが、そこにも影の神秘が現れている。犬飼公之が述べるように、カゲとは異界の立ち現れる、その境域を意味する言葉だったのである。

《**参考文献**》犬飼公之『影の領界』。

（多田一臣）

かざす

「髪挿《かみさ》す」の意で、季節の霊威を宿した植物を髪に挿して、その生命力を身につけようとする呪的な行為。かざした物をカザシと言う。

カザスという行為は、非日常的な空間である神事や宴の場で行われた。

次は、持統《じとう》天皇の吉野行幸の折、柿本人麻呂《かきのもとのひとまろ》が詠んだ「吉野讃歌」の一節である。

…山神《やまつみ》の　奉《まつ》る御調《みつき》と　春へは　花かざし持ち　秋立てば　黄葉《もみち》かざせり…（①三八）

「山の神は、大君に奉る貢物《みつぎもの》として春には花を挿頭《かざし》として着け持ち、秋には黄葉《もみじ》を挿頭としている」の意で、吉野の山々の春の花、秋の黄葉の景を、山神が天皇に「御調《みつき》（供え物）」として捧げるカザシに擬《なぞら》えた表現である。

宴に参加する人々は、カザシをつけて出席した。宴は神祭りを起源とし、宴の参加者は神に等しい位置に立つ。そこで各々カザシをすることで、神に化すと考えられていた。天平二年（七三〇）正月、大宰府《だざいふ》の大伴旅人《おおとものたびと》邸で開催された梅花の宴は約三十人の官人たちが集まる盛大な宴であったが、その折の歌三十二首のうち八首に、梅の花をカザスことが詠まれている。次は、葛井大成《ふじいのおおなり》の歌。

梅の花今盛《さか》りなり思ふどち挿頭《かざし》にしてな今盛りなり（⑤八二〇）

「梅の花は今盛りだ。仲間の皆よ、髪に挿そう、今が盛りだ」の意。「思ふどち」とは、親しく気のあう仲間同士のこと。特に風流心、文雅の心を共有する友を指す。梅花の宴に参集し、梅花をカザス人々は、まさに心を同じくする同士である。風流の宴におけるカザシは、「みやび（宮び）」の象徴的行為でもあった。都から遠く離れた地でのカザシは、むしろ都への念を呼び起こすことにもなった。次も、梅花の宴の歌。

梅の花折りかざしつつ諸人《もろひと》の遊ぶを見れば都《みやこ》しぞ思《も》ふ（⑤八四三）

「梅の花を折り髪に挿しつつ人びとが遊ぶのを見ると、都をしきりに思うことだ」という意。梅を折りかざす風流は本来都のもの。「遠《とほ》の朝廷《みかど》」とも称される大宰府でのカザシは、官人たちの望郷の念をかき立てたのである。

　カザシにする植物は、春は花が主であるのに対し、秋は黄葉である。次は、橘奈良麻呂《たちばなのならまろ》邸での宴席で、主催者である奈良麻呂が詠んだ歌。

　　手折《たを》らずて散りなば惜《を》しと我《あ》が思《も》ひし秋の
　　黄葉《もみち》をかざしつるかも（⑧一五八一）

「手折らずに散ってしまったなら惜しいことだと私が思っていた秋の黄葉を、今、こうして挿頭《かざし》にしたことだ」という意。奈良麻呂は黄葉のカザシを用意して客人たちを迎えた。次は、その宴の主賓、久米女王《くめのおおきみ》が答えた歌。

　　黄葉《もみちば》を散らす時雨《しぐれ》に濡《ぬ》れて来《き》て君が黄葉《もみち》をか
　　ざしつるかも（⑧一五八三）

「黄葉を散らす時雨に濡れながらやって来て、あなたが手折った黄葉を挿頭《かざし》にしたことだ」くらいの意。「時雨に濡れて来て」とあるように、雨の日の宴、黄葉のカザシを用意してくれた奈良麻呂の趣向に感謝する、主賓の挨拶歌である。

　カザシには常緑樹も用いられた。年中、緑を保つ常緑樹は、永遠性の象徴として神事に使用された。次は「葉を詠める」歌の一首。

　　古《いにしへ》にありけむ人も我《わ》がごとか三輪《みわ》の檜原《ひばら》に
　　挿頭《かざし》折りけむ（⑦一一一八）

「昔にいたであろう人も、私たちのように三輪の檜原で、その枝葉を挿頭《かざし》に手折ったことだろうか」という意。三輪山一帯の檜原は「鳴神《なるかみ》の音《おと》のみ聞きし巻向《まきむく》の檜原《ひばら》の山を今日《けふ》見つるかも（雷鳴の響きのように噂にだけ聞いていた巻向の檜原の山を、今日確かにこの目に見たことだ）」（⑦一〇九二）とあるように、当時有名な檜林だった。檜《ひのき》は「真木《まき》さく檜《ひ》の御門《みかど》」（「雄略《ゆうりやく》記」）とも歌われ、マ（真）＋キ（木）、すなわち木の中でも最も素晴らしい木と表現された。その檜の枝葉をカザシにするのである。三輪山は大物主神《おおものぬしのかみ》の神体山であり、「古にありけむ人」という表現には、古来から同地に伝わる神事が想起される。

次は、巫女の神祭りの様子を彷彿させる歌。

…斎槻《いつき》が枝《えだ》に　瑞枝《みづえ》さす　秋の赤葉《もみちば》　巻《ま》き持てる　小鈴《こすず》もゆらに　手弱女《たわやめ》に　我《われ》はあれども　引《よ》き攀ぢて　峰《みね》もとををに　ふさ手折《たを》り　我《われ》は持ちて行《ゆ》く　君が挿頭《かざし》に（⑬三二二三）

「神聖な斎槻の枝に、瑞々しい枝をさし伸ばす秋の紅葉した葉を、手に巻き持つ小鈴もゆらゆらと、手弱女で私はあるけれど、その枝を引き寄せて、峰の撓《たわ》みのようにたおたおと、どっさり手折り、持って行くわ、あなたの挿頭《かざし》として」と、女が、神聖な槻の枝をカザシにすべく男の所に持って行くことを詠む。「斎槻《いつき》」のイ（斎）は神聖なものを示す接頭語。槻《つき》はケヤキの古名とされるが、もともと神の依り憑く聖木の意。ツキは「憑き」に通じるともいう。**↓ツキ**。

カザシにする花や木々を女性と重ね合わせ、「カザシにする」＝女性を手に入れる、という意味を表した歌もある。

春さらば挿頭《かざし》にせむと我《あ》が思《も》ひし桜の花は散りにけるかも（⑯三七八六）

巻十六の冒頭、桜児《さくらこ》にまつわる歌。「春になったら挿頭にしようと私が思っていた桜は散ってしまった」の意。桜児は、二人の男性から愛されたが、どちらも選べず縊死《いし》してしまう。その死を嘆いた男の歌で、春には自分の妻としようと思っていたことを「挿頭にせむと」と詠んでいる。

このように、女性を自分の妻とすることをカザシにすると表現する歌も、植物の持つ霊力を身に寄り付けるというカザシの力を根底に持つものと考えられる。

カザシ同様植物で作り、身に付けた物としてカヅラがある。**↓カヅラ・カヅラク**。蔓性植物を冠状に編んだもので、髪飾りにして植物に宿る霊威を身に感染させる呪具である。ちなみにカヅラは、少なくなった頭髪を補う具である「かつら」の語源であり、すでに『源氏物語』（「蓬生《よもぎう》」）には、「わが御ぐしの落ちたりけるを取り集めてかづらにし給へるが、九尺余ばかりにて」と、頭髪を補う添え髪としてのカヅラの例が見られる。

（兼岡理恵）

かたみ【形見】

カタミは、現在では、もっぱら故人の遺愛の品を指すことが多いが、古代では、死者に限らず、離れて逢えない人、とりわけ恋する相手にゆかりのある事物を意味した。カタミのカタとは、カタチ（形）のカタであり、ある事物の象形、すなわちその輪郭を指す。その外形といってもよい。ただし、大事なのは、そのカタが、霊力・霊魂を宿すことのできるものであったことである。カタミとは、それを見ることによって、そこに宿る故人や逢えない人の霊力・霊魂に触れあうことのできるような対象を意味したのである。

カタミとされるものは、実にさまざまである。鏡、子供、衣《ころも》（着物）、さらには植物や土地なども「形見」とされた。「真澄鏡《まそかがみ》見ませ我《わ》が背子《せこ》我《わ》が形見《かたみ》持てらむ時に逢《あ》はざらめやも」（⑫二九七八）は、別れに際して、女が男に「形見」の鏡を贈った際の歌。しばらくは逢えない事情が背景にあるのだろう。そもそも鏡は、神霊の依り代《よりしろ》でもあるから、それが霊力・霊魂を宿す呪具であることはあきらかである。鏡に写る影は、魂の姿そのものとも信じられていた。→カゲ。

子供が「形見」とされるのは、遺児の場合である。「我妹子《わぎもこ》が　形見に置ける　みどり子《こ》の」（②二一三）のような例がある。子供は、いうまでもなく親の霊力を受けつぐ存在としてである。いまも「忘れ形見」という言葉が残る。

衣《ころも》（着物）だが、

逢《あ》はむ日の形見《かたみ》にせよと手弱女《たわやめ》の思ひ乱れて
縫《ぬ》へる衣ぞ（⑮三七五三）

は、恋人が縫う衣の針目の一つ一つに、その魂が宿ると信じられていたことを示す例。「我《わ》が背子《せこ》が着《け》せる衣《ころも》の針目《はりめ》落ちずこもりにけらし我《あ》が心さへ」（④五一四）を見ると、そのことがたしかめられる。縫い手の魂が針目に宿るとする意識は、戦時中の千人針の習俗にも通ずるものがある。別れに際して、恋人同士が脱ぎ交わす衣も「形見」だが、そこにも互いの魂が宿ると考えられていた。

　植物というのは、別れた人の遺愛の、あるいは手植えの草木のことである。草木に直接手を触れたことで、そこにその人の魂が留められていると信じられたのである。「恋しくは形見《かたみ》にせよと我《わ》が背子《せこ》が植《う》ゑし秋萩《あきはぎ》花咲きにけり」(⑩二一一九)がその例。長い別れを予期して男が萩を植えたのであろう。

　土地がカタミになるのは、そこが故人にとってゆかり深い場所である場合である。明日香皇女《あすかのひめみこ》の名を負う明日香川が「御名《みな》に懸《か》かせる　明日香川…我《わ》ご大君の　形見にここを」(②一九六)と歌われるのも、そこになお残る皇女の霊力の働きを見ているからだろう。「安騎野《あきの》遊猟歌」の反歌(①四七)で、「安騎の大野《おほの》」が「君が形見」と歌われるのも、かつてこの土地を訪れた、いまは亡き草壁皇子《くさかべのみこ》の霊力・霊魂が、ここになお宿っていると感じ取られたからにほかならない。この歌は、その霊力・霊魂が、その「忘れ形見」である軽皇《かるのみ》子《こ》に正しく継承されることを意図している。

　恋人同士で交わされるカタミ、とりわけ衣のような品は、その関係が途絶えると、相手に送り返したらしい。そうした品には互いの魂が宿っているので、それを手許《てもと》に留めておくのは許されないことと考えられたのだろう。反対に、そうしたカタミを送り返せば、相手への絶交の宣言ともなりえた。「形見」の「下衣《したごろも》」を、相手の男から返された女が詠んだ「商返《あきかへ》し領《し》らせとの御法《みのり》あらばこそ我《あ》が下衣返《したごろもかへ》したまはめ」(⑯三八〇九)という抗議の歌から、そうした慣習の存在が確かめられる。「商返し」は、特別な場合以外は売買契約の破棄を認めない法の規定をいう。「商返しを許すとのお上《かみ》の法でもあるならともかく、どうして私の形見の下衣をお返しになったりなさるのか」というのが一首の意。この歌の左注では、「形見」を「寄物」と表記し、「俗《よ》に『かたみ』と云ふ」と注している。「記念」にカタミと付訓した醍醐寺本『遊仙窟』の例もある。

(多田一臣)

かたる【語る】／うたふ【歌ふ】

カタル（語る）とウタフ（歌ふ）とは、微妙に対立する言語行為であるらしい。とはいえ、その区別をはっきりと示すのは相当に難しい。芸能の世界では、語り物と謡い物との間には明瞭な線引きがある。一方、『古事記』には「天語歌《あまがたりうた》」の名をもつ歌謡があって、カタルとウタフの境界はなかなか定めにくい。大伴《おおとも》氏の祖先に歌《うた》と語《かたり》の名をもつ親子がいるのも何やら暗示的である（「(大)伴氏系図」）。

カタルについては、藤井貞和の理解が示唆的である。藤井によれば、カタルとは、相手を動かさずにはいない説得力をもって、使嗾《しそう》、勧誘、談合、伝達などのさまざまな場面に威力を発揮する言語行為のことだという（藤井貞和『物語文学成立史』）。

カタルの名詞形はカタリだが、ペテン師の話術をしばしば「騙《かた》り」と称したりするのもその意味だろう。ペテン師こそ、その話術で相手を説得したり、納得させたりするからである。

このようなカタリの例は『万葉集』にも見られる。そこではそれを「強語《しひかたり》」と呼んでいる。

否《いな》と言へど強《し》ふる志斐《しひ》のが強語《しひかたり》このころ聞かずて我《あれ》恋ひにけり（③二三六）

持統《じとう》天皇の歌である。持統が若い時分から側に仕えて、宮廷の伝承などを語り聞かせていた志斐《しいの》嫗《おみな》という老女に贈った歌である。「もう聞きたくないというのに無理強《むりじ》いをする志斐の強語《しいがたり》だが、この頃聞かずにいて私は恋しく思っていることだった」というほどの意。「強語」とはいやがる相手に無理に聞かせようとする戯れのこじつけ話の類だろう。実は、志斐姓そのものが「強語」につながる連想をもっていたらしい。『新撰姓氏録』の阿倍志斐連《あべのしいのむらじ》の賜姓伝承はそのことを示す。楊《やなぎ》の花を辛夷《こぶし》の花と言い立て、誤りに気づいたものの、口弁のかぎりを尽くしてその正当性を主張したことが、賜姓の由来になったとある。これこそ「強語」であり、相手を説得しようとするカタリの本質がそこから見えてくる。志斐嫗の「強語」も、これに類したものだったのだろう。

物語や伝承を聞き手に伝えることをカタリと呼ぶのも、聞き手にその内容を説得的に信じさせようとする意味があるからに違いない。ならば、発話行為としてのカタリの技法は、そうした説得性をいかに作り出すかに求められていたともいえる。カタリが一定の様式（型）を伴うことも、その様式の中にそうした説得性を生み出すような呪力が期待されていたからだろう。

伝承のカタリは、その内容が時空を超え、真実性を帯びて聞き手の眼前に立ち現れるのでなければならない。その際、その内容はしばしば讃美の対象となる。そのようなカタリは、対象のもつ価値を聞き手に説得的に示すことだともいえる。それをよく示すのが「語り継ぐ」という表現である。

…渡る日の　影《かげ》も隠《かく》らひ　照る月の　光も見えず　白雲《しらくも》も　い行《ゆ》きはばかり　時じくそ雪は降《ふ》りける　語り継《つ》ぎ　言ひ継ぎ行《ゆ》かむ　富士の高嶺《たかね》は（③三一七）

よく知られた山部赤人《やまべのあかひと》の「富士山の歌」である。その高さゆえに日や月の光を背後に隠し、雲の行く手をも遮り、時節を問わず雪が降り置く富士の山の神々しさを、いつまでも「語り継」いで行こうと歌っている。富士山に対する最高の讃美の思いがここに示されている。

死者に対しても同様な表現が用いられることがある。死者にかかわる伝承を語り伝えて行くことが、死者に対する鎮魂の意味を帯びることになるからである。

…ある人は　哭《ね》にも泣きつつ　語り継《つ》ぎ　偲《しの》ひ継ぎ来《く》る　処女《をとめ》らが　奥《おく》つ城所《きどころ》　我《われ》さへに見れば悲しも…（⑨一八〇一）

二人の男から求婚されて態度を決めかね、死を選んだ葦屋処女《あしのやのおとめ》の墓を通り過ぎた際の感慨を詠んだ田辺福麻呂《たなべのさきまろ》の歌。墓に立ち寄る人びとが、声をあげて泣きつつ、処女の伝承を語り継いだことが歌われている。死者の事績を後代に受け継ぐことが、その霊の鎮めになっていたことがわかる。

一方、カタルと微妙に対立するとしたウタフとは、どのような言語行為であったのか。ウタフの名詞形がウタ（歌）であるのはよいとして、その語源については諸説あって定まらない。『万葉集』では、ウタフ、ウタの例は、基本的には題詞や左注の中にのみ見える。「歌」のほか、「詠」「歌詞」「歌詠」「吟」「口吟」「吟詠」「唱」「誦」などの文字がウタあるいはウタフと訓まれている。これらは、歌の唱詠法と関連するとされるが、その実態については不明なままである。歌の中にウタフと出てくるのは、次の一例のみである。

朝床《あさどこ》に聞けば遥けし射《い》水川《みづがは》朝漕《あさこ》ぎしつつ唱《うた》ふ舟人《ふなびと》（⑲四一五〇）

大伴家持《おおとものやかもち》の歌。越中の国守館の朝寝の床の中で、遠く射水川で舟を漕ぐ船頭の舟歌を耳にしたさまが歌われている。ウタフに「唱」の文字が宛てられているのは、口吟を意識したためだろう。ここでも唱詠法が意識されていたことになる。

現在では否定されているウタの語源説に「訴《うった》へ」との関連を説くものがある（『倭訓栞』など）。語学的には成り立たないとされる説だが、歌い掛ける対象に向かって働きかける呪的な力を歌が備えているとする理解がこの説の根底にある。対象を讃美し、あるいは対象を鎮めたりする力といってもよい。語源説としては成り立たないが、対象への「訴へ」る力をもつところに歌の本質があると見ることは確かに頷ける。

もっとも、歌が神の言葉に起源をもつとする立場からは別の理解も現れるに違いない。たとえば、藤井貞和は、先のカタルの説明に続けて、ウタの本質とは、降神儀礼における恍惚状態にあり、何かに取り憑《つ》かれた状態で発せられる非言語の要素こそがウタであると説いている。なるほど歌は、もともとは意図して歌うものではなかったらしい。大彦命《おおびこのみこと》が和珥坂《わにさか》で出会った少女の歌によって、武埴安彦《たけはにやすびこ》の謀反を察知しえたという話では、大彦命が不審に思い、少女に何を言ったのかと尋ねたところ、少女は「言《ものい》はず。唯《ただ》歌ひつらくのみ（何も言っていません。ただ歌っただけです）」と答えたとある（「崇《す》神《じん》紀」十年九月条）。これは、何かが憑依することで、歌が少女の口を突いて出たことを示している。神意の現れと見てもよい。それゆえ、これはウタの始原的なありようを窺わせる記事であるともいえる。

とはいえ、歌をそうしたものとして捉えることは、ウタの発生を考える上では納得がいくものの、ウタが常に対象に向かって働きかける力をもつことの理由は、ここからはなかなか説明しにくい。ウタの本質がどこにあったのかは、その語源をも含めて、なお検討の余地がありそうである。

ところで、「仁徳《にんとく》記」には「歌以《も》ちて語り白《まを》ししく」と提示される歌謡がある。難波《なにわ》の日女嶋《ひめしま》で、雁が卵を産むという不思議な出来事が起こった際、その理由を尋ねる仁徳天皇の問いに答えて建内宿《たけうちのすく》禰《ね》の歌った歌謡（記七二）の前にその句が見える。

すでに述べたように、ウタフとカタルとは微妙に対立する。なぜ「歌以ちて語」ることがありえたのか。藤井は、これを歌謡によって説得的に示したり伝えたりすることなのだろうとする。なるほど、そのような理解が当たっているかもしれない。さらに注意すべきは、藤井が、こうしたウタフ行為と結びついたカタリには芸能的要素が見られると説いていることである。これはまことに炯《けい》眼《がん》ともいうべき指摘である。事実、狂言「福の神」には、それをよく示す例がある。

「福の神」は、参拝に訪れた二人の男の前に福神が現れ、富貴になるよう計らってやるという筋書の曲である。そこに富貴になるための心構えを謡《うたい》で示すところがある。その部分は、科白《せりふ》では「とてものことに楽しうなるよう謡《うた》うて聞かそう」とあるものの、謡では「いでいで、このついでに、楽しうなるよう、語りて聞かせん」とある。ここに、ウタフとカタルの違いがよく見えている。謡はウタフものだが、富貴になる心構えは、聞き手に対して説得的に語りかけてやるのでなければならない。その対照がまことに鮮やかである。芸能的要素が見られるとする指摘は、いかにも適切であるように思う。

（多田一臣）

かづら【蘰】・かづらく【蘰く】

カヅラは、蔓性植物の総称の場合と、植物の蔓《つる》や緒に通した玉などを用いた髪飾りを指す場合とがある。髪飾りとしてのカヅラは、カミ（髪）＋ツラ（蔓）の約と考えられ、そこから、一般に蔓草をいうようになったものであろう。同じ髪飾りでも、ウズやカザシが枝のまま髪に突き刺したのに対し、カヅラは蔓状の植物を髪に結んだり、巻きつけたり、輪状にして頭に冠したりして用いた。→**カザス**。元来は、蔓性植物の強い生命力を身に移そうとする感染呪術に基づくと考えられている。例えば、「神代記」には、イザナキがヨモツシコメに「黒《くろ》き御縵《みかづら》」を投げたところ、それが「蒲子《えびかづらのみ》（山ブドウの実）」になったという記述がある。これは髪飾りが元に戻ったと解釈でき、イザナキは山ブドウの蔓で作った黒いカヅラを身につけていたことになる。

『万葉集』には、蔓性植物の総称をいうカヅラに美称の「玉《たま》」が冠した「玉葛《たまかづら》」の例がしばしば見える。→**タマ**。蔓が長く延びて絶えないことから、枕詞として「絶ゆることなく」や「いや遠長く」などを導くことが多い。

谷狭《せば》み峰《みね》に延《は》ひたる玉葛《たまかづら》絶えむの心我《わ》が思《も》はなくに（⑭三五〇七）

右は東歌《あずまうた》で、「谷が狭いので峰に向かって延びている美しい葛《かずら》のように、仲絶えしようとの心など、私は思いもしないものを」というほどの意。ここでの「玉葛」は、長く絶えないの意で、下句全体を比喩的に導く序となっている。

一方、髪飾りの意のカヅラであるが、『万葉集』では様々な植物をカヅラにすることが詠まれている。なかでも、柳のカヅラを詠む例が圧倒的に多い。カヅラの動詞型カヅラクの例も見える。

青柳《あをやぎ》の上枝《ほつえ》攀《よ》ぢ取り蘰《かづら》くは君が屋戸《やど》にし千年《ちとせ》寿《ほ》くとそ（⑲四二八九）

右は、大伴家持《おおとものやかもち》が橘諸兄《たちばなのもろえ》の家の宴席で詠んだ一首。「青柳の枝先を引き折って蘰《かずら》にするのは、あなたの家に千年の栄えを祝福してのことだ」というほどの意。その生命力にあやかって「青柳」をカヅラにし、千年の栄えを言祝《ことほ》いでいる。

天平二年（七三〇）正月に、大宰府《だざいふ》の大伴旅人《おおとものたびと》邸で開催された梅花の宴では、三十二首の歌が詠まれたうち、三首にカヅラが詠み込まれる。

梅の花咲きたる園《その》の青柳《あをやぎ》は蘰《かづら》にすべくなりにけらずや（⑤八一七）

「梅の花が咲く庭の青柳は、蘰にするのにほどよくなったではないか」というほどの意。他の二首（⑤八二五、⑤八四〇）を含め、いずれもカヅラにするのは青柳であり、宴の主たる景物の梅をカヅラにするわけではなかった。梅はカザシにしたらしく、「梅の花今盛《さか》りなり思ふどち挿頭《かざし》にしてな今盛りなり」（⑤八二〇）という、梅をカザシにしようと皆に呼び掛けた一首が見える。

柳とカヅラの関係が固定化していたことは、柿《かきの》本人麻呂《もとのひとまろ》歌集の、

春柳《はるやなぎ》 葛城山《かづらきやま》に立つ雲の立ちても居《ゐ》ても妹《いも》をしそ思ふ（⑪二四五三）

に見えるように、「春柳」が、カヅラと同音の「葛城山」を導くことからもうかがえるだろう。

柳以外では、菖蒲草《あやめぐさ》のカヅラがしばしば詠まれる。これは、「昔者《むかし》、五日の節《せち》には常に菖蒲《あやめ》を用《もち》て縵《かづら》とす。…今より後《のち》、菖蒲の縵に非《あら》ずは宮中に入るること勿《なか》れ」（『続日本紀』天平十九年五月五日詔）という規定があったことと関わる。このような行事を背景に感じさせるのが次の一首。

霍公鳥《ほととぎす》厭《いと》ふ時なし菖蒲草蘰《あやめぐさかづら》にせむ日こゆ鳴き渡れ（⑩一九五五、⑱四〇三五重出）

「ホトトギスはいつだってその声を嫌と思う時はない。特に、菖蒲草を蘰にする日には、ここを通って鳴いて行ってくれ」というほどの意。菖蒲草のカヅラは大伴家持も好んで詠じている。家持は、「鰒珠《あはびたま》（真珠）」を「霍公鳥《ほととぎす》　来《き》鳴く五月《さつき》の　菖蒲《あやめ》草《ぐさ》　花橘《はなたちばな》に　貫《ぬ》き交《まじ》へ　蘰《かづら》にせよと　包《つつ》みて遣《や》らむ」（⑱四一〇一）というように、菖蒲草や花橘に「貫き交へ」てカヅラにすることを想像したり、「…霍公鳥《ほととぎす》　来《き》鳴く五月《さつき》の　菖蒲草《あやめぐさ》　蓬蘰《よもぎかづら》き…」

（⑱四一一六）のように、菖蒲草と蓬を交えたりと新たなカヅラを創造している。また、家持は柳のカヅラ（⑱四〇七一）の他、「百合《ゆり》」（⑱四〇八六）、「橘」（⑱四一二〇）など、特に花のカヅラを積極的に詠じており、「韓人《からひと》も舟《ふね》を浮かべて遊ぶといふ今日《けふ》そ我《わ》が背子《せこ》花縵《はなかづら》せよ」（⑲四一五三）のように、ハナカヅラという『万葉集』中一例のことばを生み出してもいる。ただし、ハナカヅラ自体は、「持統《じとう》紀」に「華縵《はなかづら》を以《も》ちて、殯宮《もがりのみや》に進《たてまつ》る」（持統元年三月）というように、亡骸《なきがら》を仮に安置する殯宮の装飾の意で既に見えている言葉である。

詳細は不明だが、ハネカヅラの例も見える。

葉根縵《はねかづら》今する妹《いも》を夢《いめ》に見て心のうちに恋ひ渡
るかも（④七〇五）

大伴家持が「童女《をとめ》」に贈った恋歌。「葉根縵を今つけるあなたの姿を夢に見て、心の中でずっと恋しく思い続けていることだ」というほどの意。「葉根縵」という表記から想像するに、植物の葉と根を編んで作られたカヅラであろうか。求婚対象のうら若き女性がするものであったようだ。

カヅラは作ることに重点を置く場合もあった。

大夫《ますらを》が伏《ふ》し居《ゐ》嘆《なげ》きて作りたる垂《しだ》り柳《やなぎ》の縵《かづら》せ
我妹《わぎも》（⑩一九二四）

右の歌に歌われた「垂り柳の縵」は、男性が女性に贈ったカヅラで、しかも、恋の嘆きには不似合いの「大夫《ますらを》」が嘆きながら作ったものである。植物自体の持つエネルギーの感染が本来の意味であったカヅラが、それを作り出す人の思いも込められたと解されるようになったのではないか。

大伴坂上大嬢《おおとものさかのうえのおおおとめ》もカヅラを作って夫の大伴家持に贈ったことがある。

我《わ》が業《な》れる早稲田《わさだ》の穂立《ほた》ち作りたる縵《かづら》そ見つ
つ偲《しの》はせ我《わ》が背《せ》（⑧一六二四）

「私が仕事としている早稲田の穂立ちで作った縵です。これを見ながら私を偲んでください、わが背の君よ」というほどの意。このカヅラは、それを作成した坂上大嬢に家持の心を向けさせるためのものと思われる。→シノフ。

（中嶋真也）

かなし【悲し・愛し】

自分の力では如何《いかん》ともしがたい情動が心に湧き起こってくる状態をいう語であり、その具体的な意味の領域は非常に広い。不可能を意味する補助動詞「かぬ」と同根であると言われる。「愛しい」「悲しい」という二つの意味で説明されることが多いが、その両者が混在する例も見られ、さらに具体的な心情を捉えようとすると、用例ごとに多彩な意味合いを見せる語である。

抑えがたい情動として、カナシはやはり挽歌に用いられることが多い。

我《わ》が御門《みかど》千代《ちよ》永久《とことば》に栄《さか》えむと思ひてありし我《われ》
しかなしも（②一八三）

朝日照る島の御門《みかど》におほほしく人音《ひとおと》もせねば
まうらがなしも（②一八九）

草壁皇子《くさかべのみこ》の薨去時に、皇子に仕えていた舎人《とねり》たちが歌った挽歌である。後者は皇子の生前の居所であった島の御門に人音のないことを悲しむ意であるから、現代の「悲しい」に通じる意味を持つが、前者は皇子の御門の繁栄が永遠に続くものと思っていた自らの浅はかさを思い知り、やるせない空虚な思いに襲われているカナシである。

挽歌には属さないが、大伴旅人《おおとものたびと》が大宰府《だざいふ》の帥《そち》（長官）であった時に、都から人の死の知らせを受けて詠んだ「報凶問歌」の、

世の中は空《むな》しきものと知る時しいよよますま
すかなしかりけり（⑤七九三）

においては、特定の人の死を悲しむというより、世の無常を思い知って心の底から湧き上がって来るような、何とも言い難い情動が「いよよますますかなしかりけり」と歌われている。

柿本人麻呂《かきのもとのひとまろ》の「近江荒都歌《おうみこうと》」において、荒廃に帰した近江大津宮《おおつのみや》跡を眼前にして、

…天皇《すめろき》の　神の命《みこと》の　大宮《おほみや》は　ここと聞けど
も　大殿《おほとの》は　ここと言へども　春草《はるくさ》の　繁《しげ》く
生《お》ひたる　霞《かすみ》立ち　春日《はるひ》の霧《き》れる　ももしき

の　大宮所《おほみやどころ》　見ればかなしも（①二九）

と歌う箇所では、天智《てんち》天皇の大宮・大殿はここだと人は言うけれども、目の前には草が生い茂り、霞に覆われた情景しか見えないことに対して、「見ればかなしも」と歌われている。かつての近江大津宮の繁栄に思いを馳せ、目の前の荒都の現実との落差に驚き、人の世の変遷の恐ろしい力や、その前での一個人の無力さなど、様々な情感に押しつぶされそうになるような思いが、「見ればかなしも」という一句に込められている。➡ミル。

相聞におけるカナシの例にも、一義的には定めがたい例が多く見られる。

塵泥《ちりひぢ》の数《かず》にもあらぬ我《われ》ゆゑに思ひわぶらむ妹《いも》がかなしさ（⑮三七二七）

中臣宅守《なかとみのやかもり》が狭《さ》野弟上娘子《ののおとがみのおとめ》と結ばれて間もなく罪を得て配流地に流される折に娘子に贈った歌である。「塵や泥のようなつまらぬ私のためにつらい思いをしている娘子のことがかなしくて仕方ない」という歌だが、このカナシには、流罪となった自分を一途に思ってくれる娘子に対する愛しさと同時に、申し訳ない思い、気の毒な思い等、様々な思いが混じり合っている。

息《いき》の緒《を》に我《あ》が息づきし妹《いも》すらを人妻《ひとづま》なりと聞けばかなしも（⑫三一一五）

これは好きで好きで仕方のない女性が人妻であったことを知って悲しむ男の歌であるが、ここでもカナシは単なる落胆の意のみでなく、それでもあきらめきれない複雑な思いが込められている。

神《かむ》さぶと否《いな》にはあらず秋草の結びし紐《ひも》を解《と》くはかなしも（⑧一六一二）

右は老齢の石川賀係女郎《いしかわのかけのいらつめ》が男性の求婚に対して「年老いたからいやなのではありません。もう男には逢うまいと結んだ紐を解くのがかなしいのです」と答えた歌であるが、年老いて男性と結ばれることに対する恥ずかしさやためらいと同時に、心のときめきをも感じさせるカナシである。

古語カナシは、現代語の「悲しい」「愛しい」には収まりきらない意味の広がりを持ち、茫漠としていながらも抑えがたい情動を意味する語であったようだ。

（大浦誠士）

かみ【神】

神とは、共同体を存立させるものとして外部を絶対化した存在のこと。それゆえ基本的には共同体に恩恵を与え、加護するものであるが、時に人に依《よ》り憑《つ》き影響を与え、猛威を振るう。対して人は相対的で不完全な存在であり、神に対する人間、我に対する他人などと、対置されるものによってさまざまな存在に変化するものであった。→ヒト。

次の歌は、人の世界が神の加護によって守られていることが知られる例である。

葦原《あしはら》の　瑞穂《みづほ》の国は　神《かむ》ながら　言挙《ことあ》げせぬ国　しかれども　言挙げぞ我《わ》がする…（⑬三二五三）

遣外使節を送る折の歌かと言われる。右は「この葦原の瑞穂の国（人の世界の神話的呼称）は神の霊威に満ちた国として言挙げをしない国だ」というほどの意。「言挙げ」は特殊な様式で発する言葉の力によって事柄の実現を祈念することで、ここは旅の無事を祈ることをいう。→コト。作者は強い願いの表明としてあえて言挙げするのだが、その前提として、本来この国は神に守られている国であり、言挙げの必要のない国だと歌っている。

神は人を超越した絶対的な存在であり、人は神の力に抗うことはできなかった。

うつせみし　神に堪《あ》へねば　離《はな》れ居《ゐ》て　朝嘆《なげ》く君…（②一五〇）

右は天智《てんち》天皇が崩御した折に婦人《おみなめ》（後宮に仕える宮人《くうにん》の一人）が作った長歌の冒頭。「この世の人は神の力に抗うことはできないので、遠く離れて朝に私が嘆く君よ」というほどの意。「うつせみ」は「うつせみの人」とも歌われ、この世に生身の肉体を持つ人間の意である。→ウツセミ。死者の世界とこの世とを隔てる神の力には抗えず、この世にあって亡き天智を偲ぶほかない嘆きが歌われている。

唯一絶対の神が構想される西欧やイスラム圏な

どとは異なり、アニミズム信仰に基づく我が国では、人の目には見えない神を具象的な物や場所にやどるものとして捉え、「川の神」「神のみ坂」のような形で把握していた。

　ちはやふる神のみ坂に幣奉《ぬさまつ》り斎《いは》ふ命《いのち》は母父《おもちち》が
　ため（⑳四四〇二）

　信濃国の防人《さきもり》の歌で、「神のみ坂」は信濃から美濃に越える神坂《みさか》峠かという。境界の地には恐ろしい神がやどるとされていた。「ちはやふる」はその神の猛威を示す枕詞である。そのような地では、幣帛《へいはく》等を捧げて無事の通過を祈った。↓タビ。右の歌ではそうして無事を祈るのも故郷で自分の帰りを待つ母父のためだと歌っている。なお、母を先立てるのは母系社会の名残という。

　右の歌でも神に幣を「奉《まつ》る」ことで無事の通過が保証されているように、神は祀《まつ》られることで人に恩恵をもたらすのだが、その祀りが不十分な時には、逆に猛威をふるう存在となった。

　…鶏《とり》が鳴く　東《あづま》の国の　恐《かし》きや　神のみ坂に
　和栲《にきたへ》の　衣寒《ころもさむ》らに　ぬばたまの　髪《かみ》は乱《みだ》れて
　国問へど　国をも告《の》らず…（⑨一八〇〇）

田辺福麻呂《たなべのさきまろ》が、足柄《あしがら》峠の死人を傷《いた》んで詠んだ挽歌。右は「…〔鶏が鳴く〕東の国の恐ろしい神います足柄峠に、柔らかな衣も寒々と、〔ぬばたまの〕黒髪は濡れて、故郷の国を尋ねても国の名も答えず…」くらいの意。「恐《かし》き」神の猛威により、坂を越えられなかった旅人は、故郷を尋ねても答えることのない行路《こうろ》死《し》人《にん》となったのである。

　その他にも、「この山を　領《うしは》く神（この山を支配する神）」（⑨一七五九）や氏族と結びつく神「大伴《おほとも》の　遠《とほ》つ神祖《かむおや》」（⑱四〇九四）など、さまざまな神が存在した。

　現在の雷《かみなり》は、カミ（神）＋ナリ（鳴）から出来た語である。また現在の稲妻を当時カミトケと言ったが、これもカミ（神）＋トケ（解）の意であった。後に稲妻・稲光と呼ばれるのは、電光が稲作と関係深く、稲の稔りを促進する作用があるからという。当時は雷の音や稲妻も人知を超えた神の仕業と考えられていた。噂を意味する「音」に掛かる枕詞に「鳴る神の」があるが、雷の神秘と噂の神秘がどこかで重ねられているのだろう。
天武《てんむ》・持統《じとう》朝の頃には、天皇を絶対的な支配者として神格化する傾向が見られた。それはその頃から『古事記』『日本書紀』において天皇をアマテラス直系の天《あま》つ神の子孫とする神話が形成されていったこととも関わっている。
柿本人麻呂《かきのもとのひとまろ》の詠んだ「近江荒都歌《おうみこうとか》」には、歴代の天皇を神と捉える思想が歌われている。

玉たすき　畝傍《うねび》の山の　橿原《かしはら》の　日知《ひじ》りの御《み》代《よ》ゆ　生《あ》れましし　神のことごと　樛《つが》の木のいや継《つ》ぎ継ぎに　天《あめ》の下《した》　知らしめししを…
（①二九）

「橿原の　日知りの御代」とは、畝傍山の麓の橿原宮で即位した初代神武《じんむ》天皇の時代をいう。それ以来お生まれになった神である歴代の天皇が天下を支配してきたことを歌う箇所である。
また、天皇神格化の象徴ともいえる「大君は神にしませば」という表現が形成されたのもその時期であった。

大君《おほきみ》は神にしませば天雲《あまくも》の雷《いかづち》の上に廬《いほ》らせるかも　（③二三五）

右は持統天皇が雷丘《いかずちのおか》に赴いた折に柿本人麻呂の詠んだ歌で、「大君は神でいらっしゃるので、遥かな天雲の中に轟《とどろ》く雷のさらにその上に仮宿りをなさっていることだ」というほどの意。大君は神であると歌うだけではない。実際の雷丘は小丘であるが、それを雷神に見立て、天つ神である天皇が雷神を押し伏せるように宿っているという神話的な世界が描かれている歌である。
相聞の歌においては、右のような壮大な王権の表現とは異なり、切実な恋の思いを歌うための表現として用いられている。

いかならむ名を負《お》ふ神に手向《たむ》けせば我《あ》が思《も》ふ妹《いも》を夢《いめ》にだに見む　（⑪二四一八）

右は「どのような名を持つ神に捧げ物をしたら、私が思い慕うあの子をせめて夢にだけでも見ることができるのだろうか」くらいの意で、様々な神に祈ってみたが、いくら祈っても恋しい人に逢えない嘆きが歌われている。→**タムケ**。（塩沢一平）

きく【聞く】

キクとは、外界の音や声が人に影響を与え（依《よ》り憑《つ》き）、心に新たな気分や思いが生じたり、何かを判断したり、言葉の内容を受け入れたりすることをいう。なお、問う、尋ねるといった意味のキクの確実な例は、『万葉集』にはない。

瞼《まぶた》によって閉ざすことのできる目とは異なり、耳は常に外界の音や声に対し開かれている。そうでありながら、あらためて音や声をキクと表現するのは、キクが音や声を単に耳にとらえたことをいうのではなく、それらに人の注意や関心が引きつけられ、人の心に変化を生じさせるといった意味までも含んでいるためである。現代語でも、「親の言うことを聞きなさい」といった場合のキクは単に声を耳で捉えることではなく、その内容を理解し、それに従うことまでを含んでいる。

次の歌には、そのようなキクの意味がよく表れている。官旅にある石上大夫《いそのかみのまへつきみ》（乙麻呂《おとまろ》か）が「天皇のご命令のままに磯を廻《めぐ》り行くことだ」と歌ったのに対して和した歌である。作者は笠金村《かさのかなむら》とされる。

物部《もののべ》の臣《おみ》の壮士《をとこ》は大君の任《ま》けのまにまに聞くといふものそ（③三六九）

「物部の臣下の男子たるもの、大君のご命令のままに従うものなのだ」くらいの意である。このキクは明らかに天皇の命に従うことを意味している。天皇の言葉を聴覚によって認識するだけでなく、それが心を捉え、それに従った行動を行うことまでを含めてキクと言っているのである。

次の例も同様に、キクことが心情や行動にまで影響を及ぼすことをよく物語っている。

けだしくも人の中言《なかごと》聞かせかもここだく待てど君の来《き》まさぬ（④六八〇）

大伴家持《おおとものやかもち》が「交遊《とも》」と別れた時の歌である。男同士の関係を詠む歌だが、恋歌の表現を装っている。「ひょっとして、他人の中傷をお聞きになったのか、こんなに待っているのだが、あなたはおいでにならない」くらいの意。中傷をキクことによって、その中傷にとらわれてしまい（依り憑かれ）、来ることをためらっているのである。

今ほど男女の出会いの場が多くなかった古代の恋愛には、女の噂をキクことで恋心を燃え上がらせる「噂に聞く恋」があった。『竹取物語』で、かぐや姫の噂を聞いた世の男どもがこぞって求婚に訪れるのは、それが極端な形で物語化されたものである。次は『万葉集』の「噂に聞く恋」の歌。

奥山《おくやま》の木《こ》の葉隠《がく》りて行《ゆ》く水の音聞きしより常《つね》
忘らえず（⑪二七一一）

初句から「行く水の」までは「音（噂）」を導く序詞である。一首は「山奥の散り敷いた木の葉に隠れて流れ行く水の音を聞くように、噂を聞いた時から、いつもいつも忘れられないでいる」というほどの意で、女の評判をキクことで心がとらえられ、恋の虜《とりこ》となってしまったことが歌われている。

心が動かされる意までを含み持つキクは、美しい土地や景物を讃美する折にも多く用いられる。

古《いにしへ》もかく聞きつつや偲《しの》ひけむこの布留川《ふるかは》の
清き瀬《せ》の音《おと》を（⑦一一一一）

「昔もこのように繰り返し聞き、賞美したであろうか、この布留川の清らかな瀬の音を」くらいの意。土地ぼめの歌で、作者は瀬の音をキクことで心動かされ、昔の人々もその音に感興を催していたであろうと思いやっている。

庭草《にはくさ》に村雨《むらさめ》降《ふ》りて蟋蟀《こほろぎ》の鳴く声聞けば秋づき
にけり（⑩二一六〇）

こちらは秋の庭の情景を詠んだ歌である。「庭草ににわか雨が降り、コオロギの声を聞くと、秋めいてきたことだ」といった意味。コオロギの声に感興を覚えつつ、秋らしさを感得する歌である。

キクの関連語に、キコユ（聞こえる）がある。

朝凪《あさなぎ》に楫《かぢ》の音《おと》聞こゆ御食《みけ》つ国野島《のしま》の海人《あま》の舟
にしあるらし（⑥九三四）

聖武《しょうむ》天皇難波《なにわ》行幸時の歌で「朝凪の中、櫂《かい》の音が聞こえる、淡路の野島の漁師の舟であるに違いない」くらいの意。「御食つ国」は、天皇の食膳に奉仕する国のことで、淡路の野島の海人が天皇への奉仕のために立てる音をキコユと歌うことが、天皇とその御世を称《たた》えることになるのである。

　キコユはその他、「雁《かり》が音《ね》の聞こゆる空」(⑨一七〇一)など、空を鳴き渡る雁の声、また「天《あま》の川楫《かはかぢ》の音《おと》聞こゆ」(⑩二〇二九)など、天上世界における二星逢会《ほうかい》を歌った七夕歌に用例が目立ち、遠い世界からやって来て人の心に依り憑く音や声について用いられている。

　関連語キコスは、キクの使役形として「お話しされる」の意になるものと、キクに尊敬の意が加えられたものとがある。

　次は前者の例。

　　…逢《あ》ふべしと　逢ひたる君を　な寝《ね》そと　母
　　聞こせども…(⑬三二八九)

「『逢おう』と逢ったあなたを、『共寝するな』と母はおっしゃるのだが」の意。母親のお説教に対し、娘が反発している歌である。

　後者のキコスは「統治する」といった意味で用いられることが多い。臣下の奏上にはじまり、天下の様々なことをキクことが統治することとされたのであるが、角度を変えれば、統治する者には、様々な声や音を、間違いなく聞く能力が求められたということでもある。

「仲哀記《ちゅうあいき》」によれば、南九州の熊曽《くまそ》国を撃とうとしていた仲哀天皇に、神功《じんぐう》皇后に憑依した神が朝鮮半島の新羅《しらぎ》国を撃てという託宣を下した。しかし天皇は、その言葉を疑ったため、直ちに神に殺されてしまった。天皇は神の言葉、一般化して言えば、外界から依り憑いて来る音や声を聞き、その意味を正しく判断する能力が求められていたことが知られる話である。

　このキコスに、ヲス(食す)、メス(見す)が付いたものがキコシヲス、キコシメスであり、いずれも天皇が「統治する」といった意味で用いられている。天下を統治する天皇にはキク能力とともに、ヲス能力、すなわち「異境の食べ物を摂《と》る」能力、さらにメス能力、すなわち「異境の地を見る」能力が求められていたということでもある。→ミル。

(新谷正雄)

きよし【清し】

キヨシとは、清らかで澄みきった対象が帯びる聖性を讃えることばである。

キヨシが持つ聖性は、離宮や宮都と強く結びついていた。→ミヤコ。柿本人麻呂《かきのもとのひとまろ》の「吉野讃歌」では、吉野離宮を「山川の　清き河内《かふち》」（①三六）と表現している。これは、離宮が「清」なる山と川に囲まれることで聖なる空間となっていることを示している。山部赤人《やまべのあかひと》も吉野離宮を「川並《かはな》みの清き河内《かふち》そ」（⑥九二三）と歌い、山部赤人と同時代を生きた宮廷歌人笠金村《かさのかなむら》も「吉野の川の　川の瀬《せ》の　清きを見れば」（⑥九二〇）と歌っている。

天武《てんむ》天皇が開いた宮都、明日香《あすか》清御原宮《きよみはらのみや》も「原」に褒めことばの「御」を加え、さらに清澄な聖性を表す「清」を重ねた宮名となっている。

また聖武《しょうむ》天皇が一時期都とした久邇《くに》京に対しても、次のようにキヨシが用いられている。

三香《みか》の原布《ふ》当《たぎ》の野辺《のへ》を清みこそ大宮所《おほみやどころ》定めけらしも（⑥一〇五一）

右は田辺福麻呂《たなべのさきまろ》の歌。「三香の原」とは久邇京が作られた三香の原盆地をさす。そのなかに「布当の野辺」があり、ここが宮所となった。→ノ。「清み」は、「清し」の語幹「清」に接尾語「み」が付いたミ語法で、「清らかであるので」という意味。この歌では、単に宮をキヨシとしているだけではなく、一歩進めて、宮を定めた理由を、野辺がキヨシであるからだと歌っている。キヨシは、単に対象を清らかで澄んだものと捉えるだけでない。そこにこめられた聖性を感じているからこそ、宮選定の条件ともなっていることがわかる。

この「清み」という表現は、『万葉集』に見られるキヨシの用例八十例余りの中で二十例を越え、キヨシの持つ聖性が様々な事象の理由となる歌が数多く作られている。

月明かりを利用しての航海を詠んだ次の歌にもそれが表れている。

月読《つくよみ》の光《ひかり》を清《きよ》み神島《かみしま》の磯廻《いそま》の浦《うら》ゆ船出《ふなで》す我《われ》は
（⑮三五九九）

右の歌は、天平年間に新羅《しらぎ》に派遣された遣新羅使のもの。→タビ。月光の清澄な聖性を力として神島の磯辺りの浦から出港するのだという意味。「月読」とは月を神格化した「月読尊《つくよみのみこと》」のこと。月を「月読」と表現することで、キヨシに神性も加わり、より聖性が強くなっている。→ツキ。

清く澄んだ聖性を持つキヨシは、また穢《けが》れのない清浄な聖性をも意味した。

玉久世《たまくせ》の清き河原《かはら》に禊《みそ》ぎして斎《いは》ふ命《いのち》は妹《いも》がためこそ（⑪二四〇三）

禊ぎによって、身体に付着した穢れを洗い流す場が「清き河原」であると歌っている。「玉久世」の「久世」は京都府南部の地名。「玉」は美称である。「斎ふ」とは、望ましい事態の将来を期待して、心身を潔斎し神に祈願すること。→イハフ。恋しい女性のために穢れを祓い潔斎して、命を失わないようにと願った旅の歌と思われる。キヨシが「不穢」（⑩一八七四）と表記されることがあるのも、キヨシが穢れのない清浄な聖性を表したことを示している。また、キヨシは、「浄」とも表記されていた。

住吉《すみのえ》の沖《おき》つ白波《しらなみ》風吹けば来寄《きよ》する浜《はま》を見れば浄《きよ》しも（⑦一一五八）

右は、住吉の浜を褒《ほ》めた歌。波や藻が寄せ集まる豊かさとして、その海浜を讃えるのは、古代のならわしとなっていた。この歌では、それに水辺の清浄さを加えた褒め歌となっている。

『日本書紀』には、スサノヲがアマテラスに対して忠誠を誓う場面でキヨシが用いられている。天上に昇ってきたスサノヲが、それを待ち受けるアマテラスに対して邪心がないことを述べ、それに対してアマテラスは「何を以《も》ちてか爾《なむち》が赤心《きよきこころ》を明《あか》さむとする」と、どうしたら高潔な忠誠心があるとわかるのかを問う。これに対してスサノヲは、子どもを生み「若《も》し是女《これをみな》ならば、濁心《きたなきこころ》有りと以《お》為《も》ほすべし。若し是男《をのこ》ならば、清心《きよきこころ》有りと以為ほすべし」と答える。女ならば、邪心があり、男ならば高潔な心があると判断してほしいと誓約するのである。スサノヲは、男を生み出して、「清心」を証明してみせる。『古事記』にも同様に、アマテラスの「汝が心の清く明《あか》きは、何《いか》にしてか知らむ」との問いによって、二神がウケヒを行う話が見える。**↓ウケヒ・ウケフ**。

『続日本紀』では、文武《もんむ》天皇即位時の宣命《せんみょう》に、「明《あか》き浄《きよ》き直《なほ》き誠の心を以て…仕へ奉《まつ》れ」（文武宣命第一詔）とあり、臣下に対して「明き浄き直き誠の心」をもって仕えることが求められている。これは一般に「清明心」と呼ばれ、これ以後の宣命にも繰り返し登場する。この「清明心」は、君主が臣下に忠誠を求め、臣下が君主に対して高潔な心をもって服属を誓うというものであるが、その「清明心」もキヨシによって表された。

大伴家持《おおとものやかもち》の歌には「清明心」を表すキヨシが用いられている。

…大夫《ますらを》の　清きその名を　古《いにしへ》よ　今の現《をつつ》に
流《なが》さへる　祖《おや》の子どもぞ…（⑱四〇九四）

「武勇な男子の清らかなその名を、古から今の現在までずっと伝えてきた祖先の末裔なのだ」という意味。陸奥国《みちのくのくに》の黄金が献上されたことを寿《ことほ》ぐ聖《しよ》武《うむ》天皇の詔書の中で、大伴氏が特に取り上げられたことを、家持が誇りに思って作った歌である。臣下の側から清き心を持って代々仕えてきたことを語っている。君主が求め、臣下が応ずる「清明心」、それを支えているのは、キヨシの持つ聖性にほかならない。

キヨシと似たサヤケシということばもある。キヨシと同様「清」の字があてられることが多く、重なり合う部分も多いことばといえる。ただ、「清き川瀬《かはせ》を見るがさやけさ」（⑨一七三七）と歌われるように、対象の清澄・清浄な状態そのものを示すのがキヨシであり、一方、対象から受けた主体の清明な情意・感覚を表すのがサヤケシであると考えられる。**↓サヤケシ**。

（塩沢一平）

くに【国】

神話的世界観において、天上世界をいう「天《あめ》」や海中世界をいう「海」に対する地上世界・陸地を表すのが原義。後に、「天」が自然的存在である天空をも表すようになり「地《つち》（大地）」の対とされるに伴い、クニは支配・統治する土地や区域を表すようになる。→アメ・アマ。支配する側の属性や、支配する範囲の差によって、日本の国土全体、「山城国《やましろのくに》」「播磨国《はりまのくに》」など律令制における地方行政区画の単位、それより小さな地方や地域、生まれ故郷、「常世国《とこよのくに》」「黄泉国《よみのくに》」のような幻想上の世界などの細かな語義に分かれる。同根の語に、陸地を意味する「陸（くにか・くぬか）」がある。

「天地《あめつち》初めて発《あらは》れし時」という叙述で始まる「神代記」には、始原の時の様子が「国稚《くにわか》く、浮ける脂《あぶら》の如くして、くらげなすただよへる時」と語られる。「国」がまだ若く、水に浮かぶ脂《あぶら》や水母《くらげ》のようにふわふわと漂い、形が定まっていない状態の時という内容である。この「国」とは、自然的存在としての「地《つち》」を、やがて国土となる一つの世界として捉え直した呼称であり、「高天原《たかあまのはら》（神々の住む天上世界）」に対する地上世界を意味する。「天《あま》つ神（天上世界に属する神）」に対して「国《くに》つ神（地上世界に属する神）」という呼称が見えることからも、クニが天上世界をいう「天《あめ》」と対の関係にあることが分かる。

ただし、記紀神話以外では、支配する土地を意味するクニの例の方が多い。『出雲国《いずものくに》風土記』嶋根郡方結郷《かたえのさと》条には、「須佐袁命《すさのをのみこと》の御子《みこ》、国忍別命《くにおしわけのみこと》、詔《の》りたまひしく、『吾《あ》が敷《し》き坐《いま》す地《くに》は、国形宜《くにがたえ》し』とのりたまひき。故《か》れ、方結《かたえ》と云《い》ふ」という地名起源譚が見える。神が「自分が治める土地は国土の状況がよい」と言ったために「方結」の郷名が付いたという内容である。行政区画上の「国」より小さな「郷《さと》」がクニと呼ばれるところに、支配する土地というクニの意味が表れている。

同様に、支配する土地というクニの意味が強く表れるのが「国見《くにみ》」である。「国見」は、天皇が山などの高所に登り眼下の国土を望見してその繁栄を祝福する儀礼で、もともと、ある土地に巡行・来臨した神による土地讃《ぼ》めの行為であった。↓ミル。「仁徳《にんとく》記」には、天皇が高い山に登り「四方《よも》の国《くに》」を見て「国の中《うち》に、烟《けぶり》、発《た》たず、国、皆貧窮《まづ》し」と述べ、租税と夫役《ぶえき》を三年間免除するよう命じたという「国見」の記事がある。炊煙が立たない様子から、「国」の貧窮を天皇は悟ったのである。この「国」は、天皇が主体であるため、天皇の統治する日本の国土全体を指す。天皇の国土統治を意味する「食《を》す国」「敷きます国」「国知らす」などの表現に見える「国」も同様である。↓シル、ヲスクニ。『万葉集』には、「天皇《すめらみこと》の香《か》具山《ぐやま》に登りて望国《くにみ》したまひし時の御製歌《おほみうた》」という題詞をもつ、舒明《じよめい》天皇の「国見歌」が見える。

大和《やまと》には　群山《むらやま》あれど　とりよろふ　天《あめ》の香《か》具山《ぐやま》　登り立ち　国見《くにみ》をすれば　国原《くにはら》は　煙《けぶり》立ち立つ　海原《うなはら》は　鷗《かまめ》立ち立つ　うまし国そ　蜻蛉島《あきづしま》　大和の国は　（①二）

末尾の「蜻蛉島　大和の国」は日本国の美称。↓アキ。天皇が神聖な香具山の頂に登り立って「国見」をすると、広大な国土には炊煙がしきりに立ち上り、広い海面には鷗《かもめ》がさかんに飛び翔《かけ》っているので、満ち足りた良い「国」だと日本の国土を讃美・祝福した一首である。ただし、右の歌では「国原」と「海原」が対で歌われることから、この「国」は「海」の対としての地上世界という本来の神話的意味合いが強いことが分かる。

同じ天皇の支配が及ぶ土地でも、律令制に基づく地方行政区画による支配の意が強いと、クニは「山城国」「出雲国」というような区画上の単位となり、それよりも更に限定的な区域の支配を意味する場合、クニは「吉野の国」（①三六）のように一地方や地域を表すことになる。

クニは、単に土地という無機的な存在ではなく、内部に神性を宿す霊的存在と考えられた。

葦原《あしはら》の　瑞穂《みづほ》の国は　神《かむ》ながら　言挙《ことあ》げせぬ国…（⑬三二五三）

右は柿本人麻呂《かきのもとのひとまろ》歌集の歌で、遣唐使派遣に際しての作らしい。「葦原の　瑞穂の国」は、日本の国土の神話的呼称。「神ながら」は、「神たる本性の現れとして」というほどの意で、「葦原の　瑞穂の国」が内在する性質が神さながらの霊威に満ちたものであることを讃美した言葉。それゆえ、「言挙《ことあ》げ（非常時に危機を乗り切るために行う言語呪術）」が不要な「国」なのだと歌っている。同じく人麻呂が讃岐国《さぬきのくに》（現在の香川県）を讃美した、「玉藻《たまも》よし　讃岐《さぬき》の国は　国からか　見れども飽《あ》かぬ　神《かむ》からか　ここだ貴《たふと》き（讃岐国は、国としての本性ゆえか、いくら見ても見飽きることがない。神としての本性ゆえか、たいそう貴いことだ）」（②二二〇）という表現にも、讃岐国を神と見る考え方が表れている。

　このようにクニが神性を持つ霊的存在とされる背景には、クニごとにそこを治める土地の神、即ち地霊が存在するという観念がある。これを「国《くに》霊《たま》（国魂《くにたま》）」または「国《くに》つ御神《みかみ》」などともいう。

楽浪《ささなみ》の国つ御神《みかみ》のうらさびて荒れたる都《みやこ》見れば悲しも（①三三）

右は、「高市古人《たけちのふるひと》の近江《あふみ》の旧《ふる》き堵《みやこ》を感傷《かなし》びて作れる歌」という題詞をもつ荒都悲傷歌。背後に、壬申《じんしん》の乱で廃墟と化した近江大津宮《おおつのみや》の地霊を慰撫する思いがある。「楽浪《ささなみ》」は大津宮が置かれた琵琶湖西南部一帯の地の古称。その地霊の霊威が始原の世界さながらに現れて、人間の造った華麗な都が自然に帰して荒廃したのを見ると悲しく思われると、強い喪失感を歌っている。↓アラ。

クニを、そこに住む人間の側から捉えると、生まれた国、故郷の意味となる。

草枕《くさまくら》旅の宿《やど》りに誰《た》が夫《つま》か国忘れたる家待たまくに（③四二六）

柿本人麻呂が行き倒れた死者を見て作った挽歌で、「草を枕の旅の宿りに、いったい誰の夫なのか、故郷を忘れているのは。家の妻たちも待っているだろうに」というほどの意。このような行路《こうろ》死人《しにん》を悼む挽歌では、「家」や「国」、即ち故郷を喚び起こすことにより、異郷で倒れた死者の魂を鎮める歌い方がされる。↓イヘ／ヤ。（高桑枝実子）

くはし【麗し・妙し・細し】

細部まで精妙で、完全・完璧である意。精細な美を持つ優れたものに対する最高の讃め言葉である。『万葉集』では、「細」「麗」「妙」の字があてられる。〔基礎語〕は語源を朝鮮語の **Kop**（美）であるとし、楽浪郡時代の工芸品の精緻な美を、古代日本で美の極致として享受したところから生じた語と推定する。

『常陸国風土記《ひたちのくにふどき》』行方《なめかた》郡条に、「山の阿海《くま》の曲《まが》り、参差《まじはり》ひ委蛇《もこよ》ふ。峰の頭《ほとり》に雲を浮かべ、谿《たに》の腹に霧を擁《いだ》く。物の色可怜《うま》く、郷体甚愛《くにがたいとめづら》し。宜《うべ》、この地《くに》の名を行細《なめくは》し国《くに》と称《い》ふべし」という地名起源譚が見える。国土の趣と地形に心惹かれるので、「行《なめ》細《くは》し国」と名付けるという内容である。この「行細し」の「行《なめ》」とは山・海・峰・谿《たに》などの連なりを指し、「行細し」は隅々まで精妙で美しい国土への讃詞となっている。このように、クハシは風光明媚な土地への讃美表現となる他、樹木、花など自然の景物の精細な美しさを讃美して用いられることが多い。次の万葉歌は、その典型例。

青柳《あをやぎ》の糸の細《くは》しさ春風に乱《みだ》れぬい間《ま》に見せむ子もがも（⑩一八五一）

「青柳」は春先に芽吹いた新緑の柳で、その細い枝を「糸」に喩える。クハシは、青柳の枝の繊細さへの讃め言葉である。

また、クハシは、女性の霊妙な美しさに対する讃辞ともなった。「神代記」の八千矛神《やちほこのかみ》の歌謡に「麗《くは》し女《め》」（記二）という言葉が見え（原文は「久波志売」）、『万葉集』にも妻を讃美した「くはし妹《いも》」（⑬三三三〇）という言葉が見える（原文は「麗妹」）。上代には女性を樹木や花に重ねる表現が見えるため、クハシが用いられたのだろう。

この他に、クハシは様々な複合語の形で用いられた。『万葉集』には、「名くはし」「かぐはし」「うらぐはし」「まぐはし」などの語が見える。「名くはし」は、「名くはし　吉野の山は」（①五二）、「名くはし　狭岑《さみね》の島の」（②二二〇）などと歌われ、その土地の名が霊妙で讃美性を持つことを表す。「かぐはし」は、カ＋クハシで、カは、そのものから漂い出る霊力・霊質をいい、嗅覚や視覚を統合した全体的な感覚である。よって、「かぐはし」は、漂い出た霊力が隅々にまで及ぶような霊威にあふれた最高の存在として対象を讃美する表現である。例えば、「かぐはしき花橘《はなたちばな》を」（⑩一九六七）の場合は、「花橘」が漂わせる芳香のすばらしさを讃美している。↓カ。

「うらぐはし」はウラ＋クハシ。ウラは内側に霊威が宿る意を表す接頭辞であり、「うらぐはし」は完璧な美しさ・霊妙さをいう讃美表現である。↓ウラ。

　三諸《みもろ》は　人の守《も》る山　本辺《もとへ》は　馬酔木《あしび》花咲き
　末辺《すゑへ》は　椿《つばき》花咲く　うらぐはし　山そ　泣く
　子守《も》る山（⑬三二二二）

「三諸」は神のこもる山のことで、「うらぐはし」は神聖な山に対する最高の讃辞となっている（原文ではクハシに「妙」の字があてられる）。

「まぐはし」は、「ま」＋クハシで、「ま」は接頭辞。「まぐはし」に「目細」の漢字表記を充てた例（⑬三三三四）があるため、「ま」には「目」の意があるようだ。よって、「まぐはし」は、目に見える霊妙な美しさをいう。例えば、「下野《しもつけの》三毳《みかも》の山の小楢《こなら》のすまぐはし子ろは誰《た》が笥《け》か持たむ」（⑭三四二四）が、その例。小楢の木の精細な美しさと美しい娘とを重ね合わせ、「誰の妻になるのだろうか」という憧憬を歌っている。↓メ。

　上代には自然の景や女性の精細な美しさを讃美する語とされたクハシは、平安時代になると事象の細やかさに向けられるようになり、委細・詳細の意を表すようになる。『名義抄』には「委・細・曲・精・熟、クハシ」と見えており、美しさへの讃美の意は既に失われたように見える。ただし、「垂仁《すいにん》紀」二十五年条の分注に見える「微細其の源根《ねもと》を探りたまはずして」の「微細」を、古訓は「クハシクハ」と訓《よ》む。この訓みが正しいとすると、既に上代からクハシには詳細の意があったことになる。

（高桑枝実子）

くま【隈】

道や川の折れ曲がっている所の意であり、また、光の陰っている所、暗い所、物陰の意でも用いられた。旅の状況で用いられる時には、旅人の旅情を掻き立てる場所であり、また邪悪なモノの潜む場所とも観念されていたようである。

『万葉集』には十八例。額田王《ぬかたのおおきみ》が近江《おうみ》に下る際に歌った「三輪《みわ》山の歌」が最も古い例である。

…山の際《ま》に　い隠《かく》るまで　道の隈《くま》　い積もるまでに　つばらにも　見つつ行《ゆ》かむを…（①一七）

大和の国魂《くにたま》がやどる三輪山への惜別の思いを「（三輪山が）奈良山に隠れるまで、道の隈がいくつも積もるまで、よくよく見つつ行きたいのに」と歌う。「道の隈」が大和との惜別の情をかき立てる場所であったことを示している。穂積老《ほづみのおゆ》が佐渡に流された折の歌の「…道の隈《くま》　八十隈《やそくま》ごとに　嘆《なげ》きつつ　我が過ぎ行《ゆ》けば…」（⑬三二四〇）などにも、「道の隈」ごとに高まる思いや嘆きが歌われており、「道の隈」が旅行く者の情を掻き立てる場所であったことが知られる。

柿本人麻呂《かきのもとのひとまろ》の「石見《いわみ》相聞歌」の、

…玉藻《たまも》なす　寄り寝《ね》し妹《いも》を　露霜《つゆしも》の　置きてし来《く》れば　この道の　八十隈《やそくま》ごとに　万《よろづ》たび　返り見すれど…（②一三一）

では、愛しい妻を残して旅立ってきたので、名残惜しさに道の隈ごとに振り返って見ることが歌われており、藤原宮から平城京に遷都された折の歌にも「川隈《かはくま》の　八十隈《やそくま》落ちず　万《よろづ》たび　返り見しつつ」（①七九）と「川隈」が「返り見」をする場所として歌われている。「道の隈」や「川隈」は、それが積み重なることによって、別れの対象との距離が実感される場所であると同時に、そこで何度も振り返って、離れ行く場所や人への惜別の情を新たにする場所でもあった。

「道の隈」や「川隈」は土地の霊、とりわけ邪悪なモノが潜んでいる場所と考えられ、通行の際には、「手向《たむ》け」などをして、無事の通行を祈る習俗があった。→タムケ。『延喜式《えんぎしき》』には、天皇の駕行の際に、「山川道路の曲《くま》」で、隼人《はやと》が吠え声を発して悪霊を除去することが定められている。

百足《ももた》らず八十《やそ》隈坂《くまさか》に手向《たむ》けせば過ぎにし人にけだし逢《あ》はむかも（③四二七）

この歌では、曲がり角の多い坂で「手向け」をすることで、亡き人（ここは田口広麻呂《たぐちのひろまろ》）に逢えるだろうかと歌われており、死者の世界ともつながる場所と考えられていたようである。

このような観念は、おそらくクマ（隈）が道に迷いやすい場所であるために、本来行くべき通行路とは異なる世界に迷い込みやすい場所であったことに由来するのではないかと考えられる。

穂積皇子《ほづみのみこ》が勅によって近江の志賀の山寺に遣わされた時に、異母妹但馬皇女《たじまのひめみこ》が作った、

後《おく》れ居《ゐ》て恋ひつつあらずは追《お》ひ及《し》かむ道の隈みに標結《しめゆ》へ我が背《せ》（②一一五）

には、「後に残されて恋の思いに苦しむよりは、皇子を追って行きたい。だから道の隈に標を結ってください」と歌われる。「道の隈」に「標」を結うのは、邪悪な霊が出て来るのを防ぐと同時に、旅する者が異世界に迷い込まないための目印でもあった。後者の働きは、現代の「道標」にもつながっている。→シメ・シム、ムスブ／ユフ。

葦垣《あしかき》の隈処《くまと》に立ちて我妹子《わぎもこ》が袖《そで》もしほほに泣きしそ思《も》はゆ（⑳四三五七）

これは防人《さきもり》歌で、別れ際に妻が物陰に隠れるようにして袖を濡らして泣いていた様子を思い浮かべた歌。川や道の曲がり角の意ではなく、物陰の意で「隈処」が用いられている例である。

平安時代に入ると、光が陰っている所、暗い所の意味で「月の少しくまある…」（『源氏物語』）のように用いられ、またその否定の形で「月のくまなうも澄みのぼりて」（『栄花物語』）のような例も多く見られるようになる。また「心のくま」など、比喩的に人の心の深部や暗部を指すようなものへと意味・用法が広がって行った。

（大浦誠士）

くやし【悔し】・くゆ【悔ゆ】

クヤシは、自分のしたこと、しなかったことに対して、そうしなければよかったと悔やむ気持ちを表す。クユはその動詞型。従って、『万葉集』におけるクヤシ、クユを把握するには、その感情が、どのような行為に起因しているのかを確認していくことが求められる。クヤシは特に、挽歌に特徴的に表れる感情表現である。

柿本人麻呂《かきのもとのひとまろ》が詠んだ「吉《き》備《び》津《つ》采女《うねめ》挽歌」では、歌中の「我」と、采女の「夫《つま》」という二人の別々の思いが同じクヤシで示される。采女とは、天皇に仕える見目《みめ》よき女性で、臣下と通ずることは禁じられた。その采女が亡くなったことを噂で聞いた「我」を歌うところから引用しておこう。

…梓弓《あづさゆみ》　音《おと》聞く我《われ》も　おほに見し　事悔《くや》しき
を　敷栲《しきたへ》の　手枕《たまくら》まきて　剣太刀《つるぎたち》　身に添《そ》へ
寝《ね》けむ　若草の　その夫《つま》の子は　さぶしみか
思ひて寝《ぬ》らむ　悔《くや》しみか　思ひ恋ふらむ…
（②二一七）

采女のことを噂で聞くほどの位置でしかない「我」は、「おほに見し」とぼんやりと見たこと自体を残念に思っている。それに対し、采女を身に添え寝たとされる「夫《つま》」は、「さぶしみか　思ひて寝らむ　悔しみか　思ひ恋ふらむ」と歌われる。ここでのクヤシは、本来あるべきものがなく満ち足りない気持ちを表すサブシと対になっている。**→サブシ**。クヤシの理由は明記されないが、続く「思ひ恋ふらむ」という推量表現から、相手の不在を痛感していることがわかる。**→コフ**。采女に淋しい思いをさせた過去を追懐しているのかもしれない。あの時にああやっておけばよかったという悔悟がクヤシである。

妻を亡くした大伴旅人《おおとものたびと》の心情を忖度《そんたく》した作とされる、山上憶良《やまのうえのおくら》「日本挽歌」にも、クヤシが詠み込まれる。

悔《くや》しかもかく知らませばあをによし国内《くぬち》こと

ごと見せましものを（⑤七九七）

この歌のように、「…ませば…まし」の反実仮想とともにクヤシは現れることが多い。ここは、亡き妻に、国をことごとく見せておけばよかったという後悔を意味する。挽歌のクヤシは、相手の生前に、自らとった行為、またはとらなかった行為への後悔が基本である。

恋の嘆きはさまざまであるように、恋歌におけるクヤシは多様なありようを見せる。

かく恋ひむものと知りせば我妹子《わぎもこ》に言問《ことと》はましを今し悔《くや》しも（⑫三一四三）

右は旅に出た男の歌で、「こうまで恋しくなるものと知っていたなら、いとしいあの子に愛の言葉をかけて来ればよかったものを。今こそ悔やまれることだ」というほどの意。恋歌におけるクヤシは、右の歌のように、具体的な働きかけができなかった過去の自分への悔恨を表すことが多い。

一方で、過去の行為への後悔を詠じた歌もある。

はしきやし吹かぬ風ゆゑ玉櫛笥《たまくしげ》開《あ》けてさ寝《ね》にし我《われ》ぞ悔《くや》しき（⑪二六七八）

右は女の歌で、「ああ、風が吹かないからとて、美しい櫛箱の蓋《ふた》を開けるように戸を開けて共寝をしてしまった私が、何とも悔やまれることよ」というほどの意。世間の評判になってしまうような軽率な行為をとった我が身を後悔している。

また、動詞クユを用いた定型表現も見える。

さ寝《ね》ぬ夜《よ》は千夜《ちよ》もありとも我《わ》が背子《せこ》が思ひ悔《く》ゆべき心は持たじ（⑪二五二八）

女の歌で、「共寝をしない夜は千夜も続くとしても、わが背の君が思い悔やむような心は、私は持つまい」というほどの意。「悔ゆべき心は持たじ」は、相手が後悔するような異心は持つまい、つまりは、自分は決して心変わりはしない、という意思を表明する恋歌の定型表現である。

防人《さきもり》歌では、しばしば出立《しゅったつ》時の後悔が歌われる。

水鳥《みづとり》の立ちの急ぎに父母《ちちはは》にもの言《は》ず来《け》にて今ぞ悔《くや》しき（⑳四三三七）

出立の準備の慌ただしさのために、両親に何も言わずに出て来てしまったことを、故郷を遠く離れた今になって強く後悔するのである。（中嶋真也）

くるし【苦し】

目前の状況が思わしくなく、肉体的または精神的につらい様を表す語。苦しい、つらい、耐えがたい、切ない、などの意。［岩波古語］によれば、痛みの耐え難さに心身の安定を失うのが原義で、クルフ（狂ふ）と同根の語かという。クルシが動詞化した語に、「苦しぶ」（バ行上二段）がある。「武烈紀《ぶれつ》」には、夫を惨殺された影媛《かげひめ》が悲しみ咽《むせ》んで「苦しきかも、今日、我《わ》が愛夫《はしづま》を失《うしな》ひつること」と嘆く記述が見える。また、「天智紀《てんち》」には、「み吉野《えしの》の　吉野《えしの》の鮎《あゆ》　鮎こそは　島傍《しまへ》も良《え》き　え苦しゑ　水葱《なぎ》の下《もと》　芹《せり》の下《もと》　吾《あれ》は苦しゑ」（紀一二六）という童謡《わざうた》（予言や風刺の歌）が記される。一首は「み吉野の鮎よ、鮎は川の島辺に居て良いだろうが、私は、ああ、苦しいよ。水葱《なぎ》の下や芹《せり》の下に居て、私は苦しいよ」というほどの意。壬申《じんしん》の乱直前に吉野に逃避した大海人皇子《おおあまのみこ》（後の天武天皇《てんむ》）の気持ちを比喩的に風刺する。

『万葉集』で、クルシと歌われることが多いのは旅である。↓タビ。

　苦しくも降《ふ》り来《く》る雨か三輪《みわ》の崎佐野《さきさの》の渡りに家もあらなくに（③二六五）

右は旅の歌で、「心切なくも降って来る雨であることか。三輪の崎の佐野の渡しには家もないというのに」というほどの意。旅路にあることもつらいのに、さらに雨まで降って来たことを嘆く。旅よりもクルシと歌ったのが次の歌。

　人もなき空《むな》しき家は草枕《くさまくら》旅にまさりて苦しかりけり（③四五一）

任地の大宰府《だざいふ》で妻を喪《うしな》った大伴旅人《おおとものたびと》が故郷の家に帰り着いて歌った挽歌で、「妻もいないがらんとした家は、草を枕の旅にもまして苦しい思いがすることだ」というほどの意である。↓イヘ。

次も、同じくクルシと歌う挽歌の例。

　あしひきの荒山中《あらやまなか》に送り置きて帰《かへ》らふ見れば心苦しも（⑨一八〇六）

右は、田辺福麻呂《たなべのさきまろ》による「弟《おと》の死去《みまか》れるを哀《かな》しびて作れる歌」の反歌で、「荒涼たる山中に弟を送り置いて、野辺送りの人々が次々と帰って行くのを見ると、心が切ないことだ」というほどの意。弟の遺骸を山中に葬った時の様を歌っている。

　言問《ことと》はぬ木すら妹《いも》と兄《せ》とありといふをただ独《ひと》り子《ご》にあるが苦しさ（⑥一〇〇七）

「市原王《いちはらのおほきみ》の独り子を悲しびたる歌」。言葉を交わすことのない非情な樹木すら兄妹を持つというのに、自らは一人子であるのがつらいと嘆く。

『万葉集』中、最も多くクルシの語が見えるのは苦しい恋を歌う相聞歌である。↓**コフ・コヒ**。

　世間《よのなか》し苦しきものにありけらし恋に堪《あ》へずて死ぬべき思へば（④七三八）

右は、大伴坂上大嬢《おおとものさかのうえのおおおとめ》が後に夫となる大伴家《おおとものやか》持《もち》に贈った歌で、「世の中は、なるほど苦しいものであるらしい。恋の苦しみに耐えかねて、死んでしまいそうなことを思うと」というほどの意。

　夏の野の繁《しげ》みに咲ける姫百合《ひめゆり》の知らえぬ恋は苦しきものぞ（⑧一五〇〇）

右は大伴坂上郎女《おおとものさかのうえのいらつめ》による相聞歌で、夏の野の繁みの中にひっそりと咲く小さな赤い百合の花に、相手に知られない恋の苦しさを喩えている。

　霍公鳥《ほととぎす》なかる国にも行《ゆ》きてしかその鳴く声を聞けば苦しも（⑧一四六七）

右は弓削皇子《ゆげのみこ》の歌で、「ホトトギスのいない国にも行きたいものだ。その鳴く声を聞くと、切なくなることだ」という意。ホトトギスの鳴き声は、恋情を強く刺激するものとされた。↓**ナク**。

　恋の苦しみの中でも、特にクルシと歌われるのは、恋しい相手を待つことであった。

　あしひきの山を木高《こだか》み夕月《ゆふづき》をいつかと君を待つが苦しさ（⑫三〇〇八）

右は女の歌で、「山の木が高々と茂っているので、夕月がいつになったら出るのかと待つように、いつになったら来るのかとあなたを待つのが苦しいことだ」というほどの意。このように待つ恋の苦しみを歌うのは、女の歌に多い。それは、当時の男女関係において、女は男の訪れを待つ側だったからであろう。↓**アサ・アシタ**。（高桑枝実子）

こころ【心】

現代の私たちにとって、ココロはすでに自明なものとして存在しているのかもしれない。手近な辞書を見ると、ココロとは、人間の理性・知識・感情・意志などの働きのもとになるもの、またその働きなどと説明されている。だが、古代のココロには相当に深い奥行きがある。古代のココロを探る場合、類似の概念であるタマ（魂《たま》）との関係を、どう把握するかが大きな問題となる。

魂はそれぞれの個体に宿る生命力の本質とされるものをいう。魂はまた個体にとって、本来的な他者として存在した。魂は容器としての身体に宿り、時としてそこから遊離あるいは分離することができるとされた。魂が身体から完全に分離すると死を招くことになる。↓タマ。

一方、ココロはどのようなものとされたのか。魂とは違い、ココロは個体に内在する何ものかであると考えられた。むしろ、外界との関係において初めて知覚されるものがココロだった。「心」に接続する枕詞に「群肝《むらきも》の」「肝向《きもむか》ふ」がある。これは、どうやら、心臓の鼓動を心の動きとして知覚したところに生まれた枕詞であるらしい。後者の例を挙げておく。

…逢《あ》はぬ日の　数多《まね》く過ぐれば　恋ふる日の
重《かさ》なり行《ゆ》けば　思ひやる　たどきを知らに
肝《きも》向かふ　心砕《くだ》けて…（⑨一七九二）

田辺福麻呂《たなべのさきまろ》が娘子《おとめ》を偲んで作った歌の一部。「逢わない日数が重なっていくので、思いを晴らすすべもわからぬまま、心も千々に砕けて」と歌っている。この「肝向かふ」の「肝」は肝臓で、心臓がそれに向かいあうところから「心（心臓）」の枕詞としたもの。ここから、心臓の鼓動が、心の作用と結びつけて理解されていたことが確かめられる。

大伴家持《おおとものやかもち》の歌に「心つごきて」という表現が見える。これも長歌の一部である。

卯《う》の花の　咲く月立てば　めづらしく　鳴く霍公鳥《ほととぎす》　…昼暮《く》らし　夜渡《よわた》し聞けど　聞くごとに　心つごきて　うち嘆《なげ》き　あはれの鳥と　言はぬ時なし（⑱四〇八九）

ホトトギスの声を、昼夜の別なく聞くが、聞くたびに心がときめき、ため息をついて「いとしい鳥よ」と感嘆の声を洩らさぬ時とてない、というほどの意。家持のホトトギス偏愛がよく現れた歌である。「心つごきて」は心のときめきをいうが、直接には心臓の鼓動を意味する。ドキドキと意識される心臓の鼓動が動悸だが、『日本霊異記』の訓釈に「悸」を「去々呂津古支之《こころつごきし》」と訓んだ例（上巻序）が見える。罪を自覚した者が、その心を動揺させている様を表現しており、ここからも心臓の鼓動が心の働きとして捉えられていたことがわかる。

しかし、家持の歌から確かめられるのは、ホトトギスの鳴く音《ね》という外界の刺激によって、初めて心の働きが知覚されるとする仕組みである。持ち主にとって、心はもともと掌握不能な内部の闇であり、神的なものとの対応の中から生ずるとする見方（野田浩子『万葉集の叙景と自然』）もある。神的なものとの対応とは、外界との関係によって心が知覚されるその作用の不可思議さをいうのだろう。そのことはまた、「心神《こころど》」（③四五七）、「精神《こころど》」（③四七一）、「聡神《さときこころ》」（⑫二九〇七）など、「こころ」の表記にしばしば「神」字が用いられる例があることからも確かめられる。

ココロのこうしたありかたは、和歌の基本ともいうべき景＋心の構造の根幹にもかかわってくる。景＋心の「心」とは、平たく言えば歌い手の心情を意味する。和歌の心情表現が「心」になる。

香具山《かぐやま》に雲居《くもゐ》たなびきおほほしく相見《あひみ》し子らを後《のち》恋ひむかも（⑪二四四九）

「香具山に雲がたなびいて、そのようにおぼろな状態で逢ったあの子を、後に恋しく思うことであろうかなあ」というほどの意。香具山にたなびく雲のどこかぼんやりしたさまが、「おほほしく」という言葉を導き出している。雲は恋人の魂の象徴でもあるから、上二句の景は恋の対象ともいうべき「相見し子」の像を直接に喚び起こす。上二句の景は、「おほほしく」を繋《つな》ぎ言葉とすることで、下二句の恋情（心）を引き出している。これが景＋心の構造であり、上句の景はあたかも下句の心、すなわち歌い手の心情の比喩であるかのように表現されている。そこで、これを心物対応構造と呼ぶこともある。

　このように、一般的には景を心の比喩と説明することが多いのだが、始原的には、景は比喩ではなく、むしろ心そのものの像であっただろう。景に触発されることで発見された心の姿がそこに感じ取られていたのである。その意味で、「景迹」を「こころ」と訓《よ》む例のあることが注意される。

　高麗剣《こまつるぎ》我《わ》が心から（己之景迹故）外《よそ》のみに見
　つつや君を恋ひ渡りなむ（⑫二九八三）

『名義抄』が「景」に「オモハカル（リ）」の訓みを与えており、「景」が心的作用にかかわって理解されていたことがわかる。

　次の東歌《あずまうた》も外界の景と心の関係を示す例である。

　うらもなく我《わ》が行《ゆ》く道に青柳《あをやぎ》の張《は》りて立てれ
　ばもの思《も》ひ出《づ》つも（⑭三四四三）

何気なく道を歩いていると青柳が芽をふくらませて立っている。それを見た途端に物思いがわいて出たという意味の歌。ここには物思いの内実が何であるかは示されていないが、外界の景に触発されて心（「もの思ひ」）が立ち現れる仕組みがよく見えている。

　右の例に「もの思ひ出つも」とあるように、心の作用はあきらかに身体の制約を超える。［岩波古語］が「心」を「広く人間が意志的、気分・感情的、また知的に、外界に向かって働きかけていく動きをすべて包摂して指す語」と定義しているのは、そこを意識したからであろう。ならば、心は主体の意志に応ずる働きを見せつつも、一方で情動・情念として、主体の統御を超える働きを示すことにもなる。

　そこから心と魂との微妙な関係が生まれる。魂の働きは、恋と深く関係して意識されることが多い。恋とは対象との直接の出逢いが妨げられている状態から生ずる魂の遊離と定義することができる。魂逢《たまあ》いを求めて、魂は遊離するのである。魂の働きは基本的には主体の意志によるのではなく、むしろ魂自身の自発的な作用と考えられていた。

ところが、『万葉集』の恋歌を見ると、魂と心が微妙な重なりの中にあることがわかる。魂逢いを求める魂の働きは、多くの場合、夢によって実現されると考えられていた。ところが、夢を心の働きと歌った歌が少なからずある。それどころか、心を対象のもとに届けると歌った例も見られる。

真野《まの》の浦《うら》の淀《よど》の継橋《つぎはし》心ゆも思へか妹《いも》が夢《いめ》にし見ゆる（④四九〇）

確かなる使ひをなみと心をそ使ひに遣《や》りし夢《いめ》に見えきや（⑫二八七四）

前者は、心の作用によって思いが生じ、その結果相手（妹）が夢に見えたと歌う。後者は、そうした心の働きをさらに進めて、心が相手に届くものであるとし、それによって夢に自分が現れたかどうかを相手に問いかけている。

あしひきの山《やま》き隔《へな》りて遠けども心し行《ゆ》けば夢《いめ》に見えけり（⑰三九八一）

前の歌とは反対に、心が相手に届いたので、自分が相手を夢見たことを歌う。ここでの心は魂とほとんど重なりあっている。↓イメ。

魂と心のこうした関係は、時代が下るが、次の類似の二首の例を見ることでさらに明瞭になる。「かくのみしゆくへまどはばわが魂《たま》をたぐへやまし道のしるべに」（『平中物語』二五段）、「思へども身をし分けねば目に見えぬ心を君にたぐへてぞやる」（『古今集』離別・三七三）。

前者は、それほどまでに惑うのなら、私の魂を道案内に添えてやればよかったのにという意。後者は、あなたをいくら思っても身は分けられないので、せめて心を添わせてやりたいという意の歌である。この二首の例では、魂と心にさほどの違いは見られない。

先にも述べたように、心の情動や情念の働きは身体の制約を超える。その作用が対象に及ぶ際に、身体から遊離した魂の働きとの重なりがつよく感じ取られることになる。右の例はそのことをよく示している。

（多田一臣）

こと【言・事】

言葉を意味する「言《こと》」と事柄を意味する「事《こと》」とは、元来相通じる概念であった。モノが言葉による認識以前に存在するのに対して、コト（事）は言葉による認識作用・形象作用によってこそ形を与えられるためである。

「神代記」のイザナキとイザナミによる国生みの神話において、二神は天つ神からの委任を受けて国生みを開始する。その委任は「言依《ことよ》さし」と表現されている。原文が「言依」とあるので、「この漂へる国を修理《をさ》め固め成せ」という指令の言葉を付与する意味に重点が置かれているのだが、内実としては国土創成という事柄を委任したのであり、「言《こと》」がすなわち「事《こと》」であることを示す好例である。

『万葉集』の相聞歌にしばしば歌われる「人言《ひとごと》（周囲の噂）」の多くが、原文に「人事」と記されているのも、「言《こと》」と「事《こと》」とが相通じる概念であったことを示しており、現代において「さっき話したこと、絶対内緒だよ」などと言った場合の「こと」が言葉であるのか事柄であるのか不明瞭である点にも、それは引き継がれている。

古代においては、そのようなコト（言）とコト（事）との相通関係から、様々な信仰が観念されていたところに特徴がある。

「言《こと》」と「事《こと》」とが相通じるところに生じてくる信仰に「言挙《ことあ》げ」がある。次の歌は柿本人麻呂《かきのもとのひとまろ》歌集から採られた歌で、遣外使節を送る歌であると見られている。

葦原《あしはら》の　瑞穂《みづほ》の国は　神《かむ》ながら　言挙《ことあ》げせぬ国　しかれども　言挙げぞ我《わ》がする　事幸《ことさき》くま幸《さき》くませと…（中略）…百重波《ももへなみ》　千重波《ちへなみ》しきに　言挙げす我《われ》は　言挙げす我は（⑬三二五三）

「葦原の瑞穂の国（国土の神話的呼称）」は、神の加護があるゆえ、わざわざ言挙げをしなくてもよいが、それでもあえて旅の無事を祈って言挙げをします」と歌われている。→カミ。「言挙げ」とは、日常の言葉とは異なる様式によって、祈りをこめて言葉を発することであり、「言挙げ」の力によって「言《こと》」として発された内容が「事《こと》」として実現するという信仰である。ただし、言語呪術である「言挙げ」はむやみに行うものではなかった。右の歌にもあるように、この国は基本的には「神ながら　言挙げせぬ国」なのであり、「言挙げ」はよほどの危機を乗り越えるために行われるものであったようである。

大伴家持《おおとものやかもち》が越中国守であった時、一カ月近くの干魃《かんばつ》が起こった。雨雲の兆しが見えた時に家持は、その雨雲が広がって雨をもたらしてくれ、という祈りを込めた長反歌（⑱四一二二〜三）を詠んだ。その三日後に雨が降り、家持はその喜びを次のように歌っている。

我《わ》が欲《ほ》りし雨は降り来《き》ぬかくしあらば言挙《ことあ》げせずとも年《とし》は栄《さか》えむ（⑱四一二四）

「私が願っていた雨は降って来た。これならば、あえて言挙げしなくても、秋の稔《みの》りは豊かだろう」くらいの意である。後世の資料だが、『日本後紀』には、地方に起こった災厄は国司の責任なので、国司が潔斎して雨を祈るようにという記述が見られる。家持もそのような責任感を抱いたのだろうが、あたかも家持の歌によって雨がもたらされたかのような形となり、あえて「言挙げ」を行う必要もなくなったわけである。

「言挙げ」の言葉が「事《こと》」として実現されるのは、その言葉に「言霊《ことだま》」（言葉に宿る魂）が宿っているからだと考えられていた。

磯城島《しきしま》の大和《やまと》の国は言霊《ことだま》の助くる国ぞま幸《さき》くありこそ（⑬三二五四）

先の「葦原の　瑞穂の国は…」の長歌に添えられた反歌であり「〔磯城島の〕大和の国は言霊の護る国です。どうぞご無事で帰って来てくださいくらいの意である。長歌においてあえて「言挙げ」を行った、その「言挙げ」の言葉が旅人の無事を保証してくれるのは、この国が「言霊」に祝福される国だからだというのである。山上憶良《やまのうえのおくら》も遣唐使を送る歌において、「…そらみつ　大和《やまと》の国は　皇神《すめかみ》の　厳《いつく》しき国　言霊《ことだま》の　幸《さき》はふ国と…」（⑤八九四）と歌っている。

「言霊」は相聞歌においても歌われている。

言霊《ことだま》の八十《やそ》の衢《ちまた》に夕占《ゆふけ》問《と》ふ占《うら》まさに告《の》る妹《いも》は相寄《あひよ》らむ（⑪二五〇六）

恋占いの歌で、占い（夕占）によって愛しい人が自分に心寄せるだろうという結果が出た喜びが歌われている。「夕占」とは、夕刻に道に出て、道行く人の言葉によって吉凶を判断する占いであり、それが行われる場所が「言霊の八十の衢」であるのは、道が交差し、人が行き交う衢が「言霊」に満ちた場所だからである。↓ウラ。

ただし『万葉集』には一方で、「言《こと》」が「事《こと》」ではなかったことを言う「言《こと》にしありけり（ただの言葉だったのだ）」という表現もしばしば用いられている。

手に取るがからに忘ると海人《あま》の言ひし恋忘《わす》れ貝《がひ》言《こと》にしありけり（⑦一一九七）

これは旅の歌で、「手に取るとたちまちに旅の愁いを忘れると土地の漁師が教えてくれた『(恋)忘れ貝』はただの言葉（貝の名）だったのだ」くらいの意。「忘れ貝」は二枚貝の片割れの一枚のことだが、その「忘れ貝」という名前（言葉）が、恋しさを忘れるという事柄につながらないことを嘆いている。同じく旅の歌で、「名《な》草山《ぐさやま》」という名の山であるのに、家恋しさを慰めてくれないことを、「名草山言《こと》にしありけり」（⑦一二一三）と歌う例も見られる。

一方で「言霊」の信仰が歌われ、他方では言葉が言葉でしかなかったと歌われるのは、一見矛盾のようにも見えるが、両者は硬貨の裏表に過ぎない。元来「言《こと》」と「事《こと》」とが相通じるものであった中で、一方に「言《こと》」が必ずしも「事《こと》」ではない意識が芽生えることによって、逆に「言《こと》」には言霊が宿り、「事《こと》」となって実現するという信仰が強く意識されるようになったのである。（大浦誠士）

こふ【恋ふ】・こひ【恋】

コフは、相手との直接の出逢いが妨げられた時、相手の魂との逢会《ほうかい》（魂逢《たまあ》い）を求めて魂が遊離することを意味する。魂が遊離した状態がコヒである。よって、コフ・コヒは眼前にいない対象との間に生起する。『万葉集』でコヒに「孤悲《こひ》」の表記をあてた例が散見されることも、コヒが対象と隔てられた孤独の状態に生ずることを示す。

折口信夫はコヒを、相手の霊魂を迎え招く「魂《たま》乞《こ》ひ」であると説いた。つまり「恋ふ」と「乞ふ」を同語源と見たわけだが、この説に対しては、上代特殊仮名遣いの甲類・乙類の仮名遣いの相違を理由に否定する意見が出されている。しかし、『万葉集』の用例を見ると、コヒが魂の遊離と関係することは明らかであり、コヒを「魂乞ひ」と結びつける折口の見方は、コヒの本質を言い当てたものと言える。それは、次の例にも表れる。

恋ふといふはえも名づけたり言ふすべのたづきもなきは我《あ》が身なりけり（⑱四〇七八）

右は、我が身が名状しがたい恋の状態にあることを嘆く歌である。上四句の「この状態を『恋う』とはよくも名付けた言葉だ。この他に言い表しようがない」という表現の背後には、「恋ふ」と「（魂を）乞ふ」とを結び付ける意識が覗える。

コフと魂の遊離との関わりは、次の例にもよく表れている。

間《あひだ》なく恋《こ》ふれにかあらむ草枕《くさまくら》旅なる君が夢《いめ》にし見ゆる（④六二一）

草枕《くさまくら》旅に久しくなりぬれば汝《な》をこそ思へな恋ひそ我妹《わぎも》（④六二二）

右は、旅に出た夫と家郷で待つ妻の、夢をめぐる贈答歌。直接の出逢いが妨げられた時、魂逢いを求めて魂が遊離する状態がコヒであることは先に述べたが、魂逢いが実現すると互いに夢を見ると考えられた。→イメ。前者の妻の歌では、自分のコヒによって夫を夢に見たと歌っている。魂は生命力の本質でもあるから、魂の遊離は持ち主にとっては危険な状態を引き起こしかねない。↓タマ。そこで、夫の答歌では「そんなに恋に苦しまないでくれ、我が妻よ」と気遣っているのである。

コフの本質は、次の例からも見て取れる。

妹《いも》に恋ひ我《わ》が越え行《ゆ》けば背《せ》の山の妹に恋ひずてあるが羨《とも》しさ（⑦一二〇八）

和歌山県の紀ノ川を挟んで並び立つ妹山《いもやま》と背《せ》の山を踏まえた羈旅歌で、「妻を恋しく思いながら私が越えて行くと、背の山が妹山を恋うこともなく一緒にいるのが何とも羨ましいことだ」というほどの意。コヒは対象と隔てられた際に生ずる感情であるため、いつも共にいる妹背の山の間にコヒは生じないのである。また、右の歌が「妹に恋ひ」というように対象を二格で受けるのは、主体を対象の側に置いた言い方であり、コヒがこちら側の能動的な意志によるのではなく、受動的な作用であることを示している。コヒにおける魂の遊離は、主体の意志では統御しがたいものであり、己の魂が対象によって奪い去られ支配される状態と理解された。「いつはしも恋ひぬ時とはあらねども夕片設《ゆふかたま》けて恋はすべなし」（⑪二三七三）のように、コヒは止《とど》める術《すべ》がないと歌われることも、コヒの受動性をよく示している。なお、「夕」は魂逢いを求めて魂が発動する時間であるため、恋心が特に強く意識された。↓アサ・アシタ。

受動的性質のコフとは対照的に、類義語のオモフは能動的な心の働きであり、対象に働きかけそれを現前させる呪的行為を意味する。「…に恋ふ」の形を取るコフに対し、オモフが「…を思ふ」の形を取ることに、その能動的性質が表れている。コフとオモフの違いは、次の例にも顕著に示されている。

片思《かたおも》ひを馬にふつまに負《お》ほせ持《も》て越辺《こしへ》に遣《や》らば人かたはむかも（⑱四〇八一）

常《つね》の恋いまだ止《や》まぬに都《みやこ》より馬に恋来《こ》ば荷《に》なひ堪《あ》へむかも（⑱四〇八二）

右は、都にいる大伴坂上郎女《おおとものさかのうえのいらつめ》と越中国守を務める大伴家持《おおとものやかもち》の贈答歌。二人は、叔母と甥の関係であった。坂上郎女の「私の片思いを馬にすっかり荷わせて越の辺りに遣わしたなら、あの人は心を寄せてくれるだろうかなあ」という意の贈歌に対し、家持は「馬に積んで恋がやって来たなら、とても荷ないきれないだろうなあ」と返している。「片思ひ」は自らの意志で馬に荷わせるもの、「恋」は馬に乗って向こうからやって来るものであり、ここに、オモフの能動性に対する、コフの受動性がはっきり表れている。**↓オモフ**。

また、類義語のシノフは、対象に心が真っ直ぐに向かう意を基本に持ち、通常は、眼前のものを縁にして遠く離れた対象に心を向けることを表す。コフよりも主体性が強く、こちら側の呪的なはたらきかけと意識される点が異なる。**↓シノフ**。

次に、様々なコヒの歌われ方について見ていく。己の統御を越えた激しいコヒは、しばしば喩《たと》えを用いて歌われる。例えば、「恋草《こひくさ》を力車《ちからぐるま》に七車《ななくるま》積みて恋ふらく我《わ》が心から」(④六九四)は、恋を刈っても刈っても繁茂する「草」に喩え、それを荷車に七台分も積むようだと、恋の激しさを歌った歌。他に、「もののふの八十宇治川《やそうぢかは》の速き瀬《せ》に立ちえぬ恋も我《あれ》はするかも」(⑪二七一四)のように、速い流れに立つことができないような抗しえない恋の衝動を詠じた歌や、「家にありし櫃《ひつ》に鍵《かぎ》刺し収《をさ》めてし恋の奴《やつこ》の摑《つか》みかかりて」(⑯三八一六)のように、自分を苦しめる恋を「恋の奴《やつ》め」と擬人化して罵りの対象とした歌もある。

　茅花《つばな》抜く浅茅《あさぢ》が原のつほすみれ今盛《さか》りなり我《あ》
　　が恋ふらくは(⑧一四四九)

右は、花盛りのツボスミレに激しい恋心を喩えた歌。ツボスミレは、春に濃紫色の花を咲かせる。恋がこのように赤系統の色に喩えられるのは、赤が神の憑依の表徴となる色であり、恋が神婚と重ねて観念されたためである。**↓イロ**。よって、二人の関係が第三者に知られることは破綻につながると観想された。恋が「人目」「人言《ひとこと》」を避けるように歌われるのは、そのためである。**↓ヒト**。

恋歌の特徴の一つに、恋の極限に「死」を歌うことで、恋を極端に誇張する歌い方がある。

　恋するに死《し》にするものにあらませば我《あ》が身は
　千遍《ちたび》死に返らまし(⑪二三九〇)

右は、「恋をするとその苦しさに死ぬものであるなら、わが身は千度も死を繰り返しているだろう」というほどの意の恋歌。「千遍《ちたび》」は、中国唐代の伝奇小説『遊仙窟』の「巧ク王孫ヲシテ千遍死ナシメム」の影響を受けた表現である。他にも、「恋ひ死なば恋ひも死ねとや（恋い死ぬなら恋い死んでしまえというのか）我妹子《わぎもこ》が我家《わぎへ》の門《かど》を過ぎて行《ゆ》くらむ」（⑪二四〇一）のように、つれない相手を非難する定型表現が見える。↓**シヌ**。

コヒは現実に逢えない相手との魂逢いを求めて魂が遊離する状態であるから、逆に、相手との逢会が果たされることで原則として消滅する。その表現が「恋を尽くす」である。

年《とし》の恋今夜《こよひ》尽くして明日《あす》よりは常《つね》のごとくや
我《あ》が恋ひ居《を》らむ（⑩二〇三七）

右は、牽牛《けんぎゅう》・織女《しょくじょ》が逢会《ほうかい》を果たす七夕の夜を詠じた七夕歌。「恋を尽くす」今宵と、来年再会するまでの「恋ひ」とが対照的に歌われている。

魂が遊離する状態と意識されていたコヒは、時代が下ると魂と心とが混同され、心の作用として意識されるようになっていく。↓**ココロ**。

我《あ》が心焼くも我《われ》なりはしきやし君に恋ふるも
我《わ》が心から（⑬三二七一）

右は、女の嫉妬の歌。自分の心を嫉妬の炎で焼くのも自分だ、いとしい男に恋い焦がれるのも自分の心からなのだ、と自らの気持ちを客観視する。

コヒは眼前にいない対象との間に生起するため、現実の人間を対象とするだけではなく、死者や土地が対象となることもあった。例えば、初期万葉の「天智《てんち》挽歌群」には、亡き天智天皇に「我《あ》が恋ふる君」（②一五〇）と呼びかける一首が見える。

天離《あまざか》る鄙《ひな》の長道《ながち》ゆ恋ひ来《く》れば明石《あかし》の門《と》より
大和島《やまとしま》見ゆ（③二五五）

右は、柿本人麻呂《かきのもとのひとまろ》の「羇旅歌八首」の中の一首。故郷の大和へのコヒを歌うことで、望郷の思いを表現する。これらの例におけるコヒは、対象となる死者や土地を讃美することにつながっている。

《参考文献》折口信夫「戀及び戀歌」、伊藤博『萬葉集相聞の世界』、多田一臣『万葉歌の表現』。

（高桑枝実子）

こもる【隠る】・こもり【隠り】

コモルとは、閉じられた空間の内にあって、外部との交通が断たれている状態、またそれを断つ行為をいう。『万葉集』の訓表記では、主に「隠」字が用いられている。そこで、カクル・カクスとの違いが問題になる。コモルは、周囲と絶対的に隔絶する意であるのに対し、カクル・カクスは、単に特定の視点から見えなくなる、見えなくする意であり、そこに明瞭な違いがある。

コモルことで周囲との交通が断たれると、互いに隔絶された二つの空間が形成される。コモリの空間は、周囲の日常的空間から遮断された非日常的空間＝異界を形成することになる。コモリの空間は、神の側のものと幻想され、そこは一種の聖空間として意識されることになる。

聖空間へのコモリは、魂＝生命力を再生させる場として理解されていたらしい。『万葉集』に「薦隠《まよごも》り」（⑪二四九五）という言葉が見える。サナギが繭に隠り、羽化して蛾に生まれ変わる不思議は、見るものに再生に与《あずか》る神秘を納得させたに違いない。

少年・少女が一人前の男女となり、それぞれ別の人格として生まれ変わるのが成年・成女式だが、そのため山や野に入ることを「野《の》隠《ご》り」「山《やま》隠《ごも》り」と呼んでいる。そこにも魂の再生にかかわる隠りの意味が現れている。

『万葉集』には、「春」に接続する「冬《ふゆ》隠《こも》り」という枕詞がある。生命が死に絶える季節が「冬」だが、そうした中でも、生命を再生、復活させるための準備がひそかに行われている。「冬隠り」は、それを意味する。「冬」の語源は、霊力が増殖する意の「殖《ふ》ゆ」であろう。一方、増殖した霊力が、隅々にまで一気に広がる意の「張る」が「春」の語源になる。以下は、それをよく示した例。

冬こもり　春さり来《く》れば　鳴かざりし　鳥も

来鳴《き》きぬ　咲かざりし　花も咲けれど…（①一六）

鳥の鳴き声や咲く花は、甦った霊力そのものの現れを示している。そこに「冬隠り」の意味がよく現れている。

聖空間へのコモリは、一方で他界との交流を促す意味も持っていた。

他界との交流は、多く夢を通して実現される。そうした夢を見るためには閉ざされた密室に隠る必要があった。そこで見る夢によって、神の啓示を得たのである。聖徳太子《しょうとくたいし》がしばしば隠ったとされる「夢殿」は、まさしくそうした夢を見るための「隠《こも》り処《ど》」であったとされる。王朝の物語や日記にしばしば見える夢のさとしも、寺社への隠りを通じて与えられる場合が多い。寺社に参籠することの目的は夢を授けてもらうところにあった。参籠に先立つ物忌みは、神仏に近づく畏れの心の現れでもあるが、むしろ夢を授けてくれる「隠り処」へ参入するための大切な手続きでもあったのである（西郷信綱『古代人と夢』）。→イメ。

泊瀬《はつせ》の地は、古くから「隠《こも》りくの泊瀬」と呼ばれている。ここが「隠りく」であるのは、山ふところにすっぽりと覆われた地形上の条件が大きく与っている。しかし、この地が「隠りく」であったのは、そこが神の支配する聖空間であったからである。

泊瀬が聖空間であることは、「安騎野《あきの》遊猟歌」を見ることによってよく理解される。軽皇子《かるのみこ》が皇太子となる資格を得るため、亡父草壁皇子《くさかべのみこ》の曽遊の地である安騎野で狩りを行った際、柿本人麻呂《かきのもとのひとまろ》が献呈した歌とされる。

…隠《こも》りくの　泊瀬《はつせ》の山は　真木《まき》立つ　荒山道《あらやまみち》を　岩《いは》が根　禁樹《さへき》押しなべ　坂鳥《さかどり》の　朝越えまして…（①四五）

「真木」や「禁樹」（ともに神の世界の木という意味）の立ち並ぶ「荒山道」は、通常の人間が立ち入ることを許されない神の世界である。軽皇子がそこを越えて行くことができたのは、皇子自身が「高照らす　日の御子」としてこの地に臨んだからにほかならない。その「隠りく」の地で、皇子は再生の秘儀に与り、皇太子となるべき資格を獲得する。「隠りく」という言葉の中に、泊瀬が聖空間であることの意味が込められていたのである。後にこの地に建てられた長谷寺が、隠りによって夢を授ける寺であったことは、けっして故なしとはしないのである。

泊瀬はまた葬送の地、墳墓の地としても知られている。

隠《こも》りくの泊瀬《はつせ》の山に霞《かすみ》立ちたなびく雲は妹《いも》にかもあらむ（⑦一四〇七）

一首は、「隠りくの泊瀬の山に霞が立ち、たなびく雲は妻ででもあろうか」といった意味。亡き妻を泊瀬で火葬にした際の歌である。泊瀬の聖空間としてのありかたは、死者の世界ともつながっていたことが確かめられる。

「雨隠《あまごも》り」という言葉もある。秋の長雨の時期である九月は神が来臨する聖なる月であり、厳重な物忌みが要求された。そこで男女は家の中にじっと隠り、互いに逢わないことを原則とした。それが「雨隠り」である。↓**アメ・アマ**。大伴家持《おおとものやかもち》にその「雨隠り」を歌った次のような歌がある。

雨隠《あまごも》り心いぶせみ出《い》で見れば春日《かすが》の山は色づきにけり（⑧一五六八）

「心いぶせみ」のイブセシは、性の不満足に起因する鬱々とした気分をいう。↓**イブセシ**。そこで、束の間の晴れ間、家持は気晴らしのため外に出てみたのだろう。すると春日の山が、一面に黄葉していたことに気づいた。「色づきにけり」の「けり」は気づき・発見の意の助動詞。「隠り」は閉ざされた空間の中での物忌みを通じて、異界の神秘と触れ合う意味をもつ。だが、そうした「隠り」を通じて、生命の再生がもたらされるとするなら、それにともなって外界の風景もまた一変しなければならない。それがここでは一面に黄葉した春日山の光景だったことになる。ここからも「隠り」の意義はあきらかである。（新谷正雄）

【サ行】

さか【坂】

道の傾斜地、また境界を意味する語で、サカヒ（境）のサカも同根である。

サカの境界性を示す語として、ウナサカがある。次は、高橋虫麻呂《たかはしのむしまろ》が詠んだ浦島子《うらしまこ》の歌。

…海界《うなさか》を　過ぎて漕《こ》ぎ行《ゆ》くに　わたつみの
神の娘子《をとめ》に　たまさかに　い漕ぎ向かひ…
（⑨一七四〇）

「海の境《さかい》を越え過ぎて漕いで行くと、海の神の娘子《おとめ》に偶然にも漕ぎ合い」という意。「海界」とは、古代人が海原の彼方に幻想した異界、また海神の世界との境界のこと。浦島子は海界を越えることで海神の女と出会い、さらに海神の宮のある「常世《とこよ》」に赴くこととなったのである。死者の世界である「黄泉《よみ》の国」の境界が「黄泉《よも》つひら坂」（神代記）、「黄泉《よみ》の坂」（『出雲国風土記』出雲郡条）と称されることも同様である。

大坂《おほさか》を我《わ》が越え来《く》れば二上《ふたかみ》に黄葉《もみちば》流る時雨《しぐれ》降りつつ（⑩二一八五）

右の歌は「大坂を越えてくると、二上山に黄葉が散るのが見える。あたりは時雨が降りつつ」くらいの意。「大坂」は大和から河内に越える穴虫峠。そこを越えると二上山の秋の情景が見えたことが歌われている。サカを越えることは、新しい世界に入ることであった。傾斜地としてのサカには上り坂と下り坂があるが、この歌のようにサカを「越ゆ」という例が多いことから、万葉歌のサカは主に上り坂が想起されていたようである。上り坂ではサカの先に広がる空間が不可視であるゆえに、その先が未知の世界である不安感がある。

それゆえサカには神がいると観念され、サカはミサカ（み坂）とも表現された。

ちはやふる神のみ坂に幣奉《ぬさまつ》り斎《いは》ふ命《いのち》は母父《おもちち》がため（⑳四四〇二）

「神威も恐ろしい神のみ坂に幣《ぬさ》を捧げて無事を祈るこの命は、ほかならぬ二親のためである」という意で、信濃国埴科《しなののくにはにしな》郡から防人《さきもり》として派遣された、神人《かむと》部子《べのこ》忍男《おしお》の歌。「神のみ坂」は、現在の長野県と岐阜県の境にある神坂《みさか》峠かという。「み坂」の神に幣を奉ることで旅路の安全を祈ったのである。このような行為、および神への捧げ物などをタムケと称した。**→カミ、タムケ。**

次の歌は、サカが死者の世界にも通じることを示す例である。

百足《ももた》らず八十《やそ》隈坂《くまさか》に手向《たむ》けせば過ぎにし人にけだし逢《あ》はむかも（③四二七）

田口広麻呂《たぐちのひろまろ》の死に際し、刑部垂麻呂《おさかべのたりまろ》が詠んだ挽歌で「百に足りない八十《やそ》、そのたくさんに曲がりくねったあの世に通ずる坂道で神に供物を捧げたなら、亡くなった人にもしや会えるだろうか」くらいの意である。「八十隈坂」は、道の曲がり角の多い坂。道の隈の重なるサカが死者の世界とも通じる場所と考えられていたことがわかる。**→クマ。**

「み坂」と称されるサカのうち『万葉集』で最も多く詠まれるのは、東国の境界、足柄坂《あしがらのさか》である。「景行《けいこう》記」で、ヤマトタケルが山中で遭遇した鹿神を蒜《ひる》によって打ち殺し「あづまはや」と叫んだことから、足柄坂から東がアヅマと称されたという。足柄坂は険峻な山並みが続く難所として特に畏怖された場所であった。『更級日記』には、菅《すが》原孝標女《わらのたかすえのむすめ》が上総《かずさ》から上京の折、足柄坂越えをする場面がある。「やうやう入り立つ麓《ふもと》のほどだに、空の気色《けしき》、はかばかしくも見えず、えも言はず茂りわたりて、いとおそろしげなり。…まいて山の中のおそろしげなること言はむかたなし。雲は足の下に踏まる」。万葉の時代は、孝標女より約三百年前。道は一層険しく恐ろしいものだったろう。実際、この坂で息絶える者も少なくなかった。「足柄《あしがら》の坂を過ぎて死《みまか》れる人を見て作れる」という題詞をもつ田辺福麻呂《たなべのさきまろ》の歌では、足柄坂で行き倒れになった死者の様子が「…鶏《とり》が鳴く　東《あづま》の国の　恐《かしこ》きや　神のみ坂に　和栲《にきたへ》の　衣寒《ころもさむ》らに　ぬばたまの　髪《かみ》は乱《みだ》れて　国問へど　国をも告《の》らず　家問へど　家をも言はず…（鶏が鳴く東の国の、恐ろしい神のみ坂に、柔らかな衣も寒々と、ぬばたまの黒髪は乱れて、故郷の国を尋ねても国の名を答えず、どこの家かを問いかけても家をも言わず)」(⑨一八〇〇)と詠われている。旅の途中に見いだした死者への鎮魂を詠んだ行路《こうろ》死《し》人《にん》歌である。

　サカを無事に越えられるよう、旅人たちは様々な呪的行為を行った。次は東歌《あずまうた》の一首。

　足柄《あしがら》のみ坂恐《かしこ》み曇《くも》り夜《よ》の我《あ》が下延《したば》へを言出《こちで》つ
　るかも(⑭三三七一)

「足柄のみ坂が恐ろしいので、曇り夜のように秘めたあの人への思いを口に出してしまった」という意。峠越えの際には、家郷の妻の名を呼ぶことで魂の連帯をはかり、無事の通過を祈念した。↓**タビ**。

　次は、旅に出た夫の身を思いやる妻の歌である。

　息《いき》の緒《を》に我《あ》が思《も》ふ君は鶏《とり》が鳴く東《あづま》の坂を今日《けふ》
　か越ゆらむ(⑫三一九四)

「命のかぎりに私が思うあなたは、鶏が鳴く東の国の坂を今日は越えているだろうか」という意。「鶏が鳴く」は「東」の枕詞。鶏は明け方、東方の空が明らむのを感知して鳴くことに拠るという説がある。「東の坂」は足柄坂、あるいは信濃の碓氷《うすい》峠。「息の緒に我が思ふ君」は、命のように大切に思うあなた。↓**イキ**。家郷の妻が旅路の夫を思うことで、旅の安全が保証されたのである。

　またサカでは、袖を振ってお互いの魂を呼び合い、旅の安全を祈ることも行われた。↓**ソデ**。次は、武蔵《むさし》国の防人《さきもり》による歌。

　足柄《あしがら》のみ坂に立《た》して袖《そで》振らば家《いは》なる妹《いも》はさや
　に見《み》もかも(⑳四四二三)

「足柄のみ坂に立って袖を振ったら、家にいる妻ははっきりと見ることだろうか」という意。袖振りは相手の魂を呼ぶための呪術。夫は妻の魂との連帯をはかり、その加護を期待しつつサカを越えたのである。

　サカは、百人一首の蝉丸《せみまる》の歌「これやこの行くも帰るも別れては知るもしらぬも逢坂《あふさか》の関」のごとく、行き交う人々の思い、そして様々な世界が交錯する空間といえよう。

(兼岡理恵)

さかし【賢し】

物事の理を見出す力がある、見識があるという意。「神代記」の神語歌《かみがたりうた》では、ヌナカハヒメが「…賢《さか》し女《め》を　有りと聞かして　麗《くは》し女を　有りと聞こして」(記二)と、「賢し」と「麗し」という美徳を兼ね備えた女性として表現される。外面的美質を示すクハシに対し、内面的美質を表すのがサカシである。また『肥前国風土記《ひぜんのくにふどき》』佐嘉《さか》郡条では、荒ぶる川の神を鎮める方法を示した土蜘蛛《つちぐも》、大山田女《おおやまだめ》と狭山田女《さやまだめ》が「賢し女《さかめ》」と称されたゆえに、その地が賢女《さかしめ》郡と称され、のちに佐嘉《さか》郡となったという逸話が載っている。

これらはいずれも女性をサカシとした例だが、『万葉集』のサカシは、すべて男性に用いられ、「古《いにしへ》の賢《さか》しき人」という表現で詠まれることが多い。次は柿本人麻呂《かきのもとのひとまろ》歌集の一首。

古《いにしへ》の賢《さか》しき人の遊びけむ吉野《よしの》の河原《かはら》見れど
飽《あ》かぬかも　(⑨一七二五)

「昔の賢人たちが遊んだという吉野の河原はいくら見ても見飽きないことよ」という意。「古の賢しき人」とは、漢語「賢人」の訓読語で、この歌では、「吉野の盟約」が行われた天武《てんむ》天皇の吉野行幸において、天皇が詠んだとされる「よき人のよしとよく見てよしと言ひし吉野よく見よよき人よく見つ」(①二七)をふまえた表現ともされる。

漢籍中の登場人物を「古の賢しき人」と詠んだ歌もある。次は「竹取翁《たけとりのおきな》」歌の一節。

…古《いにしへ》の　賢《さか》しき人も　後《のち》の世の　鑑《かがみ》にせむと
老《お》い人《ひと》を　送りし車　持ち還《かへ》りけり　(⑯三七九一)

「古の賢しき人」とは、『孝子伝』原穀《げんこく》のこと。その内容は、原穀の父が祖父を山に捨てたが、原穀は祖父が乗せられていた手車を持ち帰り、「将来、父を捨てる時に使う」と言って父を悔悟させたというもの。この歌では、竹取翁を侮る仙女たちへの戒めとして用いられている。また大伴旅人《おおとものたびと》の讃酒歌《さんしゆか》には「古《いにしへ》の七《なな》の賢《さか》しき人たちも欲《ほ》りせしものは酒にしあるらし」（③三四〇）とある。「古の七の賢しき人たち」とは、晋代、世俗を避け、竹林《ちくりん》で音楽と酒を楽しみ清談した七人の隠者、「竹林の七賢《しちけん》」（『世《せ》説新語《せつしんご》』任誕篇）のことである。旅人の讃酒歌では、この歌を初めとして、サカシという語が次々と詠まれていく。

　賢《さか》しみともの言ふよりは酒飲みて酔《ゑ》ひ泣きするしまさりたるらし（③三四一）

　あな醜《みに》く賢《さか》しらをすと酒飲まぬ人をよく見れば猿《さる》にかも似る（③三四四）

　黙《もだ》をりて賢《さか》しらするは酒飲みて酔《ゑ》ひ泣きするになほ及《し》かずけり（③三五〇）

「賢しみともの言ふ（利口ぶってものを言う）」にはじまり、「酒飲まぬ」、「黙をりて（余計なことは何も言わない）」などの行為が「賢しら（利口ぶる）」と揶揄され、「酒を飲みて酔ひ泣き」するのが何にも勝る、と詠まれている。

筑前《ちくぜん》国志賀島《しかのしま》の白水郎《あま》、荒《あら》雄の行動もサカシラと評されている。

　大君《おほきみ》の遣《つか》はさなくにさかしらに行《ゆ》きし荒雄《あらを》ら沖《おき》に袖《そで》振る（⑯三八六〇）

「大君がお遣わしになったのではないのに、心のままに進んで行った荒雄が沖で袖を振っている」という意。荒雄は、宗形部津麻呂《むなかたべのつまろ》に頼まれて対馬《つしま》へ糧食運送に向かい、その途上、水死したという。「さかしら」の原文表記は「情進」。理性的な判断を失って心の進むままに行動した結果、命を落とした行為がサカシラと表現されるのである。

　聡明さを表す語としてはサトシ（聡し）もあるが、『万葉集』では「大夫《ますらを》の聡《さと》き心も今はなし恋の奴《やつこ》に我《われ》は死ぬべし（立派な男の判断力ある心も今はない。恋という奴のために私は死ぬに違いない）」（⑫二九〇七）の一例のみ。サトシは神意をよく理解する意。転じて、判断力に優れた様を示す。この歌ではそうした性質を持つ者を「大夫《ますらを》」とする。→**マスラヲ**。だが、そのマスラヲも、恋の前には見る影もないのである。　（兼岡理恵）

さき【崎・咲き・幸】

サキは、漢字を宛てれば「先」「前」「崎」などさまざまだが、原義としては、あるものが外側の世界に向かって突き出たその先端をいう。外側の世界との接触の場であり、外側の世界の霊威を真っ先に受感する場でもある。

この意味のサキは、「崎」がいちばんわかりやすい。陸地が海に向かって突き出たところが崎である。崎は海の彼方からやって来る異界の霊威が真っ先に依《よ》り憑《つ》く場所とされた。異界の霊威は神そのものとも考えられたから、崎の突端にはそうした神を祀る社が設けられていることが多い。このような崎は、一般には「み崎(岬)」と呼ばれるが、ミは聖性を示す接頭辞だから、そこが神の支配する領域であることを示す。以下は、その例。

ちはやぶる金《かね》の岬《みさき》を過ぎぬとも我《われ》は忘れじ志《し》賀《か》の皇神《すめかみ》(⑦一二三〇)

「金の岬」は福岡県宗像《むなかた》市鐘崎《かねざき》。有数の航海の難所とされた。「ちはやぶる」という枕詞が冠せられているのは、神の霊威が著しいことを示す。その神は「志賀の皇神」と呼ばれている。スメカミは、その地域を領有・支配する最高神の意。「霊威も恐ろしい金の岬を無事行き過ぎたとしても、私は忘れまい、志賀にいます至高の神のご加護を」というのがその歌意。「金の岬」を越える際の呪歌だったのだろう。

み崎は、異界の霊威の依り憑く場であるとともに、異界へ向かう場所ともされた。

「少彦名神《すくなびこなのかみ》、行《ゆ》きて熊野の御碕《みさき》に到りて、遂に常世郷《とこよのくに》に適《いでま》しぬ」(「神代紀」)。国作りを終えたスクナビコナの神が、熊野のみ崎から常世の国へ渡ったという記事である。ここからも、サキが外側の世界との接触の場であることが確かめられる。

異界の霊威が依り憑く場所がサキだが、それを動詞化したのが「咲く」である。動詞「咲く」も、崎と同様、語の基底には、神を迎え、神と交わる意がある。この「咲く」は、枝のサキ（先端）に季節の霊威が宿り、その霊威の発動によって花が開くことを意味する。「花」も、ハナ（端・鼻）であり、サキと同様、ものの先端を意味する。海岸沿いの地名で、み崎（岬）のように海に突き出た地形を「…鼻」と呼ぶ例もある。動物の鼻も、顔の中央から突き出ているからハナと呼ばれる。「花」も植物の先端に「咲く」ものゆえ、ハナと呼ばれた。

花の代表は昔も今も桜だが、桜は春の霊威を宿す特別な植物とされた。春の初めに咲く桜は穀霊（稲霊《いなだま》）の依《よ》り代《しろ》とされ、その咲き具合によって、秋の実りを占う呪農の花とされた。桜の語源として、サを穀霊を意味する接頭語、クラを神座《かみくら》の意とする説が有力とされるが、むしろ動詞「咲く」を名詞化させたとする理解がよい。ラは接尾語になる。花が咲くことを象徴化した植物が桜であったことになる。

花が咲くところには、霊威がしきりに発動している。その霊威の発動している状態、霊威の充ち満ちている状態を、サカリ（盛り）といった。

我《わ》が屋戸《やど》に盛《さか》りに咲ける梅の花散るべくなりぬ見む人もがも（⑤八五一）

大伴旅人《おおとものたびと》の歌。我が家の庭に咲く梅の花が散りそうになったので、誰か見る人がいてほしいと歌っている。ここでは、梅の花の咲き誇る様子が「盛り」と捉えられている。このような「盛り」は花に限られない。

我《わ》が盛《さか》りまた変若《をち》めやもほとほとに寧楽《なら》の都《みやこ》を見ずかなりなむ（③三三一）

老齢の身で大宰府《だざいふ》に赴任した旅人の望郷の歌である。「変若めやも」のヲツは再びもとに戻る意で、ここは若返ることをいう。「わが命の盛りがまた再び戻ってくることなどどうしてあろう。ほとんど奈良の都を見ずに終わることになってしまうのだろうか」というのが一首の意。この「盛り」は、身体に生命力が充溢している状態をいうから、花の盛りと同様に考えてよい。生命力も魂の働きだから、身体という容器に宿る外在的な霊威を意味した。それがしきりに発動するのが「盛り」の状態だった。『万葉集』には、「愛《め》での盛り」(⑤八九四)、「時の盛り」(⑤八〇四、⑰三九六九)、「恋の盛り」(⑩一八五五)、「夏の盛り」(⑰四〇一一)などの例が見られる。

この「盛り」と同根と見てよいのが動詞「栄ゆ」である。「咲く」が花に宿る霊威の顕著な発動を意味したように、「栄ゆ」もそこに宿る霊威や生命力が充実した力を発揮して、そのさまが外部に現れ出ている状態を意味する。

我《わ》が欲《ほ》りし雨は降り来《き》ぬかくしあらば言挙《ことあ》げせずとも年《とし》は栄《さか》えむ(⑱四一二四)

越中国守大伴家持《おおとものやかもち》の「雨降るを賀《よろこ》べる歌」。日照りが続いたので、雨を願う歌を詠んだところ、その甲斐あってか雨が降ったので、感謝の歌を詠んだとある。「私が願っていた雨は降って来た。これならばあえて言挙げしなくても、秋の実りは豊かだろう」という意。「年」は、稲の実り。一年に一度実るので「年」という。ここでの「栄え」は、霊威の現れとしての繁栄を意味している。「栄ゆ」と同根で、やはり霊威の盛んな発動を意味する言葉にサキハフ(幸はふ)がある。サキハフのサキは「咲き」に重なる。動詞サク(咲く)の連用形名詞だが、この場合は用字としてしばしば「幸」が用いられる。ハフは「延ふ」で、ニギハフ(賑はふ)などのハフと同じく、ある力が周囲に向かって水平的に広がるさまを示す。空間全体に霊威が及んで、満ち足りた状態になることを意味する。

…そらみつ　大和《やまと》の国は　皇神《すめかみ》の　厳《いつく》しき国　言霊《ことだま》の　幸《さき》はふ国と　語り継《つ》ぎ　言ひ継《つ》がひけり…(⑤八九四)

山上憶良《やまのうえのおくら》が遣唐使の無事な帰国を願って作った「好去好来歌《こうきょこうらいか》」の一部。「この大和の国は、至高の神たちの勢威の厳然とする国、言霊の威力が充ち満ちている国と、語り継ぎ言い継いで来た」というほどの意。「言霊」は、呪詞や誓言などの非日常言語に宿る言葉の霊威をいう。このサキハフは、「皇神」や「言霊」の霊威・霊力が盛んに発動し、周囲に広がり充満することを表現したもの。その根底には、自国の価値の優位を誇ろうとする国家意識がある。
サキ（幸）が単独で用いられた例もある。

大夫《ますらを》の心思ほゆ大君《おほきみ》の御言《みこと》の幸《さき》を聞けば貴《たふと》み（⑱四〇九五）

聖武《しょうむ》天皇が、陸奥国《みちのくに》から黄金が産出した際、それを嘉《よみ》する詔書を発した。その中に大伴氏の忠勤を讃美する詞章があり、それにいたく感動した家持は詔書に応えて長大な長歌を作った。これはその反歌。「御言の幸」は、「（大君の）お言葉のありがたさ」というほどの意だが、サキにはその言葉がもたらす幸運や繁栄が意識されている。それゆえ、このサキにも霊威の現れが感じ取られていることになる。

サキ（幸）は、副詞「幸《さき》く」として用いられることが多い。

楽浪《ささなみ》の志賀《しが》の唐崎幸《からさきさき》くあれど大宮人《おほみやひと》の舟待ちかねつ（①三〇）

柿本人麻呂《かきのもとのひとまろ》の「近江荒都歌《おうみこうと》」の反歌。壬申《じんしん》の乱で荒廃した近江の都のさまを歌う。「志賀の唐崎で舟遊びをした（近江朝の）大宮人の舟は、いくら待っても帰っては来ない」というのが一首の意。往時と変わらぬままにある唐崎の自然と、はかない人間のありようとを引き較べている。サキクは、唐崎の地の不変をいうが、その地霊の霊威が変わることなく顕著であることを表現している。

命幸《いのちさき》く久《ひさ》によけむと石走《いはばし》る垂水《たるみ》の水をむすびて飲みつ（⑦一一四二）

「命も無事に長く久しくめでたくあってほしいと、岩をほとばしる滝の水を両手に掬《すく》って飲んだことだ」というほどの意。このサキクは、命が栄える意で、やはり霊威の発動が顕著な状態にあることを讃美する意味をもつ。

防人《さきもり》歌として広く知られる「父母《ちちはは》が頭《かしら》かき撫《な》で幸《さ》くあれて言ひし言葉《けとば》ぜ忘れかねつる」（⑳四三四六）の「幸《さ》く」は「幸《さき》く」の訛りとされる。これも「命栄えて、無事で」の意になる。一首は、父母が私の頭を撫でて、無事でいよと言った言葉が忘れられないという意になる。→ナヅ。

《参考文献》三浦佑之「さか」『古代語を読む』。

（多田一臣）

さす【指す・挿す・射す・刺す】

サスには、「指」「挿」「差」「射」「刺」「注」「閉」「塞」などの字があてられ、それぞれに異なる語義で説明されるが、もともと、自然の威力や生命力がある方向性をもって直線的に発現する状態を示すのが原義。

その原義を最もよく示すのが、「入《い》り日さしぬれ」（②一三五）、「朝日さす」（⑩一八四四）、「月《つく》夜《よ》さし」（⑩一八八九）など、太陽や月の光が一直線に発現することをいう場合のサスである。「指」「刺」「差」「射」などの字があてられる。例えば、雲間から地上に向かって光の筋が真っ直ぐに伸びる様や、幼児の描く太陽の絵で中心の円の周りに描かれる直線が、その語義を象徴的に表す。「あかねさし」「あかねさす」「うち日さす」などの枕詞に見える「さす」も、このサスである。「あかねさし」は「あかねさし照れる月夜《つくよ》に」（④五六五）のように「照れる月夜」に掛かる枕詞、「あかねさす」は「あかねさす日は照らせれど」（②一六九）のように「日」「昼」「君」「紫」などに掛かる枕詞である。両者に見える「あかね」は、植物名の「茜《あかね》」ではなく、もともと空を赤く染める朝夕の陽光や赤く照る月を意味する言葉で、後に赤黄色の根を持つ「茜」と同一視されるようになった。また、「うち日さす」は日が射し照らす意の枕詞で、絶えず日に照らされることが讃美の意を持つことから、「宮」「都」などに掛かる。

植物の枝葉や幹が真っ直ぐに伸びることもサスであり、「刺」「指」などの字があてられる。

滝《たぎ》の上《うへ》の　三船《みふね》の山に　瑞枝《みづえ》さし　繁《しじ》に生《お》ひ
たる　栂《とが》の木の　いや継《つ》ぎ継ぎに　万代《よろづよ》に
かくし知らさむ　み吉野《よしの》の　秋津《あきづ》の宮は…
（⑥九〇七）

右は、元正《げんしよう》天皇の吉野行幸時に笠金村《かさのかなむら》が作った吉野讃歌。吉野川の激流のほとりにそびえる三船の山に、瑞々《みずみず》しい枝をさし延《の》ばし、びっしりと生い茂っている栂の木のように、吉野離宮が永遠に繁栄することを祝福している。また、「皇子《みこ》」「大《おほ》宮《みや》」などに掛かる枕詞「さす竹の」のサスも、竹の枝や根の伸張するさまに生命力の発動を見て、対象を祝福・讃美する意味を持つ。

ある場所に向かって一直線に向かうこともサスであり、「指」「射」などの字があてられる。

若《わか》の浦《うら》に潮《しほ》満ち来《く》れば潟《かた》をなみ葦辺《あしへ》を指して
鶴《たづ》鳴き渡る（⑥九一九）

右は、聖武《しようむ》天皇の紀伊《きい》行幸時に山部赤人《やまべのあかひと》が作った讃歌の反歌で、「若の浦に潮が満ちて来ると干潟がなくなるので、葦の生えている岸辺を目指して鶴が鳴き渡って行く」というほどの意。鶴の群れが岸辺に向かって真っ直ぐに飛び渡る光景を歌っている。この他、「海上《うなかみ》の　その津《つ》を指して君が漕《こ》ぎ行《ゆ》かば」（⑨一七八〇）のように船が目的地を目指して漕ぎ進む様などが、サスで表現される。また、指名してある場所に差し向けることもサスであり、「差」「指」などの字があてられる。

ふたほがみ悪《あ》しけ人なりあた病我《ゆまひわ》がする時に
防人《さきもり》に指《さ》す（⑳四三八二）

右は、防人歌。「ふたほがみ」は、二心ある人とする説や、国庁の長官とする説などがあるが、未詳。「あた病」も未詳だが、急な病と解する説が有力である。自分が急な病に罹《かか》っている時に、防人に指名してきた相手を恨んだ歌。

先端が尖ったものを真っ直ぐ突き立てることもサスであり、「刺」「挿」などの字があてられる。例えば、「舟に乗り川の瀬《せ》ごとに棹《さを》さし上《のぼ》れ」（⑱四〇六二）のように舟の棹をさすことや、「葛城《かづらき》の高間《たかま》の草野《かやの》早《はや》知りて標刺《しめさ》さましを今そ悔《くや》しき」（⑦一三三七）のように占有の標識の「標《しめ》」を地面に突き立てることなどをいう。**→シメ**。季節の霊威を宿す植物の花や枝を髪に挿して飾りとする「挿頭《かざし》」は、「髪挿し」の略であり、「秋萩《あきはぎ》は盛《さか》り過ぐるをいたづらに挿頭《かざし》に挿《さ》さず帰りなむとや」（⑧一五五九）のようにサスものである。**→カザス**。その他、「真玉手《またまで》の　玉手《たまで》さし交《か》へ　あまた夜《よ》も寝《い》ねてしかも」（⑧一五二〇）のように、男女が共寝する時、腕枕をすることもサスという。

家の戸を釘などで刺して閉ざすこともサスであり、「閉」「塞」などの字があてられる。

門《かど》立てて戸も閉《さ》したるをいづくゆか妹《いも》が入《い》り来《き》て夢《いめ》に見えつる（⑫三一一七）

右は男の恋歌で、「門を立て閉ざし戸にも鍵をかけておいたのに、どこからあなたが入って来て夢に見えたのだろうか」というほどの意。

狩猟のための罠《わな》や網を仕掛けることもサスといい、「刺」「指」などの字があてられる。

二上《ふたがみ》のをて面《も》この面《も》に網《あみ》さして我《あ》が待つ鷹《たか》を夢《いめ》に告《つ》げつも（⑰四〇一一）

右は、越中国守であった大伴家持《おおとものやかもち》が、逃げ去った鷹を夢に見て喜んで詠じた歌の反歌。二上山のあちらこちらに網を張って待つ鷹の行方を、夢に現れた神女が告げてくれたと歌っている。

火を点ずることもサスという。

…川の瀬《せ》に　鮎子《あゆこ》さ走《ばし》る　島《しま》つ鳥《とり》　鵜飼《うか》ひともなへ　篝《かがり》さし　なづさひ行《ゆ》けば…（⑲四一五六）

右は、同じく家持が鵜飼の光景を詠じた歌。川の瀬に若鮎が走り躍ると、鵜を飼う者を伴い、篝《かがり》火《び》を焚《た》いて、流れに逆らって行くと歌っている。

ある物に他の物を加え入れることもサスであり、「指」「注」などの字があてられる。

紫《むらさき》は灰《はひ》さすものそ海石榴市《つばきち》の八十《やそ》の衢《ちまた》に逢《あ》へる子や誰《たれ》（⑫三一〇一）

右は、市で偶然出逢った女の名を問い求婚する男の歌。上二句は、紫染めには美しく発色させるための媒染剤として、椿の灰汁《あく》を入れることを歌ったもので、女を「紫」に、自分を「灰」に喩《たと》えて、女は結婚してこそ美しくなると口説いている。

百積《ももさか》の船隠《かく》り入《い》る八占《やうら》さし母は問ふともその名は告《の》らじ（⑪二四〇七）

右は女の恋歌で、「多くの荷を積む船が隠れて入る浦々、そのたくさんの占を立てて母は尋ねたとしても、その男の名は言うまい」というほどの意。この場合のサスは、占いを立てて、その結果がありありと明示される意であり、ここには、霊威の直線的な発動をいうサスの原義が強く表れている。→**ウラ**。

（高桑枝実子）

さと【里・郷】

サトとは、人が生活する空間をさす。その外側の部分にノ（野）があり、更に外側にヤマ（山）がある。→ノ、ヤマ。サトの中には宮域も含まれるが、公的意味合いの強い宮域を除いた私的な生活空間をサトと呼ぶときもある。現代でも「お里が知れる」などというように、生まれ育った地もサトという。また旅先から家のことをサトと言うこともある。様々な意味合いを持つが、いずれも人の生活空間という原義から派生するものである。

　我《わ》が里に大雪降《ふ》れり大原《おほはら》の古《ふ》りにし里に降らまくは後《のち》（②一〇三）

右の歌は、天武《てんむ》天皇が、妻の藤原夫人《ふじわらのぶにん》に贈った歌。天武が自分の居所である浄御原《きよみがはら》の地を「我が里」と呼び、そこに大雪が降ったという。雪は吉兆とされていたので、大雪を自慢してみせるような口ぶりである。妻の住む「大原」とは藤原氏の生活圏で、藤原鎌足《ふじわらのかまたり》生誕の地でもあった。そこに雪が「降らまくは後」（降るのは後だ）と皇居の優位性を歌っているが、実際には「大原」は皇居から一キロほどしか離れていない。「大原」を「古りにし里」と呼んで戯れかけた歌である。

「寧楽《なら》の故郷《ふるさと》を悲しびて作れる歌」と題される田《た》辺福麻呂《なべのさきまろ》の歌では、山と野とサトが詠み込まれている。

　…平城《なら》の都《みやこ》は　かぎろひの　春にしなれば　春日山《かすがやま》　三笠《みかさ》の野辺《のへ》に　…露霜《つゆしも》の　秋さり来《く》れば　生駒山《いこまやま》　飛火《とぶひ》が岳《たけ》に　…山見れば　山も見が欲《ほ》し　里見れば　里も住みよし…（⑥一〇四七）

この歌は、聖武《しょうむ》天皇の時代、都が久邇《くに》に一時遷され（天平十二～十六年）、平城京が旧都となった際のもの。平城京が、東は春日山、西は生駒山に囲まれ、春日山の内側が三笠の野となっている様子が詠まれている。その内側のサトは「住みよし」と居住空間であることがはっきり歌われる。

題詞の「故郷《ふるさと》」は旧都を意味する。旧都は、遷都により人が居住しなくなった古びた生活空間（サト）であった。

次の歌では野とサトの関係がよく理解できる。

ま遠《とほ》くの野にも逢《あ》はなむ心なく里のみ中《なか》に逢へる背《せ》なかも（⑭三四六三）

右の歌は東歌《あずまうた》の中の一首で女性の歌。「ずっと遠くの野ででも出会ってほしいものだ。それなのに無情にも里の真ん中で出会ってしまったあなただなあ」というほどの意味。野は居住空間でないので人目がない。遠くの野でこっそり出会ってほしかったのに、集落のあるサトのしかも真ん中で出会ってしまった。そこで人目が気になり「背（男）」に声が掛けられないと嘆いている。

次の歌は、宮域とサトとを区別した歌。

ももしきの大宮人《おほみやひと》は今日《けふ》もかも暇《いとま》をなみと里に出《い》でずあらむ（⑥一〇二六）

この歌は故豊島采女《なきとよしまのうねめ》の作と伝えられているもの。「〔ももしきの〕大宮人は今日も、公務多忙のため暇がないといって里に出ずにいるのだろうかなあ」というほどの意味。大宮人が仕える公的空間としての宮域に対し、私的生活空間としての市中を、サトと表現している。貴族の訪れを待つ女の立場の歌となっている。

……楚取《しもと》る　里長《さとをさ》（五十戸長）が声《こゑ》は　寝屋戸《ねやど》まで　来立《きた》ち呼《よ》ばひぬ……（⑤八九二）

右は、山上憶良《やまのうえのおくら》の「貧窮《びんぐう》問答歌」の一節で、「笞《むち》を手にし税を催促する里長の声は、寝床までやって来ては呼びまくしたてている」くらいの意。原文でサトを「五十戸」と表記する珍しい例である。地方の行政組織を定めた戸令《こりょう》の規定では、集落は五十戸をもって「里」とし、里ごとに「里長」が置かれた。憶良は「里長」を「五十戸長」と記し、律令を杓子定規に遵守《じゅんしゅ》し、厳しく税を取り立てるその姿を浮かび上がらせている。

「里」は、天平十二年になると、「郷《さと》」と字を換えて規定された。先の田辺福麻呂の歌で、平城京を「故郷《ふるさと》」と題していたのも、この新たな表記を取り入れたものと考えられる。

（塩沢一平）

さぶ・さぶし

サブとは、対象が始原の状態のままにあることを讃美する言葉である。始原の状態とは、あるべき理想の状態と言い換えてもよい。『日本霊異記』上二縁に、狐が化した妻を「紅《くれなゐ》の襴染《すそぞめ》の裳《も》を著《き》て窈窕《さ》び」と形容した例がある。「窈窕」は漢語で、美しくたおやかなさまを示す。これをサブと訓むのはその訓釈によるが、『名義抄』にも「窈」「窕」にサヒシの付訓が見える。狐妻を理想の美女すなわち神女の姿として描いていることになる。サブの原義のよく表れた例といえる。

このようなサブは、単独で現れるよりも、「…さぶ」のように、接尾語的に用いられることが多い。その場合は、そのもの本来の属性がありありと現れる意になる。「神《かむ》さぶ」「娘子《をとめ》さぶ」「男《をとこ》さぶ」「貴人《うまひと》さぶ」などの例がそれにあたる。「神さぶ」は、神が神のままの本性をさながらに示す意。神々しいという訳語が宛てられることが多い。次に示すのは、長田王《ながたのおおきみ》が筑紫《つくし》の水島の景を讃美した土地讃めの歌である。

　聞くがごとまこと貴《たふと》く奇《くす》しくも神《かむ》さび居《を》るか
　これの水島（③二四五）

「聞いているとおりに、まことに貴く不思議にも神々しくあることか。この水島は」というほどの意。水島の始原さながらの景が、いかにも神々しいものとして捉えられている。「奇し」は、その霊妙さを表現したもの。

「娘子さぶ」「男さぶ」は、娘子らしさ、男らしさをあるべき理想の姿の現れとして捉えた言葉である。娘盛り、男盛りの華やかさを表現する。

以下の引用歌には「男さぶ」の例も見えるが、ここは「娘子さぶ」の例のみを示しておく。

　…娘子《をとめ》らが　娘子さびすと　唐玉《からたま》を　手本《たもと》に
　巻《ま》かし　よち子らと　手携《てたづさ》はりて　遊びけむ
　時の盛《さか》りを…（⑤八〇四）

娘子たちが舶来の玉を手に巻き、同輩たちと手を取りあって遊び、青春を謳歌するさまを「娘子さびすと」と表現している。

「貴人さぶ」は、いかにも高貴な身分の人らしく見えることをいう。ただし、場合によっては揶揄《やゆ》の意味を示すこともある。以下がその例。久米禅師《くめのぜんじ》が石川郎女《いしかわのいらつめ》に求愛した際の歌である。

　み薦《こも》刈る信濃《しなの》の真《ま》弓《ゆみ》我《わ》が引かば貴人《うまひと》さびていなと言はむかも（②九六）

「み薦を刈る信濃の真弓を引くように私があなたの心を引いたら、あなたは貴人らしくいやだというだろうかなあ」というほどの意。出家の恋歌というのもおかしいが、もとより真剣な恋ではなく、戯れの遊び心があるのだろう。それゆえ、「貴人さぶ」には、「お高くとまって」というような、相手への揶揄の意識も表れている。

「神さぶ」にも、揶揄ではないが、類似の例が見られる。人間についてこの言葉が用いられる場合、年老いた状態を意味することがある。とくに女についてこの言葉が用いられる場合には否定的な印象が強まる。女はもともと神の妻（神女・巫女）とされたが、年老いると神に近づいたとされ、恋愛の場からは遠ざけられる。それを女が自嘲気味に表現する際にしばしばこの言葉が使われる。たとえば大伴家持《おおとものやかもち》の求愛に答えた紀女郎《きのいらつめ》の歌はそのような例。

　神《かむ》さぶと否《いな》にはあらずはたやはたかくして後《のち》にさぶしけむかも（④七六二）

この上句は、「年老いて神に近い存在になったからと言ってあなたを拒否するのではないが」というほどの意。紀女郎は家持よりは年上だったらしいから、この「神さぶ」には「私みたいなお婆ちゃんに」といった自嘲のニュアンスが含まれることになる。一方、下句は「それはそれとして、こうしてあなたの求愛を断った後で、寂しい思いをすることだろうか」という意。この「さぶしけむかも」のサブシはサブの形容詞形である。訳に示したように、この言葉は「寂しい」に通じて、これもまた否定的な意味合いがつよい。だが、もともとは始原の状態に立ち返ったところに生ずる喪失感を意味したと見るのがよい。

以下は、それをよく示す例。柿本人麻呂《かきのもとのひとまろ》の「近江荒都歌《おうみこうとか》」（①二九）である。その長歌の末尾で、壬申《じんしん》の乱で廃墟と化した大津宮《おおつのみや》の地に立った人麻呂は、その感慨を「ももしきの　大宮所《おほみやどころ》　見れば悲しも」と歌うが、その異伝には「見ればさぶしも」とある。これは、理想の状態が喪われて荒涼さを感じた意だろう。そのサブシの意味をさらによく示すのが、次の例である。これも廃墟と化した大津宮を歌っている。

　楽浪《ささなみ》の国つ御神《みかみ》のうらさびて荒れたる都《みやこ》見れば悲しも（①三三）

「うらさびて」のウラは表面から見えないもの、内側に隠れているものを意味する。心もウラと呼ばれる。ここは土地の神の心、神意をいう。↓**ウラ**。サブは、すでに述べたように、始原の状態のままにあることを讃美する言葉だが、同時に始原と現実の落差を現実の側から嘆く意味を示す。そこに喪失感が生まれ、現代語の「寂しい」という語感が生じる。人工的に造られた華麗な都が廃墟と化し、草木の繁茂する本来の自然に戻ってしまったことを神意の現れと考え、その荒廃につよい喪失感を意識したことが表現されている。現代語訳すると、「楽浪の地の国つ神の霊威が始原の世さながらに現れて、人間の造った都は自然に帰して荒れ果ててしまったが、それを見ると悲しく思われることだ」というほどの意になる。

サブシには、サブの否定的な意味合いがつよく表れている。サブシがしばしば「不楽」「不怜」と文字表記されるのも、あるべき理想の状態に対する欠落感があり、それゆえに心楽しまない状態であることを示している。ならば、先の紀女郎の歌の「さぶしけむかも」にも、そのような意味が内包されていたことになる。

なお、『古事記』には「勝ちさび」という言葉が見える。高天原《たかあまのはら》でアマテラスとのウケヒに勝ったスサノヲが乱暴狼藉《ろうぜき》の限りを尽くすことを「勝ちさびに」と表現している。これも「娘子さぶ」「男さぶ」などと同様、「勝ち」のままにということで、勝ちに乗じてとめどなく乱行に及んだことを意味している。

（多田一臣）

さやけし【清けし】・さやぐ・さやに

サヤケシは、対象から感じられる静謐《せいひつ》さの中にたたえられている霊的なもののざわめきを意味する。霊威あるもののざわめきは、一方では畏怖すべきものともなる。また一方では、畏怖する力の大きさから、その対象を讃えるものともなる。この二面性をもつことばがサヤケシである。

『古語拾遺』での、石窟に隠《こも》っていた天照大神《あまてらすおおみかみ》が再び出現することを神々が喜ぶ場面で、神々は「あはれ、あなおもしろ、あなたのし、あなさやけ」と声をあげ歌い舞ったという。この「あなさやけ」には、「笹葉の声なり」という注が付けられている。神々が笹の葉を振りながら発する葉音に対する形容である。笹は神楽《かぐら》などにおいて、しばしば神が降臨して寄りつく依《よ》り代《しろ》となる呪具である。その笹音にざわめきの霊威を感得し、賞讃の表現となっていることがわかる。

『肥前国風土記《ひぜんのくにふどき》』養父《やぶ》郡条には、「徘徊《たもとほ》り四《よ》もを望みますに、四方《よも》分明《さやけ》かりき、因《よ》りて、分明《さやけ》の村といひき」という記述があり、景行《けいこう》天皇が巡幸し、眺望がよい場所（「四方分明かりき」）であったために「分明の村」と名付けられたという。天皇の巡幸には、巡行する神が優れた土地を見いだす巡行叙事の論理が蔵されており、サヤケシが聖性を帯びた讃美の語であったことを示している。

『万葉集』最古のサヤケシの例とされる次の歌にも、その霊威を強く感じとることができる。

　わたつみの豊旗雲《とよはたくも》に入《い》り日さし今夜《こよひ》の月夜《つくよ》さやけくありこそ（①一五）

海を「わたつみ」と海神の霊威を意識した言葉で歌い起こす。→ワタツミ。海上を旗のようにたなびき横切って行く雲に夕日が射す。このめずらかな情景が霊威あるもののざわめきを予感させる。それは、今夜静謐な月が、はっきりと照らすことを示している、という歌。この歌で月夜をサヤケシと表現しているのも、「もともと異界の呪力に満ちたその光を、畏怖とともに賛美する意味があったから」（［全解］）である。**→ツキ**。

サヤケシの語源を、澄みきった冷たさを表す「冴《さ》ゆ」に求める説もあるが、異界の霊威あるもののざわめきを意味するサヤに、「露けし」や「のどけし」と同じように形容詞をつくる接尾語ケシがついてできた言葉と考えるべきであろう。サヤケシの霊威が際立っている状態を讃えるときに、くっきりとしている、明るくはっきりとしている、清明だという意味も生まれた。そのため「冴ゆ」とも重なる部分が多いのだと思われる。

サヤケシは、川や波音などから聴覚的に感得された清明さを讃美するときにも用いられた。

さざれ波磯越道《いそこしぢ》なる能登瀬《のとせ》川音《がはおと》のさやけさ激《たぎ》つ瀬《せ》ごとに（③三一四）

右は、聴覚的な讃美の歌で、川瀬ごとに聞こえる川音から感じ得た清明さを讃美している。

また、川を見ることを契機とし、視覚的に霊威を讃美したサヤケシもある。次の歌は、離宮のある吉野川に注ぎ込む象《きさ》の小川を、見ることを契機として讃美している。**→ミル**。

昔見し象《きさ》の小川《をがは》を今見ればいよよさやけくなりにけるかも（③三一六）

これは神亀元年（七二四）三月に作られた大伴《おおともの》旅人《たびと》の歌で、前月に即位した聖武《しょうむ》天皇の吉野行幸に従駕《じゅうが》した折のもの。「昔」は天武《てんむ》・持統《じとう》天皇の時代を指し、「今」は聖武新帝の時代を示している。聖武天皇の御代に吉野離宮は、天武・持統朝に増していよいよ清明なるものになったのだと歌っている。このようにサヤケシの霊威は、清明なる土地の讃美となり、ひいてはその統治者としての天皇を讃美するものとなっていった。

サヤケシは、原文では「清」と表記されることが多いが、「清」は『万葉集』では「きよし」にあてられる字でもあり、両者が重なりを持つことを示している。**→キヨシ**。

今造る久邇《くに》の都《みやこ》は山川《やまかは》の清きを見ればうべ知らすらし（⑥一〇三七）

右の「清き」の原文は「清」。聖武天皇が一時期都とした久邇京を大伴家持《おおとものやかもち》が讃美したもの。

「山川の清らかさを見ると、久邇を都として統治するのはなるほど、もっともなことだ」という意味。帝都と帝徳を讃美したものとなっている。この歌の「清」は「さやけき」と詠まれることもあり、説が分かれている。また、「山川を　清みさやけみ」（⑥九〇七）のように「清し」の同語反復のようにサヤケシが用いられた例もあり、二つの区別は、はっきりしないところもある。ただ、次のような例もある。

大滝《おほたき》を過ぎて菜摘《なつみ》に近くして清き川瀬《かはせ》を見るがさやけさ（⑨一七三七）

この歌によれば、「清き川瀬」と歌うように、対象の清浄な状態そのものを示すのがキヨシ。一方、「見るがさやけさ」と表現されるように、対象を「見る」ことによりそこから受けた主体の清明な情意・感覚を表すのがサヤケシとなる。両者は重なりつつも区別できよう。

サヤケシのサヤは、サヤグという動詞ともなり、「荻《をぎ》の葉さやぎ」（⑩二一三四）・「篠《ささ》が葉のさやぐ」（⑳四四三一）のように、葉などが擦れ合い、ざわざわとした音が起きることを表した。『古事記』の葦原中国《あしはらのなかつくに》（地上世界の神話的呼称）平定の場面には、「ちはやぶる神、荒ぶる神」の跳梁する地上世界が「いたくさやぎてありなり」と表現され、サヤグが不穏な霊威のざわめきの意味で用いられている。それゆえ擦れ合う葉のサヤギは、しばしば忌むべきこととへの予兆ともなった。石見《いわみ》国で得た妻との別れを詠んだ、柿本人麻呂《かきのもとのひとまろ》の歌にも、忌むべき事態の予兆が歌われている。

笹《ささ》の葉はみ山もさやにさやげども我《われ》は妹《いも》思《おも》ふ別れ来《き》ぬれば（②一三三）

笹の葉は全山にわたってざわざわとした葉擦れの音を立てる。これは、忌むべき事態の予兆となっている。つまり、別れにより妻が自らのもとから永遠に失われていく、その予兆となっている。別れを自覚した人麻呂は、「思ふ」ことによって眼前に妹を引き寄せ止めようとする。**→オモフ**。笹の葉の「さやぎ」は、妹の喪失の予兆として、重要な役割を果たしている。

（塩沢一平）

さらす【晒す・曝す】

サラスは、物を風雨や太陽などに当たるままの状態で放置するのが原義。そこから転じて、物を日光や水などに当てて洗うことをいう。

「欽明紀《きんめい》」には、朝鮮半島での戦乱の様子として、「骨を曝《さら》し屍《かばね》を焚《や》きて」という記述が見える。戦乱で命を落とした人々の骨を放置し遺骸を焼くなど、残虐な侵略の様が語られている。このサラスが、原義としての用法である。後世、山野で行き倒れ放置された死者の髑髏《どくろ》のことをいう「野ざらし」のサラスも、同様である。しかし、この原義としてのサラスの例は、上代文献には少ない。

『万葉集』では、すべての例が、対象を日光や水に当てて洗う意で用いられており、その対象は布と浜辺に限定される。『万葉集』中、最も印象的なサラスの例は、次の東歌《あずまうた》であろう。

多摩川《たまがは》に晒《さら》す手作《てづく》りさらさらに何そこの子のここだ愛《かな》しき（⑭三三七三）

右は男の歌で、「多摩川の流れに手作りの布をさらさらと音をたてて晒すように、さらにさらにどうしてこの子がこんなにいとしいのだろうか」というほどの意。「手作り」とは、細い麻糸を手織りにした布を、水で洗い日光に当てて真っ白に仕上げたものをいう。この歌では、手織りの麻布を川の水に当てて洗い、漂白する作業に従事する女性が詠じられている。ここでのサラスは、同音で「さらさらに」を導く。この「さらさらに」は、さらにさらにの意で「ここだ愛しき」を修飾するが、同時に、布を洗う際の川音も響かせている。

なお、一首に詠まれた多摩川は、奥多摩の山中に発し東京湾まで流れる川だが、その流域に「調《ちょう》布《ふ》」「砧《きぬた》」という地名があり、この一首との関連が取りざたされやすい。しかし、「調《ちょう》」（古代の税制の一つで、地方の特産物の物納）として布が納められた事実と、『万葉集』東歌の表現とを、安易に関連づけることには注意を要する。

次は、常陸守《ひたちのかみ》兼按察使《あぜち》藤原宇合《ふじわらのうまかい》が任を終えて上京する時に、常陸娘子《ひたちのおとめ》が贈った歌。

庭《には》に立つ麻手《あさで》刈り干《ほ》し布《ぬの》さらす東女《あづまをみな》を忘れたまふな（④五二一）

一首は「庭に生い立つ麻を刈って干し、布にしてさらしているこの東女《あずまおんな》をお忘れくださいますな」というほどの意。先の「多摩川に」の歌では、川の水に布をサラスのに対し、この歌では「刈り干し」が冠されるように、日光にサラスことが詠まれている。他の東歌にも、「愛《かな》しき子ろが布干《にのほ》さるかも（愛《いと》しいあの子が布を干しているのかなあ）」（⑭三三五一）と、同様の表現が見える。

これらの東歌では、布をサラスことが東国の女性の代表的な行為として描かれている。おそらく、都の人にとっては東国の珍しい印象的な作業だったのであろう。『常陸国風土記《ひたちのくにふどき》』那賀《なか》郡条には、「泉《いづみ》、坂の中に出《い》づ。多《さは》に流れて尤清《いときよ》く、曝井《さらしゐ》と謂《い》ふ。泉に縁《よ》りて居《す》める村《むら》落の婦女《をみな》、夏の月に会《つ》集《ど》ひて布を浣《あら》ひ、曝乾《さらしほ》す」との記載がある。「曝《さらし》井《ゐ》」という名の井戸で、村落の女性たちが布をサラスことが語られている。この井戸は、『万葉集』にも「那賀郡《なかのこほり》の曝井《さらしゐ》の歌一首」という題詞が付されて、「三栗《みつぐり》の那賀《なか》に向かへる曝井《さらしゐ》の絶《た》えず通はむそこに妻もが」（⑨一七四五）のように、やはり女性と関わらせて詠まれている。奈良時代、都の人々のイメージでは、東国と女性と布をサラスことが、強く関係づけられていたと推定される。

一方、波が浜辺を洗う様子を表現する場合にも、サラスが用いられた。

大伴《おほとも》の御津《みつ》の浜辺《はまへ》をうち晒《さら》し寄《よ》せ来《く》る波の行《ゆく》方《へ》知らずも（⑦一一五一）

「大伴の御津」は、現在の大阪にあった港で、「難波津《なにはづ》」ともいう。浜辺を洗うように寄せ来る波が、また消え去る様を詠じている。

住吉《すみのえ》の岸の松が根うち曝《さら》し寄《よ》せ来《く》る波の音《おと》のさやけさ（⑦一一五九）

「住吉」は、現在の大阪市住吉《すみよし》区付近の海岸。寄せ来る波が松の木の根もろとも浜辺を洗う様がサラスと表現されているが、ここでは波の音という聴覚への関心がある。

（中嶋真也）

しこ【醜】

穢《けが》らわしさを含む醜悪さを意味する語。そこから転じて、頑強さを表す。相撲《すもう》の力士の名を「醜《しこ》名《な》」と呼ぶのは、そこに由来する。シコは本来異界の属性であり、その背後にはこの世の秩序を超えた異常な力が感じ取られている。しばしば対象への罵《ののし》りの言葉として用いられるが、その場合も、単なる卑下ではなく、現在の否定的な状況を打開する力の発動がどこかに期待されている。また、シコは頑強さから転じて、頑固で愚鈍な様をも表す。類義語のミニクシ（醜し）は、ミ（見）＋ニクシ（憎し）の意で、見る気持ちが阻害されるほど容貌が醜い様を意味しており、背後に異界の威力が感じ取られることはない。

シコが意味する穢らわしい醜悪さと頑強さを端的に示す例が、「神代記」に載る伊《い》耶《ざ》那《な》岐命《きのみこと》の黄泉国《よもつくに》訪問譚の中に見える。それは、伊耶那岐が亡き妻伊《い》耶《ざ》那《な》美命《みのみこと》の穢れに満ちた姿を見て恐れ、黄泉国から逃げ帰る時に、怒った伊耶那美が遣わした「予《よ》母《も》都《つ》志《し》許《こ》売《め》」である。「神代紀」一書第六では「泉津《よもつ》醜女《しこめ》」と表記されることから分かるように、黄泉国の醜悪な女を意味する。ここには、穢らわしい醜悪さと強靭な威力を併せ持つ黄泉国の属性が象徴的に表れている。そのことは、伊耶那岐が黄泉国を呼んだ「いなしこめ、しこめき穢《きたな》き国」（記）、「不《い》須也《な》凶目《しこめ》き汚穢《きたな》き国」（紀一書第六）という言葉にも表れる。「しこめし」はシコの形容詞形であり、「神代紀」の「凶目」という表記には、見る目も醜いの意が込められる。『万葉集』に見えるシコは、多く格助詞ノ・ツを伴う「醜《しこ》の」「醜《しこ》つ」の形で名詞に冠する。実質的な醜悪さや頑強さを表すよりも、卑下や罵りの言葉としての意味合いが強い。

　今日《けふ》よりは顧《かへり》みなくて大君《おほきみ》の醜《しこ》の御楯《みたて》と出《い》で
　立つ我《われ》は（⑳四三七三）

右は防人《さきもり》の歌で、「今日からは後ろを振り返ることもなく、天皇のつたない御楯の末として出立《しゆつたつ》するのだ。私は」というほどの意。「醜の御楯」は、天皇の楯として、その守護の任にあたる皇軍の兵士にふさわしくないとの卑下であるが、背後に頑強さへの自負も込められる。

頑固・愚鈍の意味で用いられたシコには、大伴《おおとも》家持《やかもち》が自慢の鷹を逃がしてしまった飼育係を「狂《たぶ》れたる　醜《しこ》つ翁《おきな》」（⑰四〇一一）と呼んだ例がある。「狂《たぶ》る」は気が触れるの意であり、全体として強い罵倒表現となっている。また、シコが罵倒の言葉として用いられる場合、次の例のように、名詞に直接シコを冠したり、「醜《しこ》の醜《しこ》…」という繰り返し表現が取られたりする場合が多い。

忘れ草垣《くさかき》もしみみに植《う》ゑたれど醜《しこ》の醜草《しこくさ》なほ
恋ひにけり（⑫三〇六二）

右の「忘れ草」は、萱草《かんぞう》のこと。中国の俗信では、恋の憂いを忘れさせる草とされた。それを垣根にびっしりと植えたにもかかわらず、恋の思いが消えないために、「役立たずのいまいましい草め」と罵っているのである。次の例も、同様。

うれたきや醜霍公鳥《しこほととぎす》今こそは声の嗄《か》るがに来《き》
鳴き響《とよ》めめ（⑩一九五一）

「霍公鳥」は、その鳴き声が恋情を強く刺激するものとされた。それゆえ、作者は「いまいましい、ホトトギスの奴め」と罵る。しかし、失恋した今となっては、いくら鳴いてもかまわないから、声の嗄れるほどに鳴き声を響かせてくれと複雑な心境を述べている。右二例のシコの背後には、「忘れ草」や「霍公鳥」の持つ力が発動されることへの期待がどこかに潜んでいる。

次は、強い呪詛の思いがこもる例。

さし焼かむ　小屋《をや》の醜屋《しこや》に　かき棄《う》てむ　破《や》
れ薦《ごも》を敷《し》きて　うち折らむ　醜《しこ》の醜手《しこて》を　さ
し交《か》へて　寝《ぬ》らむ君ゆゑ…（⑬三二七〇）

男が他の女と共寝する様を嫉妬し、その女を罵倒する女の歌。「小屋の醜屋」は、女の家を卑小視し罵倒した呼称であり、「醜の醜手」は、共寝の床で男と互いにさし交わす女の手を罵倒した表現。シコが本来持つ、穢らわしさを含む醜悪さの意味が強く表れた例である。

（高桑枝実子）

しぬ【死ぬ】

生きている物の生命が尽きること、息が絶えることをいう語。名詞「息《いき》」の動詞形イク（生く）の対。［基礎語］によれば、シヌのシはニシ（西風）のシ（風）またはシナガドリ（息長鳥）のシ（息）の意で、ヌはイヌ（往ぬ）のヌと同じく、なくなる、絶えるの意とされる。単にシヌというだけでなく、「命《いのち》死ぬ」とも表現された。

…若かりし　肌《はだ》も皺《しわ》みぬ　黒かりし　髪《かみ》も白《しら》けぬ　ゆなゆなは　息《いき》さへ絶えて　後《のち》つひに
命《いのち》死にける…（⑨一七四〇）

右は浦島伝説を詠んだ歌で、主人公「水江《みづのえ》の浦島の子」が最後に息絶える場面。海の神の娘子《おとめ》から渡された櫛箱《くしばこ》を開けたために、現実の世界の時間を身に浴びて一瞬のうちに老い、「息」が絶え、「命死ぬ」と歌われている。「命《いのち》」は「息《い》の霊《ち》」が語源と考えられ、「い」は「生き」の「い」であり、「息《いき》」の「い」でもある。つまり、「命」とは生命を支える根源的な力をいう。↓**イノチ**。その力が完全に尽きてしまった状態がシヌである。

『万葉集』の中で、シヌの語が好んで歌われるのは相聞歌である。恋の極限の状態として、恋い焦がれた挙句に死に至る「恋死に」を歌うのが特徴で、恋の切実さや苦しみの誇張表現となっている。その場合、恋より死を選んだ方が楽だとか、いっそ死んでしまいたいという表現が取られることが多い。↓**コフ・コヒ**。次が、その典型例。

かくばかり恋ひつつあらずは高山《たかやま》の岩根《いはね》しまきて死なましものを（②八六）

右は仁徳《にんとく》皇后磐姫《いわのひめ》の恋歌で、「こんなにばかり恋い焦がれてはいずに、いっそ高い山の岩を枕に死んでしまいたいものを」というほどの意。男を待つ苦しみを詠んだ女歌である。この他にも、「なかなかに死なば安《やす》けむ」（⑫二九四〇、⑰三九三四）という定型句がある。これは「なまなかに恋するよりは、かえって死んでしまったら心は安らかだろう」というほどの意。また、「恋ひ死なば恋ひも死ねとや我妹子《わぎもこ》が我家《わぎへ》の門《かど》を過ぎて行《ゆ》くらむ」（⑪二四〇一）などの歌に見える「恋ひ死なば恋ひも死ねとや」も、「恋い死ぬなら恋い死んでしまえというのか」の意で、自分に恋の苦しみを与える相手を非難する定型句となっている。

他に、漢籍由来の「恋死に」を歌う例もある。

　恋するに死《し》にするものにあらませば我《あ》が身は
　千遍《ちたび》死に返らまし（⑪二三九〇）

右は「恋をするとその苦しさに死ぬものであるのなら、わが身は千度も死を繰り返しているだろう」というほどの意。「千遍《ちたび》死に返る」というのは、古代中国の恋愛小説『遊仙窟』の「巧ク王孫ヲシテ千遍死ナシメム」が典拠で、絶え間ない恋の苦しみの誇張表現である。

また、シヌは仏教的な無常観を象徴する言葉としても用いられる。

　鯨魚《いさな》取り海や死にする山や死にする　死ぬれ
　こそ海は潮干《しほひ》て山は枯《か》れすれ（⑯三八五二）

右は仏教的な無常観の現れた釈教歌で、「鯨を取るという海や山は死んだりするのだろうか。死ぬからこそ、海は潮が涸《か》れて、山は枯れ山になるのだ」というほどの意。恒久不変に見える海や山でも衰亡の変化を免れない、まして、常住でない人のはかなさは、もっと際立つと歌っている。

　生《い》ける者つひにも死ぬるものにあればこの世
　なる間《ま》は楽しくをあらな（③三四九）

右は、大伴旅人《おおとものたびと》の「酒を讃《ほ》むる歌十三首」中の一首。生きている者もついには死んでしまう定めだという、生者必滅の仏教思想を詠み込む。

シヌが「恋死に」や無常観の比喩表現として好んで用いられた一方で、「死」に最も深い関わりを持つ歌である挽歌では、シヌの語を用いることは忌避された。シヌの代わりに、「離《さか》る」「過ぐ」「罷《まか》る」などの語を用いて「死」を婉曲的に表現するのが挽歌の歌い方である。→スグ。古代人にとって、「死」は忌み嫌われるべき穢れの一つであるため、比喩や誇張表現としてシヌの語を用いるのは許容できても、現実の事柄として歌に詠み込むのは避けられたのであろう。

（高桑枝実子）

しのに

シノニということばは難解である。古くから、さまざまな解釈がなされてきた。偲ぶ、繁く、萎《しお》れ乱れる、しなえうらぶれるなどである。現在では、「心が深く感動するほどに」や、「心もひたすらに」、また、シノグとの関係を重視して「ぐっと」と訳されている他、シノフとの関係を重視する理解もある。→**シノフ**。いまだに定説を見ないことばである。『万葉集』では、全ての例を網羅的に捉えにくいようだ。

シノニは『万葉集』中、十例見られるが、そのうち九例が「心もしのに」という形であり、定型表現であったことが知られる。→**ココロ**。意味を考える上では、次の例が参考になるだろう。

…夏麻《なつそ》引《び》く　命片設《いのちかたま》け　刈り薦《こも》の　心もしのに　人知れず　もとなぞ恋ふる　息《いき》の緒《を》にして（⑬三二五五）

この歌は、命をかけての恋の苦しさを詠む。通常は、「刈り薦の」は「刈り取った薦を敷きつめると乱れやすいところから」（『時代別』）という意味で、ミダルの枕詞として用いられる。例えば、

我妹子《わぎもこ》に恋ひつつあらずは刈り薦《こも》の思ひ乱《みだ》れて死ぬべきものを（⑪二七六五）

という一首は「あの子に恋い続けているよりは、刈り取った薦のように思い乱れて死ぬはずのものなのに」というほどの意。恋に乱れた気持ちが「刈り薦の」とともに立ち現れている。一方、先の「夏麻引く」の歌では、「刈り薦の」が「心もしのに」を導いている。よって、シノニは乱れた気持ちを示すと考えられる。そこで、『万葉集』のシノニ全般も、乱れるの意で捉えてみたい。

柿本人麻呂《かきのもとのひとまろ》の詠んだ次の歌、

近江《あふみ》の海夕波千鳥汝《うみゆふなみちどりな》が鳴けば心もしのに古《いにしへ》思ほゆ（③二六六）

は、人口に膾炙《かいしや》した一首である。「近江の海」と呼ばれた琵琶《びわ》湖で千鳥の鳴き声を

聞き、「古」つまり、天智《てんち》天皇が都を置いた近江大津宮《おおつのみや》のことが思い出される、と詠んでいる。「心もしのに」が、「古」を思い起こす心の状態を示すのは間違いない。そのきっかけは、琵琶湖の夕波にたゆたう千鳥が鳴くことであった。鳥の鳴き声は、恋情を刺激し、相手への思いを掻き立てる。**→ナク**。その心は決して穏やかなものではなかったろう。そのような乱れた心境を示すのが「心もしのに」であると思われる。

この人麻呂詠の影響を受けて、「心もしのに」は鳥や虫の鳴き声と共に印象深く詠まれていく。

夕月夜《ゆふづくよ》心もしのに白露《しらつゆ》の置くこの庭に蟋蟀《こほろぎ》鳴くも（⑧一五五二）

湯原王《ゆはらのおおきみ》の詠。夕方の月の中、「白露」と「蟋蟀」という漢詩文の素材を詠むが、「心もしのに」はこれらの景物と関わるようだ。「夕月夜」は、夜に月が沈む闇のイメージを持つ。視覚が次第に定かでなくなる中の、かすかに聞こえてくるコオロギの声に焦点はあてられる。明瞭でない状況を受け止める詠み手の心理が「心もしのに」なのである。

夜《よ》ぐたちに寝覚《ねざ》めて居《を》れば川瀬《かはせ》尋《と》め心もしのに鳴く千鳥かも（⑲四一四六）

大伴家持《おおとものやかもち》による、いわゆる越中秀吟の一首。「夜半過ぎに寝覚めていると、川瀬を探して心も乱れるほどに、鳴く千鳥であることよ」というほどの意。ここでの「心もしのに」は、千鳥を擬人化してその心として用いられているのであろう。夜半の独り寝で聞く千鳥の鳴き声は、

さ夜中《よなか》に友呼ぶ千鳥《ちどり》もの思《も》ふとわび居《を》る時に鳴きつつもとな（④六一八）

のように、恋情を刺激し、物思いのために千々に乱れた心や独り寝の苦しみを助長するものと捉えられていたようだ。よって、先の「夜ぐたちに」の歌では、千鳥自身の鳴き方を「心もしのに」と乱れるほどのものと捉え、それを聞く家持も同じような心理になったと把握してよいだろう。

《**参考文献**》中嶋真也「『心もしのに』考」『国語と国文学』八〇巻八号、大浦誠士「『心もしのに』考究」『万葉語文研究』三集。

（中嶋真也）

しのふ【偲ふ】

眼前に見える物を媒介として遠く離れてある人や物に心が引き寄せられることを意味する。「賞美する」の意とされる場合も、眼前に見える具象的な物を通じて、そこに内在する本質に思いを致す意と捉えることで、眼前にいない人や物に思いを馳せる意と統一的に解することができる。

次の歌は、舒明《じよめい》天皇が讃岐《さぬき》国安益《あや》郡に行幸したときの軍王《いくさのおおきみ》の歌である。

山越しの風を時じみ寝《ぬ》る夜《よ》落ちず家《いへ》なる妹《いも》を懸《か》けて偲《しの》ひつ（①六）

「山越しの風が途切れることなく吹いてくるので、夜ごとに家に残して来た妻を心に掛けて偲んでいる」くらいの意であり、山越しの風を媒介に遠く離れた妻を心に思い描くことをシノフと言っている例である。

シノフは類義語オモフと重なる部分も大きいが、また異なる側面を持つ。

シノフの『万葉集』中での用例は、

直《ただ》の逢《あ》ひは逢ひかつましじ石川《いしかは》に雲立ち渡れ見つつ偲《しの》はむ（②二二五）

我《わ》が業《な》れる早稲田《わさだ》の穂《ほ》立《た》ち作りたる蘰《かづら》そ見つつ偲《しの》はせ我《わ》が背《せ》（⑧一六二四）

のように、「見つつ偲ふ」という類型表現を取るものが多く見られ、「見る」こととの関係において捉えるべきことが知れる。→ミル。前者は柿本《かきのもと》人麻呂《のひとまろ》が死に臨んだ時に妻の依羅娘子《よさみおとめ》が、「直接逢えないのならば、せめて雲よ立ち渡っておくれ。そうしたら、その雲を見つつあなたを偲びましょう」と歌った歌。後者は大伴坂上大嬢《おおとものさかのうえのおおおとめ》が大伴《おおともの》家持《やかもち》に対して、「私自らが作った早稲田の穂で作った髪飾りを見つつ私を偲んでください」と歌い贈った歌である。これらの例から見ると、類義語オモフが自らの内面に対象を思い描く意であるのに比して、シノフは眼前の具体的な物を見て、それを媒介として対象に心を向かわせる意であることがわかる。→**オモフ**。

ひさかたの天照《あまて》る月の隠《かく》りなば何になそへて妹《いも》を偲《しの》はむ（⑪二四六二）

これは「〔ひさかたの〕天に照る月が隠れてしまったら、何になぞらえて妹を偲ぼうか」と歌う相聞歌。「なそふ」は異なる二つの物を重ね合わせる「成し添ふ」が原義で、ここでは照る月に遠い妹を重ね合わせているのであるが、その月が隠れることに向けられた不安・嘆きは、シノフにおいて媒介となる物がいかに重要であったかを示している。

そうしたシノフの意味は、シノフがしばしば「形見《かたみ》」とともに歌われることからも確認できる。→**カタミ**。

高円《たかまと》の野辺《のへ》の秋萩《あきはぎ》な散りそね君が形見《かたみ》に見つつ偲《しぬ》はむ（②二三三）

志貴親王《しきのみこ》挽歌の或本歌であり、志貴親王が生前に好んで逍遥した高円の野辺の秋萩を形見として親王を偲んでいたいから、萩よ散らないでくれと歌っている。「形見」とは文字通り眼前にいない人の「形」（姿）を「見」る（幻視する）ための媒介となる物であり、専ら死者に関して用いる現代とは異なり、古代においては死者についても生者についても用いた。なお、シヌフはシノフの母音交替形。

シノフの類義語オモフ・コフに関しては、オモフが主体の能動的行為であるのに対して、コフは主体にはどうしようもない受動的状況であることが指摘されるが、そのような観点から見ると、シノフはその両者の要素を併せ持つようである。→**コフ・コヒ**。先述した「見つつ偲はむ」の例などには、主体が相手を偲ぼうとする能動性が見られるが、大伴家持が坂上大嬢に贈った相聞歌で、大嬢への恋しさに耐えきれず、

…そこゆゑに　心和《な》ぐやと　高円《たかまと》の　山にも野にも　うち行《ゆ》きて　遊び歩《あり》けど　花のみしにほひてあれば　見るごとに　まして偲《しの》はゆ　いかにして　忘れむものぞ　恋といふものを（⑧一六二九）

と歌う箇所では、大嬢への恋しさを忘れようと高

円の野辺を逍遥しても、花を見るごとに大嬢が偲ばれて、恋しさを忘れることができないことが歌われており、恋する者にとっては、媒介となる物を見てしまうことによって、主体の意志とは無関係に心が対象へと引き寄せられてしまうという性質をシノフが持っていたことを示している。

　シノフには、見る対象を賞美する意味があるとも言われる。額田王《ぬかたのおおきみ》の「春秋競憐《しゅんじゅうきょうれん》歌」の、

　…秋山の　木《こ》の葉を見ては　黄葉《もみち》をば　取りてそしのふ　青きをば　置きてそ嘆《なげ》く…　（①一六）

では、春と秋の対比において、秋には黄葉を手に取って賞美できることが秋を勝ちとする要因として歌われ、大伴家持の、

　八千種《やちくさ》に草木《くさき》を植《う》ゑて時ごとに咲かむ花をし見つつ偲《しの》はな　（⑳四三一四）

では、「様々な草木を庭に植えて、花が咲くごとに咲いた花を見つつ賞美しよう」と歌われている。しかしそのような用例においても、目に見る具体物である「黄葉」や「咲かむ花」を媒介として、そこに内在する、あるいはその向こう側にある「秋の情趣」や「季節毎の風情」に心を向かわせるのだと見るべきであろう。そう捉えると、「賞美する」意のシノフも、前述したシノフの本義によって十分に説明できるのである。

　次は柿本人麻呂の名歌である。

　近江《あふみ》の海《うみ》夕波千鳥《ゆふなみちどり》汝《な》が鳴けば心もしのに古《いにしへ》思ほゆ　（③二六六）

琵琶湖の夕波に遊ぶ千鳥の鳴き声によって、近江大津宮《おおつのみや》時代のことが思われると歌う。この歌に見られる「心もしのに」は、動詞「萎《しな》ゆ」との関係において「心がうち萎《しお》れて」と解されるのが通例であるが、「しのに」をシノフとの関連において捉えた場合には、千鳥の声を媒介として対象大津宮時代に否応なく心が引き寄せられてしまう状態をいう表現となる。↓シノニ。

《**参考文献**》内田賢徳『上代日本語表現と訓詁』、影山尚之「『しのふ』雑考―万葉集二九一番歌の解釈をめぐって」『園田国文』一三号。

（大浦誠士）

しめ【標】・しむ【占む・標む】

シメは、境界を区切る印《しるし》や占有の標識を表す語。「標縄《しめなは》」も、これに含まれる。動詞形がシムで、占有の標識を付し、我が物として確保する意を表す。具体的には、草や縄を結んだり杭状の物を刺したりして自分の占有であることを標示し、他人の立ち入りを禁じることをいう。『万葉集』では、「標」「印」「縄」などの字があてられる。

シメには様々な形状や使用法があったようだ。それは、『万葉集』でシメを付すことを「標結《しめゆ》ふ」「標延《は》ふ」「標刺《さ》す」「標立つ」などと表現することから分かる。「標結ふ」は草を結んだり標縄のような縄状の物を張り巡らすことを表し、「標延ふ」は縄状の物を長々と巡らすことを表すと推測できる。また、「標刺す」「標立つ」は杭状の物を地面に挿し立てることをいうのだろう。このうち、最も数が多いのが「標結ふ」の例である。「標結ふ」のユフは、呪力の発動する場を結構するのが原義の語とされる。↓ムスブ／ユフ。

延《は》ふ葛《くず》の絶えず偲《しの》はむ大君《おほきみ》の見《め》しし野辺《のへ》には標結《しめゆ》ふべしも（⑳四五〇九）

右は大伴家持《おおとものやかもち》の宴席歌で、亡き聖武《しょうむ》天皇の離宮を偲んで詠じた一首。この「標結ふ」は、他者の立ち入りを禁ずる標縄を張り巡らす意で、それによって聖武の遺愛の場所を守りたいと歌っている。

後《おく》れ居《ゐ》て恋ひつつあらずは追《お》ひ及《し》かむ道の隈《くま》みに標結《しめゆ》へ我《わ》が背《せ》（②一一五）

右は、穂積皇子《ほづみのみこ》が勅命により近江《おうみ》の志賀の山寺に遣わされた時、異母妹但馬皇女《たじまのひめみこ》が作った歌。「後に残って恋の思いに苦しむよりは、あなたを追いかけて行きたい」という激しい恋心を歌っている。道の曲がり角ごとにシメを巡らすというのは、邪霊を封じ込めるための結界を作ることを指し、それが目印の役目も果たしたようだ。

かからむとかねて知りせば大御船《おほみふね》泊てし泊《と》まりに標結《しめゆ》はましを（②一五一）

右は初期万葉の「天智《てんち》挽歌群」のうち、天智天皇の大殯《おおあらき》の時の歌。「殯」は死者を仮の建物に安置し慰撫鎮魂する儀礼で、天皇の「殯」が「大殯」。一首は「こうなる（崩御する）であろうと前もって知っていたなら、天皇の大御船が停泊した港に標縄を張りめぐらしておいたものを」というほどの意。「大御船」は天皇が実際に乗る船のことだが、異界へ通う魂の乗り物としての船も意識する。シメは標縄のことで、死者の世界に向かう魂をとどめるための結界の役割を果たす。港に標縄を張らなかったために、天皇を死者の世界に赴かせてしまったという後悔を詠じている。

次は、動詞シムの例。

明日《あす》よりは若菜摘《わかなつ》まむと標《し》めし野に昨日《きのふ》も今日《けふ》も雪は降《ふ》りつつ（⑧一四二七）

右は山部赤人《やまべのあかひと》の詠で、春の若菜摘みの行事を歌っている。ここでのシムは、翌日からの若菜摘みに備えて、野に標縄を巡らすなど占有の印を付けることをいう。［講談社文庫］は、この野が「朝廷の禁野（しめの）」、つまりは他者の立ち入りを禁じた朝廷の直轄地である可能性を指摘する。

今日《けふ》のためと思ひて標《し》めしあしひきの峰《を》の上《へ》の桜かく咲きにけり（⑲四一五一）

右は大伴家持の宴席歌。宴席には季節の霊威を宿す植物を用意しておく約束があり、ここは春の霊威を強く帯びた植物として桜が選ばれている。シムは、桜の枝をあらかじめ山から折り取って瓶《かめ》などに挿しておいたことを指すらしい。蕾《つぼみ》の状態で折り取った桜が、かくも見事に咲いたと詠むことで、宴の場を祝福した一首である。

シメ・シムの語は、現実の行為を表す場合よりも、相聞歌において女の占有や女の手にいれ難さを寓意する表現として歌われることの方が多い。

梅の花咲きて散りぬと人は言へど我《わ》が標結《しめゆ》ひし枝《えだ》にあらめやも（③四〇〇）

右は譬喩《ひゆ》歌で、作者は男。「梅の花」は思いをかけていた少女の比喩で、「咲きて散りぬ」に少女が成長して他の男のものになったことを寓意する。「標結ふ」は、自分の方が先に思いをかけ我が物にしようとしていたことを表している。

葛城《かづらき》の高間《たかま》の草野《かやの》早《はや》知りて標刺《しめさ》さましを今そ悔《くや》しき（⑦一三三七）

同じく譬喩歌で、「草野」は女の寓意、「標刺す」は女と関係を結ぶことを表す。女を早く我が物としておけばよかったという後悔を詠む。

次は、女との逢会《ほうかい》を阻む障害を「標縄《しめなは》」によって表した譬喩歌。

祝《はふり》らが斎《いは》ふ社《やしろ》の黄葉《もみちば》も標縄《しめなは》越えて散るといふものを（⑩二三〇九）

右は、「神官たちが身を清めて大切に守る神の社の黄葉でさえも、標縄を越えて散るというものを」というほどの意。「祝《はふり》」は娘の親の寓意で、「斎《いは》ふ」は親が娘を大切に守り育てることの比喩、「黄葉」は親が監視している娘の比喩。神域の聖性を守るため他者の立ち入りを禁ずる「標縄」が、ここでは親の監視の寓意となっている。↓イハフ。

他に、女の占有を意味する語に「標野《しめの》」がある。「標野」は本来、他者の立ち入りを禁じた野を言うが、歌垣の場において女の占有を表す専用語として用いられたことにより、後に宴の座興の場でも同様に用いられるようになったとされる。↓ノ。

あかねさす紫野行《むらさきのゆ》き標野行《しめのゆ》き野守《のもり》は見ずや君が袖《そで》振る（①二〇）

右は、天智天皇が蒲生野《がもうの》で薬猟《くすりが》りを行った時、額田王《ぬかたのおおきみ》が詠じた歌。「紫野」「標野」は、紫草《むらさき》の栽園と定めた直轄の野をいうが、天智が女を占有する意を匂わせる。「野守」は「標野」と同じく歌垣の場の専用語で、ここは天智の寓意。袖振りは求愛のしぐさで、一首は男が天智の前で自分に求愛したのを咎めた趣である。↓ソデ。この歌に対し、大海人皇子《おおあまのみこ》の「紫草《むらさき》のにほへる妹《いも》を憎くあらば人妻ゆゑに我《あれ》恋ひめやも」（①二一）という答歌がある。二首は共に、廷臣たちの居並ぶ宴で披露された座興的なやりとりであったようだ。

シメ・シムによって示される結界や占有という行為には、その裏返しとして、侵犯のイメージが常に付き纏《まと》う。それが、恋が潜在的に持つ禁忌への侵犯のイメージと重なるため、シメ・シムの語は相聞歌に好んで用いられたのであろう。↓コフ・コヒ。

（高桑枝実子）

しる【知る・領る】

現代語の「知る」とは、対象の本質を認識することと言えるだろうか。認識の程度に深浅はあろうが、とりあえずはそのように理解しておく。だが、古代の「知る」には、もっと深い奥行きがある。呪的な手続きによって、神意を明らかにすることが、古代の「知る」の原意である。

「知る」とは、神意をその現れである「しるし」によって判断することでもある。→シルシ。とはいえ、「しるし」によって、神意を知ることは、通常の人間にはなかなかできない。呪的な力をもつ呪術者のみが、神意を明らかにすることができた。そうした呪術者のことを「物知《ものし》り」と呼ぶ。一種の霊能者である。一例を挙げる。祝詞《のりと》「龍田風神祭」である。

「百《もも》の物知人等《ものしりびとども》の卜事《うらごと》に出《い》でむ神の御心は、この神と白《まを》せと負《おほ》せたまひき」。

多年にわたって作物が稔《みの》らないのは、占いに現れ出る神の御心（神意）によるのだとして、崇神《すじん》天皇が、その神の御心を占い現せと命じたというのが、この部分の内容になる。占いによって神意を明らかにする占い者を「物知人《ものしりびと》」と呼んでいる。ここに「知る」の原意が現れている。このような「知る」の原意は、次の歌にも残されている。

かからむとかねて知りせば大御船《おほみふね》泊《は》てし泊《と》まりに標結《しめゆ》はましを（②一五一）

天智《てんち》天皇の殯宮《ひんきゅう》の場で額田王《ぬかたのおおきみ》が詠んだ挽歌である。天智の死が前もってわかっていたなら、あの世に向かう魂を留めるため、港に結界を結んでおいたものを、という意。→シメ・シム。寿命は人間が左右しうるものではないから、天智の死を予知することはできない。ここには、それを不可能とする立場からではあるが、不可知の世界を窺い知ろうとする意識が現れている。

死の予知もそうだが、人間が「知る」ことのできない世界は、それゆえに尊崇や畏怖の対象となりえた。

古《いにしへ》のことは知らぬを我《われ》見ても久しくなりぬ天《あめ》の香具山《かぐやま》（⑦一〇九六）

この「古のこと」とは、香具山にまつわる古伝承をいう。それを「知らない」というのは不可知の表明であり、それほど久しい昔から存在する香具山の聖性への讃美になる。

ここから反対に、対象のすべてを「知る」ことが、対象への領有・支配につながるとする意識が生み出される。もともとすべてを「知る」のは、神の側である。そこで領有・支配の意の「知る」も、神を主体とするのが本来のありかたである。

君が代《よ》も我《わ》が代も知るや岩代《いはしろ》の岡の草根《くさね》をいざ結びてな（①一〇）

岩代の地での草結びの呪術を歌った歌。「あなたの命も私の命も支配している、この岩代の岡の草を、さあ結びましょう」というほどの意。この「知る」には、岩代の土地の神が、草結びをする人の寿命を支配しているのだとする意識がある。

天皇が国土を支配することを「知る」と表現するのも、もともとは天皇が神の資格によって、国土の隅々までを了知する意があったからだろう。雁《かり》が卵を産むはずのない日本で産卵したことを天皇の治世の瑞祥と見て、建内宿禰《たけうちのすくね》が歌った「仁徳《にんとく》記」の歌謡「汝《な》が御子《みこ》や（わが天皇様よ）遂《つひ》に知らむと（いつまでも国を領有なさるであろうと）雁は卵生《こむ》らし」（記七三）の「知る」は、そうした領有・支配の意を表す。大伴家持《おおとものやかもち》が、聖武《しょうむ》天皇の久邇《くに》京遷都を「今知らす久邇《くに》の都《みやこ》」（④七六八）と歌っているが、この「知る」も同様に解してよい例である。「知らす」は敬語表現で、支配なさるという意。

大伴旅人《おおとものたびと》が、晩年、妻の死などの凶事が重なった際に大宰府で詠んだとされる、

世の中は空《むな》しきものと知る時しいよよますます悲しかりけり（⑤七九三）

の「知る」は、認識の最も深いありようを示している。無常を道理として納得はしても、それゆえにこそますます悲しさは極まる、というのが一首の意になる。

（多田一臣）

しるし【徴・標・印】

シルシの原意は、神意が外部に目に付くように現れた状態をいう。神意の兆し（表徴）がシルシにほかならない。神意が明瞭なシルシとして現れてはいても、ふつうの人間にはその意味がなかなか理解できない。そこで、特別な能力をもつ呪術者などが、一定の手続きを通じて、その意味を明らかにした。シルシを通じて神意を得ることが、シル（知る）の原意である。↓シル。

シルシが神意の兆しであるのは、次の『日本霊異記』下三八縁の例からわかる。桓武《かんむ》天皇の御代に天の星が悉《ことごと》く動いたが、それは平城京から長岡京に遷都することの「表《しるし》」（前兆）であったという。この「表」はシルシの原意に近い。

シルシは、そこから転じて、表面に現れた霊威・霊力を意味するようになる。

引馬野《ひくまの》ににほふ榛原《はりはら》入《い》り乱れ衣《ころも》にほはせ旅のしるしに（①五七）

長意吉麻呂《ながのおきまろ》の旅の歌。「引馬野に美しく色づいている榛原。その中に乱れ入って、さあ衣を染めなさい、旅のしるしに」くらいの意。この「しるし」は、旅の記念というほどの意だが、榛の色彩を衣に転移させ、土地の霊力を身に付着させることで、旅の無事を祈る意味もある。そうした霊力を具現するものがシルシだったことになる。

もっとも、表立って霊力が意識されなくなれば、シルシは単なる記念の意味しか持たないことになる。入水死したウナヒヲトメの後を追って自殺した二人の求婚者の墓を、後代までの「標《しるし》」とするため、ヲトメの墓の左右に作り置いた（⑨一八〇九）とあるシルシは、この事件を永久に伝えるための記念・目印の意に解してよい。七夕伝説で、牽牛《けんぎゅう》・織女《しょくじょ》の隔てである天《あま》の川を「ひさかたの天つしるし」（⑩二〇〇七）と歌った例もある。この場合のシルシは、天帝によって定め置かれた隔ての指標の意だろう。天の川を、他から区別するための目印と見ている。

シルシは、表面に現れた効果・効験を意味することもある。

御《み》民《たみ》我《われ》生《い》ける験《しるし》あり天地《あめつち》の栄《さか》ゆる時に逢《あ》へらく思《おも》へば（⑥九九六）

「陛下の御民である私は、まことに生きているかいがあることだ。この天地が栄える時に出会ったことを思うと」というほどの意。この「験あり」は、盛代ゆえに、生きていることに見合うだけの価値が得られたことを示す。その反対が、大伴旅人《おおとものたびと》の「験《しるし》なきものを思はずは一坏《ひとつき》の濁《にご》れる酒を飲むべくあるらし」（③三三八）で、「思ったところでどうにもならないもの思いをせずと、一杯の濁り酒を飲むのがよいらしい」と歌っている。「験なき」は効果・効験がないという意になる。

シルシを形容詞とした例もある。

手もすまに植《う》ゑしもしるく出《い》で見れば屋戸《やど》の初萩《はつはぎ》咲きにけるかも（⑩二一一三）

この「しるく」は、「（手も休めずに植えた）かいもあって」というほどの意。これも効果が表面にはっきりと現れ出たことを示す。

形容詞のシルシは、他から明瞭に区別される状態を表すものが多い。「雲だにもしるくし立たば慰《なぐさ》めに見つつもせむを直《ただ》に逢《あ》ふまでは」（⑪二四五二）は、「せめて雲だけでもはっきりと立ったなら、それを心の慰めに見つつもしようものを。直接に逢うまでは」というほどの意。雲は離れて逢えない恋人の面影を宿すから、歌い手はその雲がシルク（はっきりと）立つことを望んでいる。

シルシを動詞とした例もある。新年の賀歌である。葛井諸会《ふじいのもろえ》の応詔歌である。

新《あら》しき年の初めに豊《とよ》の年しるすとならし雪の降《ふ》れるは（⑰三九二五）

「新しい年の初めに豊作の年であることの瑞兆《ずいちょう》を示すらしい。こうして雪が降っているのは」というほどの意。「しるす」は、表面に事態や結果がはっきりと現れる意の動詞だが、ここは神意の顕現をいう。雪は豊年の瑞兆とされたから、その背後に神意が感じ取られている。これも、シルシの原意を示す例といえる。

（多田一臣）

すぐ【過ぐ】

こちら側の意志にかかわりなく、状況や事態がある定点を越えてどんどんと進行してしまうことが原義である。空間的な意味合い、時間的な意味合い、状況的な意味合いなど、用法によって様々な意味を表すのが特徴である。

スグ（過ぐ）が原義として持つ進行の情調が明確に読み取れるのは、『古事記』『日本書紀』などの歌謡にしばしば見られる、過ぎて行く地名を列挙する「道行き」の詞章である。

「石《いそ》の上《かみ》　布留《ふる》を過ぎて　薦枕《こもまくら》　高橋過ぎ　物多《ものさは》に　大宅《おほやけ》過ぎ　春日《はるひ》の　春日《かすが》を過ぎ　妻ごもる小佐保《をさほ》を過ぎ　玉笥《たまけ》には　飯《いひ》さへ盛《も》り　玉盌《たまもひ》に水さへ盛り　泣き沾《そほ》ち行くも　影媛《かげひめ》あはれ」（紀九四）。

武烈《ぶれつ》天皇が恋敵である鮪《しび》に愛する影姫を取られ、軍《いくさ》を起こして鮪を殺害した時に、影姫が夫である鮪の殺された奈良山に向けて追い行く場面に登場する歌謡である。「枕詞＋地名＋過ぎ」の連続によって、茫然自失の体で奈良山へと進み行く影姫の姿が、描写を越えた様式的な表現の力で醸し出されている。

持統《じとう》天皇御製の、

春過ぎて夏来《きた》るらし白栲《しろたへ》の衣《ころも》干《ほ》したり天《あめ》の香《か》具山《ぐやま》（①二八）

は、神聖な香具山に真っ白な浄衣が干してあることによって、春が過ぎて夏が到来したことを感得する歌であるが、人の意志にかかわることなく進行してゆく季節の推移が、「春過ぎて夏来るらし」と歌われる。

『万葉集』で最も多いのは、空間的な意味合いにおいて、特定の場所を通過する意味でのスグである。特に旅の歌において、経由地をスグと歌う例が多く見られる。

玉藻《たまも》刈る敏馬《みぬめ》を過ぎて夏草《なつくさ》の野《の》島《しま》の崎《さき》に船近づきぬ（③二五〇）

において、「玉藻刈る敏馬」と「夏草の野島の崎」という二つの枕詞+地名が「過ぎて」でつながれる単純な形式を持ちながら、旅行くことが表現されるのは、先述した「道行き」の形式が持つ留めようのない進行の情調によるのだろう。

　稲日野《いなびの》も行《ゆ》き過ぎかてに思へれば心恋しき加《か》古《こ》の島見ゆ（③二五三）

では、明石海峡から西に広がる稲日野（印南野《いなみの》）をも行き過ぎがたく思っていると、その稲日野の西端に位置する加古の島（現在の加古川の河口付近にあった島か）がとうとう見えてきた、と歌われる。稲日野を過ぎ行くことへの心理的抵抗を歌うことによって、故郷を離れて旅行く者の憂いが表現される歌である。

　また、そのような留めようのない進行の情調は、

　まそ鏡敏馬《みぬめ》の浦《うら》は百船《ももふね》の過ぎて行《ゆ》くべき浜《はま》にあらなくに（⑥一〇六六）

において、山部赤人《やまべのあかひと》が敏馬の浦を百船の立ち寄るべき浜として歌うように、特定の土地を、立ち寄らずに過ぎ行くべきではない土地として讃美する歌にもつながる。それゆえ逆に、

　荒磯《ありそ》越す波を恐《かしこ》み淡路《あはぢ》島《しま》見ずか過ぎなむここだ近きを（⑦一一八〇）

と、淡路島に近づきながらも荒い波のために立ち寄りたいのに通過してしまうことの残念さを歌う歌も見られるが、そこにも人には留めようのないスグの力を見ることができる。

　旅の歌では、しばしば境界の地を通過することが歌われるが、それは境界の地が旅行く者にとって危険な場所であり、無事の通過を祈る場所であったことに由来する。**→タビ、タムケ。**

　ちはやぶる金《かね》の岬《みさき》を過ぎぬとも我《われ》は忘れじ志《し》賀《か》の皇神《すめかみ》（⑦一二三〇）

には、航海の難所である「金の岬」（福岡県宗像《むなかた》市鐘崎《かねざき》）を通過するにあたって、無事の通過を祈った「志賀《しか》の皇神」（博多湾口の志賀島《しかのしま》に祀られた志賀海《しかうみ》神社の神）を決して忘れないという、旅人の信仰の心が歌われている。

　そうしたスグの持つ留めようのない進行の情調がよく現れるのは、時間や季節の推移を表すスグ

であろう。

このころは千年《ちとせ》や行《ゆ》きも過ぎぬると我《あれ》やしか思《も》ふ見まく欲《ほ》りかも（④六八六）

では、恋しい人に会えないもどかしさゆえに、ここ数日で千年もの時が流れたかのように思われると歌われている。

暇《いとま》なみ五月《さつき》をすらに我妹子《わぎもこ》が花橘《はなたちばな》を見ずか過ぎなむ（⑧一五〇四）

には、せめて五月には恋人の家の花橘を見たいと願いつつも、忙しさゆえに叶わず五月が過ぎてゆくことが歌われるが、時の推移は決して人を待ってはくれない。

大君《おほきみ》の三笠《みかさ》の山の黄葉《もみちば》は今日《けふ》の時雨《しぐれ》に散りか過ぎなむ（⑧一五五四）

のように、季節の景物である三笠（御笠）の山の黄葉が盛りを過ぎ、時雨にあって散りゆくことをスグと表現するのも、同様にスグの持つ留めようのない進行の情調による。特に季節は、向こう側の世界から訪れ、ふたたび帰って行くものとも言われ、その推移は押し留めることのできないものとされた。スグが、「思ひ過ぐ」のような形で、恋しい思いが消えてしまうことを意味するのも同様に考えることができる。

人の死をスグと表現するのも、人がこちら側の世界から向こう側の世界へと旅立つことを人の力では留めることの出来ない事態の進行と捉えたためであろう。

潮気《しほけ》立つ荒磯《ありそ》にはあれど行《ゆ》く水の過ぎにし妹《いも》が形見《かたみ》とそ来《こ》し（⑨一七九七）

は、亡くなった恋人の形見として潮気立つ荒磯を訪れた男の感慨であるが、スグに掛かる枕詞「行く水の」は、留めようのない水の流れと「妹」の死を重ねる表現である。また、柿本人麻呂《かきのもとのひとまろ》が妻を亡くした折に歌われた「泣血哀慟歌《きゆうけつあいどう》」の、

…沖《おき》つ藻《も》の　靡《なび》きし妹《いも》は　黄葉《もみちば》の　過ぎて去《い》にきと　玉梓《たまづさ》の　使ひの言へば…（②二〇七）

では、黄葉の落葉と留めようのなかった「妹」の死とが重ねられて、人の力では如何ともしがたい死が美しく形象化されている。

（大浦誠士）

すゑ【末】

スヱは、物の先端を意味する。モトと対になる。

秋風の末《すゑ》吹き靡《なび》く萩《はぎ》の花ともにかざさず相《あひ》か別れむ（⑳四五一五）

秋七月五日、因幡《いなば》国（今の鳥取県）に赴任する大伴家持《おおとものやかもち》の餞別の宴における、家持の詠。「秋風が萩の先端を吹き、風に靡く萩の花をともに挿頭《かざし》にすることなく、互いに別れるのだろうか」というほどの意。萩はまだ、カザシにするのに十分なほど開花していなかったようだ。↓**カザス**。ここでのスヱは、萩全体が風に靡くのではなく、先端のややしだれた部分が風に靡くさまを表しているようだ。家持の繊細な感覚が如何なく発揮された一首だといえよう。

三諸《みもろ》は　人の守《も》る山　本辺《もとへ》は　馬酔木《あしび》花咲き　末辺《すゑへ》は　椿《つばき》花咲く　うらぐはし　山そ　泣く子守《も》る山（⑬三二二二）

この一首では、スヱはへを伴った「末辺《すゑへ》」で「本辺《もとへ》」と対になっている。山のスヱであるから、「末辺」は山頂あたりを示すと解される。一首は「三諸の山は、人が大切に守っている山。麓のあたりでは馬酔木の花が咲き、頂のあたりでは椿の花が咲く。何とも霊妙な山よ。泣く子を守るように、大切に守る山よ」というほどの意。季節の到来を祝福しつつ、山を讃美した歌である。

葦垣《あしかき》の末《すゑ》かき分《わ》けて君越ゆと人にな告げそ事《こと》はたな知り（⑬三二七九）

一首は「葦垣の先端をかき分けてあの方が越えて来ると、人には告げるな。事情をよく承知して」というほどの意。「葦垣」は葦（水辺に群生する植物）で作った垣根であるが、頑強なものではなかったろう。その葦垣のスヱ、つまり垣根の上の部分をかき分けて男性が越えて来るという。

大夫《ますらを》の弓末《ゆずゑ》振り起こし射《い》つる矢を後《のち》見む人は語り継《つ》ぐがね（③三六四）

弓のスヱを、特にユズヱ（弓末）といった。弓は弦が張られているため、先端部は上下あるが、そこを「振り起こす」のであるから、このユズヱは弓の上端部を意味していよう。矢を射る時の、しなり、揺れ動く弓の様子の表現である。一首は「立派な男子が弓末《ゆずゑ》を振り立てて射た矢を、後に見る人は語り継いでくれるように」というほどの意。この歌は、笠金村《かさのかなむら》が塩津山《しおつ》（琵琶湖から敦賀へ越える山）で作った歌である。ここでの矢は、峠越えの際、旅の安全を祈願し、杉の巨木に射立てるなどしたものと思われる。「矢立杉」として、現在でも諸所に伝承を残すものに通ずるのであろう。金村たち一行が、安全祈願に射た矢が見事なものであったことをうかがわせる一首である。

弓といえば、スヱという印象があったようだ。

　梓弓末《あづさゆみすゑ》の原野《はらの》に鳥猟《とが》りする君が弓弦《ゆづる》の絶え
　むと思《おも》へや（⑪二六三八）

この歌では、「梓弓」が「末の原野」という地名を導く枕詞になっている。ただ、単にスヱを導くだけでなく、「鳥狩り」や、結句の二人の関係を暗示する「絶え」を導くための「弓弦」にも結び付く。一首は「梓弓の弓末、その末の原野で鷹狩をするあなたの弓の弦のように、仲が絶えようと思うだろうか、いや思わない」というほどの意。

物の先端を意味するスヱが、時間的に将来を意味することもある。

　梓弓末《あづさゆみすゑ》は知らねど愛《うるは》しみ君に副《たぐ》ひて山道《やまぢ》越
　え来《き》ぬ（⑫三一四九）

「梓弓の末、行く末のことはわからないが、あなたがとても慕わしく思われるので、あなたに連れ立って山道を越えて来た」というほどの意。弓のスヱから、将来の意のスヱに転換している。

　玉の緒《お》の括《くく》り寄《よ》せつつ末《すゑ》つひに行《ゆ》きは別れず
　同《おな》じ緒にあらむ（⑪二七九〇）

「玉の緒に玉を通して括り寄せていくと、最後に玉は別れ別れにはならずに同じ緒にあるだろう、そのようにいつまでも一緒にいたい」というほどの意。糸の両端の意のスヱと、将来を期待したスヱとが重ねられている。

『日本書紀』には、子孫を意味するアナスヱ（足末・苗裔）という言葉も見える。

（中嶋真也）

そがひ【背向】

『万葉集』で「背向」と書かれることから、「背後」、「後の方」の意味で取られることが多いが、「遥か彼方」、「遠く離れゆくイメージ」という意味合いも指摘され、万葉歌の用例すべてに適用できる現代語を当てることは難しい。

語構成については、「背向」という表記との関係で「ソ（背）＋ムカヒ（向）」とされる。ただし「ムキ＋アヒ」がムカヒとなるように、ソガヒを「ソキ（退）＋アヒ」の約と見る説も見られる。

万葉歌の用法には、「背向に見ゆる」「背向に見つつ」「背向に寝《ね》しく」という三種類の形式が見られ、なかで最も意味を取りやすいのは、「背向に寝しく」という形式である。

我《わ》が背子《せこ》をいづち行《ゆ》かめとさき竹の背向《そがひ》に寝《ね》しく今し悔《くや》しも（⑦一四一二）

巻七の挽歌部に載る歌で、「私の夫がどこに行ってしまうことがあろうかと、背を向けて寝たことが、今になって悔やまれることだ」くらいの意。「さき竹の」は割った竹で、ソガヒの枕詞。夫が死んでしまうとは思いもせず、さほど気に留めることなく背を向けて寝ていたことを、夫の死後に後悔する歌である。この「背向に」は、「背を向け合って」の意であると容易に理解できる。

次に「背向に見つつ」の例を見ると、次のような例が注目される。

大君《おほきみ》の命《みこと》畏《かしこ》み大《おほ》の浦《うら》を背向《そがひ》に見つつ都《みやこ》へ上《のぼ》る（⑳四四七二）

朝集使《ちょうしゅうし》（地方の国政を都に報告する使者）として帰京していた出雲掾《いずものじょう》安宿奈杼麻呂《あすかべのなどまろ》の邸宅で宴が催された折の奈杼麻呂の歌である。「天皇のご命令を畏れ謹んで、美景の地である大の浦にも背を向けて都に上って来ました」くらいの意。この「背向に見つつ」は、「官命の旅ゆえ、美景にも背を向けて前途を急ぐ」（『全解』）意味と理解できるが、「背を向けて」は、物理的というより心理的な意味合いが強く、「心引かれる思いを断ち切って」というほどの意味と見られる。大伴《おおとも》坂上郎女《さかのうえのいらつめ》の「尼理《あまり》願《がん》挽歌」に見られる「…佐保《さほ》川《がは》を　朝川《あさかは》渡り　春日野《かすがの》を　背向《そがひ》に見つつ　あしひきの　山辺《やまへ》を指《さ》して　くれくれと　隠《かく》りましぬれ…」（③四六〇）は、理願の死を比喩的に叙した部分であるが、やはり、理願が春日野に心を留めて賞美することもなく、ひたすら冥界へと旅立ってしまったことが歌われている。

次の歌は、巻三に載る山部赤人《やまべのあかひと》の旅の歌である。

武庫《むこ》の浦《うら》を漕《こ》ぎ廻《み》る小舟《をぶね》粟島《あはしま》を背向《そがひ》に見つつ羨《とも》しき小舟（③三五八）

一首は「武庫の海を漕ぎ廻《めぐ》っている小舟よ。粟島を無関係なものと見て、なんと羨ましい小舟よ」くらいの意味。「漕ぎ廻《み》る」とあるから、この小舟は都に向かう舟ではなく、武庫の浦付近を漕ぎ廻《めぐ》る海人《あま》の小舟である。都を遠く離れて旅する官人にとって「粟島」は、その音から妻に「逢ふ」ことを連想して妻恋しさがつのる土地であるが、土地の海人たちは「粟島」に意も払わず漕ぎ廻っている。その憂いのなさが、鬱情を抱く旅人には羨ましいのである。↓トモシ。

「背向に見ゆる」という形式の場合は、「背を向ける」といった意味からは最も離れて、物理的あるいは心理的距離感が表される。

縄《なは》の浦《うら》ゆ背向《そがひ》に見ゆる沖《おき》つ島漕《こ》ぎ廻《み》る舟は釣《つり》しすらしも（③三五七）

先に掲げた山部赤人の「武庫の浦を…」の歌の前に配される歌。縄の浦から遥か沖合に見える島辺を漕ぐ舟を見て、釣りをしているらしいと推測する歌である。

朝日さし　背向《そがひ》に見ゆる　神《かむ》ながら　御名《みな》に帯《お》ばせる　白雲《しらくも》の　千重《ちへ》を押し分け　天《あま》そそり　高き立山《たちやま》…（⑰四〇〇三）

右は大伴家持《おおとものやかもち》が作った「立山賦《たちやまのふ》」に大伴池主《おおとものいけぬし》が和した歌で、朝日を受けた神々しい姿で、雲を押し分けて天にそびえ立つ立山連峰を「背向に見ゆる」と歌うのは、立山を人間界とは遠く隔たった神聖な存在として捉える、心理的な距離感に重点を置いた例である。

（大浦誠士）

そで【袖】

ソデは衣服の腕を覆う部分である。

采女《うねめ》の袖《そで》吹きかへす明日香風都《あすかかぜみやこ》を遠《とほ》みいたづらに吹く（①五一）

右の志貴皇子《しきのみこ》の歌のイメージは鮮烈だが、風にひるがえるソデを詠む例は『万葉集』には少ない。ソデは、振ることがしばしば詠まれた。↓フル。柿本人麻呂《かきのもとのひとまろ》が、妻と別れ、石見《いわみ》から上京する際に詠じた「石見相聞歌」に、次の一首が見える。

石見《いはみ》のや高角山《たかつのやま》の木《こ》の際《ま》より我《わ》が振る袖《そで》を妹《いも》見つらむか（②一三二）

男は石見の妻に向かってソデを振り、それを妻が見ているかどうか推し量っている。ここでソデを振る意義は、相手の魂に働きかけ、それを振り起こすことにある。この歌では、共感――魂のつながり――が果たせたかどうかに意味があったのだろう。ソデを振る行為には、もちろんその相手への好意が込められている。額田王《ぬかたのおおきみ》の次の有名な一首でも、ソデ振りを「見る」ことが詠まれる。

あかねさす紫野《むらさきの》行き標野《しめの》行き野守《のもり》は見ずや君が袖《そで》振る（①二〇）

一首は「あかね色のさす紫、その紫草の咲く野を、遊猟《かり》のための禁野《きんや》を行きつつ、野の番人は見ていないでしょうか、あなたが袖を振るのを」くらいの意。額田王は「君」がこちらに向かってソデを振るのを確認し、それを「野守」が見るのではないかと危惧している。ソデを振ることは、当事者以外には見られないようにするのがルールであったようだ。それは、ソデ振りが特定の相手に向けて機能する魂の働きかけであることと関わる。次の歌も、同様に理解できる。

高山《たかやま》の峰《みねゆ》行く鹿猪《しし》の友を多み袖《そで》振らず来《き》ぬ忘ると思ふな（⑪二四九三）

右は男の歌で、「高い山の峰を行く獣《けもの》のように、連れ立つ仲間が多かったので、袖も振らずに来てしまった。あなたを忘れたとは思うな」というほどの意。周囲に友人が多くいたので、二人の関係が知られるのを恐れて、女にソデを振れなかったと言い訳している。

人麻呂が妻を亡くし悲嘆して詠んだ「泣血哀《きゅうけつあい》慟《どう》歌」では、亡くなった妻へソデを振ることが歌われる。この歌で、人麻呂は亡き妻の面影を求め、妻がよく出かけていた軽《かる》の市《いち》へと出向く。

…我妹子《わぎもこ》が　止《や》まず出《い》で見し　軽《かる》の市《いち》に　我《わ》が立ち聞けば　玉たすき　畝傍《うねび》の山に　鳴く鳥の　声も聞こえず　玉桙《たまほこ》の　道行《みちゆ》き人《びと》も　一人《ひとり》だに　似てし行《ゆ》かねば　すべをなみ　妹《いも》が名呼びて　袖《そで》そ振りつる（②二〇七）

妻の声は聞こえず、一人も似た人がいない。どうしようもない状態に陥り、人麻呂は妻の名を呼び、ソデを振ってしまう。交際相手の名を明らかにすることは禁忌であり、ソデ振りも相手あってこそ意味を持つ行為である。↓ナ。それにもかかわらず人麻呂が亡き妻の名を呼びソデを振ったのは、それほどまでに追い詰められた状況を表すとともに、妻が生きていると信じたいゆえの行動であったと考えられるだろう。

ソデは、濡れることもしばしば歌われた。

いざ子ども香椎《かしひ》の潟《かた》に白栲《しろたへ》の袖《そで》さへ濡《ぬ》れて朝《あさ》菜《な》摘みてむ（⑥九五七）

右は、大伴旅人《おおとものたびと》が海辺で朝食になる海藻を摘もうと、部下に命じた一首。海水にソデまで濡らしての朝菜摘みは、気分の高揚を感じさせる。ただし、ソデが濡れることを詠じた歌では、その原因が涙によると解釈できる場合が圧倒的に多い。

…夕《ゆふ》されば　あやに悲しみ　明け来《く》れば　うらさび暮らし　荒栲《あらたへ》の　衣《ころも》の袖《そで》は　乾《ふ》る時もなし（②一五九）

右は、天武《てんむ》天皇が崩御した時に、大后（後の持《じ》統《とう》天皇）が作った挽歌。「夕べになるとむしょうに悲しく思い、夜が明ければ心さびしく一日を暮らし、粗布《あらぬの》の喪服の袖は涙で乾く時もない」というほどの意。夫の死を嘆き続けるために、大后の衣のソデは乾かないのである。

ソデを交わすことは、男女の共寝を意味した。

敷栲《しきたへ》の袖交《そでか》へし君玉垂《たまだれ》の越智野《をちの》過ぎ行《ゆ》くまた

も逢《あ》はめやも（②一九五）

右は、河島皇子《かわしまのみこ》が薨じた際、その妃泊瀬部皇女《はつせべのひめみこ》に柿本人麻呂が献じた一首。二度と逢えない皇子との思い出を「敷栲の袖交へし君」に形象する。

白栲《しろたへ》の袖はつはつに見しからにかかる恋をも
我《あれ》はするかも（⑪二四一一）

この歌は、「白栲の袖をほんのわずかに見たばかりに、このような苦しい恋を私はすることだなあ」というほどの意。ソデを見ることが、情交をイメージさせる。また、ソデを用いて男女の別れを表現することもあった。

妹《いも》が袖《そで》別れし日より白栲《しろたへ》の衣片敷《ころもかたし》き恋ひつつ
そ寝《ぬ》る（⑪二六〇八）

ソデの別れ以来、「妹」を恋しく思い独り寝をする男の歌である。→コフ・コヒ、ヌ。

このようにさまざまな男女関係を表すソデは、逢瀬《おうせ》を願う呪術にも重要な役割を担った。

真袖《まそで》もち床《とこ》うち払《はら》ひ君待つと居《を》りし間《あひだ》に月
傾《かたぶ》きぬ（⑪二六六七）

ソデで床《とこ》を払うことは、ソデに残る相手の魂に働きかけ、来訪を促す呪術であった。→トコ。しかし、この歌では呪術の効果は表れず、月が傾いても男はやって来ない。一方、ソデを折り返して寝ると、夢の逢瀬が叶うという俗信もあった。→イメ。

我妹子《わぎもこ》に恋ひてすべなみ白栲《しろたへ》の袖《そで》返ししは夢《いめ》
に見えきや（⑪二八一二）

この歌は、「いとしいあの子に恋してどうしようもないので、白栲の袖を折り返して寝たが、夢に見えたか」くらいの意。「我妹子」の夢に自分が現れ、夢の逢瀬が叶ったかを問いかけている。

ソデに関わる景物としては、花が注目される。

池水《いけみづ》に影《かげ》さへ見えて咲きにほふ馬酔木《あしび》の花を
袖《そで》に扱《こき》入れな（⑳四五一二）

右は大伴家持《おおとものやかもち》の詠で、「池の水に影までも映して美しく咲いている馬酔木の花を袖に扱《しご》き入れたいなあ」というほどの意。ソデと花との関係は、『古今和歌集』の「五月《さつき》待つ花橘の香《か》をかげば昔の人の袖の香ぞする」（夏・一三九、よみ人知らず）に通じていくのである。

（中嶋真也）

そら【空・虚】

天と地の間の空漠とした広がりがソラ（空）である。天と地は実体のある世界だが、その間に広がるソラは何も存在しないただの空間として意識された。ソラの文字表記に「虚」「虚空」が用いられるのは、実体をもたないそのありかたが文字の上でも意識されたからである。↓**アメ・アマ**。

ソラは、文字通りの天空を意味する場合が多い。

さ夜中《よなか》と夜《よ》は更《ふ》けぬらし雁《かり》が音《ね》の聞こゆる空に月渡る見ゆ（⑨一七〇一）

降《ふ》る雪の空《そら》に消《け》ぬべく恋ふれども逢《あ》ふよしなしに月そ経《へ》にける（⑩二三三三）

前者は「もう真夜中にと夜は更けたらしい。雁の鳴き声が聞こえる空に月が西に渡って行くのが見える」というほどの意。大空を渡る月の傾きから、夜が更けたことを推測している。後者は「降る雪が空で消えてしまうように、わが身も消えてしまいそうに恋うているのだが、逢う手立てもなしに月が経《た》ってしまったことだ」というほどの意。この「空」は文字表記に「虚空」を用いる。雪が空に消えてしまうはかなさを、恋の思いに消え入りそうなわが身に重ねている。「虚空」の表記がいかにも効果的である。

次の歌は、実体をもたない「空」のありかたをさらに明瞭に示した例。

たもとほり行箕《ゆきみ》の里に妹《いも》を置きて心空《そら》なり地《つち》は踏めども（⑪二五四一）

「行きつ戻りつする行箕の里に妻を残し置いて、私の心は上の空だ。土は踏んではいるが」くらいの意。「たもとほり」は枕詞。行きつ戻りつする意で「行箕の里」に接続させた。「行箕の里」は所在未詳。「心空なり」は「私の心は上の空だ」と訳しておいたが、自分の心が「空」に霧散して、あてどのない頼りない状態にあることを示している。ここではさらに、そうした「空」の空漠としたありかたが、堅固な実体である「地《つち》」と対比されている。大地をしっかりと踏んではいるのだが、心は虚空をさまようような状態にあると歌っている。「地」＝土が「空」の対極として捉えられていたことがわかる。

ソラを用いた慣用的な言い回しに「思ふそら　安けなくに／嘆くそら　安けなくに」がある。

遠妻《とほづま》の　ここにあらねば　玉桙《たまほこ》の　道をた遠《どほ》み　思ふそら　安《やす》けなくに　嘆《なげ》くそら　安からぬものを　み空行《ゆ》く　雲にもがも　高飛《たかと》ぶ　鳥にもがも…（④五三四）

愛する女（遠妻）との強制的な別れを背景にした男の歌。遠く離れた女のもとに、雲や鳥になって飛んで行きたいと歌っている。女に逢えずにいる不安な心情を「思ふそら　安けなくに…」と表現している。「思ふ」は、対象に向かう心情の能動的な働きを示す言葉だが、確かな手応えが期待できない状況では、その働きも空漠とした「空」に霧散してしまいそうな不安を覚えることになる。そこで、そうした心の様子を「思ふそら　安けなくに」と表現している。「嘆くそら」も同様に理解してよいから、これらは否定的な状況で、「安けなくに」のような否定語を伴いつつ、不安な心情を表出する際の言い回しであったことが確かめられる。

大伴家持《おおとものやかもち》の作に「恋ふるそら　安くしあらねば」（⑱四一一六）と歌った例が見えるが、対象に向かう心情の能動的な働きを示す「思ふ」や「嘆く」とは違って、「恋ふ」は受動的な作用を示すから、もともとは不自然な表現といえる。「恋ふ」が「思ふ」と重ねられ、能動的な作用と把握されるようになったところに生じた新たな表現なのだろう。→オモフ、コフ・コヒ。

なお地名「大和」に接続する枕詞に「そらみつ」がある。ニギハヤヒが天空から「大和」を望見したとする伝承（「神武紀」三十一年条）と結びつけ「虚見津」と表記した例（①一）が見える。一方、「天尓《そらに》満《みつ》」と表記した例（①二九）もあり、こちらは、霊威が天空に充満する意を讃めたものらしい。「そら言《ごと》（虚言）」「そら頼み」のような例は、『万葉集』にはまだ見えない。（多田一臣）

【タ行】

ただぢ【直道】

「直道《ただぢ》」とは、始点と終点とを、真っ直ぐに最短距離でつなぐ道、近道の意である。

「直道」は、『万葉集』には一例のみしか見られないが、後に見る「直越《ただこ》え」など、これに類した他の言葉、表現もある。いずれも恋歌に見られるものだが、それらの表現が持つ意味は次の通り。

一つ目は、危険であり、日常は使わないものの、異性の許《もと》に行く道としては使うことがある道。二つ目は、便利で普段使うものの、異性の許に行く道としては人目という障害がある道である。↓ヒト。

次が、「直道」の『万葉集』唯一の例である。

月夜《つくよ》よみ妹《いも》に逢《あ》はむと直道《ただぢ》から我《われ》は来《く》れども夜《よ》そ更《ふ》けにける（⑪二六一八）

「良い月が出ているので、妻に逢おうと真っ直ぐの道を通り、私はやって来たが、夜が更けてしまった」といった意味。女の許に行く道は外にもありながら、作者は早く着こうと、最短の道を選んだ。だが、「夜そ更けにける」とあるように、思ったよりも時間がかかってしまった。険阻な道ゆえ、行くのに手間取ってしまったというのだろう。これは先の一つ目の意味の例になる。

次に掲げるのは、「直道」に類した言葉「直越《ただこ》え」の例である。

磐城山《いはきやま》直越《ただこ》え来《き》ませ磯崎《いそさき》の許奴美《こぬみ》の浜《はま》に我《あれ》立ち待たむ（⑫三一九五）

男の訪れを誘う女の歌。磐城山、磯崎、許奴美の浜は地名だが、いずれも所在未詳。「磐城山を真っ直ぐ越えておいでなさい、磯崎の許奴美の浜に私は立って待っていよう」といった意味。山を真っ直ぐに越える道は近道だが、日常には使われない難路である。しかし、女がわざわざ「難路を通って…」というのは、男に試練を課すことで、自分に対する男の思いの強さを確かめようとしていると見ることもできる。この「直越え」も、先の一つ目の例に含めることができる。

春霞《はるかすみ》井《ゐ》の上《へ》ゆ直《ただ》に道はあれど君に逢《あ》はむとたもとほり来《く》も（⑦一二五六）

これは、二つ目の意味の例。女の歌である。「春霞がかかる井の横を通る真っ直ぐな道はあるが、あなたに逢おうと、遠回りしてやって来たことだ」といった意味。村の中にある共同井戸は、水汲み、洗濯をしようと、女たちがいつも集まる場所だった。その傍らの道は近道ゆえ、そこを通って思う男に逢いに行きたいとは思うが、衆目がうるさい。そこで遠回りだが、人目につかない別の道、遠回りの道をやって来たというのである。

↓モトホル。

直《ただ》に来《こ》ずこゆ巨勢道《こせぢ》から石橋《いははし》踏《ふ》みなづみぞ我《あ》が来《こ》し恋ひてすべなみ（⑬三二五七）

「真っ直ぐには行かず、ここから巨勢道を行き、石橋を踏み渡り、難儀しながら私はやって来た、恋い焦がれてどうしようもなくて」といった意味。前歌と同様、近道は否定され、わざわざ難儀な道を遠回りしながらやって来たと歌っている。その理由は、やはり人目を避けようとしたからであろう。この歌も二つ目の例になる。

「直道」とは反対の「遠回り、迂回路」の意味を持つ言葉に「避《よ》き道《みち》」がある。

岡《をか》の崎廻《さきた》みたる道を人な通ひそ　ありつつも君《き》が来まさむ避《よ》き道《みち》にせむ（⑪二三六三）

右は旋頭歌《せどうか》で、「岡の先端を廻《めぐ》る道を他人は通らないでくれ。そのままにしておいて、そこをあの人が通うための迂回路にしたい」といった意味。この場合の「避き道」には、迂回路であるとともに、人目を避ける道という意味もあったことがわかる。

「直道」「避き道」は、恋歌では、異性との逢会《ほうかい》を求めて通う道としてある。その意味で、その道は、基本的には日常あまり使われない、非日常的な道であったということができる。これは、恋の非日常性のしからしめるところであっただろう。

（新谷正雄）

↓コフ・コヒ。

たつ【立つ】

潜在的にあったものが、はっきりと人の目に見える形で立ち現れてくることを意味する。その立ち現れてくるものは霊的な意味合いを帯びるものであることも多く、人知を超えた世界から人の側の世界へと現れ出てくる意とする説も見られる。

『万葉集』で自動詞タツ（タ行四段）の主体となるものは、用例数において「霞」「霧」「雲」といった例が目立ち、人の目には見えない状態から、天候や地形の関係で、突如として可視的な白い気象現象が立ち現れることをタツと言ったことを物語っている。その中に「我《あ》が恋は吉野《よしの》の川の霧《きり》に立ちつつ」（⑥九一六）、「君が行《ゆ》く海辺《うみへ》の宿《やど》に霧《きり》立たば我《あ》が立ち嘆《なげ》く息《いき》と知りませ」（⑮三五八〇）のように、相聞歌において嘆きや恋の思いが霧などとなってタツと歌う例が見られるのは、潜在していた「霧」が顕現する様子に寄せることで、目には見えない嘆きや恋の思いに具象的な形を与えているのだろう。

ま幸《さき》くと言ひてしものを白雲《しらくも》に立ちたなびく
と聞けば悲しも（⑰三九五八）

右は大伴家持《おおとものやかもち》が弟書持《ふみもち》の夭逝《ようせい》を悼んだ歌の反歌で、「旅立つ私に無事でと言っていた弟が、白雲となって棚引いていると聞くと悲しいことだ」くらいの意である。「白雲に立ちたなびく」のは現実には火葬の煙だが、歌の表現としては書持の魂という不可視なものが、白雲となることによって可視的に立ち現れるという歌い方になっている。

タツに当てられる文字の多くは「立」であるが「霞発《たつ》」「霧発渡《たちわたり》」のように、「発」で表記する例も散見される。「発」は『万象名義』に「明也…出也…起也」、『新撰字鏡』に「…出也…見也起也…」とあって、事物が顕在的に生起する意の文字であり、タツの本義を反映する用字である。

舒明《じょめい》天皇の国見歌は、国見によって見えてくる国土の様子を賞賛して次のように歌う。

…国原《くにはら》は　煙《けぶり》立ち立つ　海原《うなはら》は　鷗《かまめ》立ち立つ
…（①二）

国見は天皇の国土支配を確認する儀礼であるから、そこに見られている景は香具山《かぐやま》付近の実景に限定すべきではない。天皇の国見によって国土の全体（国原と海原）が見据えられ、そこにタツ「煙」と「鷗」が幻視されているのだと解すべきである。古代人が白く揺らめくものに霊威を感得したことを考え合わせれば、「煙」と「鷗」は、国原と海原の霊威の発動としての意味を帯びる。天皇が神聖な香具山に登り立ち、国見を行うことによって、国土に本質的に内在している力が見えてくるのであり、それを「…立ち立つ」と歌っているのである。そう捉えてこそ国土全体への祝意が読み取れる。舒明天皇の国見歌は、潜在していた霊威がはっきりと目に見える形で顕現してくるのがタツの本義であることを如実に示している。

「霞」「霧」「雲」や舒明の国見歌の例に加え、「波」もタツものとして歌われる代表であるが、タツものの多くを白く揺らめくものが占めるのは、上記のようなタツの本義に関わるのであろう。

風吹けば波か立たむとさもらひに都太《つだ》の細江《ほそえ》に浦隠《うらがく》り居《を》り（⑥九四五）

風が吹くのでやがて波が立つだろうことを恐れて細江に隠れて船出を控えている、と歌う右の例や、船旅において「波立つなゆめ（どうか波よ立たないでくれ）」（③二四六）と歌う例などから見ると、タツと歌われる波は通常の波ではなく、航行を不能にするような波浪であり、船旅をする者にとって畏怖の対象であったことが知られる。それは波が海（海神）の霊威の発動として捉えられていたことによる。「大海《おほうみ》の水底《みなそこ》響《とよ》み立つ波の」（⑦一二〇一）の例では、タツ波が海底まで含めた海全体の鳴動として捉えられており、波がタツことが、海（海神）の霊威の発動として感得されていたことをよく示している。

「朝月《あさづき》の日向《ひむか》の山に月立てり見ゆ」（⑦一二九四）のように、月が出ることもタツと言った。↓ツキ。山の向こう側に隠れていた月が現れ出てくることをタツと表現したのである。このように月が出ることをタツと歌う歌は、『万葉集』の中でも比較的古い歌や東歌《あずまうた》に多く見られる。一方、新たな月になることも「月たつ」という。これが、毎月の初日を意味する「ついたち」の語源になる。太陰暦による旧暦では、新月の日から月が満ち始め、満月を経て月が細ってゆき、再び新月を迎えるまでが「ひと月」であった。つまり空で満ち欠けする「月」と一カ月を意味する「月」とは同義だったのである。そのような観念において、新たな「月」が立ち現れてくるのが「月たち（ついたち）」であった。逆に毎月の終わりを意味する「つごもり」は「月隠《ごも》り」であり、次第に細っていった月が人の目には見えなくなってしまう意であった。**↓コモル**。

　正月《むつき》立ち春の来《きた》らばかくしこそ梅を招《を》きつつ
　楽しき終《を》へめ（⑤八一五）

右は天平二年正月に大伴旅人《おおとものたびと》が催した梅花の宴において、大宰大弐紀男人《だざいのだいにきのおひと》が「正月になり春が来たら、こうして梅の花を迎えて楽しみの限りを尽くしましょう」と歌ったもので、新しい年となることを「正月立ち春の来らば」と歌っている。

　あしひきの山も近きを霍公鳥《ほととぎす》月立つまでに何
　か来《き》鳴かぬ（⑰三九八三）

こちらは越中国守であった大伴家持《おおとものやかもち》が、「山近くに居るのに、四月になってもどうしてホトトギスが鳴かないのか」と、立夏の四月になってもホトトギスが鳴かないことを恨む歌である。

『万葉集』には、春の到来や秋の到来を「春立つ」「秋立つ」と表現する歌が散見されるが、「春立つ」「秋立つ」という表現には、これまで見てきたようなタツの意味と、二十四節気の「立春」「立秋」の意識とが交錯しており、その読み解きには注意を要する。**↓アキ、ハル**。柿本人麻呂《かきのもとのひとまろ》の「吉野讃歌」では、持統《じとう》天皇が吉野の宮から国見をすることによって見えてくる情景が、

　…山神《やまつみ》の　奉《まつ》る御調《みつき》と　春へは　花かざし持
　ち　秋立てば　黄葉《もみち》かざせり…（①三八）

と歌われる。吉野山が春には花に彩られ、秋には紅葉に染まる風景を、山の神が天皇への貢物として春には花を秋には紅葉をかざしとする神話的景

として歌っている。→**カザス**。ここに秋の景として歌われる「黄葉」は晩秋の景であり、この「秋立てば」は節気の「立秋」とは無関係に、最も秋らしい季節が顕現することを「秋立てば」と言っている例である。→**モミチ・モミツ**。

ひさかたの天《あめ》の香具山《かぐやま》この夕霞《ゆふへかすみ》たなびく春立つらしも（⑩一八一二）

右は柿本人麻呂歌集の歌で、神聖な山である香具山にたなびく霞によって「春立つ」ことが推測された歌であるが、この歌も、暦の立春の観念によるのではなく、たなびく霞に春の顕現を感得したような歌いぶりとなっている。

万葉後期になると、暦日意識によって「春立つ」「秋立つ」と歌うものが目立つようになる。

秋立ちて幾日《いくか》もあらねばこの寝《ね》ぬる朝明《あさけ》の風は手本《たもと》寒しも（⑧一五五五）

安貴王《あきのおおきみ》の歌で「秋が立ってまだ幾日も経《た》っていないのに、横になっていると、早朝の風が袖口に寒く感じられる」というほどの意であるが、「幾日もあらねば」という表現から、この「秋立ちて」は明らかに節気の「立秋」をいうものと判断できる。

『万葉集』中で唯一タツ「虹」を詠んだ例が東歌《あずまうた》に見られる。

伊香保《いかほ》ろの八尺《やさか》の井堤《ゐで》に立つ虹《のじ》の現《あらは》ろまでもさ寝《ね》をさ寝《ね》てば（⑭三四一四）

虹を序詞として、はっきりと人目に立つまで共寝をしていたいという願望が歌われる。虹は蛇神の顕現として畏怖の対象となっており、その虹が現れ出ることをタツと言ったものである。

「鳥座《とぐら》立て飼ひし雁《かり》の子」（②一八二）や「橘《たちばな》の下照《したで》る庭に殿建《とのた》てて」（⑱四〇五九）のような他動詞タツ（タ行下二段）も、自動詞タツに対する他動詞として、何もない所にある物を顕現させる意として捉えることができる。『古事記』の国産み神話において、オノゴロ島に降り立ったイザナキ・イザナミが、天の御柱を「見立て」るのは、「見る」ことの力によって、何もないところに柱を顕現させるという意味であり、他動詞タツの本義を最もよく表す例である。→**ミル**。（大浦誠士）

たづき【手付き】・たどき・たづたづし

タヅキはタ（手）とツキ（付）とが複合した語で、手がかり、方法などの意味になる。タドキという語形もあった。『万葉集』においては、これらの言葉は必ず「…知らず」「…なし」のように、否定表現を伴って用いられた。

…大夫《ますらを》と　思へる我《われ》も　草枕《くさまくら》　旅にしあれば　思ひ遣《や》る　たづきを知らに　網《あみ》の浦《うら》の　海人《あま》娘子《をとめ》らが　焼く塩の　思ひそ焼くる　我《わ》が下《した》心《ごころ》（①五）

右は、舒明《じよめい》天皇が讃岐《さぬき》国安益《あや》郡に行幸した際に軍王《いくさのおおきみ》が山を見て作った歌。旅先で思いを晴らす手段がないと詠じている。立派な男性の自覚を持ちつつ、胸の内では、郷里に残してきた妻への思いが燃えているのである。→**タビ**、**マスラヲ**。

「思ひ遣る　たづき（たどき）」は、

思ひ遣《や》るたどきも我《われ》は今はなし妹《いも》に逢《あ》はずて年の経行《へゆ》けば（⑫二九四一）

などにも見られ、愛《いと》しい相手への思いの高ぶりを示す定型表現になっている。タヅキは、作中主体の心の中にあるもやもやした思いを晴らす手段を意味すると考えてよいだろう。

…通はしし　君も来《き》まさず　玉梓《たまづさ》の　使ひも見えず　なりぬれば　いたもすべなみ　ぬばたまの　夜《よる》はすがらに　赤《あか》らひく　日も暮るるまで　嘆《なげ》けども　験《しるし》をなみ　思へども　たづきを知らに　手弱女《たわやめ》と　言はくもしるく　た童《わらは》の　哭《ね》のみ泣きつつ　たもとほり　君が使ひを　待ちやかねてむ（④六一九）

大伴坂上郎女《おおとものさかのうえのいらつめ》の「怨恨歌《うらみのうた》」。男性も使いもやって来ず、夜も昼も嘆き、待つしかない女性の様相が歌われる。ここでは、「嘆けども験《しるし》をなみ（嘆いても、その甲斐もなく）」と、「思へどもたづきを知らに」が対になっている。あれこれ悩むさまが「思ふ」という言葉に集約され、「たづきを知らに」は、そのような悩みを晴らす手段がないことを示していよう。↓オモフ。
同じ大伴坂上郎女は、いとこの安倍虫麻呂《あべのむしまろ》と戯れの恋歌を贈答しあった（④六六七左注）。次の一首は、虫麻呂が坂上郎女に贈った歌。

向かひ居《ゐ》て見れども飽《あ》かぬ我妹子《わぎもこ》に立ち別れ
行《ゆ》かむたづき知らずも（④六六五）

立ち去るすべもわからないほど、相手（坂上郎女）に惚れ込んでしまったという心情が詠まれている。ここは、何らかの悩みを晴らすタヅキではなく、具体的な行動を起こすためのタヅキである。立ち去れない所以《ゆえん》は、自身の心の奥に存在する相手への思いに他ならない。
タヅキとは、そのような人の心の奥底にある、何か行動を起こすためのきっかけを意味すると思われる。特に、「思ひ遣る」ことや、「立ち別れ行く」ことなど、執着を断ち切るきっかけの意で用いられる場合が多いようだ。

大野《おほの》らにたどきも知らず標結《しめゆ》ひてありかつま
しじ我《あ》が恋ふらくは（⑪二四八一）

「広い大野にどういう手立てもわからないまま標縄《しめなわ》をめぐらしてはみたものの、とてもこのままでは耐えられそうもない。私の恋しさは」というほどの意。「大野」の草を女に見立て、「標結ふ」は女と通じたことを寓意する。↓シメ・シム。「たどきも知らず」は、何の策略もないまま行動に移ってしまったことをいうのだろう。
タヅタヅシの「タ」は手であり、手探りで尋ね求めるのが原意の語。拠り所がなく、おぼつかない様をいう。次の歌は、原意を端的に示す例。

夏の夜《よ》は道たづたづし舟に乗り川の瀬《せ》ごとに
棹《さを》さし上《のぼ》れ（⑱四〇六二）

夏は草が繁茂し、夜になると一層手探りで進まざるをえなかったようだ。このような感覚がタヅタヅシで示されている。

草香江《くさかえ》の入《い》り江《え》にあさる葦鶴《あしたづ》のあなたづたづ
し友なしにして（④五七五）

という一首のように、タヅタヅシを「鶴《たづ》」と関わらせて詠み込む歌は、『万葉集』中に何例か見られる。しかし、タヅキやタドキとともに詠み込む例は見出せない。

（中嶋真也）

たのし【楽し】

神聖な存在の威光によって理想的な状況が現出し、心身ともに満ち足りて心地よい状態をいう。『万葉集』にはタノシの用例が十五例見られる。

『古語拾遺』に見られる「天の石窟《いわや》」の段で、スサノヲの乱行のために石窟に隠ってしまったアマテラスが再び姿を現した際、神々が喜んで「あはれ、あなおもしろ、あなたのし、あなさやけ」と言いつつ舞い踊ったという記述がある。高天原《たかあまのはら》の最高神であるアマテラスの出現によってもたらされた神々の満ち足りた心情が「あなたのし」と表現されているのは、タノシの持つ意味の根源を示している。

　天平二年（七三〇）に大伴旅人《おおとものたびと》が大宰府《だざいふ》の自邸で催した梅花を愛でる宴で詠まれた「梅花歌」には、タノシを歌う例が多く見られる。

正月《むつき》立ち春の来《きた》らばかくしこそ梅を招《を》きつつ
　楽しき終《を》へめ（⑤八一五）
年の端《は》に春の来《きた》らばかくしこそ梅をかざして
　楽しく飲まめ（⑤八三三）

前者は大宰大弐《だざいのだいに》（大宰府の次官）紀男人《きのおひと》が「これからは正月ごとに梅を招いて楽しい時を尽くしましょう」と歌ったもの。後者は小野宿奈麻呂《おののすくなまろ》が「毎年春が来たらこのように梅を挿頭《かざし》にして楽しく酒を飲みましょう」と歌ったものである。**→カザシ・カザス**。これらの例は、タノシが宴と密接な関係にあることを物語っている。その他のタノシの例も、宴との関わりが深いものが目立つ。梅花の宴は「梅を招《を》きつつ（梅を賓客として招いて）」（⑤八一五）と歌われるように、梅を主賓として招いて春の到来を寿ぐ意味合いを持つ。宴の催された正月十三日は立春の頃にあたる。元来、季節の宴は季節の神を迎える祭りに起源を持ち、季節の神によってもたらされた充足した時間・空間を讃美するのがタノシであった。

　またタノシは、「遊ぶ」とともに用いられる例も目立つ（『万葉集』に五例）。↓アソビ。

天平二十年（七四八）、越中国守であった大伴《おおとも》家持《やかもち》のもとに、左大臣 橘 諸兄《たちばなのもろえ》の使者として田辺《たなべの》福麻呂《さきまろ》が訪れた。福麻呂を歓迎するために、国府近くの景勝の地である布勢《ふせ》の水海《みずうみ》に遊覧に出かけた折、同行した遊行女婦《うかれめ》土師《はにし》が次のような歌を詠んでいる。

垂姫《たるひめ》の浦《うら》を漕《こ》ぎつつ今日《けふ》の日は楽しく遊べ言ひ継《つ》ぎにせむ（⑱四〇四七）

「垂姫」は布勢の水海南岸の地。「垂姫の浦を船で遊覧する今日は皆さん楽しく遊びましょう、そしてこの楽しさをいつまでも語り継ぎましょう」くらいの意である。

しなざかる越《こし》の君らとかくしこそ柳蘰《やなぎかづら》き楽しく遊ばめ（⑱四〇七一）

「越中国の皆さんとこのように柳を蘰（髪飾り）として楽しく遊びましょう」と歌うこの歌は、同じく家持が越中国守時代に、郡司らを集めて開いた宴席で家持が歌ったものである。これらの「遊ぶ」は歌舞音曲や酒を伴った遊楽の意味で用いられてはいるが、古くは天皇や皇子の猟や行幸が「遊猟」「遊覧」「出遊」「遊行」などと呼ばれることが示すように、「遊ぶ」は聖性を帯びた語であり、元来は祭祀における鎮魂・招魂等の儀礼に関わる語であった。そのような「遊び」がもたらす充足の感覚がタノシなのである。

柿本人麻呂《かきのもとのひとまろ》が新田部皇子《にいたべのみこ》に献じた長歌の反歌、

矢釣山《やつりやま》木立《こだち》も見えず降《ふ》りまがふ雪に騒《さわ》ける朝《あした》楽《たの》しも（③二六二）

においては、新田部皇子の邸宅近くの矢釣山が見えなくなるほど降りまがう雪の中、皇子に仕える人々の騒ぐ朝の様子がタノシと歌われている。この歌の前には次のような長歌がある。

やすみしし 我《わ》ご大君《おほきみ》 高光《たかひか》る 日の皇子《みこ》 敷《し》きいます 大殿《おほとの》の上《うへ》に ひさかたの 天伝《あまづた》ひ来《く》る 雪じもの 行《ゆ》き通ひつつ いや常世《とこよ》まで（③二六一）

皇子に対する最大の讃辞「やすみしし 我ご大君」を伴って、瑞祥《ずいしょう》でもある雪に掛けて永遠の忠誠（「行き通ひつつ いや常世まで」）が歌われている。したがってその反歌である「矢釣山…」の歌も皇子に対する讃歌となっているはずである。皇子に仕える人々が「たのし」く騒ぐ充足した時間・空間が、皇子の威光によって現出したものとして捉えられているのであろう。

そのようなタノシの持つ意義が端的に見られるのは、天平勝宝《てんぴょうしょうほう》四年（七五二）に左大臣橘諸兄邸に聖武《しょうむ》太上天皇を迎えて催された肆宴《しえん》（天皇やそれに準ずる人が主催する宴）での大伴家持の歌である。

天地《あめつち》に足《た》らはし照《て》りて我《わ》ご大君《おほきみ》敷きませばか
も楽しき小里《をさと》（⑲四二七二）

「太上天皇の支配・威光が天地に充ち満ちているために、この小里に楽しい時間・空間がもたらされている」と歌われている。冒頭に記したアマテラスの天の石窟《いわや》の神話で、アマテラスの出現によってタノシという感覚がもたらされるあり方に非常に似通った例である。

一方、大伴旅人《おおとものたびと》の「讃酒歌」には、

この世にし楽しくあらば来《こ》む世には虫に鳥に
も我《われ》はなりなむ（③三四八）

生《い》ける者つひにも死ぬるものにあればこの世
なる間《ま》は楽しくをあらな（③三四九）

など、享楽的・退廃的な意味合いでタノシが用いられた例が見られる。前者は「現世で楽しければ、その報いで来世に虫や鳥に生まれ変わってもかまわない」というほどの意。後者では、上三句で仏教的な「生者必滅」の思想を詠んでいるかのように見えて、下二句では一転して、「それなら現世に生きている間は楽しくやりましょう」と享楽的な内容に転じる諧謔味を帯びた歌である。しかしその奥底には、都を遠く離れた大宰府にあって、しかも最愛の妻を失った大伴旅人の思いが横たわっている。そのつらさや寂しさを、夢幻的なタノシの力によって振り払おうとしているかに見える歌である。

（大浦誠士）

たはこと・たはわざ

タハコトは文字では「狂言」「狂語」「誣妄」などと記される。タハコトのタハは、タハブレ（戯）、タハル（婬）のタハと同根とされる。常軌を逸したたわけた言葉がタハコトの原意である。つまり、尋常ではない言葉をいう。

タハコトは、多くの場合、オヨヅレと対になる。オヨヅレは「逆言」「妖言」「妖惑」「妖譌」などと記される。衆を惑わすような偽りの言葉をいう。『万葉集』では、タハコト、オヨヅレは、人の死を告げ知らせる言葉を指すことが多い。

逆言《およづれ》の狂言《たはこと》とかも高山《たかやま》の巌《いはほ》の上《うへ》に君が臥《こ》やせる（③四二一）

石田王《いわたのおおきみ》が卒去した際の挽歌である。「高山の巌の上に君が臥やせる」とは、王を墳墓に葬ったことをいう。その事実をあたかも不吉な惑わし言でであるかのように、「逆言の狂言とかも」と歌っている。オヨヅレは、『万葉集』では、右のように多く「逆言」と表記される。それは、人の死が日常の秩序の顛倒《てんとう》であり、死を告げる言葉もそうした意味で理解されていたからである。「逆言」とは、文字どおりのサカシマゴトにほかならない。左大臣藤原永手《ふじわらのながて》が薨去した際の宣命にも「およづれかも、たはことをかも云《い》ふ」（『続日本紀』宣命第五一詔）とある。永手の死を告げる言葉をここでもタハコト、オヨヅレと表現している。

死とはかかわらないタハコトの例もある。これは、たわけた言葉というタハコトの原意に近い。

あづきなく何《なに》の狂言《たはこと》今さらに童言《わらはごと》する老《お》い人《ひと》にして（⑪二五八二）

未練がましく言い寄る女の言葉に応えた歌らしい。「童言」は、幼児のような聞き分けのない言葉のことで、それを「狂言」と呼んでいる。いい年をして、いまさら子どものようなタハコトを言うな、というのが一首の意になる。

流言蜚語《ひご》の類をタハコトと呼んだ例もある。

「天智《てんち》紀」九年正月十四日条に、「誣妄《たはこと》・妖偽《およづれこと》を禁《いさ》断《めや》む」という記事が見える。大津宮《おおつのみや》への遷都を不満として、放火や流言蜚語が横行したが、遷都後三年経《た》ってもそうした事態は収まらなかったらしい。「誣妄・妖偽」は、社会不安を煽《あお》るような言葉で、それをタハコト、オヨヅレコトと呼んでいる。これは、そうした世迷い言を禁じた記事。タハコト、オヨヅレの本来の意味に近い例である。

常軌を逸した行動をタハワザと呼んで非難した例もある。

いざ子ども狂《たは》わざなせそ天地《あめつち》の固《かた》めし国そ
大和島根《やまとしまね》は（⑳四四八七）

藤原仲麻呂《ふじわらのなかまろ》の歌。橘 奈良《たちばなのなら》麻呂《まろ》の謀反をタハワザと呼んでいる。文字どおりのたわけわざの意である。配下の者へ呼びかけた歌だが、実権を握った仲麻呂の尊大かつ横柄な歌いぶりが露わである。このタハワザは、奈良麻呂の謀議を耳にして、これを「狂《たぶ》れ迷《まと》へる頑《かたくな》なる奴《やつこ》」（『続日本紀』宣命第一六詔）と非難した、孝謙《こうけん》天皇の言葉にも通じている。タブル（狂る）は、謀反人を断罪する際にしばしば用いられる言葉。やはり奈良麻呂の変に連座した黄文王《きふみのおおきみ》を「多夫礼《たぶれ》」、道祖王《ふなどのおおきみ》を「麻《ま》度比《どひ》」と改名させた（『続日本紀』天平宝字元年七月四日条）とあるのも、その例。「多夫礼」は「狂れ」、「麻度比」は「惑ひ」で、いずれもその迷妄さを嘲ったもの。不注意から大切な鷹を逃がしてしまった飼育係の老人を「狂《たぶ》れたる　醜《しこ》つ翁《おきな》」（⑰四〇一一）と罵《ののし》った大伴家持《おおとものやかもち》の歌に見えるタブレにも、同様な嘲りの意がある。

性的な放縦さをタハレと表現した例もある。美貌にかまけて異性と淫らな関係を結んでいたとされる東国の伝説的美女周准《すえ》の珠名娘子《たまなのおとめ》を、高橋虫《たかはしのむし》麻呂《まろ》は「容艶《かほよ》きに　縁《よ》りてそ妹《いも》は　たはれてありける」（⑨一七三八）と歌っている。

こうした性的な逸脱はタハケとも呼ばれた。「仲哀《ちゅうあい》記」の「国の大祓《おほはらへ》」に列挙された罪の中に「上通下通婚《おやこたはけ》・馬婚《うまたはけ》・牛婚《うしたはけ》・鶏婚《とりたはけ》・犬婚之罪類《いぬたはけのつみのたぐひ》」が見える。近親相姦や獣姦がタハケの名で呼ばれている。タハレ、タハケのタハも常軌を逸したふるまいを意味している。

（多田一臣）

たび【旅】

自らの本来属すべき場所、すなわち、人の魂が最も安定し安らぐ場所である「家・家郷」を離れている状態をいう。↓イへ。

『万葉集』には、「旅寝」「旅人」などの複合語を含めると百例を越す用例が見られる他、「羇旅《きりよ》歌」「羇旅作」「羇旅発思《はつし》」等の題詞や分類標目のもとに、数多くの旅の歌が載せられており、タビは万葉びとにとって、作歌の主要な契機の一つであったことが知られる。それはタビという状況が、非日常の不安定な状況であり、歌によって魂の安定を幻想する必要があったゆえであろう。

古代におけるタビという語の意味領域は、現代の私たちの「旅・旅行」よりもはるかに広かった。「秋田《あきた》刈る旅の廬《いほり》に時雨《しぐれ》降《ふ》り」(⑩二二三五)などでは、農作業のために仮小屋に泊まり込むことをタビと呼んでおり、かなり遠方まで出かけることを意味する現代の旅の概念とはかなり異なっていたことを示している。

『伊勢物語』には、在原業平《ありわらのなりひら》と目される翁が、惟《これ》喬親王《たかのみこ》の邸から帰らせてもらえなかった折に、「枕とて草引き結ぶこともせじ秋の夜《よ》とだに頼まれなくに」(八三段)と歌った例が見える。「草を枕とする旅寝はいたしますまい。今は春で秋の夜長を頼みとすることもできないので」というほどの意である。「枕とて草引き結ぶ」は「草枕―旅」という枕詞表現を踏まえており、知人宅に外泊することもタビと認識されていた例である。この例は、古代におけるタビが、「家」を離れていることに重点を置いた概念であったことを示している。逆に言えば、それだけ古代においては「家」が重要な意味を持っていたことになる。

ただしその一方で、「旅《たび》と言《へ》ど真旅《またび》になりぬ」(⑳四三八八)と、通常のタビに対して本格的なタビを「真旅」と呼ぶ例も見られ、当時においても、軽微なタビと本格的なタビとを区別する概念はあったようである。

『万葉集』に載る旅の歌の大多数は、家郷を遠く離れて任地・目的地へと赴く官人たちの旅において歌われたものである。それらの歌には、都人ゆえの官人意識を読み取ることができる。

　瀬戸内を西へと向かう旅を例にとるなら、その官人意識は明石海峡を特別な境界とする意識に象徴的に現れている。


　灯火《ともしび》の明石大門《あかしおほと》に入《い》る日にか漕《こ》ぎ別れなむ家《いへ》のあたり見ず（③二五四）

　天離《あまざか》る鄙《ひな》の長道《ながち》ゆ恋ひ来《く》れば明石《あかし》の門《と》より大《やま》和《と》島《しま》見ゆ（③二五五）

　前者には、「〔灯火の〕明石海峡を通過する日には、船を漕ぎ別れて行くのだろうか。家の辺りも見ずに」と明石海峡を過ぎると、家郷と決別しなければならない思いが歌われ、後者には逆に、「遥か辺境から恋しい思いを抱きつつ帰って来ると、明石海峡から家郷の山々が見えた」という喜びが歌われている。このように明石海峡が瀬戸内を旅する官人にとって重要な意味を帯びていたのは、瀬戸内の船旅においてそれが畿内と畿外とを分ける境界であったことによる。

　畿内は都を置き得る地であった。それゆえ都人にとっては、畿内を離れて畿外へと旅行く地点が、異郷へと分け入ってゆく境界として強く意識されたのである。『万葉集』巻七には、「芳野作」「山背作」「摂津作」と旅の歌が配列された後に、「羈旅作」として九十首の歌が配されているが、そこに詠み込まれる地名が概ね畿外の地名であることは、畿外への旅が、「羈旅」という用語によって特別視されていたことを示している。

　『源氏物語』において、光源氏が都での不都合ゆえに一旦須磨《すま》に退去し、そこからさらに明石へと赴くのも、須磨が畿内の地であり明石が畿外との境界の地であることと関わっている。そして光源氏は異境の地である明石で明石君《あかしのきみ》と出会い、新たな力を再生させて都へと返り咲くのである。

　以上見てきたような明石海峡の境界としての意味は、古代の都人の持つ行政区画としての地名意識であり、明石付近に住む海人等にとっては無縁の観念であっただろう。その土地に住む者にとっては、自分の住む場所が境界であるなどという観念は全くなかったはずだからである。つまり『万葉集』の旅の歌は、あくまで中央官人の意識において歌われるものだったということである。

古代の官人たちの旅において畿内外を分ける地は最も重要な境界であったが、その他にも旅の途中には、峠、川など、様々な境界が存在した。そのような境界を過ぎるにあたって旅人は、家郷を離れ行く旅の思いを新たにしたであろうが、それにとどまらず、境界の地は、人の秩序の行き届いた空間のはざまであり、邪悪なモノのやどる場所と観念されたらしく、境界の地を通過するにあたっては「手向け」などを行って土地の神に働きかけ、旅の安全を祈る習俗があった。↓**タムケ**。

周防《すは》にある岩国山《いはくにやま》を越えむ日は手向《たむ》けよくせよ荒《あら》しその道（④五六七）

右は天平二年（七三〇）に大宰帥《だざいのそち》（大宰府の長官）大伴旅人《おおとものたびと》が大病を患った折に都から遺言を聞くために下向した一族の大伴稲公《おおとものいなぎみ》・胡麻呂《こまろ》が、旅人の病が癒えて上京する折に、大伴百代《おおとものももよ》が贈った歌。「周防《すおう》国にある岩国山を越える日には手向けをよくしなさい。荒い山道ですから」というほどの意である。「荒し」は人の世界の秩序の及ばない状態を言う語であり、異界にも通じる「岩国山」を手向けの力によって無事に越えられるようにという願いが歌われている。

また、家郷に妻や恋人を残して旅立った旅人にとっては、旅人の無事を「斎《いは》ひ（祈り）」ながら待つ家人とのつながりを確信することこそが旅の不安を除く手立てであり、旅の歌には、家なる妻を歌う型が強固に見られる。↓**イハフ**。

家人《いへびと》は帰り早来《はやこ》と伊波比《いはひ》島《しま》斎《いは》ひ待つらむ旅行《ゆ》く我《われ》を（⑮三六三六）

右は天平八年（七三六）に朝鮮半島の新羅《しらぎ》に派遣された遣新羅使人が周防国の麻里布《まりふ》の浦で詠んだ歌。イハヒ島という地名からの連想で、「家人は今頃旅する自分を『斎ひ』ながら待っているだろう」と歌っている。このような共感関係の幻想が、旅における安心を支えていたのである。

旅に関わる歌の中で、「家」と「旅」とが強烈に対比されて歌われるのは、いわゆる「行路《こうろ》死《し》人《にん》歌」である。

家《いへ》にあらば妹《いも》が手まかむ草枕《くさまくら》旅に臥《こ》やせるこの旅人《たびと》あはれ（③四一五）

右は聖徳太子《しようとくたいし》が行路死人を悼んだ歌。「家にいたら妻の手を枕としているだろうに。〔草枕〕旅に倒れ臥しているこの旅人のなんと哀れなことか」というほどの意で、家にいる場合の安楽さと、旅先で倒れ臥している現状の悲惨さとが対比的に歌われている。旅先での横死は、魂の不安定の極限状況でもあり、そこで「家」との対比が強く表れるのも当然である。

有間皇子《ありまのみこ》が謀反の罪で捕らわれた折に詠んだ、

家《いへ》にあれば笥《け》に盛《も》る飯《いひ》を草枕《くさまくら》旅にしあれば椎《しひ》の葉に盛る（②一四二）

には、死を目前にした嘆きが全く歌われないと言われるが、「家にいる時には笥に盛る飯を、今は旅にあるので、椎の葉に盛って食べることだ」という家と旅を対比する歌い方は行路死人歌の発想と共通しており、皇子の悲劇的な境遇を暗に表現しているように見える。

大宰府《だざいふ》の帥《そち》（長官）として北九州に赴いた大伴《おおとも》旅人《のたびと》は、赴任直後に、妻大伴郎女《おおとものいらつめ》を喪《うしな》った。天平二年（七三〇）に大納言として帰京する折に歌った亡妻挽歌のうち、

都《みやこ》なる荒れたる家に独《ひと》り寝《ね》ば旅にまさりて苦しかるべし（③四四〇）

人もなき空《むな》しき家は草枕《くさまくら》旅にまさりて苦しかりけり（③四五一）

の二首では、妻のいない家が旅以上に苦しいと歌われている。「家＝安らぎ」「旅＝苦しみ」という構図を逆転させることによって、妻を喪った悲しみを表現した歌であるが、そもそも「家」とは、建物を表す「屋」とは異なり、その中で展開される生活をも含み、むしろ生活の方に重点を置いた概念であることを考えると、妻を喪った大伴旅人にとっては、「家」がもはや魂の安定する場所ではなくなってしまったことを表していると見るべきであろう。

（大浦誠士）

たま【玉・魂】

タマと呼ばれる言葉には二つある。一つは、「魂」「霊」などの字があてられるタマで、「霊魂」「霊力」にあたる意味のもの。もう一つは、「玉」「珠」などの字があてられるタマで、美しい石や貝、真珠などといった類のものである。

この二つは、根拠は必ずしも明確とは言えないものの、一般には同源と考えられている。たとえば、『時代別』には「抽象的な霊力を意味するタマに対して、具体的に象徴するものが『玉』であり、両者は語源を等しくすると考えられる」と説かれている。以下、同一の語源という点に留意しつつ、それぞれの用例を見て行くことにする。

まずは、前者のタマから。これには、神、人、その他のタマがある。次に示すのは、神のタマを歌った例。

霊《たま》ちはふ神も我《われ》をば打棄《うつ》てこそしゑや命《いのち》の惜《を》しけくもなし（⑪二六六一）

恋歌である。「霊ちはふ」のチハフは、タマの霊力が霊威を発動させている意。ここは神の霊力が意識されている。「霊威の発動が著しい神も、この私を見捨ててほしい。ええ、もうこの命の惜しいこともない」といった意味の歌。作者は異性との関係がうまくいかず、どうやら自暴自棄になっているらしい。

人のタマは、なかなかややこしい。人のタマは生命魂と見てよい。そのタマは、人の身体に内在するが、時としてそこから遊離したりもする。

タマが生命魂であるのは、その霊力が身体の生命作用を維持すると信じられていたからである。タマが身体から完全に遊離してしまえば、持ち主は死んでしまう。ところが、タマはどうやら分割できるものとされていたらしく、その一部が遊離することもあったらしい。

男女の恋は、互いの魂の合一を求めることであるとされた。男女が逢えずにいる時、その魂は、相手の魂との出逢いを求めて、身体から遊離した。それが遊離魂である。

筑波嶺《つくはね》のをて面《も》この面《も》に守部《もりへ》据《す》ゑ母い守《も》れども魂《たま》そ逢《あ》ひにける（⑭三三九三）

女の歌。母は娘の性的管理者の立場にあったから、悪い男が寄り付くことのないよう、見張りを置いて、厳重に監視していたらしい。ところが、娘はすでにこっそりと恋人と出来合っていた。しかし、監視の目がうるさいので、なかなか逢うことができず、魂だけが出逢ったというのである。魂逢《たまあ》いは、実際には夢での出逢いを意味している。夢は身体から遊離した魂が見るものとされた。この娘は夢で思う異性を見て、魂の出逢いを感じ取ったのだろう。→イメ。

人の魂の霊力は、時として外部に作用を及ぼすことがある。

我《あ》が主《ぬし》の御霊《みたま》賜ひて春さらば奈良《なら》の都に召上《めさ》げたまはね（⑤八八二）

筑前《ちくぜん》国守山上憶良《やまのうえのおくら》が、帰京間近の大宰帥《だざいのそち》（大宰府の長官）大伴旅人《おおとものたびと》に贈った歌。「我が主」は、旅人を指す。「御霊賜ひて」とは「あなたのお蔭を頂戴して」くらいの意。春になったら、あなたのお力で、私を都に呼び戻してほしいという、訴えの歌である。この「御霊」は、旅人の霊力を指す。直接に期待されているのは政治的な影響力だが、それをタマの作用と見ていることが注意される。先の訳ではこれを「お蔭」としたが、人のカゲ（影）もタマの姿の現れと考えられていたから、「お蔭」という言葉の来歴もかなり古いことになる。→カゲ。

アニミズム的な世界観のもとでは、あらゆるものに霊力が宿るとされた。それもタマと呼んでよいが、具体的な形を持たない言葉にもそうした霊力が宿ると信じられた。それが「言霊《ことだま》」である。

磯城島《しきしま》の大和《やまと》の国は言霊《ことだま》の助くる国ぞま幸《さき》くありこそ（⑬三二五四）

言葉には霊力が宿り、その霊威が発揮されると、その言葉通りの事が実現する、とする観念があった。それが「言霊」である。右の歌は、遣唐使派遣の際の壮行歌である。この大和の国は、言霊の霊力の発動する国なのだから、「ま幸くありこそ（どうか無事であってほしい）」という祈願の通り、一行は無事に戻って来るように、との予祝の意をこめた歌である。

言霊はすべての言葉に宿るわけではない。日常用いる言葉に言霊の霊威が発動したなら、日常生活はたちまち破綻してしまう。それゆえ、言霊は、祭祀の場に起源をもつ言葉のような特別な言葉にのみ宿るとされた。右の祈願の言葉もそうした例になる。

タマの霊威を枕詞に用いた例がある。「命」に接続する「たまきはる」がそれである。

直《ただ》に逢《あ》ひて見てばのみこそたまきはる命《いのち》に向かふ我《あ》が恋止《や》まめ（④六七八）

「たまきはる」は、タマ（霊力・生命力）が極まる意。その原文は「霊剋」「玉切」などとある。「剋」「切」は刻み、磨する意だから、そこにはタマ（霊力・生命力）が、徐々に減衰して極限に至るさまが意識されている。そこにはきわめて長い時間が必要とされるから、「命」に対する讃美の意味が現れることになる。「命に（向かふ）」とは、命の限りにの意。全体としては「あなたに直接に逢うことができるなら、たまきはる命の限りに向かう我が恋も止むであろうのに」といった意になる。**↓イノチ**。

形状が球形のものもタマと呼ばれた。「玉」「珠」などがそれである。ただし、そのタマにも、霊力や霊威が宿ると信じられていることが多い。球形のタマの代表として、「白玉《しらたま》」「鰒玉《あはびたま》」などと呼ばれる真珠を挙げることができる。「白玉」「鰒玉」は、もともと海神の持ち物とされているから、そこにも異界の霊力が感じ取られていただろう。**↓ワタツミ**。

浜に打ち寄せられた美しい石や貝もタマと呼ばれた。

妹《いも》がため我《われ》玉拾《ひり》ふ沖辺《おきへ》なる玉寄《よ》せ持ち来《こ》沖つ白波《しらなみ》（⑨一六六五）

斉明《さいめい》天皇の紀伊国行幸時の作。「妻のために、私は玉を拾っている。沖辺にある玉を寄せて持って来い、沖の白波よ」というほどの意。海辺で拾った石や貝は、そのまま家に残る妻への土産《みやげ》になった。海の霊威がそこに宿ると信じられていたからだろう。

巫女が手足に巻いたタマもある。「手玉《ただま》」「足玉《あしだま》」がそれである。

足玉《あしだま》も手玉《ただま》もゆらに織《お》る機《はた》を君が御衣《みけし》に縫《ぬ》ひあへむかも（⑩二〇六五）

七夕歌である。織女《しょくじょ》の歌で、「足玉も手玉も揺らし鳴らして織る布を、あなたのお着物として縫いあげることができるだろうか」というほどの意。織女はもともとは神女（巫女）で、待ち迎える神のために着物を織るのが、その役割だった。「手玉」「足玉」には装飾の意味もあるが、それを揺らし、玲瓏《れいろう》とした音を響かせることで、神霊を依《よ》り憑《つ》かせることができるとされた。これらの玉は単なる装飾ではなく、一種の呪具であったと見るべきだろう。**→ユラク・ユラニ・ユララニ**。

神事の場に用いられる「竹玉《たかだま》」にも、やはり神霊を依り憑かせる呪具としての意味がある。竹を横に切り、そこに穴をあけ、いくつも紐に貫き通したものが「竹玉」である。

…倭文幣《しつぬさ》を　手に取り持ちて　竹玉《たかだま》を　繁《しじ》に貫《ぬ》き垂《た》れ　天地《あめつち》の　神をそ我《あ》が禱《の》む…（⑬三二八六）

巫女が神に祈るさまが描写されている。幣帛《へいはく》を手にし、紐に貫き通した「竹玉」をびっしりと垂らし、天地の神を祈ったとある。「竹玉」が神霊の依《よ》り代《しろ》であることはあきらかである。

五月の節句などに用意される薬玉《くすだま》も、邪気を払い、長寿を呪《まじな》い取る意があるとされる。五月の薬玉は「五月《さつき》の玉」（⑧一四六五ほか）などと呼ばれている。次の歌には、その製法が歌われている。

…霍公鳥《ほととぎす》　鳴く五月《さつき》には　菖蒲草《あやめぐさ》　花橘《はなたちばな》を　玉に貫《ぬ》き　かづらにせむと…（③四二三）

「菖蒲草」はアヤメではなく、現在の菖蒲《しょうぶ》のこと。「花橘」は橘の花である。いずれも呪力のつよい植物である。それらを糸で貫き通し、玉のような形状にしたのが「五月の玉」＝薬玉である。ここでもタマのもつ霊威が意識されていると見てよい。散骨《さんこつ》した遺灰をタマと呼んだ例もある。

玉梓《たまづさ》の妹《いも》は玉《たま》かもあしひきの清き山辺《やまへ》に撒《ま》け
ば散りぬる（⑦一四一五）

妻の遺灰を山に撒いたことが歌われている。山はあの世に通ずる他界だから、山に散骨することもあった。遺灰をタマと呼ぶのは、形状からだけでなく、そこに死者の霊が宿ると信じられていたからだろう。

玉を貫く紐を意味する「玉の緒《を》」という言葉がある。「絶ゆ」「長き」などに続く枕詞としても用いられた。→ヲ。

恋ふることまされば今は玉の緒《を》の絶えて乱《みだ》れ
て死ぬべく思《おも》ほゆ（⑫三〇八三）

「絶え」に続く枕詞の例である。一首は、「恋の思いがまさると、今はもう玉をつなぐ紐が切れ、玉が乱れ散るごとく、死んでしまいそうに思われる」の意。この「玉の緒」の「玉」は、装飾用の玉を意味するが、同時に生命力の根源であるタマ（魂）の意も重ねられている。魂は緒によって身体に繋ぎとめられているとされたから、その緒が切れてしまえば、魂は身体から遊離し、死に至ることになる。右の歌では、「玉の緒」の「絶え」を、魂の遊離＝死につながる恋の苦悩の比喩に用いている。→コフ・コヒ。

タマを美称の接頭辞として用いることも多い。「玉櫛笥《たまくしげ》」「玉襷《たまだすき》」「玉床《たまどこ》」「玉藻《たまも》」「玉裳《たまも》」などの例があるが、いずれも単なる美称にとどまらず、そこに宿る霊力・霊威がどこかに意識されている。「玉櫛笥」は、美しく立派な櫛箱の意だが、「櫛」は「奇《く》し」に通じて、もともとは巫女が髪に挿す、神霊の依り代でもあった。そこから転じて、櫛には持ち主の霊が宿ると信じられた。そこで、その櫛を収める櫛箱も大切に扱われ、「玉櫛笥」と呼ばれることになった。「玉襷」以下の例もすべて同様に理解することができる。

（新谷正雄）

たむけ【手向け】

タムクは神仏に供物を捧げて祈願する行為のこと。タムケはその名詞形である。「峠《とうげ》」はタムケの転じた語だが、室町時代以降に生じた語であり、『万葉集』には見られない。

次は、越中《えっちゅう》から帰京する大伴家持《おおとものやかもち》に、大伴池主《おおとものいけぬし》が贈った歌。

…礪波山《となみやま》　手向《たむ》けの神に　幣奉《ぬさまつ》り　我《あ》が乞《こ》ひ禱《の》まく…（⑰四〇〇八）

礪波山は、越中と越前の境界、倶利伽羅峠《くりからとうげ》のある山。その手向け（峠）の神に幣を奉り、道中の無事を祈るという。→タビ。峠は坂を上り下って越える境界であり、境界としてのサカにも通じる場所であった。→サカ。

次は、題詞に「長屋王《ながやのおほきみ》の馬を奈良山《ならやま》に駐《とど》めて作れる」とある一首。

佐保《さほ》過ぎて奈良《なら》の手向《たむ》けに置く幣《ぬさ》は妹《いも》を目離《めか》れず相見《あひみ》しめとそ（③三〇〇）

「佐保《さほ》を過ぎて奈良山の峠の神に手向けとして置く幣《ぬさ》は、あの人に絶えず逢えるようにという願いからだ」という意。奈良山は現在の奈良市北部の丘陵地帯で、大和と山背《やましろ》の境界。都を離れる境の地ゆえに、「妹《いも》」への思いもなお一層募るのである。

旅する女性の歌もある。次は、大伴坂上郎女《おおとものさかのうえのいらつめ》が山背の賀茂社《かものやしろ》を参詣後、逢坂山《おおさかやま》を越え近江《おうみ》、琵琶湖を臨むという旅路における歌。

木綿畳手向《ゆふたたみたむ》けの山を今日《けふ》越えていづれの野辺《のへ》に廬《いほり》せむ我《われ》（⑥一〇一七）

「木綿《ゆう》を折り畳んで手向ける手向けの山を今日越えて、どこの野辺に仮寝の廬《いおり》を結ぼうか、我々は」の意。「木綿《ゆふ》」は楮《こうぞ》の樹皮の繊維を白く晒し糸状にしたもので、折り畳んでタムケにしたことから「手向山《たむけやま》」に掛かる枕詞である。「手向けの山」と称された逢坂山は、山背《やましろ》と近江の国境であり、それは畿内と畿外の境界でもあった。

タムケをするのは山に限らない。次は川の例。

　我妹子《わぎもこ》を夢《いめ》に見え来《こ》と大和道《やまとぢ》の渡り瀬《ぜ》ごとに
　手向《たむ》けそ我《あ》がする（⑫三一二八）

「我妹子《わぎもこ》よ、夢に現れて来いと、大和への道の渡り瀬ごとに、手向けをすることだ」という意。「大和道」とあるので都へ上る旅だろう。瀬は流れが速く、神の霊威の現れる場である。→**カミ**。タムケは坂・瀬など、交通の難所において必要とされたのである。

危険な場を無事に通り過ぎるために、タムケ（峠）で恋人の名を呼んで加護をもらうこともあった。次は、越中に左遷された中臣宅守《なかとみのやかもり》が、狭野《さの》弟上娘子《おとがみのおとめ》に詠んだ歌。

　恐《かしこ》みと告《の》らずありしをみ越道《こしぢ》の手向《たむ》けに立ち
　て妹《いも》が名告りつ（⑮三七三〇）

「恐れ多いとこれまで告げずにいたのに、み越道の峠に立って、とうとうあなたの名を口にしてしまった」の意。近江と越中の国境、愛発山《あらちやま》の峠における作とされる。タムケ（峠）の地で家郷の妻の名を口にすることで、その魂を呼び寄せて加護を受けることができるという。しかし、それは一方で、呼び寄せた妻の魂が峠の神に祟られるという危険性も伴う。恋人の名を告げる行為は、いわば最後の切り札なのである。通常の相聞歌では、恋人の名を口にすることは禁忌とされていた。→**ナ**。

タムケに用いた幣帛《へいはく》を「手向草《たむけぐさ》」という。「草」は材料の意。木の枝に布をかけた物や、剣を模した小型石に曲玉《まがだま》・管玉《くだだま》などを付けた物が使用された。「白波《しらなみ》の浜松《はままつ》が枝《え》の手向《たむ》け草幾代《くさいくよ》までにか年の経《へ》ぬらむ（白波の寄す浜辺の松の枝に懸けられている手向《たむ》けの幣《ぬさ》は、どれくらい歳月を経ているのだろう）」（①三四）とあるように、手向草は捧げられたまま年月が経《た》ち、後《のち》の人が、かつて同地を訪れた人を偲ぶよすがにもなった。松は土地の霊が宿る神木で、松に手向草を懸け結びその魂を鎮めた。この歌は、岩代《いわしろ》で自傷の歌を詠んだ有間《ありまの》皇子《みこ》にちなむという。→**マツ**、**ムスビ**。歌自体が、皇子に対する鎮魂のタムケにもなっている。

（兼岡理恵）

たもと【手本】

「手《た》」と「本《もと》」の複合語で、手のもと、つまりは手首をいうのが原義。ただし、肩からひじまでの部分を指すという説もある。転じて、着物の袖口の部分も意味する。用例が歌に偏るので、基本的に歌語であったと思われる。なお、上代には、現代語の「袂《たもと》」にあたる着物の袖の部分を指す場合、「采女《うねめ》の袖《そで》吹きかへす明日香風《あすかかぜ》（采女の衣の袖を吹きひるがえす明日香風）」（①五一）の例に見えるように、「袖」という。↓ソデ。

タモトが手首を意味することは、次の万葉歌からはっきりと分かる。

…娘子《をとめ》らが　娘子さびすと　唐玉《からたま》を　手本《たもと》に巻《ま》かし…（⑤八〇四）

右は、山上憶良《やまのうえのおくら》の歌。「唐玉」は舶来の玉のことで、珊瑚《さんご》や翡翠《ひすい》などの類をいう。若い乙女たちが乙女らしく、舶来の玉を糸で貫《ぬ》き連ねて作った玉飾りを手首に巻いている様を詠じている。

秋立ちて幾日《いくか》もあらねばこの寝《ね》ぬる朝明《あさけ》の風は手本《たもと》寒しも（⑧一五五五）

右は秋を詠じた一首で、立秋になってまだ何日も経《た》っていないのに、寝て起きた明け方の風は手首のあたりが寒く感じられると歌っている。

『万葉集』で最も多く歌われるのは、男女の共寝を意味する「手本《たもと》を巻《ま》く（枕《まくら》く）」という表現である。当時の男女は、互いの首にタモト（手首）を巻きつけて抱き寝をした。↓ヌ。その状態を「手枕《たまくら》」という。↓マクラ。

帰るべく時はなりけり都《みやこ》にて誰《た》が手本《たもと》をか我《わ》が枕《まくら》かむ（③四三九）

右は、任地の大宰府《だざいふ》で妻を喪った大伴旅人《おおとものたびと》が、亡き妻を恋い偲んで詠じた挽歌で、「はや都に帰るべき時になっていたことだ。だが、都に戻って、誰の手首を巻いて私は枕とすればよいのか」というほどの意。妻との別離に際し、最も思い出されるのは共寝の手枕だったのである。旅人は同時に

「愛《うつく》しき人の巻《ま》きてし敷栲《しきたへ》の我《わ》が手枕《たまくら》をまく人あらめや」（③四三八）という同じ趣向の一首も詠んでいる。もう自分の手枕を枕にして寝る人がいないという深い喪失感を歌ったものである。

　恋歌で、男女の共寝が長らくかなわない様を「手本《たもと》を離《か》る」といった。

　　二上《ふたかみ》に隠《かく》らふ月の惜《を》しけども妹《いも》が手本《たもと》を離《か》るるこのころ（⑪二六六八）

　右は男の歌で、「二上山に隠れて行く月のように、惜しいけれども、あの子との共寝の手枕を離れているこの頃であることよ」というほどの意。

次は、着物の袖口を表すタモトの例。

　　風の音《と》の遠き我妹《わぎも》が着《き》せし衣《きぬ》手本《たもと》のくだりまよひ来《き》にけり（⑭三四五三）

　右は東歌《あずまうた》で、「風の音のように遥か遠くにいる、わが妻が着せてくれた着物の袖口のところがほつれて来てしまった」というほどの意。「手本のくだり」は、袖口の縫い返しの折り目の部分をいうらしい。家郷を遠く離れた夫の歌である。

　　白栲《しろたへ》の手本《たもと》ゆたけく人の寝《ぬ》る甘寝《うまい》は寝《ね》ずや恋ひ渡りなむ（⑫二九六三）

右歌は、「手枕を交わす衣の袖もゆったりと、世間の人が寝る満ち足りた眠りもできずに、ずっと恋い続けるのだろうか」というほどの意。「白栲の」は「手本」に掛かる枕詞。「手本」は互いの手首を巻き交わす共寝を意識した表現だが、ここはむしろ着物の袖の意に近い。袖がゆったりするところには、共寝の充足感も表現されている。

　上代には筒状だった袖の形が、中古以降、下方に大きく垂れた袋状の形に変化するに従って、タモトも着物の袖を示すようになる。『古今集』には「うれしきを何に包《つつ》まむ唐衣《からころも》袂《たもと》ゆたかにたてと言はましを」（雑上・八六五）の一首が見える。たくさんの嬉しいことを包むために、着物の袖を大きく裁《た》って作れと言っておけばよかったというほどの意である。また、「紅《くれなゐ》のふりいでつつ泣く涙には袂のみこそ色まさりけれ」（恋二・五九八）のように、悲しみで流す涙をタモトで拭《ふ》くという趣向の歌も増え、袖にかかる涙を表す「袂の露」という歌語も現れる。

（高桑枝実子）

たる【足る・満る】

欠けたところがなく十分に満たされた状態を表す語。充足する、満ち足りるの意。［基礎語］は、自然の生命体が内なる活力の働きで十分に充実し繁栄することをいう、と説明する。対象への讃美性をもつ。『万葉集』では、「足る」「満る」などの字があてられる。「母」に掛かる枕詞「垂乳根《たらちね》の」のタラチは、タルの尊敬態「足らし」の転とする説がある。『日本書紀』で大足彦忍代別天皇《おほたらしひこおしろわけのすめらみこと》（景行《けいこう》天皇）・稚足彦天皇《わかたらしひこのすめらみこと》（成務《せいむ》天皇）などの天皇名に見える「足《たらし》」も、満ち足りる意の讃辞とされる（『古事記』での表記は「帯《たらし》」）。

タルは、「天《あめ》」や「天地《あめつち》」と共に詠まれることが多い。それは、広大で永遠性を持つ天空を満たすほどに充足し繁栄する様を表現するためと考えられる。↓アメ・アマ。次の歌は、その典型例。

天《あま》の原《はら》振り放《さ》け見れば大君《おほきみ》のみ命《いのち》は長く天足《あまた》らしたり（②一四七）

初期万葉の「天智《てんち》挽歌群」冒頭の、天皇が病に倒れた時の大后《おおきさき》の詠。「足らす」はタルの尊敬態で、「命」は「息《い》の霊《ち》」、すなわち生命を支える根源的な力をいう。↓イノチ。天皇の生命力が天空一杯に充ち満ちていると讃美することで、天皇の魂の復活、つまりは病平癒を祈願した呪歌である。

玉藻《たまも》よし　讃岐《さぬき》の国は　国からか　見れども飽《あ》かぬ　神《かむ》からか　ここだ貴《たふと》き　天地《あめつち》　日月《ひつき》とともに　足《た》り行《ゆ》かむ　神《かみ》の御《み》面《おも》と…（②二二〇）

柿本人麻呂《かきのもとのひとまろ》の詠で、讃岐国を讃美する部分。「国から」「神から」は、内在する性質・性状が讃美に値することを示す言葉である。「神の御面」は、「神代記」の国生み神話で四国を「この嶋は身一つにして面《おも》四つあり」とすることによる表現。永遠である天地や日月と共に、讃岐国は満ち足りて行くだろうと未来永劫の繁栄を祝福している。

タルは、反復・継続を表す「足らふ」「足らはす」の形で用いられることも多い。

天地《あめつち》に足《た》らはし照《て》りて我《わ》ご大君《おほきみ》敷《し》きませばか
も楽しき小里《をさと》（⑲四二七二）

右は、左大臣　橘諸兄《たちばなのもろえ》邸で開かれる宴のために、大伴家持《おおとものやかもち》が用意した歌。「足らはす」はタルの継続態「足らふ」の他動詞形で、充満させる意。ここは、天皇の威光が天地の間に充ち満ちていることを表現しており、結句の「楽しき」と共に、天皇の威光に対する讃美表現となっている。

男女が共寝して過ごす満ち足りた夜を「天《あめ》の足《た》る夜《よ》」（⑬三二八〇・三二八一）と呼ぶ。「天の」は夜の聖性を強調する表現で、「足る夜」は男女の魂逢《たまあ》いが実現した夜への讃詞となっている。↓**ヨル**。タルの持つ讃美性がよく表れた表現である。

次の歌は、女性美を表すタルの例。

…望月《もちづき》の　足《た》れる面輪《おもわ》に　花のごと　笑《ゑ》みて
立てれば…（⑨一八〇七）

右は、伝説上の美女葛飾《かつしか》の真間娘子《まのおとめ》を詠んだ歌。「足れる」は、欠けたところがない満月の様子と同じように、ふっくらと美しい娘子の面差しを讃美する表現となっている。

タルは、満ち足りる意をもつ類義語「飽《あ》く」と結び付き、「飽《あ》き足《だ》る」の形でも詠み込まれる。↓**アク**。特に、否定形「飽《あ》き足《だ》らぬ」の形で讃美表現となることが多い。

梅の花手折《たを》りかざして遊べども飽《あ》き足《だ》らぬ日
は今日《けふ》にしありけり（⑤八三六）

右は、大伴旅人《おおとものたびと》が大宰府《だざいふ》で催した梅花の宴で詠まれた一首。宴の当日を指す「満ち足りることのない思いのする日」とは不満足の表明ではなく、この場でいつまでも遊んでいたいという思いを表し、宴に対する讃詞となっている。

心が満ち足りた状態を「心足《こころだ》らひ」という。

この見ゆる雲ほびこりてとの曇《ぐも》り雨も降《ふ》らぬ
か心足《こころだ》らひに（⑱四一二三）

越中国で旱魃《かんばつ》が起こった時、国守の大伴家持が降雨を祈り、「心に満足するまで雨が降ってほしい」と願った歌。「心」を中が空洞の容器状の物と捉え、その空洞が十分に満たされた状態を「心足らひ」と呼ぶらしい。↓**ココロ**。（高桑枝実子）

たわやめ【手弱女】

タワヤメとは、「手弱女」の文字表記によっても理解されるように、一般には非力でか弱い女の意に受け取られている。だが、原義はそれとはやや異なる。タワヤメのタワはタワム（撓む）と同根で、外部からの力を受けてしなやかに曲がる意を示す。タワヤメは、もともとは讃め言葉で、理想の女の姿を意味した。それゆえこの言葉は、まずは神女や巫女の形容として用いられた。神女や巫女は神の対になるから、理想の女とされた。

それを示しているのが、次の例である。

奥山の　賢木《さかき》の枝《えだ》に　しらか付け　木綿《ゆふ》取り付けて　斎瓮《いはひへ》を　斎《いは》ひ掘《ほ》り据《す》ゑ　竹玉《たかたま》を　繁《しじ》に貫《ぬ》き垂《た》れ　鹿《しし》じもの膝《ひざ》折り伏して　手弱女《たわやめ》の　襲《おすひ》取り懸《か》け…（③三七九）

大伴坂上郎女《おおとものさかのうえのいらつめ》の「神を祭る歌」である。坂上郎女は大伴家の家刀自《いえのとじ》（主婦）として、氏神の祭祀にあたった。掲げたのは、その祭祀のさまを歌った部分。「しらか」「木綿」は、麻や楮《こうぞ》の樹皮の繊維。榊《さかき》に垂れ掛けて幣《しで》（幣帛《へいはく》）とした。「斎瓮」は酒を入れた神聖な甕《かめ》。「襲」は神事用に羽織る白い浄衣のこと。鹿さながらに膝を屈する「手弱女」は、あきらかに神女・巫女の形容としてである。

この意味の「手弱女」は、やはり神祭りの巫女を歌った次の例、「（手首に）巻《ま》き持てる　小鈴《こすず》もゆらに（小鈴の音も玲瓏と）手弱女《たわやめ》に　我《われ》はあれども」（⑬三二二三）にも見える。「神代記」で、天宇受売命《あめのうずめのみこと》が「手弱女人《たわやめ》」と呼ばれているのも、神女・巫女としてのありかたを示したものと見てよい。

タワ（撓）と同根の言葉にタヲ（撓）がある。その派生語のタヲリは、山の稜線の撓《たわ》んだ部分、鞍部（峠）を指す。「峰《みね》のたをり」（⑬三二七八）「山のたをり」（⑱四一二二）などの例がある。

タワは母音交替してトヲになる。枝がたわみしなう意のタワワをトヲヲと表現した例もある。

秋萩《あきはぎ》の枝《えだ》もとををに置く露《つゆ》の消《け》なば消《け》ぬとも
色に出《い》でめやも（⑧一五九五）

「秋萩の枝もたわむほどに置く露のように、この身が消えるなら消えてしまおうとも、恋の思いを表に出すことなどどうしてあろうか」というほどの意。

このトヲは、大きくうねる波「とゐ波」（②二二〇）のトヰとも関連する。その派生語である「とをらふ」は、舟などが波のうねりに翻弄され、揺れ動くさまの形容。「住吉《すみのえ》の　岸に出《い》で居《ゐ》て　釣《つ》り舟《ふね》の　とをらふ見れば」（⑨一七四〇）のような例がある。トヲはタワと同様、今も鞍部を示す山岳用語として使われている。

トヲのもう一つの派生語にトヲヨルがある。これもタワヤメの原義につながる言葉である。

秋山の　したへる妹《いも》　なよ竹の　とをよる子
らは　いかさまに　思ひをれか　栲縄《たくなは》の長き
命を…（②二一七）

吉備津采女《きびのつのうねめ》の入水死を悼んだ柿本人麻呂《かきのもとのひとまろ》の挽歌。引用部分は「秋山のように美しく色づく妹、なよ竹のようにしなやかなあの子は、どう思ったからなのか、栲縄のような長い命なのに」というほどの意。この「とをよる」は、「なよ竹」と呼応して、たわみしなう意を示す。「なよ竹のかぐや姫」（『竹取物語』）のような例も後には見える。采女はもともと巫女の属性を強くもつから、ここもそうした理想の神女のありかたを示す言葉と見てよい。

もっとも、トヲヨルを男皇子に用いた例もある。石田王《いわたのおおきみ》の挽歌である。そこでは王を「なゆ竹のとをよる皇子《みこ》」（③四二〇）と呼んでいる。高貴な貴族の場合には、男であっても、その理想型は女の姿に重なるものとして意識されていたらしい。「景行記《けいこう》」で、ヤマトタケルが、童女の姿になってクマソタケルを討ったとあるのは、ヤマトタケルが女に紛う麗質をそなえていたらしいことを想像させるし、『源氏物語』の主人公光源氏も、あきらかに女性的な美の持ち主として造形されていた。そこで、男皇子に対しても、神女の属性を示す表現が用いられることになったのだろう。
タワヤメは、『万葉集』の中では、次第にか弱い女の意で使用されるようになっていく。そのようなタワヤメは、しばしば男の勇武さを示すマスラヲの対語として捉えられている。

大夫《ますらを》もかく恋ひけるを手《た》弱女《わやめ》の恋ふる心にたぐひあらめやも　（④五八二）

大伴坂上大嬢《おおとものさかのうえのおおおとめ》が大伴家持《おおとものやかもち》に贈った歌。「立派な男子であるあなたもこんなに恋うているのに、ましてか弱い女である私が恋しく思う心がどれほど苦しいものか、比較しうるものなどありはしない」というほどの意。ここでの「手弱女」の原文表記は「幼婦」とあり、か弱いだけでなく、幼さへの意識も見られる。

タワ（ヲ）ヤメとマスラヲを対と見る意識は、『万葉集』と『古今集』以降の勅撰集との詠みぶりを比較した賀茂真淵『にひまなび』の言説にも現れているが、このようなタワヤメの理解はむしろ二次的なものというべきだろう。

「手弱女」を文字通り力の弱い女と捉えた例もある。

手持女王《たもちのおおきみ》が夫を墳墓に葬った際の歌である。

岩戸《いはと》破《わ》る手力《たぢから》もがも手《た》弱《よわ》き女《をみな》にしあればすべの知らなく　（③四一九）

ここには「手弱き女」とあり、タワヤメそのものではないが、類例として掲げてみた。「岩戸をうち破る手の力があってほしい。私はか弱い女なので岩戸から引き出すすべもわからないことだ」というほどの意。この歌の背景には、天《あめ》の岩屋《いわや》戸《と》を開いて天照大御神《あまてらすおおみかみ》を引き出した手力男神《たぢからおのかみ》が意識されている。その手力男に比べて、自分は「手弱き女」だというのである。女王の名「手持」も意識されているかもしれない。

このように、タワヤメは神女・巫女の理想のありかたを示す言葉から、非力でか弱い女を示す言葉へと変化したらしいことが知られる。「手弱女」の表記もそれとともに生じたのだろう。そこには、もともと神女・巫女であった采女の地位が、次第に低落していったのと同様な事情が作用していたのかもしれない。

（多田一臣）

ち【霊・乳】

チはつよい霊力あるいは生命力をもつものを意味する言葉であったらしい。それをよく示すのが「血」や「乳《ち》」である。傷ついて血が大量に流れ出れば人は死んでしまう。一方、赤子は母の乳を飲むだけで成長していく。そこで血や乳には不思議な霊力、生命力が宿ると信じられた。

「神代記」に、大穴牟遅神《おおあなむじのかみ》（大国主神《おおくにぬしのかみ》）が、兄たちの謀《はかりごと》により大火傷を負い、一旦は死んだものの、「母《おも》の乳汁《ちしる》」を身体に塗ることで生き返ったとする話が見えている。「母の乳汁」とは、貝が分泌する白色の母乳状の液体のことで、民間の火傷療法に由来するとする説もあるが、「母の乳汁」と呼ばれているところに、生命を復活させるチ＝乳の呪力が意識されていたと見ておくのがよい。

「血」や「乳」のチは、タマ（霊）よりも古い太古の生命力を意味する言葉であったとする説もある（溝口睦子「記紀神話から縄文・弥生を探る」『文学』一三巻一号）。

このようなチは、霊的存在の霊格を示す言葉としても現れる。その場合、チは一般には複合語の一部を構成することになる。

わかりやすい例に、イカヅチ（雷）がある。

大君《おほきみ》は神にしませば天雲《あまくも》の雷《いかづち》の上に廬《いほ》らせるかも（③二三五）

イカヅチの語構成は「厳《いか》づ霊《ち》」で、威力のある霊格の意。現代語の雷《かみなり》にあたるが、『万葉集』の時代には、畏怖すべき一つの霊格と見られていた。

右の一首は、雷丘《いかずちのおか》に行幸した持統《じとう》天皇を祝福した歌。「大君は神でいらっしゃるので、天雲の雷の上に仮宿りをなさっておいでになる」というほどの意で、天皇の超越性を、あたかも雷の轟く天雲の上に君臨するかのような存在として讃美している。

恐ろしいものを詠み込んだ「数種《くさぐさ》の物を詠める

歌」に、ミツチという怪物が現れる。

　虎《とら》に乗り古屋《ふるや》を越えて青淵《あをふち》に蛟龍《みつち》取り来《こ》む剣《つるぎ》
　太刀《たち》もが　(⑯三八三三)

「虎」「古屋」「青淵」「蛟龍」「剣太刀」が恐ろしいものだが、中で「蛟龍」は四足の龍。ミツチは「水《み》つ霊《ち》」で、水の霊を意味する。青く深い淵に棲む龍の姿が想像されている。

　イカヅチ、ミツチと同類の言葉は、『古事記』の神名に多く見られる。即ちククノチ（久々能智＝木の霊）、ノツチ（野椎＝野の霊）、シホツチ（塩椎＝潮の霊）などである。

「東風」をコチと呼ぶ例もある。

　朝東風《あさこち》に井堤《ゐで》越す波のよそ目にも逢《あ》はぬもの
　ゆゑ滝《たぎ》もとどろに　(⑪二七一七)

　コチのチも、自然現象の風に霊力を見てのチであろう。一首は、朝の東風によって堰《せき》を越す波を比喩に、逢ったこともない相手との噂だけが四囲に広がってしまったことを歌ったもの。

『和名抄』には、「暴風」の項に「八夜知《はやち》（疾風）又乃和木乃加世《のわきのかせ》（野分の風）」とある。このハヤチは後にハヤテに転ずるが、このチも風の霊力を意味する。

　イノチ（命）のチも同様に理解することができる。この語源は「息《い》の霊《ち》」であるらしく、息に生命力の活動するさまを見ていたことがわかる。チはその息を霊格として捉えている。**↓イノチ**。

　チを動詞化した言葉にチハフがある。

　…男《を》の神も　許したまひ　女《め》の神も　ちはひ
　たまひて…　(⑨一七五三)

　筑波山に登った折の歌。チハフのハフは力の広がりを示す言葉で、チハフは、チの霊力が周囲にその威力を現す意。右の例では、筑波山の男女の山の神が、その霊威を発揮し、すばらしい景色を見せてくれたことに感謝している。

　チハフに類似する語にチハヤブルがある。もっぱら「神」に接続する枕詞として用いられる。外部に現れ出たチの烈しい霊威を讃美する言葉で、ハヤは勢威の烈しさを、フル（ブル）はその威力が発揮されている状態を示す。

　…踏《ふ》み通り　国覓《くにま》ぎしつつ　ちはやぶる　神

を言向《ことむ》け　まつろはぬ　人をも和《やは》し…（⑳四四六五）

大伴家持《おおとものやかもち》「族《うがら》を喩《さと》せる歌」の一節。大伴氏の祖神が、王権の支配に従わない在地の神々たちを服従させたことが歌われている。チハヤブルはそれらの神々を暴威を振るう荒ぶる神として描いている。チハヤブルは「神」の枕詞ではあるが、王権の側に立つ神に用いられることはない。このことは幾重にも注意されてよい。チハヤブル神は、畏怖すべき神として、どこかに反秩序的な性格を見せている。

チハヤブルは、少数ではあるが、地名「宇治《うぢ》」につながる例がある。

…ちはやぶる　宇治《うぢ》の渡りの　激《たぎ》つ瀬を　見つつ渡りて…（⑬三二四〇）

平城京から近江《おうみ》へと向かう道筋を歌った歌。途中、宇治川を渡る。ここにチハヤブルが冠せられているのは、宇治川の流れの速さに、畏怖の念を感じたからであろう。川の神の霊威も意識されていたかもしれない。

最後に、チについてまとめておく。先に『古事記』の神名に見えるチの例として、ククノチ、ノツチなどを挙げた。これらの語構成を見ると、木や野や雷のような自然物、自然現象を畏怖すべき霊威と捉え、チを付加することで、その神としてのありかたを表象したものと見ることができる。その始原には、「血」や「乳」に見えるような、生命力、霊力の根源としてのチがあったと考えることができる。

だが、ククノチ、ノツチが神として待遇されていることは、チという始原的な霊格が、より抽象化・組織化された高度な秩序の中に組み込まれていった過程をも推測させる。体系化された神概念の一段階前にチへの畏怖があり、それは自然物、自然現象に対する素朴な驚異の思いから観念されたものであったと見ることができる。この意味で、チをタマ（霊）に先立つ霊格と見る説はあたっているかもしれない。

（新谷正雄）

ちまた【衢】

道の分岐・交差するところがチマタ（衢）である。チはミチ（道）のチ、マタは枝分かれする意のマタ（股・岐）である。もともと道は単なる通路ではなく、霊威に満ちた空間を意味していた。道は、諸方に通じ、その果ては異界にまで達していると信じられていた。それゆえ、道には不思議な者たち、時として鬼魅《きみ》の類や超常的な能力をもつ者が往来しているとされた。道の分岐・交差するところがチマタだから、そこはむしろ諸方から道の集まる場所として意識された。**↓ミチ**。ならばチマタには道の霊威が充ち満ちていたことになる。

　チマタのそうした意味は、次の歌によく現れている。

　言霊《ことだま》の八十《やそ》の衢《ちまた》に夕占《ゆふけ》問《と》ふ占《うら》まさに告《の》る妹《いも》は相寄《あひよ》らむ（⑪二五〇六）

「言霊の霊威があふれる八十の衢で夕占を問い尋ねた。占はまさしく告げた、あの子は私に寄りなびくであろうと」という意。衢に集う者の中には、人知を超える呪能をもつ者もおり、それゆえ衢を行き交う人々の何気ない言葉には、未来の吉凶を予言する不思議な力が宿るとされた。吉凶を知りたい者は、衢に立ち、耳にとまった道行く人の言葉を記憶して、占い者に判断してもらったのである。「妹は相寄らむ」が、その判断の言葉。「八十の衢」の「八十」は数が多い意を示すが、ここはチマタに言霊の霊威が充ち満ちていることを讃美している。「言霊」は、呪詞や誓言などの非日常言語に宿る言葉の霊威のこと。こうした占は夕方に行われたので、「夕占」と呼んでいる。「夕」は神の時間と人間の時間の接点、つまり異界の霊威と触れあうことのできる時間だった。河内の瓢箪《ひょうたん》山稲荷《やまいなり》神社のように、現在もそうした古式の占いを伝えている神社もある。そこではこれを「辻《つじ》占《うら》」と呼んでいる。辻は十字路の交点だから、これもチマタである。↓ウラ。

　チマタが異界に通ずる場所であることは、次の『日本霊異記』の説話を見ることで明らかになる。雄略《ゆうりやく》天皇から雷を捉えるように命じられた小子《ちいさこ》部栖《べのす》軽《がる》が、磐余宮《いわれのみや》（奈良県桜井市）から阿倍・山田道を通り、雷丘《いかずちのおか》の麓から豊浦寺《とよらでら》の前を経て「軽《かる》の諸越《もろこし》の衢《ちまた》」に到り、そこで「天の雷神よ、天皇のお召しだ」と天に向かって大声で叫び、その帰路、雷丘で天から落ちた雷を捉えたという話である（上一縁）。栖軽は、なぜわざわざ「軽の諸越の衢」に出向いて叫んだのか。それはチマタが異界に通ずる空間だったからである。そこは、下《しも》ツ道と豊浦寺の前を通る道の交点だった。

　この「軽の諸越の衢」には、古くから市が開かれた。軽《かる》の市である。チマタに市が開かれたことは、諸方から道の集まるチマタが、交易の上でも最適な空間であったからにほかならない。そこはまた、特定の共同体には帰属しない「無縁」の空間でもあった。柿本人麻呂《かきのもとのひとまろ》の「泣血哀慟《きゅうけつあいどう》歌」（②二〇七）で、亡き妻の面影を求めて、その夫が軽の市に出向いたと歌われているのも、そこが死者の世界にもつながる聖空間であったことによる。

　一方、市が歌垣の場とされたのも、そこが「無縁」の空間であったことに理由をもつ。そうした歌垣の場としては、海石榴市《つばきち》（椿市《つばいち》）がよく知られている。「紫《むらさき》は灰《はい》さすものそ海石榴市《つばきち》の八十《やそ》の衢《ちまた》に逢《あ》へる子や誰《たれ》」（⑫三一〇一）は、そこでの歌垣に際して男が詠んだ歌。紫染めには、発色を美しくさせるための媒染剤として椿の灰汁《あく》を入れた。女を紫に、男（自分）を灰に喩えて、女は男を知ってこそ美しくなるものだと口説いた歌である。海石榴市は、奈良県桜井市金屋《かなや》付近。三輪山の西麓で、山辺道、泊瀬道、山田道などが通じる交通の要衝だった。ここでもそこを「八十《やそ》の衢」と呼んでいる。そこには、椿が聖木として植えられていた。チマタには橘《たちばな》などの樹木も植えられていたらしい。「橘《たちばな》の陰《かげ》踏む道の八衢《やちまた》に」（②一二五）とあるのは、その例。餌《え》香市《がのいち》（大阪府藤井寺市）には橘が植えられていたとする記録（「雄略紀」十三年三月条）もある。

（多田一臣）

ちる【散る】

一つにまとまっていた物が砕けて、四方に飛んで落ちる意。具体的には、花や葉が散り落ちることや、水滴や玉などが飛散すること、集合した人が離散することなどを表す。「塵《ちり》」と同根の語。『万葉集』では、「散」「落」の表記が見える。

『万葉集』で最も多いのは、花や黄葉《もみじ》が散り落ちることを表す例である。その場合、「霞《かすみ》立つ春日《かすが》の里の梅の花山の嵐《あらし》に散りこすなゆめ（散ってくれるな。けっして）」（⑧一四三七）、「さ夜《よ》更《ふ》けて時雨《しぐれ》な降《ふ》りそ秋萩《あきはぎ》の本葉《もとば》の黄葉《もみち》散らまく惜《を》しも（散るのが惜しいことだ）」（⑩二二一五）のように、散ることを厭う歌い方がされる。花や黄葉を無情に散らすものとして、「霍公鳥《ほととぎす》」などの鳥や「嵐」「時雨」などの自然現象が詠み込まれることも多い。逆に、宴席歌においては、「酒坏《さかづき》に梅の花浮かべ思ふどち飲みての後《のち》は散りぬともよし（酒杯に梅の花を浮かべて親しい仲間同士で飲んだ後は、散ってしまっても構わない）」（⑧一六五六）のように歌い、充足感を表明した。

一方で、花や黄葉が散ることは、時節の到来を象徴的に表す事柄でもあった。

雪見ればいまだ冬なりしかすがに春霞《はるかすみ》立ち梅は散りつつ（⑩一八六二）

右は、春の雑歌《ぞうか》。雪を見るとまだ冬だが、春霞が立ち梅が散り続けるのを見ると、春の到来が実感されるというのである。また、花や黄葉が散る光景の美しさを純粋に愛でた作もある。

我《わ》が園《その》に梅の花散るひさかたの天《あめ》より雪の流れ来《く》るかも（⑤八二二）

右は梅花《ばいか》の宴における大伴旅人《おおとものたびと》の歌。漢詩の趣向を模して、白梅の落花を雪に見立てている。

花や黄葉がしきりに散り乱れることを「散り乱《まが》ふ」、その様を「散りの乱《まが》ひ」という。「乱ふ」は、散りしきる花や黄葉による視覚の乱れを表す。

…思ひつつ　返り見すれど　大船《おほふね》の　渡《わたり》の山

の　黄葉《もみちば》の　散りの乱《まが》ひに　妹《いも》が袖《そで》　さやにも見えず…（②一三五）

柿本人麻呂《かきのもとのひとまろ》が石見国《いわみ》から妻と別れて上京する時に詠じた「石見相聞歌」。妻を思いつつ返り見するが、山に散りしきる黄葉のために妻の袖もはっきりと見えないと嘆く。この表現の背後には、山中他界観がある。→**モミチ・モミツ、ヤマ**。

花や黄葉が散ることを、比喩にする例もある。

梅の花咲きて散りぬと人は言へど我《わ》が標結《しめゆ》ひし枝《えだ》にあらめやも（③四〇〇）

右は譬喩《ひゆ》歌で、「梅の花」は女の寓意。「咲きて散りぬ」は、思いをかけていた少女が成長して、他の男のものになってしまったことを寓意する。

花や黄葉が散ることは、無常や、無常の極みである死の形象と見なされることが多い。

あしひきの山さへ光り咲く花の散りぬるごとき我《わ》ご大君《おほきみ》かも（③四七七）

右は、安積皇子《あさかのみこ》の薨去時に大伴家持《おおとものやかもち》が詠じた挽歌で、「〔あしひきの〕山までも照り輝かせて咲く花が一瞬に散ってしまったような、わが大君であることよ」というほどの意。わずか十七歳での皇子の急死に、落花の一瞬が重ねられている。

次は、花が散る様を人の離散と重ねた珍しい例。

桜花《さくらばな》咲きかも散ると見るまでに誰《たれ》かもここに見えて散り行《ゆ》く（⑫三一二九）

桜の花が咲いては次々と流れるように散って行くように、いかなる人がここに現れては散り散りになって行くのだろうと、目の前で集合離散して行く往来の人々を見ての感慨を詠じている。

以下は、水滴や玉が飛散する様子を歌った例。

この夕降《ゆふへふ》り来《く》る雨は彦星《ひこほし》の早漕《はやこ》ぐ舟の櫂《かい》の散りかも（⑩二〇五二）

右は七夕歌で、七月七日の夕べに降る雨を、天の川を急いで漕いで行く彦星の舟の櫂の雫《しずく》が散り落ちたものと見立てた優美な一首である。

玉梓《たまづさ》の妹《いも》は玉《たま》かもあしひきの清き山辺《やまへ》に撒《ま》けば散りぬる（⑦一四一五）

右は、散骨の光景を詠じた挽歌。火葬した妻の遺灰を玉に見立て、露の白玉のように、はかなく消えてしまう印象を強調している。（高桑枝実子）

つかひ【使ひ】

ツカヒは動詞ツカフの名詞形。他へ出かけてゆき、伝言したりすること、また、その人の意。

春草《はるくさ》を馬咋山《うまくひやま》ゆ越え来《く》なる雁《かり》の使ひは宿《やど》り過ぐなり（⑨一七〇八）

右の一首は「春の草を馬が食う、その咋山《くいやま》を越えて来るらしい雁の使いは、この旅の宿りを素通りしていくようだ」というほどの意。「雁の使ひ」は、漢の蘇武《そぶ》が匈奴《きょうど》に捕えられた時、雁の足に手紙を付けて故郷に送ったという『漢書』「蘇武伝」の雁信《がんしん》の故事を踏まえた表現。『万葉集』中に、何例か見られる。このような中国古典を背景に持つツカヒの例を除くと、万葉歌におけるツカヒは専ら恋の伝言者のことをいう。

ツカヒは、男の訪れを伝えたのだろう。そのため、女はツカヒそのものを待ち遠しく思ったこともあったようだ。

我《わ》が背子《せこ》が使ひを待つと笠《かさ》も着《き》ず出《い》でつつそ見し雨の降《ふ》らくに（⑪二六八一）

この歌は「わが背の君の使いを待つとて、笠も着ずに何度も外に出ては見たことだ。雨が降るというのに」というほどの意。外で濡れながらも、男からのツカヒを待つ女の歌である。男が来られない場合でも、手紙を運んでくれるツカヒを待ってしまう、けなげさであろう。

さらには、男本人ではなく、そのツカヒまでもが讃美されてしまう場合もあった。

百重《ももへ》にも来及《きし》かぬかもと思へかも君が使ひの見れど飽《あ》かざらむ（④四九九）

一首は女の立場での歌で、「幾重にも重ねて来てほしいと思うからか、あなたからの使いをいくら見ても見飽きることがないのだろう」というほどの意。ツカヒに対して、「見れど飽かず」という最高の讃美表現を用いている。→**アク**。

しかし、次の歌が本音なのかもしれない。

何《なに》すとか使ひの来《き》つる君をこそかにもかくにも

も待ちかてにすれ（④六二九）

右は、「どうして使いなどが来たのか。あなたをこそ、とにもかくにも待ちかねているのに」というほどの意。男本人が来ないで、ツカヒが来るのでは意味がないというのである。

ツカヒは、二人の関係を維持するために大きな意味を持ったが、そのツカヒの存在は、周囲には秘密にしなければならなかった。

人言《ひとごと》を繁《しげ》みと君に玉梓《たまづさ》の使ひも遣《や》らず忘ると
思《おも》ふな（⑪二五八六）

右は、女から男に送るツカヒの例。周囲の人の噂が気になってツカヒも出せないと歌っている。現実に逢わなくても、ツカヒの存在で二人の関係が露呈することもあったのだろう。

誰《た》そ彼《かれ》と問《と》はば答へむすべをなみ君が使ひを
帰しつるかも（⑪二五四五）

女の歌で、「『あれは誰か』と人が問いかけたら答えるすべもないので、あなたの使いを帰してしまったことだ」というほどの意。母親が不審に思って娘に問いかけたのだろうか。ツカヒが来ることは、恋仲の相手がいることを示す。逆に、ツカヒが来ないことは、二人の関係の停滞を暗示した。

夏葛《なつくず》の絶《た》えぬ使ひのよどめれば事《こと》しもあるご
と思ひつるかも（④六四九）

女の歌で、「夏葛の蔓《つる》が絶えないように、いつも通って来た使者が滞りがちなので、あなたの方に何か事でもあるかのように思っていたことだ」というほどの意。男の浮気を疑っている。

大事な役割のツカヒは、時に悲しい報告もした。

…沖《おき》つ藻《も》の　靡《なび》きし妹《いも》は　黄葉《もみちば》の　過ぎて去《い》
にきと　玉梓《たまづさ》の　使ひの言へば…（②二〇七）

柿本人麻呂《かきのもとのひとまろ》が妻の死を悲しんで詠んだ「泣血《きゅうけつ》哀慟《あいどう》歌」では、妻の死をツカヒから聞くことになる。普段睦言を告げたツカヒが、この上ない残酷な伝言をするのである。反歌においても、「黄葉《もみちば》の散りゆくなへに玉梓《たまづさ》の使ひを見れば逢《あ》ひし日思《おも》ほゆ」（②二〇九）と、ツカヒが歌われる。亡き妻とのやりとりを伝えたツカヒを見て、その妻と逢った幸せな日々を追懐している。ツカヒは、二人の関係を繋ぐ大事な存在であった。（中嶋真也）

つき【月・憑き・槻】

ツキに関わる語には「月《つき》」「槻《つき》」「憑《つ》き」などがある。上代特殊仮名遣いにおいて、「月」「槻」のキは甲類、「憑き」は乙類であるが、各々は、根底で繫がった意味をもつ語といえる。

　現代では名月を見る行事が「観月の会」などと称して催されるが、月見の風習は中国盛唐の頃に起こり、日本には平安期に移入されたものであり、万葉の時代には、月は神秘の対象であった。

　天体の月《つき》は、昼に照る日《ひ》に対し、夜の世界を担う。記紀の神話では、太陽神アマテラスに対して、夜の世界を支配する月神としてツクヨミノミコトが登場する。「神代紀」一書で、ツクヨミは、食物神である保食神《うけもちのかみ》が口から出した食べ物で饗応したことに激怒し、殺害してしまう。この行為を怒ったアマテラスは、以後ツクヨミと相見《あいまみ》えないとし、それゆえ太陽と月は、昼と夜に別れて出るようになったという。

『万葉集』でも月は、「月読《つくよみ》」あるいは「月読《つくよみ》壮士《をとこ》」「ささらえ壮士《をとこ》」と、男性に擬人化して表現される。次は、月を「月人壮士《つきひとをとこ》」と詠んだ例。

　天《あめ》の海《うみ》に月の舟浮《う》け桂楫《かつらかぢ》懸けて漕《こ》ぐ見ゆ月人《つきひと》
　壮士《をとこ》（⑩二二二三）

　月を天に浮かぶ舟に見立てているが、「月の舟」は漢語に学んだ表現で、『懐風藻《かいそうふう》』の文武《もんむ》天皇「詠月」に「月舟《げっしゅう》霧渚《むしょ》ニ移リ」とある。また「桂楫《かつらかぢ》」も、月に桂の木があるという中国の伝説に基づく語。桂は黄色に黄葉することより、月に生えるとされたという。月の桂を、手の届かぬ思《おも》い人《びと》に喩えた「目には見て手には取らえぬ月のうちの楓《かつら》のごとき妹《いも》をいかにせむ」（④六三二）という歌もある。

　三日月《みかづき》はその形状から、女性の引き眉に喩えられた。次は、大伴家持《おおとものやかもち》が詠んだ歌。

　振り放《さ》けて三日月《みかづき》見れば一目《ひとめ》見し人の眉引《まよび》き
　思ほゆるかも（⑥九九四）

「初月《みかづき》の歌」と題された歌で、「遠く空を振り仰いで三日月を見ると、ほんの一目だけ見た人の引き眉が思われることだ」という意。細く眉を描くのは、唐風として当時流行の化粧法であった。

月は満ち欠けを繰り返すことから、死と再生を司るものとされた。この信仰は様々な地域に存在する。たとえば沖縄県宮古島の伝説では、アカリヤザガマという男が太陽と月の命《めい》を受け、人間に不老不死の水を浴びせようとしたが、誤って蛇にかけてしまう。そのため蛇は脱皮を繰り返して長命を保つ一方、人間は死を迎えることになったという。しかし天は人間を哀れみ、年に一回、節《せつ》の夜に天から変若水《おちみず》をもたらすとされる。変若水とは生命復活の若返りの水のことである。↓ヲツ。

『万葉集』では「天橋《あまはし》も　長くもがも　高山《たかやま》も　高くもがも　月読《つくよみ》の　持てる変若水《をちみづ》…（天上への橋も長くあってほしい。高い山も高くあってほしい。月読の神が持っている変若水）」（⑬三二四五）のように詠まれている。

月は不老不死と結びつけられる一方、常に形が変化することから、無常を示すものともされた。

隠《こも》りくの泊瀬《はつせ》の山に照《て》る月は満ち欠けしけり
人の常《つね》なき（⑦一二七〇）

「〔隠りくの〕泊瀬の山に照る月は満ち欠けしていることだった。人もまた無常であることよ」というほどの意。当時、葬地であった泊瀬のイメージを重ねつつ、泊瀬山を照らす月の満ち欠けに、人間の世の無常を詠んでいる。

月の光は、異界の力に満ちた光として畏怖される一方、賞美の対象として「さやけし」と表現された。サヤケシは、くっきりとした分明さの中に霊的な力を示す言葉である。↓サヤケシ。

春日山《かすがやま》押して照《て》らせるこの月は妹《いも》が庭にもさ
やけかりけり（⑦一〇七四）

「春日山を一面に照らしているこの月は、あの子の家の庭にもさやかに照っていたことだった」という意。男が、春日山を照らす月を見て、恋人の所に通った折の月光を思い出している。

また月は、遠い人を思うよすがにもなった。

朝月《あさづき》の日向《ひむか》の山に月立てり見ゆ　遠妻《とほづま》を持ち

たる人し見つつ偲《しの》はむ（⑦一二九四）

柿本人麻呂《かきのもとのひとまろ》歌集の旋頭歌《せどうか》で、「〔朝月の〕日向の山に月が出ているのが見える。遠く離れた妻を持っている人は、見ながら偲ぶことだろう」くらいの意。地上世界を遍く照らす月に遠い人を思うのは、現代にも通じる観念であるが、古代においては、さらに月が鏡と重ねて表現されることにもなっている。

我妹子《わぎもこ》し我《われ》を思はば真澄鏡《まそかがみ》照り出《い》づる月の影に見え来《こ》ね（⑪二四六二）

「いとしい妻が私を思うなら、真澄《ますみ》の鏡が照るように輝き出た月影の如く、面影になって見えて来てほしい」という意。「真澄鏡」は澄みきった鏡の意で、「照る」に掛かる枕詞。その鏡のように照る月が「影（面影）」を引き出す序詞となっている。鏡は姿を映す呪具であり、「影見《かがみ》」を原義とする。その鏡と重ねられるゆえに、月は遠い人の面影を映し出す力をもつのだろう。

　月の光に照らされながら、男は女のもとに通った。月夜は男女の逢い引きの時であった。月夜におげる男女の逢瀬《おうせ》を詠んだ歌は『万葉集』中、枚挙にいとまがない。

月夜《つくよ》よみ妹《いも》に逢《あ》はむと直道《ただち》から我《われ》は来《く》れども夜《よ》そ更《ふ》けにける（⑪二六一八）

「月夜がよいので、あの子に逢おうと真っ直ぐ近道を通って来たけれど、夜が更けてしまったことだ」という意。夜は、外出を控えるべき禁忌の時間帯であったが、男は、月光に照らされその呪力を身に浴び、いわば神的な存在となることで、女の許《もと》に通ったのである。↓ヨル。

　一方、待つ立場の女にとって、月夜は男の訪れが予想される時だった。しかしそれとは逆に、訪れがあるはずなのに男は来ない、という一人寝の苦しみが一層掻き立てられる時でもあった。

春日山霞《かすがやまかすみ》たなびき心ぐく照《て》れる月夜《つくよ》に独《ひと》りかも寝《ね》む（④七三五）

右は大伴坂上大嬢《おおとものさかのうえのおおおとめ》が、大伴家持《おおとものやかもち》に贈った歌。「春日山に霞がたなびいて、心も晴れぬままぼんやりと照っている月夜に、私は一人寝をすることだろうか」という意で、春の宵、霞たなびく朧月《おぼろづき》夜《よ》に共寝できない晴れやらぬ心情を、美しい月夜の情景に重ねて詠んだ歌である。→ヌ。

『竹取物語』や『源氏物語』には、女性が月を見ることを忌む記述がある。月と女性は、月経や出産など、深い繋がりがある。これらの現象と月の神秘性が相俟って、神や物《もの》の怪《け》などが身にのり移るという意味のツキ（憑き）も、月に通じる言葉であるとされる。

欅《けやき》の古名である「槻《つき》」も、神の依《よ》り憑《つ》く聖木の意で、ツキ（憑き）に通じるものという。「長谷《はせ》の百枝《ももえ》槻《つき》の下」で「豊楽《とよのあかり》」が催された際、三重《みえの》采女《うねめ》が詠んだ歌には、「…新嘗屋《にひなへや》に　生《お》ひ立《た》てる　百足《ももだ》る　槻《つき》が枝《え》は　上《ほ》つ枝《え》は　天《あめ》を覆《お》へり　中《なか》つ枝《え》は　東《あづま》を覆《お》へり　下枝《しづえ》は　鄙《ひな》を覆《お》へり…」（記九九）とあり、「槻」の「上《ほ》つ枝《え》」「中《なか》つ枝《え》」「下《しづ》枝《え》」が「天《あめ》」「東《あづま》」「鄙《ひな》」と国土全体を覆う様を詠むことで、あまねく行き渡る天皇の威光を表現している。槻の下で重要な儀式や行事が行われたことは『日本書紀』などから窺える。大化元年（六四五）、法興寺（飛鳥寺）の槻の木の下では、まさにその場所で蘇我氏を滅ぼした中大兄皇子《なかのおおえのみこ》と中《なか》臣鎌足《とみのかまたり》が群臣を集め、君臣一体となって天下を保つ誓約が行われている。

槻は神聖な木ゆえ、「斎槻《ゆつき》」「斎《いは》ひ槻」と表現された。→イハフ。

泊瀬《はつせ》の斎槻《ゆつき》が下《した》に我《わ》が隠《かく》せる妻　あかねさし
照《て》れる月夜《つくよ》に人見てむかも（⑪二三五二）

「泊瀬《はつせ》の神聖な槻の下に私が隠している妻。あかね色の光に照り輝く月夜に人が見つけてしまうのではないか」という意の旋頭歌で、「我《わ》が隠《かく》せる妻」とは、「隠《こも》り妻《づま》」とも称される、人知れず通う女性のこと。神がひそかに通う巫女に重ね合わせた語であり、聖なる槻の下に妻を隠すという表現の背後には、神と巫女との聖婚があるとされる。この歌において、恋の露見の引き金になると恐れられているのが、「あかねさし照れる月」の光である。ここにも、人の力では抗い難い月の呪力が表されているといえよう。

（兼岡理恵）

つつむ【包む】・つつみ【堤・障】

ある物を別の物で隙間なく覆いくるみ、外部との接触を遮断する意。そこから、心のありさまを表沙汰にしないこと、例えば、恋や涙などを隠す、遠慮する、などの意味が派生したと考えられる。ツツムのツツは、包んだ物、すなわち土産《みやげ》・贈り物を意味する「つと」と同根とされる。

ツツムが包含する意味は、現在の一般的表記では「包」「慎」となる。外部との遮断の意が強くなると「障」となり、水の流れを堰きとめる意味で限定すると「堤」となる。

伊勢《いせ》の海の沖《おき》つ白波《しらなみ》花にもが包《つつ》みて妹《いも》が家《いへ》づとにせむ（③三〇六）

右は、元正天皇《げんしょう》が伊勢国に行幸した折、安貴《あきの》王《おおきみ》が作った歌。結句の「家づと」は、「家」への「つと」の意。伊勢の海の沖の白波が花であったら、大事に包んで、家の妻への土産にしたいと歌っている。ツツム（包む）と「つと」との関わりがよく分かる例である。

梅の花降《ふ》り覆《おほ》ふ雪を包み持ち君に見せむと取れば消《け》につつ（⑩一八三三）

右は女の歌。梅の花に降り覆う雪を男に見せようとして手に取ると、その端から溶けて消えてしまうと歌っている。雪を「包み持ち」、手に取るのであるから、おそらく袖に包み持つのであろう。

たらちねの母にも言はず包めりし心はよしゑ君がまにまに（⑬三二八五）

女の恋歌で、「たらちねの母にも言わずに内に秘めておいた心は、ええままよ、あの方の気持ちのままに」というほどの意。男への恋心を胸の奥に隠し持ち、身近な母親にまでも気取られないようにするさまがツツムで表現されている。

災厄などが生じて謹慎することを「障《つつ》む」という。その名詞形が「障《つつ》み」。下に否定を表す「なし」を伴った「障むことなく」「障みなく」などの形を取り、支障なくという意で歌われることが多い。特に、危険を常に伴う船旅を詠じた歌で、「障みなく」早く帰って来ることを望むのが、『万葉集』の定型表現であった。例えば、山上憶良《やまのうえのおくら》が遣唐大使丹比広成《たじひのひろなり》へ贈った「好去好来《こうきょこうらい》歌」では、

…障《つつ》みなく　幸《さき》くいまして　早《はや》帰りませ（⑤八九四）

と長歌が結ばれている。「行路に支障なく無事にお出かけになり、早くお帰りなさいませ」というほどの意である。巻十三には、同じく遣唐使に向けた柿本人麻呂《かきのもとのひとまろ》歌集の歌が収められ、そこにも「障《つつ》みなく　幸《さき》くいまさば」（⑬三二五三）という同様の表現が詠み込まれるが、「障みなく」の原文が「恙無」となっている。これは漢語「無恙」を意識した表記で、「恙」はツツガ虫のこと。漢語「無恙」はツツガ虫に刺されない意で、無事に日を過ごすようにという意の慣用句である。

青海原風波靡《あをうなはらかぜなみなび》き行《ゆ》くさ来《く》さ障《つつ》むことなく船は速《はや》けむ（⑳四五一四）

渤海《ぼっかい》へ旅立つ小野田守《おののたもり》らに向けた大伴家持《おおとものやかもち》の歌である。一首は「青海原に風や波が穏やかで、行きにも帰りにも何の支障もなく、船は速いことだろう」というほどの意。災厄などが起こらず、順調な航海を願う気持ちが歌われている。

雨に濡れるのを避けて家に閉じこもることを「雨障《あまつつ》み」という。恋歌で、男が女の家に通えない理由として歌われることが多い。→アメ・アマ。

雨障《あまつつ》み常《つね》する君はひさかたの昨夜《きぞのよ》の雨に懲《こ》りにけむかも（④五一九）

右は女の恋歌で、「雨に濡れるのを嫌っていつも家にこもっているあなたは、昨夜の雨に降られてすっかり懲り果ててしまったのだろうか」というほどの意。いつも雨を口実にやって来ない男が、ようやく訪れた昨夜、雨が降り出してしまった。女は、男の普段の行いの悪さを揶揄《やゆ》しつつ、男がもう来ないかもしれないという不安を歌っている。

ただし、雨で外に出て行けなくなることは、女の家に留まる口実にもなった。「笠《かさ》なみと人には言ひて雨障《あまつつ》み留《とま》りし君が姿《すがた》し思《おも》ほゆ」（⑪二六八四）には、笠がないと言い訳して女の家で「雨障み」をする男の姿が詠じられている。（中嶋真也）

つま【妻・夫】

ツマとは、本体に対して添えられている物の意である。現代語では、母屋に対してその脇にある建物を「妻屋」といい、刺身に添えられている大根の千切りを「刺身のつま」ということなどに、その意味が受け継がれている。夫婦関係の呼称としては、男性を主体とする場合には、今言うところの「妻」を、女性を主体とする場合には、今言うところの「夫」を指す呼称であった。つまり「配偶者」という言葉が最もよく当てはまる。

類義語であるイモ・セが当事者同士の愛情の上に成り立つ呼称であるのと比べると、ツマは夫婦関係であることが社会的に認知されている男女をいうのが基本である。→イモ。

『万葉集』の用例では、現代と同じく女性の妻を指すものがやはり多いが、女性から夫を指す例もしばしば見られる。次に示すのは、天智《てんち》天皇が崩御した折の倭大后《やまとのおおきさき》の歌。夫の遺愛の鳥を介して亡き天智を偲んでいる。

…沖つ櫂《かい》　いたくな撥《は》ねそ　辺《へ》つ櫂　いたくな撥ねそ　若草の　夫《つま》の　思ふ鳥立つ（②一五三）

右は長歌の末尾部で「沖の舟の櫂をあまり強く撥ねないでください。岸辺の舟の櫂をあまり強く撥ねないでください。〔若草の〕夫の愛する鳥が飛び立ってしまいますから」くらいの意である。夫天智がまだどこかで琵琶湖の鳥を見守っているかのような歌い方に特徴を見せている。

周囲の噂の力によって定められている妻が「言《こと》寄《よ》せ妻」であった。

里人《さとびと》の言寄《ことよ》せ妻《つま》を荒垣《あらかき》の外《よそ》にや我《あ》が見む憎《にく》くあらなくに（⑪二五六二）

「里人の言寄せ妻」は、里人たちが自分の妻だと言い立てる女性。一首は「里人が私の妻だと噂しているあの娘《こ》を、無関係に見るのだろうか。憎くは思っていないのに」くらいの意。作者は根もない噂を立てられたことを、まんざらでもなく思っているのである。

歌表現においては、夫婦関係にある妻をイモと呼ぶ場合も少なくない。柿本人麻呂《かきのもとのひとまろ》が妻を亡くした時に詠んだ「泣血哀慟歌《きゅうけつあいどう》」では、題詞には「妻の死にし後」と記されるが、歌には、

天飛《あまと》ぶや　軽《かる》の路《みち》は　我妹子が　里にしあれば…（②二〇七）

と歌われる。また、大伴家持《おおとものやかもち》が大伴坂上大嬢《おおとものさかのうえのおおおとめ》と正式な夫婦となった後に贈った歌にも、頻繁にイモという呼称が用いられている。『万葉集』における恋の表現には、恋愛関係にある二人を外界から隔てて、特別な存在とする論理があり、そこに神婚の幻想を見出す説もある。↓**ヒト**。正式な妻であっても歌においてはあたかも正式な夫婦関係ではないかのようにイモと呼ぶのは、そのような歌の論理によるのであろう。

また、「隠《こも》り妻」や「隠《かく》せる妻」という歌い方も散見される。

色に出《い》でて恋ひば人見て知りぬべし心のうちの隠《こも》り妻《づま》はも（⑪二五六六）

一首は「恋心を表に出してしまうと人が見て知ってしまうにちがいない。ああ、我が心に秘めた隠り妻よ」くらいの意であり、「隠り妻」に対する恋心を面に表して人に知られることを忌避する歌である。「隠り妻」という表現の根底には、神の妻として人間との婚姻が禁忌であった巫女の姿があるとも言われ、先述したような歌における恋の表現の問題とも深く関わるものと思われる。

『万葉集』には、ツマをめぐる争いを背景とする歌も散見される。菟原処女《うないおとめ》をめぐる菟原壮士《うないおとこ》と血《ち》沼《ぬ》壮士《おとこ》の争い（⑨一八〇一～三、一八〇九～一一）、桜児《さくらこ》（⑯三七八六～七）・縵児《かずらこ》（⑯三七八八～九〇）をめぐる複数の男性の争いなど、一人の女性をめぐって二人ないし三人の男性が争う話となっている場合が多く、菟原処女が血沼壮士に心を寄せながらも、二人の争いの激しさに我が身の運命の拙さを悟って自殺したように、たいていの場合は、妻争いの中で女性が「身をたな知りて（我が身の運命を思い知って）」（⑨一八〇七）自殺するとい

う類型が見られる。また、菟原処女、真間娘子《ままのおとめ》など、地方に伝わる伝説的な美女をめぐる伝説歌に多く歌われるのも特徴である。

妻争いを歌う早い例としては、中大兄皇子《なかのおおえのみこ》の歌として載る「三山歌」がある。

香具山《かぐやま》は　畝傍《うねび》を愛《を》しと　耳成《みみなし》と　相争《あひあらそ》ひき

……（①一三）

右の長歌前半部に歌われる大和三山の妻争いについては、三山の性別も含めて、どのような形の争いであったかに諸説があるが、男性である香具山が、女性である畝傍山を手放しがたいと思って、男性である耳成山と争ったと解するのが、先述した二男一女の妻争いの型にも合致して理解しやすい。この「三山歌」の長歌は、大和地方の人々の間に古くから伝承されて来た歌と見られ、一人の女性をめぐる争いが、かなり古くから人々の関心の的であったことを教えてくれる。

旅の歌には、旅する土地を歌う発想とともに、家に残して来た妻を恋しく思う発想の歌が見られるが、それも単純な妻恋しさだけではなく、旅人の安全を祈る家人・妻との呪的共感関係によって旅の安全が保証されるという古代的な観念が隠されていると考えられている。↓タビ。

家人《いへびと》は帰り早来《はやこ》と伊波比島《いはひしま》斎《いは》ひ待つらむ旅行《ゆ》く我《われ》を（⑮三六三六）

右は朝鮮半島の新羅《しらぎ》に派遣された使人が周防《すおう》国の麻里布《まりふ》の浦で詠んだ歌。麻里布の浦に浮かぶ「伊波比島」の名前から、家で自分を「斎《いは》ひ待つ」家人に思いを馳せ、「家人は私のことを早く帰って来いと祈りつつ待っていることだろう」と歌っている。妻を中心とする家人の「斎ひ」によって、旅人の無事が保たれるという観念による歌である。↓イハフ。

そのような旅における旅人と家・妻との関係が極端な形で表れるのが、「行路死人《こうろしにん》歌」（旅中に行き倒れの死者を見て歌う歌）と呼ばれる歌である。

妻もあらば摘《つ》みて食《た》げまし佐美《さみ》の山野《の》の上《へ》の

うはぎ過ぎにけらずや（②二二一）

柿本人麻呂《かきのもとのひとまろ》が瀬戸内海の旅において、狭岑島《さみねのしま》の浜に死人を見つけて詠んだ歌、いわゆる「石《せき》中死人《ちゅうしにん》歌」の反歌である。一首は「妻がここにいたら、摘んで食べたことだろうに。佐美の山の野辺のヨメナはもう時期を過ぎてしまったではないか」というほどの意で、妻に会うこともなく旅先で亡くなった人を悼む内容である。このような「行路死人歌」に家や妻のことがしばしば歌われる根底には、家の妻との共感関係の幻想によって旅の安全が保証される、という旅の歌の発想が横たわっている→**タビ**。その共感関係が断たれたまま旅に倒れ臥している死者に対して、せめて歌の言葉においてその共感関係を取り戻して鎮魂を行うという論理が蔵されているのだろう。

　ツマが歌われるのは、人間を題材とする歌だけではない。季節歌を中心に、鶴（タヅ）などの鳥や鹿のような動物を擬人化し、その鳴き声を「妻呼ぶ声」として歌うものが見られる。

　吉隠《よなばり》の猪養《ゐかひ》の山に伏《ふ》す鹿《しか》の妻呼ぶ声を聞くが
　羨《とも》しさ（⑧一五六一）

右は大伴坂上郎女《おおとものさかのうえのいらつめ》が跡《と》見田庄《みのたどころ》で歌った歌で、「吉隠の猪養の山に臥す鹿が妻を呼ぶ鳴き声を聞くのは羨ましいことです」くらいの意である。妻を呼んで鳴く鹿の声に、ふと独り寝の我が身を顧みた寂しさが歌われている。

　さらにその擬人化を推し進めると、鹿と同じく秋の代表的景物である萩を鹿の「花妻」とする歌い方が生じてくる。

　我《わ》が岡《をか》にさを鹿来《しかき》鳴く初萩《はつはぎ》の花妻《はなづま》問ひに来《き》鳴
　くさを鹿（⑧一五四一）

右は大伴旅人《おおとものたびと》が大宰府《だざいふ》近くの岡から聞こえてきた鹿の鳴き声を歌ったもので、「我が住む岡に牡鹿が来て鳴く。初咲きの萩の花妻を妻問《つまど》うために、やって来ては鳴く牡鹿よ」というほどの意。万葉歌には、梅とウグヒス、花橘とホトトギスのように、季節の植物と動物とを視覚と聴覚において組み合わせる歌い方がしばしば見られる。その景物の組み合わせを擬人化して詠んだ歌である。

（大浦誠士）

つみ【罪】

ツミ（罪）とは、共同体の規範・法則等への侵犯行為、またそれによって生ずる責任を意味する言葉である。そのようなツミは、通常は行為者に帰せられる。右は、一般論として現在にも通ずる理解といえよう。采女《うねめ》と密通した安貴王《あきのおおきみ》が「不《ふ》敬《きやう》の罪（天皇に対する罪）」に問われた（④五三五左注）とする『万葉集』の例も、その理解の範疇に収まる。これが「不敬の罪」であるのは、臣下が采女と私通することが、厳に戒められていたからである。

古代のツミにはさらに考えられなければならないことがある。ツミの根本は、共同体の祭政秩序への侵犯にあるが、それは侵犯者のみならず、共同体全体にも影響が及ぶ事態として意識されていたことである。共同体の祭政秩序を支えるのは神に対する信仰である。ツミはそれゆえ神に対する侵犯と言い換えることもできる。そうした侵犯の結果、神を祀る共同体の聖性は汚されることになる。それがケガレ（穢れ）である。ケガレは神の祟りを招く。その祟りは、侵犯者だけにとどまらず、共同体全体に対する災厄として現れる。そこで罪は、共同体全体に降りかかる問題として捉えられることになった。

ツミの結果として共同体に生じたケガレは、特別な儀礼によって解除されなければならない。その儀礼がハラへ（祓へ）であり、ミソギ（禊）である。始原的には、ツミを除却するのがハラへであり、そこに生じたケガレを水の力で流し去るのがミソギである。ミソギの語源をミソソギ（身《み》濯《そそ》ぎ）の約とする説もある。ハラへは、ツミを犯した当事者あるいはその関係者に「祓柱《はらへつもの》」と呼ばれる品物を提出させ、それを神に供えてツミの解除を願ったものらしい。これを財産刑の起源と見る向きもあるが、むしろ宗教的な意義を重視すべきだろう。国中のすべての罪障を祓い、川や海に流して「根の国・底の国」に除却する儀礼がある。それが大祓《おおはらえ》である。これは、ハラへではあるが、罪障を水の力で流し去るところに、ミソギとの習合が見られる。ツミが結果としてケガレの状態をもたらす以上、それらが「ツミケガレ（罪穢れ）」と一括され、それを解除する儀礼が「ミソギハラへ（禊ぎ祓へ）」と呼ばれるようになることも、そこから容易に納得がいく。

大祓には祝詞「大祓詞《おほはらへのことば》」が奏上される。そこには、祓除されるべき罪が、「天津《あまつ》罪《つみ》」「国津《くにつ》罪《つみ》」に分けて列挙されている。「天津罪」には、「畦《あ》放《はな》ち」「溝《みぞ》埋《う》み」などの農耕への侵犯にあたる罪が、「国津罪」には、近親相姦や病などの罪が挙げられている。「天津罪」は、農耕への侵犯としたが、記紀神話に見える、スサノヲが高天原《たかあまのはら》で犯した暴虐行為にことごとく対応している。スサノヲの暴虐は、高天原の祭政秩序——それは新嘗《にいなめ》祭（大嘗《だいじょう》祭）の投影とされるが、そうしたいわば天上世界の聖性に対する侵犯行為が「天津罪」であったことになる。一方、「国津罪」にはさまざまな罪が挙げられているが、つまるところそれらはケガレを生じさせ、結果として災厄を引き起こすものとして意識されている。これらの罪の中には、仏典の影響が指摘されているものもある。

先にも述べたように、罪は共同体の祭政秩序への侵犯であり、その罪によって生じた祟りは、共同体全体に降りかかる災厄として現れることになる。折口信夫は、そこにツミ＝罪の語源を見ている。ツミとは、忌《い》み隠《こも》ること、謹慎することを意味するツツムの連用形ツツミの約言であったとする。罪とは、共同体の成員が犯した行為が消却される間に執る部落民の「不行為」＝謹慎を意味する言葉であり、そこに神の処置を甘受する古代人の心のありかたが見出されるとする（折口信夫「道徳の発生」）。この意味のツツムは、『万葉集』にも、

大船《おほぶね》を荒海《あるみ》に出《い》だしいます君障《つつ》むことなく早《はや》
帰りませ（⑮三五八二）

のような例が見える。遣新羅使《けんしらぎし》として異国に向かう夫に呼びかけた妻の歌である。ツツムは、災厄

などが生じて謹慎する意だから、「障むことなく」とは、結果として支障なく無事に帰国できるようにと祈っていることになる。→ツツム・ツツミ。

「罪」を直接歌った歌は、『万葉集』には次の一例しかない。女の歌である。

味酒《うまさけ》を三輪《みわ》の祝《はふり》が斎《いは》ふ杉手《すぎて》触《ふ》れし罪か君に逢《あ》ひ難《かた》き（④七一二）

「味酒よ、三輪の神官が大切に祈り守る神杉に手を触れた罪なのか、あなたに逢いがたいことだ」というほどの意。「味酒を」は「三輪」の枕詞。三輪の杉は、神の依《よ》り憑《つ》く神木をいう。それに手を触れるのは、その聖性への重大な侵犯になる。そこにツミの原意が現れている。ただし、この神杉は、相手の男の高貴さの寓意にもなっている。

人間存在の根源にかかわるツミの例もある。仏教にいう罪である。仏教は因果応報を説くから、前世や現世で犯したツミが、応報としてこの身に現れると考えた。病や貧窮もツミの報いと捉えられた。注意すべきは、そこに恥の意識が生まれたことである。それが恥であるのは、犯したツミの結果が衆目の前に露呈されるからである。山上《やまのうえの》憶良《おくら》は、そうした恥の意識についてかなり具体的に述べている。

嗟乎《ああ》媿《はづか》しきかも、我《われ》何の罪を犯してか、この重き疾《やまひ》に遭《あ》へる〔未《いま》だ過去に造る所の罪か、もしは現前《げんぜん》に犯す所の過《あやま》ちなるかを知らず。罪過を犯すことなくして、何《なに》そこの病《やまひ》を獲《え》む、を謂ふ〕。（「沈痾《ちんあ》自《じ》哀文《あいぶん》」、⑤八九六の後）

老年になり、重病の床に伏した憶良は、その病の原因を過去に犯した「罪」の結果ではないかと自問している。「嗟乎《ああ》媿《はづか》しきかも」とあるように、病は恥の意識によって捉え返されている。

こうしたツミは共同体の聖性への侵犯というところからはずいぶんと隔たっている。共同体のありかたから離れて、ツミはすでに個体の存在そのものが抱える問題として捉えられている。そのようなツミを意識させたのは、それぞれの個体一人ひとりの生き方が問題とされるようになったからである。そこに仏教のもたらした新たな精神の現れを見ることができる。

（多田一臣）

とこ【床・常】

トコは、不動・不変であることを意味する語。永遠に堅固で聖なる存在に対する讃美の意を含み持つ。『万葉集』には「床《とこ》」「常《とこ》」が見える。

「床《とこ》」は、堅固な土台が原義で、「所」と同根の語とされる。［基礎語］は「高く盛り上がって平らな場所、安定した不変の基盤をいう」と説明する。平たい堅固な岩のことをいう「岩床《いはとこ》」が、この原義をよく示している。ただし、『万葉集』では寝床のことを指すトコの例が圧倒的に多い。以下、寝床を意味するトコについて説明する。

当時のトコは、屋内の床《ゆか》に筵《むしろ》などの敷物を敷いて一段高く仕切ったものであったらしい。敷物で仕切るのは、聖なる特殊空間を作り出す結界の意味があった。「崇神記《すじんき》」には、天皇が神託を得るために「神牀《かむどこ》」に休むという記事がある。この「神牀」は、天皇が夢で神託を得るために潔斎して寝るトコをいう。ここから、トコが神と交わるための神秘的で聖なる空間であったことが窺える。『万葉集』にも、トコと潔斎との関係を示す例がある。

　草枕《くさまくら》　旅行《ゆ》く君を幸《さき》くあれと斎瓮《いはひへ》据ゑつ我《あ》が
　床《とこ》の辺《へ》に（⑰三九二七）

右は、大伴坂上郎女《おおとものさかのうえのいらつめ》が越中国に赴く甥《おい》の大《おお》伴家持《とものやかもち》に贈った歌。「斎瓮」は神聖な甕《かめ》で、旅の無事を神に祈るために据え置く祭器のこと。それをトコの辺りに据え置くのは、トコが神と交わるための聖空間と認識されたからに他ならない。

男女の共寝は、神が巫女のもとに来臨する神婚幻想と重ねて捉えられた。**↓ヌ**。よって、共寝はトコの上で行われた。共寝のトコは、「夜床《よどこ》」「小《を》床《どこ》」「玉床《たまどこ》」などとも呼ばれた。「小床」のヲは、親愛を表す接頭辞。また、「玉床」のタマは美称だが「魂《たま》」の意も重ねられており、ここには、相手の魂が共寝のトコに残るとする俗信がある。**↓タマ**。女は、袖で「床《とこ》うち払ふ」動作を行いつつ、男の来訪を待った。これは、袖でトコを払うことで、トコに残された男の魂に刺激を与え、男の来訪を促す呪術であった。↓ソデ。

…夕《ゆふ》されば　床《とこ》うち払《はら》ひ　ぬばたまの　黒髪《くろかみ》敷《し》きて　いつしかと　嘆《なげ》かすらむそ…（⑰三九六二）

遠い任地にある夫の帰りを待つ妻の様子を歌った歌。「黒髪敷く」行為も、男の訪れを待つ呪術である。それらを「夕」に行うのは、本来、男が訪れる時間だからである。↓アサ・アシタ。

特殊なトコの例もある。

…波の音《おと》の　繁《しげ》き浜辺《はまへ》を　敷栲《しきたへ》の　枕《まくら》になして　荒床《あらどこ》に　自伏《ころふ》す君が…（②二二〇）

柿本人麻呂《かきのもとのひとまろ》が海辺の行路死人《こうろしにん》を悼んだ「石中死人歌」。死者が横たわる荒磯の岩を「荒床《あらどこ》」と呼ぶ。荒涼とした死者の寝床の意である。↓アラ。

「常《とこ》」は、「床」と同根の語で、堅固さを表すのが原義。そこから、永遠や不変を意味するようになった。接頭語として様々な語に付き、永久不変の様を祝福讃美する意の複合語を形成する。

川の上《へ》のゆつ岩群《いはむら》に草生《む》さず常《つね》にもがもな常《とこ》処女《をとめ》にて（①二二）

右は、十市皇女《とおちのひめみこ》が伊勢神宮に参拝した時の歌で、「川のほとりの神聖な岩群《いわむら》には草も生えない。そのようにいつも変わらずあってほしい。永遠の処《おと》女《め》のままで」というほどの意。「常処女」は、十市皇女に対する呪的な祝福表現となっている。

「常滑《とこなめ》」は、川石などに水苔が付着し、いつも滑らかですべりやすいところを表す語。

見れど飽《あ》かぬ吉野《よしの》の川の常滑《とこなめ》の絶ゆることなくまた還《かへ》り見む（①三七）

右は、柿本人麻呂の「吉野讃歌」の反歌。この「常滑」は、下に「絶ゆることなく」の句を導くことで、吉野の地の永遠さを祝福している。

よそに見し真弓《まゆみ》の岡《をか》も君座《ま》せば常《とこ》つ御門《みかど》と侍宿《とのゐ》するかも（②一七四）

草壁皇子《くさかべのみこ》の殯宮《ひんきゅう》（遺体をしばらく安置して魂の復活を祈る儀礼）時に、皇子に仕えた舎人《とねり》が詠じた挽歌で、「今まで無関係な所として見てきた真弓の岡も、皇子がおいでになるので永遠の御殿として宿直《とのい》の奉仕をすることだ」というほどの意。「真弓の岡」は皇子の殯宮が設けられた地で、「常つ御門」は殯宮を皇子が鎮まる永遠の御殿として祝福讃美した呼称。ここには、殯宮の地にやがて陵墓が築造されることへの意識も働く。

「常闇《とこやみ》」は、永久の闇夜。「神代紀」の天の岩戸神話には、天照大神《あまてらすおおみかみ》が天石窟《あまのいわや》に籠ってしまった際に「六合《くに》の内常闇《うちとこやみ》にして、昼夜《ひるよる》の相《あひかはるわき》代も知らず」とある。永遠の闇が太陽神の死を暗示させ、圧倒的な恐ろしさ・不吉さの象徴となっている。

…渡会《わたらひ》の　斎宮《いつきのみや》ゆ　神風《かむかぜ》に　い吹き惑《まと》はし
天雲《あまくも》を　日の目も見せず　常闇《とこやみ》に　覆《おほ》ひたまひて　定めてし　瑞穂《みづほ》の国を…（②一九九）

右は、高市皇子《たけちのみこ》の殯宮時に柿本人麻呂が詠じた挽歌で、壬申《じんしん》の乱の戦闘を回想した場面。「渡会の斎宮」は、伊勢国渡会郡にある伊勢神宮のことを指す。伊勢神宮からの神風によって、皇子が賊軍を吹き迷わせ、天雲を日の光も見せぬように真っ暗に覆いめぐらせて、日本国を平定したと歌っている。この「常闇」は先掲の「神代紀」の記述を連想させ、世界がいったん闇に覆われることで再生が実現するという神話的発想が根本にある。

特に強い讃美性を有する語に、「常磐《ときは》」「常葉《とこは》」「常世《とこよ》」がある。「常磐」は、永久にある堅固な岩石のことを言う。ここから、恒久不変の様や、樹木の葉が常緑であることとも言うようになった。

皆人《みなひと》の命《いのち》も我《われ》もみ吉野《よしの》の滝《たぎ》の常磐《ときは》の常《つね》にあらぬかも（⑥九二二）

右は、聖武《しょうむ》天皇の吉野行幸時に詠まれた笠金村《かさのかなむら》の「吉野讃歌」。この「常磐」は、吉野川の岩石を指す。「常磐」という永遠性を有する呪物を詠み込むことにより、聖武の御代の長久と行幸に従駕した全員の長命とを祝福した寿歌である。

「常葉《とこは》」は常緑樹のことをいう。他の木々が葉を落とし枯れ木のようになる冬にも、艶のある青々とした葉を繁茂させるため、永遠性を象徴するめでたい木とされた。

橘《たちばな》は実さへ花さへその葉さへ枝《え》に霜降《しもふ》れどいや常葉《とこは》の木《き》（⑥一〇〇九）

右は、葛城王《かづらきのおおきみ》（橘諸兄《たちばなのもろえ》）等に橘宿禰《たちばなのすくね》姓を

賜る時の、聖武天皇の御製歌。「橘」は、常世の永遠性を象徴する木とされ、「非時香果《ときじくのかくのこのみ》」「常《とこ》世物《よもの》」とも呼ばれた。ここは、「橘」を常緑のめでたい木と讃美することにより、橘宿禰姓が未来永劫に繁栄することを祝福している。→ミ。

「常世《とこよ》」は、古代人が想像した他界で、海の彼方に存在する永久不変の理想世界のこと。「常世の国」ともいう。現実の人間世界の対極にある、時間経過のない世界と幻想された。→ウツセミ。

　我妹子《わぎもこ》は常世《とこよ》の国に住みけらし昔見しより
　　変若《を》ちましにけり（④六五〇）

右は再会を喜び、昔よりも若返ったと相手を讃美した一首。「常世」の非時間性がよく表れている。「常世」は、右の歌のような永久不変の理想世界の意から転じて、「我妹子《わぎもこ》が見し鞆《とも》の浦《うら》のむろの木は常世《とこよ》にあれど見し人そなき」（③四四六）のように不変を象徴する語としても、「行《ゆ》き通ひつつ　いや常世《とこよ》まで」（③二六一）のように未来永劫を意味する語としても用いられた。

「常《とこ》」から派生した語に、「常《とこ》しく」「とこしへ」「とこしなへ」がある。「常しく」は、永遠・永久を意味する語で、「常し」は「常」の強調、「く」は副詞語尾とされるが、「常」の形容詞形という説もある。土地讃めの歌に讃美表現として「いや常《とこ》しくに我還《われかへ》り見む」（⑦一一三三）などと歌われる。また「とこしへ」は、永遠・永久の意。［岩波古語］は、「床石《とこし》＋上《へ》」が原義で岩の上にあって不変の意から永久を表すと説明するが、「常《とこ》し＋方《へ》」という説もある。「水こそば　常《とこしへ》にあらめ　御井《みゐ》の清水《しみづ》」（①五二）のように讃美表現の中に用いられる。類義語の「とこしなへ」も永遠・永久の意で、漢文訓読文に多く用いられる。［基礎語］は、「床石《とこし》＋上代の格助詞ナ＋上《へ》」と説く。「とこしへ」の原義を示す例として、「神功紀《じんぐう》」の「盤石《いは》に居て盟《ちか》ふことは、長遠《とこしへ》にして朽《く》つまじといふことを示すなり」という一文が挙げられる。盤石の上に居ることと永遠という観念とを結び付ける考え方が表れており、ここからは、堅固な土台を表す「床《とこ》」と永遠を意味する「常《とこ》」との繋がりが明確に読み取れる。

（高桑枝実子）

とふ【問ふ・訪ふ】

自分にわからないこと、疑問を相手にたずねるというのが原義。たとえば占《うらな》いをすることを「占《うら》問《と》ふ」と言う。

占部《うらへ》をも八十《やそ》の衢《ちまた》も占《うら》問へど君を相見《あひみ》むたどき知らずも（⑯三八一二）

「占い師をも頼んで、あるいはまた八十《やそ》の衢《ちまた》にも占《うら》を問い尋ねてはみたが、あなたに逢う手だてがわからないことよ」という意で、自分では判断できないことを「占《うら》」にトフ歌である。

トフは、一人では行えない。必ず相手が必要な行為である。さらにトフ内容が、相手に理解されてこそ意味がある。「垂仁《すいにん》記」で、垂仁天皇の御《み》子《こ》ホムチワケは「八拳鬚《やつかひげ》、心前《むねのさき》に至るまでに（鬚が胸のあたりに達するような大人になるまで）、真事《まこと》問はず」とある。「真事」とはマ（完璧さ・完全さを示す接頭語）＋コトで、完全なる言葉という意。それを「問はず」とは、きちんと相手に通じる言葉を発することができない、相手との関係性を築けないという意味である。トフ相手がいない、トフことができないとは、自分の心が通じる相手がいない、言葉を理解してもらえないということであり、そこから孤独感や、相手の不在に対する寂寥感が生まれる。

次は、新羅《しらぎ》から渡来した尼理願《あまりがん》の死に際し、大《おお》伴坂上郎女《とものさかのうえのいらつめ》が詠んだ歌。

栲綱《たくづの》の　新羅《しらき》の国ゆ　人言《ひとごと》を　よしと聞《き》かして　問ひ放《さ》くる　親族兄弟《うがらはらから》　なき国に　渡り来《き》まして…（③四六〇）

「栲綱の白い新羅の国から、よい国という評判をよいこととお聞きになって、遠く安否を問いやる親族兄弟とてないこの国に渡っておいでになって」くらいの意だが、理願にとって異国の地である日本を「問ひ放くる　親族兄弟　なき国」と、トフ親族さえいないと表現している。

自分の疑問を投げかけるトフ行為は、相手の気持ちを考えず、時に心を傷つけてしまうこともある。次は、夫を防人《さきもり》として送り出す妻の歌である。

防人《さきもり》に行《ゆ》くは誰《た》が背《せ》と問ふ人を見るが羨《とも》しさ
もの思《も》ひもせず（⑳四四二五）

「『防人に行くのは誰の夫？』などと尋ねる人がいる。羨ましいことだわ、何のもの思いもしないで」という意。防人出征を見送る人々の中から何気なく発せられた一言が、防人の妻の胸に非情に響くのである。

コトドヒ（言問ひ）とは「言葉をかける」「言葉を交わす」という意味だが、特に、愛の言葉をかけること、恋する思いを打ち明ける時に用いられる表現である。

ただ今夜逢《こよひあ》ひたる子らに言問《ことど》ひもいまだせず
してさ夜《よ》そ明けにける（⑩二〇六〇）

「まさしく今夜逢ったあの子に、愛の言葉を掛けることもできないうちに、夜が明けてしまったことだ」という意。七夕歌で、牽牛《けんぎゅう》の立場になって詠んだ歌である。一年のうち、たった一晩だけ許されている牽牛と織女《しょくじょ》の逢瀬のはかなさを、誇張して詠んだものである。

一方、「言問《ことと》はぬ」と否定形になった場合、「言問はぬ木」と「言葉を発することができない草木」という慣用的表現として用いられる。

言問《ことと》はぬ木すら妹《いも》と兄《せ》とありといふをただ独《ひと》
り子《ご》にあるが苦しさ（⑥一〇〇七）

市原王《いちはらのおおきみ》の歌で、「物を言わない木ですら兄弟があるというのに、一人っ子であるのは辛いことだ」ほどの意である。木の雌雄を兄妹に擬えて、話すこともできぬ木でさえも、人間のように兄妹があるのに、自分には兄弟がいないと嘆くのである。一方、『常陸国風土記《ひたちのくにふどき》』信太《しだ》郡条では、始原の地上世界が「草木言語《くさきことと》ひし」と表現される。草木が言葉を発するという非日常の状態によって、神話的世界であることを示すのである。

男が女のもとへ通う、求婚することをツマドフ（誂・妻問）という。名詞形はツマドヒ。次は、男の訪れを待つ女の歌。

我《わ》が背子《せこ》が形見《かたみ》の衣妻問《ころもつまど》ひに我《あ》が身は放《さ》けじ
言問《ことと》はずとも（④六三七）

「わが背の君の形見の下着は、妻問《つまど》いするあなたと思ってわが身から離すことはすまい。たとえ言葉をかけてはくれなくても」という意。「形見」とは、離れて逢えない対象を偲ぶよすがとなるもの。「衣」には持ち主の魂が宿るとされた。たとえ男の訪れがなく言葉を交わせなくとも、魂が宿る衣をよすがとしよう、という歌である。

　男が女のもとを訪れることをツマドフというのは、トフが訪れる意を持つからであるが、その場合でも「基本には、どんな状態かと問いただす気持ちがある」（『岩波古語』）という。

　求婚の意のツマドヒは、たとえば下総国《しもうさ》葛飾《かつしか》にいたという伝説の美女、真《ま》間手《まのて》児名《こな》を詠んだ山部《やまべの》赤人《あかひと》の歌に「…伏屋《ふせや》建て　妻問《つまど》ひしけむ…」（③四三一）と、男たちが手児名と一緒にこもるための寝屋、「伏屋」を作って、求婚に訪れた例などがある。また『常陸国風土記』筑波《つくば》郡条には、筑波山における嬥歌《かがい》（歌垣《うたがき》）の際、「娉之財《つまどひのたから》」という婚姻の贈物を貰えない娘は、一人前と認められないという言い伝えがあったとも記載されている。

　『万葉集』には、動物たちのツマドヒもしばしば詠まれる。「…あしひきの　山鳥《やまどり》こそば　峰《を》向かひに　妻問《つまど》ひすといへ（あしひきの山鳥は、向かいの峰にまで妻を訪ねるというが）」（⑧一六二九）のように、山鳥の雄は、峰を越えて雌のもとに通うと考えられていた。また、花を妻に、動物をそこに通う夫に見立て、梅とウグイス、花橘とホトトギスなどが対になって詠まれた。中でも萩と鹿の組み合わせは、秋の相聞歌を中心に数多く見られる。

　我《わ》が岡《をか》にさを鹿来《しかき》鳴く初萩《はつはぎ》の花妻《はなづま》問ひに来《き》鳴くさを鹿（⑧一五四一）

大伴旅人《おおとものたびと》の歌で、「わが住む岡に牡鹿《おじか》が来て鳴く。初咲きの萩の花の妻を妻問うとてやって来て鳴く牡鹿よ」という意。鹿の鳴き声は、ツマドヒを示すものとして「仁徳紀《にんとく》」にも登場する。相手を切実に求める、トフという行為の象徴的な声といえよう。

（兼岡理恵）

とも【伴・友】

トモとは、対象とともにあり、付き従うものを指す語。そこから従者、朝廷に職能をもって仕える集団、またともにある仲間・友を表す。『万葉集』では、「友」と表記されるときには、友人の意味となることが多く、「伴」と表記されるときには、従者や仕える集団を表すことが多い。

従者の集団の意のトモは、次のように、数の多さを示す「八十《やそ》」を冠した「八十伴の男《やそとものを》」という形で多く用いられている。

かけまくも　あやに畏し《かしこ》　我《わ》ご大君《おほきみ》　皇子《みこ》の
命《みこと》　もののふの　八十伴の男《やそとものを》を　召《め》し集《つど》へ
率《あど》ひたまひ　朝猟《あさか》りに　鹿猪《しし》踏み起こし…
（③四七八）

右は、大伴家持《おおとものやかもち》による安積皇子《あさかのみこ》挽歌で、皇子の遊猟を回想した部分。「口にするのも恐れ多いことだ。わが大君である皇子は、たくさんの廷臣たちを召し集め、お引き連れになって、朝の猟りには鹿や猪を踏み入っては駆り立て」というほどの意。トモは、猟に際して皇子に付き従っていた従者を指している。

天地《あめつち》の　初めの時ゆ　うつそみの　八十伴《やそとも》の
男《を》は　大君《おほきみ》に　奉《まつ》ろふものと　定まれる　官《つかさ》
にしあれば…（⑲四二一四）

これも大伴家持の歌で「天地が初めて開けた時から、この世の人であるたくさんの廷臣たちは、大君に従い奉仕するものとして、定まった役目にあるので」くらいの意である。家持が属した大伴氏は、物部《もののべ》氏とともに軍事をもって朝廷に仕えた。その「大伴」は大きな伴造《とものみやつこ》の意味で、伴造は朝廷に奉仕し従う集団を表した。

集団を意味するトモには、次のような例もある。

藤原《ふじはら》の大宮仕《おほみやつか》へ生《あ》れつぐや処女《をとめ》がともは羨《とも》し
きろかも（①五三）

持統《じとう》天皇の時代に遷都された藤原宮《ふじわらのみや》の中心にあった井戸を詠んだ「藤原宮の御井《みゐ》の歌」の反歌。

「藤原の大宮への奉仕のために代々に生まれ継ぐ、その処女《おとめ》たちは羨ましいことだ」くらいの意。「処女がとも」は、井戸に奉仕する巫女的な性格を持つ采女《うねめ》の集団。采女が「生れつぐ」ことで、井戸の聖水の生命力も更新し続けるのである。

また、「〇〇が伴」の形で、ある職掌を持つ集団を意味することもあった。

…鮎走《あゆはし》る　夏の盛《さか》りと　島《しま》つ鳥　鵜《う》飼《か》ひが伴《とも》は　行《ゆ》く川の　清き瀬《せ》ごとに　篝《かがり》さし　なづさひ上《のぼ》る…（⑰四〇一一）

右の長歌は、「鮎が走り泳ぐ夏の盛りだということで、島に棲む鵜飼いの人たちは　流れ行く清らかな瀬ごとに、篝火《かがりび》を点《とも》し、流れに逆らいつつ難渋しながら遡って行く」というほどの意。「鵜飼ひが伴」とは鵜飼いによって仕える集団。このように特殊職業をもって仕える集団、部民《べのたみ》のこともトモといった。

次は、ともに行動し考えを同じくする仲間や友人の意味で用いる例で、現在の友の意に最も近い。

君がため醸《か》みし待酒《まちざけ》安《やす》の野に独《ひと》りや飲まむ友なしにして（④五五五）

大伴旅人《おおとものたびと》が、大宰府《だざいふ》から転任していく丹比県《たじひのあがた》守《もり》に送った歌で、「あなたのために醸した、来客を迎える酒を大宰府東の安の野で一人飲むことになるのだろうか、酌み交わす友もなく」くらいの意。友人の意味のトモは、中国文人の「交友」の影響を受けたもので、右の旅人《たびと》のように、高級官人や知識階層の間で用いられる。

春山《はるやま》の友鶯《ともうぐひす》の鳴き別れ帰ります間《ま》も思ほせ我《われ》を（⑩一八九〇）

右は友を呼ぶ動物の例。「春山の仲間同士のウグイスが鳴き交わして別れをするように、泣き別れてお帰りになるその間もお思いください。私のことを」というほどの意。「友鶯」は他に例がない。友と鳴き交わすウグイスが「鳴き別れ」を導く序となっている。漢籍では友を求めて鳴くウグイスの例が多く見られる。『懐風藻』にも「求レ友鶯」という例が見られる。漢籍の知識を下敷きにして、友との別れをウグイスに託して歌う斬新な歌となっている。

（塩沢一平）

ともし【羨し・乏し】

求める意の「尋《と》む」を語源とする語と考えられ、稀《まれ》なもの、貴重なものを求める気持ちが原義である。そこから、自分にとっては稀少なものを持っている相手の状態を羨ましく思う意が生じる。

　見まく欲《ほ》り来《こ》しくもしるく吉野《よしの》川音《がはおと》のさやけさ見るに羨《とも》しく（⑨一七二四）

柿本人麻呂《かきのもとのひとまろ》歌集《かしゅう》から採録された歌で、嶋足《しまたり》の作と記されている。「聖地吉野を見たいと願いつつ来た甲斐もいちじるしく、吉野川の川音のさやかなことよ。見るとますます心ひかれる」くらいの意。**→サヤケシ**。吉野の聖性を求めてやまない思いが「羨しく」と歌われており、「尋む」を語源とする意味合いが強く表れている例である。

何かを強く求めるのは、その事物が自分の側に不足しているがゆえであり、そこに「乏しい」の意が生じる。

　倉橋《くらはし》の山を高みか夜隠《よごも》りに出《い》で来《く》る月の光乏《とも》しき（③二九〇）

間人宿禰大浦《はしひとのすくねおおうら》の歌で「倉橋山（奈良県桜井市の音羽山）が高いからか、夜更けて出てくる月の光が乏しいことよ」と歌っている。月の光を求める心が光の乏しさを感じさせるのである。

この「乏しい」意のトモシは、相聞歌において、恋人の訪れや言伝が稀であることを嘆く文脈でもしばしば用いられる。

　海山《うみやま》も隔《へだ》たらなくに何しかも目言《めこと》をだにもここだ乏《とも》しき（④六八九）

大伴坂上郎女《おおとものさかのうえのいらつめ》の歌で、「海や山が隔てとなっているわけでもないのに、どうしてあの人と目を合わすことや言葉を交わすことがこんなにも稀なのか」の意。通い路に隔てがあるわけでもないのに来訪も言伝ても少ない男をなじるような口ぶりである。

七夕の歌では、牽牛《けんぎゅう》・織女《しょくじょ》を指して、「己《おの》が夫《つま》羨《とも》しき子ら」（⑩二〇〇四）、「言問《ことど》ひの　乏《とも》しき子ら」（⑱四一二五）と呼ぶ例も見られる。自らの妻・夫と逢うことの稀な子らの意であるが、牽牛と織女は一年に一度しか逢えない夫婦であるから、逢うことの「乏しい」意と逢うことを「求めてやまない」意とをともに含み持ったトモシであると言えるだろう。↓ツマ。

　雄略《ゆうりやく》天皇が出遊の折に引田部《ひけたべ》の赤猪子《あかいこ》という女性を見初め、妻として召し上げる約束を交わしたまま八十年間その約束を忘れていた話が『古事記』に載っている。八十年間天皇のお召しを待ち続け、すでに老婆となった赤猪子は、せめてもの思いで雄略天皇の御前を訪れ、その思いを打ち明ける。約束を思い出した天皇は愕然とするが、すでに老婆となった赤猪子を妻として召すことはためらわれ、天皇と赤猪子は歌を交わす。その折に赤猪子が歌ったとされる歌。

「日下《くさか》江《え》の　入江の蓮花蓮《はちすはなばちす》　身の盛り人《びと》　ともしきろかも」（記九五）。

　日下江の入江に生えている花蓮を序詞として、生命力の盛んな人が羨ましいと歌う。日下江は現在の東大阪市日下町付近にあった沼沢地だが、雄略の皇后である若日下《わかくさか》部王《べのおおきみ》を暗示しており、「ともしきろかも」には、永遠の若さを保つ雄略天皇と皇后とを羨む老婆の思いが込められている。

　万葉歌においては、この羨ましい意のトモシが多く見られる。

　あさもよし紀《き》伊人《ひと》羨《とも》しも真《ま》土山《つちやま》行《ゆ》き来《く》と見らむ紀伊人羨しも（①五五）

大宝元年（七〇一）に持統《じとう》上皇が紀伊国に行幸した際に、行幸に従駕した淡海《おうみ》が詠んだ歌。景勝地である真土山をほめて、真土山をいつも見られる紀伊の人が羨ましいと歌う。

　松浦川《まつらがは》玉島《たましま》の浦《うら》に若鮎《わかゆ》釣《つ》る妹《いも》らを見らむ人の羨《とも》しさ（⑤八六三）

大伴旅人《おおとものたびと》が松浦川に逍遥したことを神仙譚仕立てで歌った松浦川歌群の最後に、「後人追和《こうじんついわ》」の歌として載せられる歌である。松浦川で仙女に逢ったという歌を受けて、逍遥に参加できなかった者の立場で仙女との出会いを羨む内容だが、作者は旅人その人であろうと思われる。（大浦誠士）

【ナ行】

な【名】

『万葉集』に百例を超えて用いられるナは現在と同様、人や物を他から区別し、その存在を明示するために付けられた。今でも「名乗《なの》る」という言い方があるように、ナはノル（告る）ものであった。ノルとは、ふだん口にすることを憚るような呪力ある言葉を発することをいう。↓ノル。つまり、ナも呪力ある言葉だったのである。

籠《こ》もよ　み籠《こ》持ち　掘串《ふくし》もよ　み掘串《ぶくし》持ち　この岡《をか》に　菜摘《なつ》ます子　家告《の》らせ　名告《の》らさね　そらみつ　大和《やまと》の国は　押しなべて　我《われ》こそ居《を》れ　しきなべて　我《われ》こそ座《ま》せ　我《われ》こそば　告《の》らめ　家をも名をも（①一）

右は、『万葉集』の巻頭を飾る雄略《ゆうりやく》天皇の御製歌。この歌で天皇は、岡で若菜摘みをする娘子《おとめ》にイヘとナを明かすよう望み、最後には自ら名乗ろうと宣言している。ここでナと対にされたイヘは家柄・氏族の意と解され、まず大枠としてのイヘがあり、そこに個人を特定するナがあるようだ。↓イヘ。ナを知るということは、相手を知ること、すなわち領有することになる。ゆえに、ナを知ることは古代の結婚と捉えられるのであり、男女間でナを問うことは求婚を意味した。↓シル。

現代でも「あだ名」「諱《いみな》」などがあるように、古代のナにもいくつかの種類があったようだ。

たらちねの母が呼ぶ名を申《まを》さめど道行《ゆ》き人を誰《たれ》と知りてか（⑫三一〇二）

この歌は女の歌で、「たらちねの母が私を呼ぶ名を申し上げようとは思うが、行きずりのあなたをどんな人と知って、そうしましょうか」というほどの意。歌垣の場において、偶然出会った男が「逢《あ》へる子や誰《たれ》（出逢ったあなたは、何という名か）」（⑫三一〇一）と、女のナを尋ねてきた歌に対しての答歌。相手の素性を知らないので、拒むような一首になっている。ここでのナは「母が呼ぶ名」であり、通り名に対して本名をいうかと考えられる。本名を明かすことが、求婚の受諾を意味したのであろう。

一方、男女の恋愛で、周囲に対して関係する異性のナを告げることは禁忌であった。二人の関係が周囲に露見することは、関係の破綻につながると考えられたためである。↓コフ・コヒ、ノル。

あらたまの年の経《へ》ぬれば今しはとゆめよ我《わ》が背子《せこ》我《わ》が名告《の》らすな（④五九〇）

右は女の恋歌で、「あらたまの年も経《た》ったので、今はもうよいと思って、けっして背の君よ、私の名を人に言わないでください」というほどの意。

海藻の「なのりそ」と、ナを告げることを禁止する「名告りそ」とが掛けられることもあった。

みさご居《ゐ》る荒磯《ありそ》に生《お》ふるなのりそのよし名は告《の》らじ親は知るとも（⑫三〇七七）

女の歌で、「みさごのいる荒磯に生えるなのりそのように、ままよ、あなたの名は名のるまい。あなたのことを親が知ったとしても」というほどの意。周囲の人たちだけでなく、家の両親にまでも男のナは告げないという決意を歌っている。

玉櫛笥《たまくしげ》覆《おお》ふを安《やす》み明《あ》けて去《い》なば君が名はあれど我《わ》が名し惜《を》しも（②九三）

中臣鎌足《なかとみのかまたり》が鏡王女《かがみのおおきみ》に求婚した時、鏡王女が詠んだ一首。「美しい櫛箱《くしばこ》の蓋《ふた》が覆うようにまだ関係が外に露見していないのをよいことに、すっかり夜が明けてから帰るなら、あなたの名はともかく私の浮き名の立つのが口惜しいことだ」というほどの意。浮いた噂が立つのを嫌がっており、ここでのナは噂・評判の意に近い。恋愛関係の露見や噂を気にする歌は、『万葉集』のみならず、その後の恋歌の主要な類型表現となっていく。

浮き名のような悪い評判とは逆に、名声を意味するナもあった。

士《をのこ》やも空《むな》しくあるべき万代《よろづよ》に語り継《つ》ぐべき名は立てずして（⑥九七八）

山上憶良《やまのうえのおくら》が死の間際に詠んだ一首で、「立派な男子が無為のままでいてよいのだろうか。万代の後までも語り継ぐに足る名を立てることもないままに」というほどの意。中国の立派な男子を示す「士大夫」の究極の願いである「立名」が果たせないことを悔しく思っている。

ナが、家柄・氏族を示すこともあった。

…あたらしき　清きその名そ　おぼろかに
心思ひて　空言《むなこと》も　祖《おや》の名絶《た》つな　大伴《おほとも》の
氏《うぢ》と名に負《お》へる　ますらをの伴《とも》（⑳四四六五）

右は、大伴家持《おおとものやかもち》による「族《うがら》を喩《さと》せる歌」の長歌末尾で、「その惜しむべき清らかな家の名である。いい加減に心に思って、かりそめにも祖先の名を絶やしてはならない。大伴の氏《うじ》と名に負い持っている、ますらおの者たちよ」というほどの意。左注によると、淡海三船《おうみのみふね》の讒言《ざんげん》によって、出雲守大《いずものかみおお》伴古慈斐《とものこしび》が解任された時の歌である。一族の長老の失脚という危機に、家持は、大伴という一族のナの継承を高らかに詠じたのである。

古代におけるナを、実体そのものであるように捉える向きがある。次の歌は、逆に、実体を示すはずのナの矛盾を詠じたもの。

家島《いへしま》は名にこそありけれ海原《うなはら》を我《あ》が恋ひ来《き》つ
る妹《いも》もあらなくに（⑮三七一八）

遣新羅使《けんしらぎし》が、都への帰路、播磨《はりま》国（今の兵庫県）の家島に到った時の一首である。「家島とは名ばかりであったよ。この海原を私が恋い焦がれて来た妻もいないのに」というほどの意。「名にこそありけれ」は、「家島」の「家」がナのみで、実質を伴わないことに気付いたという表現である。

挽歌で、ナを伝えようとすることは、実体の失われたものを言葉の上で現前させる意味をもつ。

…音《おと》のみも　名のみも絶えず　天地《あめつち》の　いや
遠長《とほなが》く　偲《しの》ひ行《ゆ》かむ　御名《みな》に懸《か》かせる　明日《あす》
香川《かがは》　万代《よろづよ》までに　愛《は》しきやし　我《わ》ご大君《おほきみ》の
形見《かたみ》にここを（②一九六）

天智《てんち》天皇の皇女、明日香皇女《あすかのひめみこ》の死に際して、柿《かきの》本人麻呂《もとのひとまろ》が詠じた挽歌である。「評判だけでも、その名だけでも絶えずに、天地のようにますます遠く長く慕っていこう。そのお名前につけている明日香川、万代の後までも愛《いと》しいわが皇女の大君の形見として、ここを」というほどの意。名が共通する明日香川を「万代」のものとし、亡き皇女の存在を永遠に偲び行こうと詠む。ナを後世に伝えることが死者への鎮魂となった。（中嶋真也）

ながめ【長雨・眺め】

「ながあめ」の約で、何日も降り続く雨のこと。『万葉集』では、「長雨」「霖雨」と表記される。「霖雨」の表記は、『日本書紀』や『風土記』など他の上代文献にも見える。

「長雨」の月は陰暦五月と九月で、どちらも稲作にとって大切な、神の来臨を迎える聖なる月とされた。そこで、男女は物忌みのために家に隠《こも》り、互いに逢わないのを原則とした。これを、古来「長雨忌《ながめい》み」「雨隠《あまご》り」と称する。そもそも、雨に濡れること自体が禁忌とされたため、現実にも男は女のもとを訪れることはできない。→アメ・アマ。そこで、「長雨」を詠み込む歌には、性的な不満足に起因する鬱陶しい気分を歌うものが多い。

秋萩《あきはぎ》を散らす長雨《ながめ》の降《ふ》るころは独《ひと》り起き居《ゐ》て
恋ふる夜《よ》そ多き（⑩二二六二）

右は、雨に寄せて歌われた秋の相聞歌で、「秋萩を散らす長雨の降る頃は、独り起きていてあの人を恋う夜が多いことだ」というほどの意。この「長雨」は、秋の霖雨《りんう》のこと。神迎えのためのもの忌みが要求されるこの時期、男女関係は禁忌とされたため、作者は鬱々とした思いで寝もやらず「独り起き」しているのである。次の、

九月《ながつき》の時雨《しぐれ》の雨の山霧《やまぎり》のいぶせき我《あ》が胸誰《た》を
見ば止《や》まむ（⑩二二六三）

も、同様の思いを詠じた一首。時雨（陰暦九月〜十月頃に降る通り雨）が山霧となってけむるように、「いぶせき」我が胸は、誰を見たら収まるのだろうと歌っている。「いぶせし」は、鬱々とした思いで心が晴れぬ意で、性的な不充足感が根本にある。→イブセシ。ここは、雨ゆえに恋人に逢えない鬱屈した思いを表現している。

卯《う》の花を腐《くた》す長雨《ながめ》の始水《みづはな》に寄《よ》るこつみなす寄
らむ子もがも（⑲四二一七）

右は大伴家持《おおとものやかもち》の歌で、「霖雨《ながあめ》の晴れし日に作れる歌一首」という題詞が付される。一首は、「卯

の花を腐らせる長雨で流れ出る大水の先端に寄りつく芥《あくた》（こつみ）のように、私に寄って来るような子がいてほしい」というほどの意。この「卯の花を腐す長雨」とは、いわゆる「卯の花腐《くた》し」のことで、陰暦四月〜五月頃に降り続く五月雨《さみだれ》を、卯の花を腐らせる意でこう呼んだものである。

次は、「長雨忌《ながめい》み」の例。

…飛ぶ鳥の　飛鳥壮士《あすかをとこ》が　長雨忌《ながめい》み　縫ひし黒沓《くろぐつ》　さし履《は》きて　庭に佇《たたず》み…（⑯三七九一）

「〔飛ぶ鳥の〕飛鳥の沓《くつ》縫いの男が、長雨の間を家に隠《こも》って縫った黒漆塗りの沓を（私は）履いて、女の家の庭に佇み」というほどの意。男が「長雨」にさし隠っている間に、根《こん》を詰めて黒沓を縫ったことを表しているのであろう。→コモル。

この「長雨忌み」と同じ状態を表す語が「雨隠《あまごも》り」である。

雨隠《あまごも》りもの思《も》ふ時に霍公鳥《ほととぎす》我《わ》が住む里に来鳴《きな》き響《とよ》もす（⑮三七八二）

右は男の歌で、「長雨で家に隠ってもの思いをしている時に、ホトトギスは私の住む里にやって来ては、鳴き声を響かせることだ」というほどの意。「霍公鳥」は陰暦四月〜五月頃に飛来する鳥で、その鳴き声が恋情を刺激するものとされた。ただでさえ「雨隠り」のために鬱々と心が晴れないのに、その上、恋情を刺激する「霍公鳥」が鳴き声を響かせるので、恋心が募って辛《つら》いというのである。この他にも、秋の「長雨」による「雨隠り」を詠んだ「雨隠《あまごも》り心いぶせみ出《い》で見れば春日《かすが》の山は色づきにけり」（⑧一五六八）の例がある。

平安時代になると、「長雨」と物思いにふける意の「眺《なが》め」を掛けた歌い方が見られるようになる。『古今集』の「花の色は移りにけりないたづらにわが身世にふるながめせしまに」（春下・一一三）という小野小町《おののこまち》の歌が、その典型例。ここは、桜の頃に降る春の長雨を歌っている。上代にも、「景行記《けいこうき》」に、わびしく物思いに沈む意と解される「長眼《ながめ》」の例があり、これを「長雨」と関連付ける説もあるが、定かではない。『万葉集』の段階では、「長雨」と「眺め」を掛けた例はまだ見られない。

（高桑枝実子）

なく【泣く・哭く・鳴く】

鳥・獣・虫などが声を出す意の「鳴」「喧」と、人が声を立てて涙を流す意の「泣」「哭」とがあるが、『万葉集』では、これらの表記はほぼ使い分けられている。

まず、前者のナク（鳴く）を見ておこう。『万葉集』で最も古い例の一つ、額田王《ぬかたのおおきみ》の歌では、

冬こもり　春さり来《く》れば　鳴かざりし　鳥も来《き》鳴きぬ　咲かざりし　花も咲けれど…（①一六）

というように、春の到来を実感させるものとして、花の開花とともに鳥の鳴くさまが詠まれている。

このように、鳥や獣などの鳴き声を季節感と関わらせる詠み方は、『万葉集』に一貫して見られる。

ホトトギスを好んで詠じた大伴家持《おおとものやかもち》も、

卯《う》の花のともにし鳴けば霍公鳥《ほととぎす》いやめづらしも名告《なの》り鳴くなへ（⑱四〇九一）

というように、ホトトギスが卯の花の開花と同時にやって来て鳴くものと、初夏の景を詠じている。

また、鳥や獣などの鳴き声を、恋と関わらせて詠む歌も多い。**→コフ・コヒ**。例えば、

何しかもここだく恋ふる霍公鳥《ほととぎす》鳴く声聞けば恋こそまされ（⑧一四七五）

のように、鳴き声が聞く側の恋情を強く刺激するという発想を詠み込む歌や、

宇陀《うだ》の野の秋萩《あきはぎ》しのぎ鳴く鹿《しか》も妻に恋ふらく我《あれ》には益《ま》さじ（⑧一六〇九）

のように、鳥や獣が妻への恋によって鳴くと捉え、自身の恋と重ねる歌などが見られる。**→ヨバフ・ヨバヒ**。その鳴き声が悲痛なものと感じられたのだろう。

このような、悲しい鳴き声の認識があったことから、鳥の鳴くさまを人が泣くことを導く序とする歌も見える。「鳴く」が「泣く」と重なり合う。

君に恋ひいたもすべなみ葦鶴《あしたづ》の哭《ね》のみし泣かゆ朝夕《あさよひ》にして（③四五六）

大伴旅人《おおとものたびと》が薨じた際、仕えていた余明軍《よのみょうぐん》が詠んだ挽歌。「君への恋しさゆえなすすべもないので、葦辺の鶴《つる》ではないが声に出して泣かれるばかりだ。朝となく夕となく」というほどの意。鶴の鳴き声に、自身の泣き声を投影させる。「いたもすべなみ」と、どうしようもない状況になって泣くというのは、万葉歌にしばしば見られる表現である。

ナク（泣く）は、専ら挽歌や旅の歌、恋歌などで、離れ離れになり悲しい思いを表す場合に歌われた。右の歌にも見えるように、「哭《ね》に泣く」「哭のみ泣く」などの形で表現されることもあった。これは、声に出して泣くことを強調する慣用表現である。『万葉集』でも古い頃から詠まれており、額田王が詠じた天智《てんち》天皇挽歌にも、

やすみしし　我《わ》ご大君《おほきみ》の　畏《かしこ》きや　御陵《みはか》仕《つか》ふる　山科《やましな》の　鏡《かがみ》の山に　夜《よる》はも　夜《よ》のことごと　昼《ひる》はも　日《ひ》のことごと　哭《ね》のみを　泣きつつありてや…（②一五五）

と見える。これは、天皇の墓前での哭泣《こくきゅう》儀礼（大声をあげて泣き、死者の鎮魂をはかる儀礼）を描写したものとされる。ただ、すべての例に哭泣儀礼が反映されるわけではなく、「このころは君を思ふとすべもなき恋のみしつつ哭《ね》のみしそ泣く」（⑮三七六八）のような恋歌の場合には、単に声をあげて泣くことを示している。

ナク（泣く）は、言葉を発することと対極の行為と見られていたようだ。

…家問へば　家をも告《の》らず　名を問へど　名だにも告《の》らず　泣く子なす　言《こと》だにいはず…

（⑬三三三六）

右の歌は、行路《こうろ》死《し》人《にん》を悼む挽歌。倒れ伏した死者に向かい家や名を尋ねるが、何も答えてくれない様相を詠んでいる。「泣く子なす　言《こと》だにいはず（泣きじゃくる子のように、まるで言葉を発しない）」というように、物言わぬ死者と泣く子供とが言葉を発しないことで等しく捉えられている。人間にとって秩序ある「言」の世界の対極がナクことであったと判断されよう。→コト。速須《はやす》佐《さ》之《の》男命《おのみこと》が泣きわめいた結果、山が枯れ海が干上がってしまったという「神代記」の記述も、ナクが秩

序外の行為であったことを示している。

　我が背子《わせこ》に恋ふとにあらしみどり子《こ》の夜泣《よな》き
　をしつつ寝《い》ねかてなくは（⑫二九四二）

右は、女の恋歌。自らが赤ん坊のように夜泣きをすることを根拠に、男への恋を自覚している。日常の秩序を失うほどの激しい恋に陥ったさまを詠じているのであろう。

　ただし、ナク（泣く）は、必ずしも大きな泣き声をあげるとは限らないようだ。「允恭記《いんぎょうき》」に載る次の歌謡、「天廻《あまだ》む　軽《かる》の嬢子《をとめ》　甚泣《いた》かば　人知りぬべし　波佐《はさ》の山の　鳩《はと》の　下泣《したな》きに泣く」（記八二）では、軽大郎女《かるのおおいらつめ》が鳩のように声を忍ばせて泣くさまが歌われている。

　大伴家持《おおとものやかもち》が越中《えっちゅう》赴任後に、都の妻や子供の様相を歌った、

　…あおによし　奈良《なら》の我家《わぎへ》に　ぬえ鳥《どり》の　う
　ら泣けしつつ　下恋《したごひ》に　思ひうらぶれ…（⑰
　三九七八）

でも、妻坂上大嬢《さかのうえのおおおとめ》が「ぬえ鳥（トラツグミ）」のように忍び泣くさまが詠じられる。また、柿本《かきのもと》人麻呂《のひとまろ》が妻の死を悲しんだ挽歌には、人麻呂が「泣血哀慟《きふけつあいどう》」して作った歌であるという題詞が付される。「泣血」は、血の涙、もしくは血が流れるように音もなく静かに泣くことを示す漢語である。

　ナク（泣く）には、他にも様々な歌い方がある。

　賢《さか》しみともの言ふよりは酒飲みて酔《ゑ》ひ泣きす
　るしまさりたるらし（③三四一）

大伴旅人《おおとものたびと》の「讃酒歌」の一首で、「利口《りこう》ぶってものを言うよりは、酒を飲んで酔い泣きをするのがずっとまさっているらしい」というほどの意。酔って泣く「泣き上戸《じょうご》」を詠じた珍しい例である。

　また、同じく旅人が妻を亡くして詠じた挽歌、

　我妹子《わぎもこ》が植《う》ゑし梅の木見るごとに心咽《む》せつつ
　涙《なみた》し流る（③四五三）

のように、「涙」によってナクことが表現される場合もある。なお、『万葉集』には、「嬉しきも憂《う》きも心は一つにて分かれぬものは涙なりけり」（『後撰集』雑二・よみ人しらず）のような嬉し涙は詠まれることがなかった。

（中嶋真也）

なづ【撫づ】

対象を手のひらでさすることがナヅ（撫づ）である。大切なのは、多くの場合、そこに不思議な力（呪力）の発動が意識されていることである。

　わかりやすい例から見ていこう。長野の善光寺の本堂に賓頭盧《びんずる》尊者の像が安置されているが、病人が自らの患部と同じ場所を撫でさすると、その病が治るとされる。このような例は多くの寺院にもあり、一般に「撫で仏」と呼ばれている。太宰府天満宮などの「撫で牛」も、同様の信仰が伝えられている。もともと患部を撫でさすることに治癒の効果があるのは、経験的にも確かめられているから、仏や牛の像を撫でることによって、その効果が一種の共感呪術として、病人の身体に感応すると信じられたのだろう。撫でることが、呪力の発動であることはここからも明瞭である。

『日本霊異記』に次のような例が見える。地獄で苦を受けている妻の求めに応じて、地獄に召し出された男が、妻の供養を鄭重に行うことを条件にこの世に戻ることを許されたという話である。男が戻る際、閻羅《えんら》王《おう》は自身が地蔵菩薩と一体であることを告げ、右手で男の頭を撫でて「我、印点《いんてん》するが故に（印を付けたので）、災《わざはひ》に逢はじ。速忽《たちまち》に還《かへ》り往《ゆ》け」と言ったとある（下九縁）。地蔵が頭を撫でることは仏教説話集にもしばしば見られるが、もともとは釈迦《しやか》が弟子に対して行う灌頂《かんじよう》の一種であったとされる。

　狂言「地蔵舞」にも「如来の黄金《こがね》の御手《みて》をさし上げ、地蔵坊が頭《つぶり》を三度までさすって、善哉《ぜんざい》なれや地蔵坊」と唱える場面が見える。「災に逢はじ」「善哉なれや」という言葉に見られるように、撫でることは明らかに対象に対する祝福（あるいは除災招福）の意味をもつ行為だった。

　『万葉集』の防人歌《さきもりうた》には、次のような例がある。駿河《するが》国（静岡県）出身の防人の歌である。

　父母《ちちはは》が頭《かしら》かき撫《な》で幸《さ》くあれて言ひし言葉《けとば》ぜ忘

れかねつる（⑳四三四六）
「父母が私の頭を撫でながら『無事でいよ』と言った言葉こそ、忘れられない」というほどの意。「かき撫で」の「かき」は指先を働かせる意の接頭語。手で撫でることは、ここでも前途の無事を祝福する意味をもつ行為であったことがわかる。

同様な意味は、節度《せつど》使《し》の派遣に関する次の歌にも見られる。聖武《しょうむ》天皇が壮行の酒宴の場で、節度使に賜った歌である。そこに、

天皇我《すめらわれ》　うづの御手《みて》もち　かき撫でそ　ねぎたまふ　うち撫でそ　ねぎたまふ（⑥九七三）

という一節がある。「天皇たる私は尊いみ手で、お前たちをかき撫でてねぎらいなさる。うち撫でてねぎらいなさる」というほどの意。天皇の言葉ゆえ自敬語が用いられている。「うづの御手」の「うづ」は、尊貴で珍しい意を示す言葉。ここからも撫でることとの意味は明白である。

次の例も前途の無事を祈る防人歌だが、ここには興味深い表現が見える。上総国《かずさ》（千葉県）出身の防人の歌である。

我《わ》が母《はは》の袖《そで》もち撫《な》でて我《わ》がからに泣きし心を忘らえぬかも（⑳四三五六）

「わが母が袖で撫でては、私のために泣いてくれた心が忘れられないことよ」というくらいの意。注意されるのは「袖もち撫でて」とあることである。袖は魂の宿る大切な場所である。その袖で頭を撫でたというのである。撫でることとの呪的な意味がさらに強調されたことになる。

撫でることは、対象への慈愛やいたわりの情をも示す。とりわけ為政者が民に臨む場合には、撫でることは文字通り撫育《ぶいく》の意味を示す。大伴家持《おおとものやかもち》の「陸奥国《みちのくのくに》に金《くがね》を出《いだ》せる詔書《せうしよ》を賀《ほ》ける歌」の「老《お》い人《ひと》も　女童《をみなわらは》も　しが願ふ　心足《こころだ》らひに　撫でたまひ　治《をさ》めたまへば」（⑱四〇九四）の「撫でたまひ」は、宣命（『続日本紀』第十三詔）を下敷きとする表現だが、万民撫育の意味は明らかである。

なお、『万葉集』にしばしば見える植物の「撫《なで》子《しこ》」は、しばしば「撫でし子」の意に解され、共寝した相手の女を寓することがある。（多田一臣）

なつかし【懐かし】

目前にある対象に惹きつけられ、強く親和したくなる感情をいう語。慕わしい、離れがたいの意。対象を讃美する気持ちが込められる。動詞「懐《なつ》く」の形容詞化した語とされる。「懐く」は、馴れ親しむ、離れがたく親しませる、手なずけるなどの意を表す語。「なつきにし奈良《なら》の都《みやこ》の荒れゆけば出《い》で立つごとに嘆《なげ》きしまさる」（⑥一〇四九）、「春の野に鳴くや鶯《うぐひすなつ》懐けむと我《わ》が家《へ》の園《その》に梅が花咲く」（⑤八三七）は、その例である。

ナツカシは万葉後期（平城京遷都以降）の歌だけに見られ、山・野・里など自然の景や、花や鳥など自然の景物が対象とされることが多い。それは、平城京という都市の成立によって、都市生活の対極にある自然や季節に対する人々の意識が高まったことと関係するらしい。都の人々にとって、自然に馴れ親しむ行為は風流のわざであった。ナツカシは、自然への愛着を表す風流な言葉として歌に用いられるようになったと考えられる。

春の野にすみれ摘《つ》みにと来《こ》し我《われ》そ野をなつかしみ一夜《ひとよ》寝《ね》にける（⑧一四二四）

右は、山部赤人《やまべのあかひと》の春の歌で、「春の野にすみれを摘もうとやって来た私は、野があまりにも親しみ深く感じられて、つい一夜寝てしまったことだ」というほどの意。「懐かしみ」は、ナツカシのミ語法である。次は、季節と節物（季節ごとの景物）への慕わしさを歌う例。

世の常《つね》に聞くは苦しき呼子鳥《よぶこどり》声なつかしき時にはなりぬ（⑧一四四七）

天平時代の女流歌人、大伴坂上郎女《おおとものさかのうえのいらつめ》の詠。「呼子鳥」はカッコウという説が有力で、主に春の歌に詠み込まれ、その鳴き声が恋情をかき立てる鳥とされる。この一首には、「右の一首は、天平四年三月一日に佐保《さほ》の宅《いへ》にして作れり」という左注が付される。「佐保」は、大伴家の邸宅があった奈良の地名。三月一日は本格的な春到来の日にあたる。ゆえに、恋情を募らせる「呼子鳥」の声を聞くのは切ないにもかかわらず、その声が慕わしく感じられる時期になったと歌い、春到来の嬉しさを表現しているのである。
「霍公鳥《ほととぎす》」を好んで歌に詠んだ大伴家持《おおとものやかもち》も、立夏にあたる四月初めの頃の詠で、その声をしばしばナツカシと歌っている。

　次は、ナツカシの讃美性がよく表れた例。

　…咲く花の　色めづらしく　百鳥《ももとり》の　声なつかしき　ありが欲《ほ》し　住みよき里の　荒るらく惜しも（⑥一〇五九）

廃都となった久邇《くに》京を悲傷する歌である。ナツカシは、直接には鳥たちの声に対して述べられるが、背後に久邇京への慕わしさや離れがたさが込められ、久邇京への讃辞となっている。

　ナツカシを人に対して用いた例もある。その場合、男性・女性、同性・異性を問わず用いられ、人と自然の景物とが重ね合わされることもある。

　佐保《さほ》渡り我家《わぎへ》の上《うへ》に鳴く鳥の声なつかしき愛《は》しき妻《つま》の子（④六六三）

右は、「佐保の地を渡ってわが家の上で鳴いている鳥、その声のように何とも慕わしい、いとしい妻よ」というほどの意。鳥の声と妻とを重ね合わせ、妻への慕わしさや讃美を歌っている。

　ナツカシが、距離的に離れた過去の存在を慕わしく思い出す言葉として用いられた例がある。

　麻衣《あさごろも》着ればなつかし紀伊国《きのくに》の妹背《いもせ》の山に麻蒔《ま》く我妹《わぎも》（⑦一一九五）

　右は、旅先で目に映じた畑仕事の女性を「我妹（いとしい子）」と呼んで強い親和の情を示した、旅の回想の歌。このように過去を慕わしく思い出す用法は後の時代に多く見られるようになるが、上代にはまだ数が少ない。

　ナツカシが動詞化した「なつかしむ」の再活用形と見られる「なつかしみす」の例が一例ある。

　玉桙《たまほこ》の道の神たち幣《まひ》はせむ我《あ》が思《おも》ふ君をなつかしみせよ（⑰四〇〇九）

　右は旅行く友を思う歌。「なつかしみせよ」は「なつかしみす」の命令形で、親しく大切なものとしてください、の意である。

（高桑枝実子）

なびく【靡く】／たなびく

ナビクは、外部から働く力の作用によって、その対象が一定の方向に向けられてしまうことをいう。植物などが風や波を受けて揺れ動き倒れ伏すことや、人の心が相手に揺れ動き寄ってしまうことを表す。人の心に関わる後者も、「人の威力や魅力、周囲の状況などに引かれて」（［日国大］）と解釈できる。受動的な状態を表すことばである。単にナビクというほか、勢いを表す接頭語ウチを冠したウチナビクの形で用いられることも多い。

また、特に、横にナビクことをタナビクという。タナビクのタナは「棚」と同根。雲や霞《かすみ》、煙などが横方向に長く引き伸びることを表す。

次の歌に、ナビクの受動性がよく表れている。

今さらに何をか思《おも》はむうち靡《なび》き心は君に寄《よ》りにしものを（④五〇五）

女の歌で、「今さらに何をもの思いなどしよう。私の心はすっかりあなたに靡き寄ってしまっているのに」というほどの意。男の魅力に惹かれ、自分の心が男に揺れ動き寄ってしまったことをウチナビクと表現している。相手に惹かれる思いは、自分自身では制御できないのである。

愛の行く手を阻む自然物を排除すべく、対象にナビケと命令する歌もしばしば見える。

…夏草の　思ひ萎《しな》えて　偲《しの》ふらむ　妹《いも》が門《かど》見む　靡《なび》けこの山（②一三一）

右は、柿本人麻呂《かきのもとのひとまろ》が石見国《いわみ》から妻と別れて上京する時に詠んだ「石見相聞歌」の長歌末尾。山の向こう側に隠れた妻の家の門を見るために、山にナビケと、実際にはあり得ない状況を命じている。妻への思いの深さを表す誇張表現である。

『万葉集』では、植物のナビクさまを人事に転換して詠み込む場合が多い。特に、人麻呂は藻《も》がナビクさまを意識的に詠じた歌人である。

水底《みなそこ》に生《お》ふる玉藻《たまも》のうち靡《なび》き心は寄《よ》りて恋ふるこのころ（⑪二四八二）

右は、柿本人麻呂歌集の歌。水底に生える美しい藻のナビクさまに、女の秘めた心が男に惹き寄せられナビク様相を重ねている。

敷栲《しきたへ》の衣手《ころもで》離《か》れて玉藻《たまも》なす靡《なび》きか寝《ぬ》らむ我《わ》を待ちかてに（⑪二四八三）

先の歌に続く柿本人麻呂歌集の一首。美しい藻のナビクさまに、独り寝の女のしなやかな寝姿を重ねて詠じている。さらに人麻呂は、藻のナビクさまに生命力も感受していたようである。人麻呂が妻の死を悲しんで詠じた「泣血哀慟《きゆうけつあいどう》歌」では、

…渡る日の　暮れぬるがごと　照る月の　雲《くも》隠《がく》るごと　沖《おき》つ藻《も》の　靡《なび》きし妹《いも》は　黄葉《もみちば》の過ぎて去《い》にきと…（②二〇七）

と、妻の死が描写される。「沖つ藻の　靡きし妹」と幸せの表象としての共寝をした妻が、「黄葉の　過ぎて去にき」というように亡くなってしまう。藻のナビクさまから感受される生命力と、黄葉《もみじ》が散るようにはかなく亡くなった妻の死とを対比させているのである。**→モミチ・モミツ**。

一方、山上憶良《やまのうえのおくら》が妻を亡くした大伴旅人《おおとものたびと》の心を忖度《そんたく》して詠じた「日本挽歌」では、

…心ゆも　思はぬ間《あひだ》に　うち靡《なび》き　臥《こ》やしぬれ…（⑤七九四）

というように、妻が病に倒れ伏し死に至る描写がナビクで表現される。大伴家持《おおとものやかもち》も、藤原継縄《ふじわらのつぐなわ》の母の死を悼む挽歌において、「玉藻《たまも》なす　靡《なび》き臥《こ》い伏《ふ》し　行《ゆ》く水の　留《とど》めかねつと」（⑲四二一四）というように、病床から死に至るさまを表現している。これこそ、外部の力によって受動的に起こるナビクの様相を端的に示す例といえよう。

雲などが横に長くナビクさまを表すタナビクも、

志賀《しか》の海人《あま》の塩《しほ》焼く煙《けぶり》風をいたみ立ちは上《のぼ》らず山にたなびく（⑦一二四六）

と詠まれる通り、風などの力の作用によるものと意識されている。タナビク雲や霞《かすみ》は、「白雲《しらくも》のたなびく山を越えて来《き》にけり」（③二八七）のように山の景として多く歌われ、特に霞は、「ひさかたの天《あめ》の香具山《かぐやま》この夕霞《ゆふへかすみ》たなびく春立つらしも」（⑩一八一二）のように春を象徴する景として印象的に詠まれている。**→ハル、ヤマ**。（中嶋真也）

には【庭】

　特定の作業や神事などをとり行うための空間の広がりをいう語であり、地面のみならず、水面の広がりをもいう語であった。後の「場《ば》」という語はニハから転じたものであり、「桜庭《さくらば》さん」など、人名で「庭」をバと読むのはそのためである。「仲哀《ちゆうあい》記」に、天皇が熊襲国《くまそのくに》を討伐しようとした時に、建内宿禰《たけうちのすくね》が「さ庭《には》」で神託を請い、大后《おおきさき》（神功《じんぐう》皇后）が依せた神が西方の国を与えようという神託を下す話が見られる。仲哀天皇は西方に国は見えず海ばかりだと答えて神の怒りを買って崩御し、神功皇后による新羅《しらぎ》征討へとつながる話であるが、ここでは「さ庭」が神の意志を聞く場として登場している。

　ちなみに『日本書紀』では同じ場面で神功皇后が神託を受ける際に、烏賊津使主《いかつのおみ》という人物を「審神者《さには》」としている。「審神者」は、ニハにあって常人には解し得ない神の言葉を解釈する役目の者である。

　このようにニハが神託を受ける場所であったのは、ニハが異界と接する場所であったためである。『古事記』に見られる、八千矛神《やちほこのかみ》（大国主《おおくにぬし》の異名）が越《こし》の国の沼河比売《ぬなかわひめ》のもとに求婚に訪れた折の歌謡では、戸を開けてもらえず求婚の願いが叶えられないまま夜が明ける様子が、「…青山《あをやま》にぬえは鳴きぬ　さ野《の》つ鳥《とり》　きぎしは響《とよ》む　庭つ鳥　かけは鳴く…」（記二）と歌われている。山で鵼《ぬえ》が鳴き、野で雉《きじ》が鳴き、庭で鶏が鳴くというように、夜明けは異界である山から野へ、さらに人に接する場である庭へと訪れる。つまりニハは異界から訪れるものと人とが接する場所でもあったのである。

　柿本人麻呂《かきのもとのひとまろ》の「羇旅《きりよ》歌八首」中の次の歌は、ニハが家屋に接した地面を言うのみならず、作業等を行う広がりであったことをよく示している。

　飼飯《けひ》の海《うみ》の庭《には》よくあらし刈薦《かりこも》の乱《みだ》れて出《い》づ見

ゆ海人《あま》の釣舟《つりぶね》（③二五六）

飼飯の海は淡路島西岸の海で、四国の阿波国への道筋にあたる。そこに乱れて浮かぶ漁師たちの舟を見て、飼飯の海の「庭」が良好であるらしい、と推定している。この「庭」は漁師たちが漁をする海面の広がりを指している。海が穏やかであることを確信的に推定する歌意の根底には、自らの船旅が無事であることを願う心がある。

同じく「羇旅歌一首」と題される旅の歌において、淡路島で波がおさまるのを待ち、夜明けとともに船出する際に、「いざ子ども　あへて漕《こ》ぎ出《で》む　庭《には》も静《しづ》けし」（③三八八）と歌われているのも、航海にとって海の「庭」が穏やかであることが重要であったことを示している。

現在では、木々が植えられ、さまざまに趣向の凝らされた庭園を「庭」と呼ぶこともあるが、万葉の頃は、草木などを植える「園《その》」、さまざまな造作の施された「山斎《しま》」とは区別されて、ニハは家屋の前の平面の広がりを指す語であった。

霍公鳥《ほととぎす》来鳴き響《とよ》もす橘《たちばな》の花散《はなぢ》る庭を見む人や
誰《たれ》（⑩一九六八）

「ホトトギスが来て鳴き声を響かせている。橘の花散る庭を見る人は誰ですか」と歌うこの歌のニハは、庭園を意味するようにも見えるが、大伴家持《おおとものやかもち》が「春苑」の「桃李」を見て作った、

我《わ》が園《その》の李《すもも》の花か庭《には》に降《ふ》るはだれのいまだ残
りたるかも（⑲四一四〇）

では、庭に散る李の花を雪に見立てて「我が家の園の李の花が庭に散っているのか。それともまばらに降った雪がまだ残っているのだろうか」と歌っており、李の植えられている「園」と花の散り敷くニハとが区別されている。「園」という概念とは別に、地面の広がりのことをニハと呼んでいたことがわかる例である。

このようにニハは、作業や神事などを行う平面的な広がりをいうのだが、万葉びとにとって最も身近な平面の広がりが家に接した地面の広がりであったからか、先の「霍公鳥来鳴き響もす…」の歌のように、そうした広がりを歌う例がやはり多く見られる。

（大浦誠士）

にほふ【匂ふ】

現代語のニホフは、もっぱら嗅覚について用いられる。だが、『万葉集』の例を見ると、むしろ視覚を中心にこの言葉が用いられていることがわかる。一例を挙げてみる。

　引馬野《ひくまの》ににほふ榛原《はりはら》入り乱れ衣《ころも》にほはせ旅の
　　しるしに（①五七）

持統《じとう》上皇の三河行幸に従駕した長意吉麻呂《ながのおきまろ》の歌。「引馬野に美しく色づいている榛原。その中に乱れ入って、さあ衣を染めなさい、旅のしるしに」というほどの意。二箇所にニホフが用いられている。どちらも黄葉《もみじ》の美しさを讃める意味をもっている。「榛」はハンノキで、実と樹皮は黒・茶色の染料に用いられた。その「榛」が一面に黄葉したさまを「にほふ榛原」と表現した。「衣にほはせ」のニホハスは他動詞で、摺り染めにする意。しかし、実や樹皮は直接摺り染めにすることはできないので、ここは黄葉の色どりが衣に映発するさまを歌っている。このニホフが視覚を中心としていることはあきらかである。同様の例をさらに二首ほど挙げておく。

　龍田路《たつたぢ》の　岡辺《をかへ》の道《みち》に　丹《に》つつじの　にほは
　む時の　桜花《さくらばな》　咲きなむ時に…（⑥九七一）

　春の園《その》　紅《くれなゐ》にほふ桃の花下照《したで》る道に出《い》で立つ
　娘子《をとめ》（⑲四一三九）

前者は、丹つつじの目に映ずる鮮やかな美しさをニホフと表現している。後者は、大伴家持《おおとものやかもち》の代表作とされる歌。樹下美人図の構図を下敷きに、「桃の花」とその下に立つ少女の赤裳《あかも》が映発しあうさまを、「紅にほふ」と表現している。ニホフはここでも視覚を中心とする表現であったことがわかる。

　ところが、『万葉集』のニホフには、視覚だけでなく嗅覚を意識していると思われる例も見られる。

　橘《たちばな》のにほへる香《か》かも霍公鳥《ほととぎす》鳴く夜《よ》の雨にう

つろひぬらむ（⑰三九一六）

このニホフはあたりに漂う橘の花の香りを表現したものらしい。ここでは、その芳香が夜の雨によって消え失せてしまうのではないかと危惧している。ニホフが嗅覚について用いられたあきらかな例である。

視覚にかかわるものでも、文字表記に嗅覚を意識した例もある。

あをによし寧楽《なら》の都《みやこ》は咲く花のにほふがごとく今盛《さか》りなり（③三二八）

大宰少弐《だざいのしょうに》小野老《おののおゆ》の望郷（京）の歌。都の繁栄を「咲く花のにほふがごとく」と讃えている。このニホフは咲き誇る花が美しく照り映えるようにという意味だから、視覚表現ではあるが、その表記を見ると「咲花乃薫如」とあり、花の芳香が意識されていることがわかる。「咲く花」は梅らしい。

このように見てくると、ニホフは必ずしも視覚に限定された表現ではないことがあきらかになる。ここで、ニホフの文字表記を見ると、ニに「丹」字を宛てたものが少なくない。「丹」は、水銀分を多く含む朱色の赭土《しゃど》のことだが、その色は赤系統を代表する色と考えられていたらしい。ニホフのニも赤系統の色を意味していると考えてよい。右に掲げたニホフの例を見ても、その対象に赤系統の色が多く含まれていることが確かめられる。

赤系統の色は、霊的なものの憑依したその徴表としての意味をもった。ただし、事態はむしろ逆で、霊威・霊力そのもの、あるいはそれが宿るものを、本来はニと呼んだらしい。そこで、霊的なものが宿る徴表としての色、すなわち赤系統の色がニと呼ばれることになったのだろう。ニホフの語構成は、ニ＋ホフと考えられるが、ホフはニ（霊威・霊力）の発現を意味する言葉と見られる。ホは目に立って表面に立ち現れる意のホ（秀）とも関係があるとされる（『岩波古語』）が、あるいはホフはハフ（這ふ）にも通じて、ニの霊威・霊力が周囲に広がり、浸透していくさまを形容する言葉であったのかもしれない。

ニホフの根源的な意味が、ニの発現、広がり、浸透であるなら、その作用は必ずしも視覚に限定されない。ニの作用が嗅覚で捉えられてもおかしくないからである。しかし、先の例でもながめたように、ニホフの表現が視覚に偏在するのはあきらかな事実である。これをどう考えるべきか。

古代人は、基本的に外界の刺激を全身的な感覚として受けとめるような感性をもっており、視覚がそれを統合していたのではあるまいか。感覚の中心には視覚があり、聴覚や嗅覚で捉えられる感覚も、視覚と重ね合わせて受けとめられていたように思われる。ニホフの場合にも視覚が優位であり、ニが嗅覚で感じ取られる場合も、つねに視覚がそれを統合して、それを全身的な感覚として受けとめていたのだろう。

それでは、なぜ視覚は聴覚や嗅覚に対して優位性をもつのか。それは、目が外界と交信する働きを最もつよくもつ呪器と考えられていたからである。目は主体の魂の威力の発現する器官であるとともに見る対象の霊威を受けとめる器官でもあった。それゆえ視覚は、聴覚や嗅覚に比べて優位性をもつことになったのである。→メ。

ニホフにおいても、対象から発散されるニは、真っ先に目によって受感されたに違いない。嗅覚によって捉えられる対象の場合も、そこから発散されるニは、視覚を中心に全身的な感覚として受けとめられたことになる。そこで、ニホフの用例のほとんどは視覚表現として現れることになったのだと思われる。

先にニ（霊威・霊力）は、多くの場合、赤系統の色を意味すると述べた。しかし、ニホフの用例を見ると、そうではない例も見られる。

栲《たく》領巾《ひれ》の鷺坂山《さぎさかやま》の白《しら》つつじ我《われ》ににほはね妹《いも》に示さむ（⑨一六九四）

これは、白い花をニホフに結びつけた例。白色にもニの発現を認めたことがわかる。

なお、嗅覚表現にかかわる言葉にカ（香）がある。この言葉については、別項があるので参照していただきたい。→カ。

（多田一臣）

ぬ【寝】

横たわる意を表す語。眠ることや、体を横たえて休むこと、宿泊すること、男女が共寝することなど、基本的に夜、「床《とこ》」につく行為を広く意味する。↓**トコ**。類義語に「寝《い》ぬ」がある。「寝《い》ぬ」は、寝る意の名詞「寝《い》」と動詞ヌの複合語で、眠ることを意味する場合が多い。ヌと「寝《い》ぬ」との違いは、次のような例から見える。

妹《いも》が袖《そで》別れし日より白栲《しろたへ》の衣片敷《ころもかたし》き恋ひつつそ寝《ぬ》る（⑪二六〇八）

古《いにしへ》にありけむ人も我《あ》がごとか妹《いも》に恋ひつつ寝《い》ねかてずけむ（④四九七）

右二首は共に、妻を「恋ひつつ」独り寝をする男の歌で、前者はヌ、後者は「寝《い》ぬ」の例である。前者は、妻を恋いつつ「寝《ぬ》る」のであるから、ヌは床《とこ》につく、就寝する、というほどの意と解される。一方、後者は、妻を恋いつつ眠ることができないと歌っており、「寝《い》ぬ」は眠る、睡眠をとるの意で用いられている。このように、「寝《い》ぬ」は眠る意に限定して用いられる傾向が強いのに対し、ヌは「床《とこ》」につく行為を広く表す点が異なる。

類義語「臥《こ》ゆ」は横たわる意、「伏《ふ》す（臥す）」はうつ伏せになる意をいい、大伴家持《おおとものやかもち》が病を嘆いた歌に「うち靡《なび》き　床《とこ》に臥《こ》い伏《ふ》し　痛《いた》けくし　日に異《け》にまさる」（⑰三九六二）とあるように、体を横たえるだけで眠る意は含まれないようだ。

また、眠る意の類義語「眠《ねぶ》る」は、上代には「雄略《ゆうりやく》紀」の「昼に酔《ゑ》ひて眠臥《みねぶり》したまへり」など若干例しか見られない。『万葉集』には、「昼は咲き夜は恋ひ寝(ぬ)る合歓(ねぶ)の花」（⑧一四六一）という表現が見えるのみである。この「ネブ（ネムノキ）」の名称は、夜間に花や葉が眠ったように閉じることに由来するとされる。

ヌは原則として夜の「床《とこ》」で行う行為であるため、男女の恋愛に関わって歌われることが多い。↓**トコ**、**ヨル**。男女の共寝は「我妹子《わぎもこ》と　二人我《わ》

が寝《ね》し　枕《まくら》づく　妻屋《つまや》の内に」（②二一〇）のように又単独でも歌われるが、特に男女の共寝を示す表現に「さ寝《ぬ》」がある。「さ寝」のサは接頭辞で、眠りが聖性をもつことを示す。ゆえに、「さ寝」は、共寝が理想の眠りを約束させる神話的作用をもつことを讃美する表現であり、その基底には神が巫女のもとに来臨する神婚幻想があるとされる。

刈り薦《こも》の一重《ひとへ》を敷《し》きてさ寝《ぬ》れども君とし寝《ぬ》れば寒けくもなし（⑪二五二〇）

右は、共寝の喜びを詠んだ女の歌。ただし、「さ寝」は本来、魂の安定した理想の眠りを表す語であった。それを示すのが、次の東歌《あずまうた》の例。

春へ咲く藤《ふぢ》の末葉《うらは》のうら安《やす》にさ寝《ぬ》る夜《よ》そなき子ろをし思《も》へば（⑭三五〇四）

上二句は第三句「うら安に」を導く序で、「心安らかに寝る夜こそないことだ。あの子のことを思うと」というほどの意。魂の安定した理想の眠りを表す「さ寝」が男女の共寝を意味するのは、夜に共寝することで男女の魂は充足し安定すると考えられたためである。逆に、独り寝は魂が極めて不安定な状態と考えられた。→ヨル。

黄葉《もみちば》を散らす時雨《しぐれ》の降《ふ》るなへに夜《よ》さへそ寒き独《ひと》りし寝《ぬ》れば（⑩二二三七）

右は、共寝をすれば暖かく過ごせる夜までも、独り寝ゆえに寒いと歌っている。また、「旅にすら紐解《ひもと》くものを言繁《ことしげ》み丸寝《まろね》そ我《あ》がする長きこの夜《よ》を」（⑩二三〇五）などに見える「丸寝」は、着衣の紐を解かずに寝ることをいい、独り寝の表現とされる。また、「旅寝《たびね》」も家や妻を離れた独り寝であるため、魂が不安定な状態とされた。

神風《かむかぜ》の伊勢の浜荻《はまをぎ》折り伏《ふ》せて旅寝《たびね》やすらむ荒き浜辺《はまへ》に（④五〇〇）

右は、旅先の夫を思う妻の歌。夫の「旅寝」を思いやることには、魂の不安定さを回復しようとする呪的な意味があった。→タビ。

共寝がかなわない夜には、「思ひつつ寝《ぬ》ればかもとなぬばたまの一夜《ひとよ》も落ちず夢《いめ》にし見ゆる」（⑮三七三八）とあるように、眠ることで恋しい相手を夢に見ようとした。夢は、現実の逢会に準ずる、魂の逢会《ほうかい》と考えられたからである。↓イメ。

ヌは単独で用いられる他に、寝る意の名詞「寝《い》」を伴った「寝《い》を寝《ぬ》」の形で詠み込まれることも多い。この場合は、眠ることを意味する。

　安騎《あき》の野に宿る旅人《たびびと》うち靡《なび》き寝《い》も寝《ね》らめやも
　古《いにしへ》思ふに（①四六）

右は、軽皇子《かるのみこ》の安騎野《あきの》遊猟時に柿本人麻呂《かきのもとのひとまろ》が詠んだ歌。皇子と従者一行が、亡き父草壁皇子《くさかべのみこ》がかつて遊猟を行った「古」を思い起こして眠れぬ一夜を過ごしたことを歌っている。↓オモフ。

名詞「寝《い》」には「朝寝《あさい》」「安寝《やすい》」「甘寝《うまい》」などの複合語があり、「寝《い》」の場合と同様に「朝寝《あさい》を寝《ぬ》」「安寝《やすい》を寝《ぬ》」などの形で詠み込まれた。「朝寝」（⑩一九四九）は、朝遅くまで眠っていることを言う。また、「安寝《やすい》」は安らかな眠りのこと。

　瓜食《うりは》めば　子ども思ほゆ　栗食《くりは》めば　まして
　偲《しぬ》はゆ　いづくより　来《きた》りしものそ　眼交《まなかひ》に
　もとな懸《か》かりて　安眠《やすい》し寝《な》さぬ（⑤八〇二）

右は、山上憶良《やまのうえのおくら》の「子らを思《おも》ふ歌」。子供が愛しいあまり、その姿が目の前にむやみにちらついて、安眠させてくれないと歌っている。「安寝」が独り寝の場合の安眠を指す一方、男女の共寝による満ち足りた眠りを「甘寝《うまい》」と言う。↓ウマシ。

　人の寝《ぬ》る甘寝《うまい》は寝《ね》ずてはしきやし君が目をす
　ら欲《ほ》りて嘆《なげ》くも（⑪二三六九）

右は、独り寝を嘆く女の歌。「人」は世間一般の人のことを指し、他の人は共寝をして満ち足りた眠りについているのに、自分は独り寝をしているという疎外感を表す。せめてあなたの目にだけでも触れたいという切ない恋心を歌っている。

最後に、東歌のヌについて触れる。

　高麗錦《こまにしき》紐解《ひもと》き放《さ》けて寝《ぬ》るが上《へ》に何《あ》どせろとか
　もあやに愛《かな》しき（⑭三四六五）

右は、高麗錦の紐を解き放って「寝る」と歌っており、ヌが漠然とした男女の共寝の意を超えて、直接的な性愛行為の意に使用されていることが分かる。これは東歌《あずまうた》だけに見られる特色である。

このように、ヌは様々な表現で多くの歌に歌われており、古代人の生活の中で重きが置かれた行為であったことが窺える。

（高桑枝実子）

ねぐ【祈ぐ・労ぐ】

ネグは、いたわり、ねぎらう、または祈り願う、といった意味を持つ。『万葉集』には二首三例見える。

…平《たひ》らけく　我《われ》は遊ばむ　手抱《たむだ》きて　我《われ》はいまさむ　天皇我《すめらわれ》　うづの御手《みて》もち　かき撫《な》でそ　ねぎたまふ　うち撫でそ　ねぎたまふ…

（⑥九七三）

「酒《みき》を節度使《せつどし》の卿《まへつきみ》たちに賜《たま》」わった時の、聖武《しょうむ》天皇の御歌である。節度使は、地方に派遣された令外《りょうげ》の官。ここは、「（お前たちが節度使として出向いたならば）穏《おだ》やかに私は遊んでいよう、腕組みをして私はいらっしゃるであろう。天皇である私は、尊い御手でかき撫でて願いなされる、うち撫でて願いなされる」といった意味。

撫でることは、対象への祝福の意味をもつ呪的行為である。↓ナヅ。「ねぐ」ことは、その祝意を祈願に転ずることでもあった。『名義抄』には、「祝　イハフ、ネグ、イノル」とある。

ネグの継続態が「願《ねが》ふ」である。それゆえ、ここでも「かき撫でて願いなされる」と訳しておいた。

一方、この祝意を節度使の側から見ると、ここで賜った天皇の言葉は、地方に赴く不安な心を落ち着かせ、穏やかにしたことであろう。それがいたわり、ねぎらうネグの意になる。

…鶏《とり》が鳴く　東男《あづまをのこ》は　出《い》で向かひ　顧《かへり》みせずて　勇《いさ》みたる　猛《たけ》き軍《いくさ》と　ねぎたまひ…（⑳四三三一）

ネグのもう一首の例になる。「東男」すなわち防人《さきもり》が母や妻と別れる悲しみを詠んだ大伴家持《おおとものやかもち》の歌の一部。「鶏が鳴く東国の男は、故郷を出、敵に向かい、振り返ることをせず、心勇む強い兵であるといたわりなされて」というほどの意。防人は後ろを振り返ることのない、勇ましい兵卒であるとして、天皇は慰撫するのだと歌っている。そこにネグが用いられている。

防人もまた多くの不安を抱えていた。それゆえ、天皇のネグ行為は、そうした不安を払拭する意味を、防人の心にもたらすことになった。

神の心を慰撫するネグもある。専門的にこれを行う神職は「禰宜《ねぎ》」と呼ばれた。ネグの名詞形で、神の心を和らげ、神に祈る人の意である。

「景行《けいこう》記」に、注意すべきネグの例がある。景行天皇は、小碓命《おうすのみこと》（倭建命《やまとたけるのみこと》）に「お前の兄大碓《おおうす》は、朝夕の食事の席に出て来ない。兄の許《もと》に行き、ねんごろに諭《さと》し聞かせよ（専《もは》ら汝《なむち》、ねぎし教《をし》へ覚《さと》せ）」と命ずる。しかし五日たっても大碓は現れない。そこで天皇は小碓に「まだ教え諭していないのか」と尋ねる。小碓が「すでにねんごろに致しました（既《すで》にねぎつ）」と答えたので、天皇が「どのようにねんごろにしたのか（如何《いか》にかねぎしつる）」と聞くと、小碓は「明け方、厠に入った時、待っていて捕え、その四肢をもぎ、薦《こも》に包んで投げ捨てた」と答える。

天皇の「ねぎ」は、ねんごろに大碓の気持を汲みつつ教え諭せというものであったが、その言葉を受けた小碓は、兄の四肢をもぎ取って殺し、その遺骸を捨て去ってしまう。小碓はその行為を「ねぎつ」と言っている。天皇の「ねぎ」という言葉が、暴力につながる意味をもったことになる。

西郷信綱『古事記注釈』は、ここを次のように読む。この話の意図は、小碓の荒々しい性格を示そうとしたところにある。話の軸は三回繰り返される「ねぎ」にある。やくざ仲間で、痛めつけることを、あるいは運動部の練習でしごくことを「可愛がる」という。ここも同様に、天皇の言う「ねぎ」を逆手にとり、小碓は兄をねんごろに優しく暴力をもって扱い、殺してしまった。『古事記』は、ネグという言葉を軸に、小碓命の性格を浮き彫りにしようとしたのである。（新谷正雄）

の【野】

広がった平らな空間を示す語。ただし、原《はら》が「天《あま》の原《はら》」「海原《うなはら》」のように、空間の広がり一般を意味するのに対し、ノは草木などが生育する広い土地を示す。またノは、人々の生活空間であるサト、遠く離れた異郷であるヤマに対し、両者の中間に位置する、いわば境界の地であった。↓サト、ヤマ。この空間認識をよく示すのが、「神代記」にある歌謡、「…青山《あをやま》に　ぬえは鳴きぬ　さ野《の》つ鳥《とり》　きぎしは響《とよ》む　庭つ鳥　かけは鳴く…」（記二）である。

「山」「野」「庭」と、それぞれの地に生息する鳥の鳴き声によって、朝が山から野へ、野から庭へと徐々に近づいてくる様が詠われる。ここで「さ野つ鳥」とされる雉《きじ》は、野で妻恋いの声をあげる鳥として、『万葉集』にもしばしば詠み込まれる。

春の野にあさる雉《きぎし》の妻恋《つまご》ひに己《おの》があたりを人に知れつつ（⑧一四四六）

「春の野で餌をあさる雉《きじ》は、妻を恋い鳴きするあまりに、おのれの居場所を人に知られ続けて」という意。春は雉の繁殖期であり、春の野に鳴く雉は、平安時代以降も恋歌のモチーフとして受け継がれてゆく。

ノ（野）は、人間にとっても恋愛の場であった。『日本霊異記』上二縁で、主人公の男が後に妻となる女（正体は狐）と出逢ったのも「曠野《あらの》」である。人目を避けねばならぬ恋愛において、里から少し離れた野は、格好の逢い引きの場なのである。次は、逢うのなら野で逢いたいという歌。

ま遠《とほ》くの野にも逢《あ》はなむ心なく里のみ中《なか》に逢へる背《せ》なかも（⑭三四六三）

「ずっと遠くの野で逢いたいものよ。それなのに、無情にも里の真ん中で出逢ってしまったあなたであることよ」くらいの意。こともあろうに多くの人がいる里で出逢った困惑が詠まれている。

「小野《をの》」「大野《おほの》」という語があるが、この大小の区別は、広狭を示すものではない。たとえば「小野」は、「若薦《わかこも》を　猟路《かりぢ》の小野《をの》に　猪鹿《しし》こそば　い匍《は》ひ拝《をろが》め　鶉《うづら》こそ　い匍《は》ひもとほれ（若い薦《こも》を刈る、その猟路の小野に、猪や鹿、鶉は這い拝むが）」（③二三九）のように狩猟や草刈りが行われる、人の世界に近接した野であった。次は、人里近い小野を、女に喩《たと》えて詠んだ歌。

うちはへて　思ひし小野《をの》は　遠からぬ　その里人《さとびと》の　標結《しめゆ》ふと…（⑬三二七二）

「ずっと思い続けてきた小野は、そこから遠くない里の男が、占有のしるしを結んでしまった」という意。「標《しめ》」は占有したことを示すしるし。↓シメ・シム。密かに心を寄せていた女を「小野」に、彼女を占有した男を「里人」に喩えているが、「遠からぬ　その里人」という表現から、「小野」という空間が里近い野であることがわかる。

一方「大野」は、『播磨国風土記《はりまのくにふどき》』飾磨《しかま》郡条に「大野《おほの》といふは、本《もと》、荒野《あらの》たりき。かれ、大野と号《なづ》く」とあるように、未開の地を意味する。「荒野」とは、人が足を踏み入れぬ、恐ろしい地である。それゆえ生と死の境界、葬送の地として「かぎろひの　燃ゆる荒野《あらの》に　白栲《しろたへ》の　天領巾《あまひれ》隠《がく》り　鳥じもの　朝立ちいまして　入《い》り日《ひ》なす　隠《かく》りにしかば（陽炎《かげろう》の燃える荒野に、純白の天の領巾《ひれ》に覆われて、鳥のように朝に飛び立って行かれ、入り日が沈むように身を隠してしまったので）」（②二一〇）のように詠まれた。

次は、そのような荒野を、大君ならば都に変えることができると詠む歌。

荒野《あらの》らに里はあれども大君《おほきみ》の敷《し》きます時は都《みやこ》となりぬ（⑥九二九）

「荒野そのままに難波の里はあるが、大君が君臨なさる時は都となったことだ」という意。神亀二年（七二五）、聖武《しょうむ》天皇が旧都、難波に行幸した折、笠金村《かさのかなむら》による大君讃美の歌である。

非日常的な空間であるノ（野）は、日々の暮らしから離れた遊興の地でもあった。次は「野遊」と題された歌の中の一首。

春日野《かすがの》の浅茅《あさぢ》が上《うへ》に思ふどち遊ぶ今日《けふ》の日忘らえめやも（⑩一八八〇）

「春日野の浅茅が生えたあたりで、気の合う者同士で遊ぶ今日の日は忘れられない」というほどの意。作者は不明だが、都人たちが平城京東郊の春日野で日常を忘れて興ずる姿が目に浮かぶ。

現在でも若草山の野焼きは春の風物詩であるが、当時は各地で野焼きが行われていた。野焼きは、異界である山と人里との緩衝地帯としてのノ（野）を保つための重要な行事であった。

初夏には、野で薬狩《くすりが》りが行われた。薬狩りは主に旧暦五月五日に行われる行事で、女性は薬草を摘み、男性は強壮剤となる鹿茸《ろくじょう》を求めて狩猟を行った。

あかねさす紫野行《むらさきのゆ》き標野《しめの》行《ゆ》き野守《のもり》は見ずや君が袖《そで》振る（①二〇）

右は額田王《ぬかたのおおきみ》が蒲生野《がもうの》の薬狩りの折に詠んだもので、狩りに伴う宴の場で詠んだものとされている。一日の狩りで人々が目にした「紫野」「標野」「野守」という景物を詠みこみ、「野守が見るではないですか。あなたがそんなに袖を振っては」と、秘めた恋として表現した歌である。

夏も盛りになると、ノ（野）には草が生い茂る。そこから「夏野の草」は、「繁く」を導く序詞となった。

人言《ひとごと》は夏野《なつの》の草の繁《しげ》くとも妹《いも》と我《あれ》とし携《たづさ》はり寝《ね》ば（⑩一九八三）

「人の噂が夏野の草のように繁くても、あの子と私と手を取り合って寝たならそれでよい」という意で、煩わしい人の噂と、繁茂する夏草を結びつけて詠んだものである。

ノ（野）は、行幸をはじめ狩猟や公務など、様々な旅における宿りの場でもあった。次は、遣唐使として旅立ち、冬の旅寝を余儀なくされる我が子を思い、母が詠んだ歌。

旅人《たびびと》の宿《やど》りせむ野に霜降《しもふ》らば我《あ》が子羽《は》ぐくめ天《あめ》の鶴群《たづむら》（⑨一七九一）

「我が子が旅寝する野に下りる霜、その寒さを和らげるよう、鶴よ、その羽でくるんでおくれ」という意。旅する我が子が野宿で寒い思いをしないように、と願う母の慈愛に満ちあふれた歌である。

（兼岡理恵）

のむ【禱む】

ノム（禱む）とは、額を地につけるようにして祈る・願うことを意味する言葉である。

『万葉集』の歌からは、ノムの具体的なイメージを推測しづらいが、その他の上代文献には、ノムの具体的なイメージを推定できる興味深い用例が見られる。

『肥前国風土記《ひぜんのくにふどき》』藤津《ふじつ》郡能美《のみ》郷条に載る逸話で、景行《けいこう》天皇が服従しない人々を殺そうとした時、その、人々が「叩頭《こうとう》」して自分の罪を謝し、共に死を免れることを願った、という記事が見られる。「叩頭」という漢語は「額を地につけてお辞儀する」という意味だが、この「叩頭」をノム（ミ）と訓《よ》むべきことは、これが「能美《のみ》」という地名の起源譚であることから確かめられる。この例から、和語ノムが額を地につけてお辞儀する所作と重なる意を持っていたことが知られる。

さらに「崇神《すじん》紀」十年条にも「叩頭」とノムとの関連を示す例が見られる。崇神天皇の叔父、武《たけ》埴安彦《はにやすびこ》が謀反を起こしたが、彦国葺《ひこくにぶく》によって殺された。その配下の軍勢は退いたが、多く討たれてしまった。そこで人々は逃げられないと観念し、「叩頭《の》みて曰《いは》く、『我君《あぎ》』といふ」こととなる。この「叩頭」には「のむ」と訓んでほしい旨の注が付されている。「我君」は「我が主君」の意で、彦国葺に対して忠誠を誓う言葉である。つまり、これも額を地につけ深く謝罪の意を表明し、忠誠を誓ったことを、ノムと言っている例である。

また「雄略《ゆうりやく》記」に、「のみの御幣物《みまひもの》」という言葉が見られる。雄略天皇の御殿に似せて家を作った人物がいて、それに怒った天皇が家を焼こうとした時、その過《あやま》ちを許してもらおうと白い犬を献上した。その犬を指して「のみの御幣物」と呼んでいるのだが、犬を差し出した時、この人物は「稽首《けいしゅ》」したと記されている。漢語「稽首」は、「叩頭」同様、額を地につける意である。

以上のように、ノムは額を地につけるようにして祈る・願うことを意味する語と見られ、異常なほどに強い思いを伴って、何とか願いが叶えられるように、必死に祈る意であったことが知られる。『万葉集』のノムの例は相聞歌への偏りが見られるが、それもノムと歌われる相聞の思いが尋常ではないゆえと見ることができよう。

…竹玉《たかだま》を　間《ま》なく貫《ぬ》き垂《た》れ　天地《あめつち》の　神をそ
我《あ》が禱《の》む　いたもすべなみ（⑬三二八四）

右は「…（祭具である）竹玉を隙間なく紐を通して垂らし、天地の神を私は祈る、恋しくてどうしようもないので」といった意で、相聞の歌である。二人の関係の障害となる人の噂が立たないように、という神への祈りが歌われている。万葉歌で単独で用いられるノムは、このように恋の状況において神に祈る例ばかりであるが、先述のようなノムの意味合いを考えると、その願いは異常なほどに強い願いであったものと言ってよい。

一方、「乞《こ》ひ禱《の》む」という複合語がある。「乞ひ」は他に願い求める意であり、全体の意味としては神に祈る意で、ノムと同様に非常に強い願いをいう語と見られる。しかし用例から見ると、先の男女の恋を対象としたノムとは、その祈る内容がやや異なっているようである。

我《わ》が背子《せこ》しかくし聞こさば天地《あめつち》の神を乞《こ》ひ禱《の》み長くとそ思ふ（⑳四四九九）

宴席で賓客《ひんきゃく》が「末永くお変わりなく」と挨拶歌を詠んだのを受けた主人の答歌である。「あなたがそのようにおっしゃるならば、私も天地の神に祈り、長寿でいようと思う」といった意味。これは命の長きことを神に祈る例である。

次は正税帳使として都に上る大伴家持《おおとものやかもち》に、下僚大伴池主《おおとものいけぬし》が贈った歌である。

…手向《たむ》けの神に　幣奉《ぬさまつ》り　我《あ》が乞《こ》ひ禱《の》まく　はしけやし　君が正香《ただか》を…撫子《なでしこ》が　花の盛りに　相見《あひみ》しめとそ（⑰四〇〇八）

「峠の神に捧げものをし、私が祈るのは、慕わしいあなたを…撫子の花の盛りの時に逢わせてほしい、ということである」というほどの意で、家持との再会を願う「乞ひ禱む」である。（新谷正雄）

のる【乗る・載る】

ノル（乗る・載る）とは自明な言葉であるように見える。辞書などには、物の上に確かな位置を占めることを指す、とある。馬や車や船に乗るというのは、なるほどその意に解されるかもしれない。ところが、一方で、特別な発話行為にかかわるノルもある。「告る」「罵る」などと表記されるノルである。祝詞《のりと》のノリもこのノルと関係がある。どちらのノも乙類のノである。発話行為にかかわるノルについては別項を立てたので、ここでは主として前者のノルについて説明する。

　ノルとは、右の辞書などの説明とは違い、基本的に他者（神的・霊的存在）に憑依された状態を意味する言葉と見るべきである。しかも、そうした状態のままにいずれかに運ばれていくこと、主体が受動的な状態に身を任せることをノルと呼んだ。

　このようなノルの意味をよく示すのが、恋歌に特徴的な表現「心に乗る」である。恋人のことで心が一杯に満たされてしまった状態の形容である。

　駅路《はゆまち》に引《ひ》き舟《ふね》渡し直乗《ただの》りに妹《いも》は心に乗りにけるかも（⑪二七四九）

「駅路に引き舟を渡して、まっすぐに川を舟で乗り渡るように、ただ一途《いちず》にあの子は私の心に乗りかかってしまったことだ」というほどの意。恋とは、主体の魂が恋人の魂との逢会《ほうかい》を求めて身体からあくがれ出る状態を意味するが、それを反対から見れば、恋人の魂がこちらに依《よ》り憑《つ》いて主体の統御を超えた状態を生み出していることになる。恋歌の「心に乗る」とは、まさしくその状態を表す。→コフ・コヒ。

「道（路）に乗る」という例もある。

　海原《うなはら》の路《みち》に乗りてや我《あ》が恋ひ居《を》らむ　大船《おほぶね》のゆたにあるらむ人の子《こ》ゆゑに（⑪二三六七）

旋頭歌《せどうか》である。「海原の路」は海路をいう。海上には船を自然と目的地に運ぶような道があると考えられていた。潮流を意識したのだろう。そこで「路に乗る」とは、その海路の霊威に行く先を委ねる意になる。恋がみずから行方を定められぬ受動的な状態であることをよく示した表現である。

「神代記」にも、亡くした釣針の行方を求めて海神《わたつみのかみ》の国に行こうとする山幸《やまさち》を、塩椎神《しおつちのかみ》が无間勝間《まなしかつま》の小舟に乗せ、「味《うまし》御路《みち》あらむ。すなはちその道に乗りて往でまさば」と教える場面がある。「味御路」にも潮流が意識されているのだろうが、やはりおのずと海神の国に到り着くことを「道に乗りて」と表現しているのだと思われる。これもまた、道のままに運ばれていくという受動的なありようを示しているだろう。

それでは、一般に乗り物とされるもの、馬や船に乗ることをどのように理解したらよいのか。これも本来は主体の意志的な行動と見るべきではない。

塩津《しほつ》山《やま》うち越え行《ゆ》けば我《あ》が乗れる馬そつまづく家恋ふらしも（③三六五）

旅先での歌。「塩津山を越えて行くと、私の乗っている馬がつまずいた。家人が私を恋うているらしいことだ」というほどの意。故郷に残る家人の思いに馬が感応してつまずいたことを歌う。馬の歩みそのものが、すでに乗り手の意志を超えた力に操られていることがうかがえる。

古代においては、馬は聖なる動物と考えられ、神的・霊的存在の乗り物であるとされた。奄美《あまみ》のユタは成巫過程の中で、馬に乗ったままその自由な歩みに任せ、馬が立ち止まったところを聖所と定めたという。ここからも馬に乗ることが、受動的な行為であったことが確かめられる。船に乗ることも、先の山幸の例からも明らかなように、その道筋には不思議な霊威が感じ取られており、船はその霊威に導かれるままに進んで行くものとされた。先の例で、船に乗ることを「心に乗る」ことの比喩にしているのは、それ自体、意志的な行為でないことをよく示しているといえる。

《**参考文献**》山下欣一『奄美のシャーマニズム』。

（多田一臣）

のる【告る・罵る】

呪力ある言葉を発することが、ノル（告る）の原意である。もともとは神が直接、あるいは巫女などに憑依して言葉を発することをノルと言った。

「大坂《おほさか》に　遇《あ》ふや娘子《をとめ》を　道問《と》へば　直《ただ》には告《の》らず　当芸麻《たぎま》道を告る」（記七七）。

「履中《りちゆう》記」の例。謀反により難波宮《なにわのみや》を遁れた天皇は、大和との国境で一人の娘子《おとめ》に出逢う。娘子は、反乱兵が潜んでいるので、近道を通らず、迂回路（当芸麻道）を行くよう勧めた。右は、その折に天皇が詠んだ歌である。この「告る」は、娘子の口から出てはいるが、実際には神の託宣の言葉であったことが前後の記事からうかがえる。

占《うら》は、占い者がその結果を神意として告げるものなので、そこでもノルが用いられた。占の語源は裏表《うらおもて》の「裏」で、裏に隠れて見えない神意を表に現すことをウラ（占）と呼んだ。↓ウラ。

夕占《ゆふけ》にも占《うら》にも告《の》れる今夜《こよひ》だに来まさぬ君を
いつとか待たむ（⑪二六一三）

「夕占」とは、道の集まる衢《ちまた》などで夕方に行われる占のこと。「夕占にも他の占の卦《け》にも、訪れると出た今宵さえもおいでにならないあなたを、いつと待ったらよいのか」というほどの意味。ここでも占い者の判断を「告る」と表現している。

祭祀に唱えられる祝詞《のりと》の語源もノリ＋トで、ノリは「告り」、トは呪的行為を示す接尾語とされる。祝詞には、神から人に向けて宣下する言葉と、人から神に向けて奏上する言葉の二種類がある。前者が本来のものとされるが、どちらも呪力ある言葉を発する点で変りはない。

「祝詞」は『万葉集』には次の一例しか見えない。

中臣《なかとみ》の太祝詞言《ふとのりとごと》言ひ祓《はら》へ贖《あか》ふ命《いのち》も誰《た》がために
汝《なれ》（⑰四〇三一）

「酒を造れる歌」とある。「中臣氏の立派な祝詞を唱え、祓えをし幣《ぬさ》を差し出したのも、他の誰でもない、お前のためなのだ」というほどの意。酒の発酵を促すため、中臣氏伝来の祝詞が唱えられ、祓えが行われたらしい。「汝」は、酒に呼び掛けた言葉。「太祝詞言」の「太」は、讃美の接頭辞。天皇は神に等しい存在とされたから、その言葉もノルと表現された。

否《いな》と言へど語れ語れと詔《の》らせこそ志斐《しひ》いは申《まを》せ強語《しひかたり》と言ふ（③二三七）

持統《じとう》天皇がまだ若いころから、ずっと傍らで仕えて来た老女志斐嫗《しいのおうな》が、天皇に歌い掛けた歌。「もう申しませんと言うのに、語れ語れとおっしゃるからこそ、私は申し上げたのに、それを無理なこじつけ話とおっしゃること」というほどの意。嫗に話を強《し》いる天皇の言葉をノルと表現している。

人の名にも呪力が宿るとされたから、名もノルものとされた。↓ナ。『万葉集』では、男女間で相手の名を問い、答える場面にノルが用いられる。

みさご居《ゐ》る磯廻《いそみ》に生《お》ふるなのりその名は告《の》らしてよ親は知るとも（③三六二）

女に求婚する男の歌。「みさご」は猛禽類の鳥。「なのりそ」は海藻のホンダワラ。一首は「ミサゴのいる磯の廻りに生えるなのりその名――あなたの名をおっしゃってください。たとえ二人の関係を親が知ったとしても」の意。男は求婚の際、女に名を明らかにすること（「名告《なの》り」）を要求した。女が名を明かせば、その求婚を受諾したことになる。次はその受諾の例。

隼人《はやひと》の名に負《お》ふ夜声《よごゑ》いちしろく我《わ》が名は告《の》りつ妻と頼《たの》ませ（⑪二四九七）

「隼人の夜声のようにはっきりと私の名を明かしたのですから、妻として頼りにしてください」と男に歌い掛けている。隼人は南九州出身の被征服民で、朝廷の警衛に奉仕した。夜には魔除けの声を発したので、それを「隼人の名に負ふ夜声」と表現している。

男女の恋にはさまざまな障害があった。親や他人にその関係を知られることは、恋の破綻につながるので、女が相手の男の名を明かすことは厳重な禁忌とされた。とくに母親は娘の性的管理者であったから、女は母に対して男との関係を秘めておかなければならなかった。

百積《ももさか》の船隠《かく》り入《い》る八占《やうら》さし母は問ふともその名は告《の》らじ（⑪二四〇七）

上二句は序詞。「大きな船が隠れて入る浦、その浦のように多くの占《うら》を立て、母は私に男の名を言えと責め立てるが、私はその名を明かさない」というほどの意。次の例は、恋心が募るあまり、相手の名を思わず口にしてしまった例である。

隠《こも》り沼《ぬ》の下ゆ恋ふればすべをなみ妹《いも》が名告《の》りつ忌《い》むべきものを（⑪二四四一）

「隠り沼のように、心の奥深くで恋い焦がれていると、どうしようもなくなり、あの子の名を呼んでしまった。口にしてはいけないものなのに」といった意味。思わず相手の名を口にするのは、名に呪力があるからでもある。口にすることで、相手の魂との交流が実現すると感じ取られていたのかもしれない。

ノルに関連した言葉に、神に願う意の「祈《いの》る」がある。神と人とをつなぐ場に、呪力ある言葉を介在させることだから、イノルのノルは、呪力ある言葉を発する意のノルであるに違いない。イはおそらく神聖な行為であることを示す接頭辞であろう。

天地《あめつち》の神を祈《いの》りてさつ矢貫《ぬ》き筑紫《つくし》の島を指して行く我《われ》は（⑳四三七四）

防人《さきもり》の歌。「天地の神を祈り、矢を靫《ゆき》（矢を入れる武具）に貫き刺し、筑紫の島を目指して行く。私は」というくらいの意。

ノルには、罵《のの》しる意味の「罵《の》る」もある。元々は、「罵る」もまた呪力のこもった呪詛の言葉を発することだから、同じ言葉と見てよい。

馬柵越《うませご》しに麦食《は》む駒《こま》の罵《の》らゆれどなほし恋ひしく思ひかねつも（⑫三〇九六）

一首は「柵《さく》越しに首を出して畑の麦を食べる馬が叱られるように、怒鳴られはしたが、それでもやはり恋しい思いに耐えられない」というほどの意。交際相手の女の母親から罵倒された男の歌である。

（新谷正雄）

【ハ行】

はし【愛し】

情愛をそそぐ気持ちや愛着の情を表す語。愛《いと》しい、慕わしい、可愛い、などの意。相手を讃美する気持ちを含み持つ。ハシ単独で詠み込まれるよりも、間投助詞の「やし」「よし」を下に伴って、「はしきやし」「はしきよし」「はしけやし」などの形で用いられることの方が多い。

ハシは、妻への情愛を表す例が最も多い。その他、深い親交のある友人や主人を慕わしく思う感情を表す例もある。原則として、離れた場所にいる相手を対象とするようだ。

『万葉集』では、ハシに「愛」の字があてられるが、同様に「愛」の字があてられる語にウツクシ・ウルハシ・メグシがある。ウツクシは、親子・夫婦・恋人どうしなど肉親に近い間柄で相手を慈しみたいという感情を表し、それ以外の者への視点を持たない点でハシとは区別される。↓ウツクシ。ウルハシは、完璧な美しさや立派に整った理想の状態を賞美する讃詞で、情愛を表すハシとは異なる。↓ウルハシ。メグシは、たえず気がかりを感じさせることを表し、相手を実際に目で捉えて生ずる感情であるのに対し、ハシは離れた場所にいる相手を思って抱く感情である点が異なる。↓メ。また、類義語のカナシ（愛し）は、妻や恋人・子供などを慈《いつく》しみ憐れむ気持ちを表し、どちらかというと切なさや悲哀の情に通じるのに対し、ハシは讃美の気持ちに通じる点が異なる。↓カナシ。

次は、妻への情愛を表すハシの例。

…玉桙《たまほこ》の　道だに知らず　おほほしく　待ちか恋ふらむ　愛《は》しき妻らは（②二二〇）

柿本人麻呂《かきのもとのひとまろ》が海辺の行路死人《こうろしにん》を悼んだ「石中死人歌」。荒磯の岩の上に倒れ伏している夫の元に行く道さえ知らず、不安なまま家郷で待ち恋うているであろう妻を思いやっている。「愛しき妻らは」の「ら」は親愛の意を示し、ハシは遠い家郷でひたすら待つ妻を愛《いと》しく思う感情を表す。「愛《は》しき妻」が一語となった「愛《は》し妻《づま》」という語もある。

風雲《かぜくも》は二つの岸に通へども我《わ》が遠妻《とほづま》の〔一《ある》は云《い》はく、「愛《は》し妻《づま》の」〕言《こと》そ通はぬ（⑧一五二一）

右は山上憶良《やまのうえのおくら》の「七夕歌」で、牽牛《けんぎゅう》の立場で歌われている。織女《しょくじょ》を指す「遠妻」が、異伝で「愛し妻」と歌われる。「仁徳記《にんとくき》」に載る歌謡の中にも、嫉妬にかられ出奔した皇后を仁徳が「吾《あ》が愛《は》し妻《づま》」（記五九）と呼んだ例がある。どちらの例でも、「愛し妻」は離れた場所にいる妻を思いやって讃美する呼称となっている。

次は、ハシを親しい友人に対して用いた例。

…早瀬《はやせ》には　鵜《う》を潜《かづ》けつつ　月に日《ひ》に　しかし遊ばね　愛《は》しき我《わ》が背子《せこ》（⑲四一八九）

右は、越中国守であった大伴家持《おおとものやかもち》が親友である越前掾《じょう》大伴池主《おおとものいけぬし》に鵜《う》を贈った時の歌。「愛しき我が背子」の「背子」は、通常は女から親しい男への呼称だが、ここは友への親しみを込めた呼びかけとなっており、ハシには離れた地にある友を慕わしく思う感情が込められている。

ハシは、人に対してだけでなく、相手と関わりの深い品物や土地に対して用いられることもある。

み吉野《よしの》の玉松が枝《え》ははしきかも君が御言《みこと》を持ちて通《かよ》はく（②一一三）

右は、持統《じとう》天皇の吉野行幸の折、弓削皇子《ゆげのみこ》が蘿生《こけむ》した松の枝と消息を飛鳥京に留まる額田王《ぬかたのおおきみ》に贈ったのに対する、額田王からの返歌。蘿生した松には額田王の長寿を言祝《ことほ》ぐ意があり、持統が弓削に命じて用意させたものらしい。よって、ハシには、消息を送った「君」に当たる弓削と持統への慕わしさと讃美の念が込められている。

ハシは、挽歌で死者に対する強い哀惜の念を表す場合に用いられることもある。

はしきかも皇子《みこ》の命《みこと》のあり通《がよ》ひ見《め》しし活道《いくぢ》の道は荒れにけり（③四七九）

右は、大伴家持による「安積皇子《あさかのみこ》挽歌」の反歌。「はしきかも」は「痛ましくも慕わしい」という詠嘆の独立句のように用いられる。ここには、亡き皇子への哀惜と讃美の念が込められる。

「はしきやし（はしきよし・はしけやし）」は、いとしく、愛すべき対象への讃詞。ハシと同様に形容詞的に用いられる他、「ああ、愛《いと》しい」「ああ、慕わしい」のような詠嘆の独立句として用いられることもある。その対象は、妻や夫、恋人、兄弟など肉親的な間柄の相手や、深い親交のある主人などの他、自分自身に対して用いた例もある。

「景行記《けいこうき》」に載る倭建命《やまとたけるのみこと》の望郷歌に、「愛《は》しけやし　我家《わぎへ》の方《かた》よ　雲居《くもゐ》立ち来《く》も」（記三二）と見えるように、原則としてハシと同じく離れた相手に対する愛《いと》しさを表す語であったようだ。『万葉集』でも、「山川《やまかは》のそきへを遠みはしきよし妹《いも》を相見《あひみ》ずかくや嘆《なげ》かむ」（⑰三九六四）のように、逢会《ほうかい》が叶わない妻や恋人への愛《いと》しさを表す際に多く用いられる。痛切な哀惜を表す句として挽歌に詠み込まれることも、ハシと同様である。

はしきやし栄《さか》えし君のいましせば昨日《きのふ》も今日《けふ》も我《わ》を召《め》さましを（③四五四）

右は、大伴旅人《おおとものたびと》の薨去時に従者が詠んだ挽歌。「はしきやし」は「いとも慕わしい」という強い哀惜を表す独立句で、死者への讃詞となっている。

しかし、「はしきやし」の讃詞は、必ずしも離れた場所にいる相手に向けられるわけではない。

はしきよし今日《けふ》の主人《あろじ》は磯松《いそまつ》の常《つね》にいまさね今も見るごと（⑳四四九八）

右は、大伴家持の宴席歌。「はしきよし」は宴の主人への讃詞となっている。「あろじ」は「あるじ」の古形。

はしきやし吹かぬ風ゆゑ玉櫛笥《たまくしげ》開《あ》けてさ寝《ね》にし我《われ》そ悔《くや》しき（⑪二六七八）

右は女の歌で、「ああ、風が吹かないからとて、美しい櫛箱の蓋を開けるように戸を開けて共寝をしてしまった私が、何とも悔やまれることよ」というほどの意。「はしきやし」は、自分自身へのいとおしみを表す詠嘆の独立句である。もともと離れた相手への愛《いと》しさを表していた「はしきやし」は、次第に詠嘆句や讃詞としての役割が強まり、目前の相手や自分自身など身近な対象にも用いられるようになったのであろう。（高桑枝実子）

はぢ【恥】

禁忌の侵犯や自己の過失が、外部に露見した際に生ずる感情。個人の閉じられた心の内に生ずるのではなく、衆目に曝《さら》されることによって引き起こされる。衆目は共同体の規範意識に繋がるため、ハヂは倫理的な感情とも言える。動詞形はハヅ（恥づ）、形容詞形はハヅカシ（恥づかし）である。

ハヂをかくことは、神が最も嫌う屈辱的行為と幻想された。それは、記紀神話に顕著に表れる。例えば、「神代記」に見える伊耶那岐命《いざなきのみこと》の黄泉国《よもつくに》訪問譚では、禁を破って穢《けが》れに満ちた妻伊耶那美《いざなみ》命《みこと》の姿を覗《のぞ》き見した伊耶那岐が、恐れて逃げ帰ろうとすると、伊耶那美は「吾《あれ》に辱《はぢ》を見しめつ」と言い、黄泉国の醜女《しこめ》に後を追いかけさせる。ここで伊耶那美の怒りが向けられたのは、夫が禁を破ったことでも、自らの異様な姿を見たことでもなく、自らにハヂをかかせたことである。

神とハヂに関わる話は、他にも多い。邇々芸命《ににぎのみこと》から娘の石長比売《いわながひめ》を醜いという理由で返された大《おお》山津見神《やまつみのかみ》は、「大《おほ》きに恥ぢ」て、邇々芸とその子孫にあたる天皇の寿命は限りあるものになると申し送る。また、海神の娘豊玉毘売命《とよたまびめのみこと》は、夫火遠理《ほおり》命《みこと》が禁を破って自らが出産する姿を覗き見たことを知って「心恥《こころはづか》し」と思い、「吾《あ》が形を伺《うかが》ひ見つること、是甚怍《これいとはづか》し」と述べて、海と陸との境界を塞いで海へ帰ってしまう。

このように神話におけるハヂは、秩序の崩壊や関係の断絶を招く決定的要因となっている。時代が下るが、『竹取物語』で月の世界からの天人を撃退しようとする翁が、天人の尻を衆目に曝して「恥を見せむ（恥をかかせてやろう）」とするのも、関係の断絶を期待するゆえであろう。

一方、庶民の伝承世界を語る『日本霊異記』に見えるハヂは、倫理的性格が強い。例えば、下二一縁には、眼病で片目が見えなくなった僧が「日に夜に恥ぢ悲し」む話が見える。これは、前世での悪業が現世で悪報となって現れ、衆目に露呈されたとの意識が生み出したハヂの感覚である。

『万葉集』におけるハヂも、同様に倫理的性格が強く、特に男女関係に纏《まつ》わる歌に詠み込まれる傾向が見られる。ただし、用例は少なく、ハヂが二首に、ハヅカシが一首に見えるのみである。

山守《やまもり》のありける知らにその山に標結《しめゆ》ひ立てて結《ゆ》ひの恥《はぢ》しつ（③四〇一）

右は男の立場で歌われた譬喩《ひゆ》歌。「山」は女、「山守」は山の番人のことで、既に約束した別の男の比喩。「標結ひ立つ」は、占有の印を目立つように結ぶことを表し、あからさまな女の占有を寓意する。→シメ・シム。「結ひの恥」は、既に占有者がいるのに、知らずに我が物にしようとしたことへのハヂの意で、当時の慣用句らしい。

恥《はぢ》を忍《しの》び恥を黙《もだ》して事もなくもの言はぬ先に我《われ》は寄《よ》りなむ（⑯三七九五）

右は、「竹取《たけとり》の翁《おきな》」が自分を軽蔑した仙女を戒めたのに対する、仙女の答え歌。「恥ずかしさを堪《こら》え、恥ずかしさを押し隠して、あれこれ言い訳する前に、私は老翁のお心に従いましょう」というほどの意。このハヂは、自らの態度を戒められることで生じた恥ずかしさをいう。「恥を忍び」の原文表記が「辱尾忍」となっており、仏教語「忍辱《にんにく》（侮辱や苦難を耐え忍び、怒ったり恨んだりしないこと）」の訓読語の可能性もある。

次は、ハヅカシの例。

里人《さとびと》の見る目恥《は》づかし左夫流子《さぶるこ》にさどはす君が宮出後姿《みやでしりぶり》（⑱四一〇八）

右は、越中国守であった大伴家持《おおとものやかもち》が、遊女に惑溺する部下を諭した歌。「左夫流子」がその遊女の名で、一首は「里の人々の見る目も恥ずかしい。左夫流子に迷っておいでのあなたが、だらしなく出勤する後ろ姿は」というほどの意。「里人」は領民を意識しており、その背後に、官人は領民の範たるべきという倫理観がある。部下が遊女に惑乱する事態ではなく、その姿が「里人」の目に曝され後ろ指をさされることがハヅカシと歌われている。ハヂが、衆目への露呈によって生ずる感情であることを端的に示す例である。（高桑枝実子）

はふる【放る・散る・葬る】

　何かを放擲《ほうてき》することと、放ち捨てることがハフルの原意である。ただし、具体例においては、ハフルとハブルの清濁両様があり、それらを同一と見てよいかについても説が分かれている。ここでは、清音ハフルをその基本とし、濁音ハブルを後代の変化と見て、いずれも同一の言葉と捉えておく。

　放擲すなわち放ち捨てる意のハフルは、『古事記』の次の歌謡に典型例を見ることができる。

「王《おほきみ》を　島に放《はぶ》らば　船余《ふなあま》り　い帰《がへ》り来《こ》むぞ…」（記八六）。

　近親相姦の罪により、四国（伊予《いよ》国）に配流されることになった軽皇子《かるのみこ》が歌った歌とされる。「私を四国に追放するなら、岸に着く船が反動で戻るように、帰って来ようぞ」というほどの意。このハブルは原文「波夫良婆」とあり、あきらかな濁音の例である。示したように、追放・追却する意であり、ハフルの原意をよく示している。

　放ち捨てる意で、あきらかな清音の例もある。「崇《す》神《じん》記」の「祝園《はふりその》（波布理曾能）」の地名起源譚に見える「斬り放《はふ》り（斬波布理）き」がその例になる。「布」は清音の仮名であり、「祝園」の地名からも、清音であることは動かない。反逆の意を示した建波邇安《たけはにやす》の一味を日子国夫玖《ひこくにぶく》が追い詰め、バラバラに斬り散らして、その遺骸を放擲する場面の記事である。これもハフルの原意を示す例といえる。

　藤原永手《ふじわらのながて》が薨じた際、光仁《こうにん》天皇が発した宣命（『続日本紀』第五一詔）に「汝大臣《みましおほおみ》（永手）の家の内の子等《こども》を放《はふ》り賜《たま》はず」という文言が見える。天皇が、永手の子どもたちを見捨てることなく厚く処遇することを、その霊に約束した言葉である。このハフリも放り捨てる意であり、やはりその原意を示す例と見てよい。原文「波布理」も清音に読んでよい。

　ハフリが追放・追却の意であるなら、死者を死者の世界に送り届ける意の「葬《はふ》り」も、同様の言葉と見てよいことになる。『万葉集』の挽歌に「神葬《かむはふ》り　葬りいませて」（②一九九）「神葬《かむはふ》り葬りまつれば」（⑬三三二四）の例がある。いずれも皇子の死を悼む歌で、「神葬り」は、神として葬ることを意味する。

この「神葬り」もカムハブリと訓む説がある。『日本紀私記（丙本）』は、「綏靖《すいぜい》即位前紀」の「喪葬」に「美波不利」の音注を付し、さらに「不」に濁音符号を施している。そこから「葬り」もハブリと訓むべきだとする説も見られるが、これは平安朝の訓みであり、もともと濁音であったかどうかはやはりわからない。

問題は、なぜ死者を葬ることを、ハフリといったのかということである。死者の霊はこの世の秩序には従わない。それゆえ、死者の霊がこの世に留まり続けることは、きわめて危険なことと考えられた。そこで、死者の霊を死者の世界に退却させることが求められた。「葬り」はそのための儀礼である。とはいえ、死者はこの世に未練を残すから、その霊を鄭重に慰撫し、もはやこの世の存在ではないことを納得させて、死者の世界に平穏に移行してもらう必要があった。それを促す儀礼が殯《ひん》である。「殯」は、「歹（遺骸）」を賓客として待遇する意の文字で、死者を鄭重にもてなすことをいう。殯の儀礼を通じて、死者に死の自覚を与えたのである。殯はモガリとも訓まれるが、モガリは再生儀礼に起源をもつから、殯とは完全には重ならない。いずれにせよ、死者に対しては、殯と葬の二段階の儀礼が必要とされた。このありかたは、現在も通夜と葬儀（告別式）のかたちで受け継がれている。死者をあの世に送り出すこと、退却させることが「葬《はふ》り」の意味であった。

死者に向けられたこのような姿勢は、神に対するそれと同一である。神は神の世界にいるのが基本だが、時を定めてこの世界にやって来る。それを迎える儀礼が祭りである。祭りの場では、神の心を慰めるためのさまざまなもてなしが用意される。ご馳走を供え、歌舞・音曲の類が神に献納される。それによって神の心を慰め、人びとが平穏無事な生活を営むことができるよう取り計らってもらうのである。神は祟る存在だから、神の心を少しでも乱してはならない。とはいえ、神は非日常の存在だから、いつまでもこの世界に滞留されると、人びとの暮らしが成り立たなくなる。祭りが終わったら、すみやかに神の世界に帰ってもらわなければならない。そのための儀礼が神送りである。

神送りは失敗すると大きな祟りを招く。危険と隣り合わせの儀礼である。そのありかたは死者を死者の世界に送ることと重なる。神送りは「葬り」と等しい意味をもつのである。神送りを務める神官が祝《はふり》と呼ばれるのはそこに理由がある。祝は神を神の世界に送り出すこと、つまり退却させるところに、その役割があった。神官の職位は、神主《かんぬし》―禰宜《ねぎ》―祝《はふり》の三階層を基本とする。神主は祭事全体を司る役目だが、禰宜は神の心をネグ（慰撫する）ところに、その役割をもつ。神の心をネグゆえに禰宜と呼ばれたのだろう。祝が職位の最下級に位置づけられているのは、その役割が危険と隣り合わせであったために違いない。

もっとも、祝＝ハフリは、神官全体の呼称として用いられる場合もあるから、注意を要する。『万葉集』の、

祝《はふり》らが斎《いは》ふ三諸《みもろ》の真《ま》澄鏡《そかがみ》懸けて偲《しの》ひつ逢《あ》ふ人ごとに（⑫二九八一）

の「祝」は、そうした総称と見てよい。一首は「神官たちが身を清めて大切に守る三諸の真《ま》澄《すみ》の鏡を懸けるように、あなたの名を口に懸けては（口に出しては）偲んだことだ。出逢う人ごとに」というほどの意。

なお、皇子の死を悼んだ挽歌に「剣太刀《つるぎたち》　磨《と》ぎし心を　天雲《あまくも》に　思ひはぶらし…」（⑬三三二六）という表現が見える。このハブルも、放散・放擲《ほうてき》する意である。「剣太刀を研《と》ぐように磨《みが》いた（皇子への）忠節を尽くす心を、天雲が消え去るように放ち捨てて…」の意になる。心が空中に雲散霧消してしまう虚しさが表出されている。原文「念散之」とあるが、ここはハブラシと濁音で訓むのがよい。

（多田一臣）

はる【春】

ハル（春）が季節の名であることは、いまさら述べるまでもない。四季のめぐりの最初に位置づけられるのが春である。農耕生活を基本とする古代では、春と秋とがもっとも大切な季節とされた。ただし、この春と秋とは、後の時代のように一年を正確に四分したものではない。そこに、春と秋の特別な意味が現れている。↓アキ。

和語のハルは、もともと草木の新たな甦りを意識した言葉であったらしい。『万葉集』には、「春は張《は》りつつ」（⑨一七〇七）、「春の日に張れる柳を」（⑲四一四二）と歌った例が見える。この「張る」は、季節の霊威が宿ることで木の芽がふくらむことを意味する。そのふくらみに宿る霊威がハルと感じ取られたのである。この和語のハルに漢字の「春」を宛てたのは、その時期を中国の季節観に対応させたからである。

『万葉集』では、このハル（春）にしばしば「冬こもり」という枕詞が冠されている。

冬こもり春さり来《く》ればあしひきの山にも野にも鶯《うぐひす》鳴くも（⑩一八二四）

冬も季節の名だが、フユとは、魂のフユ（増殖）を意味した言葉である（折口信夫『古代研究』）。「冬こもり」とは、増殖する魂（生命力）を内側にたくわえた状態の形容であったと考えられる。この世界にひそかに忍び寄る季節の霊威が木の芽などに宿り、それが魂の増殖を促す原動力になると考えられた。そうやって増殖された魂の威力が外側に現れ出ることをハル（春）と呼んだのである。冬は、春の甦りを迎えるための準備の期間、つまり隠《こも》りの時期であった。冬を「冷《ひ》ゆ」の転と見る語源説もあるが誤っている。

右の歌に「春さり来れば」とある。このサルは、季節の到来を意味する言葉である。サルは、春と秋にしか用いられない。ここからも、春と秋とが特別な意味をもつ季節であったことがわかる。

［岩波古語］によれば、サルとは、こちらの気持ちにかかわりなく、移動して来たり、移動して行ったりすることを意味する言葉であるという。こちらの気持ちにかかわらないというのは、神威の現れと見てよいから、春は神の意志の現れとしてこの世界にやって来るものと考えられていたことがわかる。

同様に、『万葉集』では、季節の到来を、やはり春と秋に限ってタツ（立つ）と表現する。このハルタツ、アキタツは、二十四節気の「立春」「立秋」の翻訳語と説明されるが、それは誤りである。なぜなら「立夏」「立冬」に対応すべきナツタツ、フユタツという表現が見られないからである。タツとは、神的・霊的なものが目に見える形で現れ出ることを意味する言葉である。**↓タツ**。春や秋の季節はまずはそうした霊威の現れとして意識されていたことになる。

ハルに霊的な力がもたらされることは、そこに「うち靡《なび》く」という枕詞が冠されることからも確かめられる。

天降《あも》りつく　神の香具山《かぐやま》　うち靡《なび》く　春さり
来《く》れば　桜花《さくらばな》　木《こ》の暗茂《くれしげ》に…（③二六〇）

春になると、草木がなよやかになびくから「うち靡く春」というのだと説明されている。しかし、ナビクとは、そこに働く力の現れを讃美する言葉だろう。「うちなびく玉藻《たまも》」（③四三三）が、海の彼方からこの世に向かう神秘な力を背後に負うと感じ取られているように、異界からやって来る季節の霊威がすべてのものに及ぶのが、ナビクの意にほかならない。ナビクもまた、春がタツもの、サルものと意識されていることに呼応する表現だった。**↓ナビク**。

『万葉集』に歌われる春の景物はとりどりだが、そこには新たな霊威の発現、生命力の甦りを見て、讃美の対象としようとする意識が明瞭に現れている。以下は、春の景物を列挙した歌。

冬こもり　春さり来《く》れば　朝《あした》には　白露《しらつゆ》置
き　夕《ゆふへ》には　霞《かすみ》たなびく　風の吹く　木末《こぬれ》が
下《した》に　鶯《うぐひす》鳴くも（⑬三二二一）

白露や霞、ウグイスがその景物だが、いずれも新たな力の発動が感じ取られている。「春されば花咲きををり」（⑬三二六六）のように、枝もたわわに咲く花が歌われるのも、花に霊威の依《よ》り憑《つ》く春のありかたを示している。

ところが、時代が下ると、春は物悲しい気分を感じさせるような季節として捉えられるようになっていく。

春の日のうら悲《がな》しきに後《おく》れ居《ゐ》て君に恋ひつつ
現《うつ》しけめやも（⑮三七五二）

狭《さ》野弟上娘子《ののおとがみのおとめ》の歌。越前に配流された恋人中臣《なかとみ》宅守《のやかもり》を思って詠んだ歌の中の一首。恋人と隔てられ、その恋に現《うつ》し心を失ったさまが、春の日の「うら悲しい」気分に重ねて表現されている。

春を「悲し」と表現するのは、中国文学の影響と見る説がある。春は甦りの季節であり、歓びの季節であるが、同時にその悲哀を歌うことは、中国六朝以来の文学伝統であったという。それは、春を彩る花の「盛り」の裏に、それの散りゆく「うつろひ」の悲哀が予想されるからだという（小島憲之『古今集以前』）。

大伴家持《おおとものやかもち》の「春愁三首」は、それを一段と推し進めた表現性を見せている。一首だけ掲げる。

うらうらに照《て》れる春日《はるひ》に雲雀上《ひばりあ》がり心悲《かな》しも
独《ひと》りし思《おも》へば（⑲四二九二）

うららかに照る春の陽光の中、真一文字に天空に翔け上がるヒバリのさまは、きわめてのどかな春の野の景を表現するが、下句は一転してそうした景に疎外される孤独な心を「心悲しも」と表現している。景と情の隔絶はまことに大きなものがある。春を憂愁の季節と捉えた、いわばその極北に位置づけられるような作である。

右の歌の「春日」は春の陽光を意味する。だが、『万葉集』では、「春日」は春の日《ひ》永《なが》を、あるいはその暮れがたさを意味するのが通例である。

相思《あひおも》はずあるらむ子ゆゑ玉の緒《を》の長き春日《はるひ》を
思ひ暮らさく（⑩一九三六）

「思ってもくれないあの子のため、長い春の日を思い暮らしたことだ」という意。「霞《かすみ》立つ　長き春日《はるひ》を」（⑬三二五八）など、そうした用例は少なくない。

（多田一臣）

ひと【人】

ヒトとは、本来不完全で茫漠とした、はっきりしない存在である。「我」とヒト、「神」とヒトというように、対置されるものによって顕在化する。対置されるものにより変化することから、「第三者」「人間」「恋の相手」「臣下」など、多様な意味に変化する。→カミ。

恋ひ死なば恋ひも死ねとや玉桙《たまほこ》の道行《ゆ》き人《びと》の
言《こと》も告《つ》げなく（⑪二三七〇）

右は柿本人麻呂《かきのもとのひとまろ》歌集の歌で、ヒトの茫漠さがよくわかる例である。「恋をして死ぬならば恋死にをしてしまえということだろうか、〔玉桙の〕道を行く人は相手からの言伝《ことづ》てもしてくれないことよ」くらいの意。本来言伝ては特定の使者によってもたらされるものだが、この歌では道を行くヒトという、はっきり誰とは判らない者が何も告げてくれないと嘆いている。誰と特定できないヒトは、力を計り知ることができないので、かえって不可思議な力があると考えられていた。また道は神や魑魅魍魎《ちみもうりよう》も含めて様々なものが往来する場であり、霊威が発動する場でもあったから、「道行き人」の持つ不可思議な霊威にすがって、恋の相手からの言伝てを期待した。→ミチ。この歌では、その期待も持てないことを嘆いている。

次の歌は「我」とヒトが対置された例。

…我《わ》ご大君《おほきみ》は　隠《こも》りくの　泊瀬《はつせ》の山に　神《かむ》さびに　斎《いつ》きいますと　玉梓《たまづさ》の　人そ言ひつる
…（③四二〇）

石田王《いわたのおおきみ》が亡くなった際に、妻の丹生王《にうのおおきみ》が作った挽歌。「亡くなった我が石田王は、〔隠りくの〕泊瀬の山に神々しいさまに祭られておいでになると〔玉梓の〕人が告げた」くらいの意。亡くなった王を「大君」と呼び、それに「我が」を冠し、自らとの関係の深さを強調する。王の死を告げたのは「玉梓の人」であった。死の告知は通常「玉梓の使ひ」という使者によってなされた。→

ツカヒ。使者は「我」との対比の中であえて「人」と呼ばれる。最愛の人の死が、関わりのない第三者「人」から告げられる悲劇を表現している。

大伴《おほとも》の御津《みつ》の白波《しらなみ》間《あひだ》なく我《あ》が恋ふらくを人の知らなく（⑪二七三七）

右は「大伴の御津の白波のように、絶え間なく私が恋していることをあの人は知らないことだ」くらいの意。「御津」は難波《なにわ》の港で、大伴氏の所領があったことから「大伴の御津」と呼ばれた。この歌では、自分が恋い焦がれている恋の相手を「人」と呼ぶ。「我」と対置されて、第三者のような隔たりが意識されたものとなっている。

ヒトは物や動物と対置されることによって人間の意味になる。

なかなかに人とあらずは酒壺《さかつぼ》になりにてしかも酒に染《し》みなむ（③三四三）

右は「讃酒歌」と題された大伴旅人《おおとものたびと》の歌。「中途半端に人であるよりは、酒壺になってしまいたいものだなあ。そうしたら酒にきっと染みていられるだろう」という意。ここでは酒壺に対置することによってヒトは人間の意となっている。

朝日照る島の御《み》門《かど》におほほしく人音《ひとおと》もせねばまうら悲《がな》しも（②一八九）

右は、天武《てんむ》天皇の後継とされていた草壁皇子《くさかべのみこ》が亡くなったときに、皇子に仕える舎人《とねり》が詠んだ歌で、「朝日が照り輝く島の宮殿はおぼつかぬまま人の物音もしないので、しみじみと悲しく思われることだ」くらいの意。「島の御門」は、皇子が暮らした住居のこと。「人音もせねば」と「も」によって暗示されているのは、「島の御門」の主人である草壁皇子。「人」とは仕えていた臣下の者たちを指す。皇子や天皇に対置されることによってヒトは臣下や従者として定位される。

ヒトを冠した熟語も多数ある。世間の噂・言葉を表す「人言《ひとごと》」も三十例余り見られる。

人言《ひとごと》の繁《しげ》き間守《まも》りて逢《あ》ふともやなほ我《わ》が上《うへ》に言《こと》の繁けむ（⑪二五六一）

この歌は作者未詳の恋歌で、「人の噂が激しいのでその合間をうかがって逢ったとしても、それでもなお私についての噂が激しいことだろうか」の意。「人言」が、逢瀬の障害となっていることを嘆いている。丹生王や柿本人麻呂歌集の歌と同様、ヒトという誰と特定できない得体の知れないものの言葉におびえている。

周囲からの視線を表す「人目《ひとめ》」も、「人言」と同様に避けるべきものとされた。

人目《ひとめ》守《も》る君がまにまに我《われ》さへに早く起きつつ
裳《も》の裾濡《すそぬ》れぬ（⑪二五六三）

右は、男を見送る女の歌。「周囲の目を窺いつつ朝帰るあなたに従って、私も早く起きて家の外に出て、夜明けの露に裳の裾が濡れたことだ」という意。人目を避けるために当時の男は夜明けとともに女の家を後にしたのである。

「人言」や「人目」は、逆にそれに抗《あらが》うことによって、恋を進行させることもある。

人言《ひとごと》はまこと言痛《こちた》くなりぬともそこに障《さは》らむ
我《われ》にあらなくに（⑫二八八六）

右の作者未詳歌は、「世間の噂は激しくなったとしても、そんなことに妨げられる私ではないことです」というほどの意。「人言」「人目」が恋の妨げになると同時に二人の関係を深める二面性を持つのは、ヒトが「我」によって作り出された存在だからである。本当は誰も二人のことなど気にしていないかも知れない。しかし二人の関係を深めたい「我」は、対置する存在としてヒトを想定する。そして「人言」「人目」にも屈しない恋心を持つのだと歌う。恋を進行させる道具立として「人言」「人目」は使われているのである。

ヒトが「神」と対置され顕在化するものであることは、「人妻」ということばによってよく理解できる。→ツマ。

神木《かむき》にも手は触《ふ》るといふをうつたへに人妻《ひとづま》と
いへば触れぬものかも（④五一七）

右は、大伴安麻呂《おおとものやすまろ》の歌で、「神木でさえも手は触れるというものなのに、単に人妻ということで触れることができないものなのだろうか」というほどの意。本来神木は、禁忌で手を触れてはいけないものである。しかしそれでさえ手に触れることがある。ましてや神でない人間の妻は、なおさら手を触れることができるはずのもの。それなのに触れることができないのかと嘆いている。

このように「人妻」は本来、他人の妻という意味ではなく、神に対する人間の妻という意味であった。『万葉集』における「人妻」の表記は、一字一音表記以外では、一例を除いて「人妻（人嬬）」となっている。「他妻」と表記する唯一の例外は、筑波山に男女が集い歌を掛け合う嬥歌《かがい》（歌垣）を歌う高橋虫麻呂《たかはしのむしまろ》の歌で、「人妻《ひとづま》（他妻）に　我《わ》も交《まじ》はらむ　我《わ》が妻《つま》に　人も言《こと》問へ…（他人の妻と私も交わろう。私の妻に他の人も求愛しなさい）」（⑨一七五九）と、「我が妻」との対比で「他妻」と表記した意図的なものである。嬥歌・歌垣は神によって性の解放が許される場ではあったが、右の歌には多少の誇張が含まれているようである。

　紫草《むらさき》のにほへる妹《いも》を憎くあらば人妻ゆゑに我《あれ》
　恋ひめやも（①二一）

大海人皇子《おおあまのみこ》の有名なこの歌は、「人妻ゆゑに」を「人妻であるのに」と逆接として理解することが多い。しかし「ゆゑに」を逆接とする確例は『万葉集』には見あたらない。結ばれることが禁忌である神の妻ではなく、「人妻ゆゑに」（人間の妻であるので）恋するのだと理解すべきであろう。

　他国《ひとくに》によばひに行《ゆ》きて太刀《たち》が緒《を》もいまだ解《と》か
　ねばさ夜《よ》ぞ明けにける（⑫二九〇六）

右は「他郷に妻問いに行って、まだ太刀を腰に巻いている紐《ひも》を解かないうちに、夜が明けてしまったことだ」という意の相聞歌。ヒトクニとは、自分が属する国と対置された国である他国を表す。この歌は、八千矛神《やちほこのかみ》が越《こし》の国の沼河比売《ぬなかわひめ》に妻問いをしたが、太刀の緒も解かないうちに夜が明けたことを歌う『古事記』の歌謡（神語歌《かむがたりうた》）を下敷きにしており、歌い手は自らを神になぞらえている。神である自らの力も、他国では及ぶべくもなく、しょぼくれて帰るのだと自嘲するような歌である。

《参考文献》多田一臣『万葉歌の表現』、多田みや子『古代文学の諸相』、鈴木宏子『王朝和歌の想像力』。

（塩沢一平）

ひとり【独り】

人数について「一人」であることを意味する場合と、本来一緒にいるべき人と離れている状況を「独り」と認識する場合とがある。「り」は人の数を数えるのに用いる接尾語である。

うちひさす宮道《みやぢ》を人は満ち行《ゆ》けど我《あ》が思《も》ふ君はただ一人《ひとり》のみ（⑪二三八二）

「宮道を多くの人が行くけれど、私の思い人はあの人一人です」と歌うこの歌では、宮道を行く多くの人との対比においてヒトリと歌われており、人数において単数であることをいう例だが、『万葉集』において圧倒的に多いのは、妻・夫や恋人など本来対であるべき相手と離れてある状況を嘆く「独り」である。

二人行《ふたりゆ》けど行《ゆ》き過ぎ難《かた》き秋山をいかにか君が独《ひと》り越ゆらむ（②一〇六）

右は大津皇子《おおつのみこ》が密かに伊勢斎宮《さいくう》に下り、姉の大《おお》伯皇女《くのひめみこ》に謀反の決意を伝えた後、都へと帰る大津を見送る大伯の歌。「二人でも越えがたい秋山を弟はどのようにして独りで越えているのだろう」と弟の身を案じる歌であり、「二人」との対比においてヒトリと歌われている。

二人《ふたり》して結びし紐《ひも》を一人《ひとり》して我《あれ》は解《と》き見じ直《ただ》に逢《あ》ふまでは（⑫二九一九）

この歌は後朝《きぬぎぬ》の折に男女が互いに紐を結び合う古代の恋愛習俗を反映した歌で、「二人」で結んだ紐を次に逢うまで決して解かないことを誓う歌である。作者にとっては、たとえ途中誰かと会っていても、恋人と離れている時間がヒトリの時間であったことを物語っている。→**ムスブ／ユフ**。

男女一対の充足した共寝が「うま寝《い》」と呼ばれるように、男女一対であるべきことが最も強く認識されるのが夜の床《とこ》であったからであろうか、ヒトリは「寝」とともに用いられる用例が非常に多くを占める。→**ウマシ**、**ヌ**。特に「独りかも寝む」「我が独り寝む」等の表現は、相聞歌や羈旅歌における常套的な表現となっており、『万葉集』に多くの用例を見ることができる。↓タビ。

春日山《かすがやま》霞《かすみ》たなびき心ぐく照《て》れる月夜《つくよ》に独《ひと》りかも寝《ね》む（④七三五）

我《あ》が恋ふる妹《いも》は逢《あ》はさず玉の浦《うら》に衣片敷《ころもかたし》き独《ひと》りかも寝《ね》む（⑨一六九二）

前者は大伴坂上大嬢《おおとものさかのうえのおおおとめ》が大伴家持《おおとものやかもち》に贈った歌であり、鬱情をかき立てる春景の中、ヒトリで寝なければならないことが嘆かれている。後者は、「紀伊国作歌二首」という題詞を持つ歌であり、旅先（玉の浦）での独り寝の寂しさを訴える歌である。旅という状況は、物理的にも妻や恋人と離れている状況であるが、旅の歌の発想として、故郷に残して来た妻や恋人との共感関係によって旅の安全を願うという発想があることも、旅寝において強くヒトリが認識された要因であろう。

男女一対であり得ない嘆きを背負うヒトリが、挽歌において結晶化したのが、大伴旅人《おおとものたびと》の亡妻挽歌である。

都《みやこ》なる荒れたる家に独《ひと》り寝《ね》ば旅にまさりて苦しかるべし（③四四〇）

右は大宰府《だざいふ》で妻を亡くした大伴旅人が天平二年（七三〇）に大宰府から都に帰る折に詠んだ歌で、「都の荒れた家に独りで寝たら、旅以上に苦しいにちがいない」というほどの意。ここでも独り寝が妻と一対でいられないことの象徴となっている。都の家を「荒れたる（人の秩序を失った）家」と歌う点も、旅人にとって妻がいかに大きな存在であったかを示している。また次は帰京の途中に敏《みぬ》馬《め》の崎で亡き妻を思って詠んだ歌である。

妹《いも》と来《こ》し敏馬《みぬめ》の崎《さき》を帰るさに独《ひと》りし見れば涙《なみた》ぐましも（③四四九）

都から北九州に下る折には妻と二人で見た敏馬の崎を、帰りにはヒトリで見なければならない悲しみが歌われる。二人一対であるべき妻とともに都に帰れない悲しみを、ヒトリの語に凝縮させた作である。

この旅人の作に先立って、同年正月に大宰府の大伴旅人邸で催された梅花の宴において詠まれた山上憶良《やまのうえのおくら》の歌にもヒトリが用いられている。

春さればまづ咲く屋戸《やど》の梅の花独《ひと》り見つつや
春日《はるひ》暮らさむ（⑤八一八）

一首は「春になると真っ先に咲く我が家の梅の花を、私は独りで見ながらこの春の日を暮らさねばならないのか」くらいの意で、中国の梅花の詩賦も踏まえつつ、庭に咲く梅を妻とともに見ることのできない大伴旅人の心境を代弁した作である。旅人が大宰府からの帰京の折にヒトリを主題とする亡妻挽歌を多く詠じた背景には、この憶良の作があったにちがいない。

大伴旅人が拓いた挽歌におけるヒトリの世界は、子の家持《やかもち》・書持《ふみもち》にも引き継がれている。家持が妻を喪った折の歌に次のような作が見られる。

今よりは秋風寒く吹きなむをいかにか独《ひと》り長き夜《よ》を寝《ね》む（③四六二・家持）

長き夜《よ》を独《ひと》りや寝《ね》むと君が言へば過ぎにし人の思ほゆらくに（③四六三・書持）

家持が「これから秋風の寒い季節なのに、どのようにして私は独り寝るのだろうか」と歌ったのに対して、「あなたがそのように言うと亡くなった人のことが思われてなりません」と書持が返した贈答である。

以上のように、『万葉集』のヒトリは、ほとんどの場合が妻・夫や恋人と一対の状態でいられないことを嘆く場面で用いられるが、やや特殊な例も見られる。

君がため醸《か》みし待酒《まちざけ》安《やす》の野に独《ひと》りや飲まむ友なしにして（④五五五）

右は大宰大弐《だざいのだいに》であった丹比県守《たじひのあがたもり》が民部卿として都に帰る折に大伴旅人が詠んだ歌。「君のために醸《かも》した待ち酒を、この安の野で私は友もなく独りで飲むのか」くらいの意。友と一緒に酒を酌み交わせなくなる寂しさをヒトリと歌う例である。

また、市原王《いちはらのおおきみ》の、

言問《ことと》はぬ木すら妹《いも》と兄《せ》とありといふをただ独《ひと》り子《ご》にあるが苦しさ（⑥一〇〇七）

は、「物言わぬ木にすら妹と兄とがあるというのに、私が独りっ子であるのが苦しい」という意で、自分に兄弟のいないことを嘆く珍しい例である。

（大浦誠士）

ひも【紐】

ヒモは、通常、男女が別れに際して互いに結び合い、それぞれの魂を相手の結び目に封じ込めて、再会を呪《まじな》い取るものとされる。それゆえ、再会までは解かないことが原則とされた。「二人《ふたり》して結びし紐《ひも》を一人《ひとり》して我《あれ》は解《と》き見じ直《ただ》に逢《あ》ふまでは」(⑫二九一九)を見ると、そのことがよくわかる。二人で結んだ紐は、再び逢うまでは一人で解き見ることはしないというのである。男の歌で「我妹《わぎも》子《こ》が結《ゆ》ひてし紐《ひも》」(⑨一七八九)、女の歌で「ねもころ君が結びてし我《わ》が紐《ひも》の緒《を》を」(⑪二四七三)と表現した例もある。

ところが、『万葉集』のヒモにはわからないことが多い。その形状、またどこに付けていたのかがはっきりとしないのである。「下紐《したびも》」「裏紐《したびも》」とする表記例もあるから、下着に付けた紐とも見られるが、「裏紐」は上着の裏側に付けた紐、着物の前合わせをとめる紐とも解せるから、その実態はなかなか捉えにくい。さらに前合わせをとめるのなら実用的な紐になるが、そうとは思えない例も見える。「高麗錦《こまにしき》(の)紐《ひも》」(⑩二〇九〇など)のように舶来の高価な素材を用いたもの、赤や紫の紐の場合がそれである。

「高麗錦(の)紐」は、七夕歌に用いられた例が典型だが、高貴さを意図した特別な意味合いがあるのだろう。一方、赤や紫の紐には呪術的な意味合いがつよく感じられる。

旅の夜《よ》の久しくなればさ丹《に》つらふ紐解《ひもと》き放《さ》け
ず恋ふるこのころ(⑫三一四四)

紫《むらさき》の我《わ》が下紐《したびも》の色に出《い》でず恋ひかも痩《や》せむ
逢《あ》ふよしをなみ(⑫二九七六)

前者は赤、後者は紫の紐を歌っている。これらは、その色に特徴づけられた特別なヒモであったと考えられる。古代においては、紫は色彩としては赤の範疇に属するとされた。赤は神的・霊的なものが依《よ》り憑《つ》いたしるしの色である。それゆえ、この赤や紫の紐は、そこに封じ込められた魂の呪力のはたらきを示しているのだろう。↓アカ。ならば、これらは呪術的な目的を優先させたヒモになる。

前者は、旅の夜を重ねても、紐を解き放つことなく、故郷の妻（恋人）を恋しく思っていると歌う。後者の「色に出でず」は、恋心を外に出さない意。その「色」は赤系統の色を指す。↓イロ。紫の下紐は「色」の比喩だから、ここからも紫が赤の範疇に属していることがわかる。これも実用的な紐でないのは明らかだろう。これらのヒモは、着物の着脱とはかかわらないどこか特別な場所に付けた紐かもしれない。

前者で、紐を解き放つことはしないというのは、結び目に封じ込めた相手の魂の遊離を恐れたからである。ところが、旅などにあっては、自然と紐が解けてしまうこともあった。本来不吉なはずだが、それを家郷に残した妻（恋人）の思いがつよいためだと納得した。「我妹子《わぎもこ》し我《あ》を偲《しの》ふらし草《くさ》枕《まくら》旅の丸寝《まろね》に下紐《したびも》解けぬ」（⑫三一四五）がその例。着衣の紐を解かずにそのまま寝ることを「丸寝」と言った。このように、家郷の妻（恋人）の恋慕の情がつよく働けば、紐の結び目に宿った魂にも感応して、結び目が解けると考えた。それによって、不吉な状態から生ずる不安もまた解除されることになる。

一方、自ら進んで紐を解くと歌った例もある。

　　ま日《け》長く恋ふる心ゆ秋風に妹《いも》が哭《ね》聞こゆ紐解《ひもと》き行《ゆ》かな（⑩二〇一六）

七夕歌であり、やや特殊な事例かもしれない。牽牛《けんぎゅう》の歌である。解いてはならない紐を解くのは、結び目に宿る魂を解放し、その発動を促すことで出逢いを確かなものとして成就させようとしたのだろう。

着衣に縫い付けた紐が取れてしまったことを不吉と見て嘆いた「独《ひと》り寝て絶《た》えにし紐《ひも》をゆゆしみとせむすべ知らに哭《ね》のみしそ泣く」（④五一五）のような例もある。この「絶えにし」は、紐が切れたのではなく、取れてしまった意であろう。

（多田一臣）

ふる【古・旧る・振る・降る】

フルには、「古」「旧」「経」「振」「触」「降」などの字があてられ、それぞれに異なる語義で説明される。しかし、同音の語は、もとは語源を一つにしていたものが、後に意味的に細分化し異なる語と認識されるようになった可能性がある。よって、活用にも微妙な差異がある。右に挙げた各語は、すべて神の呪力に関わりを持つ。

「古《ふる》」「旧《ふ》る」は、年月が経過する様を表す動詞であり、活用は上二段とも四段とも捉える説がある。語源的には「経《ふ》る」が常態化し、呪力が依《よ》り憑《つ》いて久しい状態を表す語とされる。よって、讃美表現となる。藤原京遷都後に旧都となった「明《あ》日香《すか》」が「古郷《ふるさと》（故郷《ふるさと》）」と呼ばれるのも、「古」が讃詞としての意味を持つためである。

古《いにしへ》の人に我《われ》あれや楽浪《ささなみ》の古き都《みやこ》を見れば悲しき（①三二）

右の歌には「高市古人《たけちのふるひと》の近江《あふみ》の旧《ふる》き堵《みやこ》を感傷《かなし》びて作れる歌」という題詞が付されるが、作者を高《たけ》市黒人《ちのくろひと》とする異伝がある。この題詞や歌中に見える「近江の旧き堵」「楽浪《ささなみ》の古き都」は、壬申《じんしん》の乱で廃墟となった近江大津宮《おうみおおつのみや》のことを指す。人が作った華麗な都は、荒廃して本来の自然の状態に戻ってしまったが、それは始源の神意の現れとも捉えられる。「旧き」「古き」には、始源の状態が依り憑いた都への讃美の意が込められている。また、「古」「旧る」は人に対する讃美表現としても用いられ、「もの皆《みな》は新《あら》しきよしただしくも人は旧《ふ》りにしよろしかるべし」（⑩一八八五）という、年老いることの価値を称揚した一首も見られる。

「経《ふ》る」は、下二段動詞「経《ふ》」の連体形である。「経」は経過する意を表す語だが、［岩波古語］によれば、織物の経糸《たていと》の意の「綜《へ》」と同根で、場所や月日などを順次欠かすことなく経過して行く様を表すとされる。また、『古代語誌』は、時間的に霊威が依り憑いている様を表す言葉と説明する。

月《つき》も日《ひ》も変はり行《ゆ》けども久《ひさ》に経《ふ》る三諸《みもろ》の山の離宮所《とつみやところ》（⑬三二三一）

一《ひと》つ松幾代《いくよ》か経《へ》ぬる吹く風の音の清きは年深みかも（⑥一〇四二）

前者は山讃《やまぼ》めの歌。「三諸の山」は、神の降臨する呪力に満ちた山のこと。その山を「久に経る」と詠むことにより、神の呪力が依り憑いて久しいことを讃美している。一方、後者は松讃めの歌で、人の魂を預かる聖樹ともされる松の、年月を経て神々しい様を「幾代か経ぬる」と讃美している。これらの例から、「経」には対象を讃美する気持ちが込められていることが分かる。

一見、別の言葉ではあるが、四段動詞「振る」は、ミタマノフユ（神的な霊力を表す語）のフユと同根の語とされ、物を揺り動かして霊威を招き寄せ、霊力や生命力を呼び起こすことを表す。この語を「経る」と関わらせて解する説もある。「振る」の語義は、『万葉集』に散見される「天《あま》の原《はら》振《ふ》り放《さ》け見れば」という表現からも見て取れる。「天の原」は、天空の広がりに神聖な霊威を認めて讃美する呼称であり、「振り放け見る」は、遠く振り仰いで見ることを指すが、本来は、祭式の場で霊的な対象と交流し招迎するための呪術のことを言った。→アメ・アマ、ミル。また、『万葉集』で多く歌われるのは、「袖振り」である。

石見《いはみ》のや高角山《たかつのやま》の木《こ》の際《ま》より我《わ》が振る袖《そで》を妹《いも》見つらむか（②一三二）

右は、柿本人麻呂《かきのもとのひとまろ》が石見《いわみ》国から妻と別れて上京する際に詠んだ「石見相聞歌」。「袖」は魂の宿る場所であるため、妻の魂を呼び招くための呪術として「袖」を「振る」のである。特に、異界の霊威が強く危険な山や峠では、「袖振り」の呪術を行った。→ソデ。また、大伴家持《おおとものやかもち》の歌に見える「大夫《ますらを》の　心振り起こし」（⑰三九六二、⑳四三九八）は、戦に臨むため、霊力を招き寄せ気力を奮《ふる》い立たせることを指す。このような例からも、「振る」と霊力の招迎との関わりが見て取れる。「触《ふ》る」は、四段または下二段動詞で、直接触《さわ》ることで霊威を我が身に依り憑かせ付着させようとする呪的行為を表す。

妹《いも》に恋ひ寝《い》ねぬ朝《あした》に吹く風は妹に触《ふ》れなば我《わ》が共《むた》は触れ（⑫二八五八）

右は、風に命令した趣の一首で、「妹《いも》に恋して寝られなかった朝に吹く風は、もし妹に触れたのなら、私にも一緒に触れてくれ」というほどの意。お互いが同じ風に触れることで、恋人の魂との呪的な一体感を願っている。

四段動詞「降る」は、「振る」または「（地に）触る」を語源とする語とされる。『万葉集』で「降る」と歌われるのは、雨や雪、霜などである。雨や雪は天から降るものであり、霜も同様に天から降り置くものと考えられたため、異界の霊威が宿るとする観念があった。→アメ・アマ。

み吉野《よしの》の　耳我《みみが》の嶺《みね》に　時なくそ　雪は降《ふ》りける　間《ま》なくそ　雨は降りける…（①二五）

右は天武天皇《てんむ》の御製歌で、壬申《じんしん》の乱前夜の吉野隠棲を踏まえた作とされる。「み吉野」のミは、本来神のものであることを示す讃美の接頭辞であり、「時なくそ　雪は降りける」の「時なし」は、時間を有する現実世界とは全く異なる非日常的な空間性を表す。天武王権の起源の聖地である吉野の山に、天界の霊威を宿す雪や雨が絶えず「降る」と歌うことで、常に霊威に接する聖なる山として吉野が讃美される。山部赤人《やまべのあかひと》や高橋虫麻呂《たかはしのむしまろ》が「不尽山《ふじのやま》（富士山）」を詠んだ歌（③三一七～三二二）でも、山の霊威を讃美するために、嶺に雪が絶えず「降る」様が歌われている。

新《あらた》しき年《とし》の初めの初春《はつはる》の今日《けふ》降《ふ》る雪のいや重《し》け吉事《よごと》（⑳四五一六）

右は、因幡《いなば》の国守であった大伴家持が、元旦に国郡司らに饗応を与える際の宴の歌。豊年の瑞兆である雪が「今日降る」と歌うことにより、今年一年の豊穣を招き寄せ、「善いことがいよいよ重なるように」という意の結句へと繋げている。祝意の込められた賀の歌である。

このように各語は互いに関連し合っており、フルは、もともと霊力の依り憑きを意味する語であったと見られる。後に、言語が体系化されていく段階で、細かな語義の違いが意識され、異なる語へと分かれていったのであろう。（高桑枝実子）

ほ【秀・穂】

物の先端部、他より高く突出した箇所のことで、特に優れたもの、素晴らしいものを意味した。稲や薄《すすき》のホ（穂）も、ホ（秀）と同根である。「垂仁紀《すいにんき》」で、サホビメが「吾《あ》は手弱女人《たわやめ》なり。なんぞよく天《あめ》の神倉《ほくら》に登る」と言うが、「神倉」とはホ（秀）＋クラ（倉）の意で、神宝などを納める倉のこと。「天の」は、その神聖さを称える言葉だが、神倉が女性の登ることのできないほど、高い建造物だったことも示している。

「景行記《けいこうき》」では、死に瀕したヤマトタケルが、「大和《やまと》は　国《くに》のまほろば　畳《たた》なづく　青垣《あをがき》　山籠《やまごも》れる　大和しうるはし」（記三〇）と歌うが、この「国のまほろば」は「最も優れた国」という意である。

また「応神記《おうじんき》」では、宇遅野《うじのの》（京都府宇治市付近）を訪れた応神天皇が、そこから遠望できる葛《かず》野《の》の地を、「千葉《ちば》の葛野《かづの》を　見れば　百千足《ももちだ》る　家庭《やには》も見ゆ　国の秀《ほ》も見ゆ（〔千葉の〕葛野を見ると、満ち足りた家の広がりが見える。国の素晴らしいところが見える）」（記四一）と歌う。「…見れば…見ゆ」という国見《くにみ》歌の形式をとり、数多くの家々が繁栄している様子、そして「国の秀《ほ》（特に秀でた素晴らしい所）」が見えると、葛野を称賛している。

ホは霊威の最も強く現出する場であった。次は、筑波山に登った折に詠まれた歌。

…時となく　雲居《くもゐ》雨降《ふ》る　筑波嶺《つくはね》を　さやに照《て》らして　いふかりし　国のま秀《ほ》らを　つばらかに　示したまへば…（⑨一七五三）

「絶えず雲がかかり雨が降る筑波の嶺を晴れ晴れと照らして、様子を知りたく思っていたこの国の優れた景観をくまなくお示しになったので」とあり、筑波山の神が示した最も優れた景が「国のま秀《ほ》ら」と表現されている。

ホを冠する言葉には、「秀《ほ》つ枝《え》」という語がある。枝の先端という意で、「中枝《なかつえ》」「下枝《しずえ》」と対比しつつ詠まれることが多い。次は、龍田山《たつたやま》付近の桜を詠んだ歌。

…咲きををる　桜の花は　山高《やまだか》み　風し止《や》まねば　春雨《はるさめ》の　継《つ》ぎてし降《ふ》れば　秀《ほ》つ枝《え》は　散り過ぎにけり　下枝《しづえ》に　残れる花は　しましくは　散りな乱《まが》ひそ…（⑨一七四七）

「たわわに咲く桜の花は、山が高いからか風が吹き止まないので、春雨が続いて降るので、上の方の枝は散り果ててしまった。下の方の枝に残っている花は、暫くの間は散り乱れるな」という意。「秀つ枝」は、花が咲くのも散るのも最も早い部分で、生育が特に著しい箇所である。それゆえ人間の成長の譬喩にも用いられた。

…切り髪《かみ》の　よち子を過ぎ　橘《たちばな》の　秀《ほ》つ枝《え》を過ぎて…（⑬三三〇七）

「髪を切り下げた少女の時代を過ぎ、橘の梢が伸びる時期を過ぎて」と、少女が大人の女性へと成長する様が、橘の枝の生育に喩えられている。

「穂《ほ》に出《い》づ」は、恋歌において恋心や秘めた思いが露見することを示す表現である。次は、門部《かどべの》王《おおきみ》が難波《なにわ》で漁《いさ》り火を見て詠んだ歌。

見渡せば明石《あかし》の浦《うら》に灯《とも》す火の穂《ほ》にそ出《い》でぬる妹《いも》に恋ふらく（③三二六）

「遠く見渡すと明石の浦に灯す漁《いさ》り火が目に立つように、はっきりと人目に立ってしまった。あの子に恋していることが」という意で、漁り火の明るさを恋の露見に擬《なぞら》えている。

次は、「穂には咲き出ず」と詠うことで、逆に秘めた恋心を表現した歌。

我妹子《わぎもこ》に逢坂山《あふさかやま》のはだ薄穂《すすきほ》には咲き出《で》ず恋ひ渡るかも（⑩二二八三）

「愛しいあの子に逢う、その逢坂山のはだ薄のように穂に咲き出ることもなく、思いを胸に秘めて恋い続けることよ」という意。「はだ薄」は、ホに掛かる枕詞で、表皮を被った状態のススキの穂の意。赤みを帯びたススキの花穂の色は、恋心に染まる頬《ほお》の色にも通じている。→イロ。

（兼岡理恵）

ほく【祈く・禱く】

神に祈る行為、特に祝福の言葉を唱えて、幸いを招くための行為をいう。コトホク（寿く）はコト（言）＋ホクで、言葉の霊力によって、ある事柄を実現させようとする意。コトブキ（寿）もコトホクから派生した語とされる。「顕宗《けんそう》即位前紀」の「室寿詞（ムロホギノコトバ）」、祝詞《のりと》の「大殿祭（オオトノノホカヒ）」は、いずれも新築の住居や建物を祝福する詞章である。

「仲哀《ちゆうあい》記」の歌謡「酒楽歌《さかくらのうた》」には、常世《とこよ》のスクナビコナの神の酒を醸《かも》す姿が、「神寿《かむほ》き　寿《ほ》き狂《くるほ》し　豊寿《とよほ》き　寿《ほ》き廻《もとほ》し…（神ご自身で祝福しつつ踊り狂い、祝福しつつ酒槽《さかふね》を廻って）」（記三九）と歌われている。スクナビコナの神がホク（祝福する）ことによって、最高の酒が生まれるのである。「寿き狂し」とは、尋常ならざる様で踊り狂うことをいうが、滋賀県甲賀市水口町の総社神社「麦酒《むぎざけ》祭」では、氏子たちが自ら麦酒を醸造する際、太鼓を激しく叩いて発酵を促進させるという（服部旦「神功皇后『酒楽之歌』の構造と意味」『大妻国文』八号）。

『万葉集』のホクは、天皇や宴の主人を祝福する歌で、「千歳寿《ちとせほ》く」と長寿を祈る表現で詠まれることが多い。次は、橘諸兄《たちばなのもろえ》邸の宴席で大伴家持《おおとものやかもち》が詠んだ歌。

　青柳《あをやぎ》の上枝《ほつえ》攀《よ》ぢ取り蘰《かづら》くは君が屋戸《やど》にし千年《ちとせ》寿《ほ》くとそ（⑳四二八九）

「青柳の枝先を引き折り蘰にするのは、あなたの家に千年の栄えを祝福してのことだ」という意。植物をカヅラにするのは、その生命力を身につけるとともに、宴席の一員になることも意味する。→カヅラ。青柳の霊力にあやかり、橘家の繁栄を祈念する歌である。

次も家持の作で、宮廷の宴で天皇に歌を求められた場合を想定して予《あらかじ》め詠んだ歌である。

　…豊《とよ》の宴《あかり》　見《め》す今日《けふ》の日は　もののふの　八《や》

十伴《そとも》の男《を》の　島山《しまやま》に　赤《あか》る橘《たちばな》　髻華《うず》に挿《さ》し
紐解《ひもと》き放《さ》けて　千年寿《ちとせほ》き　寿き響《とよ》もし　ゑら
ゑらに　仕《つか》へまつるを…（⑲四二六六）

多くの廷臣《ていしん》たちは、衣の紐を解き、庭の橘《たちばな》の実を飾りとして冠や髪に挿し、寛いだ姿で宴に参加している。そしてにこにこと（「ゑらゑらに」）満面の笑みをたたえながら天皇を祝福する。「千年寿き　寿き響もし」は天皇の御代の永続を予祝する声が響きわたる様を示しており、「聖寿万歳」の声が、辺り一面に響きわたる光景が目に浮かぶ。

ホクに接尾語フがついたホカフも、ホク同様、吉祥を予祝して祝い言を唱えるという意味をもつ。当時、ホク行為を専門とするホカヒヒトという人々が存在した。新居の祝いや宴席などで室寿《むろほぎの》詞《ことば》や酒楽歌《さかくらのうた》のような祝福の詞章を作成し、唱えることを業として、諸国を流浪し、家々の門口で祝福の芸能を披露することで施しを受けたようである。それゆえか『万葉集』では、ホカヒヒトに「乞食者」という表記を当てている。巻十六には「乞食者《ほかひひと》の詠《うた》二首」と題された歌（⑯三八八五～六）がある。一首目は左注に「鹿《しか》の為《ため》に痛みを述べて作れり」と記され、「…たちまちに　我《われ》は死ぬべし　大君《おほきみ》に　我《われ》は仕《つか》へむ　我《あ》が角《つの》は　御笠《みかさ》のはやし…（たちまちに私は死ぬに違いない。そうしたら大君に私は仕えよう。わが角は御笠の飾りに）」と、薬狩りの獲物である鹿が、体の各部分を大君に献上する様が詠われる。二首目は左注に「蟹《かに》の為に痛みを述べて」とあり、蟹の一人称語りで、難波の蟹が都まで道行きを繰り広げた末に、塩漬けにされて天皇の食事に供される様子が、滑稽な口調で歌われている。いずれも主題は大君讃美だが、耳で聞いて楽しめる歌い口を持っており、祝福の芸能と呼ぶにふさわしい歌である。これらは元々民間に伝来した歌が、宮廷に謡物《うたいもの》として取り込まれたものという。ホカヒヒトは、聞き手を面白がらせ、かつ主人を祝福する詞章を作成して披露する役目をもつ言葉の芸能者であった。

（兼岡理恵）

ほどろ・ほどろに

ホドロとは、ほどく・ほとばしるの「ほと」と同根で、緊密な状態が散じて広がり緩むことを表す語である。万葉では「夜明け方」を意味する「夜《よ》のほどろ」という形で登場することが多い。

夜《よ》のほどろ我《わ》が出《い》でて来《く》れば我妹子《わぎもこ》が思へりしくし面影《おもかげ》に見ゆ（④七五四）

大伴家持《おおとものやかもち》が妻に送った歌で、「夜明け方に私があなたの家を出て来ると、あなたが思い沈んでいたさまが面影に現れて来る」というほどの意。夜明け方を「夜のほどろ」というのは、夜の凝縮された闇が、次第に緩んで明るくなると考えていたからであろう。人間が通常活動する昼に対して、夜は人の活動が制限される神の世界であり、人間以外のものが跋扈《ばっこ》する世界でもあった。人はそれゆえ不安定な状況に置かれ、成人した男女は寄り添うことで、安定を求めた。→ヨル。「夜のほどろ」という、夜が緩み始めた時間に家を出た家持。まだ男女が別れるには安心できない時間である。それゆえ一対となる安定を求めて「我妹子」が面影となって眼前に立ち現れると歌っている。この歌に続けて家持は、

夜《よ》のほどろ出《い》でつつ来《く》らく度《たび》まねくなれば我《あ》が胸切り焼くごとし（④七五五）

と詠む。「夜明け方にあなたの家を出て来ることが度多く重なると、あなたへの思いに我が胸は切り裂かれ焼かれるようだ」くらいの意。まだまだ一人では不安定な夜明け方に、妻の家を出て行かなければならないため、妻を求める思いもまた強く切実だったのだろう。

ホドロは雪の降る様子にも使われている。

沫雪《あわゆき》のほどろほどろに降《ふ》り敷《し》けば平城《なら》の都《みやこ》し思ほゆるかも（⑧一六三九）

右は大伴旅人《おおとものたびと》の歌。「沫雪」は、泡のように柔らかく消えやすいぼたん雪のこと。「ほどろ」は、泡のような雪がはらりはらりと降る様子の形容で

ある。ぼたん雪が地上に落ちて泡が散じ広がるように降り積もる意になる。「ほどろほどろ」という畳語を用いて、次々と降るぼたん雪によって眼前が次第にうっすらと白くなっていくと歌っている。雪の多くない奈良と似た、うっすらと白い景に触発されて、旅人は家郷「平城《なら》の都」に思いを馳せるのである。

　ホドロと同様な意味の語に、ハダレやハダラがある。これは、現代語の「ほどける」が「はだける」に通じているのと同様に、オ段とア段の母音交替によるものと考えられる。

　　沫雪《あわゆき》かはだれに降《ふ》ると見るまでに流《なが》らへ散るは何《なに》の花そも（⑧一四二〇）

　右の歌は、駿河采女《するがのうねめ》が白梅を詠んだ歌。「沫雪が広がり消えるようにはらりはらりと降るのかと見まごうほどに、風に流れて散るのは何の花だろうか」というほどの意である。「泊瀬女《はつせめ》の造《つく》る木《ゆ》綿《ふ》花《はな》み吉野《よしの》の滝《たぎ》の水沫《みなわ》に咲きにけらずや」（⑥九一二）ともあるように、飛び散り広がる「沫」と「花」とは似通っている。「木綿花」とは、「木《ゆ》綿《ふ》垂《しで》」のことで、白い繊維を束ねて垂らしたもの。白く垂れ広がる様子が花のように見えたことからこう呼ばれた。

　次は、ハダラの別伝としてホドロが示されている例である。

　　夜《よ》を寒み朝戸《あさと》を開き出《い》で見れば庭もはだらにみ雪降《ふ》りたり〔一《ある》は云《い》はく、「庭もほどろに雪そ降りたる」〕（⑩二三一八）

　夜が寒かったので朝になって戸を開いて見た時に目にした雪を詠んだ歌。雪の中空での降り方ではなく、降り落ちた後に注目している。この雪もぼたん雪であろう。一面を白くする粉雪とは違う。雪が庭に降り落ちたところから散じ広がり、次第に白い部分を広げていく様子を「庭もはだらに（ほどろに）」と形容している。

『散木奇歌集』には「春くれば折る人もなきさわらびはいつかほどろとならむとすらむ」（一五五）と、わらびの凝縮して丸まっていた芽が広がる様子をホドロと言った例もある。

（塩沢一平）

【マ行】

まくら【枕】

マクラ（枕）とは、説明するまでもなく、人が寝る時に頭を載せる寝具のことである。枕の材料には色々なものが用いられていたらしく、『万葉集』を見ても、薦枕《こもまくら》、菅枕《すがまくら》、木枕《こまくら》、黄楊枕《つげまくら》、石枕などが出てくる。石枕は七夕歌（⑩二〇〇三）にその例が見え、川原の石を枕にしたことがわかる。固くてとても眠れないようにも思われるが、後代には陶枕の例もあるから、旅寝などでは、こうした石枕も用いられたのだろう。木枕も固いが、これはかなり愛用されたらしい。黄楊枕はその一例。木枕の最も簡素なものは、丸木を半分に断ち割ったもので、中には長い丸木のまま複数で使用することもあったという。窪みを作って頭を載せやすくしたものも見られる。面白いのは、複数で使用する場合、その端を木槌のようなもので叩いて一斉に起床させることもあったという。

「草枕」は「旅」に接続する枕詞である。野宿の際、文字通り草を束ねるなどして枕にしたのが、その起源だろう。↓タビ。

ふつうの枕ではないが、手枕《たまくら》の例もある。

愛《うつく》しき人の巻《ま》きてし敷栲《しきたへ》の我《わ》が手枕《たまくら》をまく人あらめや（③四三八）

大伴旅人《おおとものたびと》が亡妻を偲んで作った歌。「いとしい人が巻いて寝た私の手枕を、枕にして寝る人はまたとあろうか。ありはしない」というほどの意。この「手枕」は「巻く」とあるように、共寝において互いの首に腕（手《た》本《もと》＝手首）を巻きつけて抱き寝することをいう。↓タモト。男女が互いの項《うなじ》に手を掛けて抱擁しあう意の動詞に「うながける」（⑱四一二五）があるが、「手枕」は共寝における同様な状態と見ればよい。なおこの抱擁の姿勢は、双体道祖神に特徴的に見られる。

マクラの語源だが、「巻く」と結びつける説がある。マキクラ（巻き座《くら》）の約と見る説である。クラは一段高い座の意。本居宣長も「枕は、物を纏《まき》て、頭を居《すゑ》る座とせるよしの名なり」(『古事記伝』二四)と述べて、マキクラの約であることを認めている。枕と「巻く」の結びつきは、次の歌をながめると一層明瞭になる。

人言《ひとごと》の繁《しげ》きによりて真小薦《まをごも》の同《おや》じ枕《まくら》は我《わ》は巻《ま》かじやも(⑭三四六四)

共寝へのつよい決意を歌っている。「人の噂がうるさいからといって、いとしい薦枕の同じ枕をどうして私はせずにおられようか」というほどの意。枕が「巻く」とつよい連関をもち、男女が互いに手と手を巻きつけて共寝する印象を背負った言葉であることがわかる。

もう一つの語源説もある。タマクラ(魂座)の約と見る説である。この前提には、枕が魂の宿る容器であるとする理解がある。認められてよい理解だが、タマクラ約言説は、タマがマにつづまりうるかという点に難があり、「巻く」との関係も充分説明しえていない。マクラの語源は、マキクラ説に軍配が上がるだろう。

とはいえ、マクラが魂の容器と考えられ、しばしば交霊の具として用いられたことは確かである。それを考える上で、まことに興味深い例がある。

玉藻《たまも》刈る沖辺《おきへ》は漕《こ》がじ敷栲《しきたへ》の枕《まくら》のあたり忘れかねつも(①七二)

藤原宇合《ふじわらのうまかい》が行幸先から家郷を思って詠んだ歌である。「海人《あま》たちが玉藻を刈る沖辺に舟を漕ぐことはすまい。故郷の敷栲の枕のあたりがしきりに頭にちらついて忘れられないことだ」というほどの意。この「枕」は、妻と共寝した家郷の床の枕を意味する。そこには、旅にある歌い手の魂が分割されて残されていた。その枕が頭にちらつくのは、そこに残された魂と、旅先にある魂とが互いに交流しあうからである。そこで家郷がしきりに思われることになる。旅にあることの不安が意識され、そこで「沖辺」に舟を漕ぐことはしないというのである。折口信夫は、この歌を例に「旅中には、旅にある人の魂が分割せられて家にも残つてをり、旅行後、その人の魂と合体する、との信仰があつた。だから、其の枕・床などを移動させると、魂のあるべき場所を失ふ事になると信じた」（「古代日本人の信仰生活」）と説いている。従うべき見方である。

この例からも、マクラが魂の容器とされたことは確かであるといえる。マクラの語源説に立ち戻れば、マキクラのクラ（座）にこそ、魂の容器の意味があったことになる。

相手の魂の働きによって、マクラが動くことを歌った例もある。

敷栲《しきたへ》の枕《まくら》動きて夜《よる》も寝《ね》ず思ふ人には後《のち》も逢《あ》はむもの（⑪二五一五）

「敷栲の床の枕が動いて夜も寝られない。私が思う人（あなた）には後にも逢おうものよ」というほどの意。男の歌である。男の枕に女の魂が通って来て、霊威を発動させたために、枕がしきりに動いて寝られないと歌っている。実際には、恋人への思いで輾転反側したのだろうが、それを枕に宿る魂の働きとして意識した。このように、枕は恋人の魂が宿る容器でもあった。ただし、この歌は、逢えないことの言い訳として、相手の女に送ったものらしい。

恋人との関係が絶たれると、共寝したマクラに宿った魂も離れてしまうとされた。

夕《ゆふ》されば床《とこ》の辺《へ》去《さ》らぬ黄楊枕《つげまくら》何しか汝《なれ》が主《ぬし》待ちかてに（⑪二五〇三）

女の歌。「夕方になると床のあたりを離れることのない黄楊枕よ。どうしてお前は主人を待ちがてにしているのか」というほどの意。男の通いが絶えれば男の魂は去ってしまうから、枕もどこかに行ってしまうと考えられた。ここはすでに通いが期待できない状況になったにもかかわらず、枕が床から動かずにあることに疑念を覚えて、思わず枕に問い掛けている。女の未練が現れた歌ではあるが、枕と魂の関係がよく示されている。

柿本人麻呂《かきのもとのひとまろ》の亡妻挽歌「泣血哀慟歌《きゆうけつあいどう》」の反歌（②二一六）では、共寝をした妻屋の床《とこ》に「妹《いも》が木枕《こまくら》」があらぬ方を向いて転がっているさまが歌われている。床に転がる枕は、風景の荒涼さを感じ取らせるばかりでなく、もっと直接に妻の魂の不在、幽明境を異にした死者との永遠の断絶を読み手に示す意味をもっていただろう。（多田一臣）

ますらを【健男・大夫】

マスラヲのマスは「増《ま》す・勝《ま》す」と同根で優れているという意、ラは接尾語、ヲは男子を表す。マスラヲとは、優れた男子を意味し、もともとは対象に向かって突き進む勇武な男子の意を基調としたが、奈良朝に入ると官僚男子の意が強まり、さらに風流・風雅の士の意味も生まれた。

マスラヲの勇武な特質は、「立ち向かふ」という表現や武具と共に詠まれることからもわかる。

大夫《ますらを》がさつ矢《や》手挟《たばさ》み立ち向かひ射《い》る円方《まとかた》は見るにさやけし（①六一）

右は飛鳥時代の女官舎人娘子《とねりのおとめ》が行幸に同行し、三重県の「円方」の地を讃え詠んだ歌。「雄々しい男子がさつ矢（獲物を狙う矢）を手に挟み、立ち向かっては射る的《まと》、その円方の地は見るといかにもすがすがしい」というほどの意である。「大夫…射る」までが「的」との掛詞で「円方」を導く序である。マスラヲは、武具「さつ矢」を持って「立ち向かふ」ものと歌われ、対象に向かって突き進む勇武な姿が示されている。

また、マスラヲの対象に向かって突き進む勇武な姿は、次のような歌にも端的に表れている。

巌《いはほ》すら行《ゆ》き通るべきますらをも恋といふことに後悔《のちく》ひにけり（⑪二三八六）

「大きな巌さえも踏み分けて通って行くような勇士も恋にだけは後に後悔したことだ」くらいの意の相聞歌。勇猛な男も恋には勝てないことを歌う。マスラヲが巌も物ともせず突き進む存在として描かれている。この歌に見られる、勇猛な男であるマスラヲが恋に悩むという歌い方は、相聞歌の一つの型となっていたようである。

ますらをの現《うつ》し心《ごころ》も我《あれ》はなし夜昼《よるひる》といはず恋し渡れば（⑪二三七六）

右は「雄々しい男子たる正気な心も、今の私にはない。夜昼といわず恋を続けているので」という意。この歌でもマスラヲが恋のために正気を失っている姿が歌われている。この歌や先の「巌すら…」の歌は柿本人麻呂《かきのもとのひとまろ》歌集から採られたもので、比較的早い時期の歌であるが、これらのマスラヲは「健男」「建男」と表記されており、文字においても剛健な男の意味が強調されている。「景行記《けいこうき》」には、クマソタケルがヤマトタケルについて「吾二人に益《ま》して建男《たけきを》は坐《いま》しけり」と語る場面があり、ヤマトタケルの勇猛さが「建男」という文字で記されている。「建男」「健男」という表記は、早い時期のマスラヲが勇猛・剛健に傾くものであったことを示しているのである。そして逆に、そうであるからこそ、恋に悩むマスラヲが恋の誇張表現となり得たのである。

マスラヲの対義語は「手弱女《たわやめ》」で、弱い女性を表す。→**タワヤメ**。

大夫《ますらを》もかく恋ひけるを手弱女《たわやめ》の恋ふる心にたぐひあらめやも（④五八二）

右は、大伴坂上大嬢《おおとものさかのうえのおおおとめ》が夫の大伴家持《おおとものやかもち》に送ったもの。マスラヲの勇武さを前提に、その勇武な男子であるあなたもこんなに恋をしている。マスラヲと反対にか弱い女である私は恋をするのは当たり前で、その恋しく思う心がどれほど苦しいものか、比較しうるものなどありはしないという内容の歌である。

万葉後期には、マスラヲが官人男子を意味するものが多くなる。

…海行《ゆ》かば　水漬《みづ》く屍《かばね》　山行《ゆ》かば　草生《む》す屍　大君《おほきみ》の　辺《へ》にこそ死なめ　顧《かへり》みは　せじと言《こと》立《だ》て　大夫《ますらを》の　清きその名を　古《いにしへ》よ　今の現《をつつ》に　流《なが》さへる…（⑱四〇九四）

右は戦時中に戦死者を讃えるために繰り返し歌われたこともあるが、元来は大伴家持《おおとものやかもち》の歌で代々朝廷に武門によって仕えてきた大伴氏の官人意識を表したものである。「海を行くなら水に漬かる屍、山を行くなら草の生える屍となって、大君の側で死のう。後を顧みることはすまいと誓いの言葉を立てて、勇武な男子の清らかなその名を、古《いにしえ》から今の現在までずっと伝えてきた」、その大伴氏の末裔であると家持は歌っている。

対象に立ち向かっていく姿勢は、真っ直ぐに官命をまっとうしようとする律令男子の倫理意識ともつながっていく。

大夫《ますらを》の行《ゆ》くといふ道そおほろかに思ひて行《ゆ》くな大夫の伴《とも》（⑥九七四）

右は、聖武《しょうむ》天皇が節度使《せつどし》である官人に向かって詠んだもので、おろそかな気持ちで官命に臨むなと、官命に真剣に向きあうことを鼓舞する歌。これらの万葉後期のマスラヲは、「大夫」と表記される例が目立つようになる。万葉の時代は、官人、特に四位・五位の律令官人を「大夫《たいふ》」と呼び慣わしていた。これは中国の周の時代に「卿」と「士」の間の職名として使われた呼称で、日本の律令に取り入れられたものである。「大夫」という表記には、大君や朝廷に奉仕するという男子という意識が込められており、時代とともにマスラヲの意味に変化が見られることを示している。そしてさらに、官僚たちの風流意識の強まりとともに、風流・風雅の士を表すマスラヲが登場する。

…霍公鳥《ほととぎす》　鳴く初声《はつこゑ》を　橘《たちばな》の　玉にあへ貫《ぬ》き　蘰《かづら》きて　遊ばむはしも　大夫《ますらを》を　ともなへ立てて　叔羅川《しくらがは》　なづさひ上《のぼ》り…しかし遊ばね　愛《は》しき我《わ》が背子《せこ》（⑲四一八九）

右は大伴家持が大伴池主《おおとものいけぬし》に水鳥を贈った折に添えた歌。ホトトギスの初声を聞きながら遊ぶその間も　立派な男たちを同行させて　叔羅川を流れに逆らいつつ上り、遊覧してはどうかと、池主に勧めている。この歌のマスラヲは、池主の遊覧に参加する官人たちを指す。家持は、「布勢《ふせ》の水海《みづうみ》に遊覧して作れる歌」でも「思ふどち　大夫《ますらをのこ》の…布勢の海《うみ》に　小舟《をぶね》連《つら》並《な》め…」（⑲四一八七）と気の合う官人どうしが遊覧する様子をマスラヲと同義のマスラヲノコを用いて詠んでいる。これらのマスラヲは、風流・風雅の士を指している。ただしこの場合も、公的に行われた遊覧の中でマスラヲが私情を捨て、官人としてひたすら奉仕するという、対象に向かって突き進むという原義は失われていない。

（塩沢一平）

《参考文献》稲岡耕二『万葉集の作品と方法』。

まつ【松・待つ】

植物のマツ（松）は、『万葉集』の時代にも、樹齢の長い木として神聖視されていた。

茂岡《しげをか》に神《かむ》さび立ちて栄《さか》えたる千代松《ちよまつ》の木の歳《とし》の知らなく（⑥九九〇）

右は茂岡に立つ松の老木を詠んだ歌であるが、「千代松の木の歳の知らなく」は樹齢もわからないほどの老木であることを言い、それゆえ神のように神聖な（「神さび立ちて」）木であると歌われている。

そのような松の性質ゆえ、

…葛飾《かつしか》の　真間《まま》の手児名《てごな》が　奥《おく》つ城《き》を　ここ とは聞けど　真木《まき》の葉や　茂《しげ》りたるらむ　松が根や　遠く久しき…（③四三一）

のように、伝説歌において、東国の伝説的美女の墓が長い時を経ていることを歌う文脈に用いられたり、また逆に未来に向かって、「…樛《つが》の木のいや継《つ》ぎ継ぎに　松が根の　絶ゆることなく…」（⑲四二六六）と、天皇による永遠の統治を歌う文脈に用いられたりしている。

一《ひと》つ松幾代《いくよ》か経《へ》ぬる吹く風の音の清きは年深みかも（⑥一〇四二）

たまきはる命《いのち》は知らず松が枝《え》を結ぶ心は長くとそ思ふ（⑥一〇四三）

右は天平十六年（七四四）正月に活道岡《いくじのおか》で宴が催された折に市原王《いちはらのおおきみ》（前歌）と大伴家持《おおとものやかもち》（後歌）とが詠んだ二首である。市原王の歌に、どれだけ齢を重ねてきたのかわからない松ゆえに吹く風の音までもが清らかに聞こえる、と歌われるのもマツ（松）の聖性と関わっているのだろう。家持歌に松の枝を結んで自分たちの長寿を願う心が歌われているのは、「結ぶ」ことの持つ呪的な力への信仰とともに、樹齢の長い松に対する信仰を背景としている。→ムスブ。有間皇子《ありまのみこ》が謀反の罪で捉えられ、護送される途中に岩代の地で詠んだ、

岩代《いはしろ》の浜松《はままつ》が枝《え》を引き結びま幸《さき》くあらばまた

還《かへ》り見む（②一四二）

にも、同様の信仰にすがろうとする心が表れる。

一方、動詞マツ（待つ）は、期待の実現を予期して、自分では働きかけずにじっと控えている意であるが、額田王《ぬかたのおおきみ》の「熟田津《にきたつ》の歌」の「月待てば潮《しほ》もかなひぬ」（①八）のように、自然現象の実現を「待つ」例においては、事態を自然や神意に任せて、その実現を受動的に「待つ」という日本人特有の心性が表れているようである。

植物の「松」と動詞「待つ」とは、音の連関によって、意味を越えた連想が働いたようである。「夫《つま》松の木」（⑨一七九五）、「来《こ》むか来《こ》じかと我《あ》が松の木そ」（⑩一九二二）のように、マツの同音によって「松」と「待つ」とを掛けた例も散見されるが、『万葉集』においては、平安朝以降のように「松」と「待つ」との掛詞がまだ確立されているとは言い難い。ただし、掛詞の前段階として、「松」と「待つ」とが連想において結びついている歌はかなり見出すことができる。たとえば、「松が根の　待つこと遠み」（⑬三二五八）のように、「松が根の」が枕詞として「待つ」に懸けられた例が見られる。枕詞表現ゆえ、掛詞ではないが、明らかに「松」と「待つ」とが同音を契機として連想において結びついている。また、山上《やまのうえの》憶良《おくら》が大唐にあって詠んだ歌、

いざ子ども早く日本《やまと》へ大伴《おほとも》の御津《みつ》の浜松《はままつ》待ち
恋ひぬらむ（①六三）

では、「難波の御津（公の港）の松が自分たちのことを待っているだろうから早く帰ろう」と歌われているが、待つ主体として御津の「松」が選ばれるのも、「松」と「待つ」との連想関係によるところが大きいのだろう。

さらに、「待つ」という語は顕在化しないが、

松の葉に月は移《ゆつ》りぬ黄葉《もみちば》の過ぐれや君が逢《あ》は
ぬ夜《よ》の多き（④六二三）

では、自分への思いが消えてしまったからか、しばらく訪れのない男を待つ時間の長さが、月が傾いて松の葉にかかるほどになったと表現されており、やはり「松」と「待つ」とが連想において結びついている例である。

（大浦誠士）

まつる【祭る・祀る・奉る】

供物や歌舞を神霊に献上して心を慰め、作物の豊饒や生活の無事を祈ること。神に物を捧げるということから、目上の者に物を差し上げるという意味になった。

『万葉集』には、幣帛《へいはく》や酒を神に捧げる神祭りの様子や、旅の安全を祈念する歌が多く詠まれる。

　ちはやふる神のみ坂に幣奉《ぬさまつ》り斎《いは》ふ命《いのち》は母父《おもちち》が
　ため（⑳四四〇二）

「神威も恐ろしい神の坂に幣を捧げて無事を祈るこの命は、ほかならぬ父母のためだ」という意で、防人《さきもり》が、自らの無事の帰国を祈った歌。→カミ。

「幣」は布や紙で作られた神への捧げ物。「斎ふ」とは、身を潔斎して祈願するという意味で、マツルと共に用いられることが多い。→イハフ。旅人《たびびと》は、境界の地である坂の神をマツルことで、旅の安全を祈念したのである。→サカ、タビ。

一方、旅人の帰還を待つ者もマツリをした。

　荒津《あらつ》の海《うみ》我《われ》幣奉《ぬさまつ》り斎《いは》ひてむ早《はや》帰りませ面変《おもが》は
　りせず（⑫三二一七）

「荒津の海に私は幣を捧げて、身を慎んで祈っていましょう。だから早くお帰りなさいませ。面《おも》やつれなどせずに」という意で、筑紫《つくし》は大宰府《だざいふ》の遊《あ》行女婦《そびめ》が、都に帰る官人に贈った歌という。官人の帰路である海に幣を献上し、旅の安全を祈願している。次は、息子を待つ母親が、家でマツル様子を具体的に詠んだ歌。

　…斎瓮《いはひへ》を　前に据《す》ゑ置きて　片手には　木綿《ゆふ》
　取り持ち　片手には　和栲奉《にきたへまつ》り　平《たひ》らけく
　ま幸《さき》くませと　天地《あめつち》の　神を乞《こ》ひ禱《の》み…（③
　四四三）

聖なる甕《かめ》を自分の前に置き、片手には木綿幣《ゆうしで》を持ち、片手には和栲《にきたえ》を捧げ持って、天地の神に祈願する母の姿が表現されている。ここでマツラれている「和栲」は、打って柔らかくした布製の幣帛のこと。各家ごとに神祭りが行われていたことが窺える歌である。

物を差し上げるという意味のマツルは、恋歌で詠まれることが多い。

我《あ》が衣形見《ころもかたみ》に奉《まつ》る敷栲《しきたへ》の枕《まくら》を放《さ》けず巻《ま》きてさ寝《ね》ませ（④六三六）

「私の衣を私を偲ぶよすがに差し上げよう。枕から遠ざけることなく、常に身に纏《まと》って安らかにおやすみなさい」という意。この場合の衣は、一番下に着る、いわば下着である。「形見」は離れて逢えない人の形を見るためのよすがで、離れた人の霊力・霊魂を宿すもの。「さ寝」は男女の共寝を示す語であり、恋人たちにとっては、共寝こそが充足した眠りをもたらした。恋人の形見の衣を身にまとうことで、離れていても共寝に等しい眠りが約束されたことになる。

女に自分の愛情を示すために、家の鍵をマツル例もある。

…隣《となり》の君は　あらかじめ　己妻《おのづま》離れて　乞《こ》はなくに　鎰《かぎ》さへ奉《まつ》る…（⑨一七三八）

上総国《かずさのくに》の美女、周淮《すえ》の珠名娘子《たまなのおとめ》に男たちが夢中になっている様子を詠ったもので、「隣家の主人は、前もって自分の妻を離縁して、求めもしないのに、家の鍵まで捧げる」という。現代でも、恋人に合い鍵を渡すことはあるが、この歌の「鎰」には、一家の財産管理を象徴する意味がある。中国では一家の主婦を「帯鑰匙的（鍵を持つ人）」と称した。家の鍵を所有することが、本妻の証なのである。

自分の「心」を恋人にマツルと詠んだ歌もある。

心さへ奉《まつ》れる君に何をかも言はずて言ひしと我《わ》がぬすまはむ（⑪二五七三）

「心まで差し上げたあなたに、何を一体、言わないのに言ったなどと偽ることがありましょう。そんなこと、あるはずもないのに」という意。「心さへ」には、「身ばかりか心までも」の意が込められる。「ぬすまはむ」は、「盗む」の意を表す「ぬすまふ」という動詞だが、ここでは言葉を偽るというほどの意であろう。昔も今も変わらぬ、恋人同士の痴話喧嘩《ちわげんか》の様子が窺えるような歌である。

（兼岡理恵）

み【身・実】

古代のミは現代同様、植物などのミ（実）と人間に関わるミ（身）とがある。前者から見ていく。「実」は、花の後に生《な》るものであるため、しばしば花と対で詠み込まれ、恋歌において恋愛成就や誠実な心の比喩となった。

　玉葛《たまかづら》実ならぬ木《き》にはちはやぶる神そ憑《つ》くといふならぬ木ごとに（②一〇一）

　玉葛《たまかづら》花のみ咲きてならざるは誰《た》が恋にあらめ我《あ》は恋ひ思《おも》ふを（②一〇二）

右は、大伴安麻呂《おおとものやすまろ》と巨勢郎女《こせのいらつめ》が「玉葛（蔓性植物の美称）」に寄せて贈答した恋歌。→**カヅラ**。

　男の歌に見える「実ならぬ」は恋愛の不成就を表し、「実ならぬ木」で求愛に応じない女の比喩になる。求愛に応じない女には、恐ろしい神が依《よ》り憑《つ》くものだと女を脅かし、求愛に応じさせようと挑発した歌。一方、女の歌は、美しい葛《かずら》が花だけ咲いて実がならないように、不誠実な恋は誰の恋なのか、自分はこんなにあなたを恋い慕っているのにと、男の口先だけの不実を非難したもの。このように、「実」ということばを出さずに「なる」だけでも、実がなること、すなわち比喩としての恋愛成就や真心が示される。

　特に印象的に詠まれた「実」は橘《たちばな》である。橘は常緑樹で、他の木々が落葉する冬に黄色い実をつけることから、常世国《とこよのくに》の永遠性を象徴するめでたい木とされた。→**トコ**。「垂仁紀《すいにんき》」には、田道間《たじま》守《もり》が天皇の命令で常世国の「非時香菓《ときじくのかくのこのみ》」を求め、それが橘だとする伝承が載る。『万葉集』では、初夏の景物として「霍公鳥《ほととぎす》」と取り合わせて詠まれるほか、時の権力に大きな力をもった橘《たちばなの》諸兄《もろえ》、その息子奈良麻呂《ならまろ》に関わる歌で橘がしばしば讃美される。例えば、天平八年（七三六）、葛《かつら》城王《ぎのおおきみ》（橘諸兄）が橘氏を賜った時の聖武《しょうむ》天皇の御製歌、

　橘は実《み》さへ花さへその葉さへ枝《え》に霜降《しもふ》れどい

や常葉《とこは》の木《き》（⑥一〇〇九）

は、橘の実、花、葉を挙げ、冬でも常緑に栄える木だと讃美している。また、大伴家持《おおとものやかもち》が詠じた、

橘《たちばな》は花にも実《み》にも見つれどもいや時じくになほし見が欲《ほ》し（⑱四一一二）

は、「垂仁紀」の田道間守の伝承を踏まえつつ、橘の花と実を「また見たくなる」と讃美するが、ここにも橘諸兄を讃美する意図がある。→ミル。

次に、ミ（身）を見ていく。古代における「身」の様相が端的にうかがえるのは、『日本霊異記』下三八縁である。ここには、作者景戒《きょうかい》が見た夢の話が記されるが、その夢は「景戒が身《み》死ぬる時に、薪《たきぎ》を積みて死ぬる身を焼く」というものであった。さらに、その凄惨《せいさん》な火葬現場を「魂神《たましひ》」が傍で見ているのである。ここでは、「魂神」の分離が、「身」の「死」を意味している。

魂は、それぞれの個体に宿る生命力の本質をいい、容器としての肉体に宿り、時として遊離するものと考えられた。そして、先ほどの例のように、魂が完全に分離すると死を招くことになる。魂がこもらない容器・形骸としての肉体を「からだ」というのに対し、「身《み》」とは魂が宿り生命をもつ肉体のことをいう。→シヌ、タマ。

魂がこもる「身」は、恋歌に詠み込まれることが多い。魂の働きと恋は深く関係するものと意識されたからである。→コフ・コヒ。

朝影《あさかげ》に我《あ》が身はなりぬ玉かきるほのかに見えて去《い》にし子ゆゑに（⑪二三九四）

右は男の恋歌で、「朝影のように、わが身ははかなくなってしまった。玉のきらめきのようにかすかに見えただけで、去ってしまったあの子ゆえに」というほどの意。「朝影」は、朝のぼんやりした陽光による細長くてはかない影法師のことで、恋の焦燥に痩せてしまった「我が身」が重ねられる。もともと「影」は魂の姿を示しており、恋は魂逢《たまあ》いを求めて魂が遊離した状態であるため、「我が身」の「影」が薄くなるのである。→カゲ。

枕詞「剣太刀《つるぎたち》」が「身に添《そ》ふ」を導く例もよく見られる。「…玉藻《たまも》なす　か寄《よ》りかく寄り　靡《なび》かひし　妻の命《みこと》の　たたなづく　柔肌《にきはだ》すらを　剣太《つるぎた》

刀《ち》　身に添《そ》へ寝《ね》ねば…」（②一九四）のように、剣や太刀を身に帯びるように妻と寄り添って共寝するさまを表す場合が多い。

「身」と「心」を対比させて詠み込む歌もある。

　天雲《あまくも》の外《よそ》に見しより我妹子《わぎもこ》に心も身さへ寄《よ》りにしものを（④五四七）

右は男の恋歌で、「天雲のようによそ目ながらに見た時から、あなたに心を奪われ、わが身までも寄り添ってしまったことだ」というほどの意。まず心が相手に引き寄せられ、恋が成就すると「身」までが相寄ってしまったという。身体の合一を成就し得た歓喜を歌っている。→ココロ。

身分意識の強い「身」の例もある。

　雲に飛ぶ薬《くすりは》食むよは都《みやこ》見ばいやしき我《あ》が身また変若《を》ちぬべし（⑤八四八）

右の歌は、六十歳を越えて大宰府《だざいふ》長官となった大伴旅人《おおとものたびと》の詠。「雲の上まで飛び行くほどの仙薬を服すよりは、都を一目見るなら、この卑しい我が身も再び若返るに違いない」というほどの意。「雲に飛ぶ薬」は空を飛行できる仙薬であり、不老不死の薬でもあったようだ。「いやし」と認識される「身」には身分意識があるが、その「身」は「変若《を》つ」すなわち若返るとも歌われており、明らかに老いの意識もある。身分と身体の両方が意識された「身」の例である。

仏教的な「仮合《けがふ》の身」の発想が万葉歌にも見られる。「仮合の身」とは、四大《しだい》（万物を構成し、変化の因となる四つの元素、地水火風のこと）が仮に合した無常の身をいう仏教用語。

　…うつせみの　仮《か》れる身なれば　露霜《つゆしも》の　消《け》ぬるがごとく…（③四六六）

右は、大伴家持が亡き妻を悼んだ挽歌で、妻の死を歌う一節である。「うつせみの」は無常観の表白。妻は仮《かり》にこの世に現れた身なので、露や霜が消えるようにはかなく去ってしまったと歌っている。→ウツセミ。

なお、ミソギは水の霊力で身に付着した罪や穢《けが》れを除却する呪術。古代の「身」を考える上では、無視できない意味をもつ。

（中嶋真也）

みち【道・路】

ミチ（道）は、現在では道路一般を意味する言葉だが、古代の道はむしろ霊威に満ちた空間を意味した。もともと、ミチのミは神の世界への帰属を表す接頭語、チは神の霊威が充分に発揮されている状態を示す言葉である（古橋信孝『ことばの古代生活誌』）。通路としてのありかたを中心とするようになっても、道のこの基本的な意味はずっと残り続ける。

道の果ては未知の異世界＝異郷に続いている。そこで、道は異郷の霊威をもっともつよく受感しうる場であるとされた。このことは、古代の道が反秩序的な特質をもつ空間とされたこととも深く関わっている。『古事記』は、中央政府の支配に従わない世界を「高志《こし》（越）の道」「東《ひむがし》の方十《かたとを》あまり二つの道」などと呼ぶ。そこは「まつろはぬ人」「荒ぶる神」の棲む「言向《ことむ》け和平《やは》す」べき世界とされた。

こうした「道」は「国」と対立する空間でもあったらしい。「道」は蕃夷の地であり、そこが王権の支配下に入ると「国」として定位されるのだという（丸茂武重『古代の道と国』）。「道」が蕃夷の地であるというのは、『漢書』百官公卿表上に「有二蕃夷一曰レ道」とあるのが典拠となる。その「道」が、後に広域行政区画を意味する「五畿七道制」の「道」として整備されていくことになる。この「七道」には、唐の州県を統括する行政区画としての意義も認められるが、一方で畿内に対する畿外、中央に対する異土の意識はつよく残されていた。ミチの反秩序的な特質はずっと保持されていたのである。そうした道の意義は、次の歌によく現れている。

大夫《ますらを》の行《ゆ》くといふ道そおほろかに思ひて行《ゆ》くな大夫《ますらを》の伴《とも》（⑥九七四）

「お前たちが行くのは、りっぱな男子が行くという道だ。いい加減な気持ちで行くな、ますらおの者どもよ」というほどの意。天平四年（七三二）八月、東山・山陰・西海の諸道に、藤原房前《ふじわらのふささき》以下の節度使《せつどし》が派遣された際、聖武《しょうむ》天皇がかれらに与えた歌である。軍事的な大権を帯びて異土に赴く節度使たちの行く手が「道」と表現されている。この「道」は単なる通路ではない。「七道」の蕃夷の地の意味合いを残す「道」である。

　このように、ミチとは、本来、荒ぶる世界そのものを意味する言葉だった。王権の威力によって支配されているかぎり、そこは平穏だが、その威力が失われればたちまち蕃夷の地に戻ってしまう。ミチとはそのような空間だった。そこで、ミチのもつ禍々《まがまが》しさは、しばしば秩序の側から危険視されることになる。それをよく示しているのが祝詞「道饗祭《みちあへのまつり》」である。道饗祭は、都へ侵入しようとする鬼魅《きみ》の類を「京四方大路最極」（『令集解』）で防ぐための祭りである。「京四方大路最極」とは、都がその外部世界と直接つながる、いわば道との接点にほかならない。その鬼魅の類は「根の国・底の国より麁《あら》び疎《うと》び来《こ》む物」と呼ばれている。道には、こうした「麁び疎び来む物」が充ち満ちていると信じられた。しかも、それら鬼魅の類が「根の国・底の国」に起源をもつとされていることも見のがせない。都に通ずる道は、一方ではそうした異界にもつながっていたのである。

　ミチはそれゆえに、不思議な者たち、時として超常的な力をもつ者たちとの出逢いの場ともなった。「道行き占《うら》」は、道行く人の何気ない言葉に、未来の吉凶を知る手掛かりを得ようとする占だが、その根底にも道の霊威への畏怖の念がある。

　玉桙《たまほこ》の道行《ゆ》き占《うら》に占《うらな》へば妹《いも》は逢《あ》はむと我《われ》に告《の》りつる（⑪二五〇七）

「玉桙の道行き占で占ったところ、あの子は逢うであろうと、私に告げたことだ」というほどの意。道行く者の中には、人知を超えた呪能をもつ存在もいると信じられたから、その言葉には吉凶を予言する神秘な働きがあるとされたのである。吉凶を知りたい者は、耳にとまった言葉を記憶して、それを占い者に判断してもらった。「妹は逢はむ」は、その占い者の言葉。河内の瓢簞山稲荷《ひょうたんやまいなり》神社は、こうした古式の占を今も残している。そこでは、この占いを辻占《つじうら》と呼んでいる。辻は道の交差する場だから、見方を変えれば道が集う場でもある。その辻のことを衢《ちまた》とも呼んだ。ミチが別れるところがチマタ（道股）である。**→チマタ**。そうしたところで、占が行われたのである。

『日本霊異記』のような仏教説話集を見ると、道で出逢った最初の僧に聖なる呪能を感じ取るという話型が定着していることが確かめられる。これも道の出逢いの特異さを示すものといえるだろう。さらに『万葉集』の挽歌には、死の報せが、道行く第三者の口から伝えられると表現した例も見られる。

燃ゆる火を　何かと問へば　玉桙《たまほこ》の　道来《く》る
人の……我《われ》に語らく（②二三〇）
玉桙《たまほこ》の　道来《く》る人の　伝《つ》て言《こと》に　我《われ》に語らく
……（⑲四二一四）

これらの例から読み取れるのは、死の報せをもたらす者は「道」、すなわち異界に通ずる空間を行き来する存在でなければならないとする古い観念があったという事実である。ここにも道の特異さを見ることができる。

道の不思議さは「道に乗る」という表現を見てもわかる。これは道の霊威に依《よ》り憑《つ》かれるままに道を歩まされていることを示す表現である。『日本霊異記』に、次のような例が見える。

「美濃《みの》国大野の郷《さと》の人、妻《め》とすべき好き嬢《をみな》を覔《もと》めて、路《みち》に乗りて行きき。時に曠野《あらのら》の中にしてうるはしき女《をみな》遇《あ》へり」（上二縁）。

美濃国（岐阜県）の男が妻とすべき女を求めて道を歩むさまを描いているが、「路に乗りて」とあるように、その歩みはみずからの意志によるのではない。**→ノル**。すると果たして、男は理想の美女に出逢うことができた。出逢う相手を主語とするのは、偶然の出逢いであることを示す。これも道の霊威の作用と見てよいだろう。「海原《うなばら》の路《みち》に乗りてや我《あ》が恋ひ居《を》らむ」（⑪二三六七）とある例からもわかるように、海路も道だった。船の進む道筋にも、船を導く不思議な作用が感じ取られていたことが確かめられる。

（多田一臣）

みどり【緑】

古代の色は、基本的には光によって規定される二系列の色相、すなわち明（赤）―暗（黒）、顕（白）―漠（青）によって意識されていたとされる（佐竹昭広『萬葉集抜書』）。とくに青は、光と色の漠とした未分化のさまを指しており、色としては黒と白の中間色、さらに言えば緑、藍から灰色までをも含む色だったとされる。→アヲ。そこでミドリだが、『名義抄』によると、「緑」のみならず「翠」「紺」「碧」などの文字がミドリと付訓されている。これらは、すべて青の範疇に属している。いまも時折、緑（青緑）の交通信号が青信号と呼ばれることに疑問を抱く声を聞くが、古代の色相に照らして見れば何の不思議もないことになる。

ところが、ミドリにはもっと厄介な問題がある。ミドリはもともと色名ではなかったからである。辞書類にも、ミドリは新芽や若葉のつややかでみずみずしい状態の形容であり、そこからその色がミドリ（緑）と呼ばれるようになったと説明されている。基本はそれに従ってよい。

ミドリが新芽や若葉の色とされていることは、

　　春は萌《も》え夏は緑に紅《くれなゐ》の斑《まだら》に見ゆる秋の山かも

　　（⑩二一七七）

　　浅緑《あさみどり》染《そ》め掛けたりと見るまでに春の柳《やなぎ》は萌《も》えにけるかも（⑩一八四七）

のような例を見ることで確かめられる。前者は「春は若芽が萌え出し、夏は緑に、そして紅の濃淡が色模様に見える秋の山であることよ」、後者は「浅緑の色に枝を染め掛けたと見えるまでに、春の柳はすっかり芽吹いたことだ」というほどの意。前者は季節の推移を追いつつも、初夏の山の青葉のむせかえるようなさまを、後者は一斉に芽吹いた春の柳の枝垂《しだ》れたさまを歌っている。なお「紅の斑に」とあるのは、紅葉の描写で、紅が斑（濃淡）の色模様に見えるのを表現したもの。

しかし、ミドリで注意されるのは、赤子をミドリコと呼んだ例があることである。その表記は「緑子」「緑児」「若子」「若児」などさまざまだが、仮名書きで「弥騰里兒」とする例（⑱四一二二）もあり、これらの表記例がミドリコであることは動かない。『日本霊異記』の訓釈（上九縁）でも「嬰児」を「三止利古」と訓ませた例がある。「みどり子」の表記例を一つだけ示しておく。

みどり子《こ》のためこそ乳母《おも》は求むといへ乳《ち》飲めや君が乳母《おも》求むらむ（⑫二九二五）

女がやや年下の恋人の男に贈った歌。「赤子のためにこそ乳母《めのと》は求めるものというが、まさか乳は飲むまいに、どうしてあなたは乳母を求めているのだろうか」というのが一首の意。乳を飲むような赤子をミドリコ（みどり子）と呼んでいる。

赤子がミドリコであるのは、新芽や若芽の成長するさまをそこに重ねて理解したからであろう。「神代記」に「青人草《あおひとくさ》」という言葉が見える。この地上に生きる人間を意味する言葉である。漢語「蒼生」の訳語というが、そうではなく、「青々とした人である草」の意であろう。人はもともと土から萌え出る草として意識されていたのだという（三浦佑之『口語訳古事記』）。赤子がミドリコとされることには、そうした「青人草」の初発の印象が投影されていた可能性もあるだろう。

『大宝令』「戸令」は、三歳以下を「緑」とせよと規定している。興味深いのは、『養老令』が『唐令』にならって、これを「黄」に改めていることである。『大宝令』では当初『唐令』の規定をそのまま継受することに抵抗を覚え、和語のミドリを用いたのだろう。赤子をミドリコと捉える意識がいかにつよかったかを示している。

女の艶やかな髪を讃める「緑なす黒髪」という言葉がある。平安中期以降の用例しか確認できないが、一般には漢語「緑髪」「翠髪」の訓読語とされる。艶のある黒髪は濃い緑色に見えるからだと説明される。その通りには違いないが、これもどこかにミドリの原意が感じ取られているように思われる。

（多田一臣）

みやこ【都】

都の本義は「宮処《みやこ》」で、天皇の居住する空間を意味する。コはソコ、ココのコで場所を示す。宮も本来は、神の住まいを意味した。天皇は地上の神だから、その住まいも宮と呼ばれる。宮の語構成はミ＋ヤで、ミは神聖さを示す接頭辞、ヤは屋で居住用の建物をいう。

天皇の居住する空間が都だから、藤原京や平城京のような都らしい都ではなくても、ごく短期間天皇が滞在するような場所もミヤコと呼ばれた。

　秋の野のみ草苅り葺き宿《やど》れりし宇治《うぢ》の都《みやこ》の仮《かり》廬《いほ》し思《おも》ほゆ（①七）

皇極《こうぎょく》上皇がかつて夫舒明《じょめい》天皇と行を共にした宇治の地を再遊した際の感慨を、額田王《ぬかたのおおきみ》が代わって詠んだ歌である。宇治は大和《やまと》と近江《おうみ》を結ぶ交通の要衝で、そこに仮宮が置かれていた。それゆえそこも「都」と呼ばれた。持統《じとう》天皇の吉野宮滝《みやたき》の離宮が「水激《たぎ》つ　滝《たぎ》の都《みやこ》」（①三六）と歌われるのも同様の理由からである。

難波京は平城京の陪都とされたが、そこを詠んだ次のような歌もある。

　昔こそ難波《なには》田舎《ゐなか》と言はれけめ今は都引《みやこひ》き都《みやこ》びにけり（③三一二）

藤原宇合《ふじわらのうまかい》の作である。「昔は『難波田舎』と言って馬鹿にされたが、今は都を引き移してすっかり都らしくなった」という意。「都引き」は、建物を移築・造営するなどして、都の体裁を整えたことをいう。難波はこの後、一時期ではあるが、正式な都とされたこともある。

ミヤコの置かれる範囲は厳然と定められていた。いわゆる畿内の五カ国（大和・山城《やましろ》・摂津《せっつ》・和泉《いずみ》・河内《かわち》）がその範囲とされた。この五カ国以外の国は畿外とされ、広域行政区画の「道」に属するものとされた。東海道・東山道などの七つの「道」、すなわち七道である。↓**ミチ**。畿外に都が置かれることはないが、東山道に属する近江国に都が置かれたことがあった。天智《てんち》天皇の近江大津《おおつの》宮《みや》である。この遷都がいかに異例であったかは、柿本人麻呂《かきのもとのひとまろ》の「近江荒都歌《こうと》」に、この地が「いかさまに　思ほしめせか　天離《あまざか》る　鄙《ひな》にはあれど」（①二九）と歌われていることからも窺い知られる。そこは「天離る　鄙」であったというのである。

「鄙」は、「都」の対語である。基本的には畿外の地が「鄙」とされた。「天離る」は「鄙」を導く枕詞。ここには天孫降臨の観念が現れており、そこから「都」のもつもう一つの意義が明らかになる。「都」＝畿内の地は、天孫降臨神話を背景に、「天」＝高天原《たかあまのはら》と直結した空間として意味づけられていた。一方、「鄙」にはそのような「天」は存在しえない。そこで、「天」から遠く隔てられた地であるところから、「天離る」が「鄙」に接続する枕詞とされた（戸谷高明『古代文学の天と日』）。近江大津宮はまさしく「天離る鄙」の地に置かれた都だったことになる。

もっとも、畿外の地がすべて「鄙」であったわけではない。古代の日本には、「都」―「鄙」の対立項から除外された第三の地域が存在したからである。それが「東《あづま》」すなわち東国の国々である。東国の範囲は、次第に東へ移動する傾向があるが、『万葉集』の段階では、東山道は信濃《しなの》国、東海道は遠江《とおとうみ》国以東の地域が東国とされた。この地域は決して「鄙」とは呼ばれない。「雄略《ゆうりやく》記」の歌謡が世界全体を覆う槻《つき》の巨木を讃めて「上《ほ》つ枝《え》は　天《あめ》（都）を覆《お》へり　中《なか》つ枝《え》は　東《あづま》を覆へり　下《し》づ枝《え》は　鄙《ひな》を覆へり」（記一〇〇）と歌っていることからも、東国が第三の地域と見なされていたことが窺える。崇神《すじん》天皇が、活目命《いくめのみこと》を皇位継承者に指名する一方で、その兄豊城命《とよきのみこと》に東国支配を命じたとある記事（「崇神紀」四十八年正月条）からも、当初は東国が天皇の版図とは区別されるべき異域とされていたことが確かめられる。そうした区別の生まれる背景には、中央への帰順が遅れた東国の歴史が存在するが、同時に文化的な断絶がつよく意識されたことも、そこが異域とされた理由であっただろう。東歌《あずまうた》があけすけな性愛描写など、異土性を多く含みもつのも、そうしたところに理由がある。

「都」―「鄙」の対立構造は、「鄙」の文化的劣位をつよく意識させた。律令国家の理念に照らせば、「都」も「鄙」も等しく大君の恩恵に浴すべき土地であり、そこに価値の優劣はありえないはずである。事実、大宰帥《だざいのそち》として筑紫《つくし》に赴任した大《おお》伴旅人《とものたびと》は、都が恋しくないかと問われた際、「やすみしし我《わ》ご大君《おおきみ》の食《を》す国（わが大君がお治めになる国土）は大和《やまと》もここも同《おや》じとそ思ふ」（⑥九五六）と答えて、律令国家の均質性の理念を肯定している。だが、これが建前に過ぎないことは、同じく筑紫に赴任した山上憶良《やまのうえのおくら》が「天離《あまざか》る鄙《ひな》に五《いつ》年《とせ》住まひつつ都《みやこ》のてぶり忘らえにけり」（⑤八八〇）と歌っていることからも明らかである。鄙の地に五年もいると、すっかり都での立ち居振る舞いも忘れてしまったというのである。「都」と「鄙」の落差は想像以上に大きかったようである。

憶良の「都のてぶり」とは、右に記したように都での立ち居振る舞いの意だが、それは都風の生活態度のことでもあった。それを美意識として示した言葉が「みやび」である。「みやび」とは「宮び」の意。宮廷風の意で、「鄙《ひな》び」の対になる（ただし、『万葉集』に「鄙び」の例はない）。洗練された教養に裏打ちされた風雅さをいう。梅の花を擬人化した大伴旅人の次の歌は、よくそのことを示す。


梅の花夢《いめ》に語らく風流《みや》びたる花と我思《あれも》ふ酒に浮《う》かべこそ（⑤八五二）

「梅の花が夢で語ることには『風流な花だと私は思う。酒に浮かべてほしい』と」というほどの意。梅の花が夢の中で娘子《おとめ》に化して旅人に語りかけたというのだろう。中国の神仙譚にも通ずる趣きが感じ取れる。梅は大陸伝来の植物で、もっぱら貴族の邸内に鑑賞用に植えられた。その梅の花を、このように歌うのは、大陸の文雅を背景にしていることになる。ここでは、そうした美意識を、梅の花の言葉を借りてミヤビと表現している。そこにミヤビの本質がよく現れている。

宮廷は地上における神の世界だから、日常性から隔てられたところに、その文化的な価値が求められた。神の世界の振る舞いを模倣することが、貴族の役割だった。歌舞音曲などの遊びは、その具体的な現れである。↓アソビ。古代の日本においては、高い文化を保持する大陸は憧憬の対象とされ、理想の世界と捉えられた。そこで、大陸の文雅に通じていることが、貴族の大切な教養とされるようになった。宮廷風の美意識であるミヤビが大陸の文化と結びつく理由はそこにある。

ミヤビの価値意識は、日常性から隔てられたところにあるから、一方ではそれは、その反俗性を際立てることにもなる。ミヤビを体現する男をミヤビヲ（宮び男）と呼ぶが、ミヤビヲは洗練された教養をもつと同時に、そうした反俗性を徹底させた風流人、粋人としても捉えられた。その反俗性は、時として奇矯な行為を生み出したりもする。ミヤビヲが、しばしば「風流士」「遊士」と表記されるのも、その反俗性をよく示している。

石川郎女《いしかわのいらつめ》が、大伴田主《おおとものたぬし》と共寝をしようと奇計を案じたものの、田主がその意図をうまく酌み取れなかったため失敗に終わり、それを悔しく思った郎女は田主に次の歌を贈った。そこにミヤビヲの意味がよく現れている。

遊士《みやびを》と我《われ》は聞けるを屋戸《やど》貸さず我を帰《かへ》せりおその風流士《みやびを》（②一二六）

「あなたを風流なお方と聞いていたのに宿も貸さずに私を帰してしまった。鈍《にぶ》い風流士《みやびを》であることよ」というほどの意。

田主もまた、次のような歌を返している。

遊士《みやびを》に我《われ》はありけり屋戸《やど》貸さず帰《かへ》しし我そ風流士《みやびを》にはある（②一二七）

「共寝をせずにあなたを帰した私こそ真の風流士なのだ」というのがその答えになる。この問答には、宋玉「好色賦」などの漢籍が典拠として踏まえられているから、ここでもミヤビの背後に大陸の文雅の知識があったことが確かめられる。

ミヤビの反俗性は、『伊勢物語』初段で「いちはやきみやび」と評される「昔男」の行動にもつながっていくことになる。

（多田一臣）

みる【見る】

感覚器官「目」によって外界を捉え、認識することをいう。人のさまざまな器官の中で「目」が捕捉・認識の機能を最も強く持つ重要な器官であったため、古代において、「目」でミルことの根底には、特別な呪能が観念されていた。→メ。

水鳥《みづどり》の鴨《かも》の羽《は》色《いろ》の青馬《あをうま》を今日《けふ》見る人は限《かぎ》りなしといふ（⑳四四九四）

天平宝字二年（七五八）の正月、白馬《あおうま》の節会《せちえ》（正月七日に灰色がかった毛の馬を前庭に引き出し、それを天皇が御覧になる宮廷儀礼）のために大伴家持《おおとものやかもち》が作った歌で、「水鳥の鴨の羽の色をした青馬を今日見る人は、寿命に限りがないという」くらいの意である。白馬（青馬）を見ることによって長寿が得られるという信仰によるが、その根底には、ミルことによって対象の持っている生命力や呪力を体内に吸収することができるとする観念がある。老齢の大伴旅人《おおとものたびと》が都を遠く離れた大宰府《だざいふ》の地で、

雲に飛ぶ薬食《くすりは》むよは都《みやこ》見ばいやしき我《あ》が身また変若《を》ちぬべし（⑤八四八）

「空を飛べる仙薬を飲むよりも都をもう一度見ることができたら、賤しい我が身も再び若返るに違いない」と歌ったのも、強い望郷の念ゆえではあるが、やはり「見る」力によって都の繁栄を身に吸収できるとする観念を下敷きにしている。

現在私たちが行う花見も、元来は春の植物が持つ旺盛な生命力をミルことによって受け取るという意味を持っていた。

支配者が高台に登り、支配地を望見する「国見」の儀礼は、支配者が自らの支配権を確認するとともに支配地の豊穣を祈念する行事であるが、その根底にもミルことによって対象の持つ本質を所有するという論理が蔵されている。

次の歌は、「仁徳記《にんとくき》」に仁徳天皇が歌ったものとして載る歌謡である。

「おしてるや　難波の埼《さき》よ　出《い》で立ちて　我が国見れば　淡島《あはしま》　淤能碁呂《おのごろ》島　檳榔《あぢまさ》の　島も見ゆ　離《さ》けつ島見ゆ」（記五三）。

物語によれば、石之《いわの》日売《ひめ》皇后の嫉妬を恐れて故郷吉備に帰った黒日売《くろひめ》を恋しく思い、淡路島に出向いて歌った歌とされるが、その素姓は国見歌の原型をとどめる歌謡とされている。「難波の崎から出で立って（淡路島から）我が国を見ると、淡島、オノゴロ島、檳榔の生えた島も見える。遥か沖合の島も見える」というほどの意である。国見歌は、「見れば…見ゆ」という形式を持ち、「見れば」によって見えてくるものが列挙されるのだが、この歌に列挙される島々は現実に見える島ではなく、淡島、オノゴロ島という神話上の島であり、また遥か遠方の島である。仁徳の「見る」行為に対して、見られる側は「見ゆ（見える）」ことによって答えるのであり、その結果、現実に見える風景を遥かに超えた広がりが、神話的始原にまで遡って仁徳に所有されるのである。

『万葉集』に載る舒明《じよめい》天皇の国見歌では、天皇が神聖な香具山に登り立って国見を行うことによって見えてくる景が次のように歌われる。

…天《あめ》の香具山《かぐやま》　登り立ち　国見《くにみ》をすれば　国《くに》原《はら》は　煙《けぶり》立ち立つ　海原《うなはら》は　鷗《かまめ》立ち立つ…
（①二）

国原・海原にしきりに立ち上る煙・鷗《かもめ》の景は、国土の霊威が盛んに活動する様子を表現したもので、決して香具山の頂上から現実に見える風景ではない。霊力に満ちあふれる国土が「見える」と歌われることによって、国土の全体を天皇が所有することが宣言されるとともに、そこに豊饒がもたらされることが約束されるのである。

逆に、天皇の資格において見えるべきものが見えなかったために崩御してしまったのが仲哀《ちゆうあい》天皇である。「仲哀記」には、西方の国土（新羅《しらぎ》）を与えようという神託を受けた天皇が、「高き地《ところ》に登りて、西の方《かた》を見れば、国土《くに》は見えず、ただ大き海のみあり」と言って神の言葉を疑ったために、神の怒りに触れて崩御してしまったとある。神によって支配を保証された地にもかかわらず、そこを見ることができないのは、見られる側からの支配の拒否である。それゆえ崩御という結末につながるのである。

　そのような国見におけるミルことの力を別の面から捉えるなら、天皇（支配者）が「見れば…見ゆ」と歌うことによってこそ、そこに対象のあるべき姿が出現すると言い換えることもできる。そのようなミルの力が神話の言葉として表れるのは、『古事記』においてイザナキとイザナミがオノゴロ島で国生みを行う場面である。天《あめ》の沼矛《ぬぼこ》から滴り落ちた塩が積み重なってできたオノゴロ島に降り立ったイザナキとイザナミが最初に行ったのは、天《あめ》の御柱《みはしら》を「見立」て、八尋殿《やひろどの》を「見立」てることであった。この「見立つ」については、「見定めて立てる意」（『大系』）、「見いだした、発見した意」（『新編全集』）といった説明が加えられるが、ミルことの力によって出現させた、という意味で捉えるべきであろう。他動詞「立つ」は、何もない所に何らかの物を出現させることを意味する。**↓タツ**。さらに先述したような、ミルことによって対象のあるべき姿が出現するという国見におけるミル力を考え合わせると、「見立つ」とは、そこに存在するものとして神がミルことによって、それまで存在しなかった天の御柱や八尋殿を出現させることを意味するのだと考えられるのである。**↓クニ**。

　このような「見立つ」は、歌の技法としての「見立て」にもつながっているものと思われる。

「竜田川紅葉《もみぢ》乱れて流るめり渡らば錦なかや絶えなむ」（『古今集』秋下・二八三）。

『古今集』の典型的な見立ての歌である。上三句には竜田川に乱れ流れる紅葉が歌われるが、下二句では「もし渡ったら錦の織物が途中で切れてしまうだろうか」と歌う。「錦」は、現実には紅葉の流れなのだが、歌の言葉においては、それはあくまで錦の織物である。紅葉を錦に「見立て」ることによって、現実には存在しない錦の織物が、歌の言葉の中に突如出現するのが、「見立て」の技法になる。

（大浦誠士）

むかし【昔】／いにしへ

ムカシとイニシへ。どちらも過去を意味する言葉だが、この二つには明らかな違いがある。それをはっきりと指摘したのは、西郷信綱である。それによると、ムカシ（昔）はイマ（今）とは断絶があり、イマとは異なる時点として対象化される過去、それに対してイニシへはイマ（今）に続く過去であるという（『古事記注釈』第二巻）。これとまったく正反対の説明を加えている辞書もあるが、用例を検討する限り西郷説が正しい。

イニシへの語源は「往《い》にし方《へ》」であり、それゆえ現在にまでつながる過去であったことになる。それに対してムカシはムカフ（向かふ）と関連があり、一つかなたなる向こう側の世界を指すとされる。そこでムカシには、こちら側（今）との隔てが意識されることになる。

そうした意味のムカシは、過去の伝説を語る場面に現れる。『万葉集』巻十六の冒頭部には、物語的な背景をもつ歌が、その物語とともに収められている。たとえば、次の例。

昔者《むかし》、娘子《をとめ》ありけり。字《あざな》を桜児《さくらこ》となむ曰《い》ひける。…（⑯三七八六題）

これは、二人の男から求愛された桜児という女が、態度を決めかね、ついに自経死を遂げたとする二男一女型の伝説の語り出しの部分である。この「昔者…」は、聞き手の眼前に引き出された過去の時空を提示する。それは、あきらかに、語り手、聞き手のいる今とは隔たりをもつ。

このような「ムカシ…」は、昔話や昔物語の語り出しの定型でもある。「今は昔…」で始まる『今昔物語集』の語り出しは、「昔」を「今」と対比させている。異論もあるが、これは「今となっては昔のことだが」の意であろう。

ところで、過去とつながっているかどうかの認識は、もっぱら過去をながめる側の主観に委ねられている。それゆえ同じ過去が、ムカシともイニシへとも捉えられる事態も起こりうる。以下は、そうしたことがうかがわれる例。

楽浪《ささなみ》の志賀《しが》の大わだ淀《よど》むとも昔の人にまたも逢《あ》はめやも（①三一）

近江《あふみ》の海《うみ》夕波《ゆふなみ》千鳥《ちどり》汝《な》が鳴けば心もしのに古《いにしへ》思ほゆ（③二六六）

どちらも近江《おうみ》朝の過去に思いを馳せる柿本人麻《かきのもとのひとま》呂《ろ》の歌である。後者の「古」には、いまは壬申《じんしん》の乱で廃墟となった近江朝の華やかであった過去が想起されている。これをイニシへと捉えるのは、人麻呂にとってその繁栄が体験として親しく感じ取られるようなものだったからだろう。一方、まったく同じ過去を歌ってはいても、前者の「昔の人」には、明らかな断絶感が示されている。ここでの対象は近江朝の大宮人たちだが、彼らに逢うことはもはや絶対にあり得ない。そこで彼らは「昔の人」と表現されることになる。

「昔の人」には、次のような興味深い例もある。

夜《よ》ぐたちて鳴く川千鳥《かはちどり》うべしこそ昔《むかし》の人も偲《しの》ひ来《き》にけれ（⑲四一四七）

大伴家持《おおとものやかもち》が越中で詠んだ望郷の歌。夜鳴く千鳥の声に孤独な物思いを起こしたことが歌われている。この「昔の人」には、右の二六六歌の人麻呂が想起されている。「うべしこそ」は「なるほど、もっともなことに」の意だが、人麻呂の感慨への共感がうかがえる。喪われた過去を追い求める人麻呂の思いは、鄙《ひな》にあって都を思う家持の孤独にも通ずる。とはいえ、家持にとっての人麻呂は、もはや遠い過去の存在でしかない。それゆえ人麻呂は「昔の人」と表現されることになる。

家持にはもう一首「昔の人」を詠んだ歌がある。

移《ゆ》り行く時見るごとに心痛《いた》く昔《むかし》の人し思ほゆるかも（⑳四四八三）

大伴氏が没落する中、移り行く時勢を見ながら、「昔の人」を偲んだ歌である。ここには、遠くは安積皇子《あさかのみこ》、近くは聖武《しょうむ》天皇、橘 諸兄《たちばなのもろえ》らの故人が念頭に置かれていただろう。ムカシには過去への断絶感があるから、それだけ今の時勢への絶望感は深い。これがイニシへだったら、このような表現性は生まれなかったはずである。

（多田一臣）

むすぶ【結ぶ】／ゆふ【結ふ】

ムスブは、物の両端を絡め合わせてしっかりとつなぐことを意味し、その結び目には魂が込められると観念されていた。

『万葉集』においては、ムスブ対象はかなり限定されており、多くの場合、呪的な観念を伴うものと見られる。後述する類義語ユフとは、結果としての形状が類似しているゆえ、その表記「結」の訓読において揺れが生じる場合もある。

『万葉集』で最も多いのは「紐」を結ぶ例であり、用例中のほぼ半数を占める。→ヒモ。そのほとんどは相聞歌ないし相聞的な発想を持つ歌である。

二人《ふたり》して結びし紐《ひも》を一人《ひとり》して我《あれ》は解《と》き見じ直《ただ》に逢《あ》ふまでは（⑫二九一九）

この歌に端的に表れているように、男女共寝の朝には、二人で互いの紐を結び合い、再び直接に逢うまではその紐を解かないことを誓い合う――それが異心を持たない証しともなる――という発想が存在した。それが誠心の誓いとなるのは、紐をムスブことによって、結び目に互いの魂を結び込めることができると考えられていたからである。そこから、結んだ紐を解くことができるのは、結んだ人だけだとする発想も生じる。

菅《すが》の根のねもころ君が結びてし我《わ》が紐《ひも》の緒《を》を解《と》く人はあらじ（⑪二四七三）

右の歌で「〔菅の根の〕心を込めて君が結んでくれた紐を解く人はいないでしょう」と歌うのも、紐を解けるのは結んだ人だという観念による。

それゆえ紐が自然に解けた場合には、紐を結んだ相手の思いが自分の所に届き、紐を解いたのだと考える発想も生じてくる。

愛《うつく》しと思へりけらしな忘れと結びし紐《ひも》の解《と》くらく思《おも》へば（⑪二五五八）

右は、忘れないようにとしっかり結んだ紐が解けたことを根拠として、恋の相手が自分を愛おしく思って偲んでいるらしい、と推定する歌である。

淡路《あはぢ》の野島《のしま》の崎《さき》の浜風《はまかぜ》に妹《いも》が結びし紐《ひも》吹き返す（③二五一）

右は柿本人麻呂《かきのもとのひとまろ》の旅の歌。旅立ちの際に妻が結んでくれた紐が旅先の地で吹く風に翻る様が歌われている。旅において妻が結んだ紐を歌い、妻への思いを歌うのも、そこに妻の魂が結び込められているゆえである。↓**タビ**。旅の歌では、かなり長期間の旅においても紐を決して解かないことが誓われるが、現実に紐を解かないとは考えにくく、歌表現の上での様式的発想なのだろう。

ムスブ物としては、「紐」の他には、「草」や「松」の例が目立つ。

たまきはる命《いのち》は知らず松が枝《え》を結ぶ心は長くとぞ思《おも》ふ（⑥一〇四三）

これは、活道岡《いくじのおか》の一つ松のもとで宴を行った際に大伴家持《おおとものやかもち》が詠んだ歌であり、松の枝を結ぶことによって長寿を願う心が詠まれている。長寿と結びついた松に対する信仰と、ムスブことによって自分の魂を結び込める信仰とによる。↓**マツ**。

また、旅の途次に草や松の枝を結び、旅の安全を祈る羇旅《きりよ》信仰があった。草や松の枝の結び目に自らの魂を込めることで自らと一体のものととらえ、それが解けないことによって自分の無事が保証されるという信仰である。

君が代《よ》も我《わ》が代も知るや岩代《いはしろ》の岡《をか》の草根《くさね》をいざ結びてな（①一〇）

右は斉明《さいめい》天皇の紀《きの》温湯《ゆ》行幸の折に、聖地熊野の入り口にあたる岩代の地で、中皇命《なかつすめらみこと》が岡の草を皆で結びましょうと歌いかけた歌。ムスブことの持つ意味とともに、岩代という地が熊野地方への旅の境界であったことも重要である。↓**サカ**。

次は同じ岩代の地で松の枝を結んだ有間皇子《ありまのみこ》の歌である。

岩代《いはしろ》の浜松《はままつ》が枝《え》を引き結びま幸《さき》くあらばまた還《かへ》り見む（②一四一）

この有間皇子の歌では、先の「君が代も…」の歌と同じく岩代の地でムスブ習俗を行いつつも、「もし無事であったら再び見よう」と歌われており、結び松の習俗にすがりきれない諦念が歌われている。謀反の罪で捉えられ、中大兄皇子《なかのおおえのみこ》らのいる紀《きの》温湯《ゆ》へと護送されてゆく途次という有間皇子の置かれた境遇ゆえである。

　ムスブの類義語であるユフは、紐状のもの、棒状のものを巻き付けたり結びつけたりすることによって、ばらばらのものを一つにまとめあげる意であるが、『万葉集』においてユフ対象が「標《しめ》」「紐」「髪」など、呪的なものであることを考えると、ムスブ同様に、ユフことによって呪力のはたらく場所を作り出すという意味合いを読み取ることができる。ユフのユを、ユユシ（忌々し）、ユツキ（斎槻）などの神聖を表すユと同根とする語源説も見られる。

『日本書紀』の顕宗《けんそう》天皇即位前紀には、「取り結《ゆ》へる縄葛《つなかづら》は、この家長《いへおさ》の御寿《みいのち》の堅《かため》なり」という室《むろ》寿《ほき》の詞章（新築祝いの言葉）が見られる。縄葛は建材を一つにユフための素材であるが、そのユフ力が、そのままその家長の寿命の保証として歌われており、ユフの持つ呪力を示している。

『万葉集』において最も多いのは、「標」をユフ例である。その多くは、譬喩《ひゆ》歌において男性による女性の占有を表すものであるが、天皇が猟を行う野を「標野」というように、本来は、一定区画を聖なる空間として設定するのが「標」をユフことの意義であった。譬喩歌の用法は、それが恋歌の表現として応用されたものである。↓シメ。

『古事記』に見られる天の岩屋戸の神話において、アマテラスが岩屋戸から出て来た時、布刀玉命《ふとだまのみこと》という神が「尻久《しりく》米《め》縄《なは》」（標縄）をアマテラスの後ろに引き渡して「これより内に、え還り入りまさじ」と言う場面がある。「標」は神でさえも越えられない結界であった。現在神社等に見られる標縄も、神の空間と人の空間との境界を示し、互いの空間を侵すことのないように設営されている。そのような「標」の力によって特殊な空間を作り出すのが「標結ふ」である。

　紐をユフという例も比較的多いが、先述したような紐をムスブ信仰と同様に見ることができる。また、女性の「髪」をユフと歌われることが多いのも、女性の「髪」が持つ神秘的な意味合いから考えられるべきであろう。

（大浦誠士）

むなし【空し・虚し】

そこにあるべき中身が何もない、からっぽな感じを意味する語。［基礎語］は、ミ（身）の古形ムとナシ（無し）の語根ナとの複合語に、情意を表すシク活用語尾のシを加えた語、と説明する。『万葉集』では、「空」の字があてられる。類義語の「空《そら》（虚）」は、空漠とした広がりを指すのが原義で、空虚・無・うつろなどの具体的状態を表すのに対し、ムナシは空漠としたものに触れた時、こちら側に湧き起こる感情を意味する。→ソラ。

そのことは、次の例から見て取れる。

人もなき空《むな》しき家は草枕《くさまくら》旅にまさりて苦しかりけり（③四五一）

右は、任地の大宰府《だざいふ》で妻を亡くした大伴旅人《おおとものたびと》が、奈良の自宅に帰り着いて詠んだ挽歌。「妻もいないがらんとした家は、草を枕の旅にもまして苦しい思いがすることだ」というほどの意。長年連れ添った妻が自分の傍からいなくなったことによる喪失感や空虚感がムナシの語に込められる。

ムナシは、中身が何もない感じの意から転じて、結果がないこと、無為であることも表す。

士《をのこ》やも空《むな》しくあるべき万代《よろづよ》に語り継《つ》ぐべき名は立てずして（⑥九七八）

右は山上憶良《やまのうえのおくら》の歌で、重い病に臥した憶良を使者が見舞った折、憶良が涙をぬぐい悲しみ嘆いて口ずさんだものとされる。「士《をのこ》」は、中国の「士大夫」の「士」である。「士」にとって究極の願いは「立名」で、「孝」の最大の徳目であった。一首は、「立派な男子たるものが無為のままでいてよいはずがあろうか」と、後世に名を残すほどの活躍がないまま病に沈む我が身への悔恨の思いを詠む。結局、憶良の辞世歌となった。後に、憶良の「立名」意識に共感した大伴家持《おおとものやかもち》も、「勇士《ますらを》の名を振るはむことを慕《ねが》へる歌」の中で「大夫《ますらを》や空《むな》しくあるべき」（⑲四一六四）と模倣している。

また、ムナシは、中身が何もない感じの意から転じて、仏教の無常観に繋がる「世間虚仮《せけんこけ》」「空《くう》」（共にこの世のすべての物事は仮の姿で、実体がないと捉える仏教思想）を表す。

世の中は空《むな》しきものと知る時しいよよますます悲しかりけり（⑤七九三）

右は、大伴旅人による「凶問《きようもん》に報《こた》へたる歌」。歌の前に記された序文には、「禍故《くわこ》重畳《ちようでふ》し、凶問累集《るいじふ》す」と記される。「凶問」は凶事の知らせ、つまりは訃報のことであるため、大宰府赴任直後に妻を亡くした不幸に加え、都から訃報が重ねて届いたことを意味しているらしい。一首は、「世の中が無常なものであると知ったその時こそ、いよいよますます悲しさが実感されたことだ」というほどの意。世間無常の道理は納得できても、それゆえに、ますます悲しさが極まると、諦観できない気持ちを逆説的に述べている。

中身がない虚《むな》しい言葉、つまりは嘘を「空言《むなこと》（虚言）」といった。真実の言葉である「真《まこと》」の対義語である。↓**コト**。

浅茅原《あさぢはら》小野《をの》に標結《しめゆ》ふ空言《むなこと》も逢《あ》はむと聞こせ恋の慰《なぐさ》に（⑫三〇六三）

右は、女の歌。「浅茅原」はチガヤの低く生える原をいうが、ここは女の比喩。「小野」は人里近くの野を親愛感を込めて呼ぶ言い方だが、ここは「浅茅原」の言い換え。「標結ふ」は占有のしるしを結ぶことをいうが、ここは将来を約束する男の言葉を寓意しており、その言葉をあてにならないと感じた女は「空言」と言い換えている。↓**シメ・シム**。嘘でもいいから「逢おう」と言ってほしいという、切ない女心を歌った一首。

平安時代に入ると、ムナシによって表現されていた世間無常の思想が人生のはかなさへと結び付き、ムナシの語は、体から生命の根源である魂が抜け出た状態、つまりは死を意味するようになる。『古今集』には「恋しきにわびて魂惑《まど》ひなば空しき骸《から》のなにや残らむ」（恋・五七一）の一首が見える。しかし、まだ『万葉集』の段階では、ムナシは人の死に関わって心に生じる喪失感や無常観を表すことに止まり、直接的に人の死を表す意味は生じていなかったと見られる。

（高桑枝実子）

め【目】

人を含めた動物の視覚をつかさどる感覚器官。メ（目）は言うまでもなく「見る」働きを持つが、古代において「見る」ことが重要な意味合いを持っていたために、その人の意識（魂）の発動を最もよく表す箇所と観念されていた。↓ミル。

「神代記」でスサノヲに退治されるヤマタノヲロチの目は「赤かがち（ほおずき）」のようだと記述される。ヲロチの持つ恐ろしい霊力が、その「目」によって象徴されているのである。

人の身体部位の中で、目が最も重要な意味を持つことは、目でもってその人を象徴させる用法があることによって知られる。

　朽網山《くたみやま》夕居《ゆふゐ》る雲の薄《うす》れ行《ゆ》かば我《あれ》は恋ひむな君
　が目を欲《ほ》り（⑪二六七四）

作者不明の恋歌で、「朽網山に夕方垂れ込めている雲が薄れていったら、私は恋しい思いを抱くだろう。あの人に逢いたくて」くらいの意味。雲が薄れてゆくと恋しさがつのるというのは、古代において雲が離れた人を偲ぶよすがとなっていたからである。「目を欲る」と言っても、感覚器官としての目が欲しい訳ではない。その人に逢いたい思いを「目を欲る」と言っているのであり、目によってその人を象徴・代表させる用法である。

挽歌にも、「目を欲る」という表現は見られる。

　朝霧《あさぎり》の消《け》やすき我《あ》が身他国《ひとくに》に過《す》ぎかてぬかも
　親の目を欲《ほ》り（⑤八八五）

肥後《ひご》国から上京する途中、安芸《あき》国で命を落とした青年熊凝《くまこり》の境遇を悼み、麻田陽春《あさだのやす》が熊凝自身の立場で歌った歌である。「朝霧のように消えてしまいやすい儚《はかな》い我が身ではあるが、故郷を遠く離れた異国の地で、死ぬにも死にきれない。両親に会いたい思いのために」くらいの意。この歌は死にゆく熊凝の、最後に一目親に会いたい思いを歌っているが、今でも「親の死に目に会えない」など、死の間際に会える（会えない）ことを、目に象徴させて言う表現があるのに似ている。

次の歌は、斉明《さいめい》天皇が崩御した際、皇太子中《なかの》大兄皇子《おおえのみこ》（斉明の子）が歌ったものとして『日本書紀』に載る歌である。「君が目の恋《こほ》しきからに泊《は》てて居てかくや恋ひむも君が目を欲り」（紀一二三）。

斉明天皇の崩御は、新羅《しらぎ》征討の水軍を北九州まで進めた折であったが、中大兄は天皇の亡骸とともに一旦都に帰った。その途次に歌ったとされる歌で、「君の目が恋しいために船を停泊させて、こんなに恋しい思いをするのも、君のお目にかかりたいためだ」ほどの意。この歌の「目を欲る」は相聞歌の逢いたい意の「目を欲る」とはまた少し異なり、もう一度目を開いてほしいという意味合いをも含んでいる。その人の生命活動（魂の活動）全体を目に象徴させるような用法である。

挽歌において、人の死を「目言《めこと》」が絶えるという言い方をすることがある。

…思ほしし　君と時々　幸《いでま》して　遊びたまひし　御食《みけ》向かふ　城上《きのへ》の宮を　常宮《とこみや》と　定めたまひて　あぢさはふ　目言《めこと》も絶えぬ…（②一九六）

右は柿本人麻呂《かきのもとのひとまろ》の「明日香皇女《あすかのひめみこ》挽歌」の一節であり、皇女が生前仲睦まじかった夫君と遊んだ城上の宮に殯宮《ひんきゅう》（貴人の薨去後に儀礼を行う宮）を営んで亡くなられたことを歌う箇所である。「目言」が絶えることで死を意味するのは、目の働きと発話行為が、その人の生命活動、魂の活動を象徴的に表しているからに他ならない。

相聞歌において、恋の相手と直接会うことを、「直目《ただめ》」という語で表現することがある。

真澄鏡直目《まそかがみただめ》に君を見てばこそ命《いのち》に向かふ我《あ》が恋止《や》まめ（⑫二九七九）

右の歌は「（真澄鏡）直接君にお逢いできたら、命をかけた私の恋も止むことだろう」くらいの意である。「直目」の用例五例中四例に枕詞「真澄鏡」が冠されており、「直目」に見ることが、物をよく映す真澄《ますみ》の鏡のように、魂と魂とが触れ合う鮮明な逢会《ほうかい》であったことが知られる。

一方、相手の意識（魂）と自分の意識（魂）とが直接触れ合わないような出会いは、「よそ目(外目)」という表現を用いて表された。

よそ目にも君が姿《すがた》を見てばこそ我《あ》が恋止《や》まめ
命《いのち》死なずは (⑫二八八三)

右の歌は「よそながらにでもあの方の姿を見られたら、私の恋は止むことだろう。恋に命を落とすことがなければ」くらいの意。「よそ目に見る」はしばしば遠くから見る意に解されるが、重要なのは距離ではなく、相手の意識(魂)がどこに向かっているかである。先に触れた「直目」は、両者の意識(魂)が向き合い、それゆえ魂が触れ合うような逢会が実現されるのであるが、「よそ目」においては、自分の意識(魂)は相手に向かっているのだが、相手の意識(魂)は自分にではなく「外《よそ》」に向いている。つまりは一方通行の空しい逢会なのである。それでも見ることができたら恋しさが少しは慰められるというのだから、先の「直目」の歌よりもはるかに控えめな願いであり、結ばれる以前の憧れの思いが歌われているのであろう。

相聞歌において恋する二人が忌避する「人目《ひとめ》」にも、目の意味合いから、第三者による働きかけ、干渉の意味合いを見るべきであろう。↓ヒト。

「神武記《じんむき》」の皇后選定の条に、高佐士野《たかさじの》でイスケヨリヒメを見初めた神武天皇が大久米命《おおくめのみこと》を仲立ちとして求婚する場面がある。「あめ　鶺鴒《つつ》　千鳥　真鵐《ましとと》　など黥《さ》ける利目《とめ》」(記一七)、「嬢子《をとめ》に　直《ただ》に逢はむと　我が裂ける利目」(記一八)。

前者は神武の意向を伝えに行った大久米命の入れ墨をした目を怪しんだイスケヨリヒメの歌。鳥の名を列挙して「鳥の目のように入れ墨をしているのはなぜか」と歌いかけている。後者は大久米命が「娘子《おとめ》に直に逢おうと見開いている目ですよ」と機転を利かせて答えた歌であり、みごと成婚の運びとなった。使者の問答によって主君の結婚が成就する点にも、使者を主君そのものと見る古代的な発想が見られるが、メ(目)をめぐる問答によって天皇家の系譜初の皇后が選定される筋立ては、古代において目が持っていた重要な意味合いを感じさせる。↓ツカヒ。

(大浦誠士)

めづ【愛づ】

メヅは、対象を美しい、または可愛いものとして気に入って賞美する意である。後代の例だが、『堤中納言物語』の「虫めづる姫君」は、虫という貴族の美意識からは忌避されるものを賞美する、その特殊な姫君を強く印象付ける。

「允恭《いんぎょう》紀」では、天皇が井戸の辺の桜を見て、衣通郎姫《そとおしのいらつめ》を思い、次のような歌を詠んだ。「花ぐはし　桜の愛《め》で　こと愛《め》でば　早くは愛《め》でず　わが愛《め》づる児《こ》ら」（紀六七）。

一首は「〔花ぐはし〕桜の美しさよ。同じ賞美するなら早くから賞美すればよかったが、早くは賞美せずにいた。我が愛《いと》しい姫よ」というほどの意。古くから、花はしばしば女性の比喩とされた。ここでは、桜と衣通郎姫とが重ねられ、同じようにメヅの対象とされている。賞美と情愛の念がメヅに込められていると見るべきであろう。

一方、『万葉集』では、メヅという言葉が使われることは決して多くはない。

…高光《たかひか》る　日《ひ》の朝廷《みかど》　神《かむ》ながら　愛《め》での盛《さか》りに　天《あめ》の下《した》　奏《まを》したまひし　家の子と　選《えら》ひたまひて　勅旨《おほみこと》　戴《いただ》き持ちて　唐《もろこし》の　遠き境《さかひ》に　遣《つか》はされ　罷《まか》りいませ…（⑤八九四）

これは、天平五年（七三三）、山上憶良《やまのうえのおくら》が遣唐大使丹比広成《たじひのひろなり》へ贈った「好去好来《こうきょこうらい》歌」の一部である。「高く照り輝く日の宮居、さながらの神である大君のご寵愛も盛んな折に、大君があなたを天下の政治を奏上なさった名門の家の子としてお選びになり、あなたは大君の勅旨を奉戴して、唐国の遠い果てへと差し向けられ、出立《しゅったつ》して行かれる」というほどの意。この国を神さながらに支配する天皇が、丹比広成を大切に思い寵愛するさまがメヅで示されている。

黄葉《もみちば》の散らふ山辺《やまへ》ゆ漕《こ》ぐ船のにほひに愛《め》でて出《い》でて来《き》にけり（⑮三七〇四）

この歌は「黄葉《もみじ》の散り続ける山のほとりを通っ

て漕ぐ船の美しさに心惹かれて、出て来てしまったことだ」というほどの意。遣新羅使《けんしらぎし》一行が、竹《たか》敷《しき》の浦（長崎県対馬《つしま》の浅茅《あそう》湾）に船を停泊している時の歌である。詠んだのは、対馬娘子《つしまのおとめ》という停泊地の女性。遣新羅使たちの乗る丹塗《にぬ》りの船と黄葉との鮮やかな色彩の映発に心惹かれて、気が付いたら出て来てしまっていたというのである。竹敷の浦の辺りはリアス式海岸になっており、黄葉の合間合間に見え隠れする赤い船の映像美に惹かれるさまがメヅで示されている。なお、「にほひに愛《め》でて」の「に」は、受動性を示す。

「愛《め》づ妻」の約かと考えられる「愛妻《めづま》」という言葉がある。

　我《わ》が愛妻《めづま》人は放《さ》くれど朝顔《あさがほ》のとしさへこごと
　我《わ》は離《さか》るがへ（⑭三五〇二）

　右は、東歌《あずまうた》。「としさへこごと」が語義未詳であるが、「私の愛《いと》しい妻との仲を人は引き裂こうとするが、朝顔のように、私はどうして裂かれようか」というほどの意だろう。二人の強い関係性が詠まれており、そのように強く結び付いた女性が「愛妻」と呼ばれている。朝顔は蔓《つる》が絡み合う様相をイメージさせ、二人の関係を比喩的に示すのかもしれない。また、桜と女性を重ね合わせる「允恭紀」の歌謡に鑑みれば、この「愛妻」の例も、愛しい女性と朝顔の花とを重ね合わせるような表現性を有する歌と受け取ることも可能である。

　他に、「目豆児《めづこ》の刀自《とじ》」という女性の呼称が見える（⑯三八八〇）。「刀自」は一家の主婦を意味する尊称。「目豆児」は「愛《め》づ子」とも解釈できるが、語義未詳の「身女児《みめこ》の刀自」と対になることから、メヅとの関係は不明である。

「心惹かれる」などの意味を有するメヅラシは、メヅから派生したともいうが、メ（目）＋ツラシ（連）とする説も一方にある。**→メヅラシ**。

　メデタシということばはメデ＋イタシから変化したものと考えられ、メヅとの関係は強い。しかし、平安時代以降に使われた言葉であるらしく、『万葉集』など上代の作品には見出すことができない。

（中嶋真也）

めづらし

見ることが稀《まれ》であるゆえ、新鮮な思いがして、すばらしさに強く心惹かれる、いつまでも見ていたいという気持ちを表す。〔岩波古語〕は、メ（目）＋ツラシ（連）の意で、見ることを連ねたいというのが原義と説明する。ただし、賞美する意の動詞「愛《め》づ」から派生した語とする説もある。↓メヅ。

「神功《じんぐう》紀」には、鮎《あゆ》を釣り上げた皇后の「希見《めづら》しき物なり」という発言に対して、「希見、此をば梅豆邏志《めづらし》と云ふ」という訓注が見える。また、『日本霊異記』には、仏教が起こす奇跡に対する「斯《こ》れ、奇《めづら》しく異《あや》しき事なり」という評がしばしば見え、上第四縁に「奇　米《め》川《づ》良《ら》之《し》久《く》又アヤ之《し》久《く》〔女《め》ツラシク又阿《あ》也《や》シ支《き》〕」という訓釈が記される。これらの例から、メヅラシには、霊妙な対象を見たことへの感動と強い讃美が込められることが分かる。

そのようなメヅラシの意味は、『万葉集』では讃歌に典型的に表れる。

…ひさかたの　天《あめ》見るごとく　真《ま》澄鏡《そかがみ》　仰《あふ》ぎて見れど　春草《はるくさ》の　いやめづらしき　我《わ》ご大君かも（③二三九）

右は、長皇子《ながのみこ》の遊猟時に柿本人麻呂《かきのもとのひとまろ》が詠じた讃歌。「春草の」は枕詞で、春草の萌え出るさまが目新しく心惹かれるところから「めづらし」にかかる。大勢の供を引き連れ、馬を並べて狩りを行う皇子の雄姿を、「いよいよ慕わしく心惹かれる我が大君であることよ」と讃美している。

メヅラシが持つ対象讃美性は、来臨する神を讃美することに由来するらしい。それが明確に表れるのが、宴席歌の例である。

めづらしき人に見せむと黄葉《もみちば》を手《た》折《を》りそ我《あ》が来《こ》し雨の降《ふ》らくに（⑧一五八二）

右は、橘奈良《たちばなのなら》麻呂《まろ》が宴《うたげ》を催した折に詠じた、主賓への挨拶歌。「めづらしき人」は主賓を指しており、一首は「心惹かれるすばらしい人に見せようと、私は黄葉《もみじ》を手折って来たことだ。雨が降っているのに」というほどの意。宴は本来、来臨する神を饗応する儀礼であった。そこで、主賓を宴の場に来臨した神に見立て、強く心惹かれるすばらしい存在だと讃美するのである。

　メヅラシは、季節ごとに訪れる花や鳥などの景物に対しても用いられた。それは、巡り来る季節や、季節の到来を知らせる景物が神の来臨と重ね合わせて捉えられたためである。

　時の花いやめづらしもかくしこそ見《め》し明《あき》らめめ秋立つごとに（⑳四四八五）

右は、大伴家持《おおとものやかもち》が宴での披露に備えて詠じた一首。秋の到来と共に開花する「時の花」を秋の神の来臨に見立て、メヅラシと讃美している。次も、同じく家持が越中から、都にいる姑《おば》の大伴坂《おおとものさかの》上郎女《うえのいらつめ》に贈った歌。

　暁《あかとき》に名《な》告《の》り鳴くなる霍公鳥《ほととぎす》いやめづらしく思ほゆるかも（⑱四〇八四）

右の歌に付された左注には陰暦四月四日の日付があり、立夏の頃の作と分かる。夏の到来を告げるホトトギスの初声を賞美する気持ちに、坂上郎女を慕わしく思う気持ちが重ねられている。このように、離れている相手に逢いたいと思う気持ちが、メヅラシで表現されることも少なくない。

　本来、見ること稀なゆえに新鮮ですばらしく思われる意のメヅラシを、逆に日常的な存在に向けて述べることで、相手を讃美した例もある。

　難波《なには》人《ひと》葦火《あしひ》焚《た》く屋《や》の煤《す》してあれど己《おの》が妻こそ常《つね》めづらしき（⑪二六五一）

右は男の歌で、「難波の人が葦火を焚く家のように煤《すす》けてはいるが、自分の妻こそはいつも変わらずに見たく思われることよ」というほどの意。長年連れ添った古女房を、見るたびに新鮮でもっと見たくなると褒めている。これも、メヅラシの讃美性が愛情表現へと繋がった例である。

『万葉集』に見えるメヅラシは、対象の日新しさを言うよりも、すばらしい対象への好ましさを表すことの方が多いようだ。

（高桑枝実子）

も【裳】

モ（裳）は、女の下半身を覆うスカート状の着衣である。一枚の布を腰から下に巻き付けた。丈が長く、襞《ひだ》のある場合が多い。上端には紐が付いており、これを腰で結んだ。服飾上の説明は右の通りだが、『万葉集』に見える裳には、古代の呪的な信仰にかかわる意味がつよく認められる。

モ（裳）は、霊威を受感する場とされ、さらには霊威の顕現する場としても意識されていた。とりわけ長く引いた裳の裾、すなわち裳裾には、そうした意味が明瞭に現れている。まずは最初の例。

大君《おほきみ》の　任《ま》けのまにまに　島守《しまもり》に　我《わ》が立ち来《く》れば　柞葉《ははそば》の　母《はは》の命《みこと》は　御裳《みも》の裾《すそ》　つみ上げかき撫《な》で…（⑳四四〇八）

大伴家持《おおとものやかもち》が、二親《ふたおや》と離れ任地に赴く防人《さきもり》の悲別の情を、防人の立場で歌ったもの。「大君の任命するままに、島守として私が出立《しゆつたつ》して来ると、柞葉の母の命は、御裳の裾をつまみ上げて私を撫で…」というほどの意。「柞葉《ははそば》の」は枕詞。「柞」はナラ、クヌギの総称。同音で「母」を導く。「御裳の裾を…」とあるが、これは裳裾をつまみ上げ、頭を撫でたということだろう。撫でるのは祝福の呪術で、前途の無事を祈る意味がある。↓ナヅ。裳裾で撫でたのは、そこに宿る霊威の発動を期待したからである。

次も同様な例。遣唐使一行の無事な渡航を祈念する孝謙《こうけん》天皇の歌である。

四《よ》つの船早《はや》帰り来《こ》としらか付け我《わ》が裳《も》の裾《すそ》に斎《いは》ひて待たむ（⑲四二六五）

「四隻の船よ、早く帰って来いと、しらかをわが裳の裾に付けて、身を慎んで待っていよう」というほどの意。孝謙天皇は女帝だから、裳を着用した。その裾に「しらか」を付けて、無事な帰還を願ったとある。「しらか」は、麻などの樹皮の繊維を細かく裂き、白髪様にしたもの。白髪には霊威が宿るので、それを意識して類似のものを神事に用いた。老女の白髪をサイコロなどとともに船の御神体（船玉様）とした例もある。それを裳裾に付けたというのは、そこが霊威の発動する場だからである。

神功《じんぐう》皇后が、新羅《しらぎ》征討に向かう際、懐妊していた子（応神《おうじん》天皇）の出産を延ばすため、石を取って「御裳《みも》の腰」に挟み巻いたとする鎮懐石《ちんかいせき》の伝説（「仲哀《ちゅうあい》記」）があるが、そこにもそうした裳の意味がよく現れている。玉島川で女が鮎を釣るようになる起源譚も同時に語られているが、そこでは皇后が「御裳《みも》の糸」を抜き取って、釣り糸にしたとある。モ（裳）の特別な意味はここからも明らかである。

次の例は柿本人麻呂《かきのもとのひとまろ》「留京三首」の中の一首。伊勢国の行幸先の様子を都から想像した歌である。

嗚呼見《あみ》の浦《うら》に舟乗《ふなの》りすらむ娘子《をとめ》らが玉裳《たまも》の裾《すそ》
に潮《しほ》満つらむか（①四〇）

「嗚呼見の浦で舟遊びをしているだろう娘子《おとめ》たちの美しい裳の裾に潮が満ちていることだろうか」というほどの意。「舟乗り」は、訳に示したように、舟遊びをする意だろう。「娘子（媙嬬）ら」の「媙嬬」は、若い女性の意だが、ここは官女たちを指す。「衣服令」によれば、官女の裳の色は、緑・縹《はなだ》（薄い藍色）・紺・紅《くれない》など身分に応じてとりどりであったはずだが（猪股ときわ「赤裳の裾」『国語通信』三四一）、『万葉集』では「赤裳」とされることが圧倒的に多く、この異伝歌（⑮三六一〇）でも「赤裳」とある。赤は神の憑依の徴証となる色であり、官女を巫女性を帯びた存在として認識するような場合、「赤裳」によってそれを印象づけた。→アカ。「潮満つらむか」とあるのは、「玉裳」の裾が、満ち来る潮に濡れている様子を想像した表現。「潮」は海の霊威の現れでもあるから、それが官女に依《よ》り憑《つ》いていると見ることもできる。

そもそも伊勢《いせ》はフルコトに「神風《かむかぜ》の伊勢の国、常世《とこよ》浪《なみ》寄する国」と讃美される国だった（『伊勢国風土記《ふどき》』佚文《いつぶん》）。ひたひたと岸辺に寄せる波は、常世の霊威を伊勢の地にもたらした。満ち来る潮に宿るその霊威は官女の裳裾に依り憑く。この歌には、そうした祝福的な光景が歌われている。

もっとも、『万葉集』を見ると、濡れた裳裾が肌にまとわりつくさまに、一種の官能美を感じ取っていたらしいことがうかがえる。

我妹子《わぎもこ》が赤裳《あかも》ひづちて植《う》ゑし田を刈りて収《をさ》めむ倉無《くらなし》の浜《はま》（⑨一七一〇）

住吉《すみのえ》の出見《いでみ》の浜《はま》の柴《しば》な刈りそね　娘子《をとめ》らが赤《あか》裳《も》の裾《すそ》の濡《ぬ》れて行《ゆ》かむ見む（⑦一二七四）

前者は長大な序による土地讃めの歌。「倉無の浜」は所在未詳。地名への興味から、序の表現が生まれたらしい。田植えのハレの光景が想像されているが、水に濡れた裳裾にエロティックな美を見ている。後者は旋頭歌《せどうか》。潮に濡れた赤裳の裾を下半身にまとわりつかせている娘子《おとめ》たちの姿をこっそりと見たいがために、柴を刈ってはならないと歌っている。やや卑俗な調子の歌になっている。

先の「留京三首」の歌でも、想像の景とはいえ、「玉裳」の裾を潮に濡らす官女たちの姿に、人麻呂は官能美を感じ取っているのだろう。

裳裾は長いので、歩行するような際には、地を引きずるようにした。それを「裾引《すそび》く」といった。これも美的な光景として、万葉人には好まれた。

大夫《ますらを》はみ猟《か》りに立たし娘子《をとめ》らは赤裳《あかも》裾引《すそび》く清き浜《はま》びを（⑥一〇〇一）

山部赤人《やまべのあかひと》の紀伊国行幸従駕歌。「廷臣たちは狩りの場にお出ましになり、女官たちは赤裳の裾を引きつつ行き来している。清らかな浜のあたりを」というほどの意。「娘子ら」は官女たち。その浜遊びのさまを「赤裳裾引く」と表現している。白砂と赤裳の対照が、いかにも華麗な構図を作り出している。

『日本霊異記』の狐女房譚（上二縁）にも、正体が露わになった妻（狐妻）が夫のもとから去って行くさまを、「時に彼の妻 紅《くれなゐ》の襴染《すそぞめ》の裳《も》を著《き》て窈窕《さ》び、裳を襴引《すそび》きて逝《ゆ》く」と表現している。「さび」と訓まれているが、「窈窕」は漢籍に頻出する語で、美しくたおやかなさまを示す。赤裳を引きつつ去って行くところに、理想の美女の姿を見ている。↓サブ。

（多田一臣）

もとほる【徘徊る】

モトホルは、一つ所を行ったり来たりすること、あちらこちらを廻《めぐ》ることを意味する。

…大殿《おほとの》を　振り放《さ》け見つつ　鶉《うづら》なす　い匍《は》ひもとほり…（②一九九）

柿本人麻呂《かきのもとのひとまろ》の「高市皇子《たけちのみこ》挽歌」からの引用。本葬前、遺体を仮安置する殯宮《ひんきゆう》での歌である。ここは、「…皇子の宮殿を、振り仰ぎ繰り返し見、鶉のごとく這《は》い回り」といった意味。皇子に仕えていた人々の悲しむ様の表現だが、実際にも安置された遺骸の周囲を這い回る儀礼があったらしい。それを「い匍ひもとほり」と表現している。

一方、長皇子《ながのみこ》の遊猟を称えた歌にも、「…鶉《うづら》なす　い匍《は》ひもとほり　畏《かしこ》みと　仕《つか》へまつりて」（③二三九）と、ほぼ同様の表現が見える。天武《てんむ》天皇十一年（六八二）九月に、朝廷における匍匐《ほふく》礼《れい》の禁止の詔《みことのり》が出された。しかしそれ以後もこの儀礼は行われていたらしい。匍匐礼には、対象への讃美、服従を示す意味があったとされる。

…波の上《うへ》を　い行《ゆ》きさぐくみ　岩《いは》の間《ま》を　い行《ゆ》きもとほり…（④五〇九）

瀬戸内海を、筑紫《つくし》の国に西下する際の旅の歌。島の間を経廻《へめぐ》って行く舟航の苦労が歌われている。この「もとほり」は、岩の間を行き廻る意になる。

モトホルの名詞モトホリは、周囲、廻《めぐ》りを意味する。「大殿《おほとの》の　このもとほりの　雪な踏《ふ》みそね」（⑲四二二七）は、「宮殿の周囲の雪を踏んでくれるな」の意。雪が降り積もったそのままの光景を、主人に見せたいとする気持ちが歌われている。

モトホルに接頭語タを付加したのがタモトホルだが、語義はさして変わらない。

みどり子《こ》の這ひたもとほり朝夕《あさよひ》に哭《ね》のみそ我《あ》が泣く君なしにして（③四五八）

大伴旅人《おおとものたびと》の死に際して、その従者が詠んだ歌。赤子のように「這ひたもとほり」とあり、ここでも死者への儀礼である匍匐礼を表現している。
遠回りする意の「たもとほる」もある。

見渡せば近き渡りをたもとほり今か来《き》ますと恋ひつつそ居《を》る（⑪二三七九）

男の訪れを待つ女の歌。「見渡せば近い渡り場なのに、回り道をして、今こそおいでになるかと恋い続けていることだ」といった意味。恋の通い路は、人目に触れるのを避けた。そこでわざわざ遠回りの道を選ぶこともあった。それを「たもとほり」と表現している。→**タダチ**。

雲の上に鳴くなる雁《かり》の遠けども君に逢《あ》はむとたもとほり来《き》つ（⑧一五七四）

これも遠回りする意の「たもとほる」の例。宴に招かれた主賓の主人に向けた挨拶歌である。「雲の上で鳴くらしい雁のように遠くはあるが、あなたに逢おうと遠く回り道をしてやって来たことだ」というほどの意。恩着せがましい感じもするが、遠回りしてまでやって来たのは、訪れる相手がすばらしいからである。そこで「たもとほり」は、宴の場の主人に対する讃美の意を示すことになる。山城国綴喜《つづき》郡井手《いで》にあった橘諸兄《たちばなのもろえ》の邸宅での宴の歌だから、平城京から訪れるためには、実際にも遠い距離をやって来る必要があった。

宴はもともと祭りの場に起源をもつ。宴の客は祭りの場に来臨する神に、それを迎える主人はその祀り手の位置に身を取りなした。神は日常の道を通ったりはしない。そこで、宴の客もわざわざ回り道をしてやって来るのである。先の歌では、客は実際にも遠い距離をやって来たことになるが、むしろ理念の問題として理解すべきであろう。

一方、恋の通い路も同様の意味をもつ。女のもとに通う男は、巫女のもとに通う神に我が身を取りなすからである。ここでも恋の通い路はふつうの道筋であってはならなかった。宴の歌の論理と恋の歌の論理とは、あきらかに通底している。タモトホルは、そこが日常の道ではないことを示す意味をもつ言葉でもあったのである。（新谷正雄）

もみち【黄葉】・もみつ【黄葉つ】

秋に、樹木や草の葉が赤や黄色に色づくこと。また、その葉。特に葉を指してモミチバ（黄葉）ともいう。葉が色づく意の動詞にモミツ（黄葉つ・黄変つ・黄色つ）がある。上代には清音モミチであり、中古以降に濁音のモミヂとなる。『万葉集』では、春の花（桜）の対となる秋の景物として好んで歌われ、モミチ・モミチバ・モミツの用例は百例を超える。その大多数が「黄葉」の表記を用いており、赤系統の色で表記したのは、「紅葉」「赤葉」が各一例と、動詞モミツを「赤」と表記した二例のみである。その理由は、盛唐頃までの漢籍の影響を受けたためとされるが、大和地方では、実際に赤い葉よりも黄色い葉に親しむ機会が多かったためとも言われる。上代の黄葉は、現代のように楓《かえで》の葉のみを指すわけではなく、萩《はぎ》など他の樹木全般に対してもいう。『万葉集』には、山全体が色づく様を歌う例も見られる。なお、モミチ・モミツの語を用いる他に、「したふ（赤く照り映える）」「色づく」「にほふ」等の語で黄葉を表現することも多い。**→イロ、ニホヒ**。また、黄葉を色づかせたり散らせたりするものとして、「時雨《しぐれ》」や「霜《しも》」が共に詠まれることもある。

古代には、春に花が咲き、秋に青葉が赤や黄色に色づくのは、異界の不思議な力のはたらきとする観念があった。よって、黄葉には季節の呪力が宿ると考えられ、讃美や賞美の対象とされた。

…秋山の　木《こ》の葉を見ては　黄葉《もみち》をば　取りてそしのふ　青きをば　置きてそ嘆《なげ》く　そこし恨《うら》めし　秋山我《われ》は（①一六）

右は、額田王《ぬかたのおおきみ》が「春山の万花《ばんくわ》の艶《にほ》ひ」と「秋山の千葉《せんえふ》の彩《いろど》り」の優劣を判定した一首で、「秋山の木の葉を見ては、色づいた葉を手に取って賞美するが、青葉はそのままにして嘆く。そこだけが恨めしいことだ。私は秋山が良い」というほどの意。遠く見るだけの花より、直接手に取って賞美できる黄葉の方が良いという趣旨である。

モミチの讃美性が強く表れるのが次の歌。

めづらしと我《あ》が思《も》ふ君は秋山の初黄葉《はつもみちば》に似て
　こそありけれ（⑧一五八四）

右は、橘　奈良《たちばなのなら》麻呂《まろ》が催した宴で、出席者の一人が宴の主人である奈良麻呂を讃美した一首。「心引かれてすばらしいと私が思うあなたは、まるで秋山の色づいたばかりの黄葉のような方であったことだ」というほどの意。「初黄葉」は、季節の神秘な呪力を最初に感受して色づいた黄葉であり、呪力が最も強く宿る。よって、奈良麻呂を「初黄葉」に喩えることで、最高の存在として讃美することになる。ただし、ここには当時十八歳であった奈良麻呂の若さへの讃美の意も含まれる。この同じ宴の冒頭で、主人である奈良麻呂が客を迎える挨拶歌として詠じたのが次の一首。

手折《たを》らずて散りなば惜しと我《あ》が思《も》ひし秋の
　黄葉《もみち》をかざしつるかも（⑧一五八一）

「かざし」は「髪挿《かみさ》し」の約で、季節の呪力を宿す植物の花や枝を髪に挿して飾りとすることをいい、非日常の存在となる印《しるし》でもあった。↓カザス。宴は祭りを起源とするため、出席者は神に等しい位置に立つ。そこで、宴の場には季節の呪力を宿す植物を用意しておき、出席者が各々髪に飾る習いがあった。ここは、秋の呪力を宿す黄葉が「かざし」として用意されたのである。

…たたなはる　青垣山《あをかきやま》　山神《やまつみ》の　奉《まつ》る御調《みつき》と
春へは　花かざし持ち　秋立てば　黄葉《もみち》かざ
せり…（①三八）

右は、柿本人麻呂《かきのもとのひとまろ》が持統《じとう》天皇の吉野行幸の折に詠じた「吉野讃歌」で、「幾重にも重なる青い垣根のような山々の山の神は、天皇に奉る貢《みつ》ぎ物として、春には花を挿頭《かざし》として着け持ち、秋には黄葉を挿頭としている」というほどの意。ここでは、山が春に満開の桜に覆われ、秋には黄葉の彩りに包まれることを、花や黄葉を髪に飾って天皇を祝福する山の神の奉仕と擬人化して表現したもの。

モミチは秋の季節感を感じさせる景物であった。

竹敷《たかしき》の黄葉《もみち》を見れば我妹子《わぎもこ》が待たむと言ひし
　時ぞ来《き》にける（⑮三七〇一）

右は遣新羅使《けんしらぎし》の歌で、帰国予定の時節の到来を、家郷を遠く離れた対馬《つしま》の竹敷の黄葉を見て知ったという内容。また、「雁《かり》がねの声聞くなへに明日《あす》よりは春日《かすが》の山は黄葉《もみ》ち初《そ》めなむ」（⑩二一九五）のように、雁の飛来の時期と黄葉の時期は重なるものと観想された。

次は、動詞モミツの例。

子持山若楓《こもちやまわかかへるで》 の黄葉《もみ》つまで寝《ね》もと我《わ》は思《も》ふ汝《な》は何《あ》どか思《も》ふ（⑭三四九四）

東歌《あずまうた》で、「子持山の楓《かえで》の若葉がすっかり色づくまでの間ずっと共寝をしようと私は思う。お前はどう思うか」というほどの意。男の恋歌である。恋の成就は赤系統の色で象徴されるため、この「黄葉つ」にも、その印象が反映されている。

モミチバは、しきりに散る様が他界の呪力の現れや死の形象と捉えられた。→**チル**。

…大船《おほぶね》の　渡《わたり》の山の　黄葉《もみちば》の　散りの乱《まが》ひに
妹《いも》が袖《そで》　さやにも見えず…（②一三五）

右は柿本人麻呂が石見国《いわみ》から妻と別れて上京する時に詠じた「石見相聞歌」で、散りしきる黄葉による視覚の乱れを歌う。この背後には、山中他界観がある。→**ヤマ**。モミチバは枕詞「黄葉《もみちば》の」の形で、人が死ぬ意を表す動詞「過ぐ」に接続する。→**スグ**。黄葉が散る様からの連想である。

…沖《おき》つ藻《も》の　靡《なび》きし妹《いも》は　黄葉《もみちば》の　過ぎて去《い》
にきと　玉梓《たまづさ》の　使ひの言へば…（②二〇七）

右は、柿本人麻呂が妻の死を悲しみ嘆いた「泣血哀慟《きゅうけつあいどう》歌」。沖の藻のように靡き寄って寝た妻が、黄葉が散るように死んでしまったと使者から伝え聞いたことを歌っている。人麻呂は反歌として、「秋山の黄葉《もみち》を繁《しげ》み迷《まと》ひぬる妹《いも》を求めむ山《やま》道《ぢ》知らずも」（②二〇八）の一首も詠じている。妻の死を黄葉の茂りに惹かれて山中に迷い込んだものと表現しており、やはり背後には山中他界観がある。

この他、「経《たて》もなく緯《ぬき》も定めず娘子《をとめ》らが織《お》る黄《もみ》葉《ちば》に霜《しも》な降《ふ》りそね」（⑧一五一二）のように黄葉を錦に見立てた歌や、川に黄葉が流れ下る美しい景を詠じた歌など、中古以降の和歌で主流となる詠み方も既に見られる。

（高桑枝実子）

【ヤ行】

やさし【恥し】・やす【痩す】

ヤサシはヤス（痩す）と同根であり、身も痩せ細る思いがする、休みなく気を遣って自らを損なうほどである、の意。「優美である」といった肯定的な意味合いを帯びてくる平安時代以降とは異なり、上代においては、基本的に否定的な評価を表す語であった。

ヤサシの用例の中でも最も有名なのが、山上《やまのうえの》憶良《おくら》の「貧窮《びんぐう》問答歌」の反歌であろう。

世間《よのなか》を憂《う》しと恥《やさ》しと思へども飛び立ちかねつ鳥にしあらねば（⑤八九三）

極度に生活に困窮する男の嘆きが歌われる長歌に続けて、「世の中を辛い、恥ずかしいと思うけれども、鳥ではないので逃れることはできない」と歌う。→**ウシ**。周囲の目を意識して身も痩せ細る思いがする意で、ヤサシが用いられる。このヤサシについては、仏教的な「慚愧《ざんき》」の念との関係が指摘される（〔全注〕）。「慚愧」は、『仏教辞典』（岩波書店）によれば、「自らがおかした悪行を恥じて厭い恐れること」。貧苦の生活は、宿縁の拙さゆえであり、そこに慚愧が生じるのである。

一方、憶良と親交の深かった大伴旅人《おおとものたびと》の作品においては、ヤサシはまた異なる様相を示す。

玉島《たましま》のこの川上《かはかみ》に家《いへ》はあれど君を恥《やさ》しみ顕《あら》はさずありき（⑤八五四）

右は松浦河《まつらがわ》歌群中の一首で、大伴旅人とおぼしき男が玉島の潭《ふち》を逍遥していて出会った娘子《おとめ》等に歌いかけたのに対して、娘子が答えた歌。もちろん物語全体が旅人の虚構である。歌は「玉島の川上に家はあるけれど、あなた様に気が引けて、言えませんでした」ほどの意。このヤサシは相手が立派ゆえ気後れする意味で用いられている。

上代においてヤサシが基本的に否定的な意味合いを持つのは、ヤサシと同根のヤスが否定的な意味合いで捉えられていたことにも起因する。

石麻呂《いはまろ》に我《われ》もの申《まを》す夏痩《や》せによしといふもの

そ鰻《むなぎ》捕《と》り食《め》せ（⑯三八五三）
痩《や》す痩すも生《い》けらばあらむをはたやはた鰻《むなぎ》を
捕《と》ると川に流るな（⑯三八五四）

これは大伴家持《おおとものやかもち》が吉田石麻呂《きつたのいわまろ》という人物の痩身を笑う歌である。石麻呂はいくら飲食しても飢饉のような姿をしていたという。一首目で夏痩せに良いから鰻を食べなさいと勧めておいて、二首目では命あっての物種だから、鰻を捕ろうとして川に流されるなと歌う。二首一連の戯笑歌である。痩せていることが極度に好まれる現代とは正反対に、痩せていることは嘲笑の対象ともなった。

相聞の歌においては、恋の物思いのために身が痩せ細ると歌われる例を多く見出せる。ヤスという語が用いられない歌でも、「一重《ひとへ》のみ妹《いも》が結ばむ帯《おび》をすら三重《みへ》結ぶべく我《あ》が身はなりぬ」（④七四二）のように、あなたが一重に結んでくれる帯が三重結ぶほどに痩せてしまった、と歌った例がある。「朝影《あさかげ》に我《あ》が身はなりぬ」（⑪二三九四）も同様に、恋のために、長く伸びる朝の影のように痩せ細ってしまったことをいう常套句である。また防人歌《さきもりうた》において、「子持《こめ》ち痩《や》すらむ我《わ》が妻《み》悲《かな》しも」（⑳四三四三）のように、故郷で子をかかえて苦労しているであろう妻の姿を思い描く際にもヤスが用いられた。

戯奴《わけ》がため我《わ》が手もすまに春の野に抜《ぬ》ける茅《つ》
花《ばな》そ食《を》して肥《こ》えませ（⑧一四六〇）
我《わ》が君に戯奴《わけ》は恋ふらし賜《たば》りたる茅花《つばな》を食《は》め
どいや痩《や》せに痩す（⑧一四六二）

これは紀女郎《きのいらつめ》と大伴家持の間に交わされた歌である。家持よりもはるかに年上の紀女郎が自分を「君」と呼び、家持を「戯奴（召使い）」と呼んで、「あなたのためにご主人様である私が自らの手で摘んだ茅花なのだから、これでも食べて少しは太りなさい」と歌いかけた歌と、その歌に対して家持が「あなた様への恋のために、茅花をいくら食べてもどんどん痩せていきます」と返した歌である。おそらく現実の恋愛関係を反映する歌ではなく、恋とヤスの結びつきをうまく利用した戯れの贈答歌である。

（大浦誠士）

やま【山】

『万葉集』の時代は、大和《やまと》国に都が置かれることが多かった。つまり、生活圏が山に囲まれていた。「景行《けいこう》記」で倭建命《やまとたけるのみこと》が望郷の念を託した、「倭《やまと》は　国《くに》の真秀《まほ》ろば　たたなづく　青垣《あをかき》　山籠《やまごも》れる　倭し麗《うるは》し」（記三〇）では、大和《やまと》が青々とした山並みとともに、端麗な土地として思い起こされている。明日香《あすか》、藤原京時代は大和三山（香具山《かぐやま》、畝傍山《うねびやま》、耳成山《みみなしやま》）が近く、三輪山《みわやま》や泊瀬山《はつせやま》もしばしば歌に詠まれた。持統《じとう》天皇が幾度も行幸した吉《よし》野《の》も山と川とで表象される。平城京は、東の春日《かすが》山《やま》、三笠山《みかさやま》、北の奈良山《ならやま》、西の龍田山《たつたやま》、生駒山《いこまやま》に囲まれる都であった。今も平城京跡に立つと、それがよく実感できる。

特に龍田山や生駒山は、大和国から難波《なにわ》へ、さらには難波津《なにわづ》から船で行く土地へ向かう際には必ず通る場所であり、当時の人々にとって、身近で大切な境界であったに違いない。

人もねのうらぶれ居《を》るに龍田山《たつたやま》み馬《ま》近づかば
忘らしなむか（⑤八七七）

右は、筑前守《ちくぜんのかみ》の山上憶良《やまのうえのおくら》が、大宰府《だざいふ》から帰京する大伴旅人《おおとものたびと》に詠み掛けた歌。「人みなが悲しみに悄然としているのに、龍田山にお馬が近づいたら、あなた様は私たちのことなどお忘れになってしまわれるでしょうか」というほどの意。龍田山が、境界の隔てとして強く意識されたことがよく分かる。西国において、龍田山を越えることは都が間近であることを意味したのであり、龍田山の向こう側とこちら側とは異域なのである。

境界のヤマ（山）では、別れる相手へ「袖《そで》」や「領巾《ひれ》」を振ることもあった。

石見《いはみ》のや高角山《たかつのやま》の木《こ》の際《ま》より我《わ》が振る袖を妹《いも》
見つらむか（②一三二）

右は、柿本人麻呂《かきのもとのひとまろ》が妻と別れ石見《いわみ》から上京する時に詠じた「石見相聞歌」の反歌。男は石見国との境界となる山で妻に向かって袖を振り、魂のつながりを確認している。↓ソデ。一方、思いを寄せる相手との距離を痛感させるのもヤマであった。

　一重《ひとへ》山隔《へな》れるものを月夜《つくよ》よみ門《かど》に出《い》で立ち妹《いも》待つらむか（④七六五）

大伴家持《おおとものやかもち》が久邇《くに》京で、奈良の自宅に留まった妻坂上大嬢《さかのうえのおおおとめ》を思って詠んだ歌。久邇京から平城京は山一つの隔たりとはいえ、心理的に大きな隔てになっていたと想像される。

　古代における山は、「神聖なものとされ、神が降下し、また神が領有すると信じられた」（「岩波古語」）。そこで、「山は、日常の世界に対する異界、神の世界」（『王朝語辞典』）とも把握された。それは、大和三山の一つである香具山が「天降《あも》りつく（天から降って来た）天《あめ》の香具山《かぐやま》」（③二五七）と表現され、また、持統天皇が、

　春過ぎて夏来《きた》るらし白栲《しろたへ》の衣《ころも》干《ほ》したり天《あめ》の香《か》具山《ぐやま》（①二八）

と季節の到来の根拠を求めたことにも関わる。

「神代記」の八千矛神《やちほこのかみ》の歌謡では、朝の到来が「青山《あをやま》に　ぬえは鳴きぬ　さ野《の》つ鳥《とり》　きぎしは響《とよ》む　庭《には》つ鳥《とり》　かけは鳴く」（記三）と、鳥の鳴き声で表現される。朝が、山から野、そして里へと近づいてくるのである。↓サト、ノ。ヤマは朝や季節の到来を最初に感受できる聖なる場所であった。↓アサ・アシタ。聖なる山の観念は、「み吉《よし》野《の》の　耳我《みみが》の嶺《みね》に　時なくそ　雪は降《ふ》りける　間《ま》なくそ　雨は降りける…」（①二五）のような、時を問わず雨や雪が降り続けるさまを詠じる例からも確認できる。↓アメ・アマ。ヤマは、人間の住む場所とは隔絶された異界として意識された。

　味酒《うまさけ》　三輪《みわ》の山　あをによし　奈良《なら》の山の　山の際《ま》に　い隠《かく》るまで　道の隈《くま》　い積もるまでに　つばらにも　見つつ行《ゆ》かむを　しばしばも　見放《みさ》けむ山を　心なく　雲の　隠さふべしや（①一七）

右は、天智《てんち》天皇が都を近江《おうみ》に遷した際に額田《ぬかたの》王《おおきみ》が作った歌。三輪山の山容が奈良山の辺りで見納めになることを承知の上で、見続けたいと詠み、三輪山への惜別の情を表している。↓ミル。大和を離れるに際して、大和国の国霊を宿す三輪

山に別れを告げたのである。↓**クニ**。

佐保《さほ》過ぎて奈良《なら》の手向《たむ》けに置く幣《ぬさ》は妹《いも》を目離《めか》れず相見《あひみ》しめとそ（③三〇〇）

長屋王《ながやのおおきみ》が馬を奈良山に止めて作った歌である。旅の無事を祈るために、境界である奈良山の峠で手向けを行うことを詠じている。これは、山の神への鎮魂の意味を持つ。↓**タムケ**。

山中他界観がうかがえる例もある。柿本人麻呂は、妻の死を、妻が秋の山中に迷い込んだかのように詠じた。↓**モミチ・モミツ**。

秋山の黄葉《もみち》を繁《しげ》み迷《まと》ひぬる妹《いも》を求めむ山道《やまぢ》知らずも（②二〇八）

この歌に詠まれた「山道」は、冥界への道でもある。一方、人麻呂自身の死の光景は、

鴨山《かもやま》の岩根《いはね》しまける我《われ》をかも知らにと妹《いも》が待ちつつあるらむ（②二二三）

と、旅の途中で山の岩を枕に倒れ伏した行路死人《こうろしにん》であるかのように表現されている。

山中他界観の反映で、ヤマは葬地ともされた。

うつそみの人にある我《われ》や明日《あす》よりは二上山《ふたかみやま》を弟背《いろせ》と我《あ》が見む（②一六五）

右は、大津皇子《おおつのみこ》の屍を葛城の二上山に移葬する際、姉である大伯皇女《おおくのひめみこ》が哀傷して詠んだ挽歌。刑死した弟大津が埋葬された二上山を、今後は弟として見ていくと詠じている。

万葉後期（平城京遷都以後）の詠物歌には、「詠山」「寄山」といった題詞が確認でき、山自体が詠歌対象となっていたことが分かる。そのうちの一首、

佐保山《さほやま》をおほに見しかど今見れば山懐《なつ》かしも風吹くなゆめ（⑦一三三三）

は、思いを寄せた女性を山に喩《たと》えたもの。「佐保山を気にもせずに見てきたが、今見ると山が慕わしいことよ。風よ吹かないでくれ。けっして」というほどの意。ここには、山中他界観や死を思わせるような重たい意味は見出せない。その代わりに、山への親近感が感じられる。

『万葉集』におけるヤマは、生活に身近な存在である一方、現実とは隔絶した空間として意識された。二重性を帯びた場であったようだ。（中嶋真也）

ゆゆし【忌々し】

神聖なものに対する畏怖、また不吉なことを行ったり、死などの穢れに触れるなど、禁忌を犯すことに対する恐れをいうのが本来の意味である。今言うところの「タブー」に近い感覚である。

ユユシのユは、ユニハ（斎庭）、ユツイハムラ（斎つ磐群）などの神聖さを示すユと同根であり、そのユを重ねて形容詞化したのがユユシであると考えられている。

次は「雄略《ゆうりやく》記」に見られる歌謡である。

「御諸《みもろ》の　厳白檮《いつかし》が本《もと》　白檮《かし》が本　ゆゆしきかも
白檮原嬢子《かしはらをとめ》」（記九二）。

「引田部《ひけたべ》の赤猪子《あかゐこ》」の物語に見られる歌謡で、八十年間天皇に召されることを待ち続けた赤猪子に天皇が歌いかけた歌である。地の文には、自分の言葉を信じて八十年間貞操を守り続けた赤猪子を眼前にして、心では賞賛しつつも、その老婆となった姿を見て結婚を厭う天皇の心情が描かれている。歌謡の「ゆゆしきかも」は老婆となった赤猪子の聖性に対する畏怖と禁忌の念が混じり合った意味合いを帯びているものと解釈できる。

前述したように、ユユシの本義は、神聖なものに対する心情と、死や穢れなどの禁忌に対する心情の両方にわたっており、それがユユシの持つ大きな特質である。と同時に、それは古代人がその両者をいずれも人間世界の秩序を超越するものと感じて、類似の心性をもって両者に対していたことをも意味していて興味深い。

『万葉集』の用例では、神聖なものに対する畏怖の念と、不吉なものに対する恐れの念とが、比較的明確に分かれて登場する。

挽歌作品を荘重に歌い出す際よく用いられる、

かけまくも　ゆゆしきかも　言はまくも　あやに畏《かしこ》き…（②一九九）

かけまくも　あやに畏《かしこ》し　言はまくも　ゆゆしきかも…（③四七五）

などの表現は、天皇や皇子の御名を言葉に懸けるのも畏れ多いと歌う用法である。前者は高市皇子《たけちのみこ》の薨時に柿本人麻呂《かきのもとのひとまろ》が作った歌、後者は安積皇子《あさかのみこ》の薨時に大伴家持《おおとものやかもち》が作った歌の冒頭である。ユユシがカシコシと対で用いられているのが特徴であるが、類義語カシコシは、神聖なものや人の力を超える大自然などに対する畏怖の念を表し、ユユシとは異なって不吉なものに対した心情を表さないという特徴を持つ。

　青柳《あをやぎ》の枝《えだ》切り下《お》ろし斎《ゆ》種《だね》蒔《ま》きゆゆしき君に恋ひ渡るかも（⑮三六〇三）

　右は相聞歌でユユシが讃美的文脈で用いられている例である。遣新羅使人《けんしらぎしじん》歌群中の歌で、序詞部分には青柳の枝を苗代の水口《みなくち》に指す習俗を行って神聖な種（「斎種」）を蒔くことが歌われており、そこから「ゆゆしき君」へと転換して行く。身分違いの近づきがたい男性（「ゆゆしき君」）に対する恋心が歌われているものと推測できる。

　不吉なものに対する恐れの例としては、

　言《こと》に出《い》でて言はばゆゆしみ山川《やまがは》の激《たぎ》つ心を塞《せ》かへたりけり（⑪二四三二）

　朝《あした》行きて夕《ゆふへ》は来《き》ます君ゆゑにゆゆしくも我《あ》は嘆《なげ》きつるかも（⑫二八九三）

のような例が見られる。前者は「恋の思いを言葉に出して言うのは憚られるので、激流のような恋心をじっと心に秘めています」ほどの意。後者は、「朝には帰って夕方には訪れる恋人ゆえに、不吉にも嘆きをもらしてしまった」と歌われている。古代においては、恋情や恋人の名前を口にすることはタブーとされていたのである。

　以上のように、万葉歌の例では、讃美の用法と禁忌の用法とが分かれる傾向にあるが、本来、人の力を超える両極端の事象に対する畏れの心情を合わせて表すのがユユシの本義であった。

（大浦誠士）

ゆらく【揺らく】・ゆらに・ゆららに

　ユラは、本来、揺らめく様の形容である。『先《せん》代旧事本紀《だいくじほんぎ》』巻七に載る鎮魂祭の起源譚の中に、「若《も》し痛む処《ところ》有らば、この十宝を一二三四五六七八九十と謂《い》ひてふるへ。由良由良《ゆらゆら》とふるへ」という記述がある。「十宝」は鏡・玉・領巾《ひれ》などの呪具のことで、数を唱えながらそれらの呪具をユラユラと振動させると、患部が治って生き返ることができるというほどの意である。ここでのユラユラは「ふるふ（振るふ）」様の形容となっており、ここから、ユラが揺らめきを意味する語であることが分かる。しかし、実際の用例では、揺れた結果として触れ合った玉や鈴が鳴り響く玲瓏《れいろう》とした音を意味する場合が多い。揺れる様子が音色をも意味するのは、古代では、視覚が聴覚・嗅覚などあらゆる感覚を統合するゆえである。『万葉集』には、ユラを語源とする、ユラク、ユラニ、ユララニなどの語が見える。

　ユラクは、揺らめく意だが、揺れて美しい音を立てることをも表す。「顕宗記《けんそうき》」には「浅茅原《あさぢはら》　小谷《をだに》を過ぎて　百伝《ももづた》ふ　鐸《ぬて》響《ゆら》くも　置目《おきめ》来《く》らしも」（記一一一）という歌謡が載る。「鐸」は釣鐘状の大型の鈴で、「響《ゆら》く」の原文表記は「由良久《ゆらく》」。「置目」は物知りな老女の名前である。一首は、「鐸」が揺れて鳴る音を聞いて老女が来ることを予測する趣であり、遠くに「鐸」が揺れ動く様を見つつ、その音を聞く者の視点から歌われている。ここから、ユラクの語が視覚と聴覚の両方を表すことが分かる。次は、『万葉集』の例。

　初春《はつはる》の初子《はつね》の今日《けふ》の玉箒《たまばはき》手に取るからにゆらく玉の緒《を》（⑳四四九三）

　右は、天平宝字二年（七五八）正月三日に孝謙《こうけん》天皇が内裏で催した初子《はつね》の宴で発した勅を承って大伴家持《おおとものやかもち》が作った歌で、「ゆらく」の原文表記は「由良久」。「玉箒」は、正月初子の日に高野箒《こうやぼうき》の枝で小型の箒を作り、玉を付けて装飾し、天皇が臣下に下賜したもの。この時に実際に用いられた「玉箒」が正倉院御物として現存しており、刷毛状にされた枝に色とりどりのガラス玉が付いている。「玉の緒」は、枝ごとに玉を貫き通した「玉箒」を指すと同時に、命の象徴でもある。↓タマ、ヲ。「玉箒」を手に取ると、ゆらゆらと揺れて美しく清らかな音を立て、命の根源である「魂《たま》」も活性化して揺らめき動くと祝福することで、「玉箒」を賜った天皇を讃美した一首。

ユラニは、本来は揺らめく様の形容だが、玉や鈴などが触れ合う美しい音を表す意味合いが強い。「応神《おうじん》紀」には、琴の音《ね》が「鏗鏘《ゆら》に遠く聆《きこ》ゆ」という記述がある。また、記紀には、ユラニに接頭辞モを冠したモユラニの語も見える。例えば、「神代記」には、伊耶那岐命《いざなきのみこと》が「御頸珠《みくびたま》の玉《たま》の緒《を》、もゆらに取りゆらかして」とある。原文表記は「母由良邇」で、玉を糸で貫《ぬ》き連ねた御首飾りを、玉がさやかに音を立てるばかりに取り揺らして、という意である。一方、「神代紀」では、モユラニに「瑲瑲」「玲瓏」の表記があてられる。天照《あまてらす》大神《おおみかみ》と素《す》戔嗚尊《さのおのみこと》の誓約《うけい》の場面で、素戔嗚尊が髪に巻いた玉飾りを解いて「瓊響《ぬなと》も瑲瑲《もゆら》に天渟名井《あまのぬなゐ》に濯《すす》ぎ浮《う》け（玉の音もさやさやと天渟名井にすすぎ浮かべ）」という記述では、「瑲瑲、此《ここ》には奴《ぬ》儺《な》等《と》母《も》母《も》由《ゆ》羅《ら》爾《に》と云《い》ふ」という訓注が付される。また、「手《た》玉《だま》も玲瓏《もゆら》に紝織《はたお》る少女《をとめ》」という叙述も見える。手に巻き付けた玉飾りを、さやかな音を立てて揺らしながら機《はた》を織る乙女の描写である。

『万葉集』には、ユラニが三例、ユララニが一例見え、すべて一字一音の仮名で表記される。

足玉《あしだま》も手《た》玉《だま》もゆらに織《お》る機《はた》を君が御衣《みけし》に縫《ぬ》ひ
あへむかも（⑩二〇六五）

右は、織女の立場で詠まれた七夕歌。「足玉」「手玉」は、「玉」を糸で貫《ぬ》き連ねて足首・手首に巻いた玉飾りのこと。「玉」は神霊の依《よ》り代《しろ》とされたため、「足玉」や「手玉」を身に付けるのは、本来、神迎えをする神女の装いであった。↓タマ。ここは、玉をゆらゆらと揺らめき鳴らしつつ機を織りながら、牽牛《けんぎゅう》を待つ織女《しょくじょ》の姿を形容している。

…瑞枝《みづえ》さす　秋の赤葉《もみちば》　巻《ま》き持てる　小鈴《こすず》も

ゆらに　手弱女《たわやめ》に　我《われ》はあれども　引き攀《よ》ぢて…（⑬三二二三）

右は女の歌で、「みずみずしい枝をさし伸ばす秋の紅葉した葉を、手に巻き持つ小鈴もゆらゆらと、か弱い女の身で私はあるのだが、引き寄せ曲げて」というほどの意。呪具である鈴を手首に巻くのは神女の装いであり「手弱女」は本来、理想の女の姿を意味する讃め言葉で、神女や巫女の形容に用いられる。鈴の美しく清らかな音色が、女の清らかさを象徴している。↓タワヤメ。

…石瀬野《いはせの》に　馬だき行《ゆ》きて　をちこちに　鳥踏《ふ》み立《た》て　白塗《しらぬ》りの　小鈴《こすず》もゆらに　あはせ遣《や》り　振り放《さ》け見つつ…（⑲四一五四）

右は、越中国守であった大伴家持による「白き大鷹《おほたか》を詠《よ》める歌」で、鷹猟《たかが》りの光景を詠じた箇所。猟《か》り場の野に馬の手綱を繰りつつ出かけて行き、あちこちに踏み入っては鳥を追い立て、それを目がけて鷹を放ち遣り、獲物を捕らえる様子を遠く振り仰ぎ見ると歌っている。古来、鷹猟りに使う鷹の尻尾には鈴を付けるが、右歌の「白塗りの小鈴」は銀鍍金《めつき》の鈴を指すらしい。鷹を愛好した家持ならではの、鈴の音も高らかに滑空する鷹を詠じた臨場感あふれる詠である。

次は、ユララニの例。ユララニは、ユラユラニの約と思われる。

…浜菜摘《はまなつ》む　海人娘子《あまをとめ》らが　うながせる　領《ひ》巾《れ》も照《て》るがに　手に巻《ま》ける　玉もゆららに　白栲《しろたへ》の　袖《そで》振る見えつ…（⑬三二四三）

右は男の歌で、「岩場についた海藻を摘み取る海女の乙女たちが、首に掛けておいでの領《ひ》巾《れ》も輝くばかりに、手に巻いている玉もゆらゆらと、白栲の袖を振るのが見えた」というほどの意。「領巾」は、女性が肩に掛けたスカーフ状の布で、本来、巫女の交霊の呪具であった。「玉」を手に巻くのも神女の装いであり、右の歌では、海女の乙女が神女のように美化されて歌われている。

以上見てきたように、ユラで表現される対象はすべて特殊であり、ユラは、神聖で霊妙な様子やその音色を意味する語であったようだ。

（高桑枝実子）

よ【節・齢・世・代】

ヨとは、連続する時空の、前後から明確に区分された一部を意味する。竹の節をヨと呼ぶが、その原意をよく示す。ただし、竹の場合、節そのものがヨではなく、『和名抄』に「両節間俗云レ與《よ》」とあるように、節と節の間の空洞をヨといった。「さす竹の節隠《よごも》りてあれ我《わ》が背子《せこ》が我《わ》がりし来《こ》ずは我《あれ》恋ひめやも」（⑪二七七三）は、「なまじあなたが来るから恋に苦しむことになる。あなたが家に隠《こも》ってさえいれば、苦しむことはないのに」というほどの意。「さす竹の節隠り」は、家にじっと引き隠ることとの比喩になっている。

　ヨが閉じられた隠りの空間だとすると、その内部は外側の世界とは異なる秩序をもつことになる。そうしたヨには、特別な力が宿るとされた。それをよく示すのが、『竹取物語』の例である。かぐや姫は、竹の筒の中から光を発して現れ出たが、その後、竹取翁《たけとりのおきな》は、「節《ふし》をへだててよごとに」黄金を見出したとある。隠りの空間の異次元性をよく示している。

　先の「さす竹の」の歌の「節隠りてあれ」の原文を見ると、「歯隠有」とある。「歯」は「齢」の意だから、ヨは年齢＝寿命を意味することになる。人の一生もヨであったことがわかる。「年《とし》きはる世《よ》までと定め頼《たの》みたる君によりてし言《こと》の繁《しげ》けく」（⑪二三九八）、「おのが齢《よ》の衰《おとろ》へぬれば白栲《しろたへ》の袖《そで》のなれにし君をしそ思《おも》ふ」（⑫二九五二）は、その例。どちらのヨも寿命の意になる。

　先に、ヨには特別な力が宿るとされたと記したが、その力はまずはヨを成り立たせている根源的な力として意識された。ならば、寿命のヨは、人の一生を支える生命力でもありえたことになる。興味深いのは、右の歌でヨ（世）に枕詞「年きはる」が冠せられた例で、この「きはる」は、「玉きはる」と同じく、極限に至って尽き果てる意である。そこで、わが命が終わるまでの意になる。

ただし、そこには生命力が徐々に減衰して行く、きわめて長い時間が意識されているから、「世」に対する讃美の意も生ずることになる。歌全体は、「わが命のほども尽き果てるまでと、心に決めて頼みに思っているあなたのせいで、世間の噂がうるさいことだ」くらいの意味になる。

時代は下るが、「世隠《よごも》り」という言葉のあることが注意される。『源氏物語』「椎本《しいがもと》」巻に、宇治の八宮が、薫の応対を姫君たちに委ねて奥の仏間に入る場面がある。八宮は「あとは若い者同士で」の意で、「世隠《よごも》れるどちにゆづり聞こえむ」と姫君たちに語る。「世隠れる」は「行く末の長い、将来のある（若い人）」という理解でよいが、この「世」も寿命を意味する。春秋に富む、生命力の充実した状態が「世隠れる」と表現されている。「世隠り」とは、身体という容器に生命力の満ち溢れた状態を意味している。

穂積皇子《ほづみのみこ》との悲恋を背景にした但馬皇女《たじまのひめみこ》のよく知られた歌「人言《ひとごと》を繁《しげ》み言痛《こちた》み己《おの》が世《よ》にいまだ渡らぬ朝川《あさかは》渡る」（②一一六）の「世」は、寿命というより、自身の人生そのものを意味している。「人の噂が激しくやかましいので、生まれてこの方まだ渡ったことのない未明の川を渡ることだ」というのが、その歌意。

人の一生が社会性をもって捉えられるようになると、その人の生きる時代や社会がヨと意識されることになる。それが「世」「代」である。それが拡大されれば、統治される特定の時代・治世を、また世間一般をも意味することになる。山上憶良《やまのうえのおくら》の「世の中を憂《う》しと恥《やさ》しと思へども飛び立ちかねつ鳥にしあらねば」（⑤八九三）の「世の中」は、この現実世界を意味する。人は鳥ではないから、生きづらい現世ではあっても、そこを振り捨てて、飛び去ることはできないと歌っている。

大伴家持《おおとものやかもち》の亡妻挽歌中の一首「うつせみの世は常《つね》なしと知るものを秋風寒《あきかぜさむ》み偲《しの》ひつるかも」（③四六五）は、人の生きるこの「世」を無常なものと歌っており、ヨの有限性が意識されている。このような例は、集中に多いが、とくに「うつせみの」を枕詞として冠することが少なくない。ウツセミはウツシオミの約で、ウツシは神の世界に対する人間世界、オミは神に従う存在の意で、この世の人を示す。ここにもヨの有限性は明らかである。このような「世」は、しばしば仏教的な無常観とも結びつく。『上宮聖徳法王帝説』に見える聖徳太子の有名な言葉「世《せ》間《けん》虚《こ》仮《け》」の「世間」は仏教語だが、「よのなか」と訓読されている。先の憶良の歌の「世の中」も、原文は「世間」であり、これも本来は仏教語と見られる。

この意味の「世間＝世の中」の例には、「世間《よのなか》はまこと二代《ふたよ》は行《ゆ》かざらし過ぎにし妹《いも》に逢《あ》はなく思《おも》へば」（⑦一四一〇）「世の中は空《むな》しきものと知る時しいよよますます悲しかりけり」（⑤七九三）がある。前者で否定される「二代行く」は、二度の生を繰り返す意だが、否定されることでヨの有限性が強調されている。一首は「この世の中はなるほど二度の生は繰り返さぬものらしい。この世を過ぎ去ってしまった妻に逢わないことを思うと」くらいの意。後者は妻を喪った大伴旅人《おおとものたびと》の歌で、「世の中が空しいものであると知ったその時こそ、いよいよますます悲しさが実感されたことだ」というのがその歌意。ヨの無常はここでも露わである。

統治される時代・治世の例は、歴代の天皇に仕えた橘諸兄《たちばなのもろえ》を讃めた「古《いにしへ》に君し三代《みよ》経《へ》て仕《つか》へけり我《わ》が大主《おほぬし》は七世《ななよ》申《まを》さね」（⑲四二五六）がわかりやすい。「三代」は、元明《げんめい》・元正《げんしょう》・聖武《しょうむ》天皇の治世を指す。さらに将来も「七世」にわたってお仕えくださいと諸兄を祝福している。

「代」は、「御代」「万代《よろづよ》」など複合語を作ることが多い。注意すべきは「新《あら》た代《よ》」である。藤原京造営の際の讃歌に「我《わ》が国は　常世《とこよ》に成らむ　図《ふみ》負《お》へる　神《あや》しき亀も　新《あら》た代《よ》と　泉《いづみ》の川に…」（①五〇）とある。「代」の切り替わりには、すべての生命力が更新されると信じられた。ここは新都の造営が、そうした新たな世界の始まりであることを、「新た代」という言葉を用いて讃美している。不思議な亀の出現は、その瑞祥を示す。なお、「常世」は、この世の対極にある理想世界で、永遠不変の時空を意味する。

（多田一臣）

よばふ【呼ばふ】・よばひ

ヨバフは、ヨブ（呼ぶ）の反復・継続を示す形である。ヨブとは相手の注意・関心を自分の方へ向かせるために大声を立てるのが原義と解される。まず、ヨブの例を見ておきたい。

　清き瀬《せ》に千鳥《ちどり》妻呼び山の際《ま》に霞《かすみ》立つらむ神奈《かむな》
　備《び》の里（⑦一一二五）

　この歌は、「清らかな川瀬では千鳥が妻を求めて鳴き、山あいには霞が立ちこめているだろう神奈備の里よ」というほどの意。この「千鳥妻呼び」のように、鳥や動物の鳴き声を、妻を希求する声と捉える観念は『万葉集』の歌に多く見られる。特に、秋に牡鹿が雌を求めて鳴く哀切な声は「さを鹿《しか》の妻《つま》呼ぶ声」（⑩二一五一）として好んで歌われ、「秋萩《あきはぎ》の恋も尽《つ》きねばさを鹿《しか》の声い継《つ》ぎい継《つ》ぎ恋こそまされ」（⑩二一四五）のように、その声に刺激され恋情が高まることを歌う例も多い。

　動物が妻をヨブことが歌われるのは、人間が日常的に行っていたことの捉え返しだといえる。そして、妻をヨブことは、動物にせよ人間にせよ、一回的な行為ではあり得なかっただろう。例えば、「沖辺《おきへ》には　鴨妻呼《かもつまよ》ばひ　辺《へ》つ方《へ》に　あぢ群騒《むらさわ》き」（③二五七）では、しきりに鳴き騒ぐ鳥の様子が「妻呼ばふ」と表現されている。このように継続的に、または反復してヨブことから、ヨバフということばが成立したと見ることができる。

　次の歌は、反復してヨブことがヨバフであることを端的に示す例。

　宇治川《うぢかは》を舟《ふね》渡せをと呼《よ》ばへども聞こえずある
　らし楫《かぢ》の音《おと》もせず（⑦一一三八）

「宇治川で『こちらに舟を渡せ』と船頭をしきりに呼ぶのだが、聞こえないらしい。楫の音もしない」というほどの意。宇治川を渡るために、対岸にいる迎えの舟を何度もヨブさまがヨバフと表現されている。

　ヨバフは、求婚することも意味した。次は、高《たか》橋虫麻呂《はしのむしまろ》歌集の菟原処女《うはらのおとめ》の墓を見て詠んだ歌。「葦屋《あしのや》のうなひ処女《をとめ》」は、結婚適齢期に成長するまで、近隣の家にも姿を見せず家に閉じこもっていた。そのような状況での、周囲の男性たちの対応を詠じた箇所に注目したい。

…見てしかと　いぶせむ時の　垣《かき》ほなす　人の問ふ時　血沼壮士《ちぬをとこ》　うなひ壮士《をとこ》の　伏屋《ふせや》焚《た》く　すすし競《きほ》ひ　相《あひ》よばひ　しける時は…

（⑨一八〇九）

　ここには、「人」と「血沼壮士」「うなひ壮士」とが登場する。「見てしか」と「処女」を見たがる「人」は、「垣ほなす（垣根を作るように）と歌われているので、相当な人数を考えてよいだろう。多数の求婚者の中、「血沼壮士」「うなひ壮士」の二人に文脈が特化されていく。ここで注目すべきは、「人」については「問ふ」とされるのに対し、二人の「壮士」については「相よばひ」と表現される点である。ここには、声に出して何度もヨブ意が込められていると思われる。一度では女性も頷かないだろうから、ヨバフには継続性が見出せる。すなわち、女性にしきりに言い寄り求婚する意がヨバフである。そして、多数の求婚者のうち、「処女」をヨバフと表現された二人の「壮士」が正式な求婚者とされているのである。

　巻十三には、泊瀬《はつせ》に住む女性に求婚する天皇と、その女性との問答歌が収められている。「隠《こも》りくの　泊瀬《はつせ》の国に　さよばひに　我《わ》が来《き》たれば…」（⑬三三一〇）と詠み掛けた天皇に対し、女性は「隠《こも》りくの　泊瀬《はつせ》小《を》国《ぐに》に　よばひせす　我《わ》が天皇《すめろき》よ…」（⑬三三一二）と応じている。わざわざ泊瀬以外の土地からやって来た天皇の妻問いが、ヨバフと表現されている。このヨバフにも、天皇による正式な求婚の意味を見出すべきであろう。

　なお、「夜《よ》這《ば》ふ」と表記し得る例は、『万葉集』には見出せない。時代が下って、『伊勢物語』には「よばひわたる」ということばが見える。継続性を示す「わたる」が付加されることから、平安時代には「よばふ」自体に反復・継続の意味は含まれなかったことが分かる。よって、この「よばふ」は「夜這ふ」と解釈できよう。（中嶋真也）

よむ【数む・読む】

ヨムの基本的な意味は、おそらく一つ一つ指を折るように数え上げて確認していくことだと思われる。文字に記せば「数《よ》む」が該当する。『万葉集』では、ほぼすべてがこの意味のヨムの例になる。次に記すのは、月日を数える例。

　春花《はるはな》のうつろふまでに相見《あひみ》ねば月日《つきひ》数《よ》みつつ
　妹《いも》待つらむそ（⑰三九八二）

越中に赴任した大伴家持《おおとものやかもち》が、都に残した妻を思って詠んだ歌。「春の花が散ってしまうまでも逢わないので、逢うまでの月日を数えつつ妻は待っていることだろうよ」というほどの意。なるほど、このヨムは、月日を指折り数える意になる。

もともとは月齢を数えるのが、月日を数えることだったのだろう。月日の廻《めぐ》りは、月の満ち欠けと結びついていたからである。月は神とされたが、擬人化して捉えられ、「月読命《つくよみのみこと》」（「神代記」）と呼ばれた。月齢を数える意が、神名そのものとなった。『万葉集』では、これを男神と捉え、「み空行《ゆ》く月読壮士《つくよみをとこ》」（⑦一三七二）などと歌われている。

　月読《つくよみ》の光に来《き》ませあしひきの山き隔《へな》りて遠か
　らなくに（④六七〇）

月夜の逢会《ほうかい》を歌った湯原王《ゆはらのおおきみ》の歌。「月の光が照らしている間においでください。あしひきの山が隔てになって遠いというわけではないのだから」というほどの意。ここでも月を「月読」と呼んでいる。

一人寝の夜が重なったことを「我《わ》が寝《ぬ》る夜《よ》らを数《よ》みもあへむかも（数え上げることなどとてもできないことだ）」（⑬三二七四）と歌った例もある。これは長歌の一節だが、面白いのは、その反歌に「独《ひと》り寝《ぬ》る夜《よ》を数《かぞ》へむと思へども」（⑬三二七五）とあることで、ヨムが数え上げる意であることがはっきりと示されている。

時刻を告げる鼓を数えることもヨムと言った。

　時守《ときもり》の打ち鳴《な》す鼓数《つづみよ》みみれば時にはなりぬ逢《あ》

はなくもあやし（⑪二六四一）

「時守が打ち鳴らす鼓を数えてみると、あなたがやって来る時刻になった。それなのに逢わないのも不思議なことだ」というほどの意。当時は漏剋《ろうこく》によって時を計り、鼓（太鼓）を打ち鳴らすことでそれを告げた。

海辺の難所を波の合間をねらって通過することをヨムと表現した例もある。「うち濡《ぬ》らさえぬ波数《よ》まずして」（⑦一三八七）とあるから、波に濡れてしまったことを歌ってはいるが、このヨムには波間を計る意がある。

一方、ヨムには、指を折るように数え上げるのとは、やや違った例も見られる。歌をヨムと表現するような場合である。朗詠・朗唱風の歌い方をヨムと言ったとする説もある。このヨムの例は、『万葉集』には見えないが、『日本書紀』の古訓に見え、また「謡」に「宇哆預瀰《うたよみ》」と音注した例（「神武《じんむ》即位前紀」）がある。

ヨミウタと呼ばれる歌謡があることも注意される。「允恭《いんぎょう》記」の二首の歌謡が「読歌《よみうた》」と注記され、また『琴歌譜《きんかふ》』にも「正月元日余美歌《よみうた》」と題された歌謡がある。『琴歌譜』の例を示しておく。

「そらみつ　日本《やまと》の国は　神《かむ》からか　在《あ》りが欲《ほ》しき　国からか　住《す》みが欲《ほ》しき　在《あ》りが欲《ほ》しき国は　蜻蛉州日本《あきづしまやまと》」。

この歌謡は祝福性がつよく、そこからヨミウタを「寿歌《よみうた》（慶歌）」と見る説もある。もっとも、「允恭記」の二首は挽歌的な発想による恋歌であり、『琴歌譜』の歌謡と同様に見てよいかどうかはわからない。

藤井貞和は、ヨムとは言葉に呪力をこめて発言することであるとし、漢字を宛てれば「呪言《よ》む」とでもすべきものとする。その上で、ヨミウタもその呪性によって、寿歌、祝歌となりえたのだろうとする（『古日本文学発生論』）。一つ一つ数え上げることも、呪的な行為であり、言葉に呪力をこめることと見てよいから、なるほどこの説には聞くべきところがある。とはいえ、言葉に呪力をこめるのがヨムであるなら、ノル（告る）、トナフ（唱ふ）なども同様に見てよいから、それらとの違いが明らかにされなければならない。↓ノル。その違いを説明するのはなかなか難しい。ヨミウタの場合は、むしろ朗詠・朗唱風の歌い方で歌われたと見ておくのがよいように思う。

そこで、さらにヨムについて考えたい。『古事記』序文に見える稗田阿礼《ひえだのあれ》の「誦習」は、一般にはヨミナラフと訓まれている。阿礼の「誦習」についいては諸説あるが、おそらくは天武《てんむ》天皇の時代に編纂された漢文体テキストを和語によって朗唱するような行為をいうのであろう。ならば、ヨムとは、固定されたテキストを音声によって唱えること、言い換えれば規範化されたテキストの音声による復唱を意味することになる。ヨムの基本は、むしろここにあったのではあるまいか。歌をヨム行為も、歌の韻律が規範（様式）としてまずあり、朗詠・朗唱もその韻律に従うがゆえに、ヨムと表現されたに違いない。ヨミウタの場合は、それがどのような規範に則っていたのかが明示しがたいものの、すでに述べたように、朗詠・朗唱風の歌い方で歌われた歌と見ておく。

規範化されたテキストの復唱行為としてのヨムは、「太平記読み」から講釈の世界にまで繋がっている。最初に挙げた『万葉集』の「数《よ》む」も、実は、数え上げる行為そのものが、その外側に何らかの規範化された秩序を前提としていたと見ることができる。月の満ち欠け、時の推移も、規則的な変化として絶対化されており、指折り数えることは、それを確認していくことであったといえるからである。冒頭に「数え上げて確認していくこと」と記したのはそれを意味する。

その場合も、ヨム行為が呪的な意味をもっていたのは確かである。平安時代、物語は一般に「見る」ものとされ「読む」ものとはされなかった。ところが、『更級日記』の作者は、深夜まで物語を「読み」耽っていたとある。藤井貞和は、それゆえに妖しい猫がどこからともなくやって来たのだろうと説いているが（藤井前掲書）、ヨムことの呪的意味を正しく捉えている。

（多田一臣）

よる【夜】

「夕《ゆふべ》→宵《よひ》→夜中《よなか》→暁《あかとき》→朝《あした》」と続く時間帯を指す。「朝《あさ》→昼《ひる》→夕《ゆふ》」と続く昼の時間帯の対。→**アサ**・**アシタ**。ただし、現在のように時間としてのみ意識されるのではなく、空間性をも同時に併せ持つ世界、つまり時空として捉えられた。それを端的に示す例が「神代記」にある。月読命《つくよみのみこと》が伊耶那岐《いざなきの》命《みこと》から統治を委任された「夜之食国《よるのをすくに》」である。「食国《をすくに》」とは領有・支配する国をいう。よって、古代人にとってのヨルは単なる時間概念ではなく、夜の世界という空間領域でもあったことが分かる。『万葉集』にも、夜が空間的世界であったことを示す例がある。例えば、夜が更けたことを表す「夜隠《よご》り」（③二九〇）、「夜《よ》は隠《こも》る」（④六六七）は、夜の世界にすっかり包み込まれた状態を意味する。→**コモル**。また、「夜《よ》渡る月」（②一六九、⑨一七一二）、「夜《よ》渡る雁《かり》」（⑩二一三九）などの「渡る」は場所を移動する意であり、やはり夜が空間領域と認識されたことが覗える。

　ヨルは夜ごとに向こう側の世界から新たに到来するものと考えられた。例えば、「今さらに寝《ね》めや我《わ》が背子《せこ》新《あら》た夜《よ》の一夜《ひとよ》も落ちず夢《いめ》に見えこそ」（⑫三一二〇）の「新《あら》た夜《よ》」という言葉から、そのことが読み取れる。

　昼が人間の日常世界であるのに対して、ヨルは人間の活動の許されぬ神の世界としてあった。それは、「崇神紀《すじん》」の箸墓《はしはか》伝説に「是《こ》の墓は、日《ひる》は人作り、夜は神作る」とあることからも確かめられる。ヨルは神や魔物など、人間ならぬモノの活動する非日常の世界なのである。→**カミ**。『万葉集』にも、昼と夜とを区別した表現が見られる。

　やすみしし　我《わ》ご大君《おほきみ》の　畏《かしこ》きや　御陵《みはか》仕《つか》ふ
る　山科《やましな》の　鏡《かがみ》の山に　夜《よる》はも　夜《よ》のことご
と　昼《ひる》はも　日《ひ》のことごと　哭《ね》のみを　泣き
つつありてや　ももしきの　大宮人《おほみやひと》は　行《ゆ》き
別れなむ（②一五五）

初期万葉の「天智《てんち》挽歌群」最末尾の歌。大宮人が陵墓での奉仕を終えて退去する際の詠であり、天皇の墓前で哭泣《こくきゅう》儀礼を一日中行ったことが歌われている。「昼↓夜」ではなく、「夜↓昼」の順序なのは、死者の活動時間に合わせたためである。

神が活動するヨルは神聖なものとされ、しばしば「さ夜《よ》」と呼ばれた。サは神聖さを示す接頭語である。しかし、ヨルは人間にとって非日常の危険な時間でもあり、特に、「夜中」を過ぎた「夜《よ》更《ふ》け」は、人間ならぬモノたちの活動が最も活発で危険な時間帯なので、人間が外に出て活動することは厳重な禁忌とされた。次の歌からも、「夜更け」の危険性が読み取れる。

　我《わ》が船は比良《ひら》の港《みなと》に漕《こ》ぎ泊《は》てむ沖《おき》へな離《さか》りさ
　夜《よ》更《ふ》けにけり（③二七四）

右の歌に見える「沖へな離り」は、「港に碇泊する際、安全を祈って船に呼びかける呪語」（『全解』）とされる。夜更けの航海も禁忌であった。

ヨルが危険とされる一方で、人間の恋愛生活はヨルに営まれるものであった。それは、男女の恋愛が神婚に重ね合わされて理解されたからであり、男の通いが夜の時間を選ぶのも、神の行為に準ずるためである。『万葉集』には、男が夜道を通って女のもとへ通っていく様子が歌われている。

　月夜《つくよ》よみ妹《いも》に逢《あ》はむと直道《ただち》から我《われ》は来《く》れども
　夜《よ》そ更《ふ》けにける（⑪二六一八）

「月夜がよいので、あの子に逢おうと、まっすぐな近道を通って私は来たけれど、夜が更けて逢うべき時刻を過ぎてしまったことだ」というほどの意。男が女の許に通うのは「月夜」に限られたらしい。また、「夕《ゆふべ》」から「宵《よひ》」にかけて女の許《もと》を訪れるのが原則で、「夜中」を過ぎた「夜《よ》更《ふ》け」に男が訪れるのは禁忌であったとされる。

ヨルには、一人前の男女は対で過ごすものとされた。人間ならざるモノが跋扈《ばっこ》する夜の時間に、不安定になりがちな魂は、男女が対の状態で過ごすことで安定し、安らかな眠りを得ることができたのである。↓**ヌ**。男女が共寝して過ごす満ち足りた夜は「天《あめ》の足《た》る夜《よ》」と呼ばれた（⑬三二八〇、⑬三二八一）↓**タル**。「天の」は、夜の聖性を強調する表現。共寝の夜は「今夜《こよひ》の長さ五百夜《いほよ》継《つ》ぎこそ」（⑥九八五）と歌われるように、できるだけ長くあって欲しいものである。逆に、夜の長さが辛く感じられたのが、独り寝の夜である。

　今作る久邇《くに》の都《みやこ》に秋の夜《よ》の長きに独《ひと》り寝《ぬ》るが苦しさ（⑧一六三一）

右は、大伴家持《おおとものやかもち》が造営中の久邇京から女性に贈った歌。独り寝は魂がきわめて不安的な状態で、苦しく辛いものであった。ゆえに、独り寝の夜は「長きこの夜《よ》」（④四八五、④四九三）、「寒き夜《よ》」（①五九、⑧一六六三、⑬三二八二）などと、辛さが強調されることが多い。また、共寝が叶わない夜には、「現《うつつ》には逢《あ》ふよしもなしぬばたまの夜《よる》の夢《いめ》にを継《つ》ぎて見えこそ」（⑤八〇七）のように、恋しい相手を夢に見ることが望まれた。夢は、恋しい相手の魂に逢うための一つの手段だったのである。↓イメ。

　男女の恋愛に深く関わるヨルは、時間の経過が強く意識された。その場合、「さ夜中《よなか》と夜《よ》は更《ふ》けぬらし雁《かり》が音《ね》の聞こゆる空に月渡る見ゆ」（⑨一七〇一）のように、月の傾きが判断の目安とされたようだ。↓ツキ。

　また、夜明けは「暁《あかとき》と夜烏《よがらす》鳴けど」（⑦一二六三）、「野《の》つ鳥　雉《きぎし》は響《とよ》む　家《いへ》つ鳥　鶏《かけ》も鳴く　さ夜《よ》は明け　この夜《よ》は明けぬ」（⑬三三一〇）のように、鳥の鳴き声によって認知された。

　ももしきの大宮人《おほみやひと》の罷《まか》り出《で》て遊ぶ今夜《こよひ》の月のさやけさ（⑦一〇七六）

右は宴の歌。「遊ぶ」は、歌舞を伴う遊宴を行うことで、本来は神の行為であるために、月夜が選ばれた。↓アソビ。「今夜《こよひ》」は、宴の夜をハレの夜として他と区別して言う慣用句である。このように、『万葉集』に見える「夜」は、神の領域という特殊性を常に内包させていた。

　最後に複合語について触れる。夜の複合語には、自然現象に関わる「夜烏《よがらす》」「夜鳴《よなき》」「夜霧《よぎり》」と、人事に関わる「夜声《よごゑ》」「夜音《よと》」「夜床《よどこ》」「夜戸出《よとで》」「夜船《よぶね》」「夜道《よみち》」「夜目《よめ》」などがある。視覚が遮られているためか聴覚に関わる言葉と、男女の恋愛生活に関わる言葉が多いようだ。

（高桑枝実子）

【ワ行】

わざ

行為、事柄、行事、技術など様々な意味を持つ語である。しかし『続日本紀』宣命《せんみょう》で「此《こ》の天《あま》つ日嗣高御座《ひつぎたかみくら》の業《わざ》」と、天皇の統治行為がワザと称されるように、ワザとは特別な意味を持つ行為であり、そこには神威的な力が秘められていた。たとえば「神代記」では、オホゲツヒメが鼻・口・尻から様々な食物を出して八百万神《やおよろずのかみ》の食膳を準備するが、その「態《わざ》」を見たスサノヲは、食物を汚したと思いオホゲツヒメを殺してしまう。排泄物から食物を生じさせるという霊妙な行為を、スサノヲは理解できなかったのである。

また、非日常的な行事をワザと称する例に、筑波山における嬥歌《かがい》（歌垣《うたがき》）の歌がある。

…人妻《ひとづま》に　我《わ》も交《まじ》はらむ　我《わ》が妻《つま》に　人も言《こと》問《と》へ　この山を　領《うしは》く神の　昔より　禁《いさ》めぬ　行事《わざ》ぞ　今日《けふ》のみは　めぐしもな見そ　事《こと》も咎《とが》むな（⑨一七五九）

「人妻と私も交わろう。わが妻に他人も言い寄れ。この山を領有する神が、昔から禁じていない行事だ。今日だけは非難の目で見るな。咎め立てをするな」くらいの意。人妻との逢い引きという本来許されない行為も、嬥歌《かがい》の日のみは、昔から筑波山の神が認めたワザゆえに黙認されたとある。

理解しがたい出来事や事件もワザと称された。現在の兵庫県芦屋市付近を舞台とした菟原処女《うないおとめ》伝説を、大伴家持《おおとものやかもち》は「古《いにしへ》に　ありけるわざの　奇《くす》ばしき　ことと言ひ継《つ》ぐ…」（⑲四二一一）と詠んだ。菟原処女伝説は一女二男型の妻争い伝承で、処女に思いを寄せた血沼壮士《ちぬおとこ》、菟原壮士《うないおとこ》は、争いの果てに処女の後を追って死んでしまう。このワザが「奇《くす》ばしき（珍しく不思議な）」こととして、人々に言い伝えられたのである。

常軌を逸した行為はタハワザとも称された。藤《ふじ》原奈良麻呂《わらのならまろ》の乱後に催された内裏《だいり》における宴席で、藤原仲麻呂《ふじわらのなかまろ》は「いざ子ども狂《たは》わざなせそ天地《あめつち》の固《かた》めし国そ大和島根《やまとしまね》は（さあ皆のものよ、たわけごとなどするな。天地の神が固めた国なのだ、この大和島根は）」（⑳四四八七）と詠んだ。強権的な仲麻呂の態度の裏に、情勢に対する彼自身の不安が隠されている。

　人間の思惑を超え、根底に深い意味をもつワザが、言語行為として現れたのがコトワザ（諺）である。コトワザはコト（言）＋ワザで、表面的な意味の裏側に深い神威のこもる詞章をいう。『常《ひた》陸国風土記《ちのくにふどき》』には「風俗諺《くにぶりのことわざ》」という言葉がある。これは土地に伝わるコトワザという意味で、各郡ごとに「白遠新治之国《しらとほるにひはりのくに》」「握飯筑波之国《にぎりいひつくはのくに》」のように、「新治」「筑波」などの地名に「白遠」「握飯」という枕詞的表現が冠されるもので、いずれも「枕詞的表現＋地名」という定型句となっている。このことは「風俗諺」が、それぞれの土地の霊威がこもる詞章として伝承され、祭祀の場などで唱えられたことを窺わせる。

　またワザウタ（童歌・童謡）は、作者もわからぬまま巷間に流布した歌で、事件の予兆や政治的事柄の諷刺などを示すとされる。「皇極《こうぎょく》・斉明《さいめい》紀」「天智《てんち》紀」、『続日本紀』「光仁《こうにん》即位前紀」など、政治情勢が不安定な時期に記載されている。

　天災、病気など悪い結果をもたらす事象をワザハヒというが、この語はワザ＋ハフ（延《は》ふ＝蔓延する）という動詞ワザハフが名詞化したものである。この場合のワザは、好ましくない霊力・神意の現れを示す。「神代記」で天《あめ》の石屋《いわや》にアマテラスが籠もった結果、高天原《たかあまのはら》、葦原中国《あしはらのなかつくに》は常夜《とこよ》と化し、多くの神々の騒ぐ声が蝿のように満ち溢《あふ》れ、あらゆるワザハヒが起こったとある。負の要素を持つワザが一気に噴出し、混沌状態に陥ったのである。そこでアマテラスを石屋から出すために、アメノウズメが伏せた桶を踏み立てて神がかりをした。その様子が「神代紀」では「巧《たく》みに俳優《わざをき》す」と表現される。ワザヲキとはワザ＋ヲキ（招《を》き）で、特別な身振りや動作によって神の心を和らげ楽しませる行為をいう。神々の世界は、様々なワザに満ちているのである。

（兼岡理恵）

わたつみ【海神・海若】

ワタ（海）＋ツ（助詞）＋ミ（霊格を示す接尾語）で、『万葉集』では海の神、あるいは海そのものとして詠まれる。ウミ（海）が「近江《あふみ》の海」「伊勢《いせ》の海」のように、「地名＋ウミ」と表現されるのに対し、ワタツミには地名は冠されない。これはワタツミが、元来「海の神」をあらわす語であることを示していよう。

次は、旅立つ遣唐使《けんとうし》に贈った歌。

わたつみのいづれの神を祈らばか行《ゆ》くさも来《く》
さも船の早けむ（⑨一七八四）

右は、「この海のどの神を祈ったなら、行きも帰りも船が早く進むだろうか」くらいの意。航海の無事をワタツミの神に祈る心が詠まれている。

「わたつみの」は、オキ・オク（沖・奥）の枕詞でもある。**→オキ・オク**。これは海神《わたつみ》が、遠く離れた沖《おき》の宮に居るとされたことによる。

次は、大伴家持《おおとものやかもち》が越中《えっちゅう》国守の折、雨を祈念した歌。

…この見ゆる　天《あま》の白雲《しらくも》　わたつみの　沖《おき》つ
宮辺《みやへ》に　立ち渡り　との曇《ぐも》り合ひて　雨も賜《たま》
はね（⑱四一二二）

「今こうして見える天の白雲よ、海神《わたつみ》の沖の宮のあたりにまでずっと広がって、一面にかき曇って、雨をもお与えください」という意。ワタツミは海を支配する神だが、海と天は世界の果てでつながると信じられ、雨を掌る神ともされた。**→アメ・アマ**。

またワタツミのいる沖は「海界《うなさか》」と称されるように、異界とつながっていた。**→サカ**。高《たか》橋虫麻呂《はしのむしまろ》が詠んだ「水江《みづのえ》の浦島《うらしま》の子」の歌では、「…堅魚《かつを》釣り　鯛《たひ》釣り矜《ほこ》り　七日《なぬか》まで　家にも来《こ》ずて　海界《うなさか》を　過ぎて漕《こ》ぎ行《ゆ》くに」と、海で釣りをしているうち七日経《た》って「海界」を越え、そこで「わたつみの　神の娘子《をとめ》」に偶然にも漕ぎ合い、結婚して、「わたつみの　神の宮の　内の隔《へ》の妙《たへ》なる殿《との》（海の神の宮の垣に隔てられた内側のりっぱな御殿）」に住んだという（⑨一七四〇）。

次も、ワタツミのいる沖が異界と通じることを示す例である。

　わたつみの沖《おき》に持ち行《ゆ》きて放つともうれむそ
　　これがよみがへりなむ（③三二七）

題詞によれば、ある娘子《おとめ》たちが通観《つうかん》法師の所に乾鰒《ほしあわび》を送り、放生祈願《ほうじょうきがん》（呪言で生き返らせる術）を依頼してきた。鰒は女陰の比喩で、女犯を禁じられた僧を挑発・揶揄《やゆ》する悪ふざけだが、これに対して通観が詠んだのがこの歌である。「海神《わたつみ》のいます沖に持って行って放ったとしても、どうしてこれが生き返ろうか」という意。ここで、わざわざ「わたつみの沖に持ち行きて」と歌っているのは、「わたつみの沖《おき》」が異界とつながる「よみがへり」の場であることを示している。

ワタツミは、「神代紀」一書ではトヨタマビコのこととされ、その娘たちもトヨタマビメ、タマヨリビメと呼ばれているように、玉との結びつきが強い。ヒコホホデミノミコトの窮地を救ったのも潮満瓊《しおみつのたま》・潮涸瓊《しおひのたま》である（神代紀・記）。ワタツミと玉の関係は、『万葉集』巻七・譬喩《ひゆ》歌の、「海に寄せたる」三首にワタツミの語が見られないのに対し、「玉に寄せたる」五首中三首に、ワタツミが詠み込まれている点にも示されている。次は、その中の一首。

　わたつみの手に巻き持《ま》てる玉ゆゑに磯《いそ》の浦廻《うらみ》
　　に潜《かづ》きするかも（⑦一三〇一）

「海神《わたつみ》が手に巻き持つ玉のために、磯の浦べで海に潜《もぐ》ることよ」の意で、親の厳しい監視下に置かれた娘を、海神の手に巻き持つ玉に擬えている。

玉は、ワタツミが手首に巻いて持つほか、「わたつみの　神の命《みこと》の　み櫛笥《くしげ》に　貯《たくは》ひ置きて　斎《いつ》くとふ　玉にまさりて　思へりし　我《あ》が子…」（⑲四二二〇）と、大切なものを入れる箱「櫛笥《くしげ》」にも保管された。この歌は、夫の大伴家持《おおとものやかもち》とともに越中《えっちゅう》に下向《げこう》した大伴坂上大嬢《おおとものさかのうえのおおおとめ》に対し、母の大《おお》伴坂上郎女《とものさかのうえのいらつめ》が贈ったもので、娘をワタツミの玉にもまさる大切なものと詠んでいる。まさに「箱入り娘」の趣である。

（兼岡理恵）

ゐ【井】

ヰ（井）とは、人が水を得るための場、あるいは施設を言う。水は生活用水を対象とするが、特別な場合には宗教的行事にも用いられた。「井」は井桁をもつ掘り抜き井戸を想像しがちだが、川や池に設けられた水場、水が湧き出る場所などもすべて「井」と呼ばれた。

古代の人々の観念世界においては、水がほとばしり出る場、水の激《たぎ》ち流れる場は、聖なる場とされた。「井」の水も絶えず溢れ出ているから、そうした「井」は聖所とされ、その水は聖水とされた。

ヰ（井）が聖所であることは、「天智紀《てんち》」九年三月条の「山《やまの》（三井寺の）御井《みゐ》の傍《ほとり》に、諸神《もろもろのかみ》の座《みまし》を敷きて、幣帛《みてぐら》を班《あか》つ。中臣金連《なかとみのかねのむらじ》、祝詞《のりと》を宣《の》る」とある記事によっても知られる。祭祀の目的は、豊穣の予祝らしく、井の傍らに、神の座を設け、捧げ物をし、祝詞が奏上された。「井」は、神の降臨する場であったことがわかる。

『常陸国風土記《ひたちのくにふどき》』新治《にいはり》郡条には、反乱者を鎮定するため派遣された比奈良珠命《ひならすのみこと》がやって来て、新たに井を掘ったとする記述が見える。「新《あらた》しき井〈今も新治の里に存《あ》り。随時《ときどき》に祭《まつり》を致《いた》す〉を穿《ほ》りしに、その水浄《きよ》く流れき」。この記事だが、注記部分に「井」の傍らで神祭りが行われたことが記されている。「井」の聖性はここからもあきらかであろう。比奈良珠命のように、外部からやって来た人物が「井」を掘る話は、伝承世界によく見られる。弘法大師が水のない土地で、杖を地に立てたところ、清水が湧き出たとする「杖立（弘法）清水」の話なども、この類型と見てよい。

ヰ（井）は神降臨の場だから、神に奉仕する聖なる女（巫女）もいた。

藤原《ふぢはら》の大宮仕《おほみやつか》へ生《あ》れつぐや処女《をとめ》がともは羨《とも》しきろかも（①五三）

藤原宮には聖井があり、その井に奉仕する処女たちがいた。「藤原の大宮に奉仕するために生まれ継ぐ処女たちはうらやましいことだ」の意で、井の奉仕の女性たちを讃美している。この処女たちは、天皇の食膳に奉仕したらしく、この聖井の水は高天原《たかあまのはら》に由来する「天《あま》つ水」に等しいものとされていた（「中臣寿詞《なかとみのよごと》」）。

伊勢にも聖なる御井があり、そこにも奉仕する処女たちがいた。

山の辺《へ》の御井《みゐ》を見がてり神風《かむかぜ》の伊勢処女《いせをとめ》ども相見《あひみ》つるかも（①八一）

伊勢斎宮に遣わされた長田王《ながたのおおきみ》が詠んだ歌。「山の辺の御井」は、鈴鹿市付近にあった井らしい。「伊勢処女ども」は、その井に奉仕する巫女を指す。

ヰ（井）に奉仕する巫女は、しばしば理想の美女として思い描かれ、男たちの憧憬の対象にされた。

勝鹿《かつしか》の真間《まま》の井《ゐ》を見れば立ち平《なら》し水汲《く》ましけむ手児奈《てごな》し思《おも》ほゆ（⑨一八〇八）

人皆《ひとみな》の言《こと》は絶ゆとも埴科《はにしな》の石井《いしゐ》の手児《てご》が言《こと》な絶えそね（⑭三三九八）

前者は、葛飾《かつしか》（千葉県市川市）の真間の手児奈を歌った歌。井で水汲みをしていたさまが想起されている。手児奈は、多くの男たちに言い寄られた絶世の美女だった。後者は、埴科（長野県埴科郡付近）の伝説的美女石井の手児を歌っている。「誰も言葉を掛けてくれなくなったとしても、石井の手児の言葉だけは絶えないでほしい」というほどの意。「石井」は、湧水を石で囲んだ井。真間の手児奈も石井の手児も、巫女というよりは、むしろ水汲み女に近い存在なのかもしれない。しかし、「井」に奉仕する聖なる女の原像があるからこそ、ここでも理想の美女として捉えられるようになったのだろう。

次も同様の例。

鈴《すず》が音《ね》の早馬駅家《はゆまうまや》の堤井《つつみゐ》の水を賜《たま》へな妹《いも》が直《ただ》手《て》よ（⑭三四三九）

一首は「駅鈴《えきれい》の音がする早馬のいる駅家《うまや》の水をあなたの手から直接にいただきたい」というほどの意。「堤井」は、湧水の周りを石や木で囲った井をいう。駅路の辺には、果樹を植えて往還の人の休息の便とし、井などを整備することが規定されていた（『延喜式』）。この「妹」も、井で働く女のようだが、その原像にはやはり井に奉仕する巫女の姿がある。

　ヰ（井）は聖所だから、誓約の場ともなった。天《あめ》の真名井《まない》を舞台に、アマテラスとスサノヲがウケヒ（誓約）をおこなったという「神代記」の例は、「井」がそうした場であったことをよく示している。

　天武《てんむ》天皇八年（六七九）、天武は後継者を定めるため、諸皇子たちと吉野に赴き、互いに異心のないことを誓いあった。いわゆる「吉野盟約」である。その舞台を『万葉集』に見える「弓弦葉《ゆづるは》の御井《みゐ》」（②一一一）であったとする説がある。ならば、ここでも「井」は誓約の場であったことになる。「弓弦葉」は、ユズリハ科の常緑高木で、井の傍らにあった聖木らしい。

　ヰ（井）はまた、男女が愛を誓う場でもあった。『伊勢物語』（二三段）の次の歌は、そのよい例。

「筒井《つつゐ》つの井筒《ゐづつ》にかけしまろがたけ過ぎにけらしな妹《いも》見ざるまに」。

　筒井筒の恋の歌である。「井筒にかけし」は、少年が少女に向かい、私の背丈がこのくらいになったら、あなたと結婚しましょう、と「井筒」に誓ったという意。「かけし」の「かく」は口に出して誓う意の動詞。

　次の例も、「井」の言葉はないが、同様に考えてよい例。

　泊瀬川《はつせがは》速み早瀬《はやせ》を結《むす》び上《あ》げて飽《あ》かずや妹《いも》と問《と》ひし君はも（⑪二七〇六）

　女の歌。男が早瀬の水を手で掬って、「飽かずや妹（満ち足りてはいないか、妹よ）」と問い掛けてくれたことを想起している歌である。「飽かず」は、泊瀬川の呪力に満ちた水への讃詞だが、同時にその場の男女の満ち足りた恋の思いをも表現する。川瀬も広義の「井」と考えてよいから、これも「井」における愛の誓いの言葉と見ることができる。

（新谷正雄）

ゑむ【笑む】

日常の発話とは異なる言語行為には、異常な力の発動がしばしば認められる。歌うこと、語ること、唱えることなどは比較的わかりやすい例だが、泣くこと、叫ぶこと、大声を上げること、さらには低声でささやくことも、時には日常の秩序を逸脱する特別な力を発揮する行為とされた。笑うことも同様である。「笑う門《かど》には福来る」という諺がある。その根本には、笑うことには福を招き寄せる不思議な呪力があるとする素朴な信仰がある。長野県北安曇《きたあずみ》郡には、オンベワライという名の祭りが残るが、これも笑うことが除災招福の利益につながるとされる笑い祭りである。

そこで、ヱム（笑む）である。ヱムとワラフ（笑ふ）とはどのように区別されるのか。一般には、ワラフが声を発するのに対して、ヱムは声を発しないところに違いがあるとされる。ワラフの用例は、実は『万葉集』の歌そのものにはなく、「児《こ》部女王《べのおほきみ》の嗤《わら》へる歌」（⑯三八二一題）のような題詞の例が見られるのみである。この「嗤」には嘲笑の意があるが、むしろ戯笑の意味がつよい。ただし、対象に向かう攻撃性が現れていることには注意する必要がある。

ワラフは、次の「神代記」の記事が典型例を示す。「（アメノウズメは）神懸《かむがか》りして、胸乳《むなち》を掛《か》き出《い》で、裳《も》紐《ひも》をほとに忍《お》し垂《た》れき。爾《ここ》に高天原《たかあまのはら》動《とよ》みて、八百万《やほよろづ》の神共《とも》に咲《わら》ひき」。

アメノウズメの滑稽な所作に、神々がどっと哄笑した場面である。この哄笑がアマテラスを天岩屋戸から引き出す端緒になっているから、このワラヒは、大袈裟に言えば世界を変革する力を示したことになる。ワラヒの原文「咲」には、花や蕾が開く意がある。『名義抄』には、「咲」にワラフ・ヱムの付訓がある。『万葉集』でも、仮名書例のほかは、ヱムに「咲」が用いられている。

道の辺《へ》の草深百合《くさふかゆり》の花笑《ゑ》みに笑《ゑ》みしがからに

妻《つま》と言ふべしや（⑦一二五七）

男を拒否する女の歌である。「道のほとりの草深い中に咲く百合の花のように、私が微笑《ほほえ》みかけたからといって、もう妻などと呼んでよいものでしょうか」というほどの意。ここでもにっこり微笑むことをヱムと表現しており、ワラフとは違い、無声の状態であることは明らかである。「花笑みに」は、原文「花咲尓」とあるように、百合の花が開くことをヱミの比喩にしている。「咲」の原義のよく現れている例である。

この歌には、ヱムの重要な性質が見えている。それは、ヱムが異性を引きつけ、吸引する呪力をもつことである。ここでも、男はそのヱミに魅せられて、思わず「妻」と呼びかけてしまったのだろう。ワラヒとは質を異にするものの、ヱミにも対象に働きかける呪力があったことがわかる。

葛飾《かつしか》の地の評判の美女真間娘子《ままのおとめ》を歌った例では、娘子が花のように微笑んで立っていると（「花のごと　笑《ゑ》みて立てれば」）、夏の虫が火に飛び入るように、寄り集まった男たちは娘子に言い寄ったとある（⑨一八〇七）。同様の表現は、周准《すえ》の珠名《たまなの》娘子《おとめ》を歌った歌（⑨一七三八）にも見られる。ここからも、対象を誘引し、魅惑するヱムの働きは明らかである。

ヱムには、理想の状態を讃美する意味もある。

正月《むつき》立つ春の初《はじ》めにかくしつつ相《あひ》し笑《ゑ》みてば
時じけめやも（⑱四一三七）

新年の宴席の歌。ここでのヱムは、宴の場に集う人々の満ち足りたさまを形容する。「時じけめやも」は反語だが、そうした理想の時がずっと続くことだろうという祝意を示す。そうした理想の状態、とりわけ酒宴の場の楽しげな様子を示す動詞にヱラクがあるが、このヱもヱムとつながりをもつ。ヱラクの副詞がヱラヱラニだが、『万葉集』には、宮中の賜宴の場で、廷臣たちがにこにこと楽しみ笑いつつ奉仕するさまを「ゑらゑらに仕へまつるを見るが貴《たふと》さ」（⑲四二六六）と表現した例がある。

（多田一臣）

を【緒】

ヲ（緒）は紐のこと。縒《よ》られた幾本かの糸による、ある程度の長さを持つ、細い束をいう。糸よりは太いが、綱よりは細い。二つの物を結び付けたり、穴に通して玉を貫《ぬ》き括《くく》ったりする。

住吉《すみのえ》の津守《つもり》網引《あび》きの浮子《うけ》の緒《を》の浮かれか行《ゆ》かむ恋ひつつあらずは（⑪二六四六）

これは物を結び付ける例。「住吉の津守（地名）の地引網の浮子《うき》の緒のように、流れ流離《さすら》おうか、恋い続けていないで」といった意味。浮子《うき》を網に結び付けるために、緒が用いられている。

烏玉《ぬばたま》の間開《あひだあ》けつつ貫《ぬ》ける緒《を》もくくり寄《よ》すれば後《のち》も逢《あ》ふものを（⑪二四四八）

これは貫き通す例。「黒い玉を、間をあけつつ緒に貫き通しても、後で括り寄せればすぐ隣に来るというのに（最後にはあなたに逢えるというのに）」といった意味の恋歌である。

玉を貫く緒を「玉の緒」という。この言葉は、比喩あるいは枕詞として用いられる。

葦《あし》の根のねもころ思《も》ひて結《むす》びてし玉《たま》の緒《を》と言はば人解《と》かめやも（⑦一三二四）

これも恋歌である。「葦の根のようにこまやかに心を通わし、しっかりと結んだ玉の緒と言ったならば、他人は紐をどうして解くことがあろう」といった意味。「玉の緒」は二人の強い結び付きの比喩になっている。

「玉の緒」は切れやすいところから、短さの比喩になる。

さ寝《ぬ》らくは玉の緒《を》ばかり恋ふらくは富士《ふじ》の高《たか》嶺《ね》の鳴沢《なるさわ》のごと（⑭三三五八）

「共寝をしたのはわずかな期間なのに、恋い焦れることは富士の高嶺の鳴沢のように激しいことだ」といった意味。

「玉の緒」を枕詞に用いることもある。切れやすいところから「絶ゆ」に、緒の長さから「長き」に接続させた例がある。玉が緒にびっしりと括られているところから、「間《あひだ》も置かず」や「継《つ》ぎ」に接続させた例もある。

ヲ（緒）を接尾語的に付加して、長く連なるものを表すこともある。

我《わ》が形見《かたみ》見つつ偲《しの》はせあらたまの年の緒《を》長く
我《われ》も思はむ（④五八七）

年は、幾年も長く繰り返されていくから、「年の緒」と言った。その長い年月を、私の形見を見つつ偲んでくださいと訴えた歌。この歌のように、長く離れて会うことができない場合も、互いに形見を取り交わした。**↓カタミ**。

「紐の緒」も紐の長さを意識した言葉だが、単に紐というのと同義であることが少なくない。**↓ヒモ**。

今さらに君が手枕《たまくら》巻《ま》き寝《ね》めや我《わ》が紐《ひも》の緒《を》の解《と》
けつつもとな（⑪二六一一）

この「紐の緒」は下紐らしい。下紐が自然に解けるのは、相手が自分を思っていることのしるしとされた。ここは、相手との関係が絶えているのに、下紐がむやみと解けてしまうことに不審の念を覚えたことが歌われている。この「紐の緒」には長さの意識はない。

「息の緒」という言葉もある。息は生命力の現れとされ、魂の活動を具体的に示すものと考えられた。寒い日に吐く息は長く白く延びるが、身体と息（生命力）とは、視覚的にも繋がりがあるものとして捉えられた。それが「息の緒」である。それゆえ、命それ自体も「息の緒」と呼ばれることになった。「息の緒に思ふ」は、そこから生まれた慣用句。命の限りに相手を思う意で、恋歌に頻出する。**↓イキ、イノチ**。

今は我《あ》はわびそしにける息《いき》の緒《を》に思ひし君を
ゆるさく思へば（④六四四）

「今は私は失意の中にいる。命の限りと思っていたあなたを、離れるがままにまかせるのだと思うと」といった意味。「ゆるす」は、緩めて自由にさせる意。男を諦めようとする女の歌である。

（新谷正雄）

をし【惜し・愛し】

　大切で手放せないことが基本的な意味。既に手中にしている大切な物が失われるのを心残りに思い、失いたくない、失って残念だという哀惜を表す。「惜し」で説明されることが多いが、深い愛着を持つが故に手放すのが辛いという愛惜の念を表す「愛《を》し」の意が強い例もある。ヲシの対象となるのは、花や黄葉《もみじ》がうつろう、月が隠れる、雪が消えるなどの自然界の事象や、人と別れる、老いる、命を失う、名を落とす、都が荒れるなどの人事的な事柄である。これらは総じて、時間の経過に従って起こる喪失の事態とまとめられる。

　ヲシは、助詞「も」を伴って「をしも」「をしけくも」などの形で用いられることが多い。また、動詞形にヲシム（惜しむ）がある。なお、類義語のアタラシ（惜し）は、対象の優れた性質や価値が認められず不当な扱いを受けることを、もったいないと不満に思う気持ちや、それゆえに対象がいとおしく貴重に思われる気持ちを表す。

「仁徳紀《にんとくき》」には、太子菟道稚郎子《うじのわきいらつこ》の自殺を大鷦鷯《おおさざきの》尊《みこと》（後の仁徳天皇）が「悲しきかも、惜しきかも。何の所以《ゆゑ》にか自ら逝《す》ぎませる」と嘆く記述が見える。この他、『日本書紀』には、人が命を失うことを対象としたヲシムの例が多く見られる。

『万葉集』でも、ヲシは、挽歌で故人への強い哀惜の念や喪失感を歌う場合に用いられる。

　ひさかたの天《あめ》見るごとく仰《あふ》ぎ見し皇子《みこ》の御門《みかど》
　の荒れまく惜《を》しも（②一六八）

右は、草壁皇子《くさかべのみこ》の殯宮《ひんきゅう》（死後、遺体をしばらく安置して魂の復活を祈る儀礼）時に柿本人麻呂《かきのもとのひとまろ》が作った挽歌。かつて遥か彼方《かなた》の天空を見るように仰ぎ見た皇子の宮殿が荒廃していく様を嘆く。

「荒れまく惜しも」の「荒る」は、人為的な秩序が失われ自然の威力が始原の世界さながらに現れた状態を意味する讃美表現であり、「をしも」は、宮殿の主《あるじ》の薨去による強い喪失感を表す。→アラ。

この詠み方は、「咲く花の　色めづらしく　百鳥《ももとり》の　声なつかしき　ありが欲《ほ》し　住みよき里の荒るらく惜《を》しも」（⑥一〇五九）のように、荒都悲傷歌の表現としても用いられている。

また、恋歌の詠み方として、かけがえのない命や身、名前などの喪失をヲシと嘆く表現がある。

玉櫛笥《たまくしげ》覆《おほ》ふを安《やす》み明《あ》けて去《い》なば君が名はあれど我《わ》が名し惜《を》しも（②九三）

右は「美しい櫛箱の蓋が覆うように関係が露見していないのをよいことに、夜が明けてから帰るならば、あなたの名はともかく私の浮き名の立つのが口惜しいことだ」というほどの意の恋歌。恋愛関係にある相手や自分の名が立つのは忌むべきことであった。↓ナ。しかし、逆に「今しはし名の惜《を》しけくも我《われ》はなし妹《いも》によりては千遍《ちたび》立つとも」（④七三二）のように、自分の名や命を失うのは惜しくないと詠むことで自らの強い恋心を訴えるのが、恋歌の一つの型でもあった。

ただし、ヲシで最も多いのは、万葉後期（平城京遷都以降）の自然詠の例である。例えば、

春雨《はるさめ》はいたくな降《ふ》りそ桜花《さくらばな》いまだ見なくに散らまく惜《を》しも（⑩一八七〇）

天《あま》の原雲なき宵《よひ》にぬばたまの夜《よ》渡る月の入《い》らまく惜《を》しも（⑨一七一二）

などが、その例。うつろいを持つ自然界の事象が全盛の状態を失うのを心残りに思い、引き止めたく思う感情が、これらのヲシには込められる。

愛惜を示すヲシ（愛し）の例としては、中大兄《なかのおおえの》皇子《みこ》の「三山歌」の「香具山《かぐやま》は畝傍《うねび》を愛《を》しと耳成《みみなし》と相争《あひあらそ》ひき…」（①一三）や、「我《わ》が背子《せこ》は玉にもがもな手に巻《ま》きて見つつ行《ゆ》かむを置きて行《ゆ》かば惜《を》し」（⑰三九九〇）などの例が挙げられる。ただし、前者は当該句を「畝傍雄雄《をを》しと（畝傍が男らしいと）」と訓《よ》む説もあり、解釈を定めがたい。これらの例は恋愛に関わるため、愛惜はこちら側の主観的な読み取りから生じた意味に過ぎないようにも感じられる。いずれの例においても、ヲシは対象の喪失に関わって歌われており、喪失に対する哀惜が語義の中心であったと見るべきだろう。

（高桑枝実子）

をすくに【食す国】

ヲスクニは、天皇の領有・支配する国土を意味する言葉である。

やすみしし　我《わ》ご大君《おほきみ》　高照《たかて》らす　日の皇子《みこ》
荒栲《あらたへ》の　藤原《ふぢはら》が上《うへ》に　食《を》す国を　見《め》したまはむと…（①五〇）

持統《じとう》天皇が藤原宮に君臨することを讃美した歌である。支配すべき国土を「食す国」と表現している。ヲスクニのヲス（食す）は動詞で、食べる・飲むなど、食物を摂取する意の敬語。食物を召し上がる意になる。それがどうして国土の領有・支配を意味する言葉になるのか。地方の国々から天皇に献上される食物には、それぞれの土地の霊＝国魂《くにだま》が宿る。天皇はそれらの食物を体内に摂取することで、その魂を身に付着させ、より強大な魂の所有者となった。そこで天皇は地方の国々を支配することが可能になる。——このような説明がしばしばなされている。基本は誤ってはいないが、重要な問題が抜け落ちている。もしその食物に宿る魂の威力が強大であれば、天皇の魂はむしろそれに打ち負かされてしまうことになる。右の説明には、そうした視点が欠落している。

天皇が国土を領有・支配することは、実はそれほど簡単なことではない。武力の優劣といった問題とは別に、支配する土地の霊＝国魂をいかに鎮めるかが重視されるからである。国土の領有が果たされるためには、その対象である国土＝国魂の側からも、その領有・支配が承認される必要があった。

天皇の領有・支配を示す行為に国見がある。その国見は、しばしば「…見れば…見ゆ」という表現を伴う。「…見れば」が、能動的行為として、土地に対する働きかけを示す。一方、「…見ゆ」は受動的であり、土地の側からの反作用が示される。対象となる土地をいくら見ようとしても、見られる土地の側からの承認がない限りは、その土地はいくら見ようとしても見えないことになる。→ミル。「仲哀《ちゅうあい》紀」八年条には、仲哀天皇が神の教えどおり、理想の国土（新羅《しらぎ》）を望見しようとして、果たすことができず、神の言葉を疑ったために死を招いたとする記事が見える。天皇は、新羅を支配できなかったばかりか、ついには天皇たるべき資格をも否定されることになった。これは、天皇が土地（新羅）の霊を鎮められなかったことを意味している。

　天皇の国土支配は、キコシメスとも表現される。メスは「見《め》す」で、御覧になる意を示す。ここに、右の支配につながる「見る」の意味が明瞭に現れている。キコスは「聞こす」で、お聞きになる意。天皇は、音の呪力をも同時に引き受けることができる存在でなければならなかった。聖徳太子《しょうとくたいし》が、一時に十人の訴えを聞き分けることができたとする伝えも、天皇のそうした能力を示している。支配すべき土地の霊の発する声を正しく聞き分けることが、天皇の資格を保証したのである。→キク。ヲス（食す）も、このように考えれば、天皇がその土地の食物を体内に取り入れることで、その土地の霊＝国魂をその身に引き受け、その鎮めを果たす行為であったと捉えることができる。その土地を支配する能力がなければ、その食物を体内に取り入れることはできない。それを安々と摂取する力こそが、その土地の霊＝国魂を鎮めることのできる力とされた。本居宣長が「これ君の御国治め有《たも》ち坐すは、物を見るが如く、聞くが如く、知るが如く、食《をす》が如く、御身《みみ》に受け入れ有《たも》つ意あればなり」（『古事記伝』七）と説いているのは、いかにも適切である。土地の霊＝国魂を「御身に受け入れ有つ」ことが、支配の対象たるべき土地の霊＝国魂への鎮めともなりえたのである。

　天皇の領有・支配する国土が「食す国」と呼ばれるのは、右に述べたところからも明らかであろう。なお、『万葉集』で、原文「聞食」の訓みは、通常キコシヲスだが、それをキコシメスと訓むこともできる（⑬三二三四など）。二つの訓みの併存は、右に述べたことと関係している。（多田一臣）

をつ【変若つ・復つ】

　再びもとに戻る、復活するという意が原義。そこから、老いたものが若返ることをヲツと称した。ヲトコ、ヲトメのヲトはヲツの転で、生命力に満ち溢れている様をあらわす。↓**ヲトコ**。

　ヲツとは、衰えた活力の再生や命の永続を示す語であり、そこから天皇や主人がヲツことを願い、長寿や繁栄を祝福する歌が詠まれることになる。次は、自邸における宴席で、丹比国人真人《たじひのくにひとのまひと》が　橘《たちばなの》諸兄《もろえ》を寿《ことほ》いだ歌。↓**ホク**。

　我《わ》が屋戸《やど》に咲ける撫子幣《なでしこまひ》はせむゆめ花散るな
　いや変若《を》ちに咲け（⑳四四四六）

「わが家の庭に咲いている撫子よ、贈り物をしよう。けっして花よ散るな。ますます若返って咲け」という意。撫子は諸兄の寓意であり、その若返りを祈念することで諸兄を寿いでいる。次も、主人に対する祝福歌である。

　天橋《あまはし》も　長くもがも　高山《たかやま》も　高くもがも
　月読《つくよみ》の　持てる変若水《をちみづ》　い取り来《き》て　君に奉《まつ》
　りて　変若《を》ち得《え》てしかも（⑬三二四五）

「天上への橋も長くあってほしい。高い山も高くあってほしい。月読《つくよみ》の神が持っている変若水《おちみず》を取って来て、君に差し上げて若返りを得たいものだ」というほどの意。「変若水」は、月にあるという若返りの水のこと。満ち欠けを繰り返す月は、生命の再生の象徴とされた。↓**ツキ**。また、新任の出雲国造《いずものくにのみやつこ》が上京して天皇に奏上する「出雲国造神賀詞《かんよごと》」にも、「すすぎ振る　をどみの水のいやをちに　をち坐し」とあり、この祝詞《のりと》とともに聖水を天皇に献上したという。

　ヲチミヅが恋歌に詠まれた例もある。次は、佐《さ》伯赤麻呂《えきのあかまろ》に求婚された女が、赤麻呂に送った歌。

　我《わ》が手本《たもと》巻かむと思《おも》はむ大夫《ますらを》は若変水《をちみづ》求め白《しら》
　髪《か》生《お》ひにたり（④六二七）

「私の腕を枕に巻いて寝ようと思う立派なお方は、若返りの水を求めなさい。頭には白髪が生えてしまっているわ」と、相手の老齢を揶揄し、求婚を断っている。それに対する赤麻呂の返歌。

白髪《しらか》生《お》ふることは思はず変若《をち》水《みづ》はかにもかくにも求めて行《ゆ》かむ（④六二八）

「白髪が生えていることなど気にしない。しかし何はともあれ若返りの水は、仰せに従って求めに行こう」というほどの意で、女のからかいにも屈しない開き直った態度を取っている。年齢の離れた二人の、若返りの水をめぐる応酬には、人生経験を重ねた大人の余裕が感じられる。

若返ることをヲチカヘルという。次は、天平十二年（七四〇）十二月の久邇《くに》京遷都後、旧都となった奈良の都を偲んだ歌である。→ミヤコ。

岩綱《いはつな》のまた変若《を》ちかへりあをによし奈良《なら》の都《みやこ》をまたも見むかも（⑥一〇四六）

「岩に這《は》う蔓草《つるくさ》のようにまた若返って、「あをによし」奈良の都を再び見ることがあろうか」という意。「岩綱の」は、岩に這って生育する蔦《つた》・葛《かずら》などの蔓性植物を指し、年ごとに芽吹いて伸び広がることから「変若《を》ちかへり」に接続する枕詞とされた。

奈良の都を思って、大伴旅人《おおとものたびと》も次のような歌を詠んでいる。

我《わ》が盛《さか》りまた変若《をち》めやもほとほとに寧楽《なら》の都《みやこ》を見ずかなりなむ（③三三一）

「わが命の盛りが再び戻ることなど、どうしてあろう。おそらくは奈良の都を見ずに命が終わってしまうのだろうか」という意。旅人《たびと》は六十歳を過ぎてから大宰府《だざいふ》に赴任した。もはや死を意識する年齢である。次も、旅人が吉田宜《よしだのよろし》に贈った「故郷《ふるさと》を思ふ歌」という題詞を持つ歌群の中の一首。

雲に飛ぶ薬《くすり》食《は》むよは都《みやこ》見ばいやしき我《あ》が身また変若《を》ちぬべし（⑤八四八）

「雲に飛ぶ薬」とは、不老不死の仙人となり、天空を自由に飛行できるようになる仙薬のこと。そんな仙薬より、都を一目見ることこそ若返りの薬なのだと歌っている。都から遥か離れた大宰府における、旅人の強い望郷の念が示された一首。

（兼岡理恵）

をとこ【壮士】

ヲトコとは、異性ヲトメと性的に対《つい》になる男のことをいう。対になるとは、ヲトメと交流すること、交わることができることをいう。生命力が元に戻る意の「をつ」と同根で、ヲトコを、若い男の意としてもよいが、一方で、特定の時と場において、実際の年齢にかかわらず、ヲトメを異性として交流の対象とする、またしうる男のことをもいう。→ヲツ。[全解]は、次の歌に見られるような、ヲトコ・ヲトメの参加する歌垣《うたがき》を、祭祀の場ととらえるところから、両者を、一歩進めて「神祭りの資格を得た若い男女」の意としている。

…率《あども》ひて　娘子壮士《をとめをとこ》の　行《ゆ》き集《つど》ひ　かがふ
嬥歌《かがひ》に　人妻《ひとづま》に　我《わ》も交《まじ》はらむ　我《わ》が妻《つま》に
人も言問《ことと》へ…（⑨一七五九）

右は常陸《ひたち》国（茨城県）筑波山での歌垣《うたがき》に、妻と共に参加した男の歌である。歌垣とは、春と秋の特定の日に行われた、歌舞飲食を伴った村落の民間行事である。ここは、「…連れ立って『をとめ』『をとこ』がやって来て集い、歌を掛け合う嬥歌（歌垣）に、人妻と私は交流しよう。私の妻に、他の男も声を掛けろ…」といった意味。歌垣という非日常的な時と場においては、夫とか妻とかいう日常の規範を超えて、全ての人が全ての異性と対になる資格を持ち、その場に立ち現れることができた。

ヲトコの類語に、「人に仕える男」（[岩波古語]）の意のヲノコがあるが、ヲノコと比較すると、右に述べてきたヲトコの意味がより明確になる。

次は、防人《さきもり》の心を痛んだ大伴家持《おおとものやかもち》の歌。一首目の長歌と次の反歌とで、ヲノコとヲトコが同じ対象に用いられている例である。

…鶏《とり》が鳴く　東男《あづまをのこ》は　出《い》で向かひ　顧《かへり》みせず
て　勇《いさ》みたる　猛《たけ》き軍《いくさ》と　ねぎたまひ　任《ま》け
のまにまに…（⑳四三三一）

鶏《とり》が鳴く東男《あづまをとこ》の妻別れ悲しくありけむ年《とし》の緒《を》

長み（⑳四三二二）

長歌は、「…〔鶏が鳴く〕東国のヲノコは、故郷を出、敵に向かい、振り返ることをせず、心勇む強い兵であるといたわりなされて、命令のままに」といった意味。ここでのヲノコは、天皇の兵卒をいう。他の用例を見ても、ヲノコは、こうした兵卒から律令官人まで、いわば天皇に仕える者一般の意で用いられている。

一方反歌は、「〔鶏が鳴く〕東国のヲトコの、妻との別れは悲しくあったであろう、年が長きにわたるので」というほどの意。このヲトコは、妻との別れの場面で、つまり妻との関係の中で用いられており、ヲトコが女との対関係の中で用いられる言葉であったことを示している。

一方、ヲトメは原義的にはヲトコと対になる言葉である。ヲトメと呼ばれる具体的な対象としては、女官、海女《あま》、機織《はたお》り女などが挙げられるが、万葉歌のヲトメには、ヲトコの対という意味を直ちに認めることができない例も少なくない。

藤原《ふぢはら》の大宮《おほみや》仕《つか》へ生《あ》れつぐや処女《をとめ》がともは羨《とも》しきろかも（①五三）

海人《あま》娘子《をとめ》棚《たな》なし小舟《をぶね》漕《こ》ぎ出《づ》らし旅の宿《やど》りに楫《かぢ》の音《おと》聞こゆ（⑥九三〇）

娘子《をとめ》らが織《お》る機《はた》の上《うへ》を真櫛《まくし》もち掻上《かか》げ栲島《たくしま》波の間《ま》ゆ見ゆ（⑦一二三三）

一首目は「藤原の大宮にお仕えする者として生まれついた聖なる娘子《おとめ》たちは、羨しいなあ」といった意味。二首目は「海女の娘子たちが、棚なしの小舟を漕ぎ出しているに違いない。旅寝している所に、楫の音が聞こえて来る」といった意味。三首目は「娘子たちが織る機の上を、櫛を用いて糸を掻き上げ整えるという、栲島が波の間から見える」といった意味で、第三句の途中までが「栲島」を導く序詞になっている。これら三首のヲトメはいずれも一読してヲトコの対という意味を見てとることができない。むしろこれらのヲトメは、すべて神の側にある女ということができる。

一首目に歌われる宮廷（「藤原の大宮」）は、地上における神の世界と幻想され、そこに奉仕する女官は神に仕える女と重ねられた。→ミヤ。二首目の「海女」は、海という神の支配する異界とこの世とを往来し、この世に価値あるものをもたらすことのできる存在であった。↓**ワタツミ**。また三首目の機織り女も、特殊な技術を駆使し、この世に着物をもたらすことができる神の側の女として幻想されていた。↓**タマ**。これら特殊な女たちへの、男である作者たちの憧れの眼差しが、ヲトメの語を用いさせたのであろう。神の側にある女たちに対する、男たちの畏れと憧れの綯《な》い交《ま》ぜになった思いが、この語には込められている。

ヲトメに近い言葉にヲミナがある。老女を意味するオミナとは別語である。これは、男と対になる女ではなく、単なる女性という意味に用いられた。例えば、次の二首。

岩戸《いはと》破《わ》る手力《たぢから》もがも手弱《たよわ》き女《をみな》にしあればすべの知らなく（③四一九）

庭《には》に立つ麻手《あさで》刈り干《ほ》し布《ぬの》さらす東女《あづまをみな》を忘れたまふな（④五二一）

前者は、亡くなった夫を墓所に葬った折の歌で、「墓の岩の戸が割れるほどの手力がほしい。手力の弱い女であるので、生き返らせる方法を知らないことよ」といった意味。このヲミナには、手力が弱いという女の性質一般が託されている。後者は、常陸国の娘子が、国守藤原宇合《ふじわらのうまかい》の帰任に際し贈った歌。「家の畑に立つ麻を刈って干し、布にしてそれを晒すという賤しい仕事をしている、この東国の女をお忘れなさいますな」といった意味になる。この歌の場合、男との対関係を想定し、「(東)をとめ」と詠む方が適切とする見方が一見成り立ちそうである。しかし、この歌の作者である娘子はいわゆる「遊行女婦《うかれめ》」であったと思われる。「遊行女婦」とは、専門的に官人たちの宴席に侍し、歌を詠むなどの奉仕をした女の称である。それゆえ作者は中央政府の高官である宇合に対し、その身分・立場から、対関係を示す表現のヲトメを憚り避け、ヲミナの語を用いたのであろう。

（新谷正雄）

あとがき

本書は『万葉語誌』と題することにした。語誌とは、社会史的、文化史的背景までをも記述した言葉の説明のことだが、本書は『万葉集』から基本となる語彙百五十語を選び、それに語誌的な説明を加えた。つまり本書は、広い意味での『万葉集』の言葉の辞典にほかならない。

以下、本書が作成される事情について、簡単に記しておきたい。

先年、私は十年以上の歳月をかけて『万葉集』の注釈作業を行い、その成果を『万葉集全解』全七巻（筑摩書房）として刊行したが、その過程で『万葉集』の和歌の表現のしくみを、さまざまな角度から考えてきた。その結果、一つ一つの言葉を支える世界像（世界観）を考えることなしには、そのしくみを解き明かすことはできないと確信するにいたった。

『万葉集』の語彙は、まずは和歌の言葉であることによって、大きく規定されている。和歌の言葉は、漢文訓読の世界で用いられる言葉と異なるのは無論のこと、祝詞や記紀に散見する和語の表現、いわゆるフルコトなどとも性質を異にする。それを歌言葉（歌語）と言い換えてもよいが、いずれにしてもその背景にある世界像（世界観）を明らかにしないかぎり、『万葉集』の語彙を正確に捉えたことにはならない。そこに語誌的な説明を中心とする『万葉集』の語彙研究が新たになされなければならない理由がある。

『万葉集』の語彙研究は、これまでは上代語（古代語）一般の中で、しかも国語学の研究者を中心に進められてきた。『時代別国語大辞典　上代編』や『岩波古語辞典』の語誌的な説明は、そのすぐれた達成を示している。とはいえ、それらは限られたスペースの中での記述であり、また上代語（古代語）一般の中での説明でもあるため、そこに示された理解が必ずしも『万葉集』に密着したものとはなっていない憾みもある。最新の『古典基礎語辞典』も、詳細な説明がなされているとはいえ、これをそのまま『万葉集』の語彙辞典と見ることはできないように思われる。

このような意味から、私は、新たな万葉集辞典の構想がなされるべきだと痛感したような次第である。万葉集辞典には、古くは、佐佐木信綱氏の『万葉集事典』がある。『万葉集』の用語のほぼすべてを網羅し、解説を加えた画期的な事典ではあるが、書物の性質上、総花的な記述にとどまっていることが惜しまれる。私も、以前、尾崎暢殃氏などとともに、『万葉集辞典』を刊行したことがあるが、不充分な結果に終わったことを、いまも残念に思っている。それゆえ、新たな万葉集辞典を作りたいとの思いは、ずっと消えずに持ち続けていた。

とはいえ、いきなりそれに取りかかるのはなかなか難しい。そこで、まずは重要な語彙を選んで、語誌的な記述を中心とする、しかも読み物としても読めるような内容の書物を作ることを目指すことにした。その際、私が独力ですべてを執筆するよりも、同学の諸氏に協力をお願いして研究会を組織し、そこでの検討を経た上で、最新の研究成果を盛り込むことがもっともよいのではないかと考えるに至った。そこで、本書の執筆者となる六名の諸氏に集まってもらい、万葉語誌研究会という小さな研究会を組織し、ほぼ隔月、三年間に及ぶ共同討議を続け、本書刊行の運びとなった次第である。ただし、本書が本格的な万葉集辞典作成のための基礎作業であることは、ここでも強調しておかなければならない。

執筆の最終段階においては、すべてを署名原稿としたため、それぞれの原稿同士の調整に手間取ることになった。そのため、大浦誠士、高桑枝実子の両氏には、多大な労苦をお掛けすることになってしまった。両氏には厚く御礼を申し上げたい。

さて、本書だが、今日の出版事情からすると、こうした種類の書物の刊行はなかなか難しい。しかし、『万葉集全解』のご縁もあって、幸いにも筑摩書房にお引き受けいただき、筑摩選書の一冊に加えていただくことができた。実にありがたいことである。さらに、きわめて異例ではあるが、現職の社長である熊沢敏之氏に、編集のお世話をお願いすることになった。熊沢氏の友情に心より感謝申し上げる次第である。

このような事情で出来上がった書物である。皆さまには、どうかご一読の上、ご批正を賜らんことを。

なお、本書は、平成二十二年〜二十四年度科学研究費補助金（基盤研究（C）、研究課題「『万

葉集』の語彙の表現論的研究」）による研究成果の一部である。

平成二十六年七月

多田一臣

多田一臣 ただ・かずおみ

一九四九年生まれ。一九七五年、東京大学大学院修士課程修了。現在、二松学舎大学特別招聘教授、東京大学名誉教授。博士（文学）。専攻、日本古代文学、日本古代文化論。著書、『万葉歌の表現』（明治書院、一九九一年）、『大伴家持』（至文堂、一九九四年）、『古代文学表現史論』（東京大学出版会、一九九八年）、『日本霊異記』上・中・下（ちくま学芸文庫、一九九七―九八年）、『額田王論』（若草書房、二〇〇一年）、『万葉集全解』全七巻（筑摩書房、二〇〇九―一〇年）、『古代文学の世界像』（岩波書店、二〇一三年）。編書、『万葉集ハンドブック』（編著、三省堂、一九九三年）、『万葉集辞典』（共編著、武蔵野書院、一九九三年）、『日本の古典　古代編』（共著、放送大学教育振興会、二〇〇五年）など。

筑摩選書 0096

万葉語誌《まんようごし》

二〇一四年八月一五日　初版第一刷発行

編　者　多田《ただ》一臣《かずおみ》

発行者　熊沢敏之

発行所　株式会社筑摩書房
東京都台東区蔵前二-五-三　郵便番号 一一一-八七五五
振替　〇〇一六〇-八-四一二三

装幀者　神田昇和

印刷 製本　中央精版印刷株式会社

乱丁・落丁本の場合は左記宛にご送付ください。

送料小社負担でお取り替えいたします。

ご注文、お問い合わせも左記へお願いいたします。

筑摩書房サービスセンター
さいたま市北区櫛引町二-六〇四　〒三三一-八五〇七　電話　〇四八-六五一-〇〇五三

 ISBN978-4-480-01604-1 C0381

筑摩選書 0013

甲骨文字小字典

落合淳思

漢字の源流「甲骨文字」のうち、現代日本語の基礎となっている教育漢字中の三百余字を収録。最新の研究でその成り立ちと意味の古層を探る。漢字文化を愛する人の必携書。

筑摩選書 0022

日本語の深層
〈話者のイマ・ココ〉を生きることば

熊倉千之

日本語の助動詞「た」は客観的過去を示さない。文中に遍在する「あり」の分析を通して日本語の発話の「イマ・ココ」性を究明し、西洋語との違いを明らかにする。

筑摩選書 0025

芭蕉 最後の一句
生命の流れに還る

魚住孝至

清滝や波に散り込む青松葉――この辞世の句に、どのような思いが籠められているのか。不易流行から軽みへ、境涯深まる最晩年に焦点を当て、芭蕉の実像を追う。

筑摩選書 0048

宮沢賢治の世界

吉本隆明

著者が青年期から強い影響を受けてきた宮沢賢治について、機会あるごとに生の声で語り続けてきた三十数年に及ぶ講演のすべてを収録した貴重な一冊。全十一章。

筑摩選書 0080

書のスタイル　文のスタイル

石川九楊

日本語の構造と文体はいかにして成立したのか。東アジアのスタイルの原型である中国文体の変遷から日本固有の文体形成史をたどり、日本文化の根源を解き明かす。

筑摩選書 0089

漢字の成り立ち
『説文解字』から最先端の研究まで

落合淳思

正しい字源を探るための方法とは何か。『説文解字』から白川静までの字源研究を批判的に継承した上で到達した最先端の成果を平易に紹介する。新世代の入門書。